PERI
FÉRI
COS

PERI FÉRI COS

WILLIAM GIBSON

TRADUÇÃO
Ludimila Hashimoto

ALEPH

PERIFÉRICOS

TÍTULO ORIGINAL:
The Peripheral

COPIDESQUE:
Cássio Yamamura

REVISÃO:
Giselle Moura
Hebe Ester Lucas
Bárbara Prince
Entrelinhas Editorial

PROJETO GRÁFICO E DIAGRAMAÇÃO:
Desenho Editorial

CAPA:
Pedro Inoue

MONTAGEM DE CAPA:
Pedro Fracchetta

DIREÇÃO EXECUTIVA:
Betty Fromer

DIREÇÃO EDITORIAL:
Adriano Fromer Piazzi

DIREÇÃO DE CONTEÚDO:
Luciana Fracchetta

EDITORIAL:
Daniel Lameira
Andréa Bergamaschi
Débora Dutra Vieira
Renato Ritto
Luiza Araujo

COMUNICAÇÃO:
Nathália Bergocce

COMERCIAL:
Giovani das Graças
Lidiana Pessoa
Roberta Saraiva
Gustavo Mendonça
Pâmela Ferreira

FINANCEIRO:
Roberta Martins
Sandro Hannes

Copyright © William Gibson, 2014
Copyright © Editora Aleph, 2020
(edição em língua portuguesa para o Brasil)

Todos os direitos reservados.
Proibida a reprodução, no todo ou em parte,
através de quaisquer meios.

EDITORA ALEPH

Rua Tabapuã, 81, cj. 134
04533-010 – São Paulo – SP – Brasil
Tel.: [55 11] 3743-3202
www.editoraaleph.com.br

**DADOS INTERNACIONAIS DE CATALOGAÇÃO NA PUBLICAÇÃO (CIP)
DE ACORDO COM ISBD**

G448p Gibson, William
Periféricos / William Gibson ; traduzido por Ludimila Hashimoto. - 1. ed.
- São Paulo, SP : Editora Aleph, 2020. 520 p. ; 16cm x 23cm.

Tradução de: The peripheral
ISBN: 978-65-86064-19-3

1. Literatura americana. 2. Ficção científica. I. Hashimoto, Ludimila.
II. Título.
2020-2162

CDD 813.0876
CDU 821.111(73)-3

Elaborado por Vagner Rodolfo da Silva - CRB-8/9410
Índice para catálogo sistemático:
1. Literatura americana : ficção científica 813.0876
2. Literatura americana : ficção científica 821.111(73)-3

PARA SHANNIE

JÁ FALEI A VOCÊS DA NÁUSEA E DA CONFUSÃO QUE VÊM COM A VIAGEM NO TEMPO.

H. G. WELLS

PERI FÉRI COS

AS HÁPTICAS

Não achavam que o irmão de Flynne tivesse transtorno de estresse pós--traumático, mas às vezes dava um bug das hápticas nele. Diziam que era como um membro fantasma, fantasmas das tatuagens que ele usara na guerra, feitas para avisá-lo quando correr, quando ficar parado, quando fazer a dança fodona, em que direção e a que distância. Então reconheceram algum tipo de invalidez por isso, e ele morava no trailer da beira do riacho. Um tio alcoólatra morou ali quando eles eram pequenos, veterano de alguma outra guerra, irmão mais velho do pai deles. Ela, Burton e Leon fizeram o trailer de forte no verão em que ela estava com 9 anos. Leon tentou levar garotas para lá, anos depois, mas o cheiro era ruim demais. Quando Burton recebeu alta, o trailer estava vazio, a não ser pelo maior vespeiro que eles já tinham visto. A coisa mais valiosa na propriedade deles, segundo Leon. Um Airstream 1977. Ele mostrou alguns a ela no eBay que pareciam balas de fuzil sem ponta; valiam uma grana absurda em absolutamente qualquer estado. Esse, o tio lambuzara com espuma de expansão, agora cinza e encardida, para impedir vazamentos e para vedação. Leon disse que isso protegera o trailer de trapeiros. Para ela, parecia uma gororoba gigante, só que com túneis até as janelas.

Enquanto seguia pela trilha, ela viu migalhas perdidas dessa espuma, compactadas na terra escura. Ele estava com as luzes do trailer totalmente acesas, e, ao chegar mais perto, pela janela, ela teve uma visão parcial de Burton se levantando e virando e, na coluna e na lateral do corpo, das marcas onde eles tiraram as hápticas, como se a pele estivesse coberta por algo prateado como escama de peixe morto. Disseram que podiam tirar isso também, mas ele não quis continuar voltando lá.

– Ei, Burton – chamou Flynne.

– Easy Ice – respondeu ele, usando o codinome de jogo dela, uma mão abrindo a porta com um empurrão e a outra vestindo uma camiseta branca nova numa puxada só por cima daqueles peitorais que os militares lhe deram, cobrindo o remendo prateado acima do umbigo, do tamanho e formato de uma carta de baralho.

Do lado de dentro, o trailer tinha cor de vaselina, era cravado de LEDs embutidos em âmbar do Hefty Mart. Ela o ajudara a varrer tudo antes de ele se mudar. Ele não se dera ao trabalho de pegar o aspirador Shop-Vac na garagem, só bombardeou o interior com uma boa dose de polímero chinês, que quando secou ficou liso e flexível. Dava para ver tocos de palitos de fósforo queimados lá dentro ou o papel com estampa de cortiça do filtro esmagado de um cigarro de venda legal, mais velho que ela. Ela sabia onde encontrar uma chave de fenda de joalheiro enferrujada, e, num outro lugar, uma moeda de 25 centavos de 2009.

Agora ele só tirava as coisas e jogava uma água com a mangueira, toda semana ou a cada quinze dias, como quem lava um pote tupperware. Leon disse que o polímero era curatorial, que dava para remover tudo e pôr o clássico americano no eBay. A sujeira que fosse junto.

Burton pegou a mão dela, apertou, puxando-a para cima e para dentro do trailer.

– Você vai pra Davisville? – perguntou ela.

– Leon vem me buscar.

– Lucas 4:5 está protestando lá. Shaylene me disse.

Ele deu de ombros, muitos músculos se mexeram, mas sem sair muito do lugar.

– Era você, Burton. Mês passado. No noticiário. Aquele funeral na Carolina.

Ele esboçou um sorriso.

– Você pode ter matado aquele garoto.

Ele balançou a cabeça, só um pouco, olhos semicerrados.

– Me dá medo você fazer uma merda dessas.

– Você ainda é a soldado destacada praquele advogado de Tulsa?

– Ele não está jogando. Ocupado com advocacia, acho.

– Você é a melhor que ele já teve. Mostrou isso pra ele.

– Só um jogo. – Para si mesma mais do que para ele.

– Devia estar arrumando um fuzileiro naval.

Ela pensou ter visto a coisa que a háptica fazia, depois o arrepio, depois parou.

– Preciso que você me substitua – disse ele como se nada tivesse acontecido. – Turno de cinco horas. Pilotar um quadricóptero.

Ela olhou para o monitor atrás dele. As pernas de alguma supermodelo dinamarquesa, entrando num modelo de carro que ninguém que ela conhecia jamais teria, ou provavelmente sequer veria na rua.

– Você está de licença por invalidez – disse ela. – Não deveria trabalhar.

Ele olhou para Flynne.

– Onde é o trabalho? – perguntou ela.

– Não faço ideia.

– Terceirizado? O VA vai te pegar.

– Game – disse ele. – Beta de um game aí.

– Atirador?

– Nada pra atirar. Cuidar do perímetro de três andares de uma torre, do 55 ao 57. Ver o que aparece.

– O que aparece?

– Paparazzi. – Ele mostrou o comprimento do dedo indicador. – Coisinhas pequenas. É pra entrar na frente deles. Pra recuarem. Só tem que fazer isso.

– Quando?

– Hoje à noite. Te habilito antes de Leon chegar.

– Tem que ajudar Shaylene, depois.

– Te dou duas de cinco. – Ele tirou a carteira da calça jeans, puxou duas notas novas: janelinhas, sem arranhões; hologramas, reluzentes.

Dobradas, foram para dentro do bolso da frente do short jeans dela.

– Diminui as luzes – disse ela. – Dói a vista.

Ele diminuiu, passando a mão pelo display, mas o lugar ficou parecendo o quarto de um garoto de 16 anos. Ela estendeu a mão e aumentou um pouco.

Ela se sentou na cadeira. Era chinesa, reconfigurou-se para a altura e peso dela, enquanto ele se sentou num banco velho de metal, quase sem tinta, e balançou uma tela para ela visualizar.

MILAGROS COLDIRON S.A.

– O que é isso? – perguntou ela.

– Pra quem estamos trabalhando.

– Como te pagam?

– Hefty Pal.

– Você vai ser pego, com certeza.

– Vai pra uma conta do Leon – disse ele. O serviço de Leon no Exército havia durado mais ou menos o mesmo que o de Burton nos Fuzileiros Navais, mas não concederam a Leon nenhuma licença por incapacidade. Ele não poderia, segundo a mãe deles, alegar que ficara lesado lá. Não que Flynne alguma vez tivesse achado que Leon fosse qualquer coisa que não dissimulado, sob as aparências, e preguiçoso. – Precisa do meu login e senha. *Hat trick*. – Como ambos pronunciavam a identificação dele, HaptRec, para manter a privacidade. Ele tirou um envelope do bolso de trás, desdobrou e abriu. O papel parecia espesso, macio.

– Da Fab?

Ele tirou um papel longo do mesmo material, com uma impressão que parecia ser um parágrafo inteiro de caracteres e símbolos.

– Se você escanear ou digitar do lado de lá dessa janela, estamos desempregados.

Ela pegou o envelope sobre o que imaginava ter sido, um dia, uma mesa para refeições dobrável. Era um dos itens de papelaria que Shaylene deixava inacessíveis, guardado literalmente fora de alcance, na prateleira mais alta. Quando chegavam cartas de pedidos de grandes empresas ou advogados, subiam ali. Ela passou o polegar sobre o logo no canto superior esquerdo.

– Medellín?

– Firma de segurança.

– Você disse que era um jogo.

– Tem 10 mil dólares no seu bolso.

– Você está fazendo isso há quanto tempo?

– Duas semanas. Folga aos domingos.

– Quanto você recebe?

– Vinte e cinco mil cada.

– Paga vinte, então. É em cima da hora e estou devendo a Shaylene.

Ele deu mais duas notas de cinco.

2

COOKIE DA MORTE

Netherton acordou com o selo de Rainey pulsando atrás das pálpebras no ritmo de um batimento cardíaco em repouso. Abriu os olhos. Sabendo que mexer a cabeça não era uma boa ideia, ele confirmou que estava na cama, sozinho. Dois fatos positivos nas atuais circunstâncias. Devagar, tirou a cabeça do travesseiro até conseguir ver que suas roupas não estavam onde ele supunha ter largado. Ele sabia que limpadores teriam saído do ninho debaixo da cama para arrastá-las dali, remover qualquer quantidade invisível de sebo, escamas de pele, particulados atmosféricos, resíduo de alimentos, outros.

– Emporcalhado – declarou ele, rouco, depois de imaginar por um instante esses limpadores da psique, e deixou a cabeça cair para trás.

O selo de Rainey começou a piscar, exigindo atenção.

Ele se sentou com cautela. Ficar de pé seria o verdadeiro teste.

– Sim?

Parou de piscar.

– *Un petit problème* – disse Rainey.

Ele fechou os olhos, mas aí só havia o selo dela. Abriu os olhos.

– Porra, Wilf, ela é problema seu.

Ele se contraiu, assustado com o tamanho da dor que isso causou.

– Você sempre teve esse traço puritano? Eu não tinha notado.

– Você é o relações-públicas – disse ela. – Ela é celebridade. Isso é relação interespécies.

Os olhos dele, um número acima do tamanho das órbitas, pareciam arenosos.

– Ela deve estar se aproximando do lixo – disse ele, numa tentativa espontânea de parecer alerta, no controle, e não com uma ressaca desastrosa e bem previsível.

– Estão quase sobrevoando a área – disse ela. – Com o seu problema.

– O que ela fez?

– Ficou evidente que um dos estilistas dela é também tatuador.

Mais uma vez, o selo se alastrou pela escuridão cheia de dor.

– Ela não fez isso – disse ele, abrindo os olhos. – Fez?

– Fez.

– Fizemos um acordo verbal extremamente específico a respeito.

– Dê um jeito – disse ela. – Já. O mundo está assistindo, Wilf. A raspa que conseguimos juntar, pelo menos. "Será que Daedra West fará as pazes com os remendadores? Será que devem apoiar nosso projeto?", estão se perguntando. Queremos "sim", e "sim".

– Eles comeram os dois últimos enviados – disse ele. – Numa alucinação sincronizada com uma floresta de códigos, convencidos de que seus visitantes eram espíritos de feras xamânicas. Fiquei três dias inteiros, mês passado, passando as orientações a ela no Connaught. Dois antropólogos, três curadores neoprimitivistas. Nada de tatuagem. Epiderme novinha, perfeitamente vazia. Agora me aparece essa.

– Convença ela a não fazer isso, Wilf.

Ele experimentou se levantar. Cambaleou, nu, até o banheiro. Urinou fazendo o máximo de barulho possível.

– Isso o quê, exatamente?

– Ficar planando sem...

– Esse é o plano...

– Sem nada no corpo além das novas tatuagens.

– Falando sério? Não.

– Sério – disse ela.

– A estética deles, caso não tenha notado, tem a ver com câncer de pele benigno, mamilos supranumerários. As tatuagens convencionais pertencem incontestavelmente aos ícones dos hegemônicos. É como usar piercing no pênis para se encontrar com o papa, e fazer questão que ele veja. Na verdade, é pior que isso. Como são?

– Lixo pós-humano, segundo você.

– As tatuagens!

– Algo a ver com o Giro – disse ela. – Abstratas.

– Apropriação cultural. Lindo. Não podia ser pior. Rosto? Pescoço?

– Não, felizmente. Se você a convencer a usar o macacão que estamos imprimindo na moby, pode ser que o projeto ainda esteja de pé.

Ele olhou para cima. Imaginou o teto se abrindo. Ele subindo. Para onde, ele não sabia.

– Tem também a questão do nosso apoio saudita – disse ela –, que é considerável. Tatuagens visíveis seriam demais. Nudez está fora de cogitação.

– Eles podem entender como sinal de disponibilidade sexual – disse ele, já tendo feito o mesmo.

– Os sauditas?

– Os remendadores.

– Podem entender que ela está se oferecendo para virar almoço – disse ela. – O último almoço deles, seja como for. Ela é um cookie da morte, Wilf, durante a próxima semana mais ou menos. Um beijo roubado que seja, e levam um choque anafilático. Tem algo nas unhas dela também, mas temos pouca clareza quanto a isso.

Ele enrolou uma toalha branca e grossa na cintura. Observou a jarra de água na bancada de mármore. Teve um espasmo no estômago.

– Lorenzo – disse ela, quando um selo desconhecido apareceu –, Wilf Netherton está recebendo o seu feed, em Londres.

Ele quase vomitou com o input súbito: luz salina intensa acima da Porção de Lixo do Pacífico, sensação de movimento para a frente.

AFASTANDO INSETOS

Ela conseguiu terminar a conversa com Shaylene ao telefone sem mencionar Burton. Shaylene saíra com ele algumas vezes no ensino médio, mas ficou mais interessada quando ele voltou dos Fuzileiros Navais, com aquele tórax e as histórias que corriam na cidade sobre a Haptic Recon 1. Flynne supunha que Shaylene estivesse fazendo o que os programas sobre relacionamento chamavam de "romantizar uma patologia". Não que houvesse algo muito melhor disponível na região.

Ela e Shaylene se preocupavam porque Burton podia ter problemas por causa de Lucas 4:5, mas era só nisso que concordavam em relação a ele. Ninguém gostava de Lucas 4:5, mas o não gostar de Burton era uma obsessão. A impressão dela era de que eram apenas oportunos, mas ainda assim tinha medo. Começaram como uma igreja, ou numa igreja, não gostando que ninguém fosse gay, fizesse aborto ou usasse métodos contraceptivos. Protestando em funerais militares, porque isso era algo que se fazia. Resumindo: não passavam de babacas e consideravam a medida do quanto Deus estava satisfeito com eles o fato de que todas as outras pessoas os achavam babacas. Para Burton, eram um escape de tudo o que conseguia mantê-lo na linha no restante do tempo.

Ela se inclinou para espiar debaixo da mesa o estojo preto de náilon onde ele guardava o tomahawk. Não ia querer que ele fosse para Davisville com aquilo. Ele chamava de machado, não tomahawk, mas machado era algo para cortar madeira. Ela pôs a mão embaixo da mesa, ergueu-o para fora, aliviada ao sentir o peso. Não era preciso abrir, mas ela abriu. A parte mais larga do estojo era a de cima, com espaço para a parte que cortaria madeira. Lembrava mais a lâmina de um cinzel, mas com bico de falcão. A parte de trás, que seria plana num machado, como a frente de um martelo, era pontuda, com uma miniatura da lâmina, só que curvada para o outro lado. As duas da espessura de um dedo mínimo, mas com extremidades que não seriam sequer sentidas no ato do corte. O cabo era elegante, um pouco curvo, com a madeira embebida em algo que a deixava mais resistente, flexível. O fabricante tinha uma forja no Tennessee, e todos da Haptic Recon 1 tinham um. Parecia usado. Cautelosa com os dedos, ela fechou o estojo e o colocou de volta debaixo da mesa.

Ela passou o celular pelo monitor para checar o Mapa de Crachás do condado. O crachá de Shaylene estava na Forever Fab, com um segmento roxo de ansiedade no anel de emoção. Ninguém parecia estar fazendo nada de mais, o que não chegava a surpreender. Madison e Janice estavam jogando videogame; Sukhoi Flankers, o simulador de voo vintage, era a principal fonte de renda de Madison. Os dois estavam com o anel bege, de tédio mortal, mas estavam sempre com o anel assim mesmo. Dava um total de quatro pessoas que ela conhecia trabalhando nessa noite, incluindo ela.

Ela dobrou o celular do jeito que gostava de usar para jogar, digitou HaptRec com o polegar na janela de login, digitou a senha longa pra cacete. Tocou em "IR". Nada aconteceu. Depois o monitor inteiro estalou, como o flash de uma câmera num filme antigo, prateado como as marcas da háptica. Ela apertou os olhos.

Em seguida, ela estava subindo, saindo de onde Burton disse ser uma plataforma de lançamento no teto de uma van. Como se ela estivesse num elevador. Nenhum controle ainda. E em volta dela, e isso ele não tinha dito, havia sussurros, insistentes ainda que fracos, como uma nuvem de atendentes invisíveis da polícia das fadas.

E esta outra iluminação noturna, chuvosa, rosa e prata, e, à esquerda de Flynne, um rio da cor de chumbo frio. Confusão escura de cidade, torres distantes, poucas luzes.

Câmera para baixo dava a ela o retângulo branco da van, encolhendo na rua abaixo. Câmera para cima, o prédio destacando-se num crescendo infinito, um penhasco do tamanho do mundo.

UMA CONQUISTA MUITO MERECIDA

Lorenzo, o câmera de Rainey, com o olhar calculado de um profissional, firme e sem pressa, encontrou Daedra do outro lado das janelas que davam para o convés dianteiro mais alto da moby.

Netherton não teria admitido a Rainey – a ninguém, na verdade –, mas ele realmente se arrependia do envolvimento. Ele se deixara impressionar pela autoimagem muito mais durável e de uma simplicidade muito mais brutal de outra pessoa.

Ele a avistou, ou melhor, Lorenzo a avistou, de jaqueta aviador com pele de carneiro, óculos escuros e nada mais. Notou, querendo não ter notado, um monte pubiano com um moicano que não estava lá na última vez em que deparara com ele. As tatuagens, ele supôs, eram representações estilizadas das correntes que alimentavam e mantinham o Giro do Pacífico Norte. Inchadas e brilhantes, sob algum unguento com base de silicone. Uma maquiagem teria transformado a coisa num detalhe.

Parte de uma janela deslizou. Lorenzo saiu.

– Estou com Wilf Netherton – Netherton o ouviu dizer. Aí o selo de Lorenzo sumiu, sendo substituído pelo de Daedra.

Ela levantou as mãos e segurou firme as lapelas da jaqueta aberta.

– Wilf. Tudo bem?

– Bom te ver – disse ele.

Ela sorriu, mostrando dentes cuja forma e distribuição pareciam ter sido decididas por um comitê. Ela puxou a jaqueta para mais perto, com punhos na altura do esterno.

– Está bravo por causa das tatuagens – disse ela.

– Combinamos, de fato, que você não faria isso.

– Tenho que fazer o que amo, Wilf. Eu não estava amando não fazer isso.

– Eu seria o último a questionar seu processo – disse Wilf, direcionando uma irritação intensa para o que ele esperava passar por sinceridade, se não compreensão. Era uma alquimia peculiar dele, a habilidade de fazer isso, ainda que agora tivesse a ressaca para atrapalhar. – Lembra-se da Annie, a mais inteligente das nossas curadoras neoprimitivistas?

Ela apertou os olhos.

– A bonitinha?

– Sim – disse ele, embora não tivesse achado muito. – Tomamos um drinque, Annie e eu, depois daquela sessão final no Connaught, depois que você teve que ir embora.

– O que tem ela?

– Ela estava pasma de tanta admiração, percebi. Pôs tudo para fora, assim que você saiu. Estava arrasada por ter ficado impressionada demais para falar com você, sobre a sua arte.

– Ela é artista?

– Acadêmica. Louca por tudo o que você já fez, desde a adolescência. Assinante do conjunto completo de miniaturas, sendo que não pode se dar a esse luxo, literalmente. Ao ouvir Annie, compreendi a sua carreira como que pela primeira vez.

Ela inclinou a cabeça, o cabelo balançou. A jaqueta deve ter aberto quando ela ergueu a mão para tirar os óculos escuros, mas Lorenzo não estava interessado.

Netherton arregalou os olhos, preparando-se para mandar um argumento em que ainda não pensara, sendo que nada do que dissera até então era verdade. Então lembrou que ela não podia vê-lo. Que ela estava olhando para alguém chamado Lorenzo, no convés mais alto de uma moby, do outro lado do mundo.

– Uma vontade dela, em especial, era transmitir uma ideia que resultou de conhecer você pessoalmente. Sobre uma nova noção de *timing* na sua obra. Ela vê o *timing* como a chave do seu amadurecimento como artista.

Lorenzo ajustou o foco. De repente, era como se Netherton estivesse a centímetros dos lábios dela. Ele se lembrou do sabor específico de frescor, do gosto não animal.

– *Timing*? – perguntou ela, inexpressiva.

– Queria ter gravado a conversa. Impossível parafrasear. – O que ele dissera antes? – Que hoje você está mais segura. Que sempre foi corajosa, intrépida, na verdade, mas que essa nova confiança é uma outra história. Uma conquista, nas palavras dela, muito merecida. Planejei discutir as ideias dela com você no nosso último jantar, mas acabou não sendo uma noite para isso.

A cabeça dela estava perfeitamente imóvel, nem um piscar de olhos. Ele imaginou o ego dela, chegando para boiar atrás desses olhos, para espiá-lo com desconfiança, algo tipo uma enguia, algo larval, de ossos transparentes. A atenção total voltada para ele.

– Se as coisas tivessem tomado um rumo diferente – ele se ouviu dizer –, acho que não estaríamos tendo esta conversa.

– Por que não?

– Porque Annie lhe diria que a entrada que você está considerando é o resultado de um impulso retrógrado, algo que é do início da sua carreira. Que não leva em conta essa nova percepção de *timing*.

Ela estava com o olhar fixo nele, ou melhor, em quem quer que fosse Lorenzo. Então sorriu. Prazer refletido pela coisa atrás dos olhos.

O selo de Rainey escureceu para efeito de privacidade.

– Eu poderia querer ter um filho seu agora – disse ela, de Toronto. – Só que eu sei que ele sempre mentiria.

LIBÉLULAS

Ela se esquecera de fazer xixi. Teve de deixar o quadricóptero no automático por um perímetro, a 5 metros do edifício do cliente, e correr até o novo banheiro de compostagem de Burton. Depois, fechou o zíper do short jeans, fechou o botão, jogou uma concha de serragem de cedro no buraco e saiu correndo, empurrando a porta com força e fazendo o grande tubo de álcool em gel do governo que ele pendurara do lado de fora cair com um baque e esguichar. Ela deu um tapa no plástico branco do tubo, pegou um pouco, esfregou nas palmas e se perguntou se ele roubara aquilo do hospital do VA.

De volta ao interior do trailer, abriu a geladeira, pegou um pedaço do charque caseiro de Leon e um Red Bull. Enfiou a tira torta de carne seca na boca ao se sentar e pegar o telefone.

Os paparazzi tinham voltado. Pareciam libélulas de asas duplas: asas ou rotores transparentes por causa da velocidade, pequeno bulbo claro na ponta da frente. Ela tentou contar quantas eram, mas eram rápidas, de movimento constante. Talvez seis, talvez dez. Estavam interessadas no edifício. Como IA emulando insetos, mas ela também sabia fazer isso. Elas não pareciam estar tentando fazer nada além de sair em disparada e sobrevoar, indo na direção do prédio. Ela avançou em algumas, viu que saíram velozes e se foram. Iam voltar. Parecia que estavam esperando alguma coisa, e ficava claro que estava no 56º andar.

O edifício era preto de alguns ângulos, mas sua cor era mesmo um marrom meio bronze muito escuro. Se tinha janelas, os andares por onde ela passava não tinham, ou então estavam com persianas fechadas. Havia grandes retângulos planos na frente, uns verticais, outros horizontais, sem nenhuma ordem.

As fadas tinham ficado quietas depois que ela passou do vinte, de acordo com o indicador de andares no monitor. Algum nível de protocolo mais rígido? Ela não teria se importado, caso voltassem. Não era muito interessante ali em cima, atacando libélulas. Se o tempo fosse seu, ela estaria dando uma olhada na vista da cidade, mas não estava sendo paga para apreciar a paisagem.

Parecia ter pelo menos uma rua que era transparente, lá embaixo, iluminada por baixo, como se fosse pavimentada com vidro. Quase nenhum tráfego. Talvez ainda não tivessem projetado essa parte. Ela achou ter visto algo andando, bípede, no limite de uma floresta ou parque, grande demais para ser humano. Alguns dos veículos não tinham nenhum farol. E algo enorme passara deslizando devagar, além das torres distantes, como uma baleia, ou um tubarão do tamanho de uma baleia. Luzes acesas, como um avião.

Testou o charque para ver se dava para mastigar. Ainda não.

Avançou com tudo numa libélula, câmera frontal. Não importava a rapidez dela, elas simplesmente iam embora. Então um retângulo horizontal desdobrou-se e baixou, formando um parapeito, mostrando a ela uma parede de vidro fosco, iluminado.

Tirou o charque da boca, pôs na mesa. Os insetos estavam de volta, competindo por um lugar na frente da janela, se é que era uma janela. A mão livre encontrou o Red Bull, abriu. Bebeu um pouco.

Em seguida, a sombra de uma bunda pequena de mulher apareceu contra o vidro fosco. Depois, espáduas, acima. Apenas sombras. Depois, mãos – de homem, pelo tamanho –, dos dois lados, acima das sombras das espáduas da mulher, dedos bem afastados.

Engoliu a bebida como xarope para tosse ralo e gelado.

– Saiam – disse ela, e voou no meio dos insetos, dispersando-os.

Uma das mãos do homem saiu do vidro, fazendo sua sombra desaparecer. Aí a mulher se afastou, e a outra mão do homem ficou onde estava. Flynne imaginou o homem ali apoiado no vidro, e que não houvera o beijo que ele esperava ou, se houvera, não o resultado desejado.

Melancólico, para um game. Dava para fazer a abertura de um programa sério sobre relacionamentos com isso. Então a mão que ficara sumiu. Ela imaginou um gesto de impaciência.

O celular dela tocou. Pôs no viva-voz.

– Tudo bom? – Era Burton.

– Entrei – disse ela. – Está em Davisville?

– Acabei de chegar.

– Lucas apareceu?

– Estão aqui – disse ele.

– Não mexe com eles, Burton.

– Sem chance.

Claro.

– Acontece alguma coisa neste jogo?

– As câmeras – disse ele. – Você está afastando elas?

– Estou. E uma espécie de sacada se abriu. Janela longa de vidro fosco, luzes acesas dentro. Vi sombras de gente.

– Viu mais do que eu.

– Vi um dirigível ou algo assim. Onde deve ser isso?

– Lugar nenhum. Só continua não deixando essas câmeras avançarem.

– Parece mais trabalho de segurança do que de game.

– Talvez seja um jogo sobre trabalhar com segurança. Tenho que ir.

– Por quê?

– Leon voltou. Cachorro-quente de kimchi. Ele queria que você estivesse aqui.

– Diz pra ele que eu estou na porra de um trabalho. Pra porra do meu irmão.

– Vou dizer – disse ele. Foi-se.

Ela foi para cima dos insetos.

REMENDADORES

Lorenzo captou a moby aproximando-se da cidade. As mãos dele, no corrimão, e as de Netherton, nos braços estofados da cadeira mais confortável da sala, pareceram fundir-se momentaneamente, uma sensação tão inominável como a cidade dos remendadores.

Não uma cidade, os curadores haviam insistido, mas uma escultura incremental. De modo mais apropriado, um objeto ritualístico. Cinza, translúcida e levemente amarelada, sua substância recuperava-se em forma de particulados suspensos do alto da coluna de água da Grande Porção de Lixo do Pacífico. Com um peso estimado de 3 milhões de toneladas que não parava de crescer, boiava com perfeição, era mantido à tona por bexigas segmentadas, cada uma do tamanho de um grande aeroporto do século anterior.

Tinha menos de cem habitantes conhecidos, mas, visto que seja lá o que o montasse de forma contínua também parecia engolir câmeras, relativamente pouco se conhecia sobre eles.

O carrinho de bebidas foi se aproximando pouco a pouco do braço da cadeira, lembrando-o do café.

– Pega isso agora, Lorenzo – mandou Rainey, e Lorenzo virou-se para focalizar Daedra, no meio de uma confusão de especialistas. Uma Michikoide de porcelana branca ajoelhada, com um traje vitoriano de marinheira, amarrando os tênis de Daedra, de couro e cano alto, habilmente arranhados. Uma variedade de câmeras sobrevoava, uma delas equipada com um ventilador para esvoaçar a franja dela. Ele supôs que o teste de vento indicava que ela ia entrar sem capacete.

– Nada mal – disse ele, admirando sem querer o corte do novo macacão –, se conseguirmos fazer com que ela fique nele. – Como se tivesse escutado, Daedra ergueu a mão, puxou o zíper de leve, depois um pouco mais, expondo um arco oleoso de uma corrente do Giro abstrata.

– Ficou esperta com o arquivo de impressão do zíper – disse Rainey. – Espero que não experimente abrir mais, não até descer lá.

– Ela não vai gostar – disse ele. – Quando descer.

– Ela não vai gostar de saber que você mentiu para ela sobre a curadora.

– A curadora pode ter tido pensamentos de uma semelhança incrível. Não saberemos até eu conversar com ela. – Ele pegou a xícara sem olhar, levou-a aos lábios. Muito quente. Puro. Talvez ele sobrevivesse. Os analgésicos estavam começando a fazer efeito. – Se ela receber a porcentagem dela, não vai ligar para um zíper emperrado.

– Isso supondo que o pow-wow seja produtivo.

– Ela tem todos os motivos para querer que seja um sucesso.

– Lorenzo pôs duas câmeras maiores na lateral – disse ela. – Estarão lá em breve. Primeira fila.

Ele observava os figurinistas, técnicos de maquiagem, afofadores variados e documentaristas.

– Quantos desse pessoal são nossos?

– Seis, incluindo Lorenzo. Ele acha que a Michikoide é a verdadeira segurança dela.

Ele fez que sim com a cabeça, esquecendo que ela não podia vê-lo, e derramou café no roupão de linho branco quando os feeds de duas câmeras em alta velocidade abriram-se no campo dele, dos dois lados de Daedra.

Feed da ilha deles sempre lhe dava comichão.

– A cerca de 1 quilômetro de distância agora, seguindo para oeste--noroeste, convergindo – disse Rainey.

– Você não poderia me pagar pra isso.

– Você não tem que ir lá, mas nós dois precisamos, sim, assistir.

As câmeras desciam por estruturas altas que lembravam velas de navio. Tudo simultaneamente ciclópico e insubstancial de forma preocupante. Uma vastidão de praças vazias, avenidas sem sentido pelas quais centenas podem ter marchado ombro a ombro.

Continuando a descer, por cima de crostas secas de alga, ossos descorados, amontoados de sal. Os remendadores, com a diretriz fundamental de limpar a coluna de água fétida, haviam montado esse local a partir de polímeros recuperados. A forma que o lugar tomara fazia parte das reações posteriores, de gestos improvisados, ainda que de uma feiura notável, que lhe dava vontade de tomar banho. O café começava a atravessar o roupão.

Daedra agora recebia ajuda para vestir o paraglider, que dobrado lembrava uma mochila bilobada escarlate, com o logo branco dos fabricantes.

– O glider é arranjo dela ou nosso?

– Do governo dela.

As câmeras pararam de súbito ao encontrarem uma à outra de forma simultânea sobre a praça escolhida. Desceram sobre cantos diagonalmente opostos, cada uma capturando a imagem idêntica da outra. Eram retângulos esqueléticos, do tamanho de uma bandeja de chá, cinza-mate, em torno de uma pequena fuselagem bulbosa.

Lorenzo ou Rainey aumentaram o áudio.

A praça se encheu de um gemido baixo, a paisagem sonora que era a marca registrada da ilha. Os remendadores haviam formado tubos ocos por cada estrutura. O vento soprava pelos topos abertos, gerando uma tonalidade composta e cambiante, que ele odiou desde a primeira vez que ouviu.

– Precisamos disso? – perguntou.

– É muito da atmosfera do lugar. Quero que o nosso público tenha isso.

Algo se movimentava ao longe, à esquerda dele.

– O que é aquilo?

– Andador movido a vento.

Quatro metros de altura, sem cabeça, com um número indeterminado de pernas, era daquele mesmo plástico oco e leitoso. Como a carapaça descartada de alguma outra coisa, movendo-se como se animado por titereiros desajeitados. Balançava de um lado para o outro à medida que avançava; um jardim de tubos no alto sem dúvida contribuía para o som da ilha de plástico.

– Eles o enviaram aqui?

– Não – disse ela. – Eles libertam os andadores, para vagarem com o vento.

– Não quero isso no enquadramento.

– Agora você é o diretor?

– Você não quer isso no enquadramento.

– O vento está resolvendo isso.

A coisa prosseguiu rígida, oscilando, nas pernas ocas, translúcidas.

No convés superior da moby, a equipe de apoio dela havia se retirado, ele notou. A Michikoide de porcelana branca permaneceu, verificando o paraglider, mãos e dedos com velocidade e precisão não humanas. A fita da boina de marinheiro tremulava com a brisa. Brisa de verdade, a câmera com ventilador agora ausente.

– Pronto, chegamos – disse Rainey, e ele viu o primeiro dos remendadores, uma câmera mudando o foco.

Uma criança. Ou alguma coisa do tamanho de uma criança. Curvada sobre o guidão de uma bicicletinha fantasmagórica, a estrutura da bicicleta da mesma translucência encrustada de sal da cidade e do andador de vento. Não motorizada, também parecia não ter pedais. O remendador prosseguia arrastando os pés repetidas vezes pela superfície da avenida.

Os remendadores repeliam Netherton ainda mais do que a ilha deles. Tinham pele em excesso, com uma leve variação de queratose actínica que, num paradoxo, os protegia dos cânceres dos raios ultravioleta.

– Só tem esse?

– O satélite mostra que estão convergindo na praça. Uma dúzia, incluindo esse. Conforme combinado.

Ele observou o remendador, gênero indeterminado, avançando com sua bicicleta movida a chutes, os olhos, ou possivelmente óculos, com um único borrão lateral.

VIGILANTE

Eles estavam se preparando para uma festa atrás do vidro fosco. Ela sabia porque estava claro agora, como o truque que Burton lhe ensinara com dois óculos escuros. Os insetos estavam de olho no vidro, então ela ficou em cima dos insetos, fazendo o que podia para variar o ângulo de ataque. Ela encontrara um submenu para manobras mais ostensivas, podendo fazer o quadricóptero se comportar de formas para as quais eles estavam menos preparados. Ela quase pegara um deles desse jeito, caindo nele. A proximidade acionara a captação de imagem, com o inseto num close extremo, mas a captação sumiu de imediato, sem ter como voltar. Pareceu algo que Shaylene imprimiria na Forever Fab. Um brinquedo ou uma bijuteria muito feia.

Ela devia ir atrás dos insetos, não pegá-los. Eles teriam um registro de tudo o que ela fazia, de qualquer modo. Então, ela ia apenas espantar insetos, mas, enquanto fazia isso, tinha mais do que um vislumbre do que acontecia lá dentro.

O casal que antes estava encostado na janela não estava lá. Não havia ninguém humano. Robôs, coisinhas bege, baixas, que se moviam quase rápido demais para serem vistas, aspiravam o chão, enquanto três garotas robôs quase idênticas arrumavam comida sobre uma mesa longa. Meninas robôs de anime clássico, rostos de porcelana branca quase sem feições. Fizeram três grandes arranjos de flores e agora transferiam comida de carrinhos para bandejas na mesa. Quando os carrinhos entraram, rolando sozinhos até a mesa, o borrão bege separou-se apenas o suficiente para dar passagem. Fluiu em torno deles como água mecânica, virando em ângulos retos perfeitamente rentes.

Ela estava se divertindo muito mais com aquilo do que Burton teria se divertido. Queria ver a festa.

Havia programas que mostravam pessoas se preparando para casamentos, funerais, o fim do mundo. Ela nunca gostara de nenhum deles. Mas eles não tinham garotas robôs nem robôs aspiradores super-rápidos. Ela vira vídeos de operários montando coisas em fábricas quase tão rápido assim, mas nada que as crianças pediam para Shaylene imprimir para elas se movia dessa forma, jamais.

Ela desceu sobre dois insetos, sobrevoou e examinou uma das garotas robôs sem mudar o foco. Ela usava um colete acolchoado cheio de bolsos com pequenas ferramentas brilhantes para fora. Usava algo que parecia um palito de dentes para arrumar individualmente coisas, pequenas demais para ver, em cima de sushis. Olhos pretos redondos no rosto de porcelana, mais separados que olhos humanos, mas não estavam ali antes.

Ela curvou um pouco mais o telefone, para dar um descanso aos dedos. Dispersando os insetos.

Como uma luz que foi apagada, o redemoinho bege no chão desapareceu todo, com a exceção de um coitadinho, parecendo uma estrela-do-mar, que teve de sair de cena carregado pelo que pareciam rodas nas extremidades das suas cinco pontas. Quebrado, ela supôs.

Uma mulher entrou. Morena, bonita. Não do tipo gostosa de game de garoto. Como a personagem de IA favorita de Flynne em Operação Vento do Norte, a garota francesa, heroína da Resistência. O vestido simples – como uma camiseta longa, um cinza-escuro que ficava preto onde tocava o corpo, fazendo Flynne se lembrar das sombras na janela – migrou para baixo, por vontade própria, deixando todo o ombro esquerdo à mostra enquanto ela andava ao lado da mesa.

As garotas robôs pararam o que estavam fazendo, ergueram a cabeça, agora totalmente sem olhos: órbitas rasas, lisinhas como as maçãs do rosto. A mulher contornou a cabeceira da mesa. Insetos de câmeras se amontoaram de repente.

Ouvia os dedos da mulher no telefone, jogando o quadricóptero de um lado para o outro, para cima, para baixo, para trás.

– Vazem – disse a eles.

A mulher parou diante da janela, olhando para fora, ombro esquerdo nu. Então o vestido subiu de volta com suavidade, cobrindo o ombro, a gola subindo num V, depois arredondando.

– Vazem, porra! – Partindo para cima dos insetos.

A janela voltou a se polarizar, ou qualquer outra coisa que fosse aquele efeito.

– Vão se foder – ela disse aos insetos, embora a culpa provavelmente não fosse deles.

Fez uma rápida checagem do perímetro, para o caso de alguma outra janela ter sido aberta, e para não perder alguma coisa. Nada. Nem um único inseto também.

De volta ao outro lado, os insetos já começavam a surgir, esperando. Ela passou voando entre eles, fazendo com que desaparecessem.

Empurrou com a língua o charque ruminado e mastigou. Coçou o nariz.

Sentiu cheiro de gel higienizador.

Foi atrás dos insetos.

8

PÊNIS DUPLO

O remendador chefe, a menos que estivesse usando um capacete carnavalesco feito com pele queratótica, não tinha pescoço. Tinha as feições aproximadas de um sapo-boi e dois pênis.

– Nauseante – disse Netherton, sem esperar nenhuma resposta de Rainey.

Talvez um pouco mais de 2 metros de altura, com braços desproporcionalmente longos, o chefe chegou em cima de um biciclo transparente, os raios ocos da roda grande seguiam o modelo dos ossos de um albatroz. Ele usava um tutu esfarrapado de destroços marítimos feitos de plástico puído por raios UV, e através de seus babados despedaçados podia ser visto de relance o que Rainey chamou de pênis duplo. O de cima, menor, se é que de fato era um pênis, estava ereto, talvez de forma perpétua, e coberto pelo que parecia um chapéu de festa de matéria córnea cinza e áspera. O outro, aparentemente mais convencional, embora enorme, pendia abaixo, frouxo.

– Ok – disse Rainey –, estão todos aí.

Entre as aberturas dos feeds gêmeos, Lorenzo estudava Daedra de perfil enquanto ela estava voltada para os cinco degraus dobráveis até o alto do parapeito da moby. Cabeça inclinada, olhar baixo, como se rezasse ou meditasse.

– O que ela está fazendo? – perguntou Rainey.

– Visualização.

– De quê?

– De si mesma, imagino.

– Você me fez perder uma aposta – disse ela. – Ao ficar com ela. Alguém achou que talvez ficasse. Eu disse que não ficaria.

– Não foi por muito tempo.

– Como estar só um pouco grávida.

– Gravidez curta.

Daedra ergueu o queixo e tocou, quase distraidamente, o pedaço monocromático da bandeira americana sobre o bíceps direito.

– Cena de ouro – disse Rainey.

Daedra atravessou os degraus, mergulhou com suavidade acima do parapeito.

Um terceiro feed colocou-se entre os outros dois, vindo de baixo.

– Microcâmeras. Enviamos algumas ontem – disse Rainey, quando o paraglider de Daedra se abriu, vermelho e branco, acima da ilha. – Os remendadores deixaram claro que estavam sabendo, mas não engoliram nenhuma delas ainda.

Netherton passou a língua no céu da boca, da direita para a esquerda, apagando o telefone. Viu a cama por fazer.

– O que você está achando do visual dela? – perguntou Rainey.

– Bom – ele disse, levantando-se.

Ele foi até a janela de concavidade vertical do canto. Ela se despolarizou. Ele olhou para o cruzamento abaixo, para a sua ausência de movimento inteiramente previsível. Sem o sal encrustado, o drama, a canção atonal do vento. Do outro lado da rua Bloomsbury, um louva-a-deus de 1 metro de comprimento e de um verde britânico brilhante, com decalques amarelos, estava grudado numa fachada estilo Queen Anne, realizando pequenas manutenções. Algum amador o estava operando por telepresença, ele supôs. Algo que seria melhor se feito por uma multidão invisível de montadores.

– Ela propôs fazer isso nua e coberta de tatuagens, e estava falando sério – disse Rainey.

– Quase nada coberta. Você viu as miniaturas das peles anteriores dela. Aquilo é estar coberta.

– Consegui não ver, obrigada.

Ele deu duas batidas no céu da boca, fazendo com que os feeds, esquerdo e direito, dos seus respectivos cantos da praça, lhe mostrassem o remendador chefe e seu séquito de onze, olhando para cima, imóveis.

– Olha pra eles.

– Você os odeia mesmo, não? – disse Rainey.

– Por que não deveria? Olha pra eles.

– Não é esperado que gostemos da aparência deles, é óbvio. O canibalismo é problemático, se aquelas histórias são verdadeiras, mas eles limparam a coluna de água, e sem praticamente nenhum dispêndio de capital da parte de ninguém. E é possível que eles agora sejam os donos do maior pedaço de polímero reciclado do mundo. Que, para mim, parece um país, se não for uma nação-Estado.

Os remendadores haviam formado um círculo torto, com seus patinetes e bicicletas movidas a chute, em torno do chefe, que deixara o biciclo de lado no chão, no canto da praça. Os outros eram tão pequenos quanto o chefe era grande, desenhos animados de uma repugnância compacta, de carne cinza e áspera. Vestiam camadas de trapos cinzentos de sol e sal. As modificações tinham sido desenfreadas, claro. A que parecia fêmea de modo mais óbvio entre eles tinha seis seios, com a pele exposta marcada não por tatuagens, mas por padrões intricados e sem sentido expressos por escamações de uma pseudoictiose. Todos tinham os mesmos pés descalços, sem dedos, que pareciam sapatos. Os trapos tremulavam ao vento, nada mais se movia na praça.

No feed central, Daedra desceu planando, dando uma curva ampla e voltando a subir. O paraglider alterava sua largura, seu perfil.

– Lá vem ela – disse Rainey.

Daedra planou baixo, ao longo da avenida mais ampla do cruzamento. O paraglider agora se metamorfoseava de forma ritmada, freando, como a filmagem acelerada de uma água-viva. Ela cambaleou pouco quando os pés encontraram o polímero, jogando lufadas de sal para cima.

O paraglider soltou-a e encolheu instantaneamente, para aterrissar sobre quatro pernas improváveis, mas só por um ou dois segundos. Depois, ficou caído, bilobado de novo, com o logo no alto. Nunca teria caído com o logo para baixo, ele sabia. Outra cena de ouro. O feed da microcâmera fechou.

Nos dois feeds das câmeras acima da praça, a partir de seus ângulos opostos, Daedra aproveitou o impulso, correndo – e mantendo-se ereta de modo impressionante – para dentro do círculo de pequenos vultos.

O remendador chefe virou-se sem erguer os pés. Os olhos, localizados nos cantos da vasta cabeça inteiramente não humana, pareciam algo rabiscado por uma criança, depois apagado.

– É agora – disse Rainey.

Daedra ergueu a mão direita no que poderia ter sido um gesto de saudação ou prova de que estava desarmada.

À esquerda, Netherton viu, começava a abrir o zíper do macacão. O zíper emperrou, um palmo de largura abaixo do esterno.

– Vaca – disse Rainey, quase empolgada, enquanto uma microexpressão de fúria azeda passou pelo rosto de Daedra.

A mão esquerda do remendador chefe, como uma peça de equipamento esportivo feita de couro cinza e manchada de sal, segurou o pulso direito dela. Ele a ergueu, fazendo os tênis cuidadosamente arranhados dela se afastarem do pavimento translúcido. Ela deu um chute nele, com força, na barriga frouxa, logo acima do tutu de plástico esfarrapado, fazendo o sal pular do ponto do impacto.

Ele a puxou para perto, deixando-a pendurada acima do pseudofalo com ponta de chifre. Então a mão esquerda dela tocou a lateral do corpo dele, abaixo das costelas. Dedos flexionados, mas soltos, polegar contra a carne cinza.

Ele estremeceu por um instante. Balançou.

Ela ergueu os pés, pôs sobre o estômago dele e empurrou. Quando ela afastou o punho, parecia estar extraindo uma fita métrica vermelha. Uma unha. Do comprimento, quando retirada por completo, do antebraço dela. O sangue dele, vermelho muito vivo, contrastava com um mundo cinza de fundo.

Ele a soltou. Ela caiu de costas, rolou, a unha agora da metade do tamanho anterior. Ele abriu a bocarra vasta, na qual Netherton viu apenas escuridão, e tombou para a frente.

Daedra já estava de pé, virando-se devagar, cada uma das unhas do polegar côncavas e levemente curvadas; a esquerda brilhava com o sangue do remendador.

– Hipersônica – disse uma voz desconhecida no feed de Rainey, sem gênero, com uma serenidade extrema. – Aproximação. Desaceleração. Onda de choque.

Ele nunca ouvira trovão ali antes.

Seis cilindros brancos, imaculados, verticais, espaçados com perfeição, haviam aparecido acima e um pouco para fora do círculo de remendadores que haviam todos largado as bicicletas e patinetes e dado um primeiro passo na direção de Daedra. Uma linha vertical de minúsculas agulhas laranja dançava para cima e para baixo de cada um, enquanto os remendadores, de algum modo que Netherton foi incapaz de compreender, eram retalhados, arremessados. O óculo dos feeds de Lorenzo congelou: num deles, a silhueta perfeita, impossível, extremamente negra de uma mão decepada, ocupando quase o enquadramento inteiro.

– Estamos muito fodidos – disse Rainey, num assombro total, infantil.

Netherton, vendo a Michikoide, no convés da moby, fazer brotar múltiplos olhos de aranha e fendas de canos de armas um instante antes de saltar sobre o parapeito, só pôde concordar.

PRISÃO PREVENTIVA

Londres.

Ela baixara a luz dos LEDs e viu que isso ajudava a localizar os insetos. Deixou assim. Vinha querendo descer pela lateral do edifício e voltar para a van, porque assim teria uma folga, ficaria livre para ver as coisas, mas eles simplesmente a jogaram para fora.

Desdobrou o telefone, estalou as juntas dos dedos, depois se sentou à luz brega do crepúsculo, fazendo busca de cidades por imagem. Não demorara. Curva do rio, textura dos prédios mais antigos, mais baixos, contraste entre isso e os prédios altos. A Londres real não tinha tantos prédios altos, e na Londres real os altos eram mais agrupados, tinham tamanhos e formas mais variados. Na Londres do game, eram megablocos, espaçados de modo uniforme, mas mais distantes, como numa grade de linhas. Uma grade própria deles, ela sabia, uma vez que Londres nunca teve isso.

Ela parou para pensar onde deixar o papel com o login. Decidiu pelo estojo do tomahawk. Quando estava pondo o estojo de volta embaixo da mesa, o telefone tocou. Leon.

– Onde ele está? – ela perguntou.

– Homes, prisão preventiva.

– Detido?

– Não. Trancafiado.

– O que ele fez?

– Surtou. Os caras do Homes ficaram todos sorridentes, depois. Tinham gostado. Deram um cigarro chinês personalizado para ele.

– Ele não fuma.

– Pode trocar por alguma coisa.

– Pegaram o celular dele?

– O Homes pega o celular de todo mundo.

Olhou para o dela. Macon acabara de imprimi-lo para ela na semana anterior. Esperava que ele tivesse feito tudo certo, agora que os computadores do Homeland estariam olhando para o telefone dela.

– Disseram quanto tempo ele vai ficar lá?

– Nunca dizem – disse Leon. – Faz mais sentido se for até Lucas dispersar.

– Como anda isso?

– Meio que o mesmo de quando chegamos.

– O que aconteceu?

– Garoto grandão, segurando uma ponta de um cartaz do tipo "Deus odeia tudo". Burton disse pra te dizer mesma hora, mesmo lugar. O que você está fazendo pra ele. Até ele voltar. Disse cinco extra a cada duas vezes.

– Diz pra ele que valem cinco extra cada. O que estariam pagando a ele.

– Você me deixa feliz por eu não ter irmã.

– Você tem uma prima, cuzão.

– Grande merda.

– Não perde Burton de vista, Leon.

– Falou.

Ela verificou Shaylene no Mapa de Crachás. Ainda lá, ainda sinalizando o roxo. Ela iria até lá de carro. Talvez falar com Macon, perguntar do telefone de Burton, e do dela.

O APERTO DAS BACANTES

O lugar era onde turistas iam beber escondido, Netherton supôs. Um arco emparedado da década de 1830 num canto do nível inferior de Covent Garden, cuja única funcionária era uma Michikoide que ele ficava esperando irromper com aparelhos de mira a qualquer momento. Havia um letreiro de bar com uma aparência vigorosa de autenticidade e tamanho padrão, com uma representação de algo que ele imaginou serem bacantes, várias delas, montado acima de um balcão de comprimento suficiente para quatro bancos e a saleta acortinada onde ele agora estava sentado, aguardando Rainey. Ele nunca vira outro cliente no local, motivo pelo qual o sugerira.

A cortina, de plush espesso vinho, moveu-se. O olho de uma criança apareceu, castanho, sob uma franja clara.

– Rainey? – ele perguntou, embora tivesse certeza de que era ela.

– Desculpe – disse a criança, entrando rápido. – Não tinham nada pra adulto. Tem alguma coisa muito popular na ópera hoje à noite, então já estão usando tudo do bairro.

Ele a imaginou agora, deitada num sofá no seu apartamento alongado em Toronto, uma ponte atravessando a avenida, conectando duas torres mais antigas. Estaria usando uma faixa no cabelo, para enganar seu sistema nervoso, fazendo-o acreditar que os movimentos do periférico alugado eram dela num sonho.

– Não quero saber de Michikoides – disse ela, aparentando 10 anos, talvez menos, e, à maneira de muitos alugados do tipo, não se parecendo com ninguém em especial. – Vi a da moby, enquanto ela fazia a guarda de Daedra. Sórdida. Se movem como aranhas quando precisam. – Pegou a cadeira em frente a ele, observou-o com desânimo.

– Onde ela está?

– Não se sabe. O governo dela enviou uma espécie de aeronave, mas é claro que apagaram a extração. Ordenaram a retirada da moby.

– Mas você ainda conseguiu ver?

– Não a extração, mas todo o resto. O grandão de cara no chão, o restante deles picotado e retalhado. Mais nenhum apareceu, então não teve mais baixas. Bom para nós, em teoria, supondo que o projeto continue, seja como for.

– Sua amiga deseja alguma coisa, senhor? – perguntou a Michikoide, do outro lado da cortina.

– Não – disse ele, uma vez que não fazia nenhum sentido pôr bebida boa num periférico. Não que a bebida dali fosse boa.

– Ele é meu tio – disse ela, alto. – Sério.

– Você sugeriu que nos encontrássemos assim – lembrou-lhe Netherton. Deu um gole do uísque menos caro que tinham, idêntico ao mais caro que tinham, o qual ele provara enquanto esperava por ela.

– Merda – disse ela, um gesto da mão pequena para se referir à situação deles. – Muita merda. Neste momento. Jogada em muitos ventiladores. Grandes.

Rainey era empregada, pelo que ele entendia, pelo governo canadense, ainda que o governo estivesse sem dúvida isolado hermeticamente de qualquer responsabilidade pelos atos dela. Ele considerava o arranjo de uma simplicidade surpreendentemente óbvia e vulnerável, já que era provável que ela soubesse, pelo menos de forma aproximada, quem eram seus supervisores.

– Pode ser mais específica?

– Os sauditas estão fora.

Ele esperava por isso.

– Singapura está fora – continuou ela. – Meia dúzia das nossas maiores ONGs.

– Fora?

A cabeça de criança fez que sim.

– França, Dinamarca...

– Quem restou?

– Estados Unidos – disse ela. – E uma facção do governo da Nova Zelândia.

Ele deu um pequeno gole do uísque. Sentiu a pequena língua de fogo na dele.

Ela inclinou a cabeça.

– Foi considerado assassinato político.

– Isso é absurdo.

– É o que nós ouvimos.

– Nós quem?

– Não pergunte.

– Não acredito.

– Wilf – disse a criança, inclinando-se para a frente –, aquilo foi encomendado. Alguém nos usou para ajudar a matá-lo, sem mencionar o séquito.

– Daedra teria uma porcentagem significativa em qualquer resultado bem-sucedido. Fora isso, o que aconteceu não pode ser bom para ela.

– Legítima defesa, Wilf. Conclusão mais óbvia que existe. Você e eu sabemos que ela queria provocá-los. Ela precisava de uma desculpa para alegar legítima defesa.

– Mas ela ia ser sempre a figura de contato, não ia? Ela já era parte do pacote quando você se candidatou à sua função. Não era?

Ela fez que sim.

– Depois você me contratou. Quem a trouxe pela primeira vez?

– Essas perguntas – disse ela, a dicção da criança ficando cada vez mais precisa – indicam que você não entende a nossa situação. Nenhum de nós dois pode se dar ao luxo de ter qualquer interesse nas respostas a esse tipo de pergunta. Vamos levar um golpe nessa, Wilf, profissionalmente. Mas isso... – ela não terminou.

Ele olhou nos olhos imóveis do alugado.

– É melhor do que ser o objeto de outro?

– Nós nem sabemos – disse a criança com firmeza – nem desejamos saber.

Ele olhou para o uísque.

– Eles a protegeram com um sistema hipersônico de entrega de armas, não foi? Algo orbital, pronto para descer e entrar.

– Mas eles fariam isso, o governo dela. É o que fazem. Mas não deveríamos nem estar discutindo isso agora. Acabou. Nós dois precisamos que acabe. Já.

Ele olhou para ela.

– Poderia ser pior – disse ela.

– Poderia?

– Você ainda está aí – disse a criança. – Eu estou em casa, quentinha de pijama. Estamos vivos. E prestes a começar a procurar emprego, imagino. Vamos deixar assim, ok?

Ele fez que sim.

– Isso provavelmente seria um pouco menos complicado se você não tivesse tido um relacionamento sexual com ela. Mas foi breve. E acabou. Acabou, não acabou, Wilf?

– É claro.

– Nenhuma ponta solta? Não esqueceu seu kit de barbear? Porque precisamos que acabe, Wilf. Mesmo. Precisamos que não haja realmente nenhum motivo para que você venha a se comunicar com ela de novo.

Então ele se lembrou.

Mas ele podia resolver isso. Não era necessário contar a Rainey.

Pegou o uísque.

TARÂNTULA

Trancou a bike no beco e usou o celular para entrar pelos fundos da Forever Fab, sentindo o cheiro da panqueca e do arroz com camarão especial do Sushi Barn. A panqueca significava que estavam imprimindo com aquele plástico que dava para ser usado em compostagem. O especial de camarão era o lanche da madrugada de Shaylene.

Edward estava num banquinho no meio da sala, monitorando. Usava óculos escuros contra os flashes de UV, com o Viz atrás dos óculos, de um lado. À luz baixa, os óculos pareciam da mesma cor do rosto, mas mais brilhantes.

– Viu Macon? – ela perguntou.

– Nada de Macon. – Quase comatoso de tédio e do horário.

– Quer fazer um intervalo, Edward?

– Estou bem.

Ela olhou de relance para a bancada longa, lotada de trabalhos precisando de remoção de placenta, alisamento e montagem. Ele passara muitas horas diante daquela bancada. Shaylene era uma fonte sólida de empregos temporários para quem se dava bem com ela e era rápido com as mãos. Pareciam estar imprimindo brinquedos, ou talvez decorações para o Quatro de Julho.

Ela foi à parte da frente, encontrou Shaylene assistindo ao jornal: espíritos de porco carregando cartazes. Shaylene olhou para ela.

– Soube de Burton?

– Não – mentiu Flynne. – O que está acontecendo? – Não queria conversa sobre o tema Burton. As chances de evitar eram zero.

– O Homeland levou embora alguns veteranos. Estou preocupada com ele. Consegui Edward pra substituir você.

– Eu vi – disse Flynne. – Café da manhã?

– Acordou cedo.

– Não dormi. – Ela não dissera antes o que tinha que fazer, não diria agora. – Viu Macon?

Shaylene foi mudando a tela com uma unha elegante de resina, Lucas 4:5 ficando para trás no verde de alguma savana imaginária.

– Não foi esse tipo de noite. – Querendo dizer que montara a bancada para a madrugada porque havia excesso de trabalho, não porque Macon precisava de paz e tranquilidade para fabricar seus fajutos. Flynne não sabia ao certo quanto da renda da Fab era fajuta, mas supunha que boa parte era. Havia uma franquia da Fabbit na rodovia, a 2 quilômetros, com impressoras maiores, outros tipos, mas na Fabbit não se fazia nada fajuto. – Estou de dieta – disse Shaylene. Flamingos subiram da savana.

– Por isso o roxo?

– Burton – disse Shaylene, levantando-se, passando um dedo para dentro da calça jeans para puxar na cintura.

– Burton sabe se cuidar.

– O VA não está fazendo porra nenhuma pra ajudar na recuperação dele.

O que Shaylene via como sintoma primário do estresse traumático de Burton, pensou Flynne, era a atual incapacidade dele para convidá-la para sair.

Shaylene suspirou, isso Flynne não entendia, como era o irmão dela. Shaylene tinha cabelão sem ter de fato, a mãe de Flynne dissera uma vez. Algo que atravessava qualquer mudança, como tinta de marcador atravessa tinta látex. Flynne gostava dela, exceto pela coisa com Burton.

– Se vir Macon, pede pra entrar em contato comigo. Estou precisando de ajuda com meu telefone. – Começou a se virar para sair.

– Desculpe por eu ser uma vaca – disse Shaylene.

Flynne apertou o ombro dela.

– Te aviso assim que tiver notícia dele.

Saiu pelos fundos, com um aceno de cabeça para Edward.

Conner Penske passou correndo na Tarântula quando ela estava saindo de um beco atrás da Fab. O que restara dele, um rabisco preto irregular atrás das duas rodas dianteiras. Janet costurava para ele umas coisas cheias de zíperes que pareciam meias de Polartec preto. Pareciam, enquanto Janet as fazia, estojos sob medida para coisas que não dava para imaginar, que era o que Flynne achava que eram. O único outro veterano da HaptRec da cidade, ele voltara em uma das formas que ela temia que Burton voltasse: sem uma perna, o pé da outra, o braço do outro lado, o polegar e dois dedos da mão que restara. Rosto bonito sem uma cicatriz, o que ficava mais estranho. Ela sentiu cheiro de gordura de frango frito pairando no rastro do escapamento do triciclo, enquanto a superfície reluzente da traseira enorme desaparecia pela Baker Way. Passava à noite, geralmente por estradas de condado – deste e dos dois ou três seguintes –, dirigindo uma jamanta com servomotor paga pelo VA. Ela imaginou que essa era uma forma de escape para ele. Simplesmente não parava até o combustível começar a acabar, preso a um cateter de Texas e sob o efeito de algo que o deixava sonolento. Dormia o dia todo se pudesse. Burton dava uma mão pra ele em casa, às vezes. Ele a deixava triste. Um menino doce no ensino médio, sempre tão bonito. Nem ele nem Burton nunca tinham dito nada a ninguém, que ela soubesse, sobre o que acontecera com ele.

Ela pedalou até o Jimmy's, deixando o cubo fazer quase todo o trabalho. Entrou e se sentou ao balcão, pediu bacon, ovos e torrada, sem café. No espelho da Red Bull atrás do balcão, o touro desenhado notou a presença dela, piscou. Ela desviou o olhar. Detestava quando o bicho falava, chamava a pessoa pelo nome.

Esse espelho era a última novidade no Jimmy's, um lugar que já era velho quando a mãe dela estava no colegial. Tudo que era velho no Jimmy's fora pintado em algum momento com uma ou outra geração de marrom-escuro e brilhante, inclusive o piso. As cebolas começavam a fritar para o povo do almoço. Os olhos dela arderam. Ia ficar com o cheiro no cabelo.

O Hefty Mart estaria aberto. Ela andaria pelos corredores, enquanto empilhadeiras traziam estrados envoltos em filme plástico.

Ela gostava de ficar lá dentro, cedo. Gastaria uma das notas de cinco novinhas com duas sacolas de comida, coisas que iam durar no armário da cozinha. Os vizinhos tinham todos plantado legumes e verduras, mais do que eram capazes de consumir num período aleatório de chuvas. Depois ela passaria na Pharma Jon e gastaria mais cinco com as receitas da mãe. Mais tarde, voltaria para casa, tiraria tudo do cesto da bicicleta e levaria para a despensa, com sorte, sem acordar ninguém além do gato.

A borda do balcão era coberta de LEDs como os do trailer de Burton, sob uma aplicação mais desleixada de polímero. Ela nunca os vira acesos, mas fazia pelo menos um ano que não entrava lá com o local no modo bar. Apertou o polímero com o polegar, sentindo-o ceder.

Burton e Leon, antes de se alistarem, aprenderam que dava para usar uma seringa para injetar o mesmo material, ainda líquido, numa parte do cartucho da bala de espingarda que segurava o tiro, depois passar Durepox rapidamente para tapar o buraco feito. O polímero ficava úmido lá dentro, pelo menos na maioria das vezes, entre as bolinhas de chumbo, que assim não expandiam. Quando se atirava uma, o material solidificava ao sair do cano, produzindo um caroço estranho, em forma de batata, de polímero e chumbo, tão lento que era quase possível vê-lo tombar para fora do cano. Pesado, elástico, quicava nas paredes e tetos de concreto, no abrigo de tempestades do condado, tentando acertar coisas pelos cantos. Leon conseguira as chaves do lugar. Ficava estranho quando não tinha mais ninguém lá dentro, se escondendo de um furacão. Burton, depois de algum tempo, chegou a conseguir acertar coisas pelas quinas, mas o som da Mossberg doía nos ouvidos dela, mesmo com protetores.

Burton era diferente nessa época. Não só mais magro, desengonçado, o que parecia impossível agora, mas bagunçado. Ela notara, na noite anterior, que todas as coisas nas quais não tocara, dentro do trailer, estavam arrumadas com perfeição em relação ao canto de alguma outra coisa. Leon disse que os militares tinham transformado Burton num neurótico por arrumação, mas ela não tinha parado para pensar nisso antes. Lembrou a si mesma de pôr a lata vazia de Red Bull na lixeira de reciclagem e de organizar melhor as coisas depois.

Uma garota trouxe os ovos.

Ouviu o triciclo de Conner passar de novo, do outro lado do estacionamento. Nada mais na estrada fazia esse som. A polícia praticamente o deixava passar direto, porque ele quase sempre andava de madrugada.

Ela esperava que ele estivesse indo para casa.

12

TILACINO

Ele queria impressioná-la, e que maneira melhor do que oferecer algo que o dinheiro não podia comprar? Algo que pareceu a ele uma história de fantasmas na primeira vez que Lev explicou.

Ele contou a ela na cama.

– E estão mortos? – ela perguntara.

– Provavelmente.

– Há muito tempo?

– Desde antes da Sorte Grande.

– Mas vivos, no passado?

– Não no passado. Quando a conexão inicial é feita, isso não aconteceu no nosso passado. Tudo conflui, ali. Eles não estão mais se dirigindo para isso, então nada muda aqui.

– Na minha cama? – Ela abriu os braços e as pernas, sorriu.

– No nosso mundo. História. Tudo.

– E ele os contrata?

– Sim.

– Paga com quê?

– Dinheiro. Moeda do mundo deles.

– Como ele consegue obter? Ele vai até lá?

– Não dá para ir lá. Ninguém pode ir. Mas dá para trocar informações, para que o dinheiro seja feito lá.

– Quem é ele mesmo?

– Lev Zubov. Estudamos na mesma escola.

– Russo.

– A família é clepto antiga. Lev é o mais jovem. Criação do lazer. Tem hobbies, Lev. Esse é o mais recente.

– Por que nunca ouvi falar disso antes?

– É novo. É discreto. Lev procura novidades, coisas em que sua família poderia investir. Ele acha que essa talvez venha de Xangai. Algo a ver com tunelamento quântico.

– Quanto tempo eles conseguem voltar?

– Vinte e três anos, no máximo. Ele acha que nessa época algo mudou, atingiu certo nível de complexidade. Algo que ninguém lá teve nenhuma razão para notar.

– Me lembre disso depois. – Ela estendeu os braços para ele. Nas paredes, peles removidas e emolduradas de três dos seus eus mais recentes. A pele mais nova abaixo dele, ainda sem registros.

Dez da noite agora, na cozinha da casa de Notting Hill do pai de Lev, sua casa da arte.

Netherton sabia que existia uma casa do amor também, em Kensington Gore, algumas casas de negócios, além da casa da família em Richmond Hill. A casa de Notting Hill fora a primeira propriedade do avô de Lev em Londres, adquirida no meio do século, bem quando a Sorte Grande começou. Fedia às conexões que davam lugar à sua lenta decomposição. Não havia limpadores ali, nem montadores, nem câmeras, nada controlado por fora. Não era possível comprar permissão para isso. O pai de Lev simplesmente a tinha, e era provável que Lev teria também, embora seus dois irmãos, os quais Netherton evitava quando possível, parecessem mais adequados para exercer a conectividade muscular necessária para rctê la.

Ele observava um dos dois análogos de tilacino de Lev pela janela da cozinha, resolvendo suas necessidades com a cauda rígida, ao lado de um canteiro iluminado de hostas. Ele se perguntou quanto valeriam seus excrementos. Havia escolas concorrentes de tilacinagem, guerra de genomas, outro hobby de Lev. O animal se virou então, ao seu modo não canino, o flanco com listras verticais um tanto heráldico, e pareceu olhar fixamente para ele. O olhar de um predador mamífero, nem canídeo nem felídeo, era algo peculiar, Lev dissera. Ou talvez Dominika tivesse um feed nos olhos dele. Ela não gostava de Netherton. Desaparecera quando ele chegou, no andar de cima, ou talvez descera ao iceberg tradicionalmente profundo de subporões oligárquicos.

– Não é tão simples – disse Lev agora, pondo uma caneca de café de um vermelho vivo numa mesa de pinho arranhada, diante de Netherton, ao lado de uma peça de Lego amarela do filho. – Açúcar? – Ele era alto, tinha barba castanha, óculos arcaicos, era desleixado de forma ostensiva.

– É, sim – disse Netherton. – Diga a ela que parou de funcionar. – Ele olhou para Lev. – Você me disse que poderia acontecer.

– Eu te disse que nenhum de nós faz ideia de quando nem por que começou, de quem pode ser o servidor, muito menos por quanto tempo pode continuar disponível.

– Então diga a ela que parou. Tem conhaque?

– Não – disse Lev. – Você precisa de café. Conhece a irmã dela, Aelita? Ele se sentou em frente a Netherton.

– Não. Ia conhecer. Antes. Elas não pareciam tão próximas.

– Próximas o suficiente. Daedra não queria. Nem eu ia querer, para ser franco. Não fazemos esse tipo de coisa se quisermos levar a sério os contínuos.

– Não queria?

– Me fez dar para Aelita.

– Para a irmã dela?

– Ele é parte da segurança de Aelita agora. Uma parte muito pequena, mas ela sabe que ele está lá.

– Demite ele. Acaba com isso.

– Sinto muito, Wilf. Ela acha interessante. Vamos almoçar na quinta, e espero conseguir explicar que polts não são a essência dos contínuos. Acho que ela pode entender. Parece inteligente.

– Por que não me disse?

– Achei que você estivesse sobrecarregado. E, para ser franco, o que você dizia não estava fazendo muito sentido àquela altura. Daedra ligou, me disse que você era um amor, que não queria te magoar, sugeriu que eu desse para a irmã dela, que gosta de coisas esquisitas. Não me pareceu que você estivesse designado a ser uma parte muito permanente da vida dela, então não achei que tivesse problema. Em seguida, Aelita ligou e demonstrou uma curiosidade genuína, então dei a ela.

Netherton levantou o café com as duas mãos, bebeu, refletiu.

Concluiu que o que Lev acabara de lhe contar, na verdade, resolvia o problema. Ele não tinha mais uma conexão com Daedra. De forma indireta, ele apresentara um amigo à irmã de alguém com quem ele se envolvera antes. Ele não sabia muito sobre Aelita, além do fato de que seu nome era homenagem a um filme soviético mudo. Não houvera muita menção dela no material informativo de Rainey, e ele se distraíra.

– O que ela faz? Algum cargo diplomático honorário?

– O pai delas era embaixador itinerante para resolução de crises. Acho que ela herdou um pouco disso, embora se possa dizer que Daedra é mais a versão contemporânea.

– Incluindo as unhas?

Lev franziu o nariz.

– Você foi demitido?

– Parece que sim. Ainda não formalmente.

– O que vai fazer?

– Aceitar o fracasso e seguir em frente. Agora que você explicou as coisas, não vejo nenhuma razão para a irmã de Daedra não ficar com o polt dela. – Tomou mais café. – Por que chama eles assim?

– Fantasmas que movem coisas, acho. Olá, Gordon. Menino bonito.

Acompanhando o olhar de Lev, Netherton encontrou o tilacino, ereto sobre as patas traseiras, no pequeno pátio, olhando para eles. Ele realmente estava louco por um drinque e lembrou onde poderia provavelmente encontrar um. Mas só um.

– Preciso pensar – disse ele, levantando-se. – Se importa se eu der uma volta pela coleção?

– Você não gosta de carros.

– Gosto de história – disse Netherton. – Caminhar pelas ruas de Notting Hill não me atrai.

– Gostaria de companhia?

– Não. Preciso refletir.

– Sabe onde fica o elevador – disse Lev, levantando-se para deixar o tilacino entrar.

13

EASY ICE

Ficou solta no tempo por dormir durante o dia no quarto. Quantos anos ela tinha? Seriam 7, 17, 27? Pôr do sol ou amanhecer? Não sabia dizer pela luz de fora. Verificou o celular. Começo da noite. A casa em silêncio, sua mãe provavelmente dormindo. Do outro lado do cheiro de 50 anos de *National Geographic* do seu avô nas prateleiras do corredor. No andar de baixo, ela encontrou café morno no bule sobre o fogão, depois voltou para uma ducha à luz evanescente. O sol aquecera a água na medida certa. Saiu do box enrolada no roupão velho de Burton, esfregando os cabelos numa toalha, pronta para se vestir para o trabalho.

Algo que ela aprendera com Burton e os militares, que não se fazia as coisas com as mesmas roupas que se usa para fazer nada. Você se aprontava, o seu objetivo fazia o mesmo. Quando ela tinha sido ponto de reconhecimento de Dwight, não deixava de se arrumar. Duvidava que voltasse a fazer aquilo, ainda que tivesse sido a grana mais alta que conseguira ganhar. Ela não gostava de jogar, não do jeito que Madison e Janice gostavam. Fizera pelo dinheiro, ficara tão boa num posto e numa missão específicos da Operação Vento do Norte que Dwight não aceitaria nenhuma outra pessoa. Só que ia ter que aceitar agora.

Ela queria estar apresentável na noite de hoje, não só pelo emprego. Queria ver o máximo que pudesse de Londres. Talvez fosse um jogo de que ela pudesse gostar. Burton disse que não era de tiro. Ela queria saber mais sobre a mulher, ver como ela vivia. Subiu de novo, remexeu nas roupas empilhadas na poltrona. Encontrou sua calça jeans preta mais nova, que ainda estava bem preta, e a camisa preta de manga curta de quando trabalhara no Coffee Jones. Meio militar, bolsos cargo e aquelas tiras nos ombros. Ela tirara o bordado do Coffee Jones, deixara o "FLYNNE" em letras vermelhas sobre o bolso esquerdo. Os tênis não iam bem com preto, mas eram os únicos que tinha. Estava planejando pedir para Macon fazer fajutos, mas não encontrara nenhum de que gostasse de verdade para que ele copiasse.

De volta à cozinha, fez um sanduíche de queijo e presunto, pôs num tupperware, dobrou o celular em volta do pulso esquerdo e seguiu para o trailer no escuro, ouvindo uma nova faixa do Kissing Cranes. Leon ligou antes do refrão. Ela deixou no pulso.

– Oi – disse ela. – Ele já saiu?

– O Homes tá se preparando pra soltar todo mundo. Lucas decidiu que o trabalho do Senhor está quase completo, por ora.

– E você, o que anda fazendo?

– No fundo da porra do poço. Joguei muito bilhar, dormi no carro, consegui não ficar na rua.

– Falou com Burton de novo?

– Não, botaram todos no centro da pista do Colégio West Davis. Eu podia subir na arquibancada e assistir a eles jogando carta, comendo ração militar ou dormindo. Não ia ter muito propósito.

Talvez chato o suficiente para impedir que Burton volte para lá da próxima vez, mas ela duvidava.

– Quando soltarem ele, fala pra me ligar.

– Vou falar – disse Leon.

Quando o Kissing Cranes voltou, ela viu o tubo de higienizador de mãos na porta do banheiro de compostagem. Estava coberto de QRs e números de requisição, a tinta começando a desbotar. Mas ela já havia usado o banheiro de casa. Ao abrir a porta do trailer, se deu conta de que Burton nunca trancava, nem sequer havia uma tranca. Ninguém entrava sem ele pedir.

Ela esquecera que ia esquentar, fechada ali o dia todo. Leon queria pôr ar-condicionado, mas Burton não se interessou. Não costumava ficar em casa durante o dia. Talvez camisa e calça jeans não tivesse sido uma boa ideia.

Pôs o sanduíche na geladeira, abriu a janela o máximo que pôde. Uma aranha dourada e preta começara a tecer uma teia por um dos túneis de espuma do lado de fora.

Ela deu uma arrumada, ajeitando as coisas. Quando andava de um lado para o outro, a cadeira chinesa tentou se ajustar para ela. Não tinha certeza se isso a agradava, mas, quando finalmente se sentou, o ajuste estava perfeito.

Tirou o celular do pulso, dobrou no seu ângulo de controle favorito, passou sobre o monitor dele. Checou o Mapa de Crachás. Shaylene já estava na Fab, ainda mostrando ansiedade, e Burton agora aparecia como fora do mapa. O que depois se revelou como o estacionamento do Hefty Mart em Davisville, que ela imaginou estar cheio de caminhões brancos do Homeland, um deles com o telefone de Burton bloqueado. Franziu o cenho. Homes ia saber que ela acabara de checar isso, o que não era problema. Seria problema se notassem que o telefone dela era fajuto. Não havia nada que pudesse fazer quanto a isso, porém. Saiu do Mapa e voltou às pesquisas que fizera sobre Londres na noite anterior.

Continuou com esperança de que Burton ligasse, que já estivesse solto, mas realmente parecia que iam soltá-lo, pelo que Leon dissera, então ela continuou clicando, indo mais fundo na Londres aleatória. A cidade do jogo era Londres, com certeza, mas uma Londres onde crescera algo maior e de aparência mais rígida.

Quando chegou a hora, ela tirou o login do estojo do tomahawk, acenou um dedo para Milagros Coldiron S.A. e entrou no *string*.

Desta vez, ela planejara o que veria ao subir.

Olhou com mais atenção para a van quando o quadricóptero subiu. Mais parecia um carro blindado que uma van. Meio robusta, como o triciclo de Conner. A plataforma de onde ela saía era quadrada, escura. Ouviu as vozes, ainda insistentes e impossíveis de compreender.

Mesmo horário em que chegara no dia anterior, começo de noite. Nuvens mais úmidas, a fachada preto-bronze do edifício opaca de condensação.

Em seguida, localizou a rua que notara antes, a que parecia pavimentada com algo como vidro, iluminada por baixo. Água ali embaixo, se mexendo?

Procurando veículos, viu três.

Quando o display à esquerda indicou o vigésimo andar, as vozes se foram.

Ela notou pela primeira vez a coisa cinza, ao passar pelo 23º. Cor de pele morta arrancada de uma bolha. Tamanho de uma mochila de criança.

Então passou da coisa, dando atenção total a uma checagem em três direções, estilo ponto de reconhecimento. Grandes torres escuras, mesma altura, distanciadas entre si, na grade da cidade mais antiga, a sua sendo muito provavelmente uma delas. Nenhuma coisa com cara de baleia no céu.

Como jogar lhe ensinara a prestar atenção em qualquer coisa que não se encaixasse, tentou dar uma segunda olhada rápida, câmera para baixo, na mochila. Não conseguiu encontrar.

A coisa a ultrapassou quando ela chegou ao 37º. Seguindo nessa direção, não parecia mais uma mochila, mas a cápsula de ovos preta de um animal quase extinto chamado arraia, que ela vira numa praia da Carolina do Sul, um retângulo de aparência alienígena com um único chifre torcido em cada canto. Subindo o edifício em linha reta, numa sequência suave de cambalhotas com pés grudentos. Prendia-se com as duas pontas do par de chifres, ou pernas, que estivesse guiando, virava, depois dava um impulso para subir mais com o par que acabara de usar para se prender à superfície.

Acompanhando-a com a câmera para cima, ela tentou subir mais rápido, mas isso ainda não estava sob seu controle. Perdeu-a de vista de novo. Talvez houvesse um jeito de a coisa entrar no edifício. Ela vira Macon imprimir robozinhos pneumáticos, como pequenos sanguessugas, que se mexiam meio assim, só que mais devagar.

Sua mãe chamara a cápsula da arraia de bolsa de sereia, mas Burton disse que os moradores da região a chamavam de bolsa do diabo. Tinha dado a impressão de ser perigosa, venenosa, mas não era.

Ficou de olho para ver se via a coisa no restante da subida até o 56º andar, onde encontrou a mesma sacada dobrada para baixo, mas a janela estava fosca, decepcionante. Imaginou que tivesse perdido a festa, mas poderia ter uma ideia de como tinha sido. Os insetos não pareciam estar por perto. O que quer que estivesse mantendo a subida como um elevador não estava mais ali. Ela fez uma inspeção rápida do perímetro, na esperança de encontrar outra janela, mas nada havia mudado. Nenhum inseto, também.

De volta ao vidro fosco. Deu cinco minutos ali, mais cinco. Ao longe, uma grade que ela não notara antes soltava vapor.

Começou a sentir falta dos insetos.

Câmera para baixo, um veículo muito grande com um único farol passou rápido.

Ela acabara de voltar à janela quando o vidro despolarizou, e lá estava a mulher, dizendo algo para alguém que ela não conseguia ver.

Flynne parou, deixou que os giros a segurassem ali.

Nenhum sinal de que tivesse havido uma festa. A sala não parecia a mesma de modo algum, como se os pequenos bots tivessem mudado os móveis de lugar radicalmente. A mesa longa não estava lá. Agora havia poltronas, um sofá, tapetes, iluminação mais suave.

A mulher estava com calça de pijama listrada e uma camiseta preta. Flynne imaginou que ela tivesse acabado de se levantar da cama, pois estava com um cabelo amassado de cama que só era possível com um cabelo bonito como o dela.

Verifique os insetos, ela lembrou a si mesma, mas eles ainda não estavam lá.

A mulher riu, como se a pessoa que Flynne não podia ver tivesse dito algo. A bunda contra a janela tinha sido a dela, da outra vez? Ela estava falando com o homem que a beijou, ou tentou beijar? Aquilo havia se resolvido no final das contas, festa ótima, e eles haviam passado a noite juntos?

Ela se forçou a checar mais uma vez o perímetro, devagar, atenta aos insetos, à mochila em fuga, qualquer coisa. O vapor não estava mais lá, e ela não conseguia ver onde a grade estava. Isso deu a sensação de que o edifício estava vivo, talvez consciente, com a mulher dentro dele rindo, no alto da noite sem insetos. Ao pensar nisso, ela sentiu o calor próximo do trailer e o suor gotejando.

Mais escuro agora. Tão poucas luzes na cidade, e absolutamente nenhuma nas grandes torres vazias.

PERIFÉRICOS

Ao voltar, ela os encontrou de pé à janela, olhando para fora, o braço dele em torno dela. Só um pouco mais alto que ela, como o modelo de um comercial em que não quisessem enfatizar etnias, cabelo castanho-escuro e um princípio de barba para combinar, expressão fria. A mulher falou, ele respondeu, e a frieza que Flynne vira não estava mais lá. A mulher, ao lado dele, não teria visto tudo.

Ele usava um roupão marrom-escuro. Você sorri muito, ela pensou.

Parte do vidro diante deles deslizava para o lado e, enquanto deslizava, uma vara fina horizontal subiu da parte externa do parapeito, erguendo uma bolha de sabão trêmula. A vara parou de subir. A bolha virou um vidro esverdeado.

Ela se lembrou do oficial da SS, quando ela trabalhara para Dwight. O rosto do homem à janela lembrou o dele.

Ela se instalara no sofá de Janice e Madison por três dias, levando junto o antigo celular quando corria ao banheiro, para não perder a chance de matá-lo.

Janice levou o chá de ervas que Burton a fazia tomar com o rebite que ele deixara para ela, pílulas brancas, feitas a dois condados dali. Nada de café, ele disse.

O oficial da SS era na verdade um contador na Flórida, o homem contra quem Dwight jogava, e ninguém jamais o tinha matado. Dwight nunca lutava, ele mesmo, só retransmitia as ordens dos estrategistas que ele contratava. O contador da Flórida era seu próprio estrategista e, ainda por cima, um matador completo. Quando o contador vencia uma campanha, o que era comum, Dwight perdia dinheiro. Esse tipo de jogo era ilegal, e em nível federal, mas havia formas de burlar isso. Nem Dwight nem o contador precisavam do dinheiro que ganhavam, nem se importavam com o que perdiam, não de fato. Jogadores como Flynne recebiam de acordo com quantos matavam e com quanto tempo conseguiam sobreviver em determinada campanha.

Ela passou a sentir que o que o contador mais gostava, em relação a matá-los, era que isso realmente lhes custava dinheiro. Não apenas o fato de que ele era melhor que eles, mas que realmente doía neles perder. As pessoas da esquadra dela alimentavam os filhos com o que ganhavam jogando, e talvez aquilo fosse tudo o que teriam, como ela pagando a Pharma Jon pelos medicamentos da mãe. E então ele conseguiu de novo: matara todos da esquadra dela, um após o outro, sem pressa, curtindo. Ele a estava caçando, enquanto ela circulava sozinha, para o interior daquela floresta francesa e da neve com vento.

Mas Madison ligou para Burton, e Burton veio, sentou-se no sofá, ao lado dela, vendo-a jogar, e disse como enxergava a situação.

Que o oficial da SS, convencido de que a estava caçando, não estava vendo direito. Porque na verdade, agora, Burton disse, ela estava caçando ele. Ou estaria, assim que ela percebesse que estava, ao passo que a falha dele em ver isso já era fato consumado, completamente em andamento, crescente, um caminho errado. Ele disse que a ajudaria a ver, mas precisaria que ela não dormisse. Deu a Janice as pílulas brancas, desenhou num guardanapo uma tabela com horários e doses. O contador ia dormir, na Flórida, deixando o personagem numa IA muito boa, mas Flynne, não.

Então Janice dera a ela as pílulas de acordo com a tabela, e Burton ficava aparecendo, de acordo com os horários dele, para sentar-se com ela e observar, e dizer como ele via as coisas. E às vezes ela sentia os trancos que ele dava, as falhas hápticas, enquanto a ajudava a encontrar um modo próprio de ver. Não a aprender, ele disse, porque aquilo não podia ser ensinado, mas a entrar junto na espiral, mais rente a cada volta, penetrando na floresta, a cada volta mais perto de ver da forma precisamente certa. Aquele único tiro através da clareira que ela encontrou ali, onde a névoa súbita de sangue no ar fora soprada com a neve, foi como o fator de equilíbrio da equação.

Ela estava sozinha no sofá nessa hora. Janice ouviu o grito dela.

Levantou-se, saiu para a varanda, vomitou o chá, tremendo. Chorou enquanto Janice lavou seu rosto. E Dwight lhe deu muito dinheiro. Mas ela nunca mais se expôs em combate para ele, e nunca mais viu aquela França despedaçada.

E por que aquilo tudo estava voltando a ela agora, vendo esse cara de barbinha apertando a mulher ao lado para junto dele? Por que, ao fazer a inspeção do perímetro até o outro lado do prédio, subiu até o 57º e voltou?

Por que ela estava toda Easy Ice agora se não estava trabalhando como atiradora?

AZEVICHE DE LUTO

Ash, carne branca feito papel, baixava a pálpebra inferior do olho esquerdo de Netherton. A mão dela toda preta de tatuagens, um tumulto de asas e chifres, todas as aves e feras da extinção do Antropoceno, sobrepondo-se a desenhos bidimensionais de uma precisão simples, porém tocante. Ele sabia quem ela era, mas não onde ele estava.

Ela estava inclinada sobre ele, espiando de perto. Ele estava deitado sobre algo plano, muito duro, frio. O pescoço dela estava envolto em renda preta, um preto que engolia a luz, preso com um camafeu com a cabeça da morte.

– Por que você está no carro de luxo do avô de Zubov? – Os olhos cinza dela tinham pupilas duplas, uma acima da outra, contornos de pequenos oitos pretos, uma afetação do tipo que ele mais detestava.

– Roubando o uísque mais envelhecido do sr. Zubov – disse Ossian, atrás dela –, que eu mesmo havia protegido da oxidação, com um gás inerte. – Netherton ouviu o som muito distinto de Ossian estalando os dedos. – Uma dose do puro é o seu único consolo, sr. Netherton. Já lhe disse isso, não? – De fato era algo que o irlandês dizia às vezes, mas no momento Netherton ficou em completa confusão sobre qual seria o significado.

Com a aparência de um mordomo agressivo, Ossian tinha coxas e braços muito grandes, cabelo preto trançado na nuca com fita preta. Técnico, como Ash. Eram parceiros, mas não um casal. Cuidavam do hobby de Lev, mantinham seu mundo fantasma arrumado. Deviam saber de Daedra, portanto, e de Aelita.

Ossian estava certo quanto ao uísque. Os congêneres, em bebidas marrons. Quantidades mínimas apenas, mas os efeitos podiam ser terríveis. Estavam sendo agora.

O polegar dela foi retirado, bruscamente, soltando a pálpebra inferior. Os desenhos de animais, assustados, subiram voando pelo braço, para trás do ombro claro, sumindo. A unha do polegar dela, ele viu, estava pintada com um verde de giz de cera infantil, descascando nas pontas. Ela disse algo a Ossian, numa língua momentânea que lembrava vagamente o italiano. Ossian respondeu da mesma maneira.

– Isso é falta de educação – protestou Netherton.

– A codificação não é opcional quando nos dirigimos um ao outro – disse ela.

A codificação deles se alterava de forma constante, algo que soava como espanhol se metamorfoseando para um falso alemão no meio de uma frase simples, talvez por meio de algo mais próximo do canto de pássaro do que de fala. O canto de pássaro era a de que Netherton menos gostava. Qualquer língua sintética aleatória que um falasse, o outro entendia. Nunca uma coisa longa o bastante para fornecer uma amostra suficiente para a decodificação.

O teto era de madeira clara, selada sob um verniz vítreo. Onde ele estava? Ao virar a cabeça para o lado, ele viu que estava sobre um mármore preto lustroso, com veios espessos de ouro. O mármore começou a subir, abaixo dele, levando-o junto, depois parou. As mãos duras de Ossian agarraram os ombros dele, erguendo-o a uma posição mais ou menos sentada no que parecia ter se tornado a beira de uma mesa baixa.

– Fique reto, homem – ordenou o irlandês. – Se cair, vai rachar o crânio.

Netherton apertou os olhos, ainda sem reconhecer o local. Estava em Notting Hill? Não sabia que a casa de Lev tinha um cômodo tão pequeno assim, especialmente nos porões. As paredes eram da cor do teto, cor de madeira compensada clareada. Ash tirou algo da retícula, uma pastilha triangular de plástico verde-claro, translúcida, fosca feito vidro do mar. Como todas as coisas dela, parecia um tanto encardida. Ela bateu a superfície mole contra a parte interna do pulso direito dele. Ele franziu o cenho ao sentir o movimento da coisa, assentando tendões de uma finura incompreensível entre as células da sua pele, sem sangrar. Ele viu as pupilas duplas dela mexendo rápido, lendo dados que só ela podia ver.

– Está te dando alguma coisa – disse ela. – Mas você não pode beber em seguida, de jeito nenhum. Também não pode mais pegar bebidas dos veículos.

Netherton observava a textura intrincada do bustiê dela, que lembrava um modelo em microminiatura do telhado de ferro fundido de alguma estação vitoriana, com inúmeras vidraças minúsculas, embaçadas pela fumaça do carvão de locomotivas diminutas, flexionando-se, porém, quando ela respirava e falava. Ou melhor, observava sua visão se aguçar, clarear, enquanto o Medici passava dentro dele de forma cada vez mais bem-vinda.

– O sr. Zubov – disse Ossian, referindo-se ao pai de Lev, e deu uma tossida no punho – pode a qualquer momento requisitar o carro de luxo do pai. – Não inclinado a deixar Netherton em paz, mas qual era o verdadeiro problema? Lev não ficaria preocupado com uma única garrafa, muito envelhecida ou não.

O Medici de Ash soltou o pulso dele. Ela o inseriu na retícula, que ele notou estar trabalhada com contas de azeviche de luto.

Netherton levantou-se rapidamente, seu entorno fazendo agora total sentido. Uma Mercedes de luxo, algo que o avô de Lev comissionara para uma excursão pelos desertos da Mongólia. Não havia lugar para ela na casa de Richmond Hill, então o pai de Lev a deixava ali. A garrafa vazia, agora ele se lembrava, estava num banheiro, em algum lugar à direita. Mas era óbvio que eles sabiam disso. Talvez ele devesse tentar comprar uma coisa dessas, um desses aliviadores de ressaca.

– Nem pense nisso – disse Ash, séria, como se lesse os pensamentos dele. – Estaria morto em um mês, dois no máximo.

– Você está terrivelmente sombria – disse ele. Depois sorriu, porque, de fato, ela estava. De forma caprichada. Cabelo com o nanopreto da renda no pescoço, o bustiê de ferro e vidro com marcas perpétuas de chuva, como se visto pela ponta errada de um telescópio, as saias em camadas como uma versão mais longa e mais escura do tutu do remendador chefe. E agora o desenho bidimensional de um albatroz, lentamente, como se num voo distante, circulando o pescoço branco.

Ele olhou para a mesa na qual dormira, depois que fora puxada, nivelada, para dentro de um recesso no chão. Agora ela estava pronta para servir de recanto para o café da manhã, de mesa de jogo ou para abrirem um mapa da Mongólia sobre ela. Ele se perguntou se o avô de Lev chegara a fazer a viagem. Lembrou-se de ter rido da vulgaridade do que Lev chamou de Gobiwagen, na única vez que lhe mostrara a casa, mas notara o bar, com um estoque de bebidas muito elegante.

– Vai ficar trancado de agora em diante – disse Ossian, demonstrando seu próprio grau de telepatia.

– Onde vocês dois estavam? – Olhou de Ossian para Ash, como se insinuasse algo inapropriado. – Eu desci para encontrar vocês.

Ossian ergueu as sobrancelhas.

– Esperava nos encontrar aqui?

– Eu estava exausto – disse Netherton. – Precisando de um refresco.

– Cansado – disse Ossian. – Emotivo.

O selo de Lev apareceu.

– Achei que dezesseis horas fosse bastante tempo para deixá-lo inconsciente. Venha para a cozinha. Já. – O selo desapareceu.

Ash e Ossian, que não ouviram nada que Lev disse, olhavam para ele de forma desagradável.

– Obrigado pelo estimulante – disse a Ash, e saiu pelo corredor. Para a luz de pesca submarina dos arcos amplos e baixos da garagem que acompanhavam a fila de veículos. Ao detectar o movimento dele, o tecido vivo que encobria o arco diretamente acima dele brilhou. Ele olhou para trás e para cima, para o flanco saliente do veículo. Ossian olhava, de uma plataforma de observação, presunçoso.

Enquanto ele caminhava até o elevador distante, a cada veículo que passava, era seguido por luz: a pele de cada arco minguava ao passo que a próxima fluorescia.

ESTRAGAR TUDO

Leon, no último Halloween, esculpira uma abóbora com a cara da presidenta Gonzales. Flynne não achara parecida, mas também não achou racista, então deixou na varanda. No segundo dia em que havia ficado lá fora, ela viu que algo mordiscara o interior e fizera um pouco de cocô dentro. Imaginou um esquilo ou rato. Pensou em levar ao jardim de compostagem, mas esqueceu, e no dia seguinte viu que o rosto da presidenta cedera, a polpa da abóbora por trás toda comida, deixando flácida a casca laranja e enrugada. Além disso, tinha cocô recente dentro. Ela pegou as luvas de borracha que usava para tarefas de encanamento e levou-a para compostagem, onde o rosto laranja enrugado foi ficando cada vez mais feio até desaparecer.

Ela não estava pensando nisso ao pairar acima do ninho dos giros, vendo a coisa cinza respirar.

Não estava cinza agora, mas preta. Ficara sem curvas, plana, com ângulos retos, mas todas as outras coisas na fachada do 57º andar, os quadrados e retângulos planos, estavam enevoados, suando, escorrendo condensação. A coisa estava perfeitamente seca, afastada um palmo da superfície abaixo dela. As pernas retorcidas haviam se transformado em parênteses. Centralizados acima do chão da sacada aberta bem acima dela.

Respirava.

O suor começou a brotar no topo da testa, na escuridão quente do trailer. Ela enxugou com o antebraço, mas escorreu um pouco nos olhos, ardeu.

Ela aproximou um pouco o quadricóptero, viu a coisa se encher, depois murchar.

Tinha apenas uma vaga ideia do que estava pilotando. Um quadricóptero, mas os quatro rotores eram fechados ou expostos? Caso tivesse se visto refletida numa janela, saberia, mas não se vira. Queria chegar mais perto, ver se conseguia fazer aparecer uma imagem, do jeito que fizera com a proximidade quando subira naquele inseto. Mas, se os rotores fossem expostos e ela tocasse na coisa com um deles, ela cairia.

A coisa inchou de novo, ao longo de uma linha vertical central, mais clara do que o resto. Abaixo dela, eles estavam diante do parapeito: as mãos da mulher na vara da parte de cima; o homem atrás dela, perto, talvez segurando sua cintura.

Murchou. Ela se aproximou um pouco mais.

Abriu-se, uma passagem estreita ao longo da linha vertical, as pontas mais claras curvando-se de leve para trás, e algo pequeno saiu em círculos, desaparecendo. Algo arranhou a câmera da frente em seguida, uma vírgula encrespada. De novo. Como um mosquito com uma motosserra microscópica, ou um escriba de diamantes. Mais três, quatro arranhões, com a rapidez de um inseto, remexendo como a cauda de um escorpião. Tentando cegá-la.

Ela foi para trás, rápido, depois para cima; o que quer que fosse aquilo, ainda talhava na câmera da frente. Achou o comando de descer e caiu de repente, descendo três andares antes de deixar que os giros a pegassem e envolvessem.

A coisa pareceu ter ido embora. Câmera danificada, mas ainda funcional.

Rápido, esquerda.

Rápido, para cima. Passando pelo 56º, com a câmera da direita ela o viu pegar as mãos da mulher, colocá-las sobre os olhos dela. Do 57º, o viu beijar a orelha dela, dizer algo. Surpresa, ela o imaginou dizer, ao vê-lo dar um passo para trás, virar.

– Não – disse ela, quando a coisa partiu ao meio. Um borrão em torno da fenda. Outros iguais. Ele olhou para cima, encontrou a coisa. Esperando encontrar. Não parou, olhou para trás. Ele estava prestes a voltar para dentro.

Ela avançou mirando a cabeça dele.

Ela estava quase se levantando da cadeira quando ele viu o quadricóptero, abaixou-se, segurando-se com as duas mãos.

Ele deve ter feito um som então, a mulher se virou, baixou as mãos, abrindo a boca. Algo voou para dentro da boca da mulher. Ela ficou paralisada. Como ao ver Burton bugado pelas hápticas.

Ele se ergueu como se não tivesse nada a ver com aquilo, um velocista ao ouvir o tiro de largada. Passou pela abertura, a porta na janela, que simplesmente sumiu assim que ele entrou, virou uma folha de vidro lisa, depois se polarizou.

A mulher não se mexeu quando algo minúsculo atravessou seu rosto, deixando uma conta de sangue, a boca ainda aberta, outros iguais entrando, quase invisíveis, saindo da fenda de pontas claras. A testa dela cedeu, como um stop-motion da abóbora da presidenta de Leon, em cima da lata de compostagem da mãe dela, ao longo de dias, semanas. Ao passo que o parapeito de aço escovado descia, atrás dela, no negócio de bolha de sabão que não era mais vidro. Sem aquilo para apoiá-la, a mulher caiu para trás, os membros em ângulos que não faziam nenhum sentido. Flynne foi atrás dela.

Ela nunca conseguiu se lembrar de mais nenhum sangue, só a forma caindo de camiseta preta e calça listrada, parecendo menos um corpo a cada centímetro que caía, de modo que, quando passaram do 37º, onde ela notara a coisa pela primeira vez, havia apenas dois trapos tremulando: um listrado, um preto.

Ela parou antes do 20º, lembrando-se das vozes. Ficou pairando ali, na calmaria dos giros, cheia de sofrimento e aversão.

– Só um jogo – disse, no escuro quente do trailer, o rosto molhado de lágrimas.

Voltou a subir em seguida, sentindo um vazio, sofrendo. Vendo o bronze preto passar, sem se importar em ver a cidade. Foda-se. Simplesmente foda-se.

Ao chegar ao 56º, a janela não estava lá, a sacada dobrada de volta sobre ela. Os insetos estavam de volta, porém, com a bolha transparente na ponta deles de frente para onde tinha estado a janela. Ela não se deu ao trabalho de espantá-los.

– Sempre tem um pra estragar tudo – ela se ouviu dizer, no trailer.

LEGO

– Quinze minutos – disse Lev, fazendo ovos mexidos no amplo fogão francês da cozinha, maior que os dois quadriciclos pendurados em gavietes na popa da Mercedes do avô dele. – A maior parte é ler o acordo de termos de serviço. Estão em Putney.

Netherton à mesa, exatamente onde estivera antes. As janelas que davam para o jardim estavam escuras.

– Não pode estar falando sério.

– Anton fez.

O mais assustador dos dois irmãos mais velhos de Lev.

– Bom pra ele.

– Ele não teve escolha – disse Lev. – Nosso pai organizou a intervenção.

– Nunca pensei em Anton como alguém que tivesse problema com bebida – disse Netherton, como se isso fosse algo de que estivesse bastante acostumado a tratar com objetividade. Ele observava duas peças de Lego; uma vermelha, uma amarela; metamorfoseando-se em duas esferas pequenas, entre o moedor de pimenta da Starck e uma fruteira com laranjas.

– Não tem mais. – Lev transferiu os ovos mexidos, salpicados de cebolinha, para dois pratos brancos, cada um com sua metade de tomates grelhados, que esquentaram na chapa do fogão. – Não era só com a bebida. Ele tinha um problema de controle da agressividade. Agravado pela desinibição.

– Mas eu já não o vi bebendo – disse Netherton – aqui, recentemente?

Ele tinha quase certeza de que vira, apesar de ter uma firme política de fuga caso um dos irmãos aparecesse. Totalmente esféricos agora, os dois Legos começaram a rolar lentamente na direção dele, sobre o pinho gasto.

– É claro – disse Lev, ajustando a apresentação dos ovos com uma espátula de aço limpa. – Não estamos na idade das trevas. Mas nunca em excesso. Nunca a ponto de se intoxicar. Os laminados cuidam disso. Metabolizam de um modo diferente. Entre isso e o módulo de terapia cognitiva, ele está muito bem. – Ele foi até a mesa, um prato branco em cada mão. – O Medici de Ash diz que você não está muito bem, Wilf. Nem um pouco. – Pôs um prato diante de Netherton, um do outro lado da mesa, e sentou-se.

– Dominika – disse Netherton, tentando, por reflexo, mudar de assunto. – Ela não vai nos acompanhar? – Os dois Legos haviam parado. Ainda esféricos, lado a lado, estavam bem à frente do prato dele.

– Meu pai teria deserdado Anton se ele recusasse tratamento. – Lev ignorou a pergunta. – Deixou isso muito claro.

– Gordon quer entrar – disse Netherton, assim que notou o tilacino à porta de vidro, com a escuridão atrás.

– Tyenna – corrigiu Lev, ao olhar de relance para o animal. – Não pode entrar na cozinha quando estamos comendo.

Netherton deu um peteleco no Lego vermelho, lançando-o rápido para fora da mesa. Ouviu a peça bater contra algo, rolar.

– Hiena?

– Medici não está gostando da aparência do seu fígado.

– Os ovos estão com uma cara maravilhosa...

– Laminados – disse Lev, sem se alterar, olhando nos olhos de Netherton, a armação preta e pesada dos óculos acentuando a seriedade – e um módulo de terapia cognitiva. Caso contrário, sinto informar que esta terá de ser a sua última visita.

Maldita Dominika. Isso tinha a ver com ela. Tinha que ter. Lev nunca fora assim. O Lego amarelo voltou à forma de tijolo. Fingindo inocência.

Lev olhou para cima, então, e para o lado.

– Com licença – disse a Wilf. – Tenho que atender. Sim? – Fez um gesto para os ovos de Netherton: coma. Perguntou alguma coisa, breve, em russo.

Netherton desenrolou a faca e o garfo do guardanapo pesado, moderno. Ia comer os ovos com tomate exatamente como um indivíduo saudável, relaxado e responsável comeria. Nunca sentira tão pouca vontade de comer ovo ou tomate grelhado.

Lev estava franzindo a testa. Falou em russo de novo. No fim, "Aelita". Falara mesmo o nome dela, ou alguma coisa parecida em russo? Depois uma pergunta, também em russo, que culminou, sim, com o nome dela.

– É – disse ele. – Sim. Muito. – Ergueu a mão para coçar a pele logo acima da narina esquerda com a unha do dedo indicador, algo que Netherton sabia ser um gesto de quando ele estava concentrado. Mais uma pergunta em russo. Netherton provou os ovos com obediência. Insosso. A tilacina não estava mais lá. Quase nunca eram vistos saindo.

– Estranho – disse Lev.

– Quem era?

– Minha secretária, com um de nossos módulos de segurança.

– O que foi? – Por favor, Netherton implorou ao universo indiferente, que Lev esteja mais interessado nisso, agora, do que em qualquer codificação comportamental em Putney.

– A secretária de Aelita West acabou de cancelar o almoço. Amanhã, no Strand. Eu tinha feito reservas pra indiana. Ela queria saber mais sobre o polt dela. Seu presente.

Netherton forçou-se a comer mais meio garfo de ovos.

– A Met estava escutando, quando a secretária dele falou com a minha. Fomos vigiados.

– A polícia? Sério? Como ficaram sabendo?

– Ela não ficou sabendo – disse Lev, cometendo o ato irritante de personificar um programa. – Mas o módulo de segurança ficou.

A clepto tradicional como a família Zubov, supôs Netherton, era dividida em camadas de tédio bizantino. Ele se conteve para não dizer isso.

– O módulo de segurança interpretou que isso estava relacionado a um evento muito recente – disse Lev, ajustando a armação preta para olhar bem para Netherton.

– Como ele poderia saber isso?

– Qualquer ouvinte supõe necessariamente uma postura específica, que é motivada por uma intenção. O nosso módulo é mais sofisticado do que o que estava escutando. A forma da escuta sugeriu o que estavam querendo escutar.

Essa distração foi tão bem-vinda e inesperada que Netherton mal estava prestando atenção, mas agora percebeu que cabia a ele dar prosseguimento à conversa e guiá-la o mais distante possível de Putney.

– E o que seria, então?

– Um crime sério, foi a suposição deles. Sequestro, possivelmente. Até homicídio.

– Aelita? – Pareceu absurdo para Netherton.

– Nada tão claro assim. Estamos dando uma olhada. Ela deu uma recepção na casa dela, na noite de hoje. Enquanto você dormia.

– Você tem observado ela?

– O módulo de segurança fez uma retrospectiva, desde a ligação da secretária dela.

– Que tipo de recepção?

– Cultural. Semigovernamental. Antes seria sobre o seu projeto, na verdade. Celebratória, seria de se supor, se Daedra não tivesse matado o seu homem, fazendo vir a cavalaria. Em vez de cancelar, parece que Aelita reestruturou. Sem fazer ideia do que viria a ser. A segurança foi excelcntc.

– Onde foi realizada?

– Na residência dela. Edenmere Mansions. – As pupilas de Lev mexeram enquanto ele lia algo. – Os andares 55 ao 57 são dela. Daedra compareceu.

– Compareceu? Você enviou alguém?

– Não, mas os nossos módulos tendem a ser um pouco mais espertos que os deles. Coma. – O garfo dele, carregado com o ovo e o tomate bem-arrumados, estava quase na boca quando ele parou, franziu o cenho. – Sim? – baixou o garfo. – Bom, não se pode ignorar que tem havido eventuais rumores de que seja possível. Vou descer em breve.

– Secretária? – perguntou Netherton.

– Ash. Disse que mais alguém está acessando o nosso toco. Parece que pode ter a ver com o seu polt.

– Quem?

– Não fazemos ideia. Vamos até lá para ver. – Começou a comer os ovos com tomate.

Netherton fez o mesmo e viu que, com o distanciamento de Putney e da laminação do fígado, e possivelmente pelos efeitos tardios do Medici de Ash, eles haviam adquirido sabor.

O Lego vermelho, esférico, saiu rolando de trás da fruteira com laranjas, para se juntar, ficando retilíneo mais uma vez, ao som do mais leve clique, ao companheiro amarelo. Ele se perguntou que forma ele teria tomado para subir pela perna da mesa.

CHOUPOS

Voltar para o Jimmy's foi uma má ideia. Percebeu assim que entrou no escuro e na dança, no cheiro de cerveja, erva do governo e tabaco caseiro. O touro estava inclinado para fora do espelho, encarando uma menina que poderia ter 14 anos. Os LEDs pulsavam no ritmo de uma música que Flynne nunca ouvira antes e não gostaria de ouvir de novo, e ela era o ser vivo mais velho no local. Ainda usando sua roupa de segurança improvisada. E nem encontrara Macon, na lateral do estacionamento, onde ficava a maioria dos garotos negros, onde ele negociava os fajutos. Ela viera porque ainda precisava perguntar a ele o que o Homes poderia achar do telefone que ele fizera para ela, mas talvez ela estivesse mesmo com a esperança de encontrar alguém com quem conversar. Não ficara com vontade de comer o sanduíche que fizera para o fim do turno e parecia que nunca havia sentido fome.

Aquela merda no jogo. Ela odiou aquela merda. Odiava jogos. Por que eles têm que ser todos feios pra cacete?

Pegou uma cerveja, seu telefone fez um tinido quando o Jimmy's registrou na comanda. Levou a garrafa a uma mesinha redonda no canto, não limpa, mas com a misericórdia de estar vazia, sentou-se, tentou parecer a velha mais malvada possível. A garota que lhe passara a cerveja tinha um Viz, como Macon e Edward, um emaranhado feito teias prateadas preenchendo uma única órbita ocular, mas ainda dava para ver o olho atrás, asssistindo ao que quer que as pequenas unidades penduradas no emaranhado estivessem projetando. O Hefty Mart precisava escanear a sua órbita antes de fabricar um Viz, para fazer caber, e ainda não havia nenhum fajuto. Ficava melhor no rosto negro, ela pensou, mas quase todo garoto ou garota ali tinha um, e isso fazia com que ela se sentisse velha, e ainda mais pelo fato de achar que eles pareciam meio idiotas com aquilo. Todo ano era alguma coisa.

– Parece que ainda falta um pouco pra você não estar nem aí pra porra nenhuma – disse Janice, saindo da multidão com sua própria cerveja.

– Um pouco – concordou Flynne, mas não era mais o ser mais velho no Jimmy's. Ela sempre gostara de Janice. Olhou ao redor, numa reação automática, porque geralmente Janice e Madison não estavam muito longe um do outro. Ele estava a uma mesa com dois meninos, cada um com um olho emaranhado em fios prateados. Ele se parecia com Teddy Roosevelt, Madison, e o pouco que ela sabia sobre Teddy Roosevelt era que Madison se parecia com ele. Tinha um bigode que aparava, mas nunca tirava, óculos redondos de fio de titânio e um colete utilitário de lã verde-oliva comido pelas traças, bolsos complicados no peito, cheios de canetas e lanternas pequenas.

– Quer companhia com isso aí?

– Desde que seja você – disse Flynne.

Janice sentou-se. Ela e Madison tinham aquela coisa que alguns casados tinham de começarem a ficar parecidos um com o outro. Janice estava com os mesmos óculos redondos, mas sem bigode. Eles poderiam ter trocado os trajes entre si sem chamar atenção. Ela estava usando roupa de tecido camuflado que provavelmente era dele.

– Você não parece feliz mesmo.

– Não estou. Preocupada com Burton. O Homes prendeu ele por ter ido a Davisville bater em Lucas 4:5. Nenhuma acusação, só uma detenção de segurança pública.

– Eu sei. Leon contou para Madison.

– Ele está fazendo alguma coisa paralela – disse Flynne, grata pela música, olhando em volta, sabendo que Janice ia entender a questão da pensão por invalidez. – Eu estou substituindo ele.

Janice ergueu uma sobrancelha.

– Não está dando a impressão de ter gostado muito.

– Fazendo o teste beta de um jogo assustador da porra. Tem serial killer ou algo do tipo.

– Você jogou alguma coisa, depois daquela vez lá em casa? – Janice a observava.

– Só esse. Duas vezes. – Flynne sentiu um desconforto diferente.

– Você viu Macon?

– Ele estava aqui. Madison estava falando com ele.

– Vêm muito aqui, você e Madison?

– Parece?

– Jovem pra cacete.

– Era jovem quando a gente vinha antes, lembra? Você era, pelo menos. A irmãzinha do Burton. – Ela sorriu, olhou ao redor.

Quando a música acabou, ouviram um estouro gutural de escapamento vindo do estacionamento.

– Conner – disse Janice. – Isso não é bom. Fodendo esses meninos.

Flynne, sentindo-se como se tivessem voltado ao ensino médio, seguiu a direção do olhar de Janice. Cinco meninos de cabelo descolorido, diante de uma mesa coberta de garrafas de cerveja. Deviam ser do time de futebol americano. Atarracados demais para basquete. Nenhum usava Viz. Dois levantaram, pegando uma garrafa verde de cerveja em cada mão, pelo gargalo, e saíram para a varanda.

– Ele estava aqui uma meia hora atrás – disse Janice. – Bebendo no estacionamento. Não é bom quando ele bebe, uma atrás da outra. Um deles disse alguma coisa. Madison afastou eles. Conner foi embora.

Flynne ouviu o som de um impacto, vidro quebrando. Outra música começou. Ela se levantou e saiu para a varanda, pensando que gostava ainda menos dessa música do que da anterior.

Os dois jogadores de futebol estavam lá, e ela sabia quanto estavam bêbados. A Tarântula de Conner, no centro dos cascalhos, banhada pela luz estridente de postes altos, tremia com o escapamento, odorizando o estacionamento com gordura reciclada. Sua cabeça raspada estava apoiada para fora, na frente, naquele ângulo dolorido, um olho atrás de uma espécie de monóculo.

– Vá se foder, Penske! – berrou um dos jogadores de futebol, bêbado o suficiente para soar meio animado, e atirou a garrafa que restara, com força. Acertou a frente do triciclo, espatifando-se, mas para o lado, longe da cabeça de Conner.

Conner sorriu. Mexeu um pouco a cabeça, e Flynne viu algo se mexer junto, acima da Tarântula e do que restara do corpo dele, mais alto que os três pneus grandes.

Ela passou entre os jogadores de futebol, descendo os degraus, e atravessou os cascalhos, os garotos na varanda indo em silêncio atrás dela. Ela era mais velha que eles, ninguém a conhecia, e estava toda de preto. Conner a viu se aproximar. Mexeu a cabeça de novo. Ela conseguia ouvir seus tênis no cascalho, conseguia ouvir os insetos batendo nas lâmpadas, no alto dos postes, mas, com o motor de Conner ligado, martelando, como era possível?

Parou ao ficar perto o suficiente para que ele não tivesse que esticar o pescoço para ver o rosto dela.

– Flynne, Conner. Irmã de Burton.

Ergueu a cabeça para olhar para ela pelo monóculo. Sorriu.

– Irmã bonitinha.

Ela viu, acima dele, a coisa magra, tipo uma cauda de escorpião de aparência espinhal, que o monóculo controlava. Parecia que ele tinha passado tinta preta, para que ficasse mais difícil de ver. Ela não conseguiu identificar o que estava na ponta. Algo pequeno.

– Conner, isso aqui é uma bobagem das ruins. Você precisa ir pra casa.

Ele fez algo com o queixo, numa superfície de controle. O monóculo pulou para fora, como um pequeno alçapão.

– Você vai sair da minha frente, irmã bonitinha do Burton?

– Não.

Ele virou o cotovelo para esfregar os olhos com o que restara da única mão.

– Sou um cuzão cansativo, é?

– A cidade é cuzona e cansativa. Pelo menos você tem uma desculpa. Vai pra casa. Burton está voltando de Davisville. Ele vai te ver. – E era como se ela pudesse se ver ali, no cascalho cinza na frente do Jimmy's, e os velhos choupos altos dos dois lados do estacionamento, árvores mais velhas que a sua mãe, mais velhas do que qualquer pessoa, e ela estava falando com um rapaz que era metade máquina, como um centauro feito com uma moto, e talvez ele estivesse prestes a matar outro rapaz, ou alguns deles, e talvez ainda fosse matar. Ela olhou para trás e viu que Madison estava na varanda, segurando o jogador de futebol que atirara as garrafas, com os óculos de titânio perto dos globos oculares do rapaz, que se afastava para não ser espetado com as fileiras de canetas e lanternas do colete de Teddy Roosevelt de Madison. Ela se virou para Conner. – Não vale a pena, Conner. Vai pra casa.

– Porra nenhuma vale. – Ele deu um sorrisão, depois apertou algo com o queixo. A Tarântula acelerou, virou as rodas e partiu, mas ele teve o cuidado de não espirrar cascalho nela.

Uma comemoração bêbada veio da varanda do Jimmy's.

Ela largou a cerveja no cascalho e foi até onde prendera a bicicleta, sem olhar para trás.

O CLUBE DE DEUS

Netherton estava tão completamente irritado com a bobagem boêmia do espaço de trabalho de Ash quanto esperava estar. Não era pelo tamanho minúsculo a ponto de ser inútil, com andaimes e lonas colocados por ela para isolar ao máximo o menor canto triangular possível da garagem do avô de Lev, nem o fato de que ela decorara o espaço para lembrar uma versão mais excêntrica do Aperto das Bacantes, mas de que o seu monitor se esforçava tanto para não lembrar nenhum outro monitor, ainda que o que quer que ela estivesse prestes a lhes mostrar pudesse facilmente ser visualizado como um feed.

Esferas polidas de cristal, de ágata talvez, alinhadas de formas diversas ficavam apoiadas num equipamento de química corroído que ela se gabava de ter comprado de uns pivetes, que o puxaram do Tâmisa. E ela preparara um chá excepcionalmente horrível, em xícaras de uma porcelana fina como casca de ovo, sem asas, xícaras que tiveram a crueldade de sugerir a possível oferta de bebida alcoólica de absinto, mas que não eram nada disso. Era como estar numa cabine telefônica antiga em que um parapsicólogo tivesse montado estabelecimento, espremido ao lado de Lev, diante da mesinha com ornamentos ridículos.

Ela agora selecionava anéis de uma sacola preta de camurça: aparelhos de interface, o tipo de coisa que uma pessoa menos afetada teria enfiado nas pontas dos dedos de forma permanente e invisível. Mas lá estavam os de Ash, erguidos feito o grilhão mágico enferrujado de reis imaginários, com seixos opacos que acendiam e apagavam quando os dedos brancos dela os roçavam.

O chá estava com gosto de queimado. Não como se alguma coisa específica tivesse queimado, mas como o fantasma do gosto de algo queimado. As paredes, se assim podiam ser chamadas, eram cortinas pesadas, como as do Aperto das Bacantes, mas manchadas de gordura, envelhecidas até o tecido esgarçar. O chão estava coberto com um carpete desbotado, quase ilegível, sua estampa tradicional de tanques e helicópteros gastas, virando estampas de tramas sem cor.

O desenho de uma lagartixa rodopiou com excitação nas costas da mão esquerda de Ash enquanto ela assentava um caroço angular em torno do dedo indicador da direita. Seus animais não estavam em escala, ou talvez aparentassem estar representados em distâncias variadas. Ele achava que não se via uma lagartixa e um elefante ao mesmo tempo, devido à escala. Ela não tinha nenhum controle direto sobre eles, isso era evidente.

Depois de pôr quatro anéis e dois dedais de prata escurecida, ela entrelaçou os dedos, fazendo a lagartixa fugir.

– Puseram um anúncio de classificados, assim que entraram – disse ela.

– Quem pôs? – perguntou Netherton, sem se preocupar em esconder a irritação.

– Não faço ideia. – Ela juntou a ponta dos indicadores, formando um triângulo. – O servidor é uma caixa preta platônica. Na visualização, parecem surgir bem ao nosso lado, mas isso é uma simplificação excessiva.

Netherton estava aliviado por ela ainda não ter chamado o monitor de bola de cristal.

– Anunciando o quê? – perguntou Lev, ao lado de Netherton.

– Que querem contratar alguém disposto a realizar uma tarefa não especificada, provavelmente envolvendo violência. O painel que escolheram para colocar o anúncio fica numa darknet, portanto um mercado para serviços criminosos. Temos acesso a tudo, em todas as redes deles, dadas as velocidades de processamento mais lentas. Ofereceram 8 milhões, então se presume assassinato.

– É uma quantia justificável? – perguntou Lev.

– Ossian acha que sim – disse Ash. – Não alta demais para ser incomum em termos da economia desse painel específico, nem para atrair a atenção dos informantes ou dos diversos agentes do governo, que sem dúvida estão presentes. Nem baixa demais, também, de modo a evitar atrair amadores. Apareceu um candidato quase imediatamente. Então retiraram o anúncio.

– Alguém respondeu a um anúncio para assassinar um estranho? – Ele viu Lev e Ash trocarem um olhar. – Se é tudo tão transparente para você – disse ele –, por que não sabemos mais?

– Alguns modos de codificação tradicionais permanecem altamente eficazes – disse Lev. – A segurança da minha família provavelmente poderia dar conta, mas não estão sabendo de nada disso. Vamos deixar assim.

Ash desentrelaçou os dedos, jogou os anéis e dedais entre as esferas, o exato tipo de pantomina que Netherton esperava. As esferas brilharam, expandiram, ficaram transparentes. Dois arcos de relâmpagos de uma finura capilar desceram, atravessando nebulosas em miniatura de uma matéria mais escura, e congelaram.

– Aqui, veja. Nós somos azuis, eles são vermelhos. – Uma linha fina e denteada de azul surgira, como uma nuvem de tinta, uma ponta escarlate ao lado, uma seguindo a outra para dentro de uma mixórdia de nuvens de aparência menos dinâmica, de leve luminosidade.

– Talvez sejam só os chineses se divertindo um pouco à sua custa, com processamento superior – Netherton usou o que fora, na verdade, a suposição imediata de Daedra.

– Não é improvável – disse Lev –, mas esse tipo de humor não combina com eles.

– Ouviu falar – perguntou Netherton – disso antes? De se infiltrarem em tocos?

– Rumores – disse Lev. – Uma vez que não sabemos onde o servidor está, nem o que é, muito menos de quem pode ser, isso tem sido um mistério menor, em comparação.

– Tudo boca a boca – disse Ash. – Fofoca entre entusiastas.

– Como você se envolveu nisso? – perguntou Netherton.

– Um parente – respondeu Lev. – Em Los Angeles. É por convite, a ponto de você precisar que alguém lhe conte a respeito, explique como funciona.

– Por que mais gente não sabe disso?

– Quando você entra – falou Lev –, não quer que qualquer pessoa se envolva.

– Por quê? – perguntou Netherton.

– O clube de Deus – disse Ash, encontrando o olho de Netherton com suas pupilas em forma de oito.

Lev franziu o cenho, mas não disse nada.

– Em cada ocasião em que interagimos com o toco – continuou Ash –, nós basicamente mudamos tudo, os resultados longos. – Uma imagem congelada flutuou até entrar em foco dentro de uma das esferas do monitor dela; estabilizou-se. Um jovem de cabelo escuro, na frente do que Netherton entendeu ser uma grade métrica. – Burton Fisher.

– Quem é ele? – perguntou Netherton.

– Seu polt – disse Lev.

– Nossos visitantes contrataram alguém para encontrá-lo – disse Ash. – Para matá-lo, Ossian supõe.

Lev coçou o nariz.

– Ele estava a trabalho durante aquela recepção de Aelita.

– Não – disse Ash. – Depois. Seu módulo estima que o evento, o que quer que tenha sido, teria ocorrido na noite após a recepção. Ele teria começado o turno depois.

– Eles querem matar um homem morto num passado que não existe na prática? – perguntou Netherton. – Por quê? Você sempre disse que nada que acontece lá pode nos afetar.

– A informação – disse Lev – flui nos dois sentidos. Alguém deve acreditar que ele sabe de alguma coisa. O que, caso estivesse disponível aqui, representaria um perigo para eles.

Netherton olhou para Lev, vendo nesse momento o clepto que existia nele, o clepto dentro do diletante filho mais novo, dentro do pai amoroso, do criador de análogos de tilacinos. Algo duro e claro como vidro. Tão simples quanto. Ainda que, de fato, ele sentisse que não houvesse muito disso nele.

– Uma testemunha, talvez – disse Ash. – Tentei ligar para ele, mas não está atendendo.

– Tentou ligar para ele?

– Mandar mensagem também – Ash olhava para os anéis e dedais. – Ele não respondeu.

FITA ADESIVA ÁGUA-MARINHA

O drone, do tamanho de um melro, tinha um único rotor. Quando ele havia atingido a mesma velocidade que ela, sob um poste de luz naquele trecho horizontal da Porter Road, ela avistara um quadrado de 3 centímetros de lado de fita água-marinha na lateral do drone.

Leon veio de um encontro de trocas com um rolo grande da fita, mais ou menos na época em que Burton se mudou para o trailer, de uma cor que nenhum deles vira antes numa fita adesiva. Ele e Burton usavam como uma espécie de distintivo de time para os seus brinquedos quando jogavam com drones. Ela não achou que estivessem jogando agora, mas pareciam estar acompanhando-a do Jimmy's até a sua casa, o que significava que eles haviam voltado de Davisville.

Ela estava com dor de cabeça, mas tirar Conner Penske do estacionamento do Jimmy's pareceu ter melhorado seu humor de merda. Ela não ia mais substituir Burton no jogo. Ajudaria Shaylene a fabricar coisas ou encontraria outra coisa para fazer.

Burton ia ter que descobrir, porém, o que Conner havia montado em cima da Tarântula. Aquilo não era bom. Ela esperava que fosse só um laser, mas duvidava.

Ela pedalava rápido, ajudando o cubo a aumentar a bateria, mas também porque queria se cansar, ter uma boa noite de sono. Olhou para cima, sob o semáforo, e viu o drone de novo. Não muito maior do que os paparazzi do jogo, mas provavelmente impresso na Fab.

Ela fez a curva no trecho de descida da Porter, e lá estava Burton – e Leon, sob o farol seguinte –, esperando ao lado de um carro de papelão chinês que deviam ter alugado para a viagem a Davisville. Burton com sua camiseta branca, e Leon com uma jaqueta jeans velha que a maioria das pessoas não usaria para cortar a grama. Leon não era adepto da ideia de Burton de se vestir para trabalhar, nem para nenhuma outra coisa. Ela o viu estender a mão, tirando o drone do ar, enquanto freava na frente deles.

– Ei – disse ela.

– Ei, você – disse Burton. – Entra, Leon vai levar sua bike.

– Por quê? Ele não vai pedalar. Preciso da energia.

– É sério – disse Burton.

– Não é a mamãe...

– Ela está bem. Dormindo. Precisamos conversar.

– Vou pedalar um pouco – prometeu Leon.

Ela desceu da bicicleta, Leon mantendo-a de pé com a mão no guidão.

– Te conto no carro – disse Burton. – Vem.

Ela entrou no carro de dois assentos que a mãe deles teria chamado de caixa de ovos, com sua casca de papel à nanoprova de água e óleo. Cheirava a pipoca com manteiga. O piso no lado do passageiro estava cheio de embalagens de comida.

– O que aconteceu? – Burton perguntou assim que fechou a porta.

– No Jimmy's?

Leon subira na bicicleta, oscilando, com o drone numa das mãos, depois conseguiu se equilibrar.

– Na droga do trabalho, Flynne. Eles me ligaram.

– Quem?

– Coldiron. O que aconteceu?

– Aconteceu que é só mais um jogo de merda. Vi alguém assassinar uma mulher. Uma espécie de fantasia com uma motosserra de nanotecnologia. Pode ficar com ele, Burton, eu não quero mais.

Ele olhava para ela.

– Alguém foi assassinado?

– Devorada viva. De dentro pra fora.

– Você viu quem matou?

– Burton, é um jogo.

– Leon não sabe.

– Não sabe o quê? Você disse que ele estava recebendo o Hefty Pal pra você.

– Não sabe do que se trata, exatamente. Só que estou ganhando um dinheiro.

– Por que te ligaram?

– Porque querem saber o que aconteceu nesse turno. Mas eu não sabia.

– Por que eles não sabem? Não captam tudo?

– Parece que não, não é? – Ele tamborilou os dedos no volante. – Tive que contar a eles de você.

– Vão te demitir?

– Estão dizendo que alguém encomendou minha morte, hoje à noite, num fórum de snuff, perto de Memphis. Oito milhões.

– Bobagem. Quem?

– Dizem que não sabem.

– Por quê?

– Alguém acha que eu vi o que quer que você tenha visto. Você viu quem foi? Quem você viu, Flynne?

– Como eu vou saber? Um escroto qualquer, Burton. Num jogo. Armou pra ela. Ele sabia.

– O dinheiro é real.

– Que dinheiro?

– Dez milhões. No Hefty Pal do Leon.

– Se Leon tiver 10 milhões na conta dele, a Receita Federal vai entrar em contato com ele amanhã.

– Não tem ainda. Vai ganhar numa loteria estadual, no próximo sorteio. Tem que comprar um bilhete, depois eu passo os números pra eles.

– Não sei o que o Homes fez com você, mas sei que agora você enlouqueceu.

– Precisam falar com você – ele disse, dando a partida no carro.

– Homes? – E agora ela estava assustada, não apenas confusa.

– A Coldiron. É tudo armado. – E eles desciam a Porter, Burton dirigindo com os faróis apagados, os ombros grandes curvados acima do volante de aparência frágil.

20

POLT

Foi Ash quem sugerira usar o carro de luxo do avô de Lev como cenário do escritório. Ela sabia que a mesa em que Netherton dormira também se convertia numa mesa de escritório muito pretensiosa. Depois, Lev observara que o sistema de câmeras do veículo daria um ar *vintage* ou, do ponto de vista da irmã do polt, um ar um tanto contemporâneo. Como Netherton fora selecionado para o papel de funcionário de Recursos Humanos era meio que um mistério para ele.

Os monitores do avô, que Ossian localizara armazenados em algum subsolo, e depois trouxera num carrinho elétrico, eram espelhos pretos retangulares, emoldurados em titânio mate. Netherton conhecia o visual pela mídia do período, mas imaginou que não seriam convincentes. Era claro que não tinham essa aparência quando estavam sendo usados. Ash, cujo entusiasmo com teatro não era nenhuma surpresa, prendera com fita adesiva um único LED azul ao outro, que ficaria na frente de Netherton, só para conseguir aquele pouco de revitalização no rosto dele, para disfarçar o fator da tela morta.

Ele verificou seu reflexo nessa tela. Estava de terno, com o qual dormira, embora Ossian o tivesse pendurado no banheiro enquanto Netherton tomava uma ducha, o que removera a maior parte das rugas, e uma blusa preta de gola alta, de Ossian, grande demais nos ombros e nos braços. A camisa de Netherton ficara com o que ele supôs serem manchas de uísque e estava sendo lavada. Ele lamentava o fato de Ash ter se recusado a reapresentá-lo ao Medici dela. Ele teria ficado com uma aparência melhor, com um pouco daquilo. Aguardando, tamborilava os dedos na laje multifuncional de mármore preto salpicado de ouro do avô de Lev.

Estava prestes a se apresentar como um executivo da Milagros Coldiron S.A., de Medellín, Colômbia, uma empresa em grande parte imaginária, localizada num país sobre o qual ele pouco sabia. Lev registrara a Milagros Coldiron na Colômbia e no Panamá de seu toco; corporações de fachada, que consistiam em alguns documentos e algumas contas bancárias cada, ambas administradas por uma empresa de advocacia da Cidade do Panamá.

Ver o polt de fato fora uma surpresa interessante. Tinha muito a ver com o motivo para estar ali agora. Tinha sido um pouco interessante demais. Era provável que o tédio do local de trabalho de Ash tivesse contribuído para isso: uma questão de contraste intensificado. Mas lá estivera o polt, dirigindo, olhos em qualquer que fosse a estrada, setenta e poucos anos antes, do outro lado da Sorte Grande, sendo o seu telefone uma coisa presa ao painel do carro. O polt tivera um peito muito largo, sob a regata branca, e era, ou pelo menos foi o que pareceu a Netherton no momento, inteiramente humano. Gloriosamente pré-pós-humano. Em estado natural. Agitado, Netherton logo notou, de olho no dinheiro. Improvisando, e com um material totalmente desconhecido.

Ash fizera a ligação, falando com o polt primeiro. Nenhuma tentativa de se apresentar como qualquer coisa que não fosse uma esquisitona por opção com quatro pupilas. Exigindo saber o que ele vira no plantão mais recente. O polt fora evasivo, e Ash, após um aceno de cabeça de Lev, pusera Lev na ligação, que, sem se apresentar, fora direto ao ponto. O polt estava prestes a ser eliminado, sem pagamento pelos dois últimos turnos de trabalho, a menos que conseguisse se explicar. O polt, então, admitira de pronto ter contratado a irmã, que descrevera como "qualificada e confiável", para substituí-lo, uma vez que seu primo Lucas fora ferido de forma crítica numa briga.

– Tive que ir lá. Acharam que ele não ia sobreviver.

– O que ele faz, seu primo? – perguntara Lev.

– É religioso – dissera o polt. Netherton pensara ter escutado uma risada, e o polt tirara uma das mãos do volante, rapidamente.

O polt dissera que estava a caminho de casa, após a visita ao primo ferido, e não havia falado com a irmã ainda. Lev o aconselhara a não fazer isso, antes que pudesse falar com ela pessoalmente. Em seguida, contara ao polt a respeito do anúncio.

A essa altura, Netherton concluíra que Lev, qualquer que fosse o grau mínimo de essência cultural clepto que possuísse, não estava à altura da tarefa. O polt não precisara saber daquilo. Teria sido menos sábio contar ao polt que estavam ligando de um futuro que não era o dele, um futuro no qual ele fazia parte do cenário de um hobby de um milionário obsessivo, mas nem um pouco mais desnecessário. Netherton estivera a ponto de enviar uma observação a Lev, com o teclado do telefone aparecendo torto no tampo esculpido da mesa, mas acabou levando em conta a dinâmica de sua relação com ele. Melhor ficar quieto, ouvindo, vendo o polt cavar para si uma posição nova e potencialmente mais lucrativa. O polt tinha habilidades táticas, Netherton notou, habilidades que Lev, por mais inteligente que fosse, e apesar das predisposições familiares, nunca tivera ensejo para desenvolver por completo.

O polt dissera a Lev que não era, por acaso, um alvo especialmente fácil para um assassino de aluguel. Que tinha recursos à disposição numa situação do tipo, mas que sua irmã vir a ser um alvo era "inaceitável". A palavra ficara no ar da tenda estreita de Ash, com um peso surpreendente. E o que, o polt perguntara, Lev pretendia fazer a respeito?

– Vamos lhe dar o dinheiro – dissera Lev. – Você poderá contratar proteção.

Netherton notara Ash tentando encará-lo. Ele percebera que ela entendeu que o polt estava por cima agora, tendo frustrado os planos de Lev com habilidade. Ele a encarara, mas com uma expressão neutra, sem dar o que ela queria.

Lev dissera ao polt que precisava falar com a irmã, mas o polt queria ouvir um número, uma quantia específica. Lev oferecera 10 milhões, um pouco mais do que o pagamento do suposto contrato de assassinato. O polt dissera que a soma era alta demais para que seu primo recebesse via o que ele chamou de Hefty Pal.

Lev explicara que podia fazer com que o primo ganhasse o dinheiro pela loteria estadual. O pagamento seria totalmente legítimo. Com isso, Netherton não fora capaz de resistir a encarar Ash novamente.

– Você não acha que o sistema da loteria pinta a coisa toda como uma barganha faustiana? – Netherton perguntara, ao fim da ligação.

– Faustiana? – Lev não pareceu entender.

– Como se a pessoa tivesse poderes que seriam associados a Lúcifer – disse Ash.

– Ah. Bom, sim, entendo o que quer dizer. Mas é algo com que um amigo deparou, no toco dele. Tenho instruções detalhadas. Pretendia abordar o assunto com vocês.

– Está abafado aqui dentro – disse Netherton, levantando-se, o veludo envelhecido pesando nos ombros. – Se vamos bater papo, vamos para a Mercedes. É mais confortável.

E pronto, assim fora, só que agora ele estava sentado ali, esperando a irmã do polt ligar.

ESTELIONATÁRIO

Eles não chegaram a alcançar Leon. Talvez ele realmente tivesse pedalado um pouco, ou, mais provável, pedalou um pouco e usou o cubo ao mesmo tempo. A bicicleta dela estava apoiada no carvalho do quintal. Não viam Leon, mas um camarada de Burton, Reece, estava sentado na cadeira de madeira do gramado, com um bandolim no colo. Quando ela e Burton se aproximaram, depois de deixarem o carro perto do portão, ela viu que não era um bandolim, mas um fuzil do Exército que parecia ter sido comprimido, esmagado pelas pontas. Bullpup era como se chamava a arma. Reece estava com um boné puxado rente às sobrancelhas, do tipo que alterava a estampa continuamente. Reece fora alguma coisa no exército, algo especial, mas menos especial que HaptRec, e admirava Burton de um modo que ela achava insalubre, ainda que ela não tivesse certeza se o era para Reece ou Burton.

– Opa, Reece – disse Burton.

– Burton – disse Reece, tocando a aba do boné, quase uma continência, mas sem sair da cadeira. Tinha um Viz na órbita esquerda, e ela agora estava perto o bastante para ver uma luz se mexendo ali, refletida no olho dele.

– Quem mais está aqui? – perguntou Burton, olhando para a casa escura, a fachada branca começando a clarear com o amanhecer.

– Duval está na ladeira – disse Reece, enquanto Flynne via uma mancha de couro pixelada migrar um pouco mais para perto de onde estaria o botão de um boné normal. Os bonés dos Fuzileiros não tinham botão, porque, se alguém atingisse a pessoa no alto da cabeça, o botão podia entrar no crânio. – Carter está lá atrás, Carlos perto do trailer. Levantei uma rede, vinte unidades, vinte na reserva. – Vinte drones acima do terreno, ela entendeu, voando em sincronia, em padrão repetitivo, cada um dos três homens monitorando um terço deles. Era muito drone.

– Estamos indo para o trailer – disse Burton. – Fala pro Carlos.

A aba do boné balançou.

– Lucas tá atrás de você? Duval disse que ouviu.

– Lucas não é o problema – disse Burton. – Preciso aguardar uma companhia mais assustadora que essa. – Pôs a mão no ombro de Reece por um segundo, depois começou a descer a ladeira.

– Noite, Flynne – disse Reece.

– Dia – disse ela, depois alcançou Burton. – Como era a aparência deles, as pessoas que ligaram pra você?

– Lembra do Anodos Sacrificiais?

Ela mal se lembrava. De Omaha ou algo assim.

– Antes da minha época.

– Ela parecia a cantora do Anodos, Cat Blackstock, mas com lentes de contato de Halloween. O outro era talvez da minha idade, grande, desleixado, um pouco de barba, óculos antigos. Acostumado às pessoas concordarem com ele.

– Eram colombianos? Latinos?

– Ingleses. Da Inglaterra.

Lembrando-se da cidade, da curva no rio.

– Por que você acreditou neles?

Ele parou, e ela quase trombou nele.

– Eu nunca disse que acreditei neles. Acredito no dinheiro que têm me pagado, isso eu consigo gastar. Puseram 10 milhões no Hafty Pal do Leon, acredito nisso também.

– Acredita que alguém foi contratado pra matar você?

– Acho que a Coldiron pode acreditar.

– O suficiente pra trazer Reece e eles aqui, com armas?

– Mal não faz. Eles gostam da desculpa. Leon ganha na loteria, ele pode espalhar um pouco por aí.

– A loteria é comprada?

– Te surpreenderia se fosse?

– Acha que eles são do governo, a Coldiron?

– É dinheiro. Alguém te ofereceu algum recentemente, além de mim? – Ele se virou, voltou a descer a ladeira. Passarinhos começavam a cantar.

– E se for algum tipo de fraude do Homeland?

Olhando sobre o ombro:

– Falei que você ia falar com eles. Preciso que você faça isso, Flynne.

– Mas você não sabe quem eles são. Por que não têm vídeo de tudo? Estavam nos pagando pra voar com câmeras.

Ele parou de novo, virou para trás.

– Existe um motivo pra existir um site pra se candidatar pra matar pessoas de quem você nunca ouviu falar. Mesmo motivo pelo qual ninguém neste país tem um ganha-pão decente, a não ser que estejam construindo drogas. – Ele olhou para ela.

– Ok – disse ela. – Eu também não disse que não ia. Só parece loucura.

– Um funcionário do Homeland Security estava me dizendo que eu deveria me candidatar para trabalhar com eles. Os caras que trabalhavam pra ele reviraram os olhos, pelas costas dele. Tempos difíceis.

Estavam quase no trailer apagado, sua palidez lisa começava a aparecer no escuro entre as árvores. Parecia fazer muito tempo que ela não ia ali.

Um vulto se virou, quase invisível ao passar pelo trailer, ao lado da trilha. Carlos, ela imaginou. Ele fez um sinal de positivo para eles.

– Onde está o login?

– Debaixo da mesa. No estojo do seu tomahawk.

– Machado – corrigiu ele, abrindo a porta e subindo. As luzes se acenderam. Ele olhou para ela. – Eu sei que você acha que isso é loucura, mas pode ser a saída perfeita da nossa situação financeira básica. Os meios estão escassos, se é que você não notou.

– Vou falar com eles.

A cadeira chinesa ficou maior para Burton. Ela tirou a tira de papel do estojo da Fab, leu o login enquanto ele digitava.

Ele estava prestes a tocar em "IR", depois que digitaram tudo, mas ela pôs a mão sobre a dele.

– Vou fazer isso, mas não consigo se você estiver aqui. Se mais alguém estiver aqui. Se quiser ouvir de fora, tudo bem.

Ele virou a mão, apertou a dela. Levantou-se. A cadeira tentou encontrá-lo.

– Senta antes que ela comece a pirar – disse ele, pegando o tomahawk. Depois já estava fora, fechando a porta.

Ela se sentou, a cadeira contraiu-se de forma audível, uma série de suspiros e cliques. Ela se sentiu como se sentia no Coffee Jones toda vez que tinha de ir ao escritório dos fundos para ouvir merda de Byron Burchardt, o gerente da noite.

Tirou o telefone, esticou, usou como espelho. Cabelo não estava tão bem, mas tinha o brilho labial, do qual Janice trouxera uma caixa do Hefty Mart para casa quando trabalhava lá. A maior parte das palavras estava apagada no tubo, só um resto no fundo, mas tirou da calça jeans e passou. Quem quer que fosse falar com ela agora não seria o pobre Byron, cujo carro fora atropelado por uma carreta semirreboque no piloto automático no Dia dos Namorados, cerca de três meses depois de demiti-la.

Ela tocou em "Ir".

– Srta. Fisher? – Do nada. Rápido assim. Um cara talvez da idade dela, cabelo castanho curto, escovado para trás, expressão neutra. Estava numa sala com muita madeira, ou talvez plástico que parecia madeira, clara, brilhante feito esmalte de unha.

– Flynne – disse a ele, lembrando-se de ser educada.

– Flynne – disse ele, depois só olhou para ela, por trás de um monitor antigo. Estava usando uma blusa preta de gola alta, algo que ela não tinha certeza de já ter visto na vida real antes, e agora ela via que a mesa era feita de algo que parecia mármore, cheio de grandes veias de ouro falso. Como o escritório de empréstimos de um anúncio de banco estelionatário. Talvez fosse algo colombiano. Ele não parecia latino para ela, mas também não tinha barba nem óculos, como o que Burton descrevera.

– E você? – disse ela, soando mais mal-humorada do que pretendia.

– Eu? – Ele pareceu surpreso, como se estivesse perdido, pensando.

– Acabei de lhe dizer meu nome.

O modo como ele estava olhando para ela agora fez com que ela quisesse checar se havia algo atrás dela.

– Netherton – disse ele, e tossiu –, Wilf Netherton. – Ele parecia surpreso.

– Burton disse que você quer falar comigo.

– Sim, quero.

Como aqueles com quem Burton disse que falara, ele parecia ser inglês.

– Por quê?

– Ficamos sabendo que você estava substituindo seu irmão nos dois últimos turnos dele...

– Isso é um jogo? – Não sabia o que ia dizer. As palavras simplesmente saíram.

Ele começou a abrir a boca.

– Me diz que é uma porra de um jogo. – O que quer que fosse essa reação, ela sabia que tinha relação com o que ela vinha sentindo desde que parara de jogar Operação Vento do Norte. Às vezes parecia que ela pegara o estresse pós-traumático de Burton ali sentada no sofá de Janice e Madison.

Ele fechou a boca. Franziu o cenho de leve. Fez um bico. Relaxou os lábios.

– É um constructo extremamente complexo – disse ele –, parte de um sistema muito maior. A Milagros Coldiron fornece a segurança. Nosso negócio não é entendê-lo.

– Então é um jogo?

– Se você preferir.

– Que porra significa essa merda? – Desesperada para saber alguma coisa, mas não sabia o quê. Não tinha como aquilo não ser um jogo.

– O ambiente é como o de um jogo – disse ele. – Não é real no sentido de que você...

– Você é real?

Ele inclinou a cabeça para o lado.

– Como eu vou saber? – ela perguntou. – Se aquilo era um jogo, como vou saber se você não é só IA?

– Eu tenho cara de metafísico?

– Você parece um cara num escritório. O que exatamente você faz aí, Wilf?

– Recursos humanos – disse ele, apertando os olhos.

Se ele fosse IA, ela pensou, tinha sido projetado por alguém peculiar.

– Burton disse que você afirma poder arranjar...

– Por favor – ele interrompeu rapidamente –, isto não é muito seguro. Encontraremos uma forma melhor de discutir isso. Depois.

– O que é essa luz azul no seu rosto?

– É o monitor. Com defeito. – Ele franziu a testa. – Você fez um total de dois turnos para o seu irmão?

– Sim.

– Pode descrevê-los para mim, por favor?

– O que você quer saber?

– Tudo o que lembrar.

– Por que você não olha a gravação?

– Gravação?

– Se ninguém estava gravando aquilo, que sentido faz eu voar com a sua câmera?

– Isso caberia ao cliente. – Ele se inclinou para a frente. – Pode nos ajudar, por favor? – Ele realmente parecia preocupado.

Ele não parecia ser particularmente alguém em quem ela devesse confiar, mas pelo menos parecia ser alguém.

– Comecei o primeiro na parte de trás de uma van ou algo assim – começou ela. – Subi, saindo de uma escotilha, controle desativado...

ARCAÍSMO

Enquanto a ouvia, Netherton percebeu que se perdeu, não de uma forma desagradável. O sotaque dela o fascinava, uma voz da América pré-Sorte Grande.

Tinha havido uma Flynne Fisher no passado real do mundo. Se ela estivesse viva agora, seria muito mais velha. Embora, dada a Sorte Grande e as chances de sobrevivência, isso parecesse improvável. Mas como só havia alguns meses que Lev tocara o contínuo dela pela primeira vez, essa Flynne ainda seria muito parecida com a Flynne real, a Flynne que agora estava velha ou morta, que havia sido esta moça antes da Sorte Grande, depois a viveu, ou morreu nela como tantos outros haviam morrido. Ela ainda não teria mudado pela intervenção de Lev e pelo que isso poderia trazer a ela.

– Aquelas vozes – disse ela, após terminar o relato do primeiro turno – antes do vigésimo andar. – Não consegui entender o que diziam. O que eram?

– Não estou familiarizado com as particularidades da tarefa do seu irmão, nem um pouco. – Ela estava usando o que ele concluiu ser uma camisa militar preta bastante severa, desabotoada no pescoço, com dragonas, e algo escarlate, possivelmente letras cursivas, acima do bolso esquerdo. Tinha olhos escuros, cabelo castanho-escuro que poderia até ter sido cortado por uma Michikoide. Ele se perguntou se ela era da mesma unidade que Lev mencionara ter sido a do irmão.

Ash estava dando o feed da garota para ele e o centralizara no campo de visão dele para facilitar o contato visual. Ele deveria manter a cabeça baixa, fingindo estar vendo a moça no monitor morto, mas esquecia toda hora.

– Burton disse que eram paparazzi – disse ela. – Pequenos drones.

– Vocês têm isso? – Ela o fez ter consciência de quão vaga era a percepção que ele tinha da época dela. A história tinha seus encantos, mas podia ser penosa. Fascínio demais e você virava Ash, obcecada por um catálogo de espécies desaparecidas, viciada em nostalgia por coisas que nunca conhecera.

– Vocês não têm drones na Colômbia?

– Temos – disse ele. Por que, ele se perguntou, ela parecia estar num submarino, ou talvez algum tipo de aeronave, com o interior revestido de mel autoiluminado?

– Pergunte a ela – disse Lev – sobre o que ela testemunhou.

– Você descreveu seu primeiro turno – disse Netherton. – Mas eu soube que teve um acontecimento durante o segundo. Pode descrever o que aconteceu?

– A mochila – disse ela.

– Como?

– Tipo a mochila de uma criancinha, mas feita de um plástico cinza de aparência escrota. Coisa com tentáculos nos quatro cantos. Tipo pernas.

– E quando deparou com isso pela primeira vez?

– Saí da escotilha da van, mesma coisa, subindo direto. Depois do vinte, as vozes sumiram, como antes. Aí avistei, escalando.

– Escalando?

– Dando cambalhotas, tipo mortal de costas. Avançando sem parar. Passei por ela, a perdi de vista. No 37º, ela me alcançou, me passou. Perdi de novo. Cheguei ao 56º, fiquei no controle do quadricóptero, sem insetos. Fiz a ronda no perímetro, nenhum paparazzi, nenhum sinal da coisa cinza. Aí a janela desembaçou.

– Despolarizou.

– Foi o que pensei – disse ela. – Vi a mulher que vi antes da festa. A festa acabou, móveis diferentes, ela de pijama. Mais alguém lá, mas não consegui ver. Vi a mulher encarar alguém, rir. Fiz mais uma ronda. Estavam perto da janela quando voltei.

– Quem?

– A mulher. Um cara do lado dela, trinta e poucos anos, talvez, cabelo escuro, alguma barba. Meio sem etnia específica. Roupão marrom. – A expressão dela mudara. Ela olhava na direção dele, ou da imagem dele no seu telefone, mas via outra coisa. – Ela não podia ver o olhar dele, porque estava ao lado dele, estava com o braço em torno dela. Ele sabia.

– Sabia o quê?

– Que aquilo estava prestes a matar ela.

– Aquilo o quê?

– A mochila. Eu sabia que eles veriam o quadricóptero. Uma porta estava abrindo, no vidro. Uma espécie de parapeito subia pra formar a sacada. Eles iam sair. Eu tinha que seguir. Fui saindo como se fosse fazer outra ronda, mas parei depois da curva. Subi ao 57º, dei meia-volta.

– Por quê?

– A expressão dele. Não batia, só isso. – O rosto dela imóvel, seriedade total. – A coisa estava acima da janela, na frente do 57º. Metamorfoseada pra parecer o resto da merda do edifício, mesmo tipo de forma, mesma cor, mas todo o resto estava molhado. Ela estava seca. Meio que respirando.

– Respirando?

– Inchando, achatando, inchando. Só um pouco.

– Você estava acima deles?

– Estavam no parapeito, olhando pra fora. Na direção do rio. Eu queria pegar uma imagem, não sabia como. Eu já tinha conseguido por acaso, com um inseto, no primeiro turno. Entendi que a proximidade desencadeava, mas não sabia o que exatamente eu estava pilotando. Quando cheguei um pouco mais perto, a coisa cuspiu algo. Rápido, pequeno demais pra ver. Começou a bater na câmera que eu deixei virada pra ela. Levando uma mordida a cada ataque. Desliguei os rotores antes que ele pudesse cuspir mais, caí uns três andares, me segurei. O mordedor sumiu, virei pra esquerda, depois subi reto. Ele estava atrás dela. Pondo as mãos dela pra cima. Beijando a porra da orelha. Sussurrando alguma coisa. "Surpresa." Aposto que ele disse "surpresa". Ele estava recuando, virando, começou a entrar. E aquelas coisas saindo do troço, muitas delas. Vi ele olhar pra cima. Ele sabia. Sabia que ia estar lá. – Ela baixou a cabeça, como se olhasse para as mãos. De volta para ele. – Tentei acertar a cabeça dele. Mas ele foi rápido. Caiu de joelhos. Aí as coisas estavam dentro dela, comendo. E ele de pé do lado de dentro e a porta tinha sumido e a janela ficou cinza. Acho que a primeira matou ela. Espero que sim.

– Isso é horrível – disse Ash.

– Shhh – fez Lev.

– Ela estava escorada de costas no parapeito – disse ela –, que começou a descer, retrair. Ela tombou. Caiu. Segui a descida. Eles comeram ela toda. Quase até o chão. Só as roupas. Só o que restou.

– Essa é a mulher que você viu? – perguntou Netherton, erguendo a impressão matte que Ash fizera de uma foto do site de Aelita.

Ela olhou para a foto, setenta e poucos anos antes, num passado que já não era muito como o passado que produzira este mundo, e fez que sim com a cabeça.

NÓ

Ela estava deitada na cama, cortinas fechadas, sem saber o que sentia. A merda triste e doentia no jogo que parecia Londres, Conner e sua Tarântula no estacionamento do Jimmy's, Burton contando a ela da Coldiron, sobre alguém ser pago para matá-lo por causa do que ela vira, depois chegando em casa com ele e encontrando o destacamento de colegas veteranos.

E finalmente contando a história para Wilf Netherton, que parecia um infomercial discreto de um produto sem nome. Burton não estava por lá quando terminou, então ela subira a ladeira sozinha, perguntando-se por quê, se a coisa em que ela estivera era um jogo de algum tipo, alguém ia querer matar Burton, achando que ele estivera lá em vez dela. Por ter visto matarem alguém num jogo? Quando perguntara a Netherton a respeito disso, ele dissera não saber, assim como não sabia por que não houve nenhuma gravação, não estava ansioso para saber, e ela também não deveria ficar. O que ela sentira como o momento em que ele estava sendo mais verdadeiro.

A mãe dela, de pé desde cedo, fazia café na cozinha, com um roupão mais velho que Flynne, com o tubo de oxigênio debaixo do nariz. Flynne a beijara, recusara café, respondera onde estava, dissera que estava no Jimmy's.

– Mais velho que andar pra frente, o Jimmy's – dissera sua mãe.

Ela levara uma banana e um copo de água filtrada para o andar de cima. Deixou um pouco de água para escovar os dentes. Notou, como sempre notava quando escovava os dentes, que os acessórios de metal da pia haviam sido cromados um dia, mas agora restavam apenas pequenas manchas de cromo, a maior parte perto da porcelana. Ela voltara para o quarto, fechara a porta, tirara a camisa do Coffee Jones sem distintivo, o sutiã e a calça jeans, vestira um moletom grande da USMC de Burton e se deitara.

Para meio que vibrar, exausta, mas longe de dormir. Depois lembrou que tinha um app dos jogos de drones de Burton e Leon no telefone antigo, e que Macon teria passado para o novo, junto com o resto das suas coisas. Pegou o telefone debaixo do travesseiro e checou. Lá estava. Ela o abriu, selecionou uma visão de cima para baixo e viu uma imagem de satélite baixa da propriedade deles, o telhado sob o qual ela estava deitada era um retângulo cinza, enquanto moviam-se acima dele, numa dança complicada, os vinte drones, cada um guiado por um ponto de luz, tecendo algo que ela sabia se chamar, pelo menos nas tatuagens, nó celta. Cada um a ser substituído por um dos vinte reservas, depois recarregado, em revezamento.

Burton ganhou muitos jogos desses, era muito bom, tendo a Haptic Recon 1 usado drones durante tantos anos. Ela ouvira até alguém dizer que o próprio Burton fora uma espécie de drone, ou um drone de modo parcial, quando ainda tinha as tatuagens.

Ver os drones fazerem os nós acima da casa parecia ajudar. Ela logo achou que conseguiria dormir. Fechou o aplicativo, empurrou o telefone para debaixo do travesseiro, fechou os olhos.

Mas, pouco antes de dormir de fato, viu a camiseta e a calça listrada do pijama da mulher, tremulando e se revirando, caindo na rua.

Canalhas.

ANÁTEMA

O tilacino entrou antes de Lev na Mercedes, garras batendo secas na madeira clara. Observou Netherton com olhos redondos e bocejou, deixando cair uma mandíbula de um comprimento notadamente diferente da de um cachorro, como a de um pequeno crocodilo, só que abrindo na direção oposta.

– Hiena – Netherton cumprimentou-a sem entusiasmo. Ele passara a noite na cabine master, o que fez com que a mesa com veios de ouro parecesse austera.

Lev franziu o cenho, Ash atrás dele.

Ash estava com o que ele passara a considerar seu traje de sinceridade, um macacão de mangas longas de feltro cinza opaco, um zíper antigo de alumínio da virilha à garganta. Era coberto por uma multitude de bolsos cargo, alguns grampeados. Usá-lo, ele notou antes, parecia diminuir sua tendência gestual mais floreada, além de esconder seus animais. Significava, ele supôs, que ela desejava ser levada mais a sério.

– Então você resolveu pensar sobre isso – disse Lev, curvando-se distraído para fazer carinho nas costas de Tyenna.

– Trouxeram café?

– O bar faz o que você quiser.

– Está bloqueado.

– O que você gostaria?

– Um americano, puro.

Lev foi ao bar, pôs o polegar no oval. Abriu no mesmo instante.

– Um americano, puro. – O bar entregou um, quase em silêncio.

Lev levou a ele, fumegante. – O que você entendeu da história dela? – Passando a xícara e o pires.

– Supondo que ela me disse a verdade – disse Netherton, vendo Tyenna fechar a boca e engolir. – E que foi Aelita que ela viu... – Ele encarou Lev. – Não uma abdução. – Tomou um gole de café, que estava estupidamente quente, mas muito bom.

– Esperávamos descobrir o que o prédio dela diz que aconteceu – disse Lev.

– Eu não esperava – falou Ash –, dizem os rumores que não.

– Não o quê? – perguntou Netherton.

– Não diz – disse Ash. – Ou não sabe.

– Como o prédio dela poderia não saber? – perguntou Netherton.

– No sentido de que esta casa não sabe – disse Lev. – Isso também pode ser arranjado de forma temporária, mas requer... – Fez um gesto pequeno, rápido, de múltiplos dedos, como um pianista, iconicamente russo: clepto, mas em algum grau que não deve ser dito.

– Entendi – disse Netherton, sem entender.

– Vamos precisar de capital no toco – lançou Ash. – Ossian está chegando ao fim da possibilidade de improviso. Se você deseja marcar uma presença...

– Não é marcar presença – disse Lev. – É meu.

– Não exclusivamente – respondeu Ash. – Nossos visitantes não hesitaram em encomendar um assassinato ao atravessarem a porta. Se capitalizarem mais que nós, ficaremos impotentes. Os matemáticos da sua família, no entanto... – Netherton concluiu que ela decidira vestir o macacão de feltro antes de tentar convencer Lev a permitir que os módulos financeiros da sua família acessassem o toco. Ele olhou para Lev. Não ia ser fácil, concluiu.

– Ossian – disse Lev – pode otimizar a manipulação de moedas virtuais nos jogos online deles. Ele está tentando fazer isso.

– Se nossos visitantes resolvessem comprar um político – insistiu Ash –, ou o chefe de uma agência federal americana, acabaríamos ficando para trás. E possivelmente perdendo.

– Não estou interessado em criar uma confusão mais barroca do que a que eles enfrentam historicamente – disse Lev. – É o que acontece com interferência demais. Do jeito que as coisas estão, deixei que Wilf me convencesse a permitir alguém usar polts como uma forma ridícula de IA artesanal.

– Melhor se acostumar, Lev – Ash quase nunca usava o nome dele.

– Alguma outra pessoa tem acesso. Parece lógico que, quem quer que seja, tenha conexões melhores que as nossas, uma vez que não temos a menor ideia de como entrar no toco de ninguém.

– Você não pode simplesmente dar um pulo para a frente e ver o que acontece? – perguntou Netherton. – Fazer uma visita rápida a eles um ano depois, e aí compensar?

– Não – retrucou Ash. – Isso seria viajar no tempo. Isto aqui é real. Quando enviamos nosso primeiro e-mail para o Panamá deles, entramos numa relação fixa de duração com o contínuo deles: um para um. Um dado intervalo no toco é o mesmo intervalo aqui, desde o primeiro instante de contato. Não podemos saber o futuro deles mais do que o nosso, exceto para supor que, em último caso, não será o passado que conhecemos. E não, não sabemos por quê. Simplesmente é o modo como o servidor funciona, até onde sabemos.

– A ideia de introduzir recursos da família – disse Lev – é anátema.

– Meu nome do meio – Ash não resistiu em comentar.

– Sei disso – falou Lev.

– Imagino – Netherton virou-se para Lev, pondo a xícara vazia no pires – que esse seja um dos poucos lugares da sua vida em que não há nenhum. Recurso da família.

– Exato.

– Nesse caso – disse Ash –, plano B.

– Que é...? – indagou Lev.

– Inserimos uma combinação de dados históricos, sociais e de mercado e especialistas freelancers em matemática financeira, mais a informação que obtemos no toco, e eles manipulam para nós uma parte da economia de lá. Não vão trabalhar tão bem, com tanta força e tão rápido quanto a operação financeira da sua família, mas pode ser suficiente. E você terá de pagar a eles. Aqui, com dinheiro de verdade.

– Faça isso – disse Lev.

– Observação formal, então – disse ela –, que minha primeira recomendação foi usar os matemáticos da sua família. Essas crianças do LSE* são inteligentes, mas não é a mesma coisa.

– Crianças? – perguntou Netherton.

– Se ficarmos descapitalizados – continuou Ash a Lev –, não poderá pôr a culpa em mim.

Netherton concluiu então que o que ela queria que Lev fizesse, na verdade, era o que ele acabara de concordar em fazer, o que o surpreendeu. Ele não havia pensado nela como alguém manipuladora desse modo tão eficaz. Era provável que a ideia fora de Ossian.

– Bom, então – disse ele. – A conversa foi fascinante. Espero que se lembrem de me manter informado. Encantado em ter conseguido ajudar. – Os dois ficaram olhando para ele. – Me desculpem, tenho um encontro no almoço.

– Onde? – perguntou Ash.

– Bermondsey.

Ela ergueu uma sobrancelha. O desenho de um camaleão levantou a cabeça, saindo da gola de feltro cinza rígido, e se recolheu com a mesma rapidez, como se os tivesse visto ali.

– Wilf – disse Lev –, precisamos de você aqui.

– Podem me contatar a qualquer momento.

– Precisamos de você – disse Lev – porque chamamos a polícia.

– A Met – acrescentou Ash.

– Com base na história da irmã do polt – disse Lev – e dado o que sabemos da situação aqui, não tínhamos escolha senão alertar o apoio legal. – Esses seriam os advogados da família dele, que Netherton supunha constituírem algo como uma indústria em si. – Marcaram uma reunião. É claro que você tem de estar presente.

– A detetive inspetora Lowbeer aguardará a sua presença – disse Ash. – Muito experiente. Você não ia querer decepcioná-la.

– Se anátema é o seu nome do meio – perguntou Netherton –, Ash é o primeiro?

---

* Acrônimo para Escola de Economia de Londres (London School of Economics). [N. de T.]

– É Maria – disse ela. – Ash é meu sobrenome. Havia um *e* no final, mas minha mãe mandou amputar.

25

KYDEX

Entre as cortinas do quarto, ela viu Burton passar pelo canto da casa, andando rápido na luz forte do sol, balançando o cabo do tomahawk. Ele o segurava como se a cabeça fosse a parte de cima de uma bengala em forma de T, o que significava que as extremidades estavam presas na minibainha de Kydex que ele ou um dos outros fizera. Fazer bainhas e coldres de termoplástico era um hobby deles, como macramê ou colcha de retalhos. Leon os provocava a respeito dos distintivos de honra ao mérito.

Uma dessas motocicletas russas grandes de aparência retrô, brilhante e vermelha, com carro lateral combinando, aguardava perto do portão da frente. Motoqueiro e passageiro usavam capacetes pretos redondos. O passageiro era Leon, ela viu, jaqueta inconfundível.

Ela dormira direto mais uma vez. Não se lembrava de nenhum sonho. O ângulo do sol dizia que era começo de tarde. Leon tirou o capacete quando Burton aproximou-se da moto vermelha, mas não saiu do banco lateral. Tirou algo do bolso da jaqueta, passou para Burton, que olhou de relance e pôs no bolso de trás.

Ela se afastou da cortina, vestiu o roupão, separou roupas para depois do banho.

Mas primeiro ela precisava contar a Burton a respeito de Conner. Ela desceu a escada de roupão e chinelos, roupas debaixo do braço dentro de uma toalha. Ouviu a moto russa saindo.

Burton estava na varanda. Ela viu que a bainha do tomahawk era daquela cor de carne, como a de aparelhos ortopédicos. Era a cor que todos eles preferiam, sendo o preto considerado formal demais.

Talvez se alguém visse aquela cor ortopédica debaixo da camisa, pensaria que a pessoa tinha acabado de ser operada.

– Tem visto Conner? – ela perguntou.

– Não. Mas acabei de mandar mensagem.

– Pra quê?

– Ver se ele quer ajudar a gente.

– Eu o vi ontem à noite, no estacionamento do Jimmy's. Coisa séria e nada boa. Estava tipo muito perto de fazer algo com dois jogadores de futebol. Bem na frente de todo mundo.

– Preciso de alguém pra vigiar a estrada, noites. Ele ficaria direto pra isso. Está ficando perturbado de tédio.

– O que é aquele negócio na traseira do triciclo?

– Provavelmente só uma 22.

– Alguém não deveria estar tentando ajudar ele, se ele fica tão perturbado?

– Muito menos perturbado do que tem todo o direito de estar. E eu estou tentando. O VA não vai tentar.

– Fiquei com medo.

– Ele nunca machucaria você.

– Com medo por ele. Por que Leon estava aqui?

– Por isso. – Ele puxou do bolso de trás um bilhete da loteria estadual, brilhante e rígido, mostrou a ela.

Leon a encarou através de um holograma embaçado de folha metálica, à esquerda de um escâner de retina.

– Parece que deveria ter o genoma dele – disse ela. Fazia tempo que ela não via um desses, sua mãe tendo ensinado aos dois que nunca deveriam pagar o que ela chamava de "imposto sobre burrice". – Você acha que ele vai ganhar 10 milhões?

– Não é tanto assim, mas, se ganhar, podemos descobrir alguma coisa importante.

– Você não estava aqui ontem à noite, depois que falei com a Milagros Coldiron.

– Carlos precisava de ajuda pra ajustar o padrão. Quem era?

– Nenhum dos dois com quem você falou. O nome é Netherton. Disse que era de recursos humanos.

– E?

– Queria saber o que aconteceu. Contei o mesmo que te contei.

– E?

– Disse que ia entrar em contato. Burton?

– Sim?

– Se é um jogo, por que alguém ia querer te matar, só por ver algo acontecer num jogo?

– Os jogos têm um custo pra construir. Essa é uma espécie de versão beta. Eles mantêm essa merda toda em segredo.

– Não havia nada tão especial. Tem um monte de mortes tão feias quanto essa em muitos jogos. – Embora ela não tivesse tanta certeza quanto a isso.

– Não sabemos o que foi, em relação ao que você viu, que eles achariam especial.

– Ok – disse ela, devolvendo o bilhete. – Vou tomar banho.

Ela voltou para dentro da casa, pela cozinha, e saiu para o chuveiro. Estava tirando o roupão quando o telefone tocou no pulso.

– Oi – disse ela.

– Macon. Como você está?

– Ok. E você?

– Shaylene disse que você está me procurando. Espero que não seja um problema de satisfação do usuário. – Ele não parecia preocupado.

– Está mais pra assistência técnica, mas vai ter que esperar até eu poder te encontrar.

– Estou dando uma exposiçãozinha, por coincidência, na lanchonete aqui. Estamos servindo os famosos retalhos de porco do Hefty. Quase todos.

– Confidencial.

– Absolutamente.

– Vou chegar de bike. Não sai daí.

– Com certeza.

Ela tomou banho, depois vestiu a calça jeans que usara no dia anterior e uma camiseta cinza larga. Deixou roupão, toalha e chinelos na prateleira do lado de fora. Deu a volta na casa até a bicicleta. Não viu ninguém do destacamento de Burton, mas presumiu que estavam lá, mais bem acomodados. E os drones estariam no ar também. Nada disso parecia muito real para ela. O bilhete espalhafatoso com o holograma e a retina de Leon também não pareciam. Talvez Conner não fosse o único maluco ali, ela pensou. Destrancou a bicicleta, subiu, vendo que Leon conseguira de algum modo não acabar com a bateria, e saiu pedalando, sentindo o cheiro dos pinheiros na beira da estrada na tarde quente.

Estava no primeiro terço da Porter quando a Tarântula passou por ela no sentido oposto, motor chiando, rápida demais para que ela conseguisse sequer ver Conner de relance.

Ela seguiu, passando pelo cheiro de frango frito, até ele diminuir e sumir, e 45 minutos depois, estava prendendo a bicicleta diante do Hefty Mart.

Macon tinha a sua própria mesa na lanchonete, afastada do lugar de pagar. Isso porque ele podia resolver problemas para o gerente local, tratar de coisas das quais a sede da franquia em Delhi não tratava. Quando as coisas davam errado no controle de estoque ou com os balões antifurto, Macon resolvia pessoalmente. Ele não estava em nenhuma folha de pagamento, mas parte do acordo era que ele podia usar a mesa da lanchonete como escritório e pendurar a conta de lanches e bebidas.

Ele não fazia nada, para ninguém, que tivesse a ver com construir drogas, o que não era comum para uma pessoa na sua linha de trabalho. Isso podia complicar as coisas para ele, se as pessoas que construíam drogas tivessem algo que precisasse de conserto, mas podia facilitar outras coisas. O subxerife, Tommy Constantine – na opinião de Flynne a coisa mais próxima, na cidade, de um homem solteiro atraente –, dissera a ela que o Departamento do Xerife recorria a Macon quando não conseguiam consertar as merdas deles de outro jeito.

A lanchonete cheirava a retalhos, os de porco. Os de frango não cheiravam muito, talvez porque não tivessem a tintura vermelha tradicional. Macon estava terminando um prato de porco quando ela se aproximou da mesa. Ele estava de costas para a parede, como sempre, e Edward, à esquerda dele, consertava algo que não estava lá.

Edward tinha um Viz em cada olho, o que ela supôs ser para percepção de profundidade, e uma máscara de dormir de cetim lilás sobre ambos, para bloquear a luz. Usava um par de luvas justas laranja fluorescente, cheias do que pareciam ser hieróglifos pretos. Ela quase podia ver a coisa em que ele estava trabalhando, mas era claro que não poderia, porque não estava lá. Poderia estar no escritório do gerente no primeiro andar, ou até em Delhi, mas Edward podia ver e controlar o par de mãos de plástico que a segurava, o que quer que fosse.

– Ei – disse Macon, erguendo a cabeça.

– Ei – disse ela, puxando uma cadeira. As cadeiras ali pareciam todas moldadas com o material com que Burton cobrira o interior do trailer, mas menos flexível.

Edward franziu o cenho, pôs com cuidado o objeto invisível 15 centímetros acima da mesa e puxou a máscara de dormir para a testa. Olhou para ela através da teia prateada dos dois Viz e abriu um sorrisão, o que era muito, partindo dele.

– Retalho? – perguntou Macon.

– Não, obrigada.

– Está fresco!

– Desde que saíram da China.

– Ninguém produz retalho de porco tão suculento quanto a China. – Macon, de pele mais clara que Edward, meio sardento, tinha olhos bonitos, íris malhadas de castanho-esverdeado. A esquerda agora estava atrás do Viz.

– Telefone bricou, é?

– Você não se preocupa com essas coisas? – ela se referia ao Viz. – Vendo tudo.

– Os nossos são amplamente alterados – disse ele. – Tirados da caixa, seria prudente se preocupar.

– O meu não bricou. – Ela sabia que ele sabia perfeitamente que não bricara. – A questão é que o Homes prendeu Burton no campo de atletismo da Escola Secundária de Davisville para impedi-lo de bater em Lucas 4:5.

– Sinto muito por isso. Ele não conseguiu bater nem um pouco neles?

– O suficiente pra ser levado em prisão preventiva. Então ficaram com o telefone dele por uma noite. O que me preocupa é que podem ter olhado o meu enquanto estavam com o dele.

– Nesse caso, teriam olhado o meu também. Seu irmão e eu praticamente trabalhamos juntos.

– Dá pra você saber se tiverem olhado?

– Talvez. Algum Homes entediado num caminhão branco grande, procurando pornografia, provavelmente daria pra saber. Pra ser franco, se eles procurassem, eu saberia. Mas uma IA federal panóptica e filha da puta? Nem fodendo.

– Eles veriam que meu telefone é fajuto?

– Poderiam – disse Edward –, mas algo teria que estar olhando pra você, algo que de fato e especificamente quisesse obter informação sobre o telefone de determinadas pessoas.

– Na verdade – disse Macon –, fizemos um ótimo trabalho pra você. O fabricante na China ainda não descobriu nenhum dos nossos.

– Que a gente saiba.

– Verdade – disse Macon –, mas a gente geralmente fica sabendo quando descobrem.

– Resumindo: você não sabe.

– Resumindo: não. Mas lhe darei permissão pra não se preocupar com isso. De graça.

– Pegou alguma coisa com Conner Penske nos últimos dias?

Macon e Edward olharam um para o outro. Edward puxou a máscara de dormir para cima dos Viz e pegou a coisa que não estava lá. Virou a coisa, cutucou com um indicador laranja e preto.

– Que tipo de alguma coisa você está falando? – perguntou Macon.

– Eu estava no Jimmy's ontem à noite. Procurando você.

– Pena que a gente não se cruzou.

– Conner estava lá, se metendo com dois adolescentes imbecis. Tinha algo na traseira do triciclo.

– Fita amarela?

– Meio que uma espinha de cobra robótica? Presa num treco que parecia um monóculo?

– Não fabricamos isso pra ele – disse Macon. – Excedente do eBay. Legalizado. Fizemos circuitos e interface de servo, só isso.

– O que é aquilo na ponta?

– Nada que a gente saiba. Ampla concorrência.

– Ele poderia acabar com sérios problemas. Sabia disso?

Macon fez que sim.

– Conner é um filho da puta persuasivo, sabe? Difícil dizer não pra ele. Aquelas merdas do triciclo é tudo o que ele tem agora.

– Isso, estimulante e beber. Se fossem só o triciclo e uns brinquedinhos, talvez não fosse tão ruim.

Macon olhou pra ela, triste.

– Um pequeno manipulador na ponta – disse ele –, como o que Edward está usando, só que com menos graus de liberdade.

– Macon, já te vi fazer armas.

Macon balançou a cabeça.

– Não pra ele, Flynne. Pra ele, de jeito nenhum.

– Ele ainda poderia comprar uma.

– Você poderia andar por essa cidade, cair em quase qualquer lugar, ia dar de cara com uma arma fabricada. Não é difícil conseguir. Eu fico longe do Conner, aí a merda dele para de funcionar, aí o VA não consegue consertar pra ele, então a qualidade de vida dele cai, rápido. Se eu não consertar, e mantermos a merda dele funcionando, ele fica com aquele sorrisão pra mim, pedindo coisas que ele sabe que não deveria usar. Pra ser sincero, é muito difícil. Entende?

– Talvez Burton contrate ele.

– Gosto do seu irmão, Flynne. Assim como você. Tem certeza de que não quer um prato de picadinho? – Abriu um sorrisão.

– Fica pra próxima. Obrigada pela assistência técnica. – Ela se levantou. – Até mais, Edward.

A máscara de dormir lilás acenou.

– Flynne – disse ele.

Ela saiu e destravou a bicicleta.

Um dos dirigíveis pairava acima do estacionamento, fingindo estar apenas anunciando o Viz da próxima estação. Mas o banner com o grande *close* de um olho atrás do Viz dava a impressão de que ele observava a todos, o que, claro, ela sabia ser o que ele estava fazendo.

MUITO SÊNIOR

Netherton nunca estivera no escritório do avô de Lev antes. Sua impressão foi de um lugar ao mesmo tempo obscuro e chamativo, estrangeiro por ser, de alguma forma, veemente e demasiadamente britânico. As estruturas de madeira, das quais havia muitas, eram pintadas de um verde-musgo intenso, verniz brilhante com destaques dourados. A mobília era escura e pesada, as poltronas altas e igualmente verdes.

Estava grato por Ash ter especificado um gênero para a detetive Ainsley Lowbeer, a primeira oficial da lei a pôr os pés naquela casa desde a compra pelo avô de Lev.

O rosto e as mãos dela eram de um rosa-claro e uniforme, como se ela estivesse ligeiramente inflada por algo não tão escuro quanto sangue. O cabelo, curto e profissional atrás e dos lados, era cheio e de um branco perfeito, como chantili, e puxado para trás numa espécie de topete flutuante. Os olhos, de um lilás muito vivo, eram intensamente vigilantes. Usava um terno tão ambíguo quanto ela, um Savile Row ou Jermyn Street, nem uma costura sequer feita por robô ou periférico. O corte do paletó acomodava ombros largos. A calça, que terminava acima de sapatos sociais pretos muito precisos, deixava à mostra tornozelos delgados sob meia-calça preta transparente.

– Extremamente gentil da sua parte me atender com tanta rapidez, sr. Zubov – disse ela, sentada na poltrona. – Ainda mais por ser na sua própria casa. – Ela sorriu, revelando dentes de uma imperfeição caríssima. Em reconhecimento da natureza histórica de sua visita hoje, Netherton sabia, dois grandes veículos ainda circulavam por Notting Hill, cada um com um contingente de advogados da família

Zubov, prontos para a batalha. Ele mesmo evitava os anciões hiper-funcionais sempre que possível. Eram sabedores demais e invariavelmente poderosos. Eram muito poucos, no entanto, e isso era de longe a melhor coisa em relação a eles.

– De forma alguma – respondeu Lev, enquanto Ossian, parecendo ainda mais um mordomo do que de costume, trazia o chá.

– Sr. Murphy – disse Lowbeer, claramente encantada em vê-lo.

– Sim, madame – disse Ossian, paralisado, bandeja de prata na mão.

– Desculpe-me – disse ela. – Não fomos apresentados. Uma pessoa na minha idade é só feeds, sr. Murphy. Pelos meus pecados, tenho acesso contínuo à maioria das coisas, o que resulta no hábito terrível de me comportar como se eu já conhecesse todo mundo que encontro.

– Não há com que se preocupar, madame – disse Ossian, sem sair do personagem, olhando para baixo –, não é nenhuma ofensa.

– E, de certo modo – disse ela para os outros, como se não o tivesse ouvido –, conheço mesmo.

Ossian, cuidadosamente impassível, colocou a bandeja pesada no aparador e estava prestes a oferecer minissanduíches.

– Vocês também devem estar cientes – Lowbeer continuou – que estou investigando o desaparecimento recente de uma certa Aelita West, cidadã dos Estados Unidos, residente de Londres. Me ajudaria muito se cada um de vocês explicasse sua relação com a desaparecida, bem como as relações entre vocês. Talvez o senhor queira começar, sr. Zubov? Tudo, é claro, será devidamente registrado.

– Eu havia entendido – disse Lev – que não haveria aparelhos de gravação de nenhum tipo.

– Nenhum – ela concordou. – Eu, porém, tenho memória certificada em corte, completamente aceita como evidência.

– Não sei por onde deveria começar – disse Lev, depois de observá-la com atenção.

– O salmão, obrigada – Lowbeer disse a Ossian. – Você poderia começar explicando esse seu hobby, sr. Zubov. Seus advogados o descreveram para mim como um "entusiasta dos contínuos".

– Isso nunca é fácil – disse Lev. – A senhora sabe do servidor?

– O grande mistério, sim. Supõe-se que seja chinês e, como tantos aspectos da China hoje, muito à nossa frente. Se usa para se comunicar com o passado, ou melhor, com *um* passado, uma vez que, no nosso verdadeiro passado, essa comunicação não aconteceu. Isso faz minha cabeça doer um tanto, sr. Zubov. Imagino que a sua não doa?

– Muito menos do que o tipo de paradoxo com o qual estamos acostumados culturalmente ao discutir questões transtemporais – disse Lev. – Na verdade, é bastante simples. O ato de conectar produz uma bifurcação na causalidade, a nova ramificação é única em termos causais. Um toco, como chamamos.

– Mas por que o chamam assim? – perguntou ela, enquanto Ossian lhe servia o chá. – Por que usam esse nome? Muito curto. Desagradável. Meio bruto. Não era de se esperar que a nova ramificação da bifurcação continuasse a crescer?

– De fato – disse Lev –, é exatamente o que supomos. Na verdade, não sei ao certo por que os entusiastas decidiram por essa expressão.

– Imperialismo – disse Ash. – Estamos fazendo o contínuo alternativo de terceiro mundo. Chamá-los de toco facilita um pouco.

Lowbeer observou Ash, que agora usava uma versão levemente mais apropriada de seu traje de telhado de estação vitoriana. Menos animais visíveis.

– Maria Anátema – disse Lowbeer –, adorável. E a senhorita auxilia o sr. Zubov nesse colonialismo, é? Você e o sr. Murphy?

– Auxiliamos – respondeu Ash.

– E esse seria o primeiro contínuo do sr. Zubov? Primeiro toco?

– É, sim – falou Lev.

– Entendo – disse Lowbeer. – E o senhor, sr. Netherton?

– Eu? – Ossian oferecia a ele os sanduíches. Ele pegou um sem ver. – Amigo. Amigo de Lev.

– Essa é a parte que eu acho confusa – continuou Lowbeer. – Você é *promoter*, uma pessoa de relações públicas, empregado de forma complexa por meio de uma série bastante impressionante de cortinas. Ou era, melhor dizendo.

– Era?

– Sinto muito – disse Lowbeer –, mas, sim, o senhor foi demitido.

Há e-mail não lido a respeito na sua caixa de entrada. Também vejo que o senhor e sua ex-colega, Clarisse Rainey, de Toronto, testemunharam o recente assassinato de Hamed al-Habib, por um sistema de ataque americano. – Ela olhou à sua volta, para as pessoas à mesa, como se estivesse curiosa para ver reações ao nome, mas não pareceu haver nenhuma.

Nunca ocorrera a Netherton que o remendador chefe pudesse ter um nome.

– Esse era o nome dele?

– É – disse Lowbeer –, ainda que não muito conhecido, de forma geral.

– Havia muitas testemunhas – disse Netherton –, infelizmente.

– O senhor e a srta. Rainey tiveram destaque em sua visão do ocorrido, virtualmente *in loco*. Seja como for, o senhor parece estar tendo uma semana bastante cheia.

– Sim – respondeu Netherton.

– Poderia explicar as circunstâncias em que se encontra aqui agora, sr. Netherton? – Ela ergueu a xícara de chá e deu um pequeno gole.

– Vim para falar com Lev. Eu estava perturbado. Em relação à questão dos remendadores, por tê-los visto serem mortos daquela forma. E achei que provavelmente seria mandado embora.

– Desejava companhia?

– Exatamente. E durante a conversa com Lev...

– Sim?

– É muito complicado...

– Sou muito boa com complicações, sr. Netherton.

– A senhora sabe que a irmã de Aelita é, ou era, minha cliente? Daedra West.

– Eu esperava muito que chegássemos aí – disse Lowbeer.

– Eu havia combinado com Lev que ele daria um presente a Daedra. Em meu nome.

– Um presente. Que era...?

– Fiz um combinado para que ela recebesse os serviços de um dos habitantes do toco de Lev.

– Que serviços, exatamente?

– De segurança. Ele é ex-militar. Operador de drones, entre outras coisas.

– Segurança era algo de que ela estava precisando, em particular, na sua opinião?

– Não.

– Então, por que, se me permite perguntar, isso lhe ocorreu?

– Lev estava interessado nessa unidade militar do toco dele, em especial, à qual esse sujeito havia pertencido. Tecnologia transicional, pouco antes da Sorte Grande. – Ele olhou para Lev.

– Hápticas – disse Lev.

– Achei que pudesse divertir Daedra – disse Netherton –, a estranheza da coisa. Não que a imaginação seja o forte dela, de forma alguma.

– Queria impressioná-la?

– É, acho que sim.

– Estava tendo um relacionamento sexual com ela?

Netherton olhou de novo para Lev.

– Sim – disse ele. – Mas Daedra não estava interessada.

– No relacionamento?

– Em ter um polt como segurança. Nem no relacionamento, logo ficou claro. – Ele estava descobrindo que, por algum motivo, era muito provável, de forma sobrenatural, que as pessoas contassem a verdade para Lowbeer. Ele não fazia ideia de como ela conseguia isso, mas não gostava nem um pouco. – Então ela lhe pediu para dar à irmã dela.

– O senhor conheceu Aelita, sr. Netherton?

– Não.

– E o senhor, sr. Zubov?

Lev engoliu o último pedaço do sanduíche.

– Não. Tínhamos marcado um almoço. Teria sido hoje. Ela estava bastante interessada na ideia. Do contínuo, do toco – olhou para Ash –, como queira.

– Então, essa pessoa, do toco, o ex-soldado, teria estado a serviço no período de tempo em que Aelita West supostamente teria desaparecido da residência dela?

– Não era ele – disse Netherton, que resistiu ao impulso de morder o lábio inferior. – Era a irmã.

– A irmã?

– Ele teve que se ausentar – disse Lev. – A irmã foi sua substituta nos dois últimos turnos.

– O nome dele?

– Burton Fisher – respondeu Lev.

– O dela?

– Flynne Fisher – disse Netherton.

Lowbeer pôs a xícara e o pires na mesa ao lado.

– E quem falou com ela sobre isso?

– Eu – disse Netherton.

– Pode descrever o que ela disse que viu?

– Quando ela subia para o segundo plantão...

– Subia? Como?

– Num quadricóptero. Sendo um quadricóptero? Pilotando um. Ela viu algo escalando a lateral do edifício. Retangular, quatro braços ou pernas. No fim das contas, continha o que parecia ser uma arma de enxame. A mulher que foi à sacada, identificada por ela como Aelita a partir de um arquivo de imagem que lhe mostramos, foi morta com isso. Depois destruída. Comida, disse ela. Completamente.

– Entendo – confirmou Lowbeer, agora sem sorrir.

– Ela disse que ele sabia.

– Quem sabia?

– O homem com quem Aelita estava.

– Sua testemunha viu um homem?

Netherton, sem saber mais o que poderia acabar contando se falasse, fez que sim com a cabeça.

– E onde ela está agora, essa Flynne Fisher?

– No passado – respondeu Netherton.

– No toco – falou Lev.

– Isso tudo é interessantíssimo – disse Lowbeer. – Muito peculiar mesmo, o que não é algo que se pode dizer, com honestidade, sobre a maioria das investigações. – Ela se levantou da poltrona verde de forma inesperada. – Vocês foram todos muito prestativos.

– É só isso? – perguntou Netherton.

– Perdão?

– Não tem mais perguntas?

– Muitas, sr. Netherton, mas prefiro esperar até outras chegarem.

Lev e Ash levantaram-se, então Netherton levantou-se também. Ossian, já de pé, ao lado do aparador escuro e espelhado, ficou em posição de sentido com seu avental risca de giz.

– Obrigada por sua hospitalidade, sr. Zubov, e por seu auxílio. – Lowbeer apertou rapidamente a mão de Lev. – Grata por seu auxílio também, srta. Ash. – Apertou a mão de Ash. – E o senhor, sr. Netherton. Obrigada. – A palma dela era macia, seca e de temperatura neutra.

– De nada – respondeu Netherton.

– Caso deseje entrar em contato com Daedra West, sr. Netherton, não o faça neste local, ou em nenhum outro pertencente ao sr. Zubov. Há um potencial para complexidade excessiva aqui. Bagunça desnecessária. Vá para outro lugar para isso.

– Eu não tinha tal intenção.

– Muito bem, então. E o senhor, sr. Murphy – aproximando-se de Ossian –, obrigada. – Apertou a mão dele. – O senhor parece ter se saído muito bem, considerando a frequência de seus encontros com a lei na juventude.

Ossian não disse nada.

– Eu a acompanho até a porta – disse Lev.

– Não precisa se incomodar – disse Lowbeer.

– Temos animais de estimação – disse Lev. – Devo avisar que são um tanto territorialistas. Melhor eu acompanhar.

Netherton nunca tivera nenhuma impressão de que Gordon e Tyenna fossem nada além de existencialmente perturbadores e, de qualquer modo, supunha que fossem comportamentalmente modificados.

– Muito bem – disse Lowbeer –, obrigada. – Ela se virou e se dirigiu a todos. – Entrarei em contato com vocês individualmente caso seja necessário. Caso precisem falar comigo, me encontrarão em seus contatos.

Saíram da sala, e Lev fechou a porta.

– Puta merda. Recolheu amostra do nosso DNA – disse Ossian, examinando a palma da mão que apertara a mão de Lowbeer.

– Claro que recolheu – disse Ash, para Netherton, senão codificaria a fala. – Como ela poderia ter certeza de que somos quem afirmamos ser?

– Poderíamos coletar a porcaria do DNA dela – disse Ossian, franzindo o cenho para a xícara que Lowbeer usara.

– E sermos rendidos – disse Ash, de novo para Netherton.

– Sabe tudo de mim – disse Ossian.

– Murphy? – disse Netherton.

– Não provoque – disse Ossian, torcendo o pano branco com as mãos grandes, num gesto breve, mas poderoso. Depois jogou a toalha de chá estrangulada em cima do aparador, pegou dois dos sanduíches pequenos, pôs os dois na boca e começou a mastigar, com força, e suas feições foram readquirindo a impassividade habitual.

O selo de Ash apareceu. O olhar de Netherton encontrou o dela, percebeu seu aceno de cabeça muito sutil. Ela abriu um feed.

Ele viu, como que do ponto de vista de um pássaro capaz de pairar em completa imobilidade, Lowbeer. Ela entrava pela porta de trás de um carro muito feio, de aparência bulbosa e pesada, cor de grafite. Lev disse algo, recuou, e o carro ocultou-se, um quebra-cabeça de pixels com o desenho da paisagem da rua se rabiscando rapidamente por cima no brilho fraco da carroceria.

Ocultado, o carro partiu, parecendo curvar a rua em que estava à medida que seguia, e depois se foi. Lev virou-se para trás, na direção da casa. O feed se fechou.

Ossian ainda mastigava, mas agora engolia, pondo chá num copo de cristal, e depois bebendo tudo.

– Então – perguntou ele, mas não para Ash em particular, senão seria codificado –, estamos usando estudantes freelancers na Escola de Economia de Londres?

– Lev concordou – confirmou Ash para Netherton.

– A economia do país é toda voltada para a fabricação de drogas – disse Ossian para Netherton. – Bem provável que tenhamos tudo de que precisamos aqui.

Lev abriu a porta, sorrindo.

– Como foi? – perguntou Ash. Netherton viu uma revoada de pássaros passar pelas costas das mãos dela. Ela não notou.

– Que pessoa extraordinária – disse Lev. – Nunca tinha conhecido uma policial sênior antes. Ou qualquer outro policial, na verdade.

– Não são todos assim – disse Ossian –, graças a Jesus.

– Imagino que não sejam – falou Lev.

Acabaram de lhe vender algo, pensou Netherton. Uma venda muito completa e rápida. Ele não via nenhum motivo para duvidar que a inspetora Ainsley Lowbeer fosse capaz disso.

AQUELES MENINOS MORTOS

Ela acordou no escuro com o som de vozes masculinas nos arredores, entre elas a de Burton.

Ela fora à Pharma Jon, pegou os remédios da mãe, voltou de bike, ajudou a fazer a janta. Ela, a mãe e Leon comeram na cozinha, depois ela e Leon lavaram a louça e assistiram ao noticiário com a mãe. Depois foi dormir.

Agora ela olhava pela janela e via o volume retangular do carro branco do Departamento do Xerife perto do portão.

– Quatro? – ela ouviu o irmão perguntar, logo abaixo da janela, na passagem para a varanda.

– Muito para essa jurisdição, Burton, pode acreditar – disse o subxerife Tommy Constantine. – Espero que não se importe de vir comigo e dar uma olhada, só para ver se conhece eles.

– Porque eles apareceram mortos na Porter e eu moro lá no fim da Porter?

– As chances são mínimas, mas eu agradeceria. Minha semana acabou de ficar bem feia com esses meninos mortos.

– Como eles são?

– Duas pistolas, um conjunto de facas de carne novo em folha, abraçadeiras de náilon. Nenhuma identificação. Carro roubado ontem.

Flynne se vestiu o mais rápido que pôde.

– Morreram como? – perguntou Burton, como se estivesse perguntando sobre uma entrada de um jogo de beisebol.

– Tiro na cabeça, com o que eu diria ser uma 22, pelo tamanho dos buracos. E não tem nenhuma ferida de saída, então vamos pegar as balas de qualquer jeito.

– Fizeram eles ficarem parados pra atirar?

Flynne puxava uma camiseta limpa pela cabeça.

– Aí que complica – disse Tommy. – Carro chinês de quatro lugares, atiraram neles de fora. Motorista pelo para-brisa, o do lado pela janela ao lado, o de trás dele pela janela da porta traseira, o de trás do motorista pela janela traseira, atrás da cabeça. Tipo alguém andando em volta do carro, acertando um de cada vez. Mas parece que dois estavam com pistola na mão, então por que não estavam atirando também?

Flynne esfregava o rosto com um pano molhado. Usou a camiseta do dia anterior como toalha. Depois tirou o brilho labial da calça jeans e passou um pouco.

– Você está com um mistério paradoxal nas mãos, Tommy – afirmou Burton.

– Estou é com a Polícia Estadual nas mãos – ela ouviu Tommy dizer, ao sair para o corredor, tocando as *National Geographic* para dar sorte, e desceu a escada.

Não viu a mãe ao atravessar a casa, mas a essa hora da noite a medicação costumava mantê-la dormindo.

– Tommy – disse ela, do outro lado da porta de tela –, tudo bem?

– Flynne – disse Tommy, sorrindo e tirando o chapéu de xerife de um jeito que ela sabia ser só parcialmente brincadeira.

– Vocês dois me acordaram. – Ela abriu a porta de tela e saiu.

– Não acordem a mamãe. Tem gente morta?

– Desculpe – disse Tommy, baixando a voz. – Homicídio múltiplo, estilo premeditado, mais ou menos no meio do caminho pra cidade.

– São os construtores acertando contas?

– Provavelmente. Mas esses meninos roubaram um carro perto de Memphis, então vieram de longe.

Memphis a deixou paralisada.

– Vou olhar eles pra você – disse Burton, observando-a.

– Obrigado – disse Tommy, pondo o chapéu de volta. – Bom te ver, Flynne. Desculpe por termos acordado você.

– Vou com vocês – disse Flynne.

Ele olhou para ela:

– Gente morta com buracos na cabeça?

– Polícia Estadual e tal. Ah, Tommy. Não acontece muita coisa por aqui.

– Se dependesse de mim – disse ele –, eu pegaria uma escavadeira, faria um buraco grande o suficiente, empurraria o carro com eles dentro e cobriria. Não eram gente boa. Mesmo. Mas aí eu ficaria pensando se quem fez o que fez com eles não seria pior ainda. Mas conseguimos uma cafeteira nova pro carro. Coffee Jones. Opção de francês ou colombiano. – Ele desceu da varanda.

Eles o seguiram até o carro branco e entraram.

Ela estava no fim de seu copinho de papel de expresso francês da Coffee Jones quando as luzes, a tenda, o carro da Polícia Estadual e a ambulância apareceram, Tommy reduzindo a velocidade. Ela estava na frente com ele, banco do passageiro, a cafeteira da Coffee Jones encaixada no console de marcha entre eles. Havia dois daqueles fuzis atarracados do tipo bullpup pendurados abaixo do painel, acima dos pés dela.

A tenda era branca e modular. Fora ajustada para caber o veículo, que não era muito grande. Maior que o carro alugado que Leon e Burton haviam levado para Davisville, mas não muito. O carro da Polícia Estadual era um Prius Interceptor padrão com a carroceria que parecia um origami e a que Leon se referia como "dobras de velocidade". A ambulância era a mesma em que ela andara quando teve que levar a mãe ao hospital em Clanton. Haviam posto refletores grandes em estacas laranja, finas e altas, com as bases presas com sacos de areia.

– Ok – disse Tommy para alguém que não estava lá, parando o carro. – Consegui um residente para tentar uma identificação, mas duvido que ele os conheça. Ainda mortos, certo?

– O que eles estão fazendo ali? – perguntou ela, apontando. Dois quadricópteros brancos, meio grandes, pairavam a cerca de 3 metros da estrada, ao lado da tenda branca, fazendo aqueles pequenos movimentos coordenados, quase parados, mas com aqueles espasmos precisos e esquisitos numa ou noutra direção. Deviam ser do tamanho do que ela pilotara no jogo, o que ela nunca vira antes. Faziam muito barulho entre eles, e ela ficou contente por não ter acontecido mais perto de casa.

– Os grandes estão mapeando dados dos pequenos – explicou

Tommy, e então ela viu os pequenos, um enxame cinza-claro; muitos deles, rodopiando a alguns centímetros da superfície. – Farejando moléculas de pneus.

– Bastante nessa estrada, acho – disse ela.

– Mapeando bem, algo recente pode aparecer.

– Quem te chamou? – perguntou Burton, sentado atrás de Tommy, na gaiola de Faraday em que eles punham prisioneiros.

– IA Estadual. Um satélite notou que o veículo não se movia por duas horas. Também marcou a sua propriedade por atividade incomum com drones, mas eu disse a eles que eram você e seus amigos com seus jogos.

– Agradeço.

– Quanto tempo pretende continuar jogando?

– Difícil dizer – respondeu Burton.

– Tipo um torneio especial?

– Tipo – disse Burton.

– Pronto pra dar uma olhada, então? – perguntou Tommy.

– Claro.

– Pode ficar no carro, Flynne. Quer mais um café?

– Não – disse ela –, e não, obrigada. Vou com vocês. – Ela saiu, notando como o carro estava limpo. Orgulho do Departamento, ela sabia, apenas 1 ano de idade.

Tommy e Burton desceram, Tommy pondo o chapéu e checando a tela do telefone.

Havia flores de cenoura rente ao chão, um carpete branco saindo do fundo da vala lateral da estrada, escondendo o fato de que sequer havia uma vala. Ela devia ter passado por esse ponto centenas de vezes, indo para a escola, depois voltando, mas nunca havia sido um lugar. Agora, ela pensou, olhando para as luzes, a tenda branca quadrada, parecia que estavam fazendo um comercial, mas na verdade era uma cena de crime.

Uma policial, estadual, com um traje de proteção de papel branco com o zíper aberto até a metade, estava parada no meio da Porter, comendo um sanduíche de porco desfiado. Flynne gostou do corte de cabelo. Perguntou-se se Tommy gostara. Depois se perguntou onde era possível comprar um sanduíche de porco desfiado àquela hora da noite. Dois vultos com trajes de material de proteção saíram da tenda, um deles com uma pistola em cada mão, pendendo dentro de um saco de zip lock. Uma pistola era preta, a outra, um produto fabricado multicolorido, estilo do gueto, amarela e azul-vivo.

– Oi, Tommy – disse o que carregava as armas, voz abafada pelo traje.

– Oi, Jeffers – disse Tommy. – Este é Burton Fisher. A família dele mora estrada acima desde o tempo da Primeira Guerra Mundial. Ele concordou gentilmente em ver se já bateu o olho nos nossos clientes antes, por mais que eu suponha que não.

– Sr. Fisher – cumprimentou o terno de material de proteção, e depois os óculos de proteção olharam para ela.

– Irmã dele, Flynne – disse Tommy. – Ela não precisa ver os clientes.

O traje de material de proteção passou os sacos plásticos para o outro, depois abriu os fechos do capuz com os óculos. Uma cabeça cor-de-rosa, bem raspada, brilhando.

– Voltaram digitais dos quatro clientes, Tommy. Nashville, não Memphis. Muitos antecedentes. Mais ou menos o que se esperaria. Trabalho sujo para os construtores: lesão corporal grave, muitas suspeitas de homicídio, mas nada que tenha ido em frente.

– Burton pode dar uma olhada assim mesmo – afirmou Tommy.

– Agradecemos a disposição, sr. Fisher – disse Jeffers.

– Preciso pôr o traje? – perguntou Burton.

– Não – respondeu Jeffers –, isso foi antes de mexermos nas partes nojentas. Pra não contaminarmos.

Burton e Tommy abaixaram-se para entrar na pequena tenda, deixando Flynne com Jeffers, enquanto o outro policial levava as pistolas embora.

– O que você acha que aconteceu? – ela perguntou a Jeffers.

– Eles iam de carro pela estrada, no sentido que vocês vieram. Equipados para matar alguém. Nenhuma identificação com nenhum deles, então isso eles deixaram em algum lugar, para pegar depois. Depois disso, não sabemos. A roda da frente está dentro da vala, bateram bem rápido, e estão todos mortos, atiraram nas cabeças de fora do veículo.

Ela ficou vendo os pequenos caçadores de moléculas disparando de um lado para o outro, perto da estrada. Sob as luzes, eles faziam sombras como insetos.

– Então, se ele saiu da estrada, digamos que alguém bloqueou – disse Jeffers –, emboscada, atiraram no motorista primeiro, ele foi pra vala, depois talvez uns dois que estavam na emboscada correram e atiraram nos outros três, antes que eles pudessem reagir. – Olhou para ela, olhos esbugalhados e melancólicos. – Ou tem alguém por aqui que anda de triciclo?

– Triciclo?

Ele encolheu os ombros dentro do traje de proteção na direção dos drones.

– Estamos obtendo trilhas de pneus a partir de um conjunto de partículas. Parecem três rodas, mas ainda é incerto, estão fracas demais.

– Eles conseguem fazer isso? – perguntou Flynee.

– Quando dá certo – disse Jeffers, sem entusiasmo.

Burton saiu da tenda, Tommy atrás.

– Estranhos anônimos da porra – disse Burton. – Feios. Quer ver?

– Vou acreditar em você.

Tommy tirou o chapéu, abanou o rosto com ele, pôs de volta.

– Vou levar vocês de volta agora.

A CASA DO AMOR

A casa do amor do pai de Lev, uma propriedade de esquina, mas, fora isso, indistinguível, ficava em Kensington Gore.

O carro que os levara era pilotado por um periférico pequeno, um homúnculo sentado numa cabine de comando que lembrava um cinzeiro decorado, embutido no alto do painel. Netherton supôs que ele fosse controlado por algum aspecto da segurança da família de Lev. Irritou-o com seu jeito tão sem propósito quanto as teatralidades de Ash. Ou, ele supôs, a intenção era divertir os filhos de Lev, o que ele duvidava ser possível.

Nem ele nem Lev haviam falado no caminho de Notting Hill. Era boa a sensação de estar fora da casa de Lev. Ele queria que a camisa pudesse ter sido passada, ainda que pelo menos tivesse sido lavada, o melhor que aqueles locais sem bot podiam oferecer. Uma unidade antiga, chamada Valetor, precisava de conserto, Ossian dissera.

– Você, suponho – disse Netherton, olhando para as janelas polarizadas da casa do amor –, não usa esta casa?

– Meus irmãos usam. Eu detesto o lugar, uma fonte de dor para a minha mãe.

– Sinto muito, eu não fazia ideia. – Netherton lembrou agora que fazia, sim, porque Lev uma vez lhe contara coisas demais sobre o local, bebendo. Olhou para trás, a tempo de ver o motorista deles, o homúnculo, mãos nos quadris, parecendo observá-los de cima do painel. As janelas e o para-brisa polarizaram.

– Acho que meu pai nunca foi tão entusiasmado com esse tipo de coisa – disse Lev. – Havia algo pró-forma nisso tudo, como se fosse algo esperado dele. Acho que minha mãe percebia isso também, o que só piorava tudo.

– Mas estão juntos agora – observou Netherton.

Lev deu de ombros. Ele estava com uma jaqueta de montaria preta, surrada, com uma gola cossaca. Quando encolheu os ombros, a gola se mexeu como uma peça de armadura.

– O que achou dela?

– Sua mãe? – Netherton só a vira uma vez, em Richmond Hill, em alguma recepção particularmente russa.

– Lowbeer.

Netherton olhou de relance para os dois lados, para os dois sentidos da Kensington Gore. Nem um pedestre ou veículo à vista. A vasta quietude de Londres pareceu pesar de repente.

– Deveríamos conversar aqui?

– Melhor do que dentro da casa. Mais de uma pessoa caiu em golpe de extorsão ali. O que você achou dela?

– Intimidadora – disse Netherton.

– Ela me ofereceu ajuda com uma coisa. É por isso que estamos aqui.

– Eu estava com medo disso.

– Estava?

– Quando você voltou, depois de acompanhá-la até o carro, você parecia encantado com ela.

– Eu às vezes sinto que minha família é opressiva – revelou Lev. – É interessante conhecer alguém com um grau de independência para contrabalançar.

– Mas ela não está basicamente fazendo a vontade da Prefeitura? E a sua família e as guildas não estão totalmente nas mãos um do outro?

– Todos nós fazemos a vontade da Prefeitura, Wilf. Não imagine que seja diferente.

– Qual foi a sugestão dela, então? – perguntou Netherton.

– Você logo verá – disse Lev. Subiu os degraus até a entrada da casa do amor. – Cheguei – disse à porta –, com meu amigo Netherton.

A porta fez um som baixo de assovio, pareceu ondular de leve, depois se abriu de modo suave e silencioso para dentro. Netherton seguiu Lev pelos degraus e pela porta, entrando num vestíbulo de matizes de rosa e coral.

– Lábios – disse Lev. – Que obviedade arrasadora.

– Grandes lábios – concordou Netherton, esticando o pescoço para ver um arco de treliça esculpido numa pedra rosada, com um brilho e uma aparência particularmente suculenta. Ou depositado, em vez disso, em fragmentos, por bots, tendo o lugar todo aquela aparência de nunca ter sido tocado por mãos humanas.

– Sr. Lev. Tão bom vê-lo, sr. Lev. – Exceto por não ser jovem, a mulher não tinha nenhuma idade específica, possivelmente malaia, as maçãs do rosto tinham arcos graciosos de minúsculas cicatrizes triangulares gravadas a laser. – Há quanto tempo não o vejo.

– Olá, Anna – cumprimentou Lev. Netherton perguntou-se se ela o chamava de sr. Lev desde a infância dele. Parecia possível. – Este é Wilf Netherton.

– Sr. Netherton – disse a mulher, baixando a cabeça.

– Eles estão aqui? – perguntou Lev.

– Lá em cima, primeiro andar. A acompanhante ficou satisfeita em saber que éramos compradores potenciais legítimos, depois saiu. Caso decida comprar, o equipamento de nutriente e outros módulos de serviço serão entregues em Notting Hill. Caso contrário, enviarão alguém para buscá-la.

– Quem enviará? – perguntou Netherton.

– Uma firma em Mayfair – disse Lev, começando a subir uma escada curva, cor de coral. – Leiloa bens, principalmente. Usados.

– Que bens usados? – Netherton seguiu-o, a mulher alguns passos atrás.

– Periféricos. Bastante aprimorados. Primeiros exemplares, itens de coleção. Não temos tempo de mandar imprimir alguma coisa.

– Isso tem a ver com a ajuda de Lowbeer a você?

– Tem a ver com a minha ajuda a ela. Algo recíproco – falou Lev.

– Eu estava com medo disso.

– O salão azul – disse a mulher, atrás deles. – Gostariam de tomar drinques?

– Gim-tônica – pediu Netherton, tão rápido que ficou com medo de que ela pudesse não ter entendido.

– Não, obrigado – respondeu Lev.

Netherton virou-se na escada, olhou nos olhos da mulher e acenou com a cabeça, ergueu dois dedos.

– Por aqui – disse Lev, segurando-o pelo braço quando a escada acabou. Guiou-o para dentro de um quarto enorme, de um azul intenso, cujas paredes pareciam estar a uma distância grande, porém indeterminada. Um crepúsculo de uma breguice fantástica, uma luz difusa de boates de segunda categoria, de cassinos à beira-mar, estendida de forma ilusória num quarto que por pouco não tinha o tamanho da sala de estar de Lev.

– Isso é horroroso – disse Netherton, impressionado.

– O quarto menos repulsivo – afirmou Lev. – Os quartos são mais horríveis do que se pode imaginar. Dei a Lowbeer a sua conversa com a irmã do polt.

– Sério?

– Era o mais rápido. Ela precisava encontrar uma correspondência. Como ela se saiu?

– Se saiu?

– Levante-se – ordenou Lev, e uma jovem que Netherton não havia notado levantou-se de uma das poltronas bulbosas azuis. Usava uma blusa clara e uma saia escura, ambas bastante neutras quanto à época que pertenciam. O cabelo e os olhos eram castanhos. Ela olhou para Lev, para Netherton, e voltou a olhar para Lev, sua expressão era de leve interesse. – Ela disse ter encontrado dois outros que correspondiam mais no reconhecimento facial, mas que este pareceu melhor para ela.

Netherton ficou olhando para a garota.

– Um periférico?

– Dez anos de idade. Único dono. Personalizada. Leilão de bens. De Paris.

– Quem está operando?

– Ninguém. IA básica. Ela se parece com a irmã do polt?

– Não em especial. Por que isso importaria?

– Lowbeer disse que vai importar, na primeira vez que ela se olhar no espelho.

Lev aproximou-se do periférico, que ergueu a cabeça e olhou para ele. – Queremos minimizar o choque, acelerar a aclimatação dela.

A mulher com desenhos a laser na face apareceu com uma bandeja: dois copos altos, bolhas subindo na tônica gelada. Lev ainda olhava para o periférico. Netherton pegou um dos copos, bebeu o conteúdo, devolveu-o rapidamente à bandeja, pegou o outro e virou as costas para ela.

– Precisaremos comprar impressoras especializadas no toco – acrescentou Lev. – Isso estará além das coisas com que eles costumam trabalhar.

– Impressoras?

– Estamos enviando arquivos para imprimir uma forma autônoma – acrescentou Lev.

– Flynne? Quando?

– Assim que possível. Esta vai servir?

– Suponho que sim – respondeu Netherton.

– Ela vem conosco, então. Vão entregar o equipamento de apoio.

– Equipamento?

– Ela não tem trato digestivo. Não come nem excreta. É preciso inserir nutrientes a cada doze horas. E Dominika não ia gostar nem um pouco dela, então ela vai ficar com você, no carro do meu avô.

– Inserir?

– Ash pode cuidar disso. Ela gosta de tecnologia ultrapassada.

Netherton deu um gole de gim, se arrependendo da adição de tônica e gelo.

O periférico olhava para ele.

ÁTRIO

Netherton, o homem da Milagros Coldiron, parecia estar no fundo da garganta de alguma coisa, tudo rosa e brilhante.

Ela ouviu o barulho de pratos na cozinha, de onde ela saíra para atender o telefone, na varanda. Arrependeu-se daquele expresso da Coffee Jones quando tentara voltar a dormir, mas depois conseguiu, por um tempo.

Tommy os deixara perto do portão, e eles andaram até a casa, nenhum dos dois querendo falar nada sobre Conner antes de Tommy ir embora.

– Foi ele – ela dissera, mas Burton apenas fez que sim com a cabeça, disse a ela para dormir um pouco e seguiu para o trailer.

Leon acordou todo mundo às sete e meia para contar que acabara de ganhar 10 milhões de dólares na loteria estadual, e agora a mãe deles estava fazendo o café da manhã. Ela o ouvia agora, lá na cozinha.

– Drones – falou o pequeno rosto emoldurado de rosa de Wilf Netherton quando ela atendeu o telefone.

– Oi – disse ela –, Wilf.

– Você mencionou que os tinha, quando nos falamos antes.

– Você me perguntou se a gente tinha, e eu te disse que sim. O que é esse rosa todo atrás de você?

– Nosso átrio. Vocês imprimem os próprios? Os drones?

– O urso caga na floresta?

A expressão dele pareceu neutra, depois ele olhou para cima e para a esquerda. Pareceu ler alguma coisa.

– Imprimem. O circuito também?

– A maior parte. Tem alguém que faz isso pra gente. Os motores são vendidos prontos.

– Vocês terceirizam a impressão?

– Sim.

– O prestador de serviço é confiável?

– Sim.

– Habilidoso?

– Sim.

– Precisamos que você providencie uma impressão. O trabalho terá de ser rápido, competente e confidencial.

– Você teria que falar com meu irmão.

– Claro. Porém, isso é bastante urgente, então eu e você precisamos ter esta conversa agora.

– Vocês não são construtores, são?

– Construtores?

– Fazem drogas?

– Não – disse ele.

– A pessoa que faz nossa impressão não trabalha pra construtores. Nem eu.

– Não tem nada a ver com drogas. Vamos enviar arquivos para você.

– De quê?

– Um hardware.

– O que ele faz?

– Eu não saberia explicar. Vocês serão muito bem pagos para providenciá-lo.

– Meu primo acabou de ganhar na loteria. Sabia?

– Não sabia, mas encontraremos um jeito melhor. Estão cuidando disso.

– Quer falar com meu irmão agora? Vamos tomar café da manhã já, já.

– Não, obrigado. Por favor, vá. Entraremos em contato com ele. Mas entre em contato com seu prestador de serviços. Precisamos andar com isso.

– Sim. Esse átrio é feio pra cacete.

– É mesmo – disse ele, sorrindo por um segundo. – Tchau, então.

– Tchau. – A tela ficou preta.

– Tem biscoito com molho – gritou Leon da cozinha.

Ela abriu a porta de tela para o vago frio matinal da saleta de entrada. Uma mosca passou perto da sua cabeça, e ela pensou nas luzes, na tenda branca, nos quatro homens mortos que ela não vira.

HERMÈS

– Ela poderia ficar com Ash – disse Netherton, olhando de relance para o periférico à luz de pesca submarina. Lembrou a si mesmo, mais uma vez, que ela, aquilo, não era senciente.

Ela não parecia ser uma coisa, no entanto. E aparentava ser consciente, ainda que desinteressada, andando entre eles agora, controlada por alguma espécie de IA. Não muito diferente, ele imaginava, das figuras de época que povoavam as atrações turísticas que ele tinha o escrúpulo de evitar.

– Ash não mora aqui – disse Lev.

– Ossian, então.

– Ele também não.

– Ela pode ficar na tenda de leitura da sorte de Ash.

– Sentada à mesa?

– Por que não?

– Ela precisa dormir – falou Lev. – Bom, não literalmente, mas precisa reclinar, ficar relaxada. Também precisa se exercitar.

– Por que não pode pôr lá em cima?

– Dominika não aceitaria. Ponha na cabine traseira do carro. Cubra com um lençol, se isso ajudar.

– Lençol?

– Meu pai tinha lençóis para proteger da poeira. Dois ou três sobre cadeiras, num quarto dos fundos, cobertas com lençóis. Eu fingia que eram fantasmas.

– Nem um pouco humano.

– No nível celular, tão humanos quanto nós. O que é bastante aproximado, dependendo de com quem você está falando.

O periférico olhava para quem estivesse falando.

– Ela não se parece com Flynne – disse Netherton. – Em especial.

– Parecida o suficiente. – Lev servira de câmera e monitorara a ligação, no vestíbulo da casa do amor. – Ash está fazendo algumas roupas rapidamente, baseadas no que ela usou na primeira entrevista. Familiar.

Netherton viu, então, como se pela primeira vez, imaginando como ela veria, as fileiras excessivas da coleção de veículos do pai de Lev, sob os arcos da caverna construída para esse propósito. A maioria era pré-Sorte Grande, com restauração completa. Cromo, esmalte, aço inoxidável, laminados de células hexagonais, couro italiano suficiente para cobrir um par de quadras de tênis. Ele não conseguia imaginá-la ficando impressionada.

Estavam se aproximando do Gobiwagen agora. Ao lado da sua prancha de embarque, enquanto os arcos acima acendiam, havia uma esteira de corrida, ao lado da qual estava, para o desassossego de Netherton, uma figura símia, branca, sem cabeça, braços ao lado do corpo.

– O que é isso? – perguntou ele.

– Exoesqueleto de treinamento de resistência. Dominika tem um. Pegue a mão dela.

– Por quê?

– Porque vou subir. Ela vai ficar com você.

Netherton estendeu a mão. A periférica pcgou. A mão dcla cra morna, totalmente igual a uma mão.

– Ash virá para discutir plano e para vê-la.

– Ok – disse Netherton, indicando que não estava ok, levou a periférica rampa acima e para dentro do carro de luxo, depois para dentro da menor das três cabines de dormir, onde foram notados pelo sensor de luz ao entrarem. Ele examinou o hardware encaixado no compensado claro, obteve sucesso em permitir que um beliche estreito descesse da parede.

– Aqui – disse ele –, sente-se. – Ela se sentou. – Deite-se. – Ela o fez. – Durma – sem ter certeza se essa ia funcionar. Ela fechou os olhos.

O selo de Rainey apareceu, pulsando.

– Alô? – disse ele, afastando-se rápido, saindo da cabine e fechando a porta com dobradiça central.

– Você não tem checado as mensagens.

– Não – disse ele, aturdido. – Nem lido e-mail. Fiquei sabendo que fui demitido.

Voltou pela passagem estreita até a cabine máster.

– As pessoas aqui não acreditaram em mim – continuou Rainey – quando eu disse que você se orgulha de não saber para quem trabalhava. Quando foi demitido, todos pesquisaram seu nome. Não sabiam quem o demitira. Onde você está?

– Na casa de um amigo.

– Pode me mostrar?

Mostrou.

– Para que são essas telas velhas?

– Ele coleciona. Como você está?

– Sou funcionária pública, em termos técnicos, então para mim é diferente. E culpei você.

– Culpou?

– Claro. Não é provável que você vá espalhar currículos pelo governo, é?

– Espero que não.

– Seu amigo tem um gosto esquisito. Casa muito pequena?

– Interior de uma Mercedes grande.

– Uma o quê?

– Um carro de luxo, iate terrestre, construído para excursionar uma oligarquia russa pelo deserto de Gobi.

– Você está andando de carro?

– Não, está numa garagem. Não faço ideia de como trouxeram para dentro. Podem ter tido que desmontar. – Ele se sentou à mesa, de frente para os espelhos pretos nos quais um dia deviam ter brilhado os dados do império em expansão exponencial do pai de Lev.

– Claustro.

– Alguém me disse que o seu primeiro nome é Clarisse. Me dei conta de que eu não sabia.

– Só porque você é profundamente egocêntrico.

– Rainey. É um belo nome.

– O que está xeretando você, Wilf? É enorme. Está dando arrepios para a minha segurança.

– Deve ser a família do amigo com quem estou.

– Ele mora numa garagem?

– Ele tem uma garagem. Ou melhor, o pai dele tem. Ela vai longe, assim como a segurança deles, evidente.

– O perfil é como o de uma nação de tamanho médio.

– São eles.

– Isso é um problema? – disse ela.

– Até agora, não.

– Daedra. Sabia que ela tinha uma irmã?

– Tinha?

– Há rumores. Canal de fundo. Os remendadores. Retaliação.

– Os remendadores? – Aquele plástico recuperado nojento. A descrição que Flynne Fisher fizera da coisa que escalara Edenmere Mansions para assassinar Aelita. – Quem está insinuando isso?

– Telefone sem fio. Fantasmas da Commonwealth.

– Nova Zelândia? – Ele imaginou tudo o que estavam dizendo descendo em redemoinhos por um funil do tamanho de uma cidade, para dentro da consciência inimaginável do módulo de segurança que a família de Lev podia possuir. Ele tomou consciência, de súbito, de que valorizava esse espaço pretensioso e excessivamente envernizado. Finito, tedioso e reconfortante.

– Nunca lhe contei isso.

– Claro que não. Mas eles foram os últimos restantes, da última vez que falamos, junto com os americanos.

– Ainda são – disse ela –, em teoria. Mas voltou tudo ao zero. Nós, ou melhor, eles, uma vez que não estou mais oficialmente envolvida, precisam se reagrupar, se reformular, reavaliar tudo. Ver quem surge para substituir o remendador chefe.

Lowbeer usara um nome, estrangeiro demais para que ele lembrasse.

– Rainey, por que, exatamente, você ligou?

– A família do seu amigo está me deixando encabulada.

– Por que não nos encontramos então? Mesmo lugar?

– Quando?

– Terei que ver...

– Olá – disse Ash à porta. Estava com uma maleta de alumínio fosco em cada mão, com detalhes em couro claro.

– Tenho que desligar – disse ele. – Te ligo depois. – O selo de Rainey desapareceu.

– Onde ela está? – perguntou Ash.

– Cabine traseira. O que são essas bolsas?

– Hermès. O kit original de fábrica dela.

– Hermès?

– Vuittons são sempre loiros.

FAJUTO

Shaylene tinha uma caixa de cronuts para eles, de caramelo salgado da Coffee Jones. Quando Flynne trabalhava lá, uma de suas tarefas era trocar as bandejas de cronuts recém-impressos no forno. Se não fizesse direito, a treliça de caramelo salgado afundava, e o resultado era um cronut mais plano, menos especial, em que a cobertura poderia puxar o recheio junto se a pessoa mastigasse rápido demais. Ainda assim, foi legal da parte de Shaylene levar os cronuts para a reunião. Ela também levara Lithonia, uma mulher que trabalhava para Macon às vezes, para cuidar do balcão da frente para que eles não fossem interrompidos.

– Primeira pergunta – disse Shaylene, olhando para Macon, Edward, e depois para Flynne. – Isso não é muito engraçado? – Os quatro estavam sentados em volta de uma mesa de papelão que havia sido usada de apoio para cortes, o tampo puído de talhes repetidos.

– Concordo – disse Macon.

– E? – Shaylene abriu a caixa da Coffee Jones. Flynne sentiu cheiro de caramelo quente.

– Não conseguimos encontrar patentes que batam – disse Edward. – Muito menos produtos, então não será falsificação. Parece que a coisa que estamos imprimindo é para fazer algo que algo muito mais evoluído faria muito melhor.

– Como pode saber isso? – perguntou Flynne.

– Muita redundância. Soluções improvisadas óbvias. Estamos sendo pagos para construir algo para o qual eles têm o verdadeiro projeto, mas estamos construindo com as peças disponíveis que se aproximam do plano, mais as outras peças que imprimimos. Mais algumas outras partes disponíveis que modificamos, com impressões. – Ele havia tirado o Viz e posto no bolso, assim como Macon. Cortesia profissional.

Shaylene ofereceu os cronuts a Edward. Ele balançou a cabeça. Macon pegou um.

– E? – perguntou ela. – Não é muito engraçado? E se não for engraçado, por que alguém estaria disposto a comprar um par de impressoras muito sofisticadas para mim só para imprimir uma coisa?

– Imprimir quatro coisas – corrigiu Macon. – Uma e três backups.

– Homes – disse Shaylene. – Eles armam para as pessoas. – Olhou para Flynne.

– É negócio do Burton – disse Flynne a ela.

– Então, por que ele não está aqui?

– Porque Leon foi ganhar na loteria hoje. Precisa de ajuda para lidar com a mídia. – O que tinha uma camada externa de verdade, mas treliçada, como o caramelo nos cronuts.

– Ouvi falar – disse Macon. – Enxurrada de dinheiro no clã dos Fisher?

– Nem tanto. Dez milhões, menos os impostos. Mas esta Fab é um trabalho. Essas são as pessoas para quem Burton está trabalhando em paralelo. Trabalhei um pouco pra eles também.

– Fazendo o quê? – perguntou Shaylene.

– Jogando. Eles não dizem o que é. Como se estivéssemos fazendo o teste beta de alguma coisa.

– Uma empresa de jogos? – quis saber Macon.

– Segurança – respondeu Flynne –, que trabalha para uma empresa de jogos.

– Isso faria sentido – disse Edward. – Estamos imprimindo hardware de interface hands-free.

– O tipo de coisa que o VA poderia arrumar para Conner se tivessem dinheiro – falou Macon, olhando para Flynne. – Deixa a pessoa operar as coisas por pensamento. As patentes mais próximas são médicas, neurológicas. – Ele abriu seu cronut ao meio, o caramelo esticou, vergou. – Até mesmo as hápticas que Burton usou nos Fuzileiros.

– Como é? – perguntou Flynne, pegando um cronut, quando Shaylene ofereceu.

– Faixa de cabeça com uma caixa – disse Edward. – Pesada demais para ser confortável. Tem que imprimir um cabo especial para ela. Uma das duas impressoras é só para fazer isso, o cabo. A impressora será apenas a 33ª em todo o estado.

– E com registro completo – acrescentou Shaylene.

– Se não vamos fabricar fajuto – disse Macon –, não há problema em ser com registro. E não tem como comprar sem registro. Procuramos.

– As duas máquinas estarão aqui amanhã – falou Shaylene –, se a gótica estiver falando a verdade.

– Gótica? – perguntou Flynne.

– Espera aí – disse Macon. – Você já aceitou o trabalho?

– Imagino que eu ainda tenha a opção de não aceitar a entrega – disse Shaylene. Depois, para Flynne –, mulher inglesa, lentes de contato ridículas. Você deu o meu número pra ela.

– Burton deve ter dado. Eu negocio com um cara.

– Disse que eles estão na Colômbia – continuou Shaylene. – O pedido da impressora saiu do Panamá. Cada impressora dessas custa muito mais do que minha renda anual, dos dois lados do negócio. Quando tiverem entregado, elas serão minhas, e ela pareceu estar cagando para a taxa extra além de tudo isso. Pra mim, parece coisa de construtor.

– Tem um jogo – disse Flynne –, eu vi, e o cara com quem eu falo disse que eles são de segurança, trabalhando pra empresa de jogos. Perguntei se eram construtores, disse que não. Eles têm dinheiro, parecem não se importar de gastar. Sei que você é exigente com isso, Macon, e eu também sou, mas não estamos recebendo dinheiro de pessoas que sabemos ser construtores. – Ela não estava se saindo superbem em convencer a si mesma, então duvidava que estivesse convencendo Macon. – É o que Burton está entendendo também.

Ninguém disse nada. Flynne deu a primeira mordida no cronut. A treliça estava na medida certa.

– A Colômbia era um lugar de drogas antes da existência dos construtores – disse Edward. – Agora é um lugar de dinheiro. Como a Suíça.

Flynne engoliu.

– Vocês querem fazer?

Edward olhou para Macon.

– Grana boa – falou Macon –, nossa parte da taxa de Shaylene.

– Você é cuidadoso, Macon – disse Flynne. – Então por que entrar nessa?

– Cuidadoso, mas curioso – disse Macon. – Tem que ter um equilíbrio.

– Não quero que você me culpe – disse Flynne. – Por que você aceitaria?

– Os arquivos que eles enviaram – afirmou Edward. – Estão nos pedindo para fabricar algo sobre o qual não encontramos nenhum registro de ter sido feito antes.

– Poderia ser espionagem corporativa – disse Macon. – Isso seria interessante. Nunca fui pra esse lado antes. Isso nos chama a atenção.

Edward fez que sim.

– Se vocês conseguissem descobrir pra que era – perguntou Flynne –, poderiam fazer mais?

– Poderíamos fazer mais de qualquer jeito – disse Macon –, mas teríamos que descobrir o que ela faz, para quê. Não existe nada que a gente saiba, exatamente, que essa coisa possa controlar.

– Mas – disse Edward, pegando um cronut com timidez –, provavelmente poderíamos. Engenharia reversa.

Shaylene olhava para os três últimos cronuts, presa numa batalha interna com seu regime.

– Então, vocês estão dentro – disse ela sem erguer o olhar. Depois olhou para Flynne. – Estamos nessa.

Flynne deu mais uma mordida no cronut. Fez que sim com a cabeça.

BASTÃO

O selo de Lev apareceu, estroboscópico, quando Netherton saía do táxi na Henrietta Street.

– Sim? – disse Netherton.

– Quanto tempo vai levar, você acha?

– Não faço ideia – respondeu Netherton. – Não sei o que vamos discutir. Eu lhe disse.

– Vou enviar Ossian quando tiver acabado.

– Não preciso de Ossian, obrigado. Sem Ossian.

– Não faço isso desde a adolescência – disse um jovem esbelto, parando na calçada ao lado de Netherton. De pele clara e cabelo mais claro ainda. Um príncipe de contos de fada com uma boina de tweed. Netherton dispensou o selo de Lev com um estalo de língua. Os olhos do jovem eram de um verde vistoso.

– Perdão? – disse Netherton.

– Ópera de novo. O lugar que aluga está requisitado. Eles tinham a menininha, mas pensei em te dar uma folga. Seria mais divertido se tivessem algo bem robusto.

– Rainey? – O selo dela apareceu, depois sumiu.

– Olá – disse o jovem. – Vamos?

– Você primeiro – respondeu Netherton.

– Tomando cuidado com você – observou o alugado, sem se afetar. Ajustou o ângulo da boina. – Olha – disse, apontando para o outro lado da rua –, foi ali que George Orwell conseguiu seu primeiro editor. – Essa coisa irritante que os turistas faziam de abrir feeds no mar de placas azuis de Londres.

Netherton ignorou o prédio que, fora isso, não tinha nada de incomum, dispensando o texto com outro estalo de língua.

– Vamos – disse ele. O alugado seguiu na direção de Covent Garden. Netherton perguntou-se se ele teria recebido nutrientes de uma pasta de alumínio fosco.

As ruas estavam movimentadas, ou relativamente movimentadas. Casais indo para a ópera, ele supôs. Ele se perguntou quantos seriam periféricos, alugados ou outra coisa. Começou a chuviscar. Ele ergueu a gola da jaqueta. Pedira ao alugado para ir na frente porque ele realmente não tinha como saber se ele era Rainey. Ele sabia que os selos podiam ser falsificados. Além disso, ele supunha não haver nenhuma forma de saber que aquele era um periférico. Por outro lado, ele soava parecido com ela. Não a voz, claro, mas ele tinha o jeito dela.

As luzes da rua estavam acendendo. Produtos estavam em oferta nas vitrines de lojas, nas quais os funcionários eram autômatos, homúnculos e eventuais pessoas, presentes ou periféricas. Ele conhecera uma garota que trabalhava numa loja perto dali, embora não conseguisse lembrar o nome da rua, ou o da garota.

– Tenho me preocupado com você – disse o alugado. – As coisas estão ficando estranhas aqui. – Os dois passaram por uma loja em que uma Michikoide com traje de montaria dobrava echarpes. – Como você aguenta ter barba? – perguntou, passando a ponta dos dedos na pele clara.

– Não tendo uma.

– Estou falando depois de raspar. Me dá vontade de gritar.

– Suponho que não seja isso o que a tem preocupado em relação a mim.

O alugado não disse nada, continuou andando. Usava botas marrons de cano curto com elásticos laterais.

Em seguida, estavam entrando no mercado propriamente dito, o prédio em si. Netherton viu que estava sendo levado na direção de uma escada para o piso inferior. Concluiu que era ela, não que tivesse chegado a duvidar de fato.

– Teremos um pouco de privacidade, ainda que puramente simbólica – disse o alugado. Eles haviam chegado à base da escada. Ele viu o Aperto das Bacantes no arco estreito, desprovido de clientes, com a Michikoide atrás do balcão, lustrando copos.

– Muito bem – disse Netherton, indo na frente. – Vamos para o reservado – disse à Michikoide. – Uísque duplo. O da casa. Meu amigo não vai beber.

– Sim, senhor.

A cortina bordô lembrava a cabine de cartomante de Ash. Assim que a Michikoide trouxe o uísque, ele fechou a cortina.

– Estão dizendo que foi você – disse o alugado.

– Fui eu o quê? – O uísque estava no meio do caminho entre a mesa e a boca.

– Que matou Aelita.

– Quem está dizendo?

– Americanos, suponho.

– Alguém tem alguma prova de que ela está morta? Desaparecida, é evidente, mas morta? – Ele tomou um pouco de uísque.

– É aquele tipo confuso de divulgação maligna. Você está começando a surgir nos feeds de fofoca. Altamente orquestrada.

– Você realmente não sabe quem?

– Daedra? Talvez ela esteja brava com você.

– Conosco. Brava conosco.

– Isso é sério, Wilf.

– Também é ridículo. Daedra estragou tudo. De propósito. Você estava lá, viu o que aconteceu. Ela o matou.

– E, por favor, não fique bêbado.

– Na verdade, tenho bebido bem menos. Por que Daedra estaria com raiva de mim?

– Não faço ideia, mas é o tipo de complicação crescente que eu esperava evitar.

– Desculpe-me – disse a Michikoide –, mas tem alguém aqui procurando o senhor.

– Você disse a alguém que íamos nos encontrar? – Os olhos verdes arregalaram-se.

– Não – falou Netherton.

– Senhor? – disse a Michikoide.

– Se alguém fizer um buraco nesta coisa – o alugado bateu no peito, sob a jaqueta de algodão encerado –, eu acordo no sofá. Você não pode fazer o mesmo.

Netherton deu um gole preparatório e empurrou a cortina para o lado.

– Perdoem minha interrupção – disse Lowbeer –, mas, infelizmente, não tenho escolha. – Ela usava uma jaqueta de tweed peluda e uma saia combinando. Ocorreu a Netherton que o traje combinava muito bem com o do periférico de Rainey. – Por favor, permitam-me ficar com vocês. – Netherton viu que a Michikoide trazia uma cadeira. – Srta. Rainey, sou a Inspetora Ainsley Lowbeer, da Polícia Metropolitana. A senhorita entende que está presente aqui, para efeitos legais, de acordo com a Lei do Avatar Androide?

– Entendo – disse o alugado, sem entusiasmo.

– A lei canadense faz certas distinções acerca da telepresença manifestada de forma física, as quais não fazemos. – Lowbeer sentou-se. – Água sem gás – pediu à Michikoide. – Melhor deixarmos a cortina aberta – disse a Netherton, olhando de relance para o nível mais baixo do mercado.

– Por quê? – perguntou ele.

– Alguém pode desejar mal ao senhor.

O alugado ergueu as sobrancelhas.

– Quem? – perguntou Netherton, arrependido de não ter pedido triplo.

– Não fazemos ideia – disse Lowbeer. – O recente aluguel de um periférico com potencial para ser usado como arma chamou nossa atenção. O público não está ciente de que tais transações são monitoradas com atenção. Sabemos que é perto e acreditamos que você seja o alvo.

– Te disse – interrompeu o alugado.

– E por que a senhorita suporia que o sr. Netherton está correndo perigo, posso perguntar? – disse Lowbeer, e a Michikoide pôs seu copo de água sobre a mesa.

– É óbvio que pode – respondeu o alugado, conseguindo com eficácia transmitir a infelicidade de Rainey. – Polícia, Wilf. Você não me contou.

– Estava prestes a fazê-lo.

– A senhorita era colega do sr. Netherton, no negócio da Porção de Lixo – continuou Lowbeer. – Foi demitida também? – Tomou um gole de água.

– Recebi permissão para sair do cargo – disse o alugado. – Mas do projeto, apenas. Minha carreira é de burocrata.

– Assim como eu – disse Lowbeer. – No momento, na área do governo. Isso seria verdade para a senhorita?

Os olhos verdes observaram Lowbeer.

– Não – disse o alugado –, estou aqui em termos privados.

– Está envolvida – perguntou Lowbeer – no que o projeto anterior pode estar se transformando?

– Não tenho liberdade para discutir isso – disse o alugado.

– Mas aqui está, num encontro privado com o sr. Netherton. Expressando preocupação com a segurança dele.

– Ela disse – interrompeu Netherton, surpreendendo a si mesmo – que os americanos estão espalhando um rumor de que eu mandei matar Aelita.

– Não – disse o alugado. – Eu falei que eles eram os suspeitos mais prováveis de estarem espalhando o rumor.

– Você falou que achava que poderia ser Daedra – disse Netherton e terminou o uísque. Olhou ao redor, procurando a Michikoide.

– Estamos cientes de uma campanha sendo feita aos sussurros – afirmou Lowbeer, ainda que não tenhamos certeza da origem. – Olhou para fora mais uma vez. – Ai, não – levantou-se, pegando a pasta marrom por baixo da aba. – Lamento dizer que temos que ir agora. – Pegou um cartão de visitas e passou-o à Michikoide, que acabara de aparecer, como se evocada, e aceitou o cartão com as duas mãos, fez uma reverência e retirou-se com elegância. Lowbeer pôs a mão dentro da pasta de novo e tirou o que a princípio parecia ser um batom com enfeites espalhafatosos, dourado e marfim, ou talvez uma bombinha de asma, mas que de imediato tomou a forma de um bastão curto, de aparência cerimonial, com o corpo de marfim estriado e um diadema dourado na ponta. Um bastão de oficial da justiça, claro. Netherton nunca chegara de fato a ver um bastão desses. – Venham comigo, por favor – disse ela.

O periférico de Rainey ficou de pé. Netherton olhou para o copo vazio, começou a se levantar, vendo o bastão se transformar mais uma vez, virando uma pistola dourada barroca, de cano longo, com ranhuras de marfim, que Lowbeer ergueu, mirou e atirou. Houve uma explosão, dolorosa de tão alta, mas de algum lugar do outro lado do nível mais baixo, não tendo a pistola produzido som algum. Em seguida, um silêncio reverberante, no qual pôde ser ouvida uma aparente chuva de pequenos objetos acertando paredes e lajes. Alguém começou a gritar.

– Caramba – disse Lowbeer. Seu tom era de surpresa e preocupação, a pistola já voltara a ser o bastão de oficial da justiça. – Então, venham comigo.

Ela os enxotou do Aperto das Bacantes enquanto os gritos continuavam.

IMPOSTO SOBRE BURRICE

Leon terminava um segundo café da manhã ao balcão do Jimmy's. Flynne estava sentada ao seu lado. Ele viera para a cidade para participar da mídia promocional exigida por contrato, com uma equipe da loteria, com, segundo ele, o babaca de quem ele comprara o bilhete.

– Se ele é um babaca – perguntou Flynne –, por que você comprou o bilhete dele?

– Porque eu sabia que ele ficaria muito puto quando eu ganhasse – disse Leon.

– Quanto você ganhou sem os impostos e as taxas da Hefty Pal?

– Uns 6,5 milhões.

– Acho que é a prova do conceito.

– Que conceito?

– Queria saber. Ninguém deveria poder fazer isso. Uma empresa de segurança da Colômbia?

– Pra mim, essa merda toda parece um filme. – Leon deu um arroto suave.

– Separou alguma coisa para os remédios da mamãe?

– Oitenta mil – afrouxando um pouco o cinto. – Vai quase tudo nesse biológico mais recente que ela está tomando.

– Obrigada, Leon.

– Quando a pessoa é rica como eu, todo mundo fica atrás do dinheiro dela.

Flynne olhou para ele de soslaio, viu que ele manteve a cara séria. Depois notou, no espelho atrás do balcão, bem distante, no clarão da luz do estacionamento de cascalhos, o touro desenhado. Piscou para ela. Ela resistiu à vontade de mostrar o dedo para ele, porque isso só aumentaria o pouco do perfil dela que ele armazenava.

Estar ali fazia com que ela pensasse em Conner, na pequena tenda branca e quadrada na Porter, no enxame de drones sugando as moléculas de pneus. Ela ainda não tivera o tempo de que precisava para falar pessoalmente com Burton a respeito. Ela concluíra que Conner, na primeira noite do emprego, matara aqueles quatro homens.

Ele o fizera com velocidade, intensidade e ímpeto. Era o *éthos* de combate dos militares, e talvez ainda mais para os da Haptic Recon. Pelo que ela entendia, significava que sua informação poderia ser insuficiente, seu plano duvidoso, seu hardware não dos melhores, mas você compensava simplesmente indo para cima, toda vez, com essa força e essa rapidez. Em Burton, isso coexistia com a ideia dele de que existia uma forma certa de enxergar, mas ela imaginava que isso vinha, pelo menos em parte, da ideia de caçar para pôr comida na mesa, algo em que ele sempre fora bom. Conner, por outro lado, seria puramente o outro lado.

– O que você estava fazendo lá na Fab? – perguntou Leon.

– Fui encontrar Shaylene e Macon.

– Não faça nada esquisito.

– Você está me dizendo isso hoje?

– Tudo o que fiz hoje foi ajudar as pessoas por aqui a pagarem o maldito imposto sobre burrice, a próxima loteria. Ele saiu do banco, reajustou a calça jeans.

– Onde Burton está agora?

– Lá no Conner, se a lista dele de coisas a fazer andou bem.

– Aluga um carro e me leva lá – disse ela. – Vou pendurar minha bike na traseira.

– Leon pode alugar o carro, ele está cheio da grana.

– Burton espera que você tenha que se acostumar com a ideia.

– Disso eu não sei – disse Leon, sério de repente. – Essas pessoas com que vocês dois falam parecem inventadas. Aquela história que viralizou, do pediatra que deu todo o dinheiro dele para a namorada imaginária na Flórida, sabe? Parece aquilo.

– Sabe o que é pior do que imaginário, Leon?

– O quê?

– Meio imaginário.

– O que isso quer dizer?

– Queria eu saber.

Eles aguardaram lá fora depois que ela chamou o carro que ia até eles sozinho.

34

SEM CABEÇA

– Se importariam se eu acendesse uma vela perfumada? – perguntou Lowbeer. – Tenho uma reação infeliz a bombardeios. – Seu olhar passou de Netherton para o alugado. – Algumas de minhas memórias foram suprimidas, mas certas coisas continuam ativando lembranças. Cera de abelha pura, óleos essenciais, pavios com baixa emissão de fuligem. Nada tóxico mesmo.

– Esta unidade não parece ter olfato – disse Rainey. – Não tão sofisticado assim.

Pode ser que agora, pensou Netherton, Ash diga alguma coisa a respeito de cera de abelha num mundo em que as abelhas não existem.

– Por favor, acenda – concordou ele, incapaz de parar de ver a cabeça negra raspada do homem alto e excepcionalmente gracioso explodir, repetidas vezes, de todos aqueles ângulos e distâncias diferentes. Acontecera quando ele estava descendo as escadas, na frente do Aperto das Bacantes. Onde o corpo ainda se encontrava, pelo que Netherton sabia, esparramado de costas no chão, completamente sem cabeça. Lowbeer lhes mostrara feeds de uma variedade de câmeras, e ele preferia que ela não tivesse feito isso.

Havia quatro pequenas poltronas de couro giratórias e bulbosas no compartimento de passageiros aparentemente sem janelas do carro de Lowbeer, dispostas em torno de uma mesa redonda e baixa. Netherton e o alugado estavam nas duas mais para o fundo, voltadas para a frente, com Lowbeer sentada de frente para eles. O estofado estava levemente gasto, arranhado nos ornamentos de contas das extremidades, e era aconchegante de forma peculiar.

– Foi alugado como parceiro de sparring de uma academia de artes marciais em Shoreditch – disse Lowbeer, pegando da bolsa um copo baixo cheio de cera. Ele acendeu quando ela pôs na mesa. – Alugado no momento em que o senhor disse ao seu táxi para levá-lo a Covent Garden, sr. Netherton. Quando o alvejei, presumi que o senhor estava prestes a sofrer um ataque físico. Uma questão de golpes, provavelmente, com mãos ou pés, mas facilmente fatal, uma vez que foi otimizado para combate desarmado.

Netherton olhou para a chama da vela e de volta para Lowbeer. Eles haviam saído do Aperto das Bacantes e encontrado o ar carregado, por assim dizer, de uma variedade de aparelhos aéreos. Quatro unidades Met com listras diagonais amarelas e pretas, cada uma com duas luzes azuis intensas piscando, sobrevoavam imóveis o vulto decapitado, caído de costas na escada que ele e Rainey haviam descido há tão pouco tempo. Muitas unidades menores haviam passado velozes, zumbindo, algumas do tamanho de uma mosca.

O sangue que havia parecia localizado nas pedras adjacentes à escadaria. Os gritos se transformaram em soluços aflitos, emanados por uma mulher sentada, de joelhos para cima, nas lajes da base da escada.

– Cuide dela – ele ouvira Lowbeer dizer para alguém que ele não via. – Imediatamente. – Lowbeer erguera o bastão por um breve instante, à altura dos ombros, e o virara, exibindo-o. Netherton vira pessoas olhando para outro lado, temendo serem marcadas pela visão do instrumento, embora, claro, já estivessem marcadas.

Observadores haviam continuado a desviar o olhar, enquanto Lowbeer guiava Netherton e o alugado ao lado oposto do prédio e para o alto de outro lance de escada ao ar livre. O carro dela revelou-se diante deles ao chegarem ao topo, a porta do passageiro aberta. Agora ele não fazia ideia de onde estavam estacionados. Não estavam longe de Covent Garden. Na direção da avenida Shaftesbury, talvez.

– Coitada daquela mulher – disse Lowbeer.

– Não pareceu ter se ferido fisicamente – falou o alugado, curvado na poltrona estilo club, a boina de tweed baixa na testa.

– Traumatizada – disse Lowbeer e olhou para a vela. – Néroli. De menininha, mas sempre adorei.

– Você explodiu a cabeça dele – disse Netherton.

– Não foi intencional – defendeu-se Lowbeer. – Ele saiu da Shoreditch num carro alugado pela academia de artes marciais. Sozinho, ao que parece. Mas não poderia estar só porque alguém abriu o seu crânio.

– Seu crânio?

– Os crânios são modulares. Osso impresso, montado com adesivos biológicos. A força estrutural de um crânio médio, mas capaz de ser desmontado.

– Por que é assim? – perguntou Netherton, que naquele momento achava os periféricos cada vez menos agradáveis quanto mais ficava sabendo a respeito deles.

– O brainpan de um modelo de sparring em geral contém uma réplica celular impressa de um cérebro. Um treinador, nada funcional em termos cognitivos. Registra níveis de concussão, indica trauma menos sutil. O usuário pode determinar a eficiência exata dos golpes desferidos, mas o treinador e, aliás, o crânio modular não são acessíveis ao usuário. Uma pessoa ou pessoas desconhecidas invalidaram a garantia da academia no caminho de Shoreditch. Eles retiraram o treinador, substituindo-o por uma carga explosiva. Ele teria se aproximado de você, depois detonado. Sem saber disso, solicitei bots de atordoamento. Os quatro mais próximos responderam quando meu pedido foi liberado. Eles se posicionaram ao redor da cabeça e detonaram simultaneamente. Menos de um grama de explosivo cada, mas, com a distância correta e o espaçamento preciso, suficiente para imobilizar quase qualquer coisa. Em vez disso, temos muita sorte por minha ação não ter resultado em pelo menos uma morte.

– Mas, caso contrário – falou o alugado –, teria matado Wilf.

– De fato – disse Lowbeer. – O uso de explosivos é pouco comum, e preferimos que continue assim. Parecido demais com conflito assimétrico.

– Terrorismo – disse o alugado.

– Preferimos não usar esse termo – disse Lowbeer, examinando a chama da sua vela com o que para Netherton parecia ser arrependimento –, mesmo que seja porque o terror deveria permanecer uma prerrogativa exclusiva do Estado. – Ela olhou para ele. – Alguém atentou contra a sua vida. A intenção também pode ter sido intimidar qualquer colega que pudesse sobreviver.

– Wilf e eu somos apenas ex-colegas – afirmou o alugado.

– Eu estava pensando no sr. Zubov, na verdade – revelou Lowbeer. – Embora qualquer um que pretenda intimidá-lo deva ser notavelmente ignorante sobre a família dele, extremamente poderoso ou completamente displicente.

– Como você sabia – perguntou Netherton – que ele estaria a caminho daqui?

– As tias – disse Lowbeer.

– Tias?

– Nós os chamamos assim. Algoritmos. Temos muitos, acumulados ao longo de décadas. Duvido que qualquer pessoa hoje saiba bem como eles funcionam em qualquer circunstância específica. – Ela olhava para o alugado agora, a expressão mudando. – Alguém criou esse periférico de forma um tanto romântica, à imagem de Fitz-David Wu. Duvido que você o conheça. Talvez o melhor ator shakespeariano de sua época. A mãe dele era muito amiga da minha. Aqueles olhos foram decididos posteriormente, claro, e lamentados depois. Não tão fácil de reverter na época.

Netherton, desejando que tivesse mais um uísque ali, questionou se ela se sentia assim em relação aos seus próprios olhos lilás.

35

AS COISAS DO QUINTAL

Conner morava na Estrada Gravely, transversal à Porter, depois do Jimmy's. Uma estrada de cascalhos, então piadas a respeito faziam parte de crescer ali, ainda que a pronúncia fosse como de *graveyard*, e não *gravel*. Gravely fora um lugar para dar uns amassos na época do ensino médio, um local para estacionar num encontro. Quando Leon entrou no que ela supôs ser a entrada da casa de Conner, ela se perguntou se alguma vez tivera qualquer motivo para chegar até aquela altura da Gravel antes. O último trecho não parecera familiar, embora não houvesse nada em especial ali que pudesse ter ficado marcado em sua memória. Mas ela achava que não sabia da existência de casas tão longe. Na maior parte, eram bosques com marcação de propriedade ou lotes subdivididos, agora tomados pelo mato, em que ninguém construíra.

A casa de Conner não era tão antiga quanto a deles, mas estava em condição pior. Não era pintada havia muito tempo, então a madeira estava cinza onde a tinta descascara. O único pavimento estava recuado da estrada, sobre o que um dia fora um gramado, mas que agora era um acúmulo de lixo tomado por ipomeias. Um trator alto e velho, só ferrugem, sem uma pinta de tinta restante, um trailer menor que o de Burton, caído sobre o eixo e de pneus furados, a aula de história padrão dos fogões e geladeiras, e um grande e velho quadricóptero do Exército, do tamanho da Tarântula de Conner, em cima de quatro blocos de concreto. Seria preciso uma habilitação para pilotar aquilo, se é que fosse possível alguma permissão.

A Tarântula estava no fim da pista para a garagem, ao lado da casa, com Macon e Edward ocupados com alguma coisa na traseira, perto da grande aeronave solitária. Tinha uma lona azul-clara aberta ao lado, com as ferramentas alinhadas em cima.

Ela saiu assim que Leon parou e foi até eles. Queria ver o que havia no tentáculo espinhal que ela vira no Jimmy's.

– Tarde – disse Macon, endireitando-se. Assim como Edward, ele usava luvas azuis de látex. Nem ele nem Edward estavam de Viz.

– E aí? – Olhando para o tentáculo. A ponta era um mecanismo de aparência aleatória, com peças móveis, mas ela não fazia ideia de para que serviam.

– Resolvendo coisas pro Conner – disse Macon. – Isso – e apontou para a coisa – é uma garra, pra servir de bocal de abastecimento. Grande ajuda pra ele no posto de gasolina.

– Estão colocando agora mesmo?

– Não – respondeu Macon, olhando de relance para ela. – Colocamos quando montamos o braço. Ele está tendo dificuldade.

– Deve ficar bom agora – disse Edward num tom neutro.

Os dois sabiam que ela sabia que isso era mentira, mas ela achou que era assim que ficavam as coisas quando alguém que você conhecia matava pessoas e você não queria que ele fosse pego por isso. Eles estavam contando a ela a história como precisava ser contada, e contando de um jeito que não exigiria que ela contasse algo além da verdade em relação ao que eles contaram a ela.

– O que é essa coisa preta nele? – A garra não tinha aquilo, o que quer que fosse, mas ela apostava que isso seria consertado.

– Parece uma forração – disse Edward. – Tinta de caminhão emborrachada.

Eles haviam retirado a arma, ou o que estivesse segurando a arma, e colocado aquilo no lugar. Talvez ela estivesse numa das caixas de ferramenta, ou talvez um dos garotos de Burton já tivesse levado embora.

– Espero que funcione bem pra ele – falou ela. – Burton está aqui?

– Lá dentro – disse Macon. – Olha, precisamos escanear a sua cabeça. Com um laser.

– Precisam o quê?

– Medir sua cabeça – explicou Edward. – A peça da cabeça que estamos imprimindo não é flexível. O contato é decisivo. Depende do encaixe.

– O conforto também – acrescentou Macon, em tom de incentivo.

– Eu?

– É pra você – disse Macon. – Pergunte a Ash.

– Quem é Ash?

– A moça da Coldiron. Contato técnico. Fica ligando pra gente. É a pessoa dos detalhes.

– Assim como vocês – disse Flynne.

– Nos damos bem.

– Ok – disse ela, sentindo que nada estava exatamente ok.

– Leon – disse Macon, quando Leon juntou-se a eles –, parabéns. Tamos sabendo que você ficou multimilionário.

– Admira você não mostrar quanto está impressionado. – Leon arrastou uma caixa de madeira esbranquiçada pelo sol para fora de um emaranhado de ipomeias. Letras pretas desbotadas na lateral diziam "DINAMITE DITCHING" e outras coisas. – Tem que pôr isso aí no eBay. – Observou as marcações antes de se sentar na caixa. – Colecionável. Gosto de assistir a homens trabalhando.

– Gosta por quê? – perguntou Macon.

– É a sua ética de trabalho – disse Leon. – Coisa bonita.

Ela subiu os degraus e entrou na casa por uma porta lateral com tela e remate de madeira mais velho que a caixa de dinamites. Entrou na cozinha, mais limpa do que esperava, mas imaginou que não fosse muito usada. Foi à sala de estar e encontrou Burton, sentado num sofá quebrado com capas marrom e bege, e Conner, que estava sentado com as costas bem retas numa cadeira. Conner então se levantou, e ela viu que não havia cadeira.

Ele estava preso com velcro na prótese que o VA comprara para ele. Fazia com que ele parecesse um personagem de anime antigo, tornozelos mais largos do que as coxas. Dinâmico, até ele se mover, aí ela viu por que ele não gostava de usar aquilo.

– Irmãzinha – disse ele, abrindo um sorriso para ela, com a barba recém-feita e uma aparência notável de ausência de loucura.

– Ei, Conner – respondeu ela, depois olhou para Burton, pensando se seria como a conversa com Macon e Edward. – Vi Macon na entrada – disse.

– Pedi para virem consertar a bike – disse Burton. – Conner está tendo problemas para abastecer.

– Você não estava tão feliz – ela disse a Conner – a última vez que te vi.

O sorriso de Conner intensificou-se.

– Preocupado que o Homes pudesse segurar seu irmão em Davisville. Cerveja? – Apontou para a cozinha, braço esquerdo e os dois dedos que restavam. – Red Bull?

– Estou bem, obrigada. – O VA teria transplantado um dedo do pé, ela sabia, para usar de polegar, se ele tivesse ficado com alguns. Ele poderia ainda ter conseguido o polegar de um doador, se tivesse apenas se inscrito e ficado pronto para esperar. Talvez um pé direito dessa forma também. Mas não haveria nenhum transplante para o braço direito nem para a perna esquerda, porque os tocos não eram longos o suficiente. Algo a ver com a necessidade de determinado comprimento mínimo dos nervos do próprio receptor para a junção. Mas o que quer que tenha acontecido à mente dele, ela entendeu de repente e de outro modo, fora o pior. Porque naquele exato momento ele parecia todo bem resolvido, poderia até passar por feliz, e ela imaginou que era porque ele acabara de matar quatro homens totalmente estranhos. Ela sentiu as lágrimas chegarem. Sentou-se rápido, no outro canto do sofá em que Burton estava.

– O dinheiro deles não é brincadeira – disse Burton.

– Eu sei – disse ela. – Vim com um ganhador da loteria.

– Não é só isso. Fizeram algo melhor juntos.

– Como assim?

– Mandaram um homem de Clanton hoje, com dinheiro.

– Como sabe que não são construtores, Burton?

– É advogado.

– Os construtores todos têm advogados.

– Vou tomar uma cerveja – disse Burton.

A prótese de Conner o locomoveu para a cozinha, até a geladeira, que era nova e reluzente. Quando ela o viu pegar na maçaneta com dois dedos, ouviu o rápido gemido miúdo de um servomecanismo. A prótese, ela agora notou, tinha o próprio polegar. Ele abriu a porta, pegou uma cerveja, girou o ombro protético o suficiente para empurrar a porta e voltou com um ruído pesado até Burton. Era como se a coisa tivesse apenas aquele único andar. Depois, ele prendeu a tampa da garrafa contra o que teria sido a frente do bíceps do braço direito, se ele tivesse esse braço, e puxou. Ela viu que ele tinha um abridor velho e enferrujado colado ali, no plástico preto. A tampa bateu no chão de vinil, rolou para debaixo do sofá. Ele abriu um sorriso para ela e passou a cerveja para Burton.

– Tudo bem – disse Burton e tomou um gole da garrafa. – Acho que não são construtores, e não acho que sejam do Homes. Acho que tem a ver com o jogo deles. E querem pôr você de volta no jogo deles. Querem um pouco de Easy Ice pra eles. Por isso fizeram Macon construir um tipo de equipamento de interface.

– Foda-se o jogo deles – disse ela.

– Seus recursos de jogo ficaram muito caros. Foi o que trouxe esse homem de Clanton. – Ele bebeu um pouco mais, olhou para o nível de cerveja na garrafa, pareceu estar prestes a dizer mais alguma coisa, mas não disse.

– Então você concordou em meu nome?

– Não fariam negócio se não fosse assim. Tem que ser você.

– Você podia ter me perguntado, Burton.

– Precisamos do dinheiro pra Pharma Jon. O que quer que seja, não sabemos quanto tempo o dinheiro vai durar. Então, fazemos o trabalho, juntamos o que der e vemos. Achei que você fosse concordar com isso.

– Acho que sim – disse ela.

A prótese de Conner agachou-se de novo, transformando-se numa cadeira para ele.

– Puxa o sofá. Senta comigo – disse ele.

– Pronto pra medir sua cabeça – disse Macon, da porta da cozinha. Ergueu algo laranja fluorescente, complicado, pauzinhos finos e um aro. Parecia mais um acessório de caça com arco do Hefty Mart do que um laser.

– Quer sentar no sofá?

– Vamos fazer na varanda – ela sugeriu a Macon. Ela vira que tinha uma cadeira de plástico vermelho desbotado lá fora quando Leon entrou com o carro, e ela precisava sair dali. – Vou sentar com você outra hora, Conner, mas agora meu irmão está sendo cuzão.

Conner deu um sorrisão.

Ela saiu para a varanda, varreu uma manta orgânica marrom e seca de folhas do ano passado para fora de uma depressão em forma de bunda moldada no formato do assento da cadeira, e sentou-se, olhando para o trator alto, enferrujado. Macon entregou-lhe algo, como o protetor de olhos engraçado que era entregue nas salas de bronzeamento, só que feito de aço polido.

– Esse laser é forte? – perguntou ela.

– Não o suficiente para precisar disso, mas vamos na segurança.

– Quanto tempo vai demorar?

– Um minuto, mais ou menos, depois de ajustar. Põe.

O protetor tinha um fio elástico branco e fino. Ela vestiu, pôs sobre os olhos as conchas de aço em forma de olho e ficou no breu total enquanto Macon posicionava as pontas macias das pernas da coisa nos ombros dela.

– Quando começa a imprimir? – perguntou ela.

– Imprimindo o circuito já. Fazer essas coisas da cabeça hoje à noite. Deixamos rolando a noite toda, pode ser que esteja montado amanhã. Agora fica bem parada. Não fala.

Algo começou a fazer tique-taque em torno do trilho em forma de anel, seguindo para a direita. Ela imaginou as coisas no quintal de Conner, cobertas de trepadeiras de ipomeias, e imaginou que ele nunca tivesse entrado para os Fuzileiros Navais. Não passando no exame médico, por algo inofensivo, mas nunca notado antes. De modo que ele ficara aqui, encontrara uma forma não esquisita de sustento, conhecera uma garota, casara-se. Não com ela, nem Shaylene, mas alguém. Talvez de Clanton. Tivera filhos. E a mulher dando um jeito de tirar toda a ipomeia, remover todas as coisas e plantar grama para um quintal de verdade. Mas ela não conseguia segurar a imagem, não conseguia chegar a acreditar, e queria poder.

E então o laser estava bem atrás da cabeça, ainda emitindo cliques suaves, depois ao lado da orelha esquerda, e, quando voltou à frente, parou de clicar.

Macon ergueu o protetor e retirou o anteparo dos olhos.

As coisas do quintal ainda estavam lá.

APESAR DE TUDO

– Anton tinha um – disse Lev quando Netherton terminara de contar o que aconteceu em Covent Garden. – Arrancou-lhe a mandíbula numa festa ao ar livre, num acesso de fúria bêbado.

Estavam juntos no alto da rampa do Gobiwagen, vendo o periférico correr na esteira.

– Impossível negar que tem certa beleza – disse Netherton, com a esperança de mudar de assunto, para evitar que chegasse a Putney por algum motivo. Ainda que achasse bonito. Ash, perto da esteira, tinha o olhar de quem lia dados num feed, o que era provável.

– Dominika ficou furiosa – disse Lev. – Era possível que nossos filhos tivessem visto o que ele fez. Ele mandou de volta para a fábrica. Depois atirou nele. Várias vezes. Na pista de dança do Clube Volokh. Eu não estava lá. Foi abafado, claro. Esse foi o momento decisivo para o nosso pai.

Netherton viu Ash dizer algo ao periférico, que começou a reduzir o ritmo. Correndo, ele via sua beleza de um modo diferente, a graça que trazia ao ato repetitivo substituía de alguma forma a falta de personalidade.

– Por que Anton fez isso? – perguntou Netherton, observando os músculos trabalhando com primor nas coxas da coisa.

– Ele se negava a ajustar o nível de dificuldade dele. Praticava com ele no nível mais alto. A máquina sempre ganhava. E era de longe um dançarino melhor.

O periférico passou para o trote. Saltou da esteira e começou a correr no lugar, de short preto solto e blusa preta sem manga. Dois armários do carro de luxo estavam agora cheios de roupas que Ash mandara fazer, o que significava uma grande quantidade de peças pretas.

O periférico ergueu o olhar, dando a impressão de vê-lo.

Lev virou-se e voltou para dentro. Netherton foi atrás, inquieto com o olhar do periférico. O espaço parecia mais habitado agora, ou talvez simplesmente abarrotado, com a matriz do monitor antigo e o kit de apoio do periférico.

– Lager – disse Lev. Netherton piscou os dois olhos. Lev pressionou com o polegar um pequeno oval de aço na porta do bar. A porta deslizou para cima, para fora da visão; o balcão expeliu em silêncio uma garrafa aberta. Lev pegou, depois notou a presença de Netherton. Passou-lhe a garrafa gelada. – Lager – repetiu. O bar entregou outra. – Está bom. – Ele baixou a porta. Tocou a base da sua garrafa na base da de Netherton, ergueu a sua, bebeu. Pôs a garrafa na mesa. – O que ela tinha a dizer no caminho de volta, depois que você devolveu o alugado da sua amiga?

– Ela me falou a respeito de Wu.

– Quem?

– Fitz-David Wu. Ator. Ela e a mãe dele eram amigas.

– Wu. Hamlet. Ainda o favorito do meu avô. Quarenta anos atrás, pelo menos.

– Quantos anos ela tem, você acha?

– Cem, mais – disse Lev. – Só discutiram isso mesmo?

– Ela parecia agitada. Distraída. Tinha acendido uma vela aromática.

– Velas, essências. Já os vi fazerem isso. Tem a ver com memória.

– Ela disse que ocultaram algumas. Alguma coisa a ver com bombas, supus.

– Eles fazem esse tipo de coisa. Meu avô considera pecado. Tem feito, mas é bastante ortodoxo. Estou precisando ter uma ideia melhor do que ela está tramando.

– Foi você quem fez o acordo com ela – lembrou-lhe Netherton. – E explicitamente não compartilhou a informação.

– Verdade – disse Lev –, mas não é para ser compartilhada. Se eu não aderisse aos termos dela, imagino que ela poderia descobrir.

– Ela poderia te perguntar, e você poderia se pegar contando a ela.

Lev franziu o cenho.

– Você está certo quanto a isso. – Terminou de beber o resto da cerveja, pôs a garrafa vazia na mesa de mármore. – Enquanto isso, porém, há progresso no toco. Os técnicos que você conseguiu através da irmã do polt impressionaram Ash. Estão preparando a melhor aproximação possível de um recorte neural. E as análises quantitativas de Ash na LSE resolveram com sobra todas as preocupações financeiras internas do toco. Mas, se continuarem, seremos notados. Mais do que notados.

– O que estão fazendo? – perguntou Netherton, depois de terminar a sua lager. Queria ter tomado várias.

– Arrebanhando algoritmos comerciais, basicamente. O toco não chega a ter a capacidade para isso, embora eles estejam cientes de que às vezes ocorra de forma natural. Eles teriam começado a fazer por conta própria não muito depois. Mas com certeza temos financiamento para lidar com contingências agora. O que já demonstrou ser necessário.

– Já?

– Assassinos apareceram para cumprir aquele contrato, quatro deles. Que foram eliminados antes de conseguirem cumpri-lo, por uma das conexões do polt.

– Exigindo dinheiro?

– Foi ilegal – disse Lev. – Ele foi orientado para ficar atento a qualquer pessoa que parecesse estar chegando para fazer isso. Ele não gostou da cara deles, matou. Custou algo para fazer sumir. A unidade política imediata deles é um condado. O chefe responsável pela aplicação da lei é o xerife. O setor econômico mais viável do condado é a síntese molecular de drogas ilícitas. O xerife trabalha para o sintetizador mais bem-sucedido da área.

– Como você sabe disso?

– Ossian.

– Você pediu para o polt e a irmã subornarem a polícia?

– Não – disse Lev –, ele subornou o fabricante de drogas. Ossian julgou ser o canal apropriado, e o polt concordou. Mas alguém tentou matar você hoje. Não está preocupado?

– Não cheguei a pensar a respeito ainda – admitiu Netherton, descobrindo que era verdade. – Lowbeer disse que, se o tivessem feito, poderia ter sido com a intenção de servir como um alerta para você.

Lev olhou para ele.

– Sei que não pareço um gângster – disse ele – e fico encantado com isso, mas eu não teria me assustado. Triste, e imagino que com raiva, mas não assustado.

Netherton imaginou Lev triste com a sua morte, ou tentou. Não pareceu real. Tampouco o que acontecera em Covent Garden. Ele queria que o bar do avô de Lev lhe desse uma lager alemã gelada sempre que ele pedisse.

37

CONDADO

Ela não decidira contar a Janice tudo o que vinha acontecendo, simplesmente contou. Janice estava começando a fazer café para elas, na cozinha, com uma bandana de Madison na cabeça, preta com crânios e ossos cruzados brancos. Macon dissera uma vez que Janice e Madison pareciam professores com DNA de motoqueiros, e Flynne achava que era mais ou menos isso mesmo. Ela podia contar qualquer coisa a Janice sem se preocupar que ela fosse contar a alguém além de Madison, e Madison não contaria nada a ninguém.

Janice mencionara a cena de Conner com os jogadores de futebol no Jimmy's, disse que Flynne salvara a pele dele. Flynne disse que isso era um grande exagero.

– Que escrotos – ralhou Janice, referindo-se aos jogadores de futebol –, me forçam a praticar exercícios de Kegel raivosos. Sempre provocaram. Sai uma nova safra deles a cada quatro anos.

– É o Conner – disse Flynne, quando Janice acabou de girar a manivela do moedor, o que fizera com uma experiente ausência de pressa. – Ele fica instigando. É ele quem faz bullying com os caras.

– Sei disso – concordou Janice, jogando os grãos moídos num pote de geleia e pesando numa balança que parecia um descanso para copos –, mas os imbecis, não. Acham que eles é que estão fazendo o bullying. Eu deveria dar um desconto pra eles por serem burros? Viu ele depois disso?

– Lá na casa dele. Agora há pouco.

– Não que ele esteja louco – começou Janice, transferindo um número exato de gramas para o filtro no funil de cerâmica, que ela já umedecera para tirar o gosto de produto químico –, mas está chato.

Sei que ele tem motivos, mas eu cansei disso. – Verificou a temperatura da água na chaleira, depois pôs uma pequena quantidade no café, para assentar um pouco. – Mas você não parece muito feliz, e acho que não tem muito a ver com Conner.

– Não tem.

– O que é então?

Então Flynne contou, começando por quando Burton a contratou para substituí-lo enquanto ele ia a Davisville. Janice ouviu, continuando com seu ritual, que logo produziu duas xícaras de café muito bom e forte. Flynne tomou com leite e açúcar, Janice tomou puro e praticamente nem lhe fez nenhuma pergunta, só ouviu e balançou a cabeça nos momentos certos, e arregalou os olhos nas partes mais estranhas, depois balançou a cabeça de novo. Quando Flynne chegou à parte em que foi à Poter com Tommy e Burton, à tenda montada em torno do carro que ela nunca vira, os quatro caras mortos, Janice ergueu a mão e disse:

– Ai.

– Ai?

– Conner – disse Janice.

Flynne fez que sim.

Janice franziu a testa, balançou a cabeça de leve e disse:

– Continua.

Então Flynne contou o resto, sem ser específica quanto ao que achava que Macon e Edward estavam aprontando na casa de Conner, mas vendo que Janice entendeu isso também, e concluiu falando sobre o momento em que Leon a levou de carro, sobre como havia um par de drones, cada um com seu quadrado de fita adesiva água-marinha, revesando, observando-os por todo o caminho ao saírem da casa de Conner.

Elas passaram para o sofá da sala, aquele em que ela jogara sua última partida de Operação Vento do Norte.

– O homem de Clanton – disse Janice –, o que trouxe o saco de dinheiro. Você sabe quem ele era?

– Não. Advogado?

– O nome é Beatty. Advogados de Clanton.

– Como você sabe?

– Porque Reece esteve aqui horas atrás para falar com Madison sobre um trabalho. E agora temos a nossa parte daquele dinheiro, lá no porão, num buraco ao lado da fornalha.

– Têm?

– Não gosto de me alimentar de esperanças. Não tanto assim, pelo menos.

– Para quê?

– Ajuda com um drone. Dos grandes. Conner tem um quadricóptero do Exército que quer que Madison pilote para ele.

Flynne lembrou-se da coisa no quintal de Conner.

– Eu vi – disse ela.

– Parecia uma plataforma de tiro.

– Esse dinheiro no porão é mais do que eu e Madison ganharíamos em um ano de Sukhoi Flankers. – Ficou óbvio que ela não estava feliz com isso.

– O que Reece falou?

– Falou demais, do ponto de vista de Burton e Conner. Não o suficiente, do meu. Ele é um *groupie*, Reece. Adora um segredo, tem que contar, senão não vou saber que ele sabe. Tão impressionado com Burton e Conner que tem que contar sobre os negócios deles. Impressionado com Pickett também.

O único Pickett em que Flynne poderia pensar era o que fora proprietário da Corbell Pickett Tesla, que fora a última concessionária de carros novos a fechar no condado. Ele ainda era considerado o homem mais rico do condado, embora não fosse muito visto. Ela o vira poucas vezes nos desfiles da cidade, mas já fazia alguns anos. Ele enviou uma filha da idade dela para uma escola na Europa, e pelo que Flynne sabia, ela nunca voltou.

– Corbell Pickett?

– A porra do Corbell Pickett.

– O que ele tem a ver com Burton e Conner?

– Aí que a coisa fica esquisita – disse Janice.

– Você acha que o dinheiro vem de Corbell Pickett?

– Cacete, não. Burton está pagando muito desse dinheiro de Clanton para Corbell. Reece estava todo estressado por ter que levar o dinheiro pra lá com Carlos. Precisava de duas sacolas de compras, ficava dizendo.

– Por que Burton estava pagando Pickett?

– Áqueles quatro homens mortos na Porter. Dar um jeito de não resolverem o caso. Iam abandonar o caso bem rápido, de qualquer forma, aqui no condado. A Polícia Estadual tem uma capacidade de foco um pouco maior, mas Corbell tem cacife político para diminuir essa capacidade também por um preço.

– Ele era dono da concessionária da Tesla e ficava ao lado do prefeito no desfile de Natal. Quando éramos crianças.

– Num Tesla novinho – disse Janice. – Odeio fazer a coisa da fada do dente com você, querida, mas ninguém constrói um grama de droga neste condado sem que Corbell tire a parte dele.

– De jeito nenhum. Eu teria ficado sabendo.

– O negócio é o seguinte, você não sabe que seus parentes e amigos têm cuidado de você, basicamente, não deixando você nem ouvir o nome do filho da puta. Motivo pelo qual você se esquece dele com tanta facilidade.

– Você não gosta dele – disse Flynne.

– Não me diga.

– Mas, se eles estão comprando o Departamento do Xerife, isso quer dizer que Tommy está sabendo.

Janice olhou para ela.

– Talvez não tanto.

– Ou ele sabe ou não sabe.

– Tommy – disse Janice – é uma boa pessoa, assim como Madison é uma boa pessoa. Confia em mim quanto a isso, ok?

– Ok.

– Assim como você é uma boa pessoa. Mas aqui está, mergulhada até as tetas em algum negócio com gente que diz estar na Colômbia, mas consegue arranjar a loteria estadual pro Leon. Isso é bem esquisito, Flynne, mas faz de você uma pessoa pior?

– Não sei. – E ela se deu conta de que não sabia.

– Menina, você não está fazendo essa merda, essa loucura, o que quer que seja, para ficar rica. Você está pagando o aluguel do câncer da sua mãe, lá na Pharma Jon. Assim como muitas outras pessoas. A maioria das pessoas, pode parecer.

– Não é câncer.

– Sei que não é, mas você sabe o que eu quero dizer. E Tommy, ele está impedindo que esse condado vire o caos total do melhor jeito que pode. É honesto, acredita na regra da lei. O xerife Jackman já é outra história. Jackman, faça o que fizer, continua sendo reeleito, e Tommy é a lei aqui. O condado precisa de Tommy como a sua mãe precisa de você e Burton, e talvez isso às vezes signifique que ele tenha que se esforçar um pouco mais para não notar as coisas.

– Por que só fiquei sabendo disso hoje?

– As pessoas te fazem uma gentileza, ficando com a boca fechada em relação a essa merda. A economia aqui tem se baseado em construção desde antes de quando estávamos no ensino médio.

– Eu sabia, sim, meio que sabia. Acho.

– Bem-vinda ao condado, amor. Quer mais café?

– Acho que já devo ter tomado demais.

38

A GAROTA DO TOCO

Depois que Dominika ligou para Lev pedindo que ele subisse, Netherton voltou à porta para ver o periférico fazer exercícios de resistência no exoesqueleto. Os músculos dos braços e coxas nus do periférico eram realmente muito definidos. Ele se perguntou se teriam sido impressos desse jeito.

Ash estava fora do seu campo de visão, discutindo com Ossian, que devia estar em outro lugar. Ele sabia disso porque só conseguia ouvir o lado dela, que estava em alguma interação de pseudoeslavo da criptolinguagem mútua deles. Ele foi ao bar fechado, experimentou pressionar o oval de aço com o polegar. Nada aconteceu.

Mas agora Ash apareceu, carregando um vaso grande de cerâmica branco com flores, passando pelo periférico concentrado no esforço físico e subindo a rampa.

– Não deveria ter feito isso – disse ele quando ela chegou ao alto.

– Ela merece boas-vindas – explicou ela, com a palidez do rosto em contraste com as flores coloridas. – Não dá para oferecer um drinque.

Netherton sentiu uma pontada inesperada de empatia pela construção não muito palpável de Flynne que habitava o periférico. Também não iam oferecer um drinque a ela.

– Água, somente de hora em hora – disse Ash, confundindo a expressão dele com preocupação com o periférico. – Tem um alarme de desidratação. Mas nada de álcool. – Ela passou esbarrando nele com as flores.

– Quando esperamos que ela chegue?

– Duas horas, agora – respondeu Ash atrás dele.

– Duas horas? – Ele se virou. Ash experimentava pôr o vaso em posições diferentes na mesa dele.

– Macon é muito bom – disse ela.

– Bacon?

– Macon. O impressor dela no toco. É rápido.

– Que nome é esse?

– Uma cidade na Geórgia. A Geórgia americana. – Ela rearrumava as flores no vaso enquanto um rebanho distante de feras debandava nas costas da sua mão esquerda. – Vou ficar aqui com você.

– Vai?

– Quando foi a última vez que você usou um periférico?

– Eu tinha 10 anos. Uma festa de homúnculos, em Hampstead Heath. Aniversário de um colega da escola.

– Exatamente – disse Ash, girando para encará-lo, mãos nos quadris. Estava usando o traje de sinceridade de novo. Ele se lembrou da postura do homúnculo no painel do carro de Lev.

– Era você, não era? Dirigindo, indo e voltando da casa?

– É claro. E o que você vai dizer a ela quando ela chegar?

– Sobre o quê?

– O que é isto. Onde é. Quando é. Não é para isso que te pagamos?

– Ninguém está me pagando nada, obrigado.

– Discuta isso com Lev – disse ela.

– Não considero isso um emprego. Estou aqui para dar um apoio a Lev.

– Ela não vai ter nenhuma ideia de que se trata tudo isso. Ela nunca teve a experiência de um periférico. Você mesmo mal tem. Mais motivo ainda para eu ficar.

– Lev não me disse que ela estaria aqui daqui a duas horas.

– Ele não sabe. Ossian acabou de ficar sabendo. Lev está lá em cima com a patroa. Estamos proibidos de ligar para ele quando está com ela. Quando contarmos a ele, ele vai informar Lowbeer. Imagino que ela nos orientará em seguida. Nesse meio-tempo, é melhor decidirmos o que dizer a ela caso Lowbeer não tenha dado a opinião dela.

– Você sabe o que ele está tramando com Lowbeer? Ele não me conta.

– Então ele não é um idiota completo. Ainda.

– Mas isso foi ideia dela, trazer Flynne aqui, não?

– Sim – disse ela.

– Por quê?

– O que quer que seja, ela está com pressa. – Ela tocou uma seção do compensado, que abriu. Ajustou os controles. Netherton sentiu uma brisa leve. – Abafado.

– O suposto escritório fica na Colômbia.

– Tem ar-condicionado na Colômbia deles, com certeza. Lowbeer queria uma variedade de roupas para vocês dois. Algumas delas definitivamente não são para ficarem sentados aqui dentro. Ela vai andar por Londres. Você também.

– Ela encomendou roupas para mim?

– Não foi uma má ideia. Você não está com uma aparência profissional.

– Quando falei com Flynne pela primeira vez – disse Netherton –, ela achou que eu pudesse ser só mais uma parte do jogo que ela supunha ser o trabalho.

– Dissemos ao irmão dela que era um jogo.

– Seria melhor contar a verdade a ela.

Ash não disse nada. Apenas olhou para ele.

– O que você está olhando?

– Estava me perguntando se você já disse isso alguma vez – disse ela.

– Por que enganá-la? Ela é inteligente. Vai descobrir.

– Não sei se seria melhor, estrategicamente falando.

– Então, dê mais dinheiro a ela. Vocês têm todo o dinheiro do mundo deles, ou poderiam ter, e não podem gastar com nada aqui. Conte a verdade e dê o dobro do dinheiro. Somos o futuro generoso dela.

Ash olhou para cima e para a esquerda. Soltou um gorjeio num idioma sintético que não existia no momento anterior. Olhou para ele.

– Tome uma ducha. Parece suado. Suas roupas estão no armário à esquerda bem no fundo.

– Lowbeer escolheu?

– Eu, a partir das sugestões dela.

Pretas, ele imaginou, a menos que Lowbeer tivesse algo mais festivo em mente.

– Estou começando a me sentir institucionalizado.

– Eu sei como chamaria isso.

– Como?

– Realismo. Precisaremos de você no futuro próximo.

OS SAPATEIROS DA FADA

O carro alugado de Macon cheirava a aparelho eletrônico recém-pintado. O telefone dela ficara com esse cheiro quando ele lhe entregara pela primeira vez, novo em folha, na lanchonete do Hefty Mart. O cheiro saíra depois de uma ou duas horas.

– Você achou que só ia ficar pronto amanhã – disse a Macon.

– Ajudaram a gente. A Fabbit fez uma parte. Emprestamos a impressora para eles.

– Convenceu a Fabbit a fazer impressão fajuta?

– Não é fajuta – disse Edward, sentado de lado no banco de trás. – É só incomum.

– A Fabbit é franqueada – disse ela. – O Hefty é dono deles.

– Um primo meu é gerente de vendas em meio período – explicou Macon. – E, sim, normalmente, sem chance. Mas seu irmão fez uma oferta pra ele, e ele aceitou. Só que o único polímero que eles tinham que ia funcionar parece glacê de bolo. Só costumam usar no Natal, mas a aderência é perfeita com o material condutor da pele, então você ficou com a coroa da Branca de Neve. Também foi bom porque ninguém na Fabbit fazia ideia do que estavam imprimindo.

– Que material condutor da pele?

– Na sua testa. No nosso primeiro rascunho de projeto, teríamos que raspar uma faixa de 5 centímetros na parte de trás da sua cabeça.

– Nem fodendo.

– Achamos que você não ia gostar mesmo. Compramos um material japonês pra usar no lugar. Só precisa da testa, passa um pouco de solução salina por precaução.

– Você disse que era um controle de jogo.

– Interface telepresente, sem mãos.

– Você experimentou?

– Não dá. Não tem nada para testar. Seus amigos têm uma coisa que querem que você controle, mas não queriam que a gente testasse antes. Você tem que ficar deitada pra usar. Senão pode babar.

– Como assim?

– Se funcionar, e deve funcionar, você vai controlar a unidade deles de corpo inteiro, com alcance total de movimentos, mas o seu corpo não vai se mexer enquanto faz isso. É interessante como funciona.

– Por quê?

– Porque ainda não conseguimos encontrar nenhuma patente para a maior parte, e imaginamos que, se houvesse, seriam valiosas. Muito.

– Poderia ser militar – disse Edward, atrás deles. Estavam quase na metade da Porter agora, e ela já estava perdendo a noção de onde a tenda branca estivera, onde o enxame de drones esquadrinhara a estrada em busca de moléculas dos pneus de Conner.

À esquerda, campos para os quais ela quase nunca olhava, pinheiros grogues, destruídos por tempestades. À esquerda, o solo descia na direção do que se tornou o curso do riacho abaixo da casa deles, ao lado do trailer de Burton. Logo, onde a Porter estreitava ao longe, haveria uma luz suficiente apenas para distinguir o topo das árvores mais altas perto da casa deles.

– Eles disseram o que precisam que eu faça?

– Não – disse Macon. – Somos apenas os sapateiros da fada. Você é a que vai poder ir ao baile.

– Duvido – disse ela.

– Você não viu a coroa que fizemos pra você.

Ela deixou por isso mesmo e pensou em Corbell Pickett, no que Janice lhe contara e em Tommy. Ainda estava escrito "CORBELL PICKETT TESLA" na lateral do prédio onde ficava a concessionária dele, mas em concreto sem pintura, onde as letras de alumínio e fibra de carbono haviam caído.

Carlos esperava por eles ao lado do portão.

– Sua mãe está jantando com Leon e Reece – ele lhe disse quando ela estava saindo do carro. – Comeu alguma coisa recentemente?

– Não – respondeu ela. – Tem o quê?

– Eles não querem que você coma – disse Carlos, o "eles" já subentendido como quem estivesse pagando, não que ele soubesse. – Disseram que você pode vomitar na primeira vez que fizer isso. Aspirar. – Ela lembrou que ele era um socorrista voluntário.

– Ok.

Macon e Edward descarregavam a mala do carro. Duas bolsas de lona azuis da Dyneema, da cor de luvas cirúrgicas, e três caixas de papelão novas em folha com o logo da Fabbit.

– Querem ajuda com isso? Posso chamar alguém. Preciso de duas mãos livres pra isso. – Apontou para o bullpup pendendo abaixo do braço, na curva da cintura, a boca cheia de acessórios cujas funções ela nunca conseguira entender com clareza.

– Não – disse Macon. Ele e Edward estavam com uma bolsa de lona amassada a tiracolo. Edward segurava duas das caixas de papelão, Macon apenas uma, porém maior. Não pareciam nem um pouco pesadas. – É o trailer, certo?

– Burton está lá – comentou Carlos e gesticulou para Flynne seguir em frente.

O momento lembrou-a da noite em que ele fora a Davisville, mesma luz, sol quase sumindo, antes de a lua nascer.

As luzes do trailer estavam acesas. Ao se aproximar, ela viu Burton pela porta fechada, fumando um cachimbo. O fornilho tinha um brilho vermelho que mostrava a ela a parte superior do rosto dele. Ela sentiu cheiro de tabaco.

– Vou te matar se você fumou aqui dentro.

Ele abriu um sorriso ao lado do fornilho. Era um desses cachimbos baratos de argila branca, da Holanda, cuja piteira quebrava nos primeiros dias de uso, até ficar todo arredondado, feito cachimbo de marinheiro de desenho animado. Ele tirou da boca.

– Não fumei. E não ia começar.

– Acabou de começar. Agora comece a parar.

Ele ficou de pé sobre uma perna, a outra apoiada na coxa, e bateu o cachimbo na sola da bota, soltando uma pitada de erva caseira em brasa. Caiu na trilha. Ele baixou o pé e triturou até apagar.

– Dá um minuto pra gente montar as coisas – pediu Macon. Edward pôs as caixas no chão, abriu a porta e entrou. Macon passou a sua caixa para ele, depois as duas de Edward, e então subiu, protegendo a sacola do batente da porta. Fechou a porta por dentro.

– Ninguém me disse que eu tinha que ficar de jejum – disse ela.

– Foi arranjado mais rápido do que achávamos – falou Burton.

– Você sabe sobre o que é a reunião?

– Querem que você se encontre com o cara do Recursos Humanos que falou com você e com Ash, a articulação técnica.

– Num jogo?

– Em algum lugar.

– Corbell Pickett. – Ela o viu franzir o cenho no escuro. – Precisamos conversar.

– Quem falou disso?

– Janice.

– Tivemos que pagar pra ele. Conner.

– Sabem que foi ele?

– Ninguém sabe agora.

– Não sabe é o cacete. Só estão sendo pagos pra dizer que não sabem.

– Já resolve.

– Tommy sabe?

– Tommy tem que dar duro pra não ficar sabendo de muitas coisas.

– É o que Janice disse.

– Não fui eu que fiz as coisas serem assim, fui?

– Você faz parte disso agora?

– Não é como eu vejo.

– Como você vê?

A porta se abriu.

– Pronto pra Branca de Neve – anunciou Macon. Ele ergueu algo para que ela visse. Ela achou que parecia a fuselagem de um drone, do tipo que tem um único rotor, só que maior. E curvado para formar uma oval e encaixar na cabeça dela, com a protuberância da frente da fuselagem sobre o centro da testa. Não se parecia com nenhuma coroa que ela já tivesse visto, mas era feito de algo que brilhava, branco como o boneco de neve de um globo de Natal de plástico.

MESTRE DA CONVERSA FIADA

Depois de tomar banho, Netherton vestiu uma calça cinza, um suéter preto de gola careca e um paletó preto, escolhidos dentre as roupas que Ash fornecera. Era a vez de o periférico tomar banho. Dava para ouvir as bombas, e ele se perguntou qual porcentagem daquela água era a mesma que ele acabara de usar. O regime de administração da água do veículo era projetado para a exploração no deserto. Ash o advertira a não engolir água no banho. Pelo menos duas bombas estavam em funcionamento sempre que se usava o chuveiro, uma delas sugando cada gota que caía, para reciclagem.

O som do chuveiro parou. Alguns minutos depois, Ash apareceu, seguida do periférico, que parecia, após a ducha, radiante, como se tivesse acabado de ser criado. Ash, por sua vez, ainda estava com seu traje de sinceridade, mas o periférico usava a camisa preta e a calça jeans baseadas na roupa que Flynne usava quando Netherton falou com ela pela primeira vez.

– Você cortou o cabelo dele? – Netherton perguntou.

– Pedimos a Dominika que emprestasse o cabeleireiro dela. Mostramos os arquivos da sua conversa. Ele ficou impressionado.

– Não se parece com ela. Bom, o cabelo, um pouco. Isso já foi feito antes? Alguém de um toco usar um periférico?

– Quanto mais eu penso nele, mais me parece que seja natural, mas não, não que eu saiba. Mas os entusiastas dos contínuos geralmente são reservados, ao passo que periféricos desse nível tendem a ser bens muito privados. Os donos não costumam divulgar o fato.

– Como vamos fazer, então, com Flynne? – O periférico olhava para ele. Ou não olhava, mas parecia olhar. Ele franziu o cenho. O periférico desviou o olhar. Ele conteve um impulso de se desculpar.

– Ela vai ficar num beliche – Ash disse. – Na cabine traseira. Pode haver problemas iniciais de falta de equilíbrio, náusea. Vou recebê-la quando ela chegar, ajudar na orientação. Depois, a levarei ao seu encontro. Você pode ficar à mesa, como ela viu antes. Continuidade da experiência.

– Não. Eu quero ver ela. Chegar.

– Por quê?

– Sinto uma certa responsabilidade – ele disse.

– Você é o nosso mestre da conversa fiada. Atenha-se a isso.

– Não espero que você goste de mim...

– Se eu não gostasse de jeito nenhum, você saberia.

– Já tem notícias de Lowbeer?

– Não – ela disse.

O selo de Lowbeer apareceu, pulsando suave, dourado e marfim.

41

ZERO

Todas as coisas do trailer que não tinham sido trazidas por Macon e Edward estavam arrumadas em ângulos retos. Eles esvaziaram as sacolas de lona azuis e as caixas. Edward, sentado na cadeira chinesa, conectava cabos ao monitor de Burton. Um dos cabos ia até o controle branco, centralizado no cobertor do exército esticado feito pele de tambor na cama de Burton.

– Nada sem fio? – perguntou ela.

– Essas coisas não são só cabos. São mais ou menos um terço do aparelho. Me dá seu telefone.

Ela passou o telefone, que ele passou a Edward.

– Senha?

– Easy Ice – disse ela. – Minúsculas, sem espaço.

– Que senha de merda, nem chega a ser senha.

– Eu sou uma porra de uma pessoa normal, Macon.

– Uma porra de uma pessoa normal não faz o que você está prestes a fazer, o que quer que seja. – Ele sorriu.

– Pronto – disse Edward, que já conectara o cabo do telefone dela, deslizando a própria cadeira pra fora da mesa.

– Dá pra diminuir as luzes? – perguntou Macon. – Você vai ficar de olhos fechados, mas ainda está claro demais. Se não der, tem um protetor de olhos pra você.

Ela foi ao monitor, passou a mão por ele, diminuindo os LEDs até clima de sexo de garoto adolescente.

– Assim?

– Perfeito – disse Macon.

– Como vai funcionar? – perguntou ela.

– Você fica aqui na cama, com a cabeça num ângulo confortável, usando isso. – Apontou para o controle. – Fecha os olhos. Estaremos aqui pra te ajudar caso precise de nós.

– Ajudar com o quê?

Ele apontou para um balde de plástico amarelo, ainda com adesivos do Hefty Mart.

– Pode ser que dê enjoo. Coisa do ouvido interno. Ouvido interno fantasma, segundo ela, mas acho que isso foi uma versão abreviada para nós. Está de jejum?

– Por acaso – respondeu ela. – Morrendo de fome.

– Vai ao banheiro agora – disse Macon. – Depois a gente vai.

– Eu que vou.

– Eu sei. Não me conformo.

– Inveja da coroa?

– Curioso. Como sempre fui.

– O que quer que seja, eu vou te contar.

– Não, enquanto estiver acontecendo, não vai. Se essa coisa funcionar, você vai ficar numa versão induzida de paralisia do sono.

– Como quando a gente não se machuca quando está sonhando e faz coisas? – Ela vira um episódio de *Ciencia Loca* sobre isso e sonho lúcido e sono atormentado.

– Isso. Agora vai ao banheiro. Está na hora.

Ao sair do trailer, ela viu Burton e Carlos ali parados, a cerca de 5 metros. Mostrou o dedo do meio pra eles e entrou no banheiro, onde não havia nenhuma luz, fez xixi, esperando não ter derramado a serragem de cedro na tampa da privada, usou o higienizador e subiu no trailer, ignorando Burton e Carlos. Fechou a porta.

Macon e Edward olhavam para ela.

– Tira o sapato – pediu Macon.

Ela se sentou na cama, Macon pôs o controle com cautela ao lado dela. Ela deu uma olhada com mais atenção enquanto tirava os tênis. Parecia bem feito, como todas as impressões caprichadas de Macon, bem feito como o telefone dela, a não ser pelo material do mundo das fadas que ele usara para fabricá-lo. Edward posicionava o travesseiro de Burton.

– Tem mais algum travesseiro? – perguntou ele.

– Não – disse ela. – Dobra ao meio. Tem o login deles?

– Temos. – Macon pegou um pequeno tubo de plástico, mostrou a ela o logo da Pharma Jon. – Vai ser legal.

– É o que todos dizem – disse ela.

Macon pôs pasta salina na ponta do dedo.

– Não deixa cair no meu olho.

Ele espalhou uma linha de umidade fria na testa dela, como uma espécie de bênção estranha e possivelmente indesejada. Depois pegou o controle.

– Puxa o cabelo pra trás. – Ela puxou, e ele o colocou na cabeça dela. – Bem ajustado?

– Acho que sim. É pesado. Na frente.

– Nosso palpite é que o verdadeiro pesa mais ou menos o mesmo que óculos de sol descartáveis, mas isso é o melhor que deu pra fazer em cima da hora nas nossas impressoras. Está beliscando em algum lugar?

– Não.

– Ok. Então, é pesado, certo? Vou segurar enquanto você se deita, devagar, e Edward vai posicionar o travesseiro. Ok? Agora.

Ela se deitou, esticou as pernas.

– Por causa do cabo – disse Macon –, você tem que deixar as mãos longe da cabeça, do rosto, ok?

– Ok.

– Estamos usando nossas próprias baterias por via das dúvidas.

– Por quê?

– Mais ordens médicas.

Ela olhava para ele, então olhou para Edward, mexendo apenas os olhos, depois voltou a olhar para ele.

– E aí?

Ele segurou o pulso direito dela, apertou.

– Estamos aqui. Se algo parecer esquisito demais, tiramos você. Embutimos uns visores bem básicos, por conta própria. Sinais vitais. – Soltou o pulso dela.

– Obrigada. O que eu faço?

– Fecha os olhos. Faz uma contagem regressiva a partir do quinze. Por volta do dez, deve ter uma oscilação.

– Oscilação?

– Foi como ela falou. Fica de olhos fechados, continua a contagem até zero. Aí abre. Se virmos você abrir, não funcionou.

– Ok – disse ela. – Mas só quando eu disser já. – Mantendo a cabeça imóvel, ela olhou para cima e para a direita: a janela, na parede ao lado. Para cima: o teto, tubos de luz brilhando no polímero. Na direção dos seus pés: o monitor de Burton, Edward. À esquerda: Macon, a porta fechada atrás dele. – Já – disse ela, fechando os olhos. – Quinze. Catorze. Treze. Doze. Onze. Dez.

Pop.

Aquela cor, como a da cicatriz da háptica de Burton, mas ela sentia o gosto dentro dos dentes.

– Nove. Oito. Sete. Seis. – Não funcionara. Nada acontecera. – Cinco. Quatro. Três. – Ela tinha que avisar a eles. – Dois. Um. Zero. – Abriu os olhos. Um teto plano apareceu, polido, quase 2 metros mais alto do que o do trailer, enquanto o quarto se invertia, estava ao contrário, era outro, o peso da coroa sumira, o estômago de cabeça para baixo. Os olhos de uma mulher, perto, embaçados de um jeito estranho.

Ela não se lembrava de ter se sentado, mas viu as próprias mãos, e não eram. Dela.

– Se precisar disso – disse a mulher, segurando uma vasilha de aço. – Não tem nada dentro de você além de um pouco de água. – Flynne inclinou-se, viu um rosto que não era o dela refletido no fundo redondo e espelhado de tão polido. Congelou.

– Merda. – Os lábios ali formaram a palavra ao passo que ela a dizia. – Que porra é essa? – Ela saiu da cama depressa. Uma cama não. Uma prateleira acolchoada. Ela estava mais alta. – Tem alguma coisa errada – Ela se ouvia dizer, mas a voz não era dela. – Cores...

– Você está acessando as entradas de um drone antropomórfico – disse a mulher. – Um avatar de telepresença. Não precisa controlar de forma consciente. Não tente. Estamos recalibrando agora. O aparelho de Macon não é perfeito, mas funciona.

– Você conhece ele?

– Virtualmente. Sou Ash.

– Seus olhos...

– Lentes de contato.

– Cores demais... – Referia-se à própria visão.

– Sinto muito – disse a mulher. – Deixamos passar. Seu periférico é uma tetracromata.

– Uma o quê?

– Tem um alcance mais amplo de visão de cores do que você. Mas já encontramos as configurações disso e estamos incluindo na recalibração. Toque seu rosto.

– Macon me disse pra não fazer isso.

– Agora é diferente.

Flynne ergueu a mão, tocou o rosto, sem pensar.

– Caceta...

– Ótimo. A recalibração está fazendo efeito.

Mais uma vez, com as duas mãos. Era como se tocar através de algo que não estava propriamente lá.

Ela olhou para cima. O teto era de madeira clara polida, brilhante, com pequenos círculos embutidos, que eram lustres planos de metal, iluminando de forma suave. Quarto minúsculo, mais alto do que largo. Mais estreito do que o Airstream. As paredes eram da mesma madeira. Havia um homem no outro canto, de pé, ao lado de uma porta estreita aberta. Camisa e paletó escuros.

– Olá, Flynne – disse ele.

– Recursos humanos – disse ela ao reconhecê-lo.

– Não está parecendo que você vai precisar disso – disse a mulher chamada Ash, pondo a vasilha sobre a prateleira estofada onde Flynne despertara. Despertara? Chegara? – Se importaria de falar com Macon agora?

– Como?

– Por telefone. Ele está preocupado. Eu o tranquilizei, mas ajudaria se ele pudesse falar com você.

– Você tem um telefone?

– Sim, mas você também tem.

– Onde?

– Não tenho certeza. Não importa. Observe.

Flynne viu um pequeno círculo aparecer. Como um crachá do Mapa. Era branco, com um gif de um desenho em linha de um antílope ou algo parecido correndo. Ela moveu os olhos. O círculo com o gif moveu-se junto.

– O que é isso?

– Meu telefone. Você também tem um. Estou com Macon. Agora abro um feed...

Um segundo círculo expandiu-se, à direita do gif e maior. Ela viu Macon, sentado na frente do monitor de Burton.

– Flynne? – disse ele. – É você?

– Macon! Isso é loucura!

– O que você fez, aqui, antes de fazermos a coisa? – Ele estava sério.

– Xixi?

Ele abriu um sorriso.

– Uau... – Ele balançou a cabeça, deu um sorrisão. – Essa porra parece coisa de Controle de Missão!

– Ele pode ver o que estou vendo – explicou Ash.

– Você está bem? – disse Macon.

– Acho que sim.

– Você está bem aqui.

– Voltaremos a você, Macon – disse Ash –, mas precisamos falar com ela agora.

– Manda alguém lá pra casa pra me trazer um sanduíche – ela disse a Macon. – Vou chegar morrendo de fome.

Macon sorriu, fez que sim, encolheu até sumir, não estava mais lá.

– Poderíamos ir para o meu escritório – convidou o homem.

– Ainda não – disse Ash. Ela tocou a parede clara, e uma parte deslizou para o lado, ficando fora de vista.

Um vaso sanitário, pia, chuveiro, tudo de aço. Um espelho. Flynne moveu-se na direção dele.

– Puta merda – disse ela, olhando fixamente. – Quem é ela?

– Não sabemos.

– Isso é uma... máquina? – Ela tocou... alguém. Barriga. Peitos. Olhou no espelho. A garota francesa de Operação Vento do Norte? Não. – Tem que ser alguém.

– Sim – disse Ash –, embora não saibamos quem. Como se sente agora?

Flynne tocou a cuba de aço. A mão de outra pessoa. Sua mão.

– Consigo sentir isso.

– Náusea?

– Não.

– Vertigem?

– Não. Por que ela está usando uma camisa como a minha, só que de seda ou algo assim? Tem o meu nome.

– Queríamos que você se sentisse em casa.

– Onde é isto? Colômbia? – Ela se ouviu e sentiu que quase não acreditava que poderia ser verdade.

– É o meu departamento, por assim dizer – disse o recursos humanos, atrás dela. Netherton, ela se lembrou. Wilf Netherton. – Venha para o meu escritório. É um pouco mais espaçoso. Tentarei responder às suas perguntas.

Ela se virou e o viu ali parado, olhos mais arregalados do que ela se lembrava. Como se estivesse vendo um fantasma.

– Sim – disse Ash, pondo a mão no ombro de Flynne –, vamos.

A mão dela, pensou Flynne, mas no ombro de quem?

Ela deixou Ash guiá-la.

LINGUAGEM CORPORAL

Flynne alterara completamente a linguagem corporal do periférico, Netherton percebeu enquanto Ash a guiava na direção dele. Habitado, o rosto do periférico tornava-se não o rosto dela, mas, de alguma forma, ela. Ele se viu andando de costas pelo corredor um pouco mais largo que seus ombros, se afastando da menor cabine do Gobiwagen. Sem querer perdê-la de vista, por causa de alguma coisa que parecia ser, pelo menos parcialmente, terror, ele não conseguia dar as costas para ela.

Ash explicara antes que periféricos, quando sob o controle de IA, pareciam humanos porque o rosto, programado para registrar de forma constante diferentes microexpressões, nunca estava realmente parado. Na ausência disso, ela dissera, eles se transformavam em objetos excepcionalmente perturbadores. Flynne fornecia agora ao periférico suas próprias microexpressões, um efeito muito diferente.

– Está tudo bem – ele se ouvira dizer; se para si mesmo ou para ela, ele não sabia. Tudo isso era muito mais estranho do que ele previra, como um nascimento ou um advento impensável.

Ele recuou na direção do perfume das flores de Ash. Ash pedira para Ossian retirar os monitores do pai de Lev e a bagagem também, considerando-os desnecessários, não favoráveis ao "fluxo" do espaço, então as flores estavam na ponta da mesa perto de duas poltronas compactas que ela erguera de poços ocultos no chão. Elas o lembravam dos assentos do carro de Lowbeer, mas mais lisas, menos gastas.

– São para você – disse Ash, apontando para as flores. – Não podemos lhe oferecer nada para comer nem beber.

– Estou com uma fome filha da puta – reclamou Flynne, com seu próprio sotaque, mas com uma voz que não era como ele lembrava. Olhou para Ash. – Não estou? Eu...

– Escorrimento autônomo – disse Ash. – É a fome do seu próprio corpo. Seu periférico não sente. Ele não come, não possui trato digestivo. Consegue sentir o cheiro? Das flores?

Flynne fez que sim.

– As cores estão mais normais?

Flynne hesitou. Respirou fundo e devagar duas vezes.

– Doía, antes. Agora, não. Estou suando.

– Você inundou o sistema adrenal dele. A transição não será mais tão perturbadora. Não havia como torná-la mais suave para você, por ser usuária pela primeira vez, a não ser pedindo para ficar inclinada, de olhos fechados, com o estômago vazio.

Flynne virou-se devagar, observando a sala.

– Eu te vi aqui – disse a Netherton. – Parecia cafona desse jeito mesmo, mas achei que fosse maior. Onde fica o átrio?

– Em outro lugar. Quer se sentar?

Ela ignorou a sugestão e foi à janela. Ele e Ash haviam discutido sobre deixar ou não as persianas fechadas. No fim, Ash mandara Ossian ficar no espaço de trabalho dela, no canto da garagem, e deixar as persianas abertas. Sem nenhum movimento na garagem, os arcos estavam com a luminosidade mais fraca. Flynne curvou-se um pouco, espiando o lado de fora, mas então o arco mais próximo detectou o seu movimento, pulsou de leve, verde.

– Estacionamento? – Ela devia ter visto os carros de Lev. – Estamos num RV?

– O quê? – disse Netherton.

– Veículo recreativo, um trailer. – Ela movia a cabeça, tentando ver mais. – Seu escritório fica num trailer?

– Sim. – Ele não sabia como a ideia soaria para ela.

– Vim de um trailer – disse ela.

Resumo em vídeo promocional curto, ele lembrou.

– Perdão?

– Carro de acampamento – disse Ash. – Por favor, sentem-se os dois. Tentaremos responder às suas perguntas, Flynne. – Ela se sentou, deixando para Flynne a poltrona mais próxima das flores.

Netherton sentou-se à mesa de mármore dourada, lamentando a pompa gângster do móvel.

Flynne olhou uma última vez pela janela, coçando a nuca, algo que ele não conseguia imaginar o periférico fazendo por si mesmo, depois foi à poltrona que restara. Ela se encaixou na poltrona, joelhos altos, bem separados. Inclinou-se para a frente, ergueu as mãos, examinando as unhas de perto, depois balançou a cabeça. Olhou então para ele, baixando as mãos.

– Eu costumava jogar – disse ela – pra um homem que tinha dinheiro. Jogava porque precisava do dinheiro. O homem contra quem ele botava a gente pra jogar era um merda completo, mas isso era só meio que um acidente. A questão não era ganhar dinheiro, pra nenhum dos dois. Não como era pra nós. Pra eles, era um hobby. Ricos de merda. Eles apostavam em quem ia ganhar. – Ela olhava fixamente para ele.

Toda a lábia dele, todo o seu mecanismo infalível de linguagem convincente, girava em silêncio diante disso, sem encontrar nenhuma tração.

– Você diz que não são construtores. – Ela olhou para Ash. – Algum tipo de segurança para um jogo. Mas, se é um jogo, por que alguém mandou aqueles homens pra matar a gente? Não só Burton, mas todos nós? Minha mãe também. – Olhou para ele de novo. – Como sabiam o número ganhador da loteria, sr. Netherton?

– Wilf – disse ele, achando que soou menos como um nome e mais como uma tosse sem graça.

– Não sabíamos – respondeu Ash. – Por isso seu primo teve que comprar um bilhete. Seu irmão nos passou o número do bilhete. Então nós interferimos no mecanismo de seleção, fazendo o número dele ser o ganhador. Nenhuma mágica profética. Velocidade superior de processamento, nada mais.

– Vocês enviaram aquele advogado de Clanton com sacos cheios de dinheiro? Fizeram ele ganhar na loteria também?

– Não – disse Ash, que olhou irritada para Netherton, como se quisesse dizer que era ele quem deveria estar lidando com isso. E era.

– Este não é – disse ele – o seu mundo.

– O que é, então? – perguntou Flynne. – Um jogo?

– O futuro – disse Netherton, sentindo-se profundamente ridículo. De impulso, acrescentou o ano.

– De jeito nenhum.

– Mas não é o seu futuro – continuou ele. – Quando fizemos contato, pusemos o seu mundo, o seu universo, o que quer que seja...

– Contínuo – disse Ash.

– ... num curso diferente – terminou ele. Nunca na vida ele dissera algo que soasse mais absurdo, embora fosse, pelo que ele sabia, a verdade.

– Como?

– Não sabemos – disse ele.

Flynne revirou os olhos.

– Estamos acessando um servidor – disse Ash. – Não sabemos absolutamente nada sobre ele. Isso soa ridículo ou evasivo, mas o que estamos fazendo é algo que as pessoas fazem aqui. Talvez – e olhou para Netherton –, não muito diferente dos seus dois canalhas ricos.

– Por que vocês contrataram meu irmão?

– Isso foi ideia de Netherton – falou Ash. – Talvez ele devesse explicar. É curioso como ele está silencioso.

– Achei que a ideia pudesse divertir uma amiga... – começou ele.

– Divertir? – Flynne franziu a testa.

– Eu não fazia ideia de que nada disso aconteceria – disse ele.

– Isso é verdade, mesmo – argumentou Ash. – Ele estava numa bagunça muito maior do imaginava. Tentando impressionar uma mulher com quem estava envolvido, oferecendo a ela os serviços do seu irmão.

– Mas ela não ficou impressionada – disse Netherton –, então ela o deu, ou melhor, deu os serviços dele para a irmã. – Ele estava em queda livre agora, abandonado por todo o seu poder de persuasão.

– Você pode ter testemunhado o assassinato da irmã dela – disse Ash a Flynne.

O periférico arregalou os olhos.

– Aquilo foi real?

– "Pode"? – disse Netherton.

– Ela testemunhou algo – Ash disse a ele –, mas não temos nenhuma prova do que exatamente.

– Comeu ela inteira – relembrou Flynne. Uma gota de suor escorreu pela testa, para dentro de uma sobrancelha. Ela tirou com o braço, mais uma coisa que ele não conseguia imaginar o periférico fazendo.

– Se você considerar o modo como é capaz de estar aqui agora – Ash disse a ela – de forma virtual, ainda que física, pode começar a compreender nossa incapacidade de saber exatamente o que você viu.

– Você a está confundindo – disse Netherton.

– Estou tentando aclimatá-la, algo em que, até agora, você está falhando completamente.

– Onde estamos? – indagou Flynne.

– Londres – disse Netherton.

– O jogo? – perguntou ela.

– Nunca foi um jogo – admitiu ele. – Era mais fácil para todos nós dizer isso ao seu irmão.

– Esta coisa – ela apontou para a cabine –, onde fica exatamente?

– Uma área chamada Notting Hill – disse Ash. – Numa garagem, abaixo de uma casa. Abaixo de algumas casas, na verdade.

– A Londres das torres?

– Cacos – corrigiu Netherton. – Chamam-se cacos.

Ela se levantou, desdobrando o periférico com uma graça esguia, mas subitamente poderosa, saindo da posição desajeitada em que estava na cadeira. Ela apontou.

– O que tem do outro lado desta porta?

– Uma garagem – disse Ash. – Que abriga uma coleção de veículos históricos.

– Trancada?

– Não – respondeu Ash.

– Tem alguma coisa lá fora que me convença de que isso é o futuro?

– Deixe-me mostrar algo. – Ash levantou-se. O tecido rígido do seu traje amarrotou. Ela abriu os zíperes, da parte interna do pulso até o cotovelo, nas duas mangas, e as dobrou rapidamente. Desenhos de linha fugiram. – Estão em pânico. Não conhecem você. – Ela pôs o polegar no meio do aro de alumínio do zíper central, no côncavo abaixo do pescoço, e puxou para baixo, expondo um sutiã de renda preta com um sistema de suporte complexo, abaixo do qual enxameava um emaranhado aterrorizado de espécies extintas, tinta preta passando sem rumo pela palidez luminosa dela. Como se tivessem avistado Flynne, fugiram de novo. Para as costas de Ash, Netherton presumiu. Ela fechou o zíper central e uma manga de cada vez.

– Isso serve?

Flynne ficou encarando-a de olhos arregalados. Fez que sim de leve.

– Posso ir agora?

– É claro – disse Ash. – Não estou usando lentes de contato, aliás.

Netherton, percebendo que não havia saído do lugar, e possivelmente não havia respirado, desde que Flynne se levantara, empurrou-se da mesa, as palmas estendidas sobre o mármore com veios de ouro.

– Como posso ter certeza de que não é um jogo? – perguntou Flynne. – Pelo menos metade dos jogos que já joguei se passava em algum tipo de futuro.

– Você ganhava grandes quantias para jogá-los? – perguntou Netherton.

– Não jogava de graça – disse Flynne, caminhando até a porta e abrindo-a. Ele conseguiu chegar lá antes de Ash, ao custo de contundir a coxa na quina da mesa. Flynne estava no alto da rampa, olhando para cima, para o arco mais próximo deles, enquanto as células, sentindo a presença dela, ficaram luminescentes.

– O que é isso? – perguntou ela.

– Projetado a partir de animais marinhos. Ativado por movimento.

– Meu irmão usou um traje de lula na guerra. Camuflagem de siba. O que é aquilo? – Apontando para baixo, à esquerda da rampa, para o volume antropomórfico branco do exoesqueleto de resistência muscular.

– É seu.

– Meu?

– Do seu periférico. Aparelho de exercícios. Pra você vestir.

Ela se virou para Netherton, pondo a palma da mão aberta no peito dele, empurrando de leve, como se para testar se ele estava lá.

– Não sei se grito ou cago – disse ela. E sorriu.

Respire, ele lembrou a si mesmo.

4 3

EXPLODIR

Sua boca estava cheia de lombo de porco com maionese de alho sobre um pão branco, grande e crocante.

– Não engasgue – aconselhou Janice, sentada ao seu lado na cama de Burton. – Seria um final triste para o que quer que você andou fazendo. Quer beber? – Ela ofereceu a Flynne sua garrafa de água preta da Sukhoi Flankers.

Flynne engoliu lombo, depois água, e devolveu a garrafa.

– É um corpo. Tem um telefone embutido. Como um Viz, mas fica dentro, em algum lugar. Comando liga e desliga, e um menu no céu da boca, tipo um teclado.

– Você tem a língua bem mais pontuda do que a minha.

– Um ímã muito pequeno, só na ponta. – Ela fizera a contagem regressiva até zero de novo, só um pouco de oscilação em seguida, e abrira os olhos no Airstream, o pescoço rígido, olhando para Burton, Macon, Edward e Janice, com a maior fome que já sentira.

– Você vai voltar? – Janice perguntava agora. – Hoje à noite?

Flynne deu outra mordida no sanduíche, fez que sim com a cabeça.

– Talvez você não deva comer tudo isso agora. Estavam preocupados que você vomitasse antes.

Flynne mastigou, engoliu.

– Isso é uma coisa da primeira vez. As pessoas que usam se acostumam. Preciso de comida. Preciso conseguir ficar mais tempo lá.

– Por que chamam de periféricos?

– Porque são extensões. Como acessórios?

– Anatomicamente corretos?

– Não pensei em checar.

– Põe isso no Hefty Mart, e lá se vai a vizinhança. Provavelmente lá se vão os simuladores de voo *vintage* também. A não ser pelo pessoal mais velho e a gente da igreja. Madison poderia aprender a pilotar um periférico?

– Acho que sim.

– Ninguém vai chutar pra fora da cama o que eles arrumaram pra você por ter comido biscoito. Macon me mostrou uma captura de tela. – Janice sorriu. – Impressionada que você disse a Burton e aos outros que uma dama precisava de um tempo para se recompor.

– A dama precisava mesmo – disse Flynne.

– Você não acha que aquilo é o futuro mesmo, acha? – perguntou Janice, com a melhor expressão de jogo, sem dar bandeira.

– Ou então eu pirei de vez, você quer dizer?

– É, acho que sim. – Flynne pôs o que restava do sanduíche no pote de plástico em que Janice o trouxera.

– Pode muito bem ser. Nós subimos num elevador, e tinha uma casa grande e chique. Depois saímos num tipo de terraço murado nos fundos, à noite, com dois tigres da Tasmânia.

– Extintos – disse Janice. – Vi em computação gráfica no *Ciencia Loca*.

– Não são bem esses. Eles ajustaram o DNA do demônio da Tasmânia. Eu consegui sentir o cheiro de todas as flores diferentes, de terra, ouvir pássaros. Estava escurecendo. Como se os pássaros estivessem indo dormir. Estranho.

– O quê?

– Ouvir pássaros. Porque estávamos bem na cidade. Silencioso demais.

– Talvez estivesse muito tarde.

– Silencioso como aqui, à noite.

– Então, o que você acha que é?

– Se for um jogo, não é só mais um jogo. Talvez uma plataforma totalmente nova. Isso explicaria o dinheiro.

– Explicaria como podem mexer na loteria estadual?

– Eles não estão me dizendo que é um jogo. Estão me dizendo que é o futuro. Não exatamente o nosso, porque, agora que mexeram com a gente, só de entrar em contato pela primeira vez, estamos indo pra outro lugar.

– Pra onde?

– Dizem que não sabem. Não é como viagem no tempo num programa de TV. Só informação, pra frente e pra trás. Um minuto depois aqui é um minuto depois lá. Se eu esperasse uma semana pra voltar, seria uma semana depois lá.

– Qual o interesse deles?

– Não sei. Lev, a casa é dele, mas na verdade é a segunda casa do pai dele, então é como Dwight jogando na Operação Vento do Norte. Hobby de homem rico. Ele paga Ash, Wilf e outro cara para cuidarem das coisas para ele, resolver os detalhes. Mas Wilf fez merda por causa de uma mulher, e mais alguém entrou aqui, onde nós estamos, e contratou aqueles caras mortos do Tennessee para matar minha família.

Janice arregalou os olhos o máximo que pôde.

– De fazer o cérebro explodir.

– Não pode se dar ao luxo de explodir – disse Flynne. – O que quer que seja, está rolando. Com muitas peças soltas, e meu irmão acha que pode conduzir a coisa. Está fazendo acordos com Corbell Pickett, acertando condições com Lev e os outros, e a questão é sobre mim. Não sobre mim, mas fui eu que vi o babaca. Talvez eu tenha sido a única pessoa que viu.

– Então, a ordem do dia é – resumiu Janice, estendendo o braço para apertar a mão de Flynne – você ter voz ativa quanto ao que está acontecendo.

44

DIFICULDADE PERVERSA

Sem Flynne, o periférico parecia ocupar menos espaço. Estava sentado onde ela se sentara antes, olhando para Lev, para onde ele estava debruçado, na beira da mesa.

– As coisas foram bem – disse ele, olhando para Netherton, depois para Ash, que estava sentada na outra poltrona. – Ela é impressionante, não?

– Eu havia falado com Lowbeer antes – comentou Netherton –, e ela havia concordado que passar um pouco de tempo lá fora poderia ser uma boa ideia. – Na verdade, a sugestão fora de Lowbeer, mas tudo correra tão bem com a visita de Flynne que ele achou que merecia algum reconhecimento. A própria Flynne insistira em sair, a bem da verdade, mas havia sido Netherton, olhando por acaso na direção do vaso de flores de Ash, que sugerira o jardim. Lá, encontraram Lev com Gordon e Tyenna, distribuindo seu caro DNA modificado entre as hostas.

– Sim – disse Lev, lançando um olhar para ele. – Lowbeer me ligou quando vocês estavam subindo.

– Ela vai voltar – disse Ash.

– Lowbeer? – perguntou Netherton.

– A sua polt. Conseguimos a atenção dela. Embora ela não vá simplesmente fazer o que sugerirmos. – Ela olhava para Netherton.

– De fato.

– Você deveria ser bom em manipular as pessoas – disse Ash. – Para ser sincera, ainda não consegui ver isso nenhuma vez.

– Tenho momentos de inspiração – disse Netherton. – Os resultados nem sempre são replicáveis. Na verdade, notei que você é bastante talentosa nesse quesito.

– Parem com isso – disse Lev. – Ash é um pouco mais generalista, enquanto você é altamente especializado. Estou bastante satisfeito com isso.

– Minha dificuldade – disse Netherton – é a falta de contexto. Até você me dizer o que Lowbeer quer que seja feito, o que ela pretende fazer, não tenho com o que trabalhar.

– O que ela lhe disse ao telefone? – perguntou Lev.

– Eu disse a ela que achava melhor contar a Flynne que isso não é um jogo. Ela concordou, que eu deveria começar a explicar o toco, dentro do limite da minha própria compreensão, a qual, penso eu, não é muito menor que a sua. É verdade que você não faz ideia do que seja nem de onde está esse servidor?

– Nenhuma – disse Lev. – Supomos que esteja na China, ou pelo menos que seja chinês, mas é apenas suposição. Alguém tem um aparelho que envia e recebe informações, do passado e para o passado. Esse ato, em princípio, gera contínuos. A menos que esses contínuos já estejam lá, um número literalmente infinito deles, mas isso é acadêmico. É codificado de forma densa, o que quer que seja. Ash e Ossian levaram meses para conseguir entrar, mesmo com diversos entusiastas experientes ajudando de bom grado.

– Uma dificuldade perversa – falou Ash.

– Mas – perguntou Netherton, sem nenhuma real expectativa de uma resposta que fizesse algum sentido – o que Lowbeer quer?

– Descobrir o que aconteceu com Aelita e por quê – disse Lev. – E quem foi o responsável.

– Se você tem um gosto pela dificuldade perversa – disse Netherton –, arrancar isso de Daedra e seu séquito, supondo que eles saibam, deve resolver. Mas não é algo do qual eu queira fazer parte.

Lev olhou para ele, então, e ele não gostou.

LÁ EM CIMA

– Vou falar com Burton – disse Flynne a Janice. – Você fala com Macon. Preciso das medidas da cabeça já, e impressa.

– O que você vai fazer quando ele estiver lá? Sério, querida. É uma jogada inesperada.

– Não estarei sozinha. E preciso de testemunha, alguém pra confirmar minha versão. Aí podemos deixar duas pessoas de olho em Burton se for preciso.

– Por isso você não levaria Burton logo de cara?

– Acho que sim. Estou improvisando, Janice.

– Você está fazendo isso.

Flynne virou-se, estendendo a mão para a maçaneta.

– Espera um segundo – disse Janice. – Departamento de figurino. – Ela vasculhou o varal ultraorganizado de roupas quase todas esfarrapadas de Burton, na frente do Airstream, todas voltadas para a mesma direção, em cabides idênticos do Hefty Mart. Puxou algo longo, brilhante, marrom-acobreado. Um roupão que ele ganhara numa competição de MMA em Davisville, no inverno passado. Náilon ripstop com lapelas marrons, uma águia americana gritando fabricada nas costas. Como o roupão de um lutador de boxe. Ela ficou surpresa que ele tivesse guardado aquilo. – Perfeito – disse Janice, segurando o roupão aberto para ela.

– Isso?

– Você acabou de ir pro futuro, meu bem. Ou pra algum lugar que dizem ser o futuro. Grande acontecimento.

– É grande demais – protestou Flynne, encolhendo os ombros para vestir.

Janice envolveu-a sem deixar folga, deu um nó na faixa marrom, reajustou o nó.

– Como se você tivesse acabado de tirar a roupa de um artista de combate dos Fuzileiros. O melhor que dá pra fazer.

– Ok – disse Flynne –, mas você convence Macon, certo?

– Sim.

Flynne virou-se, ombros retos que ficavam perdidos dentro do roupão de Burton, e abriu a porta. Uma salva de palmas.

Burton estava lá, iluminado pela porta aberta. Atrás dele, Macon, Edward, Leon e Carlos. Leon assobiou entre dois dedos.

– Nunca acontece nada por aqui – disse ela e desceu do trailer.

– Isso poderia mudar – sugeriu Macon. – Lembra como eu te vi lá?

– Eles têm mais pra você também – ela disse a ele, ouvindo Janice descer atrás dela. – Janice vai te contar. – Ela olhou para os outros. Percebeu que não fazia ideia do que ninguém em especial achava que estava acontecendo, inclusive ela mesma. – Burton e eu precisamos conversar. Vocês dão licença?

Ela foi subindo a trilha e parou quando ele a alcançou.

– Pronta agora? – ele perguntou em voz baixa.

– Não conseguia falar antes. Não conseguia pensar, muito menos falar. Mexeu com a minha cabeça.

– Macon disse que você foi pra algum lugar. Disse que te viu lá pelo telefone dele. Onde?

– Não é Colômbia. Dizem eles que é o futuro. Londres. O que vimos no jogo.

– O que você acha que é?

– Não sei.

– Se você estava no trailer, como Macon te viu em outro lugar?

Ela olhou para Burton, o rosto dele no luar.

– É tipo um corpo de robô. Macon viu. Mas a sensação é de que é humano. Como um drone, só que não tem que pensar em conduzir. A coisa na minha cabeça, no trailer, eles chamam de recorte neural. Impede que o corpo responda quando você faz algo com o periférico.

– Com o quê?

– O periférico. Como eles chamam. As coisas corporais.

– Quem eles são?

– Ash, ela é a primeira com quem você falou, trabalha pra Lev. É o nome dele. Acho que ele é russo, mas russo inglês? Cresceu lá.

– Quando eles dizem estar?

Ela contou a ele.

– Só setenta anos a mais? Parece muito diferente?

– Você viu – disse ela. – Diferente, mas nem tanto. Ou talvez muito, e nem tudo aparenta?

– Você acredita neles?

– É melhor do que nada.

– Eles têm muito dinheiro. – Não era uma pergunta, mas ela notou que ele não queria ouvir dela que não era verdade.

– Uma porrada, pelo que sei, mas não tem como nada daquilo vir para cá. Mas eles estão pensando em formas de manipular os mercados aqui.

– Por que eles sabem o que vai acontecer, antes de acontecer?

– Dizem que não funciona assim. Eles podem gastar dinheiro do lado deles, pagar pessoas lá para descobrirem um jeito de ganharem dinheiro aqui, depois mandarem os advogados da Coldiron fazerem coisas aqui. Informações de lá afetam coisas aqui. Mas eles não sabem o nosso futuro. Mas não precisam saber o nosso futuro pra arrebentar no mercado, porque podem descobrir o que precisarem saber sobre o nosso presente em qualquer dia. A coisa toda deles é setenta anos mais rápida que a nossa.

– Ok – disse ele, e ela se perguntou se o que ela estava vendo no olhar dele era a velocidade, a intensidade, a violência de ação dos militares ou o jeito certo dele de ver as coisas. Porque ele entendeu direitinho. Ignorou a loucura, seguiu em frente de forma tática. E ela viu como era estranho, e quanto aquilo era quem ele era, e só por aquele instante, ela se perguntou se, por algum motivo, ela não tinha aquilo também.

– Siga o dinheiro – disse ele. – Qual o interesse deles?

– É aí que fica foda.

– Você não acha que já está foda? – Os olhos dele diminuíram, como se ele estivesse prestes a rir dela.

– Era como um jogo, pra Lev. Não somos o passado deles. Fomos em alguma direção diferente, porque eles mudaram as coisas aqui. O mundo deles não é afetado pelo que acontece aqui, agora ou adiante. Mas a merda virou contra eles de outra maneira. Porque eu vi aquela mulher ser assassinada. Seja lá do que aquilo se tratava. Eu vi o homem que sabia que ela ia ser assassinada. Que a levou pra sacada pra ser comida pela coisa. E agora alguém lá em cima entrou aqui também.

– Aqui?

– Agora. No nosso tempo.

– Quem?

– Quem quer que tenha contratado aqueles homens de Memphis pra matar a gente.

– Mas por que esse Lev está envolvido agora? Ele é o chefão, certo? Ele ainda está mandando?

– Não sei. Vou voltar lá agora pra descobrir.

– Agora?

– Assim que puder usar uma privada com descarga, volto pro chapéu da Branca de Neve. Janice me levou um sanduíche e água pra eu não morrer de fome aqui, enquanto estiver lá em cima. Aí teremos mais elementos pra trabalhar. Não quero que você faça nada, ok? As coisas já estão complicadas o suficiente. Só deixa tudo bloqueado, bem trancado. Não deixa ninguém entrar na propriedade, só as pessoas mais próximas. Não sabemos o suficiente agora pra tomar qualquer tipo de decisão.

Ele olhou para ela.

– Easy Ice – disse ele, e ela viu o tremor correr por ele à luz da lua, aquele negócio de hápticas, mas depois passou.

– Onde está Conner? – ela perguntou.

– Na casa dele.

– Isso é bom. Segura ele lá.

– Vai usar a privada com descarga. Ninguém está te impedindo.

A PAISAGEM

Netherton ficou vendo o periférico abrir os olhos. Ash o fizera reclinar novamente sobre o beliche da cabine dos fundos, reajustara a iluminação.

– Ok – disse Flynne, hesitante. Depois: – Nada mal.

– Bem-vinda de volta – falou Lev, acima do ombro de Netherton.

– Como está a tetracromia? – perguntou Ash.

– Não consigo me lembrar como era – respondeu Flynne. – Só lembro que não gostei.

– Tente se sentar – disse Ash.

Flynne sentou-se, balançou os cabelos para o lado, passou a mão neles, paralisou.

– Meu corte de cabelo. Vi antes, no espelho aqui, mas não estava conseguindo pensar. Foi você que fez?

– O estilista ficou impressionado – disse Ash. – Imagino que vá copiar.

– É da Carlota – disse Flynne. – Ela é incrível. Está nas Ilhas Marianas, tem uma cadeira bot nos nossos Hefty Clips. Acompanha os estilos.

– Você está acostumada com telepresença então – disse Lev.

– Nós chamamos de cortar o cabelo – disse Flynne, lançando um olhar para ele ao ficar de pé –, lá nos tempos da fronteira.

– Temos algo que talvez você goste de ver – revelou Lev. Ele se virou, atrás de Netherton, e foi andando pelo corredor. Netherton sorriu para ela, constrangido, e seguiu Lev, com Ash atrás dele.

– Onde estão seus cachorros? – perguntou Flynne, atrás deles, em tom alto na passagem estreita de madeira compensada.

– No andar de cima – disse Lev, virando-se quando ela apareceu.

Netherton ficou vendo-a tocando as coisas. Passando o dedo pelo compensado brilhante. Dando uma batidinha com o nó do dedo numa maçaneta de aço. Testando as sensações do periférico, ele supôs.

– Gostei deles – disse ela. – Deu pra ver que não eram cachorros, mas mais ou menos cachorros. – Ela tocou a calça preta. – Por que essas roupas parecem todas calças de ioga?

– Elas não têm costura – disse Ash. – As costuras externas são decorativas, tradicionais. Foram feitas para você por montadores. Todas partes de um único traje.

– Fabricadas – disse Flynne. – Sem querer ser grossa, mas, se você não está usando lente, como disse, é algum tipo de doença?

– Uma modificação – explicou Ash. – Uma espécie de trocadilho visual, com uma doença provavelmente mítica chamada *pupula duplex*. Que geralmente é retratada como íris duplas, mas eu decidi torná-la literal.

– Como você vê as coisas?

– Eu raramente uso o par inferior. Ele registra infravermelho, o que pode ser interessante no escuro.

– Não se importa que eu faça perguntas? Não entendo direito as coisas aqui. Você podia ter nascido assim. Ou ser de uma religião, algo assim. Como eu vou saber? Mas tatuagens que correm, eu meio que entendo.

– Por favor – disse Ash –, faça perguntas.

– Onde fica o telefone, dentro disso? – perguntou Flynne, erguendo as mãos. – Eu estava tentando contar pra uma amiga.

– Eu poderia verificar com a Hermès – respondeu Lev. – Mas os componentes são muito pequenos, e distribuídos. Alguns são biológicos. Eu não saberia lhe dizer onde o meu próprio telefone está sem acessar o histórico clínico. Uma parte do da minha prima inflamou, teve que ser substituído. Base do crânio. Mas podem pôr em qualquer lugar. – Ele se apoiou na beira da mesa. – Podemos lhe mostrar Londres agora? Temos um helicóptero acima da casa, como o que você pilotou para nós. Melhor você se sentar.

– Posso pilotar?

– Deixe que lhe mostremos os pontos turísticos – disse Lev. Ele sorriu. Ela olhou para ele, para Ash, depois para Netherton.

– Ok – concordou ela e sentou-se. Ash ficou com a outra cadeira. Netherton juntou-se a Lev na beira da mesa, contente por não estar atrás dela e, portanto, menos associado às suas funções psicológicas de hierarquia e intimidação.

– Não foi um choque tão grande para você desta vez – ele disse a Flynne.

– Eu não via a hora de voltar aqui – disse ela. – Mas isso não quer dizer que vou acreditar em vocês em relação a nada disso, ok?

– É claro – disse Lev.

Netherton se deu conta de repente de estar sorrindo de uma forma especialmente estúpida, enquanto Ash dava um sorriso sardônico para ele, seus olhos cinza com os orifícios duplos. Mas depois ela se virou e falou com Flynne.

– Você está vendo o meu selo agora – e Flynne fez que sim, Netherton estava vendo também. Agora o de Lev estava lá, e o de Flynne, indistinto. – Agora, abrirei um feed binocular cheio.

A sala desapareceu, sendo substituída por uma vista aérea do meio de uma manhã enevoada em Londres, com os cacos de vidro longos, verticais e angulosos dispostos de forma regular pela complexidade compacta da cidade, uma densidade amenizada por faixas de parques estreitos em que ele passeara quando criança, por desmanches sistemáticos de supostas mediocridades, por florestas novas, densas e profundas. O vidro que encobria alguns dos rios purificados e escavados refletia de modo opaco o pouco que havia da luz solar, e no Tâmisa ele viu as ilhas flutuantes, reorganizadas mais uma vez, as lâminas giratórias abaixo delas posicionadas de forma estratégica para juntar as forças do rio.

– Caramba – disse Flynne, claramente impressionada. Ash pilotou na direção de Hampstead, onde os pais de Netherton o haviam levado a uma festa de um colega da escola, quando ele tinha 10 anos, para passar a tarde na área em que havia um cano de esgoto de argila enterrado sob um banco de ferro fundido; um espaço decorado com lanternas coloridas, onde camundongos fantasiados cantaram, dançaram e encenaram duelos de mentira. As mãos do homúnculo dele eram toscas e translúcidas, não muito diferentes das mãos dos remendadores. Enquanto ele se lembrava disso, Ash contava a Flynne sobre as rodas-d'água movidas pelos rios recuperados, mas nada sobre qualquer história passada, tempos anteriores, a escuridão.

Ele passou a ponta da língua no céu da boca, apagando o feed, voltando ao Gobiwagen, preferindo olhar o rosto de Flynne.

– Mas cadê todo mundo? – perguntou ela. – Não tem nenhuma pessoa.

– Isso é uma questão complicada – disse Ash, num tom sereno –, mas, a esta altitude, você não notaria ninguém.

– Quase nenhum trânsito também – concluiu Flynne. – Notei isso antes.

– Estamos quase na cidade agora – disse Ash. – Cheapside. Aqui está a multidão.

Mas não são pessoas, pensou Netherton, observando a expressão de Flynne à medida que ela ia assistindo a tudo.

– Zona de cosplay – disse Lev. – 1867. Seríamos multados pelo helicóptero se não tivéssemos camuflagem ou se ele fizesse barulho.

Netherton tocou no quadrante do palato necessário para retornar ao feed de Ash, e os encontrou parados acima do trânsito matinal, já tão intenso que ficava quase imóvel. Seges, carroças, charretes, todas puxadas por cavalos. O pai e o avô de Lev tinham cavalos de verdade, parecia. Diziam que às vezes montavam, embora com certeza nunca em Cheapside. Sua mãe lhe mostrara as lojas ali quando ele era criança. Utensílios banhados a prata, perfumes, xales franjados, instrumentos para ingestão de tabaco, relógios grossos revestidos de prata ou ouro, chapéus masculinos. Ele ficara impressionado com a forma copiosa como os cavalos cagavam nas ruas, crianças passando em disparada, varrendo excrementos, mais novas do que ele, e as quais ele entendia não serem mais reais do que os cavalos, mas que pareciam tão reais quanto, inteiramente reais, e aterrorizantes no desespero do seu trabalho, praguejando com energia ao se abaixarem, com vassouras curtas e toscas, entre as patas dos animais, enquanto homens que a mãe dele dizia serem banqueiros, procuradores, comerciantes, corretores, ou melhor, simulacros deles, passavam apressados sob cartolas por placas, pintadas à mão que anunciavam botas, porcelanas, rendas, seguros, folhas de vidro. Ele adorava aquelas placas, capturara o maior número possível, segurando a mão da mãe, desconfortável com as roupas rígidas e indispensáveis. Ele ficara alerta para os garotos de olhar feroz que empurravam carrinhos de mão correndo ou corriam gritando para dentro de pátios escuros e fedidos, ele imaginava, de forma tão realista quanto o estrume verde dos cavalos. Sua mãe usava para tais visitas saias amplas e escuras, que se avolumavam da cintura estreita e roçavam na calçada, tendo na parte de cima uma espécie de jaqueta muito ajustada, combinando, e algum chapéu improvável para o lado. Ela não dava importância a nada daquilo. Levara ele porque achava que deveria, e talvez ele tivesse acrescentado alguns detalhes mais tarde, desenvolvendo sua própria repugnância em relação a qualquer coisa do tipo.

– Olha isso – disse Flynne.

– Não é real – disse ele. – Elaborado a partir de mídia de época. Quase ninguém que você está vendo é humano, e os que são, são turistas, ou alunos de escolas em aulas de história. Fica melhor à noite a ilusão. – Menos perturbador, em todo caso.

– Os cavalos não são reais? – perguntou Flynne.

– Não – disse Ash –, os cavalos são raros hoje. No geral nos saímos melhor com animais domésticos.

Por favor, pensou Netherton, não comece. É possível que Lev tenha pensado o mesmo, porque disse:

– Nós a trouxemos aqui porque queremos que conheça uma pessoa. Só para dar um oi desta vez.

Começaram a descer. Netherton viu Lowbeer, olhando para cima, de saia e jaqueta muito semelhantes às que sua mãe usara.

47

RELAÇÕES DE PODER

No meio de uma floresta ambulante de chapéus pretos, havia uma mulher de cabelos brancos e olhos de um azul intenso. Os homens pareciam vê-la tanto quanto o que quer que Ash estivesse pilotando, que Lev dissera que não podiam ver, embora sentissem a turbulência, cada um erguendo a mão para segurar o chapéu ao passar por ali. Eles passavam em volta da mulher, que olhava para cima, para o que eles não podiam ver, a mão com luva cinza segurando um chapeuzinho contra a corrente de ar descendente.

Havia um novo distintivo, ao lado do de Lev, de Ash e de Wilf. Uma espécie de coroa simples, de perfil, dourado sobre creme. Os outros ficaram mais fracos.

– Estamos no modo privado – começou a mulher. – Os outros não podem nos ouvir. Sou a detetive inspetora Ainsley Lowbeer, da Polícia Metropolitana. – A voz dela dentro da cabeça de Flynne, os sons da multidão e do trânsito silenciados.

– Flynne Fisher – falou Flynne. – Você é o motivo da minha vinda aqui?

– Você mesma é o motivo da sua vinda. Se não tivesse decidido substituir seu irmão, não teria testemunhado o crime que estou investigando.

– Sinto muito – disse Flynne.

– Eu não sinto nem um pouco – disse a mulher. – Sem você, eu não teria nada. Uma ausência irritante e indefinida. Está assustada?

– Às vezes.

– Normal nas circunstâncias, na mesma medida em que se pode dizer que as circunstâncias são normais. Está satisfeita com seu peri?

– Meu o quê?

– Seu periférico. Eu mesma escolhi; infelizmente, sem muito tempo hábil. Senti que ele tinha certa poesia.

– Por que quer falar comigo?

– Você testemunhou um homicídio peculiar em sua repugnância. Viu o rosto de alguém que pode ser o perpetrador ou um cúmplice.

– Achei que pudesse ser por isso.

– Depois disso, uma ou mais pessoas desconhecidas tentaram assassinar você, no seu contínuo natal, supõe-se que por saberem que você é uma testemunha. Por mais chocante que pareça, na minha opinião, fui informada que planejar o seu assassinato não constituiria de forma alguma um crime aqui, uma vez que você, de acordo com o melhor parecer legal da atualidade, não é considerada real.

– Sou tão real quanto você.

– De fato, é – disse a mulher. – Mas pessoas do tipo que estão atrás de você agora não hesitariam de forma alguma em matá-la ou matar qualquer outra pessoa, aqui, agora ou em qualquer outro lugar. Tais pessoas são a minha preocupação, é claro. – De um azul intenso, seus olhos. E frios. – Mas você é minha preocupação também. Minha responsabilidade, de uma forma diferente.

– Por quê?

– Pelos meus pecados, talvez. – Ela sorriu, mas não de um jeito que Flynne achasse reconfortante de modo algum. – Zubov, você deveria entender, perverterá a economia do seu mundo.

– Já está bem fodida, de qualquer maneira – Flynne disse e depois quis ter se expressado de outra forma.

– Estou familiarizada com ela, então, sim, é, porém não é o que estou querendo dizer. Não gosto do que essas pessoas estão fazendo, esses que têm os contínuos como hobby, incluindo Zubov, ainda que eu realmente ache fascinante. Há quem pense que você é mais real do que eu.

– O que isso quer dizer?

– Sou muito velha, de modo elaborado e artificial. Não me sinto inteiramente real comigo mesma, para ser franca. Mas, se você concordar em me auxiliar, em troca, eu a auxiliarei também, à medida que eu puder.

– Tem uma versão masculina disto? Periférico?

A detetive inspetora ergueu as sobrancelhas desenhadas a lápis.

– Você preferiria?

– Não. Não quero ser a única a ver isso, a estar aqui. Quero alguém que me valide quando eu for pra casa e contar o que está rolando.

– Zubov poderia providenciar, tenho certeza.

– Você está atrás de quem mandou aquela coisa cinza que parece uma mochila pra matar ela, não está? E o cuzão que levou ela pra sacada?

– Estou, sim.

– Serei testemunha. Quando for a julgamento. Eu seria, de qualquer forma.

– Não haverá julgamento. Apenas punição. Mas obrigada.

– Mas eu quero aquele periférico. E rápido. Fechado?

– Considere resolvido – disse Lowbeer. Os outros distintivos ficaram mais fortes, a agitação de Cheapside voltou, agora com o estrondo de sinos de igreja. – Acabou o nosso papo – Lowbeer ergueu a voz. – Muito obrigada por trazê-la aqui. Adeus!

Cheapside ficou então do tamanho de um dos distintivos, ficou menor e sumiu. Flynne olhou para Lev, apertando os olhos, e conseguiu ver que ele a estava vendo, assim como Wilf a via, mas os olhos estranhos de Ash estavam fixos no compensado vazio.

– Na verdade, inspetora – disse Ash –, acredito que podemos pedir um emprestado. Sim. Claro. Falarei com o sr. Zubov. Obrigada. – Virou-se para Lev, vendo-o agora. – O parceiro de sparring do seu irmão. Seu pai deixou guardado em Richmond Hill, usa para lembrar a Anton de sua loucura?

– Mais ou menos – respondeu Lev, olhando de relance para Flynne.

– Peça para que mandem para cá de carro. Lowbeer o quer aqui.

– Por quê?

– Não perguntei. Você também não teria perguntado. Ela disse que precisamos de um periférico masculino o mais breve possível. Lembrei que ele estava lá.

– Suponho que seja a forma mais fácil – concordou Lev. – Quem vai usar? – Olhou para Flynne.

PERIFÉRICOS

– O banheiro é lá atrás? – ela perguntou.

– Sim – disse ele.

– Com licença. – Ela se levantou.

No banheirinho estreito com vaso sanitário e chuveiro de aço nos fundos, com a porta fechada, ela se olhou no espelho. Desabotoou a camisa preta, encontrando um sutiã que não havia percebido e seios levemente maiores que os dela. Não eram dela, e isso era reconfortante, assim como a pequena pinta acima da clavícula esquerda. E se deu conta de que esse fora o motivo pelo qual ela olhara, agora que abotoava a camisa, embora não tivesse entendido antes de fazê-lo.

Perguntou-se se o periférico precisava fazer xixi. Ela não precisava, então concluiu que ele não precisava. Ele bebia água, Ash dissera, mas não comia. Quem quer que tivesse cortado o cabelo honrara Carlota.

Ela se virou, abriu a porta e voltou à sala que Netherton fingira ser seu escritório na Milagros Coldiron. Ele e Lev não estavam lá. Ash estava à janela, olhando para fora.

– Pra onde eles foram?

– Subiram para a casa. Netherton e Ossian vão aguardar a chegada. Espero que você goste do maxilar.

– Maxilar?

– Ele tem uma mandíbula bastante proeminente. Maçãs do rosto extremamente altas. Uma espécie de eslavo de conto de fada.

– Você... conhece ele? – Era essa a palavra?

– Nunca vi com um operador humano. Só com IA da nuvem do fabricante. Pertencia ao irmão de Lev.

– Ele morreu, o irmão de Lev?

– Infelizmente, não.

Ok, pensou Flynne.

– O periférico é atlético? Como este aqui parece ser?

– Extremamente. Um tanto exagerado, na verdade.

– Ótimo – disse Flynne.

– O que você está tramando? – Ash estreitou os olhos até Flynne só conseguir ver as pupilas de cima.

– Nada que Lowbeer não esteja sabendo.

– Habilidosa com relações de poder, sim?

– Quanto tempo demora pra chegar aqui?

– Meia hora?

– Me mostra como ligar pra Macon.

PÁVEL

A entrada da casa de Lev era atravancada por equipamentos parentais. Minigalochas, capas de chuva coloridas amontoadas sobre o cabideiro, uma bicicleta que lembrou Netherton dos remendadores, coisas para bater em bolas, muitas dessas bolas. Algumas peças de Lego perdidas, apoiadas provisoriamente entre as camadas mais rentes ao chão, feito besouros retilíneos coloridos.

Netherton e Ossian estavam sentados num banco de madeira, de frente para essas coisas. A ponta do banco em que eles estavam encontrava-se melada de algo que ele supôs ser geleia meio seca. O parceiro de sparring de Anton estava para chegar a qualquer momento, vindo de Richmond Hill. Ossian rejeitara a sugestão de esperar do lado de fora.

– As babás se cagaram de medo com aquilo ali – disse Ossian, a propósito de nada, aparentemente.

– Aquilo o quê?

– Esse carrinho aí. – Ele apontou, Netherton achou a princípio, para o cabideiro abarrotado. – Encostado na parede. – Apontou de novo. – Coberto.

Netherton viu então o contorno de um carrinho de bebê dobrado, emulando no momento o que calhava de estar mais perto, no caso, a parede clara e o forro xadrez marrom de um casaco gasto.

– O avô mandou enviarem de Moscou – disse Ossian –, quando a menina nasceu. Mala diplomática. Única forma de entrar.

– Por que foi preciso?

– Tem um sistema de armas. Duas armas. Nada balístico, porém. Projeta montadores de curtíssimo prazo. Desmontadores, na verdade.

Vai atrás de tecido mole. Faz a separação num nível molecular. Vi uma sequência de alguém fazendo isso com um pedaço de carne.

– O que acontece?

– Ossos. É autônomo, tem mira própria, toma sua própria decisão quanto aos níveis de ameaça.

– Quem representaria ameaça?

– Sequestradores russos – respondeu Ossian.

– Faz isso com um bebê a bordo?

– Estaria vendo pandas para evitar trauma, no momento. Voltando para casa, com ou sem babá, no modo de evasão armada.

Netherton observou a coisa de aparência inofensiva, que mal se via.

– A patroa de Zubov não queria aceitar. Nunca se deu com o avô. Ficou do lado das babás.

– Há quanto tempo você trabalha aqui, Ossian?

Ossian observou-o com olhos apertados.

– Cinco anos, quase isso.

– O que fazia antes?

– Algo bem parecido. Quase isso.

– Treinou para isso?

– Treinei.

– Como?

– Desperdiçando minha juventude. Como você treinou para posar de inteligente e mentir para qualquer pessoa?

Netherton olhou para ele.

– Como você. Quase isso.

Uma sombra escureceu a iluminação lateral. Sinos soaram.

– Deve ser o negócio – disse Ossian, levantando-se, ajeitando o colete escuro. Virou-se na direção da porta, endireitou os ombros e abriu.

– Boa noite. – Alto, ombros largos, de terno cinza-escuro.

– Prazer em vê-lo, Ossian. Talvez não se lembre de mim. Pável.

– Rápido com isso – ordenou Ossian, recuando.

O periférico entrou, Ossian foi fechando a porta.

– Pável – ele disse a Netherton. Maxilar pronunciado, ossos faciais fortes, olhos claros e, de alguma forma, debochado.

– Wilf Netherton. – Estendendo a mão. Cumprimentaram-se, o aperto de mão do periférico quente, cuidadoso.

– À garagem – disse Ossian.

– Claro – disse Pável e foi andando devagar na frente deles, rumo ao elevador, totalmente à vontade.

49

OS SONS QUE ELE FAZIA

Esse Pável tem maçãs do rosto que davam para picar gelo, pensou Flynne, mas a voz dele era legal.

– IA de personalidade – disse o irlandês. – Vamos desligar isso antes da entrada do seu homem.

– Sou Flynne – disse ela.

– Prazer em conhecê-la – disse o periférico, encarando o irlandês como se estivesse pouco se fodendo para ele.

– Programado para tirar sarro – disse Ossian. – Parte da funcionalidade do sparring. Faz a pessoa ficar com vontade de meter a porrada nele.

O periférico mudou o peso do corpo. Tinha bem mais de 1,80 metro, mais alto do que Burton, cabelo claro jogado para o lado. Ergueu uma sobrancelha loira para Flynne.

– Em que posso ser útil?

– Entre na cabine dos fundos – falou Ash. – Deite-se. Notifique a fábrica de que não precisaremos da nuvem.

– Claro – disse o periférico. Teve de virar os ombros um pouco para passar pelas paredes brilhantes, quase da cor de seu cabelo.

– Entendo por que Anton ficava matando essa coisa – disse Ossian. – Sem mente, mas está sempre provocando.

Ash disse algo a ele numa das línguas privadas deles.

– Ela disse que isso poderia ser ajustado – Ossian comentou com Flynne. – Verdade, mas Anton não estava a fim. Não gosta de fazer as coisas assim. Sempre esperei que ele danificasse essa coisa até a fábrica não poder mais consertar.

– Macon está com tudo pronto – Ash disse a Flynne. – Estou com ele agora. Ele gostaria de falar com você.

– Claro – concordou Flynne. O distintivo de Ash apareceu, depois outro ao lado, amarelo com um calombo vermelho feio. Depois Macon. – Isso é um mamilo, Macon? Já tem o seu distintivo do povo do futuro?

– O seu é tosco – disse Macon. – Não tem nada. Pede pra ela arrumar pra você. – Abriu um sorrisão.

– Meio ocupada – respondeu ela.

– Tudo bem?

– Não tão confusa como eu estava da primeira vez. Vi um pouco mais do lugar. Ele tá pronto?

– Pronto demais, se você quer saber.

– Burton sabe? – perguntou ela.

– Por acaso sabe – disse Macon, olhando de lado com expressão de reprovação.

– Ele está aí?

– Ãh-hã.

– Merda.

– Está tudo certo. Pronto.

– Vamos nessa.

– A hora que você disser – falou ele. O dispositivo de mamilo enfraqueceu.

– Ash e eu vamos – disse Flynne a Netherton e Ossian. – Não sei como ele vai reagir. Uma coisa é lembrar de pegar leve com ele, tá? Se ele ficar agitado, melhor se afastar rápido.

Netherton e Ossian se entreolharam.

– Ok – Flynne disse a Ash e foi para o corredor, três passos até o quarto dos fundos, onde o periférico estava deitado no beliche, tornozelos pendendo para fora.

– Pável – Ash pediu a ele de trás do ombro de Flynne –, feche os olhos. Ele olhou para Flynne, depois fechou os olhos.

– Quinze – disse Ash. Flynne supôs que era para Macon.

Flynne fez a contagem regressiva em silêncio. No dez, ela imaginou o balanço. Continuou contando.

– Zero – disse Ash.

Os olhos do periférico ficaram muito abertos.

– Jesus no espetinho! – disse ele, erguendo as mãos grandes até conseguir vê-las. Balançou os dedos das duas, depois cada polegar tocou um dedo de cada vez, voltando ao indicador. Sentou-se como se impelido por uma mola. Ficou de pé num movimento contínuo.

– Sou eu, Conner – disse Flynne.

– Sei disso. Macon me mostrou uma captura de tela. Você – ele dirigiu-se a Ash –, vi algo parecido com você numa boate em Atlanta. Um garoto lá disse que era um elfo do hiperespaço e uma overdose, em termos técnicos.

– Essa é Ash – disse Flynne. – Seja legal com ela. Tudo bem com as cores?

– Cores? Espero que isso não seja só uma experiência com drogas.

– Esse não é tetracromático – disse Ash, causando um olhar desconfiado de Conner.

– Se sentindo bem? – perguntou Flynne.

Ele deu um grande sorriso selvagem, assustador no antes Pável.

– Porra. Olha quanto dedo.

– Por aqui – disse Flynne. – Mas tem dois homens lá. Estão com a gente. Tudo bem. Tudo bem?

– Manda ver – disse Conner, olhando de novo para as próprias mãos. – Caramba.

Ela segurou a mão dele, conduziu-o. Ash estava ao lado de Ossian; Netherton, atrás deles.

– Conner Penske – Flynne disse a eles, soltando a mão. – Conner foi fuzileiro naval com meu irmão.

Os três balançaram a cabeça positivamente, olhar fixo. O periférico tinha uma postura diferente agora. Conner olhou um por um, pareceu decidir que apertos de mão não eram apropriados e enfiou as mãos nos bolsos da calça cinza. Olhou ao redor.

– Barco? Doca seca?

– Grande veículo recreativo de luxo – disse Flynne.

Ele foi à janela, curvou-se, olhou para fora.

– Cair fora, isso sim – disse, provavelmente não para eles. Flynne estava bem atrás dele quando ele abriu a porta com um puxão. Ele não estava nem aí para a rampa. Deu uma cambalhota acrobática de lado por cima do corrimão e caiu, uns 4 metros. Subiu correndo, talvez mais rápido do que qualquer pessoa que ela já vira correr, para o outro lado da garagem, ao longo da extensa fileira do que eles disseram ser a coleção de carros do pai de Lev. Enquanto ele corria, cada longo arco acendia seu material brilhante tão superficialmente que quase poderiam ser feixes e voltava a apagar depois que ele passava por baixo, e ela não imaginara haver tantos nem que o lugar fosse tão grande. E ao correr, ele gritava, talvez como não gritara quando o que aconteceu com ele arrancara tanto do seu corpo, mas entre os gritos ele soltava comemorações roucas; vindas, ela supôs, de alguma alegria ou alívio insuportáveis, só de correr daquele jeito e de ter dedos; e que eram mais difíceis de ouvir do que os gritos.

Então o último arco se apagou quando ele passou correndo por baixo, e ficou só a escuridão e os sons que ele fazia.

SAIR ENQUANTO DÁ

– Devemos sair para encontrá-lo? – perguntou Ash.

Ossian, Netherton sabia, desligara o elevador e, provavelmente, outras coisas também. O sparring de Anton, quem quer que estivesse operando, permaneceria naquele piso.

– Não saiam – disse Flynne, de onde estava parada, no alto da rampa, olhando para a garagem escura.

– O que ele está fazendo? – Netherton perguntou a Ossian, que parecia estar espiando o bar trancado, mas que na verdade estava observando o ex-Pável por meio de algum sistema interno da casa.

– Andando para trás – disse Ossian. – Depois para a frente. Fazendo algo complicado com as mãos.

– Exercício integrativo – explicou Flynne, entrando de volta. – Coisa dos fuzileiros. Costumava fazer muito isso antes de ficar deficiente.

– O que aconteceu com ele? – perguntou Netherton.

– Guerra.

Netherton lembrou-se do vulto sem cabeça na escada em Covent Garden.

– Tirando o pó do casaco – anunciou Ossian. – Olhando para as mãos. Já está dominando o fecho de visão noturna, aliás. Vem na nossa direção num trote lento. – Ele olhou para Flynne, claramente vendo-a agora. – Que entrada a do seu amigo. Era militar, ele?

– Haptic Recon 1 – disse Flynne. – "Primeiro a entrar, último a sair." Ele talvez tenha algumas coisas rolando ainda, dos implantes, como meu irmão. O VA tentou resolver.

– Victoria e Albert? – perguntou Ash.

– Departamento de Assuntos dos Veteranos.

Netherton foi à porta, viu o arco mais próximo pulsar quando o sparring aproximou-se a passos largos. Ele teria preferido IA de nuvem ao que quer que pudesse ser essa instabilidade a que Flynne se referia. Por que ela trouxera essa pessoa e não o irmão?

O periférico agora vinha subindo a rampa.

– Talvez tenha deslocado um dedo – disse ele, à porta, com um sotaque que lembrava a Netherton do sotaque dela. Mão esquerda, dedo mínimo estendido. – O resto está ok. Mais do que ok. Todos são assim, essas coisas?

– Esse foi otimizado para artes marciais – revelou Netherton, o que fez com que o periférico erguesse uma sobrancelha. – Uma unidade de treino. Pertence ao irmão do nosso amigo.

Ash exibiu o Medici.

– Venha aqui, por favor.

Ele foi até ela, estendendo o dedo, feito criança. Ela pôs o Medici no dedo.

– Deslocou – confirmou ela. – O desconforto vai passar agora, mas tente não forçar.

– O que é isso? – perguntou o periférico, olhando para o Medici.

– Um hospital – disse Ash, guardando-o.

– Obrigado – disse o periférico, fechando a mão machucada, depois abrindo-a. Foi até Flynne, pôs as mãos no ombro dela. – Macon imaginou que fosse assim mesmo.

– Eu disse a ele pra não te contar muito – disse ela. – Com medo que pudesse não dar certo.

– É como se eu estivesse bem – disse o periférico, tirando as mãos dos ombros dela –, depois decidisse que é um sonho e que não estou bem.

– Não é um sonho – disse Flynne. – Não sei o que é, mas não é sonho. Não sei se qualquer um de nós está bem.

– Nunca desloquei nada sonhando – disse o periférico. – Meio que senti, quando estava lá fora, que se não tomasse cuidado poderia quebrar o pescoço disso aqui.

– Poderia – afirmou Ash. – Considere que é humano. E é, em termos genéticos, a maior parte. É também uma propriedade muito considerável que pedimos emprestada para que você pudesse estar aqui.

A máquina ficou em posição de sentido, com um clique audível dos calcanhares, o queixo massivo comicamente recuado e uma saudação firme, depois retornou à postura relaxada, em perpétuo desequilíbrio que não era exatamente a de Pável.

– Macon – ele disse a Flynne – acha que isto é o futuro. E Burton me disse que é.

– Ele está na sua casa agora, Burton? – perguntou Flynne.

– Estava quando saí. Talvez tenha ido embora.

– Ele tá puto comigo?

– Não tem tempo, me pareceu. Alguém comprou um nível acima, no escritório do governo, e estão em cima do xerife. Tommy quer falar comigo sobre uns garotos de Memphis. – Netherton achou o sorriso dele aterrorizante. – Burton disse que só estão fazendo isso pra mexer com você e com ele. Disse pra te falar que precisa de atenção desse lado.

– Que tipo de atenção?

– Disse que precisam pegar o governador agora, enquanto ainda dá. Vocês não têm dinheiro pra isso.

– Isso seria com Ossian e Ash – disse Netherton, fazendo Flynne e o periférico virarem-se para ele. – Desculpem, mas se a questão tem alguma urgência, sugiro que a apresentem agora. A Escola de Economia de Londres está ao seu dispor. Uma divisão não oficial de graduandos, pelo menos.

Agora Ossian e Ash olhavam para ele.

– É só dinheiro – ele disse a eles.

MERDA MILITAR DE TANGO E HOTEL

O quintal de Lev era o mesmo de antes, muros altos para impedir a visão, pavimento de pedra com alguns canteiros de flores. Ela fora até ali com Conner, deixando os outros na cozinha com Lev, que estava fazendo café. Uma loira alta que ela supôs ser a sra. Lev estava lá quando eles subiram, mas saíra, rápido, lançando um olhar de merda a Wilf. Estavam contando a Lev sobre o dinheiro para comprar o governador, e ela tivera a sensação de que isso não seria um problema para eles, mas que eles estavam contando a Lev como se fosse. Depois eles poderiam dizer a ele que resolveram. Ela mesma já fizera isso, no trabalho. Pareceu a ela que Lev ficaria mais feliz se não tivesse nem ficado sabendo.

O céu estava mais carregado ali no jardim do que quando eles pegaram o helicóptero para Cheapside. Como um domo de tupperware.

– Isso é o futuro, Flynne? – perguntou Conner.

– Tô tentando não me preocupar com isso. Nem eu nem você somos loucos, e nós dois achamos que estamos aqui.

– Achei que eu fosse – disse ele. – Louco. Mas aí Macon veio pôr aquela coisa na minha cabeça. Abri os olhos e vi você. Só que não é você. Isso não é louco?

– Não franze a testa. Fica assustador nessa coisa.

– Se um cara estivesse ouvindo vozes, aí você transportasse a matéria do cara pra Vênus. Ele ainda estaria ouvindo vozes ou pensaria que estava louco por estar na porra do planeta Vênus?

– Você estava ouvindo vozes?

– Meio que tentando ouvir, sabe? Só pra ter algo diferente pra fazer.

– Porra, Conner, não seja assim.

– Não sou agora. Mas que raios são essas pessoas? – Olhando para dentro da casa, pelas portas de vidro.

– O grandão é Lev. Você está no periférico do irmão dele. Ele pegou emprestado.

– A moça de quatro olhos?

– Ash. Ela e Ossian são faz-tudo do Lev, ou tipo TI? O outro é Wilf Netherton. Disse que era recursos humanos, mas a empresa em que ele trabalha é meio imaginária.

– Alguma ideia do que eles estão tramando?

– Não muito, nem se tudo o que me contaram até agora é verdade.

– Como começou?

– Netherton fez merda.

– Tem cara de que faria – disse Conner. Olhou para ela. – Quer que eu acabe com eles?

– Não! – Deu um soco no braço dele. Como socar pedra. – Quer voltar pro seu sofá? Posso ligar pro Macon.

– Não tenho muito pra te dar em agradecimento. Foi só a primeira coisa que me veio à mente. Te devo essa.

– Não tem que me agradecer. Mas eu acordei nisso aqui – tocou o rosto – e pensei em você. Pode ser que a gente se arrependa.

– O que quer que seja, tenho esses dedos. É só me dizer o que fazer, ou o que não fazer.

Distintivo de Ash.

– Edward – disse Ash.

Outro distintivo ao lado, amarelo, com dois calombos vermelhos, um acima do outro.

– Flynne? Macon me pôs na linha. – Voz, sem imagem.

– Que foi?

– Estou no trailer. Com você.

– Cadê Macon?

– Na casa do Conner. Uma coisa meio constrangedora.

– O que foi?

– Acho que talvez você precise fazer xixi.

– O quê?

– Você está ficando inquieta. Aqui.

Ela imaginou Edward na cadeira de Burton, olhando para ela na cama.

– Quer que eu volte?

– Só por um minuto.

– Espera aí. Ash?

– Sim? – disse Ash.

– Preciso voltar um minuto. Podemos fazer isso?

– Claro. Volte para a casa, vamos achar um lugar para você se sentar.

– Ouviu, Edward?

– Ok – disse ele. – Obrigado. – O distintivo de dois mamilos sumiu.

– Vamos entrar – ela disse a Conner. – Preciso ir ao trailer por um minuto.

– Por quê?

– Edward acha que eu preciso fazer xixi.

Ele olhou para ela, acima das maçãs do rosto.

– Acho que ele não pode fazer por você. – Foi andando na direção da casa. – Mas vou me lembrar disso.

– Por quê?

– Da próxima vez, vou usar o cateter externo da Tarântula.

– Por aqui – disse Ash quando entraram na cozinha. – Você pode fazer na galeria. – Ela pôs o café na mesa. Flynne seguiu-a, Conner ficando para trás. À esquerda, num corredor largo, depois à direita, numa sala muito grande.

– É grande demais para uma casa – disse Flynne.

– Estende-se por duas casas adjacentes – explicou Ash.

– Picassos falsos? – Ela se lembrava de alguns do ensino médio.

– Alguém estaria numa posição muito complicada se fossem – disse Ash. – Sente-se aqui – apontando para um banco de mármore de aparência antiga. – Você está mais acostumada com a transição agora, então, em teoria, deveria conseguir inspirar, fechar os olhos, expirar, abrir os olhos.

– Por que fechar os olhos?

– Algumas pessoas acham desagradável não fechar. O sr. Penske pode esperar com você.

– Conner – disse ele. – Era o que eu planejava.

Flynne sentou-se. A pedra estava fria através da calça jeans do periférico. Estava diante de duas pinturas grandes que vira em monitores a vida toda.

– Ok – ela disse, inspirou e fechou os olhos.

– Agora – disse Ash.

Flynne expirou. Abriu os olhos. Foi como dar uma cambalhota para trás, mas nenhum movimento de fato, o teto iluminado de vaselina do Airstream perto demais.

Edward estava certo. Ela precisava ir ao banheiro.

– Espera – ele disse quando ela começou a se sentar. – Tenho que tirar isso. – Ele estava com o Viz. Retirou a coroa da cabeça dela.

– Burton tá aqui? – perguntou enquanto terminava de sentar, zonza.

– Na casa do Conner, com Macon.

– Janice?

– Lá na sua casa, cuidando da sua mãe.

Flynne levantou-se, vacilante.

– Ok – disse ela. – Já volto. – Cambaleou de leve, no caminho até a porta, ajustou a rota. Ouviu os tiros ao abrir a porta. Talvez três de automática, depois mais dois, espaçados, como uma arma diferente. Não perto, mas não longe também. Olhou para Edward. – Merda.

O olho sem Viz estava arregalado.

– Quem está de plantão?

– Um monte deles – disse ele. – Não consigo saber quem.

– Descobre o que foi – falou ela, e saiu. Parou para escutar. Som de insetos. Água de riacho correndo. Vento nas árvores. Entrou no banheiro, a mola da porta fazendo um som metálico. Abriu a calça, sentou-se no escuro, a um universo de distância de Picasso. Lembrou-se de jogar um pouco de serragem no buraco ao terminar.

A mola fez um som diferente, a porta abrindo de dentro. Quatro drones passaram velozes, à luz do trailer, marcados com a fita adesiva.

– Quem atirou? – ela perguntou a Edward ao subir no Airstream.

– Tinha alguém na sua propriedade.

– Tinha?

– Acho que sim, mas eles falam naquela merda militar de tango e hotel... Seu irmão está envolvido, o que quer que tenha sido. No caminho de volta.

– Aposto que é a porra do governo – disse ela, sentando-se na cama.

– Põe. – Apontando para a coroa de açúcar de confeiteiro.

– O que você vai fazer?

– Voltar. Tentar angariar dinheiro. Pede pra Burton me ligar. Ash faz a conexão. Se você não conseguir falar com ele, fala com Macon.

– Conner tá bem?

– A pessoa mais fácil de entender lá. Bem, talvez seja forçar um pouco.

Ele passou uma pincelada fria de solução salina na testa dela, colocou a coroa no lugar. Ajudou-a a se deitar.

Ela inspirou e fechou os olhos.

52

BOTAS NO CAMPO DE BATALHA

Netherton estava parado na entrada da galeria. O periférico de Flynne estava sentado num banco a 3 metros dele, de costas, aparentemente vendo os dois melhores Picassos do pai de Lev. O parceiro de sparring estava perto, de frente para a porta, mãos nos bolsos da calça.

– Boa distância aí – disse o periférico.

– Sim – concordou Netherton, que estava prestes a se aproximar.

– Isso é um museu? – perguntou o sparring.

– Uma galeria particular – disse Netherton. – Dentro de uma casa.

– Eles moram num museu?

– Moram com arte – explicou Netherton. – Embora o homem a quem de fato ela pertence more em outro lugar.

– Não tivesse tanta arte, ele poderia morar aqui – disse o periférico. – Tanto espaço quanto o estacionamento lá embaixo.

– Sou Wilf Netherton.

– Conner.

– Se tiver perguntas – disse Netherton –, posso tentar responder.

– Ela disse que você fez merda – disse o periférico.

– Quem disse?

– Flynne. Disse que isso tudo tá acontecendo porque você fez merda.

– Sim, está, suponho.

– Como?

– Não fui profissional. Com uma mulher. Uma coisa levou a outra.

– Levou a muitas.

– Suponho que sim... – disse Netherton, esquecendo e dando um passo à frente.

– Para – alertou o periférico.

Netherton parou.

– Você conhece Flynne muito bem?

– Colegial – disse o periférico. – Irmã do melhor amigo. Esperta. Teria ido embora, ido pra algum lugar, não fosse pela mãe.

Netherton perguntou-se se o periférico de Flynne estava recebendo informação visual e, se estivesse, para onde estava indo. Então o periférico virou-se.

– Onde eles estão? – perguntou Flynne. – Está acontecendo alguma coisa. Preciso falar com eles. Agora.

– Pergunta pra ele – disse o periférico, referindo-se a Netherton.

– Ainda na cozinha – respondeu Netherton.

Ela se levantou, virou.

– Já conseguiram o dinheiro pra comprar o governador?

– Imagino que já tenham bastante dinheiro no seu lado. Seria mais uma questão de encontrar uma forma de aplicá-lo.

– Encontre eles. – E ela já havia saído pela porta, indo na direção da cozinha. O sparring passou rapidamente por ele. Netherton foi atrás, notando que o sparring não o considerava ameaça suficiente para impedi-lo de ir na retaguarda.

– Boa noite – disse Lowbeer, a voz inconfundível, na entrada da cozinha, com Lev e Ash. – E esse seria o sr. Penske.

– Problema lá em casa – disse Flynne. – Tiros.

– Quem está atirando em quem? – perguntou Lowbeer.

– Só voltei por um minuto. Tiros, na propriedade. Edward ouviu nossos homens falando, como se tivessem entrado em conflito com alguém. Que tal comprar esse governador agora? – Esse final para Lev.

– Questão de adquirir participação majoritária nas duas firmas que possibilitaram a eleição dele de forma mais direta – informou Lev. – Ossian está cuidando disso.

– Você está preocupada, é compreensível – disse Lowbeer para Flynne.

– Minha mãe está em casa. Ninguém deveria conseguir entrar na propriedade. Tinha drones em cima.

– Pode verificar a situação lá e nos relatar, por favor? – Lowbeer perguntou a Ash. – Estaremos naquela sala encantadora do andar de cima. Infelizmente, tenho pouco tempo agora, mas eu queria mesmo encontrar Flynne em seu periférico... – Sorriu. – E, é claro, o sr. Penske. E tenho uma proposta. Uma linha de ação.

Ash perguntou algo, rapidamente, em mais uma língua sintética. Escutou a resposta que eles não conseguiam ouvir.

– Ossian está ao telefone com Edward – ela disse a Flynne. – A situação lá está sob controle.

– E a minha mãe?

Ash fez outra pergunta, no que já era uma língua diferente, e escutou.

– Ela não foi incomodada. Sua amiga está com ela.

– Janice – disse Flynne, visivelmente aliviada.

– Se estiver satisfeita por ora – disse Lowbeer a Flynne –, por favor, junte-se a nós no andar de cima. Você é totalmente central para a minha proposta. Você também se juntará a nós, Conner.

Netherton viu o periférico perguntar algo em silêncio a Flynne, que fez que sim com a cabeça.

– Não sei porra nenhuma sobre nada disso – o periférico disse a Lowbeer.

– Você tem botas no campo de batalha, sr. Penske, como dizíamos na minha juventude – disse Lowbeer. – Vamos precisar disso.

– Nunca é uma boa notícia – falou o periférico, embora não parecesse especialmente descontente.

– Mostre o caminho, então, sr. Netherton – disse Lowbeer.

Netherton foi na frente, imaginando, enquanto subia a escada, um mundo melhor, em que um drinque relaxante o aguardava na sala de estar.

SEDE DO PAPAI NOEL

Partes da casa de Lev, pensou Flynne, subindo atrás de Netherton, Lowbeer atrás dela, se pareciam muito com qualquer outra casa. A cozinha, por exemplo, cheirava a bacon, apesar de ter um fogão da metade do tamanho do Airstream. Havia, porém, a galeria de arte, que parecia ter quase o tamanho de um campo de futebol. E a garagem abaixo dela, e o que quer que pudesse existir mais abaixo. Essa escada, no entanto, era só uma escada, de madeira envernizada, uma língua comprida do que ela imaginava ser um tapete turco passando sobre ela, preso com varas de metal e ganchos decorativos. Dava a impressão de que as pessoas andavam sobre ele, de que morava gente ali.

Num patamar quadrado, a escada virava à direita e terminava num corredor. Móveis antigos, quadros e espelhos com molduras grandes, lâmpadas incandescentes, vidros opacos. E Netherton, na frente dela, passando por portas duplas abertas, entrando no verde-floresta com enfeites dourados da sede do Papai Noel na vitrine do Hefty Mart.

Eles sempre montavam essa vitrine logo depois do Halloween. Os hologramas mudavam todo ano, mas a sala era o que ela adorava. Esta era melhor, mais real, e ela se perguntou por que eles fariam isso, mas agora Lowbeer a guiava para dentro, mão no seu ombro, e puxou uma cadeira para ela diante da mesa escura e longa. Cortinas verde-escuras escondiam as janelas altas. Os outros foram entrando atrás delas, Ash, Ossian, Lev, depois Conner. Lev virou-se para fechar as portas enquanto Conner o observava.

– Fique sentado, sr. Murphy – pediu Lowbeer, que usava uma espécie de terno masculino. – Não está brincando de mordomo agora.

Ossian sentou-se de frente para Flynne, Ash ao lado dele. Lowbeer sentou-se numa das duas poltronas altas verdes na cabeceira da mesa, Lev na outra. Conner recostou-se numa parede verde-escura, ao lado de algo que ela achou ser um aparador com uma bandeja de prata com uma dessas garrafas de cristal e copos combinando. Netherton, ainda de pé, parecia estar olhando para isso, mas depois olhou ao redor, apertou os olhos, sentou-se ao lado de Flynne.

– Encantado em vê-la – dirigiu-se Lev a Lowbeer.

– Nenhum advogado visível – disse ela. – Muito cordial.

– Não se convenceram de que são totalmente desnecessários, mas concordaram em ficar presentes de forma menos óbvia.

– Mais agradável, de todo modo – disse Lowbeer. Olhou para os outros. – Gostaria de propor uma linha de ação.

– Por favor – disse Lev.

– Obrigada. Na terça à noite, daqui a quatro dias, Daedra West será a anfitriã de uma reunião, local ainda a ser anunciado. Provavelmente, um dos salões da associação. A lista de convidados, até agora, está interessante. – Olhou para Lev. – O Remembrancer em pessoa pode estar lá. Rostos menos importantes da cidade. Não fomos capazes de determinar sequer um propósito ostensivo. Eu sugeriria, sr. Netherton – e Flynne viu que ele apertou os olhos de leve –, que o senhor poderia, à sua maneira, ser capaz de elaborar uma argumentação suficientemente vívida para um convite.

– Para quem? – perguntou Netherton, ao lado de Flynne. Ele estava perto da mesa, curvado para a frente, como se segurasse cartas.

– O senhor mesmo – reforçou Lowbeer. – E um acompanhante.

– Não sei se ela sequer retornaria minha ligação – disse ele. – Ela não tentou entrar em contato.

– Tenho perfeita ciência disso – falou Lowbeer. – Mas poderia, se bem entendo seu método, encontrar uma narrativa que a leve a convidá-lo de forma bastante natural. Direi quando eu achar que é o melhor momento para se aproximar dela. O fator ex-amante recente pode ser constrangedor, em relação à entrada, mas não de todo sem tração. Se o senhor não estiver de modo algum disposto, porém, não vejo nenhuma forma de seguirmos adiante. – O cabelo dela era mais branco do que a coroa que Macon imprimira na Fabbit. – O senhor levará Flynne, permitindo que ela inspecione os convidados de Daedra. – Ela olhou para Flynne. – Você irá procurar o homem que viu na sacada de Aelita West.

– Essa gente é rica, certo? – perguntou Flynne.

– De fato – disse Lowbeer.

– Então por que não tem uma porrada de vídeos de todo mundo que estava na festa? – perguntou Flynne. – Por que não tem nenhum registro do que eu digo? E aqueles paparazzi? Por que eu estava lá? – Ela notou que Conner estava conseguindo ocupar um espaço muito pequeno, grande do jeito que era o periférico dele, encostado na parede. Ele aparentava ter acabado de se perceber ali e não ter pensado ainda a respeito. Piscou para ela.

– A sua cultura é uma cultura de vigilância em massa relativamente evoluída – disse Lowbeer. – A nossa, ainda mais. A casa do sr. Zubov, aqui, internamente pelo menos, é uma rara exceção. Não é tanto uma questão de grandes gastos, mas de grande influência.

– Como assim?

– Uma questão de quem a pessoa conhece – disse Lowbeer – e o quanto consideram valer o fato de te conhecerem.

– O esquema que te dá privacidade é peculiar?

– O nosso mundo em si é peculiar – continuou Lowbeer. – A recepção de Aelita West ocorreu sob um protocolo um tanto parecido, mas temporário, semidiplomático. Nada, por acordo, foi gravado. Não pelos sistemas de Aelita, nem pela Edenmere Mansions, nem pelo seu drone. Agências de notícia e freelancers foram mantidos a distância. Essa era a natureza do seu trabalho, na verdade.

– Ele pode estar nessa festa?

– É possível – admitiu Lowbeer. – Não saberemos se você não puder ir.

– Dá um jeito de a gente entrar – disse Flynne a Netherton.

Ele olhou para ela, depois para Lowbeer. Fechou os olhos. Abriu.

– Annie Courrèges – disse ele –, curadora neoprimitivista. Inglesa, apesar do nome. Daedra conheceu-a, comigo, num almoço de trabalho no Connaught. Depois, eu a convenci de que Annie tinha uma teoria elogiosa sobre o desenvolvimento artístico da carreira dela.

Agora Annie não pode comparecer à sua festa fisicamente, para seu imenso pesar. Mas ficaria encantada em me acompanhar por – apontou para Flynne com a cabeça – periférico.

– Obrigada, sr. Netherton – disse Lowbeer. – Eu não duvidei nem um pouco do senhor.

– Por outro lado – ressaltou Netherton –, de acordo com Rainey, ela pode pensar que eu matei a irmã dela. Ou ter amigos espalhando o boato de que matei. – Ele se levantou. – Portanto, penso que isso pede um drinque. – Contornou a cabeceira da mesa. Flynne viu o olhar do periférico de Conner segui-lo. – Quem mais quer um drinque? – Netherton perguntou olhando para trás.

– Não vou recusar – disse Lev.

– Eu também não – disse Ossian.

– Muito cedo para mim – disse Lowbeer.

Ash não disse nada.

Netherton levou a bandeja de prata, com a garrafa e os copos, à mesa.

– O sr. Penske irá também – afirmou Lowbeer a Netherton –, como seu segurança. Ir sem segurança chamaria muita atenção.

– A Flynne que sabe – disse Conner.

– Você vai – disse Flynne.

Ele fez que sim.

Netherton pôs o uísque, se é que era uísque, em três copos.

– Precisamos comprar o governador – disse Flynne. – Está dando merda. Tiros na nossa propriedade...

– Em andamento – disse Ossian, enquanto Netherton lhe passou um copo, pegou os outros dois para Lev, que ficou com um.

– Saúde – disse Netherton. Os três ergueram os copos, beberam.

Netherton pôs o seu na mesa, vazio. O de Lev juntou-se a ele, quase intocado. Ossian girou o uísque, cheirou, deu mais um gole.

– É só isso? – Flynne perguntou a Lowbeer. – Preciso voltar, falar com Burton. Conner também.

– Também tenho de ir – disse Lowbeer, levantando-se. – Manteremos contato. – Sorrindo, acenando com a cabeça para eles, parecendo satisfeita, saiu da sala, Lev atrás. Flynne não via pessoas altas como quem apertasse o passo, normalmente, mas achou que Lev apertou o passo atrás de Lowbeer, como se ela fosse a chave para algo que ele quisesse muito. Eles desceram a escada.

– Onde estacionamos isso? – perguntou Flynne, referindo-se aos periféricos. Vamos demorar um pouco.

– Na Mercedes – disse Ash. – O seu tem uma infusão de nutrientes programada. Faremos isso enquanto estiver lá. – Levantou-se, o irlandês pondo o copo na mesa e levantando com ela.

Flynne começou a empurrar a cadeira para trás, mas Conner estava puxando para ela. Ela não o vira dar a volta na mesa. O periférico dele cheirava a loção pós-barba ou algo do tipo. Meio cítrico, metálico. Ela se levantou.

Netherton pegou o copo de Lev.

– A suíte master tem uma cama maior – ele disse a Conner. – Vocês podem usar. – Deu um gole do uísque de Lev.

Ash foi saindo do que Flynne entendeu agora que não era pra ser a sede do Papai Noel, por mais parecido que fosse. Netherton engoliu o resto do uísque de Lev, e todos desceram, depois entraram no elevador que ia dar na garagem.

– Pode ser que se sinta desorientada na sua reentrada – disse Ash ao lado dela no elevador.

– Não senti antes.

– Tem um efeito cumulativo, além do jet lag.

– Jct lag?

– O equivalente endócrino. Você tem cinco horas a menos que o horário de Londres, além de uma diferença inerente de seis horas entre o horário aqui e o do seu contínuo.

– Por quê?

– Puro acaso. Foi estabelecido quando aconteceu de conseguirmos enviar a primeira mensagem para a sua Colômbia. Isso permanece fixo. Você sofre muito com jet lag?

– Nunca tive – disse Flynne. – Voar é caro demais. Burton sofreu nos Fuzileiros.

– Além disso, quanto mais tempo você passa aqui, maior a chance de notar dissonância na volta. O sensório do seu periférico tem um multiplex menor do que o seu. Você pode achar o seu próprio sensório mais rico, mas não de forma agradável. Mais sólido, dizem. Vai ter se acostumado a uma variedade perceptual levemente atenuada, embora provavelmente não note agora.

– Isso é um problema?

– Na verdade, não. Mas melhor ficar atenta ao fato.

As portas de bronze se abriram.

Ossian levou-os ao veículo recreativo de Netherton num carrinho de golfe que não fazia mais barulho do que o elevador. Netherton sentara-se ao lado dela. Ela sentia o cheiro do uísque. Conner estava sentado atrás dele. As vigas se iluminaram, uma após a outra, à medida que o carrinho passava abaixo delas. Passando pelas grades de radiador e faróis de todos aqueles carros antigos. Ela se virou e olhou para Conner.

– Quem vai estar na sua casa quando você voltar?

– Macon, talvez.

– Ash disse que pode ser estranho pra mim. Pode ser estranho pra você também. Tipo jet lag, essas coisas.

Conner abriu um sorrisão, por meio da estrutura óssea do periférico, mas de alguma forma era totalmente ele.

– Posso fazer isso de cabeça pra baixo. Quando vamos voltar? – Arregalou os olhos do periférico.

– Não sei, mas não vai demorar tanto. Você precisa comer, dormir se puder.

– O que você vai fazer lá?

– Tentar descobrir o que está acontecendo – disse ela, ao ver o robô de exercício sem cabeça, de pé onde eles o haviam deixado.

SÍNDROME DE IMPOSTOR

– Eu não teria imaginado que esse era o seu tipo de lugar – disse Ash, olhando para o que Netherton sabia ser apenas o primeiro de vários ambientes temáticos, este uma aurora hipervívida num deserto genérico. Uma relação vaga com aeronaves derrubadas, ficava no piso acima dos showrooms da rua Kensington High, esses de um designer de cozinhas sob medida. Ela o levara ali numa das relíquias do pai de Lev, um carro aberto de dois lugares, fedendo a combustível fóssil.

– Estive aqui uma vez com amigos – disse ele. – Ideia deles, não minha.

Ela estava enrolada, ou encapsulada, dependendo, num sobretudo napoleônico aparentemente produzido em mármore branco manchado de fuligem. Quando ela ficava parada, parecia pedra esculpida. Quando se movia, fluía feito seda.

– Achei que você odiasse esse tipo de coisa.

– É você que está me dizendo que Lowbeer quer que eu entre em contato com Daedra agora. Ela insistiu que eu não ligasse da casa de Lev.

– Ela também insistiu em levar você de volta lá depois. Por favor, tenha cuidado. Não podemos protegê-lo aqui. Especialmente não de você mesmo.

– Você deveria ficar, mesmo – ele disse, acreditando que ela não ficaria. – Tomar um drinque.

– Você provavelmente não deveria, mas a decisão não é minha. – Ela saiu andando, entrando num ambiente aumentado de forma cafona, rivalizando com o salão azul do pai de Lev.

WILLIAM GIBSON

– O que deseja, senhor? – indagou uma Michikoide que ele não ouvira se aproximar.

O rosto e os membros delgados eram de alumínio escovado, abaixo de algo que lembrava os restos de um traje de voo antigo.

– Mesa para um, oculta, mais próxima da entrada. – Estendeu a mão, permitindo que ela acessasse seu crédito. – Não ser abordado por nada além de unidades de atendimento.

– É claro – disse a unidade e levou-o na direção de algo que aspirava, sem sucesso, a parecer ter sido construído com pedaços de aeronaves abandonadas, coberto com protuberâncias de bolsas de gás enredadas, dentro das quais luzes fracas saltavam e estremeciam.

Havia música ali, de um gênero que ele não reconheceu, mas uma mesa oculta permitiria a opção de silêncio. Partes de fuselagens estilhaçadas, hélices de madeira, nenhuma delas genuína, embora ele imaginasse que essa fosse a ideia. Poucas pessoas, ainda no começo da noite, e relativamente ociosas. Ele avistou o Fitz-David Wu de Rainey, embora quase com certeza não fosse o mesmo. Esse usava um macacão retroproletário, uma mancha de graxa escura passada com habilidade na bochecha pálida. Encarava com olhar neutro uma loira alta que emulava, ele supôs, algum item midiático icônico da pré-Sorte Grande.

A Michikoide desocultou a mesa dele. Ele se sentou, foi ocultado, pediu uísque. Optou por silêncio, ficou observando a apresentação de pantomima do periférico, esperando a bebida. Depois que uma Michikoide diferente chegou com o drinque, ele concluiu que o lugar pelo menos oferecia uma bebida decente. A não ser por isso, ele não sabia ao certo por que o escolhera. Possivelmente porque duvidava que qualquer outra pessoa estivesse disposta a aguentar ali. Embora talvez ele também tivesse pensado que poderia dar alguma perspectiva ao fato de Flynne, por mais lateral que fosse. Não lateral o suficiente, decidiu ele, olhando para os periféricos.

Ele não era chegado a periféricos, algo que a sua visita anterior ali deveria ter provado de modo definitivo. Ele e os outros tinham ficado numa mesa oculta também. Ele se lembra de ter se perguntado por que alguém escolheria tal comportamento, quando poderiam ter quase certeza da presença de observadores invisíveis. Era por isso que a clientela pagava, alguém dissera, por uma plateia; e eles mesmos não eram pagos, afinal, para observar? Ali, pelo menos, nessa primeira fila, na primeira sala, era puro exibicionismo social, e ele era grato por isso.

Isso seria estimulante, ele decidiu, como ficar sozinho na tenda de Ash. Ainda que ele estivesse contente por não estar no porão de Lev. E, claro, tinha o uísque. Ele fez um sinal para uma Michikoide que passava, que pôde vê-lo, para trazer mais um.

Quem quer que operasse esses periféricos, onde quer que estivessem, eram tudo o que ele achava tedioso na sua era. E todos eles sóbrios, ele supunha, uma vez que eram todos treinados, em algum lugar, sob um limite autônomo, portanto incapazes de beber. As pessoas eram de um tédio impressionante.

Flynne, pensou ele, era o oposto de tudo aquilo, estivesse ou não no periférico.

O selo de Lowbeer apareceu, pulsando, enquanto a Michikoide entregava a bebida, obscurecendo por um momento o não rosto desgastado de forma habilidosa.

– Sim? – disse ele, que não estava esperando a ligação.

– Courrèges – disse Lowbeer.

– O que tem ela?

– Você vai mesmo prosseguir com isso?

– Acho que sim.

– Tenha certeza. É a vida de alguém. Você vai fazer com que ela parta.

– Para onde?

– Para o Brasil. O navio partiu há três dias.

– Ela foi para o Brasil?

– O navio foi. Vamos mandá-la para alcançá-lo, alterando o manifesto de passageiros de forma retroativa. Ela ficará totalmente indisponível durante a viagem. Praticando uma forma de meditação direcionada de que ela necessita para poder ser aceita pelos neoprimitivos que ela espera estudar.

– Parece bastante elaborado – disse Netherton, preferindo enganos mais soltos, mais manipulados.

– Não sabemos quem Daedra pode conhecer – explicou Lowbeer. – Suponha que a sua história seja examinada com considerável profundidade. É uma história simples. Ela partiu há três dias para o Brasil. Neoprimitivos. Meditação. Você não sabe o nome da aeronave nem o destino exato. Por favor, limite a invenção de detalhes.

– É você que aprecia elaborações, pensei eu – disse Netherton e permitiu-se um gole muito pequeno de uísque.

– Não faremos monitoramento digital. Deixa pegadas evidentes demais. Alguém no clube estará fazendo a sua leitura labial.

– Nada de ocultamento?

– Você pode se convencer de que está invisível ao fechar os olhos – disse Lowbeer. – Ligue para ela agora, antes de terminar esse drinque.

– Ligarei – respondeu Netherton, olhando para o uísque.

O selo dela sumiu.

Ele ergueu a cabeça, esperando encontrar alguém vigiando-o, apesar do ocultamento, mas os periféricos estavam muito ocupados uns com os outros ou com a tarefa de fingirem não estar, e a equipe de atendentes Michikoides todas suavemente sem olhos. Ele se lembrou da Michikoide na moby de Daedra com pelo menos oito olhos brotando no rosto, em pares de tamanhos diferentes, pretos, esféricos e sem expressão. Tomou um pouco do uísque.

Imaginou Annie Courrèges embarcando num veículo do governo, uma moby rumo ao Brasil. Os planos dela, quaisquer que tivessem sido, alterados de forma tão repentina e irrevogável quanto os de qualquer pessoa seriam caso alguém como Lowbeer tivesse decidido alterá-los. Lowbeer não era simplesmente a Met. Ninguém da idade de Lowbeer era simplesmente qualquer coisa. Ele olhou para as luzes acima, piscando de leve sob as bexigas frouxas de uma aeronave imaginária, e notou pela primeira vez que eram vagamente silhuetadas. Almas elétricas cativas. Quem criara essas coisas terríveis?

Ele virou o gole derradeiro do uísque. Hora de ligar para Daedra. Mas antes ele tomaria mais um.

COMPLICADO

Olhos fechados, ela não reconheceu o som de chuva na espuma sobre o Airstream, uma batida constante e abafada. Olhos abertos, ela viu os LEDs embutidos no polímero.

– Com a gente agora? – perguntou o subxerife Tommy Constantine. Virou a cabeça tão rápido que a coroa branca quase caiu, mas conseguiu segurá-la com as duas mãos quando tombou da cabeça.

Ele estava sentado ao lado da cama, de frente para ela, naquele banquinho de metal, com a jaqueta preta do Departamento do Xerife com gotas de chuva. Segurava o chapéu de feltro cinza sobre os joelhos, com uma proteção à prova d'água.

– Tommy – disse ela.

– Eu mesmo.

– Há quanto tempo está aqui?

– Na sua propriedade, cerca de uma hora. Aqui dentro, um pouco menos de dois minutos. Edward foi até sua casa pegar um sanduíche. Não queria, mas não comia nada desde o meio-dia, e eu disse que era a parte mais importante do heroísmo.

– Por que está aqui?

– A questão é que estranhos têm sido assassinados pra esses lados.

– Quem?

– Bem na sua propriedade desta vez. Ali no bosque. – Apontou na direção.

– Quem?

– Rapazes, dois. Seu irmão acha que eram como ele, ou como esses garotos que estão sempre por perto dele. Que, aliás, estou cada vez menos convencido de estarem por aqui nessa chuva chata durante a noite toda, toda noite, pra algum tipo de competição com drones com adversários a dois condados daqui. Burton acha que esses dois veteranos em questão foram operadores militares, especialistas, porque descobriram o disfarce dos drones de vocês, do nada, e teriam chegado aonde queriam caso alguém, tendo a supor Carlos e Reece, não tivesse sido mandado para cá com fuzis, da forma tradicional.

Ela estava se sentando, pés de meia na cobertura de polímero do chão, com a coroa no colo, e se deu conta de que ela e Tommy estavam sentados ali, ambos segurando chapéus idiotas. E agora ela desejou de verdade, qualquer que fosse a importância disso, que ela tivesse passado brilho labial.

– O que aconteceu?

– Não querem me contar.

– Quem?

– Burton e os outros. Imaginaria que, uma coisa levando a outra, Carlos e Reece, com visão noturna, deram uma olhada nos outros dois rapazes, que também estavam usando visão noturna, e deram tiros fatais neles.

– Merda – disse Flynne.

– Foi o que pensei quando ele me ligou.

– Burton?

– O xerife Jackman. Pra quem imagino que seu irmão ligou. Que ligou pra mim e começou me lembrando do nosso novo acordo.

– Que novo acordo?

– O de que não estou oficialmente aqui.

– O que isso quer dizer?

– Estou aqui para ajudar Burton. E você também, imagino, mas Jackman não tinha mencionado você.

Ela olhou para ele, travada, sem saber o que dizer.

– Por que – perguntou ele –, se não se importa que eu pergunte, você tem dormido, se é que estava dormindo, com uma espécie de bolo com glacê na cabeça? E, e isso é o que eu realmente venho querendo perguntar a alguém ultimamente, que porra está acontecendo de verdade por aqui?

– Por aqui? – Sua própria voz soou incrivelmente estúpida para ela mesma.

– Por aqui, na cidade, com Jackman, com Corbell Pickett, lá em Clanton, no palácio do governo...

– Tommy... – ela disse e parou.

– Sim?

– É complicado.

– Você e Burton estão construindo algum tipo de droga por aqui?

– Você tem trabalhado para Pickett todo esse tempo?

Ele inclinou um pouco a cabeça para trás, para deixar algumas pocinhas de chuva rolarem para fora da aba coberta de plástico.

– Não conheço o homem. Não tive nenhuma relação direta com ele antes. Ele faz Jackman se reeleger, assim Jackman tem formas de deixar claro para mim o que é interesse de Corbell e o que não é, e eu me esforço ao máximo, sem me afastar disso, para que a lei seja cumprida nesse condado. Porque alguém tem que fazer isso. E se um belo dia Corbell e essa economia de construção forem para o espaço, algumas semanas depois, a maioria das pessoas aqui não terá nenhum dinheiro para comer. Então, isso também é complicado, e triste, para falar a verdade, mas é isso. E você?

– Não somos construtores.

– O fluxo de dinheiro básico do condado mudou, Flynne, e de um dia para o outro. Seu irmão está pagando Corbell para mexer com os oficiais eleitos no palácio do governo. Não tem aparecido muito de qualquer outro tipo de grana por aqui, já faz um bom tempo. Então, perdoe minha conclusão precipitada.

– Não vou mentir pra você, Tommy.

Ele olhou para ela. Inclinou a cabeça.

– Ok.

– Burton foi contratado por uma empresa de segurança. Na Colômbia. Que diz estar trabalhando pra uma empresa de jogos. Contrataram ele pra pilotar um quadricóptero dentro do que ele achava ser um jogo.

Tommy olhava para ela de uma forma diferente agora, mas não como se achasse que ela estava louca. Ainda.

– Comecei a substituí-lo quando ele estava lá em Davisville. Agora estamos os dois trabalhando pra eles. Eles têm dinheiro.

– Tem que ter muito, se vocês conseguem convencer Corbell Pickett a se mexer.

– Eu sei – disse ela. – Isso tudo é estranho, Tommy. Tem um nível todo próprio de estranho. Melhor eu não tentar explicar muito mais nesse exato momento se estiver tudo bem pra você.

– Aqueles quatro garotos no carro?

– Alguém fez merda. Na empresa de segurança. Eu vi uma coisa, por acaso, e fui a única testemunha.

– Posso perguntar o quê?

– Assassinato. Quem quer que tenha mandado aqueles garotos quer se livrar de Burton porque acham que eu era ele. Provavelmente nossa família toda, caso ele tivesse contado a alguém.

– É por isso que Burton deixa os drones no alto e os garotos na floresta.

– Sim.

– E os dois hoje à noite?

– Provavelmente mais do mesmo.

– E todo esse dinheiro entrando?

– A empresa da Colômbia. Precisam que eu identifique o assassino ou pelo menos o cúmplice, e eu vi o cara e ele é culpado pra cacete.

– Num jogo, você disse?

– Isso é complicado demais por enquanto. Acredita em mim?

– Acho que sim. O que está acontecendo aqui com o dinheiro já é muito improvável, concluí que o que quer que estivesse por trás disso não seria algo corriqueiro. – Tamborilou os dedos, muito de leve, na capa plástica do chapéu. – O que é essa coisa que você põe na cabeça pra dormir? – Ergueu uma sobrancelha. – Tratamento de beleza?

– Interface de usuário – disse ela e ergueu para que ele visse. – Sem as mãos. – Ela pôs a coroa com cuidado, ainda com os cabos, sobre a cama.

– Voando?

– Andando por aí. É como um outro corpo. Não estava dormindo. Telepresente, em algum outro lugar. Desconecta seu corpo aqui, quando do faz isso, para que você não se machuque.

– Você está bem, Flynne?

– Bem como?

– Você parece muito calma em relação a tudo isso.

– Parece doideira, você quer dizer?

– Sim.

– Muito mais doido do que eu te contei. Mas, se eu ficar louca com a loucura disso, então está tudo fodido. – Ela deu de ombros.

– "Easy Ice."

– Quem te contou?

– Burton. Mas combina com você. – Ele sorriu.

– Isso era só pra jogos.

– Isso não é?

– O dinheiro é real, Tommy. Até agora.

– Seu primo acabou de ganhar na loteria também.

Ela decidiu não entrar no assunto.

– Já conheceu Corbell Pickett? – perguntou ele.

– Nunca nem vi depois que ele parou de fazer os desfiles de Natal com o prefeito.

– Nem eu, pessoalmente. – Olhou para o que provavelmente era o relógio de pulso de seu avô, do tipo antigo, que só informava as horas. – Mas estamos prestes a conhecer. Lá na casa.

– Quem disse?

– Burton. Mas eu diria que foi ideia do sr. Corbell Pickett. – Ele pôs o chapéu na cabeça com cuidado, usando as duas mãos.

A LUZ NO CORREIO DE VOZ DELA

Pareceu simplesmente acontecer como ele mais gostava que acontecesse. Lubrificada pelo uísque excelente, sua língua encontrou sozinha o laminado no palato. Um selo desconhecido apareceu, uma espécie de espiral comprimida, um bordado espanhol tribal. Referência ao Giro, ele supôs, o que significava que os remendadores estavam agora sendo incorporados por qualquer que fosse a narrativa em que a pele atual dela se transformaria.

No terceiro toque, o selo engoliu tudo. Ele estava no corredor amplo, profundo, de um terminal com teto tão alto que quase desaparecia, granito e cinza.

– Quem está ligando, por favor? – perguntou uma jovem inglesa que não podia ser vista.

– Wilf Netherton – disse ele. – Para Daedra.

Ele olhou para a mesa no bar, para o copo vazio. Ao olhar de relance para a direita, viu o círculo do piso, alumínio escovado, que cercava a mesa redonda, posicionada agora, com precisão de joalheiro, no chão de granito de Daedra, sendo a demarcação uma função do mecanismo de ocultação do clube. Sem conseguir ver o bar, nem as Michikoides, ele percebeu que também não poderia pedir outra bebida.

Recuando ao longo do corredor de grandiosidade tediosa, como uma ilustração de perspectiva, havia plintos de granito à altura do peito, quadrados nos cortes verticais, sustentando as miniaturas familiares das peles dela removidas por cirurgia, presas entre folhas de vidro. Autoexagero típico, uma vez que até então ela só produzira dezesseis, o que significava que a maioria era duplicata. Uma luz invernal descia como se viesse de janelas invisíveis. O som ambiente era sombrio como a iluminação, tão calculado para perturbar. Uma antessala, reservada para ligações de telemarketing. Ele entendeu a indireta.

– Está bem – disse ele e ouviu os ecos das palavras desviarem no granito.

– Netherton? – perguntou a voz, como se suspeitasse que o nome era um eufemismo desconhecido.

– Wilf Netherton.

– De que se trata, exatamente?

– Eu era o relações-públicas dela até pouco tempo atrás. Uma questão privada.

– Sinto muito, sr. Netherton, mas não temos nenhum registro do senhor.

– Curadora Associada Annie Courrèges, do Tate Postmodern.

– Perdão?

– Fique quieta, querida. Deixe o reconhecimento de padrões fazer o trabalho dele.

– Wilf? – perguntou Daedra.

– Obrigado – disse ele. – Nunca gostei de Kafka.

– Quem é Kafka?

– Deixa pra lá.

– O que você quer?

– Assunto não concluído – disse ele, com um suspiro curto e nada artificial que considerou um presságio de que ele estava em plena forma.

– Tem a ver com Aelita?

– Por que teria? – perguntou como se estivesse confuso.

– Não está sabendo?

– Sabendo o quê?

– Ela desapareceu.

Ele contou até três em silêncio.

– Desapareceu?

– Ela tinha oferecido uma cerimônia para mim, depois do trabalho no Vótice, em Edenmere Mansions. Quando a segurança dela retornou, depois, ela tinha sumido.

– Foi para onde?

– Não foi mais localizada, Wilf. De jeito nenhum.

– Por que a segurança dela foi desligada?

– Protocolo, para a cerimônia. Você sabotou meu figurino?

– Não sabotei.

– Você estava contrariado por causa das tatuagens.

– Nunca a ponto de interferir no seu processo artístico.

– Alguém interferiu. Você me fez concordar. Naquelas reuniões chatas.

– Foi bom eu ter ligado então.

– Por quê? – perguntou ela após uma pausa um pouco longa demais.

– Eu não ia querer deixar as coisas dessa forma.

– Eu não ia querer que você imaginasse que não deixou, se é o que está insinuando.

Ele suspirou de novo. Foi um suspiro rápido, propulsivo. O arrependimento de um homem que sabia o que ele perdera e que perdera de verdade.

– Você me entendeu mal – disse ele. – Mas essa não é a hora. Sinto muito. Sua irmã...

– Como espera que eu acredite que você não sabia?

– Estou num jejum de mídia. Só recentemente fui saber que fui demitido, aliás. Ocupado processando.

– Processando o quê?

– Meus sentimentos. Com um terapeuta. Em Putney.

– Sentimentos?

– Um tipo horrível de arrependimento que me é novidade – disse ele. – Posso te ver?

– Me ver?

– Seu rosto. Agora.

Silêncio, mas em seguida ela abriu um feed, mostrando a ele seu rosto.

– Obrigado – disse ele. – Você é, sem dúvida, a artista mais notável que já conheci, Daedra.

As sobrancelhas dela se moveram uma fração de distância. Não exatamente aprovação, mais como o reconhecimento temporário de que ele talvez tivesse a capacidade de estar certo sobre algo.

– Annie Courrèges. A percepção que ela tem do seu trabalho. Você se lembra de que eu contei a você na moby?

– Alguém emperrou o zíper daquele macacão. Tiveram que cortar para eu sair.

– Não sei nada sobre isso. Quero organizar uma coisa para você.

– O quê? – Não fez nenhum esforço para disfarçar a desconfiança rotineira.

– A visão que Annie tem do seu trabalho. Um acaso, mesmo, que ela tenha me contado, e é claro que ela não sabia de nada sobre nós dois. Notando a visão dela, e conhecendo você como conheço, penso que tenho que pelo menos tentar trazer isso para você.

– O que ela disse?

– Não consigo nem começar a parafrasear. Depois que você escutar, vai entender.

– Você está pensando assim por causa da terapia?

– Tem sido uma ajuda enorme.

– O que você está me pedindo, Wilf?

– Que você me permita apresentar você a ela. De novo. Para que eu possa contribuir, por menor que seja a forma, para algo cuja importância eu talvez nunca compreenda completamente.

Ela pode ter ficado olhando, pensou ele, para algum equipamento. Um paraglider, talvez, tentando decidir se deve guardar ou substituir.

– Dizem que você fez alguma coisa a ela – disse Daedra.

– A quem?

– Aelita.

– Quem disse? – Se ele fizesse um gesto agora, com o copo vazio, era possível que uma Michikoide trouxesse mais um, mas Daedra veria a movimentação dele.

– Rumores – respondeu ela. – Mídia.

– O que estão dizendo sobre você e o chefe dos remendadores? Não deve ser nada legal.

– Sensacionalismo.

– Somos ambos vítimas, então.

– Você não é celebridade. Não tem nada de sensacional em você ser suspeito de alguma coisa.

– Sou o seu ex-relações-públicas. Ela é sua irmã. – Ele encolheu os ombros.

– O que é isso em que você está sentado? – Ela aparecia agora inteira, na frente dele, entre duas miniaturas sobre pedestais, não mais apenas a cabeça. As pernas e os pés estavam despidos. Ela estava envolta num cardigã longo, familiar, verde-petróleo.

– Uma mesa oculta no bar de um lugar em Kensington, Síndrome de Impostor.

– Por que – uma única vírgula de desconfiança surgindo entre as sobrancelhas – você está num clube de peris?

– Porque Annie partiu. Numa moby rumo ao Brasil. Se você estiver disposta a encontrá-la de novo, ela vai precisar de um periférico.

– Estou ocupada. – A vírgula ficou mais funda. – Talvez mês que vem.

– Ela vai entrar em trabalho de campo. Se misturar com neoprimitivos. Tecnofóbicos. Tiveram que extrair o telefone dela. Se as coisas forem bem, ela pode ficar com eles por um ano ou mais. Teríamos que fazer isso logo, antes que ela chegue.

– Eu disse que estou ocupada.

– Estou preocupado com ela lá. Caso a percamos, a visão dela vai junto. Ainda faltam anos para ela publicá-la. Você é o trabalho da vida dela, na verdade.

Ela deu um passo na direção da mesa.

– É algo especial?

– É extraordinário. Mas ela te venera tanto que não sei como poderíamos combinar, mesmo se você não estivesse tão ocupada. Um encontro só entre vocês duas seria demais para ela. Se pudéssemos fazer vocês se encontrarem de modo aparentemente aleatório, talvez numa recepção. De surpresa. Em geral, ela é muito segura socialmente, mas mal conseguiu falar com você no Connaught. Ela ficou desolada com isso. Desconfio que essa imersão seja uma tentativa de se distrair.

– Eu tenho mesmo uma coisa por esses dias... Não sei quanto tempo eu teria para ela.

– Isso dependeria do quão interessante você achar que ela é. Talvez eu esteja enganado.

PERIFÉRICOS

– Pode estar – disse ela. – Vou pensar a respeito.

E ela, seu cardigã verde-petróleo e as pernas nuas se foram, e com eles a luz fria como pedra do correio de voz dela.

Ele olhava para os periféricos do Síndrome de Impostor novamente. O irrequieto diorama animatrônico deles, vistos em silêncio total. Ele fez um sinal para uma Michikoide que passava. Hora de mais uma bebida.

PORCELANA BOA

Sua mãe dizia que as pessoas ricas meio que se pareciam com bonecas. Ao ver Corbell Pickett na sala de estar da sua mãe, lembrou-se disso. Cada centímetro quadrado dele provavelmente apresentava o mesmo bronzeado perfeitamente uniforme, a cabeça cheia de cabelo de pastor com um prateado igualmente bem distribuído.

Ela usara uma parca velha de rabo de peixe do Leon do trailer até ali. Ele usara aquela nanotinta hidrofóbica do mal na parca, porque não tinha se mostrado nem um pouco à prova d'água na Guerra da Coreia, de onde Leon dissera que ela era. Não a guerra para a qual ele e Burton eram dois anos jovens demais, mas a anterior a essa, história antiga. Ela a encontrara na arara de roupas de Burton depois de usar o espelho de barbear dele para passar brilho labial, a chuva ainda batendo no casulo do Airstream. Tentou não tocar a parte de fora quando vestiu. Haviam exibido anúncios de utilidade pública sobre essa tinta, sobre não tocá-la, no ensino médio, quando o governo começou a tirar das prateleiras das lojas. Coube nela como uma tenda dura de tinta.

– Droga – ela dissera, olhando para o controle branco no cobertor do exército de Burton. – Está cabeado no meu telefone. Não gosto da ideia de deixar o telefone aqui, mas não sei como desconectar isso.

– Deixa aí. Se alguém com quem você não tenha intimidade tentar entrar aqui hoje à noite – Tommy dissera, fechando a jaqueta –, não sai mais.

– Ok – dissera ela, debaixo do capuz que parecia uma caverna, quando ele abria a porta para a chuva, pensando se ela ia pegar a coisa "sólida" de que Ash falara, por estar de volta ao próprio corpo. Como a cor supersaturada de um filme antigo, talvez, e tudo com um pouco mais de textura?

Então ela saíra atrás dele, pés escorregando na lama ao sair do trailer. Nada hidrofóbicos seus sapatos, e nem tão confortáveis assim. Queria estar com seus outros sapatos, mas então se lembrara de que eles estavam num futuro ao qual nem se poderia chegar a partir deste mundo. E que talvez nem fossem do seu número. Pensara no periférico deitado no beliche, no quarto dos fundos daquele veículo recreativo gigantesco. Fez com que ela sentisse uma emoção que talvez não tivesse nome, mas isso era só por estar de volta no seu corpo também? Com os sapatos e as meias já encharcando, ela seguira Tommy trilha acima, pensando no barulhinho sibilante que a chuva fazia ao tentar sair o mais rápido que podia do algodão coberto de tinta.

Quando chegaram à porta dos fundos, ela limpara os sapatos no capacho. Abriu a porta e deu de cara com Edward, sem Viz, terminando um sanduíche à mesa da cozinha. Ele acenara com a cabeça para ela, olhos arregalados, e ela viu, pela porta que dava para a sala de jantar, que a mãe tirara a porcelana boa do armário. Acenou para ele em resposta, saindo de dentro da parca, que estava seca de um jeito perfeito e assustador, e pendurando-a no cabideiro ao lado da geladeira.

– E aí está sua bela filha, Ella. – Ele estava ao lado da lareira, com Burton, a mãe sentada no meio do sofá. – E esse deve ser o delegado Tommy.

– Boa noite, dona Ella – cumprimentou Tommy. – Sr. Pickett. Burton.

– Oi – respondeu Flynne, quase silenciada pelo fato de que alguém como Corbell Pickett jamais deveria estar na sala deles. – Lembro do senhor do desfile de Natal.

– Pode me chamar de você – disse ele. – Estou ouvindo coisas boas sobre você. De Ella aqui e do seu irmão. E sobre Tommy, pelo xerife Jackman. Bom que finalmente conheci você, Tommy. Agradeço por ter vindo.

– Prazer em conhecê-lo, sr. Pickett – disse Tommy atrás dela, e ela se virou para vê-lo. Ele havia pendurado a jaqueta preta no cabideiro, ao lado da parca, e agora estava pondo o chapéu no gancho. Virou-se, com a camisa cáqui do uniforme, bordados nas mangas, distintivo refletindo a luz, expressão neutra.

O que ela realmente queria, ela percebeu, era perguntar a Burton se eles já tinham conseguido comprar o governador, mas sua mãe estava ali, isso sem falar em Pickett.

– Ei – disse Burton, sua postura de pé lembrando a de Conner no periférico: peso do corpo desigual, mas só um pouco, pronto para virar para qualquer um dos lados.

– Ei – respondeu ela.

– Deve estar cansada.

– Não tenho certeza.

– Serve o café, Flynne – pediu sua mãe. – Me ajuda a levantar, Burton. Passou da minha hora de dormir. – Burton foi até ela, pegou sua mão, Flynne pôde ver que ela estava no comando da sua enfermidade, algo que ainda conseguia fazer quando precisava. Não queria que Pickett visse. O oxigênio não estava à vista.

Ela voltou à cozinha e pegou o bule no fogão.

Edward estava saindo de fininho com uma daquelas capas de chuva de brinde com o logo do Hefty Mart nas costas. Deu um meio aceno nervoso com a mão. A persiana de plástico no vitrô da porta fez barulho quando ele a fechou.

– Comeu o sanduíche? – perguntou a mãe da sala.

– Comeu – respondeu Flynne, voltando com o café.

– Conheci a tia dele. Reetha. Trabalhei com ela. Desculpe, mas tenho que deitar, Corbell. Prazer te ver. Fazia muito tempo. Põe café pro Corbell, Burton. Flynne, me ajuda a ir pra cama, por favor.

– Ajudo – disse ela, e pôs o bule na mesa de centro, sobre uma coisa feita de contas grandes de madeira que Leon fizera nos escoteiros. Ela seguiu a mãe pela porta ao lado da lareira, depois a fechou.

A mãe se curvou, pôs seu oxigênio no rosto, virou a tranca da maçaneta, enfiou as pontinhas de plástico transparente no nariz.

– O que você e Burton andam tramando com esse homem? – ela perguntou em voz baixa para ele não ouvir, e Flynne notou que ela estava tomando muito cuidado para não falar um palavrão, o que significava que estava brava de verdade.

WU

O Fitz-David Wu de aluguel, o que tinha mancha de graxa na bochecha e macacão amarrotado, aproximava-se da mesa dele com um drinque na mão. Parecia vê-lo.

– Você consegue me ver – disse ele, ressentido.

– Consigo – disse o Wu, pondo o drinque na frente dele. – Embora os outros não consigam. Esse é o seu último. Você foi cortado.

– Por quem? – ele perguntou, mas já sabia.

O periférico pôs a mão num bolso no quadril, retirou algo que ele então expôs na palma da mão aberta: um pequeno cilindro, forjado em ouro e ébano canelado, que se transformou, virando um medalhão de ébano com extremidades douradas que se abriu, revelando Lowbeer no que parecia ser uma imagem pintada à mão, de tweed laranja e gravata verde, olhando para cima com expressão severa. Desapareceu quando o medalhão transformou-se de forma contínua num leão, coroado e rampante, depois voltou a ser o pequeno cilindro decorado.

– Eu deveria presumir que é genuíno? Fácil de fazer com montadores.

O Wu pôs a coisa no bolso.

– A punição por emular um bastão oficial é extremamente severa, e nem um pouco breve. Termine de beber. Precisamos ir andando.

– Por quê? – perguntou Netherton.

– Quando você acessou o correio de voz dela, diversos indivíduos, de todo o Vale do Tâmisa, começaram a vir nesta direção. Nenhum relacionado a ela, nem a você, de nenhuma forma conhecida, mas conspícuos para as tias enquanto violadores das normas estatísticas.

Precisamos tirá-lo daqui deixando o mínimo de pistas possível de qualquer dispositivo de autoridade. Termine de beber.

Diante de tal permissão não qualificada, Netherton virou o uísque. Levantou-se, um pouco sem firmeza, derrubando a cadeira.

– Por aqui, por favor, sr. Netherton – disse o periférico, um tanto cauteloso, pensou ele, e segurou-o pelo pulso, para guiá-lo para dentro do Síndrome de Impostor.

CAPITALISTAS AVENTUREIROS

– As pessoas acham que os maus de verdade são algo especial, mas não são – disse sua mãe, sentando-se na beira da cama, ao lado da mesa lotada de remédios. – Assassinos psicopatas e estupradores, eles nunca destroem tantas vidas quanto um homem como Corbell. O pai dele era conselheiro municipal. Menino metido, egoísta, mas não muito diferente de muitos meninos da idade dele. Trinta e poucos anos depois, destruiu mais gente do que se dá ao trabalho de lembrar, ou até saber. – Ela olhava para Flynne.

– Aceitamos um trabalho. Pegamos o dinheiro. Nada a ver com ele, que a gente saiba. Agora ele apareceu em meio à coisa. Não foi como se a gente tivesse pedido pra ele, nem por ele.

– Se Burton estiver trabalhando e o VA descobrir, vão cortar o auxílio dele.

– Pode não fazer diferença se as coisas derem certo.

– O VA não vai acabar tão cedo.

Flynne ouviu a porta se abrir atrás dela. Virou-se.

– Desculpa – disse Janice –, mas aquele babaca está pegando pesado com Burton. Não queria ficar onde ele pudesse me ver e achar que ouvi.

– Onde você estava?

– Na sua cama, fazendo Kegels raivosos. Subi lá depois de fazer o café e ajudar Ella a prender o cabelo quando Burton disse pra gente quem estava vindo. Tudo bem, Ella?

– Sim, meu bem – respondeu a mãe de Flynne, mas a doença estava aparente.

– Vai tomar os remédios agora – disse Janice. – É melhor você voltar lá – para Flynne. – Parecia que estavam resolvendo algum acordo.

Flynne notou a foto de seu pai muito novo, mais novo do que Burton, com o uniforme de gala. O quarto havia sido seu refúgio, e depois o quarto de costura da mãe. Depois que começou a ter dificuldade com a escada, mudaram a sua cama para baixo.

– Tenho que voltar agora – falou Flynne à mãe. – Venho dar uma olhada depois. Se você ainda estiver acordada, conversamos.

A mãe fez que sim com a cabeça, sem olhar para ela, ocupada com as pílulas.

– Obrigada, Janice – disse Flynne, e saiu.

– Não sem ter uma ideia melhor de quem está fazendo a compra – Pickett dizia quando ela entrou na sala. Estava sentado na poltrona de balanço com a capa bege, que ela agora viu estar precisando de uma lavagem. Burton e Tommy estavam cada um numa ponta do sofá, de frente para ele do outro lado da mesa de centro. Pickett a viu, continuou falando. – Meu pessoal no palácio do governo não quer falar com você. Esse traje que você arranjou vai passar por mim. A outra coisa que eles precisam entender é que o que gastaram até agora serviu apenas para abrir a porta. Manutenção será esperada, de forma regular.

Ela percebeu, ao sentar-se entre Burton e Tommy, que cada frase que ele dissera até então tinha uma cadência que ela lembrava das propagandas da concessionária dele, uma espécie de cunha verbal, estreita na parte da frente, mas larga para a ênfase no final. Enfincada feito um prego.

– Agora, você – disse Pickett, encarando-a. – Você conseguiu conhecer nossos capitalistas aventureiros da Colômbia.

Tommy, à esquerda dela, inclinou-se para a frente, cotovelos nos joelhos, uma mão em torno da outra, que por sua vez estava com o punho semicerrado. De onde ela estava, dava para ver que havia uma pistola, menor do que a que havia no coldre do cinto, dentro do cós dianteiro da calça.

Ela encarou o olhar rígido de Pickett.

– Conheci – confirmou ela.

– Me conte sobre eles – disse Pickett. – Seu irmão não sabe ou não está tão empolgado.

– Eles têm dinheiro – respondeu ela. – Você mesmo já recebeu uma parte desse dinheiro.

– Mas de que sabor? Chinês? Indiano? Não estou nem convencido de que é estrangeiro. Talvez comece aqui, saia, volte para cá.

– Isso eu não saberia dizer. A empresa é colombiana.

– Pode ser a Colúmbia da Carolina do Sul pelo que eu sei – disse Pickett. – Você e Burton estão em parceria com eles?

– Tentando – disse Burton.

Pickett olhou para Burton, depois para Flynne.

– Talvez sejam do governo.

– Não teria me passado pela cabeça – disse ela.

– Homes? – falou Pickett. – Numa fraude?

– Não o Homes como conhecemos – disse ela.

– Milagros Coldiron – disse Pickett, como se palavras estrangeiras tivessem gosto ruim. – Nem está certo em espanhol, me disseram. "Cold iron", ferro frio.

– Não sei por que tem esse nome – argumentou ela.

– Essa Milagros de vocês comprou juros num banco holandês. Bem quando eu estava vindo de carro para cá. Gastou muito mais do que o valor deste condado, deste e dos próximos três. O que você e Burton têm que eles querem?

– Eles escolheram a gente – disse ela. – Até agora só disseram isso. O senhor poderia ter comprado esse banco, sr. Pickett?

Ele não gostava dela. Talvez não gostasse de ninguém.

– Você acha que pode estar em parceria com algo assim? – perguntou a ela.

Nem ela nem Burton responderam. Ela não queria olhar para Tommy.

– Eu posso – disse Pickett. – Posso agora mesmo, e o resultado, para vocês, se eu comprar, seria um dinheiro com o qual vocês nem sabem sonhar. Se não fizerem uma parceria comigo, no entanto, ficarão sem uma conexão com o palácio do governo. A partir de agora.

– Não se sente confortável em não saber de onde vem o dinheiro? – perguntou ela. – Do que precisaria para ficar confortável?

– Acesso a quem realmente está negociando comigo – respondeu Pickett. – Essa empresa não existia três meses atrás. Quero que alguém com nome me explique para quem eles servem de fachada.

– Netherton – disse ela.

– O quê?

– É o nome dele. Netherton.

Ela viu que Burton estava olhando para ela. A expressão dele não mudara.

– Tommy – disse Pickett –, prazer em conhecê-lo. Por que não vai ver se aquele assunto dos dois garotos foi resolvido? Jackman me disse que você é bom com detalhes.

– Sim, senhor – concordou Tommy e se levantou. – Farei isso. Burton. Flynne. – Acenou com a cabeça para os dois, foi para a cozinha. Ela o ouviu vestindo a jaqueta, fechando o zíper. Depois ouviu a persiana da porta mexer quando ele saiu.

– Você tem uma irmã esperta, Burton – disse Pickett.

Burton não disse nada.

Ela se pegou olhando para a bandeja de plástico apoiada no console da lareira, a que tinha o mapa pictórico da visão aérea do bicentenário de Clanton. Sua mãe levara os três de carro para as comemorações quando ela tinha 8 anos. Ela se lembrava, mas parecia a vida de outra pessoa.

DOURANDO

– Não seja rabugento – disse o Wu, cujo nome parecia ser a única coisa de que Netherton se lembrava. Parecia vestido para uma zona de cosplay com a qual Netherton, por sorte, não estava familiarizado. Algo a ver com a Blitz, talvez. – Espero que não vá ficar enjoado.

Era uma possibilidade, pensou Netherton, uma vez que a sala pequena e sem janelas parecia mesmo estar se movendo, ainda que, por sorte, numa única direção e de forma suave.

– Você é aquele ator. – Ele sabia disso, embora não soubesse de que ator estava falando. Um deles.

– Não sou Wu – disse Wu. – Aconteceu de ter um disponível lá. Eu tinha visto sua ex-colega usando um desses antes. Tem que tentar não beber tão rápido, sr. Netherton. Prejudica a sua memória dos acontecimentos. Preciso discutir sua conversa com ela, uma vez que só tenho acesso ao que pude ver o senhor dizer.

Netherton pôs-se meio sentado na sua poltroninha, seu papel em alguma parte disso agora um pouco identificado, ainda que obscuro na maior parte. Lembrou-se de ter sido guiado por corredores subterrâneos de tijolos, estreitos e absurdamente arrumados. Sob luz submarina, sem o mínimo sinal de poeira. A limpeza entorpecente dos montadores, os cuidadores microscópicos de Londres.

– Quem?

– Daedra West.

Netherton lembrou-se então do correio de voz dela, da altura opressora.

– Estamos no seu carro. Para onde estamos indo?

– Notting Hill.

– Seremos convidados – disse Netherton. Lembrava-se de ter esperança disso, de qualquer modo.

– De fato me pareceu que você lançou a isca. Isto é, supondo que ela seja tão autocentrada a ponto de ser literalmente incapacitada. Acho que não posso me dar ao luxo de ficar convencida disso assim tão de pronto. Talvez o senhor também não devesse, sr. Netherton.

Tão propositalmente difíceis, atores.

MAL-ESTAR TEMPORAL

– Preciso dormir – ela disse a Burton na cozinha, depois que Corbell saiu com o grandalhão que levara um guarda-chuva de golfe para ir com ele até o carro. Ela não estava conseguindo manter os olhos abertos.

– Você acha que Netherton consegue lidar com Corbell?

– Lowbeer e os outros podem dizer a ele o que dizer.

– Quem é essa pessoa?

– Conner a conheceu. Acho que na verdade estamos trabalhando para ela, mas sendo pagos com o dinheiro de Lev. Ou com o dinheiro do Lev daqui, na medida em que esse dinheiro é dele. Droga. Estou caindo de sono.

– Ok – disse ele, apertou o ombro dela, vestiu o casaco e saiu. A chuva havia parado. Ela apagou a luz da cozinha, passou pela sala para conferir se não havia nenhuma luz por baixo da porta da mãe, depois subiu a escada, que raramente fora tão íngreme.

Janice estava no seu quarto, pernas cruzadas sobre a cama com meia dúzia de *National Geographics*.

– Isso me mata – disse Janice. – Os parques nacionais antes de privatizarem. O babaca já foi?

– Burton também. – Tocou o próprio pulso e depois todos os quatro bolsos da calça jeans antes de lembrar que o telefone tinha ficado no trailer. Tirou a camiseta, jogou na cadeira, depois teve que cavar à procura do moletom dos Fuzileiros. Vestiu, sentou-se na beira da cama e tirou os sapatos e as meias molhados. Abriu a calça e conseguiu tirar sem se levantar de novo.

– Você parece podre de acabada – disse Janice.

– Diferença de fuso, disseram.

– Ella está bem?

– Não abri a porta pra olhar, mas a luz está apagada.

– Vou dormir no sofá. – Juntando as revistas.

– Tenho visto tanta merda esquisita. A mulher que me falou da diferença de fuso tem duas pupilas em cada olho, tatuagens que se mexem, com animais correndo pela bunda dela.

– Só na bunda?

– Braços, pescoço. Na barriga uma vez, mas depois saíram todos correndo para as costas, feito desenho animado, porque não me conheciam. Talvez para a bunda. Não dá pra saber.

– Saber o quê?

– Se estou me acostumando. É estranho, depois é como as coisas são, depois é estranho de novo.

Janice sentou-se. Usava pantufas rosa de acrílico tricotado à mão.

– Deita – disse ela. – Você precisa dormir.

– Acabamos de comprar a porra do governador. É estranho.

– Ele é um babaca maior que Pickett.

– Não compramos, exatamente. Fechamos com Pickett pra ele pagar o governador com frequência.

– Você vai conseguir o que com isso?

– Proteção. Dois dos caras de Burton mataram dois ex-militares que estavam tentando entrar escondidos. Não só meros bandidos. Lá embaixo, depois do trailer.

– Eu queria saber com o que ficaram tão animados, ali quietos.

– Pickett mandou Tommy sair pra garantir que os corpos fossem descartados sem problemas. – Ela fez uma expressão da infância, sem querer. – Cadê o Madison?

– Lá no Conner, com Macon, preparando um helicóptero do Exército para Burton. Ou estava, da última vez que chequei o Mapa de Crachás. Pode estar em casa já.

Janice levantou-se, as velhas *Geographics* apertadas contra a barriga.

– Mas vou fazer companhia pra Ella.

– Obrigada. – E largou a cabeça no travesseiro; sentindo mal-estar temporal, ou talvez isso e aquela coisa da textura; a velha fronha de cambraia intricada feito xadrez contra o rosto, menos familiar.

INESPERADO

Ash aguardava quando a porta do carro de Lowbeer correu para o lado. Pôs a mão para dentro, pegou o pulso dele, pressionou-o com seu Medici macio com a outra mão e puxou-o para fora, os pés dele encontrando a calçada de Notting Hill com dificuldade.

– Repouso – aconselhou Lowbeer, rapidamente, quando a porta fechou. – Sedativo moderado.

– Adeus – disse Netherton. – Adeus para sempre.

A porta, a única parte do carro que desocultara, sumiu numa agitação ondulada de pixels, afastando-se, um sussurro cada vez mais baixo de pneus invisíveis.

– Aqui – disse Ash, apertando o Medici contra o pulso dele, guiando-o. – Se você enjoar na casa de Lev, Ossian vai ter que limpar.

– Ele me odeia – disse Netherton, espiando a rua com o vago questionamento de quantas daquelas casas seriam conjuntas com a de Lev.

– Quase nada – respondeu Ash. – Embora você seja bastante cansativo no estado atual.

– Estado – ele repetiu com desprezo.

– Fala baixo. – Guiando-o para subir os degraus, entrar na casa, passando pelas galochas e capas do vestíbulo. A lembrança de Dominika o calou.

Sentiu-se mais seguro no elevador, ainda que não um bem-estar completo. Sentiu, sim, que o Medici podia estar ajudando.

Na garagem silenciosa, Ash prendeu-o com firmeza no carrinho e levou-o até o Gobiwagen.

– Vou pôr você em cima – informou ela depois que subiram a rampa e entraram, soltando o pulso dele e guardando o Medici. – O periférico dela está na cabine dos fundos, o do irmão de Lev está no quarto master. – Ela tocou algo na parede. Uma escada estreita, antes escondida, dobrou-se quase em silêncio para fora do compensado cortado a laser, os fios de suporte estendidos, brilhando.

– Você primeiro – disse ela. Ele subiu sem firmeza para dentro de uma gávea com paredes de vidro, equipada com estofado de couro cinza. – Isso tem a opção de virar uma banheira hidroterapêutica. Por favor, não experimente. O Medici lhe deu algo para dormir e alguma outra coisa para diminuir a ressaca. Aquilo é um banheiro. – Ela apontou para uma porta estreita, acolchoada de couro. – Use-o. Depois durma. Vamos chamá-lo para o café da manhã. – Ela se virou e desceu a escada complexa, cujo desenho fez com que ele pensasse em fatiadores de queijo.

Ele se sentou num banco com almofada de couro, perguntou-se se fazia parte da banheira, tirou os sapatos, tirou a jaqueta, ficou de pé com alguma dificuldade e empurrou a porta com dobradiça central. Atrás dela havia uma mescla de pia e urinol, este último provavelmente um vaso sanitário também. Ele usou o urinol, depois se arrastou de volta até o sofá integral. Deitou-se. A luz diminuiu. Fechou os olhos e se perguntou o que o Medici teria lhe dado. Algo agradável.

Acordou, quase imediatamente, pareceu, com os sons que vinham de baixo.

As luzes se acenderam, abaixo, mas não ali na gávea de acolchoado cinza. Ele se sentou com uma lucidez e uma ausência de dor improváveis ao som de alguém tentando vomitar e de algo batendo na água. Imaginou se não poderia estar sonhando e vomitando de verdade enquanto dormia, mas a ideia não parecia ter nenhuma grande urgência.

Levantou-se. De meia. Jogo infantil de se esconder. Aproximou-se com cuidado da beirada germânica e de aparência perigosa da escada. Ouviu água correndo. Desceu na ponta dos pés, o mais silencioso possível, até que, curvando-se um pouco mais, espiou o periférico de Flynne de calça jeans e camisa pretas, pegando água com as mãos de uma torneira no bar aberto. Ela cuspiu, com força, dentro da pia redonda de aço, depois ergueu a cabeça e olhou para ele, incisiva.

– Olá – disse ele.

Ela inclinou a cabeça, sem deixar de encará-lo, e limpou a boca com as costas da mão.

– Vomitei – disse ela.

– Ash achou que poderia acontecer da primeira vez...

– Netherton, certo?

– Como abriu o bar?

– Não estava trancado.

Ocorreu a ele, pela primeira vez, que ele era o único que não conseguia abrir. Que haviam configurado desse modo específico.

– Você não pode beber nada além de água – ele disse ao periférico, descendo o restante da escada. Pareceu um conselho peculiar de se dar.

– Não se mexa – disse ela.

– Há algo errado?

– Onde estamos?

– Na Mercedes do avô de Lev.

– Conner disse que é um veículo recreativo.

– Isso é como vocês chamavam.

Ela apertou os olhos. Deu um passo à frente. Ele se lembrou da sua musculatura, no treino de resistência.

– Flynne? – ele perguntou.

Alguém veio subindo a rampa com passos pesados.

Ela atravessou a cabine em dois passos largos, ficando a postos à porta quando Ossian entrou correndo. E pareceu cair, Ossian, como se impulsionado pelo próprio peso, para cima e em torno do giro ágil do quadril dela, mas ela depois, de alguma forma, ficou, de modo instantâneo e fluido, em posição para dar um chute poderoso no ombro dele, por trás, com a perna atingindo uma extensão completa e exata. A testa de Ossian bateu no chão de forma audível.

– Fica aí – disse ela, respiração inalterada, mãos levemente curvadas na frente do corpo. – Quem é o nosso amigo? – perguntou a Netherton, olhando para trás.

– Ossian – respondeu Netherton.

– Desloquei... a porra... do ombro – disse Ossian, rangendo os dentes.

– Provavelmente só a bursa – afirmou ela.

Ossian olhou para Netherton com raiva.

– É a porra do irmão, não é? O rapaz acabou de ligar para Ash. – Lágrimas desceram de repente.

– Burton? – perguntou Netherton.

O periférico virou.

– Burton – disse Netherton, entendendo agora.

– Sr. Fisher – disse Ash da porta. – Um prazer finalmente conhecê-lo pessoalmente, ou de forma relativamente pessoal. Vejo que já conheceu Ossian.

Ossian rosnou algo, sílabas de uma obscenidade traduzida, nunca antes pronunciada.

– Fico feliz em estar aqui – respondeu o periférico de Flynne.

Ash tocou a parede, fazendo uma poltrona subir do chão.

– Ajude-me a levantar Ossian – ela disse a Netherton. – Vou cuidar do ombro. – Acabou sendo mais fácil falar do que fazer, tanto porque o irlandês tinha uma constituição sólida como porque estava sentindo uma dor considerável, sem mencionar o péssimo humor. Quando finalmente foi ajeitado, o rosto molhado de lágrimas, Ash sacou o Medici. Pressionou-o contra o tecido preto do paletó, acima do ombro ferido, e soltou. O Medici ficou ali, crescendo rapidamente como uma bexiga, murchando em seguida, com uma aparência escrotal preocupante e uma translucidez desigual, fazendo o que tinha de fazer através do paletó preto, o que, por algum motivo, deixou Netherton especialmente enjoado. Ele viu sangue e talvez tecido girando vagamente lá dentro. Estava agora maior do que a cabeça de Ossian. Ele virou o rosto.

– Ei – disse o periférico, do alto da rampa, lá fora. – O que é isso?

Netherton foi até ele, tomando cuidado para não chegar muito perto.

– O quê?

– Lá embaixo. Grande e branco.

Netherton esticou o pescoço.

– É um exoesqueleto para treinamento de resistência. Um aparelho de exercício.

– Isso eu posso fazer – disse o periférico e olhou para baixo, aparentemente para os seios. – Conner me fez pensar que eu acharia estranho, mas... – Encolheu os ombros de leve, mas isso fez os seios mexerem. Olhou para Netherton com certo desespero.

– Isso pode ser fácil de arrumar – disse Ash, atrás deles. – O exo não é um periférico, embora tenha uma variedade completa de movimentos. Mas pode ser controlado por meio de um homúnculo, um periférico em miniatura. Até encontrarmos outra coisa para você, pode preferi-lo ao periférico da sua irmã, o qual, aliás, tem uma importância estratégica muito urgente. Você não o danificou, espero, quando acertou Ossian?

O periférico ergueu o pé com que chutara Ossian, girou o tornozelo, como que verificando se havia desconforto.

– Não – confirmou ele, baixando o pé. – Arrebenta.

Ash pronunciou com firmeza alguma negativa monossilábica recém-produzida, com a mão no ombro ferido de Ossian, mantendo-o na cadeira.

Netherton viu o periférico trotar solto e, teve de admitir, de forma atraente, rampa abaixo, depois deu uma volta em torno do exo, cabeça para o lado, tirando suas medidas.

VOMITOU

– Um pouco mais de cinco horas – disse Janice, pondo uma caneca de café na mesa de cabeceira. – Eu te deixaria dormir, mas Edward acabou de ligar. Lá no trailer com seu irmão. Precisando de você lá.

Flynne passou a mão por baixo do travesseiro para pegar o telefone, lembrou que não estava lá. Luz do sol nas extremidades da cortina. A fronha parecia normal.

– O que está acontecendo?

– Disse que Burton vomitou, melhor ir lá.

– Vomitou?

– O que ele disse.

Flynne se levantou com esforço. Tomou um gole de café. Lembrou-se de ter olhado para a coroa branca, os cabos indo do cobertor do Exército até o monitor de Burton e o telefone dela.

– Merda. – Pôs a caneca de volta na mesa. – Ele está aprontando com essa porra. – E já estava de pé, vestindo a calça, as barras úmidas e manchadas de lama.

– Que porra? – disse Janice.

– Tudo. – Procurou meias secas entre as roupas na cadeira. Achou duas que não eram do mesmo par, mas ambas pretas. Sentou-se na cama e calçou. Os cadarços úmidos estavam um horror.

– Toma esse café – mandou Janice. – Você ainda não é rica o bastante pra desperdiçar o café da Ella.

Flynne olhou para ela.

– Como ela está?

– Puta com você e Burton por se envolverem com Pickett, mas

pelo menos é uma ocupação pra ela. Sério, toma esse café. Não faz diferença se você chegar dois minutos depois.

Flynne pegou a caneca, foi à janela. Empurrou a cortina para o lado. Ensolarado, tudo encharcado da noite anterior. A bicicleta russa vermelha perto do portão, ao lado da Tarântula, cauda de escorpião com o bocal de combustível em garra novíssimo que ele supostamente sempre tivera.

– Conner tá aqui?

– Uns dez minutos atrás. Carlos e outro cara levaram ele pro trailer, num tipo de balanço, pendurado entre uns canos de plástico.

Flynne tomou mais café.

– Tommy foi embora?

– Não vi ele. Tem uma jarra de café fresco pra levar pra eles.

Alguns minutos depois, rosto lavado, descendo a ladeira, garrafa térmica grande e laranja batendo no joelho a cada passo, a trilha dava a impressão de que um pelotão marchara de um lado para o outro ali, botas revolvendo a lama escura, mas na realidade teria sido apenas a turma de Burton indo de um lado para o outro, quantas vezes fossem necessárias, além de Tommy e quem mais tivesse passado por ali. Um drone pequeno passou disparado, vindo de trás, até a base da ladeira, parou e pairou por um segundo, depois seguiu voo.

Burton estava sentado à porta aberta do Airstream, usando um suéter cinza velho, cueca samba-canção azul-clara, botas desamarradas. As pernas quase nunca tomavam sol, mas o rosto estava mais branco que elas. Ela parou na frente dele, a jarra bateu no joelho uma última vez.

– E?

– Não falou que dava vontade de vomitar – disse ele.

– Não me perguntou. Nada.

Ele olhou para ela.

– Você estava dormindo. Vi a coisa na cama, ainda conectada, e Edward estava aí. Você sabe que vi Conner usar o dele. Você teria feito o mesmo.

– Ei, Flynne – chamou Conner, de dentro. – E aí?

– Café.

– Traz aí. Guerreiro ferido aqui.

– O que você fez? – ela perguntou a Burton.

– Apareci usando a sua amiga, lá. Levantei, vomitei, derrubei o primeiro que entrou correndo.

– Merda. Quem?

– Rabo de cavalo. Terno de velório.

– Ossian. Fala que você não fodeu com tudo.

– Ash tratou ele. Com algo que parecia cruzamento de saco de touro com água-viva. Aquilo é lente de contato que ela usa?

– São tipo um piercing ou algo do tipo. Quais foram exatamente a rapidez, a intensidade e a violência com que você bateu nas coisas?

– Ele está puto comigo, não com você.

– Quanto tempo ficou lá?

– Umas três horas?

– Fazendo o quê?

– Sendo preparado. Caindo fora da sua amiga e entrando em algo que não me faz corar. Conversando sobre corporatização com a quatro-olhos. Quem é essa garota, afinal de contas?

– Parece que ninguém sabe.

– Toda vez que eu passava por um espelho, dava um pulo. Meio que parece com você mesmo.

– Só o corte do cabelo.

– Guerreiro ferido aqui, porra! – gritou Conner.

– Levanta – disse Flynne. – Deixa eu passar.

Burton se levantou. Ela subiu e passou por ele. Conner estava escorado na cama, com um travesseiro de Burton e uma das sacolas azuis de Macon atrás, usando uma das meias de corpo de Polartec. Faltava tanto dele. Ela se lembrou dele correndo no outro periférico.

– Que foi? – ele perguntou, olhando para ela.

– Acabei de lembrar – disse ela. – Não trouxe as xícaras.

– Burton tem xícara – lembrou Edward, da cadeira chinesa.

Ele se curvou e tirou uma caneca amarela de resina de uma caixa de ferramentas do Hefty.

Ela pôs a garrafa térmica na mesa ao lado dos cabos brancos ligados ao seu telefone.

– Achei que essa coisa fosse sob medida pra minha cabeça.

– Você tem mais cabelo – disse Edward. – Preenchi atrás com lenço de papel, que mantém ela pressionada contra a testa dele. Isso e a solução salina parecem dar conta.

– Imprime uma pra ele. Não quero ninguém usando a minha. Nem meu periférico.

– Desculpa – disse Edward, infeliz.

– Sei que ele te obrigou.

– Ele também não vai entrar no meu menino de ouro de jeito nenhum – disse Conner, decoroso, da cama.

– Arrumaram uma coisa pra ele – disse Edward. – Voltou aqui por alguns minutos, depois foi de novo.

– Um periférico? – ela perguntou.

– Coisinha com cara de Muppet – disse Burton atrás dela.

Ela se virou. Ele estava um pouco mais corado.

– Muppet?

– Um metro e meio de altura. Botaram uma espécie de cabine de piloto num exoesqueleto, onde ficaria a cabeça; botaram o Muppet nisso. Sincronizaram. Eu estava dando cambalhotas pra trás. – Abriu um sorriso.

Ela se lembrou da máquina branca sem cabeça.

– Você estava naquela coisa de exercício?

– Ash não queria que eu ficasse na sua garota.

– Nem eu quero. Põe a calça.

Ele e Edward fizeram uma dança no espaço apertado, Burton para chegar à arara de roupas, Edward para chegar a Conner, com a caneca na mão. Edward sentou-se na cama, segurando a caneca para que Conner bebesse o café. Burton puxou uma calça camuflada novinha do cabide.

– Vem aqui um minuto – disse a ela e saiu, levando a calça. Ela foi atrás. – Fecha a porta. – Ele tirou um pé da bota desamarrada, equilibrando-se ao pôr a perna na perna da calça, depois o pé na bota, depois repetiu com a outra perna. – Você saiu da casa quando tava lá? – Abotoando a braguilha.

– Só no quintal dos fundos. E voei num quad virtual.

– Quase ninguém – disse ele. – Viu isso? Maior cidade da Europa. Viu muita gente?

– Não. Só num lugar, mas é uma espécie de atração turística, e Netherton me disse que a maioria não era real, depois que voltamos. E é silencioso demais no quintal. Pra uma cidade grande.

– Dei a volta de quad também, com Ash, depois que ela ajeitou o do rabo de cavalo, enquanto ele preparava meu Muppet pro exo.

– Cheapside?

– Tinha nada de barato; só de solitário. Passamos acima do rio, voando baixo. Ilhas flutuantes, uma espécie de gerador de maré. Devo ter visto cinquenta, cem pessoas, durante todo o voo. Se é que eram pessoas. E quase nenhum veículo, nada parecido com trânsito. É a mesma aparência dos jogos de gerações anteriores, antes de ficarem ultrapassados. Antes de conseguirem fazer muita coisa em termos de multidões. Se isso não é um jogo, onde está todo mundo?

Ela se lembrou de sua primeira visão da cidade, enquanto subia reto, sentindo isso.

– Perguntei pra ela – disse ele.

– Eu também. O que ela disse?

– Disse que não tem tanta gente quanto estamos acostumados. O que ela falou pra você?

– Mudou de assunto. Ela te disse por quê?

– Disse que ia explicar quando tivesse mais tempo.

– O que você acha?

– Você sabe que ela acha que é tudo uma merda lá em cima?

– Disse isso?

– Não, mas dá pra sentir. Que ela acha isso. Você não sente?

Ela fez que sim.

64

ESTÉRIL

O bar estava trancado. Ele apertou o oval de aço escovado mais uma vez. Nada aconteceu.

Mas isso parecia ser irrelevante, ele percebeu, ao baixar a mão. Talvez como seria se tivessem instalado os laminados em Putney. Um pensamento tão pouco característico dele, que olhou à sua volta, como que para se certificar de que ninguém o vira tendo esse pensamento. Concluiu que estava em algum estado biofarmacológico complexo, uma vez que o Medici brincara com seus níveis dopamínicos, receptores, algo assim. Aproveite, aconselhou a si mesmo, embora talvez não fosse tão simples assim.

Segundo o que Ash dissera, ele entendeu que caíra num sono profundo e imediato ao dar uma esticada lá em cima, até acordar com a chegada de Burton. O Medici, ela dissera, emulara o efeito de muito mais sono REM do que de fato tivera, e outras coisas mais. Mas depois que ele a ajudara a pôr Ossian na cadeira, para consertar o ombro, ela insistira que ele voltasse a dormir, o que ele fizera, após uma segunda aplicação do Medici. Tendo visto o Medici fazer algo de aparência muito desagradável com Ossian, além de sangrenta, isso não lhe parecera nada meticuloso, ainda que ele soubesse que, na sua operação em nanoescala, o Medici fosse constantemente estéril.

Ele despertara novamente e descera a escada de ralador de queijo. Estava sozinho, a não ser pelos periféricos em suas respectivas cabines. O amigo de Flynne, Conner, deixara o dele na cama baronial do avô de Lev, braços cruciformes, tornozelos apropriadamente juntos.

O selo de Lowbeer apareceu, com o diadema, pulsante. Por acaso, ele estava olhando na direção da mesa, com a cadeira que parecia um trono, de modo que o selo deu por um momento a impressão de ser a coroa de algum executivo fantasma da Milagros Coldiron, sendo ela mesma uma espécie de corporação fantasma.

– Sim?

A pulsação parou.

– Você dormiu – disse Lowbeer.

– O irmão de Flynne chegou de forma inesperada.

– Ele foi rigorosamente selecionado pelos militares por uma integração pouco comum entre cálculo objetivo e impulsividade pura. ·

Netherton moveu de leve a cabeça, posicionando o selo sobre a janela, mas então deu a impressão de que um vulto coroado estava lá fora, olhando para dentro.

– Suponho que ele de fato parece mais equilibrado do que o outro.

– Não era antes – disse ela. – Os registros de serviço deles sobreviveram aqui, de antes de Lev tocar no mundo deles. Ambos sofreram danos de diversas proporções.

Netherton foi para a janela, pensando ter visto um pulso de luz submarina.

– Não gostei dele usando o periférico dela. – Mais um arco pulsou, e ele viu Ossian, andando na direção do Gobiwagen de um modo peculiar, braços ao lado do corpo e levemente flexionados, mãos para a frente na altura da cintura.

– Ossian parece estar empurrando algo que não está lá – comentou ele.

– Um carrinho de bebê russo. Vou mandar um técnico do toco de Lev para desmontá-lo.

– Carrinho de bebê? – Então ele se lembrou do carrinho oculto no vestíbulo.

– Dificultamos muito a posse de armas proibidas. As armas extraídas desse carrinho estarão inteiramente estéreis.

– Estéreis? – Pensando no Medici.

– Desprovidas de identificação.

– Por que você iria querer as armas?

– Você comeu? – perguntou ela, ignorando o questionamento.

– Não. – Ele percebeu que estava mesmo com fome.

– Melhor esperar então.

– Esperar?

Mas o selo dela sumiu.

PORTA DOS FUNDOS PRO AGORA

A Fab era uma extremidade da galeria, a ponta mais próxima da cidade; o Sushi Barn era a outra, com três lojas vazias no meio. A que ficava ao lado da Fab se saíra muito bem quando aqueles robozinhos de paintball eram um sucesso. A do lado dessa tinha sido de extensões de unhas e cabelo. Ela não conseguia se lembrar da loja entre essa e o Sushi Barn não estando vazia.

Burton entrou com o carro alugado no estacionamento, parou na frente do antigo minipaintball, cujo plástico cinza nas janelas, adesivado por dentro, começava a soltar nas pontas.

– Essa é nossa agora – disse ele.

– Essa o quê?

– Essa. – Apontando para a frente.

– Alugada?

– Comprada.

– Quem comprou?

– Coldiron.

– Compraram isso?

– Compraram a galeria – respondeu ele. – Fecharam hoje de manhã.

– O que significa isso, "fecharam"?

– É nossa. Já está correndo a papelada.

Ela não sabia se era mais difícil imaginar ter o dinheiro para comprar a loja ou querer comprar.

– Pra quê?

– Macon precisa de um lugar pra deixar as impressoras, nós precisamos de um lugar pra trabalhar. A sala dos fundos de Shaylene não vai dar conta. Ela já vendeu o negócio pra Coldiron...

– Vendeu?

– Aquela reunião que ela fez com você, depois o que ela viu Macon fabricando. Ela embarcou na mesma hora. Não dá pra administrar nosso setor num trailer perto do riacho. Então centralizamos aqui. Tira a pressão de perto da mamãe também.

– Acho que tira, de qualquer jeito.

– Temos drones aqui, outros mais chegando. Carlos está cuidando disso. Vai tirar a gente daquela idiotice de advogados vindo de carro de Clanton com sacos de dinheiro. É praticamente como se fosse grana de construtor desse jeito. Não dá pra pôr no banco, não dá pra pagar imposto sobre ela, e ganhamos um trocado toda vez que fazem lavagem. Se trabalharmos para a Coldiron USA, constituída bem aqui, isso é um salário. Salário e ações. Sede corporativa.

– Então o que a Coldiron USA faz?

– Empreendimentos imobiliários, hoje. Advogados estão com papéis pra você assinar.

– Que advogados?

– Os nossos.

– Que papéis?

– Coisas de registro comercial. A compra da galeria. Seu contrato como CCO da Milagros Coldiron USA.

– Não vou assinar porra nenhuma. O que é CCO?

– Diretora de comunicação. Você é. Só não assinou ainda.

– Quem decidiu? Eu não.

– Londres. Ash me falou quando eu estava lá com eles.

– Então, você é o quê, se eu sou CCO?

– CEO.

– Sabe que soa muito ridículo, né?

– Fala com Ash. Você é a CCO, comunique-se.

– Não estamos fazendo um trabalho de comunicação tão apropriado, Burton – disse ela. – Você fica concordando com essa porra toda sem me perguntar antes.

– É que está tudo indo rápido assim.

A Tarântula de Conner fez a curva, roncando, para entrar no estacionamento vazio, e freou ao lado deles, soltando o cheiro de frango frito até ele desligar o motor. Ela olhou para baixo, viu que ele estava dando um sorrisão para ela.

– Puseram ele no quê? – Burton perguntou a ela.

– Cruzamento de bailarino com faca de açougueiro – disse ela, sob o olhar semicerrado de Conner. – Demonstrador de artes marciais.

– Aposto que ele estava amando – disse Burton.

– Até demais – disse ela, e abriu a porta do carro.

Burton saiu pelo lado dele, contornou pela frente.

Conner virou a cabeça para vê-la.

– Vamos voltar pra onde não faltam dedos – disse ele.

Ela deu um cascudo nele, com força, no alto da cabeça mal raspada.

– Não vai esquecer quem te levou lá em cima. Meu irmão já virou nativo lá. Acha que a gente abriu uma startup, que é o CEO. Não vai ficar assim também.

– Dedos, pernas, essas merdas, é só o que eu quero. Trouxe o meu cateter. Num saco de zip lock na traseira do triciclo.

– Isso, sim, é animador – disse ela.

Burton estava tirando as correias dele.

– Senhoras, senhores – disse Macon, abrindo por dentro a porta de vidro cinza e sem nada –, nossa sede e carro-chefe norte-americanos. – Usava uma camisa social azul, com uma gravata listrada que era quase toda preta. Todos os botões abotoados, mas as pontas bem passadas não estavam para dentro da calça jeans velha e esburacada.

– Vejo que não é sexta-feira casual – disse Flynne, vendo Shaylene, atrás de Burton, com um terno feminino azul-marinho, ainda mantendo a coisa do cabelão, mas com uma aparência surpreendente de quem está pronta para trabalhar num escritório.

– Oi, Shaylene – cumprimentou Burton. Ele se curvou e pegou Conner no colo como quem pega uma criança de 10 anos que não pode andar. Conner passou o braço esquerdo, seu único braço, por trás do pescoço de Burton, como estava acostumado a fazer.

– Conner – disse Shaylene. – Como você está? – Ela parecia diferente, Flynne não sabia ao certo como.

– Aguentando firme – respondeu Conner, e usou o braço torto

para se erguer até uma posição em que podia dar um beijão babado na bochecha de Burton.

– Podia largar um cuzão no concreto agora mesmo – disse Burton, como se estivesse pensando alto.

– Vamos entrar pra sair do olhar do público – disse Conner. Macon entrou para sair da passagem. Burton carregou Conner para dentro, Flynne atrás deles. Depois Shaylene, que entrou e fechou a porta. Uma sala grande, iluminada por LEDs de trabalho novinhos com cabos amarelos limpos. Cheiro de mofo. Paredes de Gyprock remendadas de forma aleatória com tinta, revelando onde as bancadas e divisórias estavam antes. Alguém serrara uma passagem pra sala dos fundos da Fab, apenas um buraco em forma de porta, sem acabamento. Coberto com lona azul pelo lado da Fab. Um par de serras elétricas no chão ao lado.

Mais para o fundo, havia três camas de hospital novas, parcialmente retiradas do plástico bolha de fábrica, colchões brancos sem lençol e três suportes de soro, além de muitas caixas de isopor brancas, empilhadas até a altura da cabeça de Flynne.

– O que é tudo isso? – ela perguntou.

– Ash me diz o que vamos precisar, eu faço o pedido – respondeu Macon.

– Parece que você está montando um ambulatório – disse Flynne. – Muito fedido para um hospital.

– O encanador está vindo consertar isso – disse Shaylene. – A parte elétrica está prontinha, e os caras do minipaintball deixaram uma porrada de tomadas. Vou tentar fazer a limpeza enquanto não estiver fazendo o que quer que acabemos fazendo aqui.

– Essas camas são pra gente – Flynne disse a Burton. – Vamos voltar juntos, não é isso?

– Conner primeiro – disse Burton, carregando-o até a cama mais próxima e colocando-o nela.

– Acabei de imprimir um telefone novo pra ele – disse Macon. – Igual ao seu, Flynne. Ash quer que ele se aclimate mais, faça exercícios. Podem passar sequências de treino pra ele através da nuvem de IA do periférico.

Flynne olhou para Macon.

– Você parece bem por dentro das coisas de lá.

– É a maior parte do trabalho – disse Macon. – Em geral, a coisa vai fazendo sentido à sua própria maneira, aí você depara com algo que parece impossível, ou apenas completamente errado, então ela explica ou diz pra ignorar.

Ela olhou para trás e viu Burton e Shaylene conversando. Não dava para escutar o que diziam, mas a coisa que Shaylene sentia por Burton pareceu a ela não existir mais.

– Ela vendeu a Fab pra eles? – perguntou a Macon.

– Vendeu – disse ele. – Não sei o que ela recebeu em troca, mas eles conseguiram a atenção total dela. O que é bom, porque estou ocupado demais pra ficar cobrando quando as coisas atrasam, e ela tem talento pra isso.

– Ela está se dando bem com Burton?

– Normal.

– Antes era constrangedor – disse Flynne. – Tipo, um dia atrás ou dois.

– Eu sei – disse Macon. – Mas, antes disso, ela tinha conseguido se sustentar, e um monte de gente nessa cidade, com um negócio que não fosse o Hefty, nem construção de drogas, e que não era totalmente fajuto. Nesse sentido, eu diria que na verdade ela não mudou muito. Só ficou mais concentrada.

– Eu não teria esperado que ela fosse superar isso, do Burton.

– O que está mudando aqui é a economia – e o olhar dele lembrou-a de quando tinham aula de educação cívica, quando estudaram o colégio eleitoral. Ele era o único que realmente entendia. Lembrou-se dele sentado com a coluna reta, explicando aos outros. Mesmo olhar.

– Como?

– Economia, micro e macro. Por aqui é micro. Pickett não é mais a maior grana desse condado. – Ele ergueu as sobrancelhas. – Mas a macro, essa está megaestranha. Os mercados estão todos doidos em todo lugar, está todo mundo tenso, o Mapa de Crachás está um alvoroço, rumores malucos. Tudo desde que Burton voltou de Davisville. Somos nós, causando tudo isso. Nós e eles.

– Eles? – Ela se lembrou de como ele era bom em matemática, melhor do que qualquer pessoa, mas depois terminou o ensino médio e tinha família para cuidar; faculdade não era uma opção. Era uma das pessoas mais inteligentes que ela conhecia, ainda que fosse bom em ajudar as pessoas a se esquecerem disso.

– Ash me disse que tem mais alguém, lá em cima, capaz de chegar aqui. Está sabendo disso?

Ela fez que sim.

– Contratando gente pra nos matar – ela disse.

– Ãh-hã. Ash disse que tem duas proliferações anômalas diferentes de eventos extremos em subsegundos no mercado neste exato momento. Nós e eles. Você entende essa porra financeira de subsegundo?

– Não.

– Os mercados estão cheios de algoritmos de comércio predatórios. Evoluíram pra caça em bandos. Ash tem gente com as ferramentas pra transformar esses bandos em algo vantajoso pra Coldiron por baixo dos panos. Mas quem mais estiver lá em cima, com sua própria porta dos fundos pro agora, tem as mesmas ferramentas, ou quase a mesma coisa.

– E o que isso quer dizer?

– Acho que é como uma guerra mundial invisível entre duas partes, mas econômica. Até agora, pelo menos.

– Macon, querido – chamou Conner da cama de hospital, emoldurada por uma aura de plástico-bolha rasgado –, traz o cateter deste guerreiro ferido. Está lá na traseira do triciclo. Não quero que seja roubado por algum babaca.

– Ou talvez eu esteja louco – disse Macon, virando-se para sair.

Flynne foi para o fundo da sala, atrás das camas e dos suportes de soro, e ficou olhando para as janelas sujas e gradeadas, teias de aranha empoeiradas nos cantos, moscas mortas e ovos de aranha pendurados. Imaginou, atrás de si, crianças brincando de paintball com seus robozinhos e tanques na grande caixa de areia que antes havia ali. Parecia que tinha sido há uma eternidade. Imaginou os ovos de aranha eclodindo, algo que não era aranha saindo, ela não fazia ideia do quê.

– Algoritmos predatórios – disse ela.

– O quê? – perguntou Conner.

– Não faço a mínima ideia.

DROPBEARS

– Ela vai ligar para você – disse Ash, entregando a Netherton um plástico transparente e sem cor em forma de U, como algo para segurar o cabelo de uma menina para trás. – Coloque.

Netherton olhou para o plástico, depois para Ash.

– Colocar?

– Na sua testa. Ainda não comeu, espero?

– Ela sugeriu que eu esperasse.

Ash viera equipada como um sinal de mau agouro, com a lixeira de aço escovado de que ele se lembrava da chegada inicial de Flynne.

Estava agora ao lado da parte mais longa de estofado cinza da gávea.

O selo de Lowbeer apareceu.

– Sim? – respondeu ele antes que começasse a pulsar.

– O recorte autônomo, por favor – disse Lowbeer.

Ele viu que Ash estava descendo a escada; fios esticados vibravam a cada passo. Ele pôs com cautela o jugo frágil na testa, mais perto do cabelo do que dos olhos.

– Melhor se reclinar por completo – disse Lowbeer num tom que o fez lembrar de assistentes de dentista.

Netherton o fez, relutante, com o banco estofado ávido demais para se ajustar, formando um apoio mais confortável da cabeça.

– Olhos fechados.

– Odeio isso – disse ele, fechando os olhos. Agora não havia nada além do selo.

– Com os olhos fechados, faça contagem regressiva começando do quinze. Depois abra.

Netherton fechou os olhos sem se dar ao trabalho de contar. Nada aconteceu. Então uma coisa aconteceu: ele viu o selo de Lowbeer, só por um instante, como se fosse um negativo fotográfico antigo. Abriu os olhos.

O mundo ficou invertido, jogou-o com força para baixo.

Ele estava deitado de lado, encolhido, num lugar todo cinza. A iluminação, o pouco que havia dela, era cinza como todas as coisas visíveis. Sob algo muito baixo. Teria sido impossível ficar de pé ou até mesmo se sentar.

– Aqui – disse Lowbeer. Netherton esticou o pescoço. Acomodado perto demais do rosto dele, havia algo inimaginável. Um som curto, de gemido, em seguida ele percebeu que ele mesmo o fizera.

– Os militares australianos – começou ela – chamam isso de *dropbears**. – O focinho da coisa, achatado como o de um coala, imóvel à medida que ela falava, estava levemente aberto, expondo uma profusão de dentes minúsculos e cristalinos, não mamíferos. – Unidades de reconhecimento. Pequenas, descartáveis. Esses dois foram envoltos por um halo e guiados para cá. Como está se sentindo? – Os olhos inexpressivos eram redondos e simples feito botões, da cor do rosto sem pelo. Orelhas côncavas de aparência mecânica, se é que eram orelhas, giravam em espasmos, independentes uma da outra.

– Você não fez isso – disse Netherton. – Não aqui. Por favor.

– Fiz. Não sente náusea?

– Estou irritado demais para sentir enjoo – disse ele, percebendo, enquanto dizia, que era verdade.

– Siga-me. – E a coisa foi engatinhando rapidamente para longe dele, na direção de alguma fonte de luz, cabeça baixa para não bater no teto, se é que era um teto. Com pavor de ser deixado para trás, Netherton foi engatinhando atrás dela, tendo ânsia ao ver suas próprias patas de relance, as quais tinham polegares opositores.

---

* *Dropbear* é um animal australiano inventado na internet para colocar medo e fazer uma espécie de brincadeira com turistas. O próprio Museu da Austrália criou um verbete para o suposto animal, que especifica que ele seria parecido com um coala carnívoro de aproximadamente 1 metro e 120 quilos. [N. de E.]

Passado o teto baixo, ou o que quer que fosse, o periférico de Lowbeer levantou-se sobre pernas traseiras curtas.

– De pé.

Netherton se viu de pé, sem ter certeza de como conseguira. Olhou para trás, vendo que pareciam ter saído debaixo de um banco num nicho. Tudo era daquele cinza leitoso e translúcido. O brilho adiante, ele supôs, era do luar, filtrado por quantas membranas houvesse de arquitetura revoltante.

– Essas unidades – disse Lowbeer – já estão sendo consumidas pelos montadores da ilha, os quais devoram qualquer coisa que não tenha sido feito por eles, de pontos de polímero à deriva a objetos estranhos mais complexos. Uma vez que estamos sendo comidos, nosso tempo aqui é curto.

– Não quero ficar nem um pouco aqui.

– Não, mas lembre-se, por favor, que você foi empregado muito recentemente num esquema para monetizar este local. Você pode detestar intensamente, mas isto é tão real quanto você. Talvez mais, uma vez que não há nenhum esquema no momento para monetizar você. Agora, me siga. – E a forma que lembrava um coala saltava de repente, parcialmente de quatro, na direção de mais luz. Netherton foi atrás e descobriu de imediato uma agilidade inesperada. Lowbeer foi na frente, atravessando uma paisagem vazia, repugnante, ou talvez uma paisagem interna, uma vez que pareciam estar dentro de uma estrutura, maior do que a sala de mensagem de voz de Daedra. Fileiras de colunas irregulares dos dois lados, muito mais próximas à direita deles. A superfície sobre a qual corriam era irregular, levemente ondulada.

– Espero que você tenha um motivo convincente para isso – disse Netherton, alcançando-a, embora soubesse que pessoas como Lowbeer não precisavam de motivos, fosse para pôr Annie Courrèges numa moby para o Brasil, fosse para trazê-lo ali.

– Um capricho, muito provavelmente – respondeu ela, confirmando o pensamento dele. O esforço físico do coala não parecia afetar a fala dela, nem a dele. – Achei que talvez fosse ajudá-lo a lembrar o que eu lhe disser aqui. Por exemplo, que a minha investigação neste momento parece depender de uma questão de protocolo.

– Protocolo?

– O corpo de al-Habib, se não foi tocado no ataque, mas permaneceu onde caiu, não faz absolutamente nenhum sentido em termos de protocolo. Muito menos do protocolo de um sistema americano de ataque em baixa órbita.

– Por quê? – Netherton perguntou para se prender ao mero ato de conversar como um preservador da vida.

– Um sistema que priorizasse a segurança dela teria neutralizado de imediato qualquer possibilidade de que ele representasse uma ameaça póstuma.

– Quem?

– Al-Habib. Ele poderia, por exemplo, ter um implante de bomba. Considerando-se o volume dele, uma bastante poderosa. Ou uma arma de enxame, aliás. O sistema cuidou dos outros. – Netherton lembrou-se da silhueta da mão voando. – O protocolo exigiria que ele fosse tratado da mesma forma. Não foi. Deve ter havido uma razão estratégica para isso. Um pouco mais devagar, agora. – Sua pata dianteira dura e cinza bateu no peito dele. Inconfundíveis: garras. – Eles estão por perto.

Música. Tirando o arrastar dos pés dele e de Lowbeer, o primeiro som local que ele ouvira desde que chegara ali. Como os tons dos andadores de vento, mas mais baixo, mais organizado, com um ritmo ponderoso.

– O que é isso? – perguntou Netherton, parando por completo.

– Um canto fúnebre para al-Habib, talvez. – Ela também havia parado. As orelhas rodavam, buscando. – Por aqui. – Ela o guiou para a direita, na direção da base longa da coluna mais próxima, depois para a frente de novo, ao longo da base. Quando se aproximaram da quina, ela caiu com as quatro patas e foi engatinhando para espiar ao redor, como algo saído de um livro infantil, mas que dera errado e ficara pavoroso. – Aí estão eles.

Netherton apoiou a pata direita na coluna e inclinou-se acima do urso de Lowbeer até conseguir ver por trás da coluna. Uma aglomeração considerável de vultos pequenos e cinza, previsivelmente horrendos, agachados em torno do cadáver ereto do remendador chefe. Ele estava oco, Netherton viu. Membrana fina, como a arquitetura da ilha. Sem olhos, a caverna da boca aberta, ele parecia estar escorado com finos pedaços de restos de madeira prateados.

– Incorporando-o à estrutura do local – explicou Lowbeer. – Mas não tanto por causa do mito, mais por causa do plástico. Cada célula do corpo dele substituída por um minimum de polímero recuperado. Ele conseguiu escapar, entende?

– Escapar?

– Para Londres. Os americanos possibilitaram isso ao não destruir seus restos aparentes. Embora ele tenha sido sempre um pouco artista da fuga, nosso Hamed. Clepto do Golfo Menor. Dubai. Mas um quinto filho. Logo virou a ovelha negra. Muito negra mesmo. Teve de fugir no fim da adolescência, diante de um mandado de morte. Os sauditas, especialmente, o queriam. As tias sabiam onde ele estava, claro, embora eu mesma tivesse me esquecido dele. E não contaríamos para os sauditas, claro, a menos que valesse a pena para nós. A mãe dele é suíça, aliás, uma antropóloga cultural. Neoprimitivos. Ele teria baseado os remendadores neles, imagino.

– Ele forjou a morte? – A música, se podia ser chamada assim, era uma broca quase toda supersônica, perfurando o cérebro de Netherton. Ele se endireitou, afastando-se de Lowbeer e da coluna. – Não consigo fazer isso.

– Forjou de forma muito complexa. O DNA do periférico é de um indivíduo imaginário, porém com um passado altamente documentado agora. Imagino que o DNA do próprio Hamed seja bastante imaginário a esta altura, aliás, como um meio de se manter um passo à frente dos sauditas. Mas terei piedade do senhor, sr. Netherton. Vejo o quanto isto é difícil para o senhor. Feche os olhos.

E Netherton fechou.

BELEZA NEGRA

Os advogados deles eram da Klein Cruz Vermette, em Miami. Um dos três que o encontraram numa lanchonete do Hefty era Vermette, Brent, mas não o do nome do escritório. Filho do nome, ainda não sócio pleno.

Tinha sido ideia de Macon assinar os documentos ali. Senão o fariam na Fab, ou no espaço ao lado, ou no carro de polícia de Tommy, uma vez que Tommy os levara até o campo de futebol, onde o helicóptero que haviam fretado em Clanton pousara. Foram de Miami a Clanton no próprio jato e foram simpáticos. Tão simpáticos, ela pensou, que a Coldiron devia estar pagando uma grana preta para fingirem não estar achando aquilo tudo muito esquisito, que ela, Burton e Macon estavam formando uma corporação que estava comprando uma galeria. Mas de fato facilitava as coisas, a simpatia. Brent, que tinha um bronzeado com cara de mais caro ainda do que o de Pickett, mandara ver num prato de retalho de porco, enquanto os outros dois tomaram café com leite do Hefty.

Ela só vira Tommy quando ele andou com eles do estacionamento até lá, não tivera a chance de falar com ele. Ela supôs que as caronas e a segurança faziam parte do seu trabalho agora, ou parte da função segundo o acordo de Jackman com Pickett. Ele acenara com a cabeça para ela quando voltava para o carro. Ela sorrira para ele.

Ela teria achado que Tommy levar os advogados a uma reunião no Hefty Mart era chamativo demais, mas agora ela entendia que a relação dele com a cidade sempre fora estranha. Muita gente devia saber de Jackman e Pickett, e mais gente do que ela queria imaginar devia ganhar dinheiro com construção, ainda que talvez não tão diretamente.

Então se alguém visse Tommy levar pessoas de roupa social para o Hefty, depois esperar no estacionamento enquanto elas faziam uma reunião lá dentro, talvez só ignorasse o fato. Ou talvez fosse até ele para dar um oi, e Tommy daria algo da máquina da Coffee Jones, mas ninguém perguntaria o que ele estava fazendo.

Agora ficaram só ela e Macon ali, depois que Burton foi com Tommy levar os advogados de volta ao helicóptero. Ela comprara meia porção de picadinho de frango, do qual ela às vezes gostava mais do que admitia.

– A gente podia até ter duas cabeças – disse Macon – que eles não teriam falado nada. – Ele estava com o Viz, e ela achou que ele estava literalmente de olho nas notícias e no mercado.

– Mas foram simpáticos.

– Você não ia querer estar contra deles.

– Você é diretor de tecnologia, então?

– Isso.

– Shaylene não está na diretoria? Isso foi ideia de Burton?

– Acho que não foi decisão dele. Estou achando que eles olham pra quem é essencial pra o que quer que faça isso valer a pena pra eles. Você é, Burton é, é evidente que eu sou e Conner.

– Conner?

– Também não está na diretoria, mas parece que é essencial.

– Parece por quê?

– Ele já engoliu uma dessas. – Ele tirou uma caixinha de plástico do bolso da camisa azul nova e pôs na mesa entre eles. Transparente, quadrada, chata. Dentro, espuma branca com um único recorte acomodando uma pílula preta brilhante. – Vai precisar de água.

– O que é isso? – Ela olhou para ele.

– Rastreador. Não é isso. É uma capa de gel em torno dele, faz com que fique mais difícil de perder, mais fácil de engolir. Quase não dá pra ver de tão pequeno sem o gel. Ash encomendou da Bélgica. Cola no revestimento do estômago, dura seis meses, depois se desmonta e a natureza se ocupa do resto. A empresa que produz tem a própria série de satélites de baixa altitude. Tem que ficar reenviando os satélites, mas fazem disso um recurso, não um defeito, porque podem ficar mudando a criptografia programada.

– Para saberem onde eu estou?

– Praticamente o tempo todo, a não ser que alguém te prenda numa gaiola de Faraday ou no fundo de uma mina. Um pouco mais robusto que o Mapa de Crachás – ele sorriu –, e você poderia perder seu telefone. Quer água?

Ela abriu a caixa, balançou para a coisa sair. Não parecia diferente de nenhuma outra pílula. Reflexos minúsculos das luzes da lanchonete no preto intenso e brilhante.

– Não precisa se incomodar – disse ela, pondo a pílula na língua e empurrando com meia xícara pequena de café preto que Burton deixara na mesa. – Queria que isso significasse que alguém na Bélgica pudesse me dizer onde diabos estou. Digo, em relação ao resto da coisa toda.

– Sabe o que significa danos colaterais?

– A pessoa se machuca porque acontece de estar perto de algo que alguém precisa que aconteça?

– Pense que essa pessoa somos nós. Nada disso está acontecendo porque qualquer um de nós é quem é, o que é. Acidente, ou começou com um, e agora temos pessoas que podem até ser capazes de suspender leis básicas da física, ou de quaisquer formas de finanças, fazendo o que quer que estejam fazendo, quaisquer que sejam seus motivos. Então poderíamos ficar ricos ou ser assassinados, e tudo seria apenas colateral.

– Parece que é por aí mesmo. O que você acha que a gente deve fazer em relação a isso?

– Tentar não se prejudicar. Deixar a coisa ir pra onde está indo, caso não esteja nos prejudicando, porque não podemos impedir nada disso mesmo. E porque é interessante. E fico contente que você tenha engolido isso. Se você se perder, vai nos dizer onde te encontrar.

– Mas e se eu quiser me perder?

– Não são eles que estão tentando te matar, certo? – Ele tirou o Viz, olhou nos olhos dela. – Você os conheceu. Acredita que tentariam te matar se você assumisse uma posição que os botasse em alguma merda bem grande, ou se fizesse com que perdessem muita grana?

– Não. Não saberia te dizer exatamente por quê. Mas eles ainda poderiam ferrar completamente com o mundo, só de ficarem de bobeira com ele. Não poderiam?

Ele fechou os dedos em torno dos filamentos prateados rígidos e embaraçados. Ela olhou para baixo e viu as luzes dos projetores se mexendo lá dentro. Olhou para ele.

Ele fez que sim.

68

ANTICORPO

Netherton, olhos fechados com força, com um pavor visceral da luz cinza na ilha dos remendadores, começou a sentir um odor que parecia de mel, quente, mas com um toque metálico.

– Sinto muito, sr. Netherton – disse Lowbeer, por perto. – Suponho que isso tenha sido muito desagradável para o senhor. Além de desnecessário.

– Não vou abrir os olhos até ter certeza de que não estamos mais lá. – Abriu o direito, uma fração. Ela estava sentada de frente para onde ele se encontrava deitado.

– Estamos na cúpula do carro de luxo. Não como periféricos.

Ao abrir os dois olhos, ele viu que ela acendera uma vela.

– Você estava aqui antes?

– Estava na tenda de Ash. Se eu tivesse entrado antes, você teria perguntado aonde iríamos. E se recusado, possivelmente.

– Lugar revoltante. – Ele se referia à ilha, embora também valesse para a tenda de Ash. Ele se sentou, a almofada que apoiara sua cabeça baixando-se ao mesmo tempo.

– Ash – disse Lowbeer, dedos estendidos em torno da vela como se para se aquecer – imagina você como um conservador.

– Mesmo?

– Ou um romântico, talvez. Ela vê sua aversão pelo presente como algo enraizado no sentido de uma queda do estado de graça. De que uma ordem anterior, ou talvez a falta de uma, permitisse uma existência mais autêntica.

O recorte autônomo deslizou da testa de Netherton, sobre os olhos. Ele o puxou, resistiu ao ímpeto de parti-lo ao meio, pôs de lado.

– É ela quem lamenta as extinções em massa. Eu apenas imagino que as coisas eram menos tediosas, de uma forma geral.

– Eu pessoalmente me recordo desse mundo, o qual você pode apenas imaginar ter sido preferível a este. Eras são conveniências, especialmente para aqueles que nunca as vivenciaram. Esculpimos histórias a partir de totalidades que estão além da nossa capacidade de compreensão. Pregam-se rótulos no resultado. Alças para segurar. Depois se fala deles como se fossem as coisas em si.

– Não faço ideia de como poderia ser diferente. Simplesmente não gosto das coisas como são. Nem Ash, parece.

– Eu sei – disse ela. – Está no seu dossiê.

– O quê?

– Que você é um descontente crônico, ainda que um descontente sem nenhum propósito. Caso contrário, poderíamos ter nos encontrado antes. – O lilás dos olhos muito penetrante naquele exato momento.

– E por que, exatamente, você acha que al-Habib está aqui? – perguntou Netherton; uma mudança de assunto parecia subitamente bem-vinda.

– Aquilo era um periférico, no qual você a viu enfiar o polegar. Ele havia estado ali durante anos, de forma periférica, embora não com o peri que você e Rainey viram. Personalizado de forma muito cara, o que você viu morrer. Só estava lá havia alguns dias. Genoma completo, complemento total de órgãos, impressões digitais. As assinaturas forenses formais de uma morte jurídica esperando para serem assinaladas. A história da ilha atribuída a um futuro imaginário. O periférico anterior dele, muito provavelmente, foi lastreado e largado na coluna de água, a ser consumido pelos seus montadores. Nenhum dos membros mais próximos do séquito teria estado a par disso, nem da verdadeira identidade dele, e agora, convenientemente, cortesia dos americanos, estão todos mortos. Mas nós vimos os sobreviventes, não? Rebocando-o para uni-lo ao tecido do lugar. Homenageando o que ele fingira ser.

– Ele não estava lá de fato, antes?

– Presente no começo, certamente, para a flotilha inicial e tudo o mais. Talvez para o canibalismo também. Ele não é nem um pouco bonzinho, Hamed. Bom em fingir, porém.

– O que ele fingia ser?

– Um profeta. Um xamã. Motivado de forma extraordinária, portanto extraordinariamente motivador. Tomando as mesmas drogas que eles, que ele mesmo fornecia. Embora, é claro, ele não as tomasse de verdade. Se você gosta de se indignar com o tédio, recomendo as comunidades intencionais, em particular as lideradas por carismáticos.

– Você acredita que ele estava aqui enquanto fazia isso?

– Não, não aqui. Genebra.

– Genebra?

– Enquanto lugar para aguardar uma oportunidade de monetização ótima da ilha, é tão bom quanto qualquer outro. E, é claro, a mãe dele é suíça.

– Com dois pênis e cabeça de rã?

– Tudo facilmente reversível – disse Lowbeer, apagando a chama da vela com os dedos. – Ele cometeu um erro, porém, ao não ficar lá. Londres foi o erro dele. Prematuro.

– Por quê?

– Porque ele voltou à minha atenção. – A expressão dela nesse instante fez com que Netherton desejasse outra mudança de assunto.

– O que é, já que está aguçando a minha curiosidade, que você ofereceu a Lev?

– Assistência no hobby dele.

– Você mentiria para mim?

– Se a necessidade fosse urgente o bastante, sim.

– Está me dizendo que o está ajudando a administrar o toco dele?

– Já tenho um panorama da história desse toco, afinal. Tenho informações que geralmente não estão disponíveis aqui. Nem lá, tampouco, ou devo dizer, nem então. Onde certos corpos estão enterrados, entende? A natureza da política verdadeira, contrária à política ostensiva, qualquer que seja o número de jogadores envolvidos, do âmbito público ou não. Alimentando-se as partes certas de tudo isso, num esquema "só sabe quem precisa saber", Ash e Ossian adquirem um poder considerável. Surpreende-me quão envolvente comecei a achar essa história.

– Quem mais está lá dentro, tentando matar Flynne e o irmão? Você sabe?

– Não, ainda não, embora tenha suspeitas. – Tirou um lenço branco impecável do bolso interno e limpou o polegar e o indicador. – Essa questão com al-Habib é de fato tão insossa quanto o pretenso exotismo dela, sr. Netherton. Nesse aspecto concordamos. Imóveis, plástico reciclado, dinheiro. Quem quer que tenha obtido a entrada para o toco de Lev provavelmente está envolvido com isso. Uma questão mais interessante, é claro, é como conseguiram a admissão.

– É mesmo?

– É. Uma vez que o servidor misteriosíssimo que permite tudo isso permanece um mistério.

– Eu poderia perguntar o que você faz de verdade?

– Você se orgulha de não saber quem é seu empregador. Está um tanto para trás nesse caso. Eu poderia me orgulhar, caso tivesse a mesma inclinação, de não saber o que eu faço.

– Literalmente?

– Com a mente aberta o suficiente a respeito, certamente. Fui oficial de inteligência no início da carreira. Em certo sentido, suponho que ainda seja, mas hoje vejo que tenho permissão para conduzir investigações conforme eu achar mais adequado. Em questões, caso eu assim as considere, de segurança pública. Simultaneamente, sou policial a serviço da lei, o que quer que isso signifique numa cleptocracia tão franca como a nossa. Às vezes me sinto como um anticorpo, sr. Netherton. Que protege uma doença.

Ela lhe ofereceu um atípico sorriso débil, e ele se lembrou de quando ela disse ter memórias suprimidas, quando ele e o Wu alugado de Rainey estavam no seu carro. Ela deve ter mais memórias, não suprimidas, pensou ele, porque nesse exato momento ele teve a certeza de sentir o peso delas.

COMO SOA

Quando Reece deu-lhe um choque paralisante com o que ela achara ser uma lanterna, ela havia acabado de notar que nada na mesa de Burton estava aprumado em ângulos retos. Doeu. Depois ela não estava pensando, não estava lá.

Depois da conversa com Macon, ela fora para casa, sem pressa, tentando não notar onde o carro dos homens mortos fora para a vala. Sem procurar drones. Fingindo que as coisas estavam normais.

A mãe estava dormindo quando ela chegou, Lithonia no lugar de Janice, que disse que Leon a levara de carro da Fab para lá. No andar de cima, ela esticou o corpo na sua própria cama, sem a intenção de dormir, e sonhou com Londres. Do alto, todas as ruas estavam cheias de gente, como as daquela Cheapside, mas com carros, caminhões e ônibus no lugar de cavalos e carroças. Cheia de gente, mas não era Londres, e sim a sua própria cidade, que ficara imensa, rica, e com um rio do tamanho do Tâmisa por causa disso. Ao acordar, ela desceu. Com a sua mãe ainda dormindo, Lithonia assistia a algo no Viz. Depois foi até o trailer, querendo saber se Burton estava lá, mas com preguiça de olhar no Mapa.

– Porra, Reece – ela protestava agora, puxando as abraçadeiras de plástico em torno dos pulsos.

Reece, dirigindo, não disse nada, apenas lançou um rápido olhar de inspeção, e isso despertou o medo. Não porque ele a paralisara com uma arma e a prendera no banco do carro com abraçadeiras de plástico, mas porque, quando ele olhou para ela, ela viu que ele estava cagando de medo.

Ela estava com uma abraçadeira em cada pulso e uma terceira prendendo essas duas, tudo isso preso com uma mais longa que passava

por baixo do banco. Ela podia erguer as mãos o suficiente para apoiá-
-las nas coxas, mas só.

Não sabia o que ele dirigia, mas não era de papelão nem elétrico.

– Me forçou – disse ele. – Não tive uma porra de opção.

– Quem?

– Pickett.

– Vai mais devagar.

– Ele vai seguir a gente.

– Pickett?

– Burton.

– Meu Deus... – Estavam na Gravely? Ela achou que fosse, depois
não achou mais. Olhou para os arbustos na beira da estrada, passando
muito rápido.

– Disse que matariam minha família – continuou ele. – Matariam,
também, só que não tenho. Seria só eu. Morto.

– Por quê? O que você fez?

– Merda nenhuma. Me mataria se eu não pegasse você pra eles.
Ele tem gente dentro do Homes. O Homes consegue encontrar qualquer um. Então me encontrariam, aí alguém viria me matar.

– Podia ter falado com a gente.

– Claro, aí eles vinham me matar. Me matariam de qualquer jeito
se eu não te levasse lá agora.

Ela olhou para ele e viu um músculo trabalhando, totalmente por
conta própria, na junta da mandíbula. Como se, conectado a algo, pudesse enviar sua história de vida em código, todas as partes que ele
não podia contar, das quais talvez não soubesse.

– Não queria – disse ele. – Não tive escolha entre acreditar neles
ou não. Eles são quem são, e isso é o que eles fazem.

Ela tateou os dois bolsos da frente da calça jeans. O telefone não
estava lá, não estava no pulso, não estava sentada em cima dele.

– Cadê meu telefone?

– Na malha de cobre que eles me deram.

Ela olhou para fora. Depois para as letras de plástico cromado no
porta-luvas.

– Que carro é esse?

– Jeep Vindicator.

– Gosta dele?

– Está maluca?

– Jogar conversa fora ajuda.

– Não é papelão, é americano.

– A maioria não é fabricada no México?

– Você só quer falar merda sobre a droga do meu carro agora?

– No carro em que você tá me sequestrando?

– Não fala isso!

– Por que não?

– É como soa – ele falou entredentes, e ela soube que ele não estava muito longe de chorar.

CONTATO

A cozinha estava com o cheiro agradável do blíni que Lev fazia.

– Ela está ajudando você com o toco – disse Netherton. – Ela me disse. – A chuva caía no jardim, nas folhas de aparência artificial das hostas. Tilacinos não gostavam de chuva? Nem Gordon nem Tyenna estavam à vista.

Lev olhava para a frigideira segmentada de ferro, então ergueu o olhar.

– Não espero que você entenda.

– Entenda o quê?

– O apelo dos contínuos. E de ter a colaboração dela. Ela já conseguiu nos colocar dentro da Casa Branca.

– Isso seria o quê, então, a primeira gestão Gonzales?

– Nenhum contato direto. Ainda. Mas estamos perto. Ninguém que eu saiba já penetrou um toco com tamanha eficiência. Ela sabe onde estão os pivôs, as peças móveis. Como a coisa funciona.

– Foi isso que ela lhe ofereceu após aquela primeira reunião?

– É recíproco – disse Lev, retirando a frigideira da resistência. – Ela me dá assistência, nós protegemos Burton e a irmã, você a ajuda com a questão de Aelita, Daedra, o que seja. – Com uma espátula, ele começou a transferir o blíni para dois pratos no aguardo. – Salmão ou caviar?

– O caviar é de verdade?

– Você precisa falar com meu avô se quiser caviar de esturjão.

– Na verdade, dispenso.

– Já comi. Não percebi a diferença. Este é um completo semelhante.

– Aceito, obrigado.

Lev carregou com esmero cada blíni com creme azedo e caviar.

– Ossian recebeu encomenda de um Bentley – disse Netherton. – Que saiu de Richmond Hill. Parecia um ferro a vapor cinza-prata, sem janelas, seis rodas. Medonho. Estacionou ao lado da tenda de Ash. Do que se trata?

– Transporte executivo. Do início da Sorte Grande. Precisam desmontar alguma coisa, então o farão aqui dentro. Montadores podem ser soltos.

– O carrinho de bebê?

Lev tirou os olhos do blíni.

– Quem contou?

– Ossian comentou do carrinho quando aguardávamos o periférico do seu irmão. Não mencionou a desmontagem. Mas depois o vi empurrando a coisa na garagem, e Lowbeer me disse que quer as armas do carrinho.

– Ele não sabia, quando você viu pela primeira vez. Ela só pediu o carrinho depois que você voltou daquela boate. Logo em seguida. Bom, não exatamente o carrinho. Ela perguntou se eu tinha alguma arma. Não guardo armas. Mas então me lembrei.

– Montadores?

– De curta ação. Se descomissionam. Se houvesse um acidente, o veículo deveria ser capaz de contê-los.

– Dominika não queria, segundo Ossian.

– Nem eu. Meu avô tem boas intenções, mas é de outra geração. Você ainda não visitou a Federação, certo?

– Não – disse Netherton.

– Eu também consegui evitar.

– Dominika nasceu aqui?

– Literalmente, em Notting Hill.

Lev era uma dessas pessoas a quem o casamento parecia simplesmente ser adequado de uma forma essencial, um estado que Netherton considerava inimaginável. O mundo parecia se constituir cada vez mais de estados assim.

– Por que Lowbeer quer as armas do carrinho? – ele perguntou enquanto Lev lhe passava um prato morno.

– Ela não disse. Dada a qualidade dos conselhos que ela tem dado a Ash e Ossian, fico relutante em questioná-la.

– Você não faz ideia de quem mais está no seu toco?

– Não. Mas os quants deles são tranquilamente tão bons quanto os de Ash. – Estavam agora sentados à mesa de pinho, Lev com o garfo suspenso acima do blíni. Franziu a testa. – Sim? – disse. – Eles sabem quem foi? – Olhou para Netherton, ou melhor, através dele. – Avise-me, então. – Baixou o garfo.

– O que foi?

– As assinaturas do telefone de Flynne desapareceram a cerca de 3 quilômetros da casa dela.

– Vocês não sabem onde ela está?

– Sabemos. Ela está com um rastreador no estômago. O serviço nos alerta quando ela sai do nosso perímetro especificado, como alertou agora. Tanto o rastreador como o telefone dela seguiram juntos de carro até a cidade mais próxima, algo que ela faz com frequência, depois ambos viraram para o norte. Ao fazerem isso, o telefone sumiu. Ou ela o desligou, o que ela nunca faz, ou alguém bloqueou o sinal. Pouco depois, ela saiu do perímetro. Desde então, o veículo tem excedido limites de velocidade, em estradas bastante irregulares.

– Ela está lá agora, dentro do veículo?

– Sim, mas se aproximando da base de operações do sintetizador de drogas que controla o condado dela.

Ela foi raptada? – perguntou Netherton.

– Lowbeer está furiosa, segundo Ash.

– O que você está fazendo a respeito?

– Lowbeer tem seu próprio contato, ou contatos, no toco. Ash disse que eles também estão cuidando disso. Assim como o irmão dela e Macon, claro.

– Quem são eles, esses contatos?

– Ela não diz. Ash e Ossian não estão gostando disso. Seria seja lá quem tem acesso à Casa Branca de Gonzales, imagino, não que ela tenha chegado a sugerir tal coisa. – Ele pegou o garfo. – Coma enquanto estão quentes. Depois vou descer para falar com Ash.

71

McMANSION

A casa de Pickett, pelo menos a única parte que ela chegaria a ver, não era nada do que ela imaginara.

Reece passara com ela por um portão branco com fendas, mas não entrara. Mais adiante, depois de um trecho longo com cerca branca de plástico, fabricada para se parecer com a ideia de alguém de plantações antigas, ele entrara por um portão de aparência menos importante, já aberto, onde dois homens de roupa camuflada e capacete aguardavam ao lado de um carrinho de golfe. Ambos estavam com fuzis. Reece desceu e falou com um deles enquanto o outro falava com outra pessoa pelo fone de ouvido, nenhum deles olhando para ela.

Ela desistira de tentar conversar com Reece alguns quilômetros antes. Notara que piorava a direção dele, e não fazia sentido morrer numa estrada escura na casa do cacete, nem mesmo numa situação como essa. Ficaram passando por destroços antigos, deixados por lá porque o estado não tinha condições, e o condado tinha muito menos, de fazer algo a respeito. Ela se perguntara se as pessoas envolvidas nesses acidentes estavam falando com alguém como Reece na hora da batida. Então se lembrou de ter engolido a pílula preta na lanchonete do Hefty e se perguntou se ela estava fazendo o que era esperado. Reece não sabia disso, mas pusera o telefone dela numa bolsa de Faraday.

Reece voltou ao jipe, abriu a porta do lado dela, tirou um alicate do bolso lateral, cortou a abraçadeira que a prendia ao banco e a mandou sair.

Pôs a mão na cabeça dela quando ela saiu, do jeito que os policiais faziam em programas de TV, o que a fez lembrar que ele nunca a tocara antes, que ela se lembrasse, nem sequer um aperto de mãos, e o conhecia de falar com ele havia cerca de três anos.

– Se você vir Burton – disse ele –, fala que não tinha nada que eu pudesse fazer.

– Eu sei que não. – E doeu saber que era verdade. Que um homem como Pickett, só por ser quem era, podia oferecer a Reece a escolha entre fazer aquilo ou esperar que alguém aparecesse para matá-lo.

Ele fechou a porta do jipe, entregou o saco com o telefone dela ao homem mais próximo, deu a volta por trás, entrou no lado do motorista, fechou a porta, voltou para a estrada e foi embora.

O homem com o telefone dela na bolsa de Faraday prendeu com um estalo o que ela achou ser uma guia de treino de cachorro na abraçadeira que prendia as que estavam no pulso dela. O outro homem observava o fechamento do portão. Em seguida, a levaram ao carrinho de golfe, em cuja lateral estava escrito "CORBELL PICKETT TESLA". O homem que segurava a guia sentou-se ao lado dela, atrás, e o outro dirigiu e nenhum dos dois disse uma palavra enquanto seguiam até a casa de Pickett por uma passagem para os fundos, uma pista de cascalhos que não fora aplainada direito.

A casa tinha refletores apontados para si, claros como a luz do dia e feios pra cacete, embora isso fosse apenas a parte de trás. Tudo estava pintado de branco, e ela supôs que a ideia era criar uma harmonia, mas não criava. Parecia que alguém emendara as partes de uma fábrica, ou talvez de uma concessionária, a uma McMansion*, depois enfiara uma lanchonete de uma rede interestadual no meio e duas piscinas. Havia galpões espalhados ao lado dos cascalhos e mais para trás e máquinas também, debaixo de lonas grandes, e ela se perguntou se ele não construía drogas ali. Concluiu que ele não faria isso, mas talvez pudesse cagar para isso. Mas talvez ele nem morasse ali.

O carrinho seguiu até uma porta branca ondulada na área com cara de fábrica, parou, e o homem ao lado dela deu um pequeno puxão na guia, então ela desceu. Ele a observava, mas não olhava nos olhos.

---

*   Modelo suburbano de mansão produzido em massa e de baixa qualidade. [N. de E.]

O outro homem tocou em algo no cinto, e a porta se abriu. Eles a conduziram a um espaço grande, quase todo escuro, e depois entre fileiras de tanques de plástico branco mais altos do que ela, como os tanques para armazenar água da chuva.

Chegou a uma parede que ela imaginou ser a fundação da casa original, no reboco sem acabamento, com uma porta. Porta normal do Hefty, mas com um ferrolho antiquado, um trinco grande e enferrujado encaixado na peça em forma de U. Mais para casa na árvore do que barão da construção, mas ela supôs que ele podia cagar para isso também. Ela esperou, como viu que era o que se tinha a fazer quando alguém a segurava por uma guia, enquanto o outro tirou o trinco, abriu a porta e acendeu luzes demais ao mesmo tempo, pendendo a partir do teto de concreto no reboco que já não era nada alto. Eles a levaram até uma mesa no meio, o único móvel na sala além de duas cadeiras, uma de cada lado, como as da lanchonete do Hefty. A mesa, parafusada ao chão com suportes em L galvanizados, tinha um tampo de aço inoxidável muito gasto, como o de uma cozinha de refeitório. Alguns amassados que ela não queria imaginar como tinham sido feitos, e alguém fizera um buraco exatamente no centro e pôs um parafuso com anel grande na ponta, do tipo que se usaria para pendurar um balanço de varanda. O homem com a guia a levou até a cadeira atrás da mesa, de frente para a porta, apontou, e ela se sentou. Depois, ele puxou os pulsos dela até o anel do parafuso, prendeu as abraçadeiras brancas de Reece nele com uma abraçadeira de cara muito mais séria, com aquele azul oficial do Homes, soltou a guia, e os dois simplesmente se viraram e saíram, deixando as luzes acesas e fechando a porta. Ela ouviu o trinco ser colocado de volta no ferrolho.

– Caralho de asas – disse ela, depois notou que soava ter cinco anos e que provavelmente estava sendo gravada. Olhou ao redor para ver se tinha câmeras, não viu nenhuma. Mas devia ter, porque não custavam nada, e talvez o prisioneiro fizesse algo ou dissesse alguma coisa que você gostaria de saber. As luzes eram fortes demais, do tipo de LED totalmente branco que deixava a pele horrível. Ela achou que poderia se levantar, mas talvez derrubasse a cadeira e ficaria sem ter onde se sentar.

Ouviu o trinco sair do ferrolho.

Corbell Pickett abriu a porta. Usava óculos escuros pretos com proteção lateral. Foi até a mesa, deixando a porta aberta. Seu relógio parecia saído de um avião antigo, mas de ouro e com pulseira de couro.

– E então? – perguntou ele.

– E então o quê?

– Já deslocou o maxilar antes?

Ela olhou para ele.

– Eu posso fazer isso pra você – disse ele, olhando nos olhos dela –, se não me contar mais sobre o seu pessoal na Colômbia de mentira.

Ela fez que sim, mexendo só um pouco a cabeça.

– O que mais você sabe além do que me contou na casa?

Ela estava prestes a abrir a boca, mas ele ergueu a mão, a que tinha o relógio grande de ouro. Ela congelou.

– Os seus colombianos – disse ele, baixando a mão –, de mentira ou não, não são necessariamente quem tem mais dinheiro nessa história. Pode ser outra pessoa. Pode ser que eu esteja falando com eles. Sobre você. Todos os advogados de Miami não significam porra nenhuma pra eles. Eu diria que isso está acima da sua capacidade, mas isso não faria justiça à situação.

Ela esperou que ele batesse nela.

– Não me conta nenhuma história por alto. – O bronzeado dele parecia mais esquisito, sob as luzes, do que a pele dela, mas mais uniforme.

– Eles não nos contam muito.

– As pessoas que estão falando comigo querem que eu te mate. Agora mesmo. Se virem uma prova de que você está morta, me dão mais dinheiro do que você pode imaginar. Então você não é uma pobre qualquer, por mais que pareça pra mim. O que te faz tão valiosa?

– Não faço ideia por que alguém ia ligar pra mim. Nem por que a Coldiron se ligou à gente. Se soubesse, te falava. – Então aquela coisa louca que dera nela pela primeira vez na Operação Vento Norte bateu: – De onde eles dizem que são, esse seu pessoal?

– Não dizem. – E ele estava puto por ser verdade, depois ficou puto por ter respondido.

– Se eu estou valendo mais morta do que viva – disse a coisa louca –, por que eu estou viva?

– A diferença entre um cheque compensado e uma vantagem. – Ele se inclinou um pouco mais para perto. – Não é burra, é?

– Wilf Netherton – disse ela, e a coisa louca foi embora tão de repente quanto chegara. – Da Coldiron. Ele ia querer uma chance de dar um lance maior que o deles.

Pickett sorriu, talvez, só uma pequena mudança nos cantos da boca.

– Se usarmos o seu telefone aqui – disse ele, recuando –, eles vão saber exatamente onde o aparelho está. Onde você está. Esperamos mais algumas horas, até ele ir pra outro lugar, e fazemos uma ligação, você e eu, pro seu sr. Coldiron. Enquanto isso, você fica aqui.

– Alguma chance de baixar a luz?

– Não. – E ela viu o microssorriso de novo, depois ele virou as costas e saiu, fechando a porta.

Ela ouviu o barulho do trinco.

SEMICLASSUDO

Netherton ficou observando Ossian transformar o carrinho desocultado, brilhante feito uma bala de caramelo molhada vermelho e creme, em algo surpreendentemente antropomórfico, ainda que de forma vaga. Os dois pares de rodas traseiras, agora de lado, rentes ao chão da garagem, haviam formado pés em forma de oito, dos quais brotavam pernas com listras coloridas. Sua armadura reluzente, em torno do assento do bebê, achatara lateralmente, alargando no alto, emulando um dinamismo muscular. Os pneus na ponta de cada braço davam a impressão de punhos cerrados. Ele não parecia estar armado, exatamente, mas transmitia uma atitude petulante, com certeza, e beligerante.

Apertando com o polegar o controle creme e vermelho, Ossian guiou-o até a porta aberta do caminhão executivo Bentley, no qual ele subiu, segurando a carroceria cinza-prata com as patas de rodas. Sentou-se num banco voltado para trás, paralisando quando Ossian deu um toque final no controle.

Ash insistira para que Netherton ficasse com Ossian enquanto ela e Lev lidavam com o aparente sequestro de Flynne. Ela e Ossian estavam em contato, mas Netherton só podia escutar o lado de Ossian de qualquer conversa, e isso na língua ininteligível deles que mudava toda hora.

Netherton viu Ossian vestir luvas grotescas, ou melhor, mãos no exoesqueleto branco. Elas tinham dedos demais, pretos e perturbadoramente flácidos, feito aranhas de borracha enormes e de anatomia equivocada. A segunda dera algum problema não especificado para Ossian, então ele a deixou de lado por ora, decidindo desocultar e transformar o carrinho de bebê.

WILLIAM GIBSON

– Quando eles vão chegar a Flynne? – perguntou Netherton.

– Como você sabe, eu não sei. – Ele largou o controle no bolso largo da frente do avental, curvou-se para ajustar as joelheiras amarelas que usava sobre a calça preta, depois se ajoelhou diante do exoesqueleto branco.

– Há alguma coisa que eu possa fazer?

– Você pode tentar cair fora – sugeriu Ossian, sem olhar para ele.

– Burton foi trazê-la de volta?

– Parece o mais provável.

– Eu diria que ele é competente.

– Tendência a perder o controle com violência à parte. – Ossian cutucou com um instrumento preto em forma de caneta o interior dos dedos pretos agitados da luva recalcitrante, fazendo uma pequena luz estroboscópica vermelha piscar por um momento.

– Ele estava desorientado. Compreensível. Quando você chegou nos interrompendo, ele reagiu.

– Eu poderia desorientar você se Zubov não precisasse que você mentisse na cara da sua namorada. É verdade que ela tira a epiderme inteira periodicamente pra pendurar em qualquer estabelecimento que esteja disposto a expor uma coisa dessas?

– Se você quiser colocar dessa forma.

– Pervertido, hein?

– Ela é artista. Eu não esperaria que você entendesse.

– Artista é o caralho – disse Ossian, como se estivesse citando o preceito fundamental de uma filosofia há muito professada, depois apertou a ferramenta em forma de caneta repetidas vezes dentro da aranha preta, conseguindo produzir uma luz verde constante por um momento.

– Por que você está vestindo isso?

– Para o técnico de Macon. Manipuladores de campo dos militares. Qualquer coisa, de cantaria a nanocirurgia. Quando ele ficar trancado, não pode descobrir que faltou a chave inglesa do tamanho certo.

– Trancado?

– Ali. – Apontando para o veículo prateado sem janelas. – Põe os dois lá dentro, sela, despressuriza, vácuo parcial. Se alguma coisa escapar, fica lá dentro. Na verdade, porém, isso tudo é pra satisfazer Zubov. Aqueles montadores são autoexterminadores. Se não fossem, nada nesse veículo os deteria.

Netherton olhou para o exoesqueleto. Ossian pusera de improviso um cilindro abobadado transparente nos ombros da coisa durante a visita de Burton. Dentro dele, imóvel, pernas flexionadas, estava o homúnculo que os levara de carro, junto com Lev, à casa do amor. Embora, na verdade, ele soubesse, Ash fora a motorista.

Ossian levantou-se, largando a ferramenta preta no bolso onde estava o controle.

– Lowbeer – disse ele – tem contato com alguém no toco. Você não saberia algo respeito, por acaso?

– Não – mentiu Netherton. – Quem?

– Se eu soubesse, estaria perguntando? Quem quer que seja, não está sendo pago. Não por nós. Ash aprova todo dinheiro gasto lá. Lowbeer tem alguém à disposição que parece ser capaz de entrar em qualquer lugar, descobrir qualquer coisa.

– Achei que fosse exatamente o que vocês iriam querer.

– Não se isso significar alguém da nossa equipe que seja uma incógnita total. O jogo passaria a ser de Lowbeer.

– Ela já é uma incógnita de qualquer jeito. E é bastante óbvio que o jogo está nas mãos dela desde aquela conversa que ela teve em particular com Lev.

– Ele não entende isso. Ela subiu o nível do jogo dele. Ele só vê isso agora. Mas pode ser que ele ouça você. Você é meio classudo. – Ele pestanejou, então, distraído. Olhou para o outro lado, escutando. Disse algo no esperanto do momento. Escutou de novo. – Estão mais perto dela agora – disse a Netherton.

– Ela está segura?

– Viva. Rastreador no estômago enviando sinais vitais.

– Rastreador?

– Senão não teríamos outra forma de encontrá-la.

As novas mãos do exoesqueleto, com um farfalhar seco inesperado, saltaram de repente para um estado de atenção eriçado, de prontidão hipermanipuladora.

– Vai com calma – falou Ossian, nem para Netherton nem, evidentemente, para Ash. – Vou precisar te colocar lá dentro primeiro, depois despressurizar.

Netherton viu o homúnculo, sob o domo transparente, baixar as próprias mãos e as do exo, simultaneamente, deixando pendentes os dígitos pretos.

VERMELHO VERDE AZUL

A única coisa boa que se poderia dizer deste vaso sanitário era que ele tinha um tampo. Sem portas, e o homem da guia de cachorro estava a uns 2 metros de distância, vigiando-a de canto de olho. Ele tinha substituído seu fuzil por uma pistola, presa numa daquelas tiras de náilon penduradas no cinto e amarradas na coxa, que é onde um gorila usaria uma arma.

Ela ficou aliviada por precisar apenas fazer xixi, já que tinha companhia. Conseguira fazer com que eles a levassem até ali, explicando que realmente precisava ir ao banheiro, que se não fosse molharia as calças e que isso não seria bom para Pickett, presumindo que ele fosse voltar, coisa que ela dissera a eles que ele com certeza pretendia fazer, mas somente algumas horas depois. Então tinha razão quanto à existência de câmeras e deve ter usado o tom adequado no discurso de prisioneira que precisa de ajuda para fazer xixi. Nada irritado, nem urgente demais. Apenas ali sentada, falando com a porta, porque não fazia ideia de onde havia alguma câmera. Foram duas tentativas, com um intervalo de alguns minutos, com cuidado para não exagerar na segunda vez. Não muito tempo depois, os dois haviam entrado, colocado a coleira nela, cortado as abraçadeiras azul-Homes que a prendiam à mesa e a levado para fora. Cerca de 10 metros para a esquerda, do lado oposto ao da porta de garagem por onde eles a tinham trazido, havia uma parte cercada e sem portas.

Sentada ali, imaginou que aquele poderia ter sido o lugar onde a heroína da Resistência, na Operação Vento do Norte, cortou a guia de cachorro com uma lâmina de punhal da OSS que havia escondido na calcinha. Ela não tinha lâmina de punhal alguma, mas eles não a haviam revistado, e talvez não tivessem revistado Reece. O que significava que eles eram mais desleixados do que a maioria das IAs de games que ela jogara e não sabiam que ela tinha um tubo de brilho labial, que poderia ser veneno ou gel explosivo. Mas, bom, isso era só o que ela tinha, e não era nenhuma das duas coisas. Em sua defesa, enquanto carcereiro, porém, o da guia de cachorro prendera o anel de náilon da alça com abraçadeiras a um cano vertical, com a tinta já descascada, logo à direita do vaso sanitário, o que tornaria difícil para ela atacar alguém com qualquer coisa menos poderosa do que uma arma. Quando ela puxou a calça jeans e se levantou, ele entrou e cortou a tira. Então, eles a levaram de volta para a sala superiluminada.

Foi provavelmente aí que ela reparou no inseto pela primeira vez, ainda que de forma vaga. Só um mosquito. Rápido, próximo, e então sumiu.

Mas de volta à sua cadeira, presa à mesa por uma nova abraçadeira azul-Homes, com os dois homens já fora de vista, algo passou zumbindo pela sua orelha. Se aqueles tanques lá fora fossem de água parada, haveria mosquitos aqui. Com as mãos amarradas, não seria capaz de fazer muita coisa quanto a isso.

Ela estava olhando na direção da porta fechada, já que era mais fácil e ela não tinha muita escolha, quando três pequenos pontos brilhantes de luz se moveram horizontalmente pelo seu campo de visão, na mesma linha, um após o outro, da direita para a esquerda, e desapareceram. Vermelho, depois verde, depois azul. Pareciam ser quadrados ou retangulares, e ela mal teve a chance de se perguntar se poderia estar tendo um derrame, uma convulsão ou algo assim, pois eles logo estavam de volta, da direita para a esquerda de novo, na mesma ordem, mais juntos, e então se juntaram numa única forma mais longa. De cor água-marinha.

Agora imóvel, no meio da porta branca com manchas de dedos da casa de Pickett.

Ela moveu a cabeça, esperando que a coisa que parecia um pixel se mexesse. Mas ficou parada, acima do tampo da mesa, mais perto do que ela achara que estivesse. Como se estivesse mesmo ali, um objeto água-marinha, impossível.

– Hm – disse ela, a mente se enchendo daquelas coisas que ela tinha visto matar e comer a mulher, e em seguida com sabe-se lá quantos episódios de *Ciencia Loca* sobre óvnis a que ela assistira. Não mencionavam nada pequenininho. A coisa descia agora, enquanto ela observava, até o tampo da mesa, entre seus pulsos amarrados. Diretamente para baixo, como um pequeno elevador. Dobrando de comprimento sobre o aço opaco, a coisa começou a girar sobre seu eixo, acelerando até virar um disco água-marinha borrado, do tamanho de uma moeda antiga de dez centavos, caído sobre a mesa. E escutou o som que aquilo emitia, um leve zumbido. Não conseguiu afastar mais os pulsos um do outro.

De água-marinha para amarelo-vivo, e em seguida um caroço vermelho estilizado, centralizado. A coisa ainda girava porque ela podia escutar. Um tipo de animação.

– Macon?

O disco brilhou com uma luz vermelha.

Ela tinha feito algo errado.

Água-marinha de novo. E então um símbolo de uma orelha, desenhado com uma única linha preta, como num alerta dentro de um anúncio de utilidade pública. Virou uma mosca, no mesmo estilo. E então os dois, lado a lado, a mosca encolhendo para entrar na orelha. Então amarelo de novo, os dois caroços de Edward em vez do único de Macon. O fundo amarelo ficou creme, os dois caroços viraram o distintivo de Lowbeer, aquela coroa de um dourado-claro. E então o disco sumiu, deixando um inseto real, muito menor, em seu lugar. Não uma mosca. Translúcido, de aspecto parecido com cera.

– Não pode ser – disse ela, sussurrando. Inclinou-se para a frente.

Rápido demais para ver. Entrou em seu ouvido esquerdo. Zumbindo. Mais fundo.

– Não fale – o zumbido virou a voz de Macon. – Você está microfonada na câmera. Finja que nada está acontecendo. Faça exatamente o que eu disser.

Obrigou-se a olhar para a porta. Parecia a voz dele, mas pôde ver a roupa da mulher esvoaçando na rua vazia.

– Bata os seus dentes duas vezes, um-dois, sem abrir a boca. O mais silencioso possível.

Ela olhou para baixo. Bateu os dentes duas vezes. A coisa mais barulhenta do mundo.

– Preciso de um minuto sem que você se mexa muito. Como você está agora, só que sem se mexer. Não parada demais, porque eu vou capturar e então mandar em loop de volta pra eles, aí eles vão ver esse loop e não o que vai acontecer depois. Entendeu?

Clique, clique.

– Sem grandes movimentos da cabeça nem do corpo. Se mexer demais, ressalta a repetição do loop. Quando eu disser pronto, fica pronta. Primeiro os fones, depois o traje.

Traje?

– Posso continuar? – perguntou ele.

Clique, clique.

– Capturando agora – disse ele.

Ela olhou para a porta. A maçaneta, as manchas logo acima dela. Torceu para que sua mãe estivesse bem, que Lithonia ainda estivesse lá.

– Pronto – disse Macon, finalmente. – Em loop. Levante-se.

Ela pôs as palmas das mãos no aço e ficou de pé, empurrando para trás a cadeira do Hefty. Ouviu a dobradiça rangendo.

A porta se abriu. Entrou uma esquisitice. Como se as retinas dela estivessem derretendo. Uma espécie de bolha turva.

– Traje de lula – disse Macon em seu ouvido. Camuflagem de calamar, como a que Burton e Conner usaram na guerra.

O traje ia lendo qualquer coisa que estivesse mais próxima e a emulava, mas parte dele parecia borrada de sangue. Como um trecho de código de game bugado entrando no lugar. E então uma luva da substância do traje, segurando a cabeça do tomahawk de Burton, disparou na direção dela, abaixo das mãos, para fisgar e cortar a abraçadeira azul. Na curva inferior da cabeça do tomahawk, havia um corte especial de lâmina, mais afiado ainda do que o resto, de uma afiação absurda. Para cordas, telas, cabos de segurança. Foi rapidamente para entre os pulsos dela e cortou o laço que os mantinha presos. A outra luva era uma pata cor de aço, entregando a ela duas manchas laranja presas a um fio laranja, que pareciam balas baratas do Hefty. Então ela deixou que entrassem em seus ouvidos, como Macon mandara, mas será que ele quis dizer que era para deixar o inseto preso lá dentro?

Burton caiu no chão, deslizou por baixo da mesa, surgiu de novo ao lado dela. Um rasgo de velcro, um vislumbre dos olhos dele. A coisa de lula se abrindo, sacudindo-se diante dela, imediatamente assumindo o que deveria ser a cor do rosto dela sob essas luzes, além de duas grandes manchas, o castanho dos olhos, tentando emulá-la, e então ela colocou a cabeça na coisa, e seus braços, que puxaram o traje para baixo, grande e frouxo demais, escuro lá dentro, mas em seguida ela conseguiu ver, aliviada com a iluminação menos intensa. Burton já fechava o próprio traje e se inclinava para fechar o dela, começando pelos pés.

– Saia – disse Macon, a voz alterada pelos fones de ouvido.

Burton pegou-a e passou-a por cima da mesa, depois pulou a mesa como um ginasta saltando sobre um cavalo com alças, puxou Flynne até a porta e saiu. Ela tropeçou. Seu pé era um borrão de concreto ao lado do coldre do homem da guia de cachorro, pistola ainda dentro e manchado de sangue.

Passou por cima dele.

– Porta – disse Macon, perto do ouvido dela. – Anda. – A porta de garagem por onde haviam entrado, aberta, a noite para além dela mais escura agora. Os grandes pés frouxos de pijama do traje se arrastavam, ameaçando fazê-la tropeçar.

Não é sangue de game, disse alguma outra parte dela, de alguma posição paralela distante.

ESSE PRIMEIRO TOQUE SUAVE

– Tá com ela agora – disse Ossian.

O operador do exoesqueleto, no toco, acabara de posicionar o exo no transporte executivo, num banco traseiro de frente para o carrinho de bebê inerte, manipuladores negros caídos.

– Quem?

– O irmão estouradinho. Começando exfiltração. Ash diz que ela está exagerando.

– Flynne?

– Lowbeer. Lacre a porta. – O comando, evidentemente, para o Bentley, fazendo a porta aberta se encolher com obediência para o nada, uma expansão ininterrupta de chassi cinza metálico; Netherton achava a última fase do fechamento peculiarmente desagradável, meio octopoide. – Totalmente hermético. Libere um terço da atmosfera cativa.

Netherton ouviu um jato agudo de ar.

– Desmonte – disse Ossian para o operador, Netherton supôs. – Se os tutoriais não forem adequados, peça ajuda.

– Exagerando?

– Ela está prestes a comprovar um argumento. Bem incisivo, irreversível.

– Ela precisa libertar Flynne primeiro.

– Devo pegá-la para você? Pode ser que eu não me importe de ser interrompido agora por nosso mestre da conversa fiada residente.

Netherton ignorou isso.

– O que o exo está fazendo ali dentro?

– Tentando tirar duas armas de enxame autolimitantes com sistema autônomo de mira de um carrinho de bebê. Não deve ser algo de uma dificuldade terrível, você poderia achar, porque acabou de me ver desligar o desgraçado de supetão. Claro que os sádicos de merda que projetaram essa coisa não iam deixar a minha vida ser tão fácil assim. E agora nosso técnico está tratando do problema... – Ossian estava escutando algo que Netherton não podia ouvir. – Pronto. Eu estava certo.

– Pronto o quê? – perguntou Netherton.

Ossian parecia bastante satisfeito agora.

– Ele não gostou desse primeiro toque suave, não foi? Montadores projetados. Comeram boa parte do estofamento de couro do pai de Zubov, e os elementos biológicos do nosso manipulador esquerdo. Não quiseram acreditar em mim que o desgraçado não dorme. Não tem botão de desligar. Esperando esse tempo todo para matar qualquer um que tentasse tirá-las do carrinho. Mas logo, logo, as duas serão nossas. E a que foi disparada liberou não mais do que alguns milhares de insetos. Ainda faltam milhões. Não pode ser recarregada, sabe, não nessa parte de Novosibirsk Oblast.

A coroa dourada apareceu.

– Ela está segura? – perguntou Netherton.

– Eu disse que não sei – disse Ossian.

Netherton afastou-se do Bentley.

– Aparentemente, sim – respondeu Lowbeer.

– Ossian me disse que Ash acha que você está exagerando. Foi a palavra que ele usou.

– Ela é inteligente, Ash, mas não está acostumada a operar usando força. É totalmente improvável que Pickett encontre um lugar no nosso esquema. E é fato que alguém tentou matar o senhor, sr. Netherton, recentemente. Pickett, podemos supor, já tem alguma relação, de qualquer grau que seja, com quem deu a ordem. Gostaria de ir para lá?

– Ir para onde?

– Para o toco de Lev.

– Isso é impossível. Não é?

– Fisicamente, sim. Virtualmente, mesmo que de forma tosca? Brincadeira de criança.

– Sério?

– Quase literalmente demais, neste caso – disse ela. – Mas sim.

PRECURSORES

O Homes prenderia sem hesitar quem eles pegassem tentando fabricar um traje de lula. Mais do que alguém que estivesse imprimindo peças para fazer uma arma automática, mais do que alguém construindo a maioria das drogas. Ela nunca esperou ver um traje desses, exceto em vídeos, e muito menos usar.

A noite lá fora, saindo da casa de Pickett, parecia incrivelmente silenciosa, o pouco que ela podia ver de dentro do traje. Ela ficou esperando que alguém gritasse, começasse a atirar, disparasse um alarme. Nada. Apenas as rodas do quadriciclo esmagando o cascalho. Elétrico, tão novo que ela ainda podia sentir o cheiro. Pago com parte do que Leon ganhou na loteria, ela presumiu, ou com aquele dinheiro de Clanton. Dava para sentir a força do torque. Se colocassem uma lâmina nele, o troço aplainaria a estrada de cima a baixo. Eles passaram corda de rapel pelo coxim da transmissão original para ficar mais fácil de se segurar. Tinha aquelas rodas de esqueleto, não pneumáticas. Sobre o cascalho elas se deformavam como pneus de mountain bike, mas, quando Burton virou para a direita, para fora do cascalho, ela viu as rodas se alargarem. Ainda mais silenciosas sobre a grama.

– Macon? – Sem saber se ele poderia ouvi-la.

– Aqui – disse o mosquito em seu ouvido. – Tirando você daqui. Falo depois.

Ela não podia ver para onde estavam indo. O traje de Burton estava perto demais da parte do traje dela por onde ela deveria enxergar, e os dois estavam provocando aquela coisa de feedback mútuo, tentando emular um ao outro, ficando cercados por um enxame atordoante de hexágonos distorcidos. O *Ciencia Loca* tinha mostrado isso. Agora Burton freou, desligou o motor. Ela o sentiu passar a perna para fora do assento e sair do quadriciclo. Ouviu-o abrir o velcro do traje dele, e então ele estendeu a mão e abriu o dela, perto do pescoço. Ar noturno no rosto. Ele chegou mais perto e apertou o braço dela.

– Easy Ice – disse ele. Ela mal podia ouvi-lo com os fones. Ela tirou o do lado esquerdo, preso na corda laranja. – Deixa isso aí – recomendou ele –, pode ficar barulhento. – Então ela enfiou de volta no ouvido, virando a cabeça para isso, e lá estava Conner, em sua prótese do VA com tornozelo de anime, atrás de Burton, à sombra de um barracão de metal.

Então ela viu que não poderia ser ele, porque o tronco e os membros estavam todos errados. Gorduchos, como se alguém tivesse enchido de massa de modelar um de seus collants pretos de Polartec, cheio demais. E tivesse colocado nele, numa aleatoriedade onírica, ela viu ao chegar perto, uma daquelas máscaras de Gonzales vagabundas, as icônicas cicatrizes de acne da presidenta representadas como crateras estilizadas nas maçãs do rosto exageradas. Ela fitou os olhos vazios. Lacunas pálidas.

Carlos saiu de trás, fuzil debaixo do braço. Todo de preto. Burton vestia-se igual, sob o traje de lula aberto. Carlos usava um gorro preto puxado para baixo, cobrindo as sobrancelhas. Seus olhos eram de um negro sólido com as lentes de contato de visão noturna.

– Preciso do seu traje pro nosso homem – disse Carlos. Ela deixou-o cair em torno dos tornozelos, deu um passo para fora dele. O enxame de hexágonos sumiu, imediatamente virou grama. Carlos pegou-o e começou a abrir zíperes, mais velcro. Colocou-o sobre a mochila grande e alta que ela havia acabado de perceber que a prótese usava. Burton estava colocando seu próprio traje sobre ela na parte da frente, a máscara de Gonzales saltando através de um zíper aberto. Eles arrumaram aquilo tudo, fazendo pequenos ruídos de velcro, juntando os trajes. Se fizessem certo, os dois trajes não fariam aquela coisa de feedback e os hexágonos sumiriam. O preto de suas roupas rodopiava na substância de lula. Quando terminaram, os dois deram um passo atrás e a coisa fundiu-se às sombras.

– Trajes prontos – disse Burton para alguém que não estava lá.

A coisa deu um primeiro passo para fora da sombra. A máscara era só o que dava para ver do resultado, com exceção dos tornozelos e pés. Como uma falha num game bugado. O sangue do homem da guia de cachorro ainda estaria ali em algum lugar. Ela não conseguia se lembrar do rosto dele. A coisa deu mais um passo, e então outro. Com aquele trotar que ela reconhecia, de Conner indo até a geladeira, mas inclinado para a frente, aqui, sob o peso do conjunto todo. Cambaleando, com pés chatos, tornozelos grossos, sobre o cascalho. Ela não podia ver a máscara agora. A coisa estava indo para trás, na direção da casa de Pickett, feia e iluminada por refletores.

– O que você está fazendo? – ela perguntou a Burton.

Ele levou um dedo indicador aos lábios, montou no quadriciclo, gesticulando para que ela subisse atrás dele. Carlos subiu atrás dela, esticando-se para pegar num pedaço de corda de rapel, e Burton deu a partida, através da grama, longe da estrada de cascalho.

Pickett tinha um campo de golfe, ela viu enquanto Burton se afastava cada vez mais da casa, dos barracões e do maquinário. A lua estava chegando. A suavidade do gramado, polímero ou grama geneticamente modificada. Ela viu um guaxinim ficar imóvel ao vê-los, a cabeça virando enquanto eles passavam.

Para além do verde, a terra inclinava-se em um pasto alto com algumas trilhas, talvez feitas por gado ou por cavalos. Ela podia ver algo branco à frente, e então percebeu que era aquela mesma cerca feia, mas ao longo de um trecho diferente da estrada. Duas figuras de preto levantaram-se quando eles se aproximaram, correndo para a cerca, levantando um trecho dela e movendo-o para o lado. Burton dirigiu pelo vão sem desacelerar, saiu num asfalto em tão bom estado que Pickett com certeza deveria pagar ao condado para que o mantivesse assim, e então seguiram por ali, acelerando.

Uns 800 metros depois, Tommy estava esperando ao lado de seu grande carro branco com um capacete do Departamento do Xerife e sua jaqueta preta. Burton desacelerou, parando ao lado dele.

– Flynne – disse Tommy. – Você está bem?

– Acho que sim.

– Alguém te machucou? – Tommy olhava como se pudesse ver dentro dela.

– Não.

Ainda olhando dentro dela.

– Vamos levar você pra casa.

Burton saiu do quadriciclo, atravessou a estrada e ficou parado de costas para eles, fazendo xixi. Ela desceu. Carlos deslizou para a frente, para o assento do motorista, segurou no guidão, ligou o motor e começou a partir. Antes de Burton atravessar a estrada de novo, ele havia sumido na escuridão, voltando por onde tinham vindo, ela imaginou que para pegar os outros dois.

Tommy abriu a porta do lado do passageiro para ela e ela entrou. Ele deu a volta, abriu a porta do lado do motorista e entrou. Burton subiu atrás dele e os dois fecharam as portas.

– Você tá bem, Flynne? – perguntou Tommy, mais uma vez, olhando para ela.

Ela fechou a porta.

Ele ligou o carro, e dirigiram por algum tempo no escuro, no sentido oposto ao que Carlos tinha ido. Ele acendeu os faróis.

– Pickett é um escroto – disse ela.

– Sabia disso – confirmou Burton. – Foi Reece?

– Pickett disse que eles iam matá-lo se não me levasse. Disse que o Homes podia encontrá-lo em qualquer lugar.

– Imaginei – disse Burton.

Mas ela não queria falar sobre Reece ou qualquer outra coisa que eles estivessem fazendo. Não se sentia à vontade pra falar com Macon através da escuta, porque eles a ouviriam e Tommy estava concentrado na estrada. Seria uma longa viagem de volta até a cidade, e tudo o que tinha acontecido antes parecia uma espécie de sonho, mas ainda em andamento.

Eles estavam quase na cidade quando Burton disse, para quem quer que fosse que não estava ali:

– Agora.

Eles viram a luz, a bola de fogo por trás deles, projetando a sombra do cruzador adiante na estrada. Então ouviram, e mais tarde ela pensaria que poderia ter conseguido contar a distância, como depois de um relâmpago.

– Droga – disse Tommy, desacelerando. – Que diabos você fez?

– Construtores – respondeu Burton, atrás dele. – Ainda capazes de explodirem a si mesmos.

Tommy não disse nada. Voltou a acelerar. Só olhando para a estrada.

Ela esperava que Reece não tivesse parado, tivesse saído do condado, dirigido até alguma outra parte do estado, sumido. Não queria perguntar a Burton a respeito.

– Tá a fim de um café, Flynne? – Tommy perguntou a ela, finalmente.

– Muito tarde pra mim, obrigada – disse ela, a voz como a de uma outra pessoa, de alguém que não tivesse passado por nada daquilo, e então ela apenas chorou.

APLICATIVO DE EMULAÇÃO

A faixa de cabeça que Ash estava oferecendo a ele parecia a que Lowbeer usara para levá-lo à ilha dos remendadores, mas com a adição de uma câmera dobrável translúcida, uma transparência leitosa que fazia a ponta da frente parecer um espermatozoide enorme.

– Eu não vou voltar lá – disse ele, grato pela largura da mesa do avô de Lev.

– Ninguém te pediu nada. Você vai visitar Flynne. Em resolução muito baixa.

– Vou?

– Nós já instalamos o aplicativo de emulação no seu telefone.

Ele se inclinou para a frente, pegou a coisa das mãos dela. Não pesava mais do que a outra, mas a câmera em forma de espermatozoide dava um toque ao mesmo tempo egípcio e cartunesco.

– Eles têm periféricos?

– Vou deixar você descobrir por conta própria.

WHEELIE BOY

– Você está com uma escuta no estômago? – Janice enfim perguntou da escuridão ao pé da cama. – E uma no ouvido?

Flynne estava sentada, apoiada nos travesseiros, de calcinha e com o moletom dos Fuzileiros, o luar derramando pela janela.

– O do estômago é um rastreador – disse ela. – De um serviço belga de satélites de segurança. Eu, Macon, Burton, Conner, todos nós temos um que eu saiba.

– E o do ouvido?

– Burton tirou.

– Como ele tirou?

– Macon fez ele voar para fora. Pra dentro de um frasco de comprimidos. Achei que era alguma coisa do futuro que eles tinham mostrado ao Macon como fabricar, mas ele diz que é daqui, última geração militar.

– O que você engoliu mostrou pra eles onde você estava?

– Ou eu não estaria aqui agora. Reece levou meu telefone.

– Macon fez um novo pra você. Tô com ele bem aqui. Seria muito difícil tirar essa coisa do seu estômago?

– Seis meses, e ele simplesmente desativa, Macon disse.

– E?

– Você caga ele, Janice.

– No banheiro?

– Na cabeça da amiga.

– Acontece todo dia – disse Janice, no escuro. – O tipo de gente que eu conheço. Mas você simplesmente confiaria nos belgas que dizem que o rastreador deles vai sair no seu cocô?

– Macon confiaria. Onde está Madison?

– Construindo um forte. Na sua nova sede mundial, ao lado da Fab.

– Por quê?

– Burton pediu. Deu um cartão de cobrança do Hefty pra ele. Disse pra improvisar.

– Com o quê?

– Uns duzentos paletes dessas telhas que imitam asfalto, basicamente. O tipo que é feito com retalho de garrafa, pneu velho, essas merdas. É pra deixar tudo nos sacos, pedir pros caras do Burton empilharem tudo que nem tijolo; 2 metros de altura, dois sacos de profundidade. Param umas munições sérias, essas coisas.

– Por quê?

– Pergunta pro Burton. Madison diz que, se for pro caso do Homes vir atrás de nós, não vai adiantar nada. E o Homes tomou conta do que restou da casa de Pickett. Tommy está lá pra ajudar.

– Deve estar de saco cheio de dirigir, indo e voltando.

– Você não foi estuprada ou algo assim, foi?

– Não. Pickett só mencionou que talvez deslocasse meu maxilar. Não que ele estivesse muito interessado, aliás. Eu acho que ele só queria mais era o máximo de dinheiro que pudesse conseguir comigo.

– E isso resume bem – disse Janice.

– Resume o quê?

– Por que eu espero que o filho da puta esteja morto.

– Se você tivesse visto como eles soltaram aquela bomba, saberia que não seria possível espreitar ninguém, nem mesmo usando um traje de lula.

– Fico na torcida, de qualquer modo – falou Janice.

– Como eles conseguiram trajes de lula?

– O tal de Griff.

– Quem?

– Griff. O pessoal da Ironside enviou ele de cara.

– Coldiron.

– Ele veio aqui assim que Burton soube que você estava fora de área. Helicóptero a jato, pousou no pasto ali. – Janice apontou, a mão surgindo no luar. – Eu nem cheguei a ver a cara dele. Madison viu.

Parecia inglês, Madison falou. Provavelmente é onde eles conseguiram aquele microdrone também.

– O que ele é?

– Não faço ideia. Madison diz que o helicóptero veio de D.C. Disse que era Homes.

– Homes?

– O helicóptero.

Pickett tinha pessoas no Homes, Flynne lembrou de Reece ter dito.

– Acho que estou por fora de novo. – Quando ela não estava no futuro, pensou, estava sendo sequestrada e resgatada.

– Com a casa de Pickett toda arrebentada, nós temos a chance de acordar amanhã e ver quem parece que teve a fonte de renda principal detonada. Olha, o telefone que Macon fez pra você. – Ela o passou para Flynne, da escuridão.

– Eu preferia ter o meu de volta. – Isso a irritava, todas as horas que ela passara na Fab para pagar por ele.

– O seu tá num avião pra Nassau.

– Nassau?

– Alguém num escritório de advocacia por lá. Eles tiraram o telefone de um saco de Faraday, pouco depois de Burton e os outros terem tirado você da casa de Pickett. Macon bricou o telefone.

Flynne lembrou de Pickett dizendo que ele a faria ligar para Netherton, para tentar conseguir mais dinheiro por ela do que os outros estavam oferecendo.

– Macon disse que Pickett tem bons advogados em Nassau – disse Janice. – Mas não tão bons quanto os seus, e em número menor.

– Temos três, que eu saiba.

– Muito mais agora, na cidade. Moradia e alimentação para eles é uma indústria em crescimento. E oportuna, também.

– Ele pôs meus aplicativos e tudo nesse? – Flynne levantou seu novo telefone, cheirou. Recém-fabricado.

– Sim, além de uma boa criptografia, rodando em segundo plano. Ele falou pra mudar todas as senhas. E não vai usar seu aniversário ou seu nome de trás pra frente. E tem um Wheelie Boy do Hefty pra você, naquela bolsa de compras ali na mesa.

– Um o quê?

– Wheelie Boy.

– Que porra é essa?

– Macon achou no eBay. Estoque antigo renovado. Novo, na caixa.

– Ãh?

– Da época do colégio. Tipo um tablet em um bastão? A parte de baixo parece um Segway pequeno. Lembra desses trecos? Motores, duas rodas, giroscópios pra ficar na vertical.

– Parecia uma coisa idiota – disse Flynne, lembrando agora.

O telefone de Janice bipou. Ela checou, a tela iluminando seu rosto.

– Ella precisa de mim.

– Se for algo sério, me chama. Caso contrário, vou tentar dormir.

– Estou feliz que conseguiram trazer você de volta bem. Sabe disso?

– Te amo, Janice – disse Flynne.

Depois que Janice desceu a escada, ela se levantou, acendeu o abajur de cabeceira, levou a sacola de compras para a cama. Havia uma caixa dentro com a imagem de um Wheelie Boy do Hefty na tampa. Como um mata-moscas de plástico vermelho preso em uma bola de softbol da mesma cor e dois pneus pretos de trator de brinquedo nas laterais. A parte de cima era um minitablet com uma câmera, numa haste. Comercializados como brinquedos, monitores de bebê, para amizades de longa distância ou plataformas tristes para romances, ou até mesmo uma espécie de férias virtuais de baixo custo. Era possível comprar ou alugar um em Las Vegas ou Paris, por exemplo, dirigi-lo por um casino ou museu, ver o que ele via. E enquanto fazia isso, e essa era a parte de que ela nunca gostou, ele mostrava o rosto da pessoa no tablet. Usava-se um capacete com uma câmera num suportezinho que capturava reações da pessoa vendo as coisas através do Wheelie, e as pessoas que estavam olhando para ele viam que você estava vendo tudo, e você podia conversar com elas. Ela se lembrou de Leon tentando convencê-la, dizendo que as pessoas estavam usando aquilo com fins sensuais, coisa que ela esperava que ele tivesse inventado.

De volta à cama, abrindo a caixa, ela pensou que era dali que os periféricos podiam ter vindo, ao menos em parte. O Wheelie Boy, ao seu modo vagabundo, tinha sido um.

Dentro havia um bilhete amarelo de um bloco de notas da Forever Fab. "ORDENS DO MÉDICO, TOTALMENTE CARREGADO + CRIPTO SINISTRA. ASS: M" em marcador grosso, rosa fluorescente.

Ela tirou a coisa da caixa e tentou deixar de pé, mas caiu para trás, o tablet em meio ao luar como um espelho negro. Na parte inferior da esfera vermelha, um botão branco. Ela apertou. Giroscópios foram ligados com um pequeno gemido, a haste de plástico vermelho com o tablet na ponta de repente ficou de pé sobre a cama, rodas pretas movendo-se de forma independente sobre os lençóis, virando à esquerda, depois à direita.

Ela cutucou a tela preta com o dedo, empurrando-a para trás, os giroscópios corrigindo a posição.

Então ele se acendeu, com o rosto de Netherton nele, muito perto da câmera, olhos arregalados, nariz grande demais.

– Flynne? – disse ele através de um alto-falante pequeno e barato.

– Puta que o pariu – respondeu ela, quase rindo, e teve que dar um puxão no lençol pra cima das pernas, porque estava só de calcinha e moletom.

FRONTEIROLÂNDIA

O feed da câmera da coisa, em modo binocular completo, lembrou-o de imagens estáticas de uma era antes da dela, embora ele não conseguisse lembrar o nome da plataforma. Ela olhava para ele, acima de joelhos cobertos por tecido claro.

– Sou eu – disse ele.

– Não diga – disse ela, estendendo a mão, o dedo ficando enorme, e empurrando-o, a plataforma da câmera, ou o que quer que fosse, para trás. Para ser parada pelo que quer que estivesse sob ela. Brevemente mostrando a ele uma superfície baixa, de aparência artesanal, que ele presumiu ser o teto. Uma emenda horizontal, como se um papel colado estivesse começando a descascar. E então a imagem se endireitou com um zumbido audível.

– Não faça isso – disse ele.

– Sabe qual é a sua aparência? – disse ela, inclinando-se sobre os joelhos.

– Não – respondeu ele, embora o selo do software de emulação mostrasse algo esférico, de duas rodas, com um retângulo no topo na posição vertical sobre projeção fina. Ela se esticou para além dele, o braço crescendo até ficar enorme, e a transmissão foi preenchida por uma imagem promocional da coisa retratada no selo, uma tela retangular firmemente emoldurando o rosto de uma criança ansiosa.

– Nada de corpos sintéticos gostosos aqui na Fronteirolândia – disse ela. – Mas temos o Wheelie Boy. Onde você está?

– No Gobiwagen.

– O trailer?

– Na minha mesa – disse ele.

– Essa é a sua mesa mesmo?

– Não.

– Mesa feia pra caralho. Nunca existiu mesmo uma Coldiron?

– Há empresas registradas com esse nome na sua Colômbia e no seu Panamá – disse ele. – E agora nos seus Estados Unidos da América. Você é uma executiva desta última.

– Mas não aí.

– Não.

– Só o hobby do Lev? Com a sua pisada de bola e a investigação de Lowbeer sobre o assassinato completando tudo?

– Até onde eu sei.

– Por que você está aqui?

– Lowbeer sugeriu isso – disse ele. – E eu queria ver. É de dia? Tem alguma janela? Onde estamos?

– Noite – respondeu ela. – Meu quarto. Lua brilhando. – Ela chegou para o lado e desligou uma fonte de luz. Instantaneamente, ela ficou bonita de outra forma. Os olhos escuros maiores. Daguerreótipo, ele lembrou. – Vire de costas – ela pediu, mas fazendo isso por ele. – Preciso colocar meu jeans.

O quarto dela, rotacionando a câmera o máximo que ele pôde, era como o interior de algum yurt de nômades. Móveis anódinos, túmulos de roupas, material impresso. Este momento real no passado, décadas antes do nascimento dele. Um mundo que ele tinha imaginado, mas agora, de alguma forma, em toda a sua realidade, inimaginável.

– Você sempre morou aqui?

Ela se inclinou, levantou-o, levando-o para a janela, para o luar.

– Claro.

E então a lua.

– Eu sei que isso é real – disse ele –, que deve ser, mas não consigo acreditar.

– Eu acredito na sua realidade, Wilf. Tenho que acreditar. Você devia tentar se esforçar um pouco.

– Antes da Sorte Grande – comentou ele, arrependendo-se de imediato.

Ela o virou de volta, para fora da lua. Ficou olhando, sob o luar, séria, nos olhos dele.

– O que é isso, Wilf, a Sorte Grande?

Alguma coisa silenciou a parte dele que tecia narrativas, que alimentava a floresta de mentiras em que ele vivia.

A SORTE GRANDE

Ela estava sentada com ele no colo, na velha cadeira de madeira sob o carvalho no jardim da frente.

Ben Carter, o mais jovem dos soldados de Burton, que parecia que ainda deveria estar na escola, estava sentado nos degraus da varanda da frente, bullpup no colo, Viz no olho, bebendo café de uma garrafa térmica. Ela queria um pouco, mas sabia que não dormiria nada se bebesse, e Wilf Netherton estava explicando o fim do mundo, ou pelo menos do dela, este aqui, que parecia ter sido o início do dele.

O rosto de Wilf no tablet do Wheelie tinha iluminado o trajeto escada abaixo. Ela encontrara Ben nos degraus da varanda, guardando a casa, e ele tinha ficado todo envergonhado, levantando-se com o fuzil, tentando lembrar para onde não apontá-lo, e ela viu que ele tinha um boné como o de Reece, com a camuflagem pixelada que se movia. Ele não sabia se dizia oi para Wilf ou não. Ela lhe disse que estavam indo sentar debaixo da árvore para conversar. Ele disse a ela que informaria aos outros onde ela estava, mas pediu, por favor, que não fosse a outro lugar e não ligasse caso visse algum drone ocasional. Então ela foi até a cadeira e sentou-se com Wilf no Wheelie Boy, e ele começou a explicar o que ele chamava de Sorte Grande.

Em primeiro lugar, que não se tratava de uma coisa só. Que era multicausal, sem nenhum começo específico e sem fim. Mais um clima do que um evento, por isso não era da maneira que histórias de apocalipse gostam de ser, com um grande evento depois do qual todo mundo anda por aí com armas, parecendo Burton e sua gangue, ou então é comido vivo por algo causado pelo grande evento. Não desse jeito.

Era androgênico, disse ele, e ela sabia pelo *Ciencia Loca* e pela *National Geographic* que isso significava que era por causa das pessoas. Não que elas soubessem o que estavam fazendo, que tivessem a intenção de criar problemas, mas tinham causado de qualquer forma. E, na verdade, o clima em si, o tempo, por haver excesso de carbono, tinha sido a causa de um monte de outras coisas. A situação ficava pior e nunca melhorava, e era esse o esperado, um processo em andamento. Porque as pessoas no passado, sem ter a menor ideia de como isso funcionava, tinham fodido com tudo e depois não foram capazes de consertar, mesmo após saberem, e agora era tarde demais.

Então, agora, no dia dela, disse ele, estavam caminhando para uma merda androgênica, sistêmica, múltipla e seriíssima, como ela meio que já sabia, como ela percebia que todo mundo já sabia, exceto as pessoas que ainda diziam que isso não estava acontecendo, e a maioria dessas pessoas estava esperando a Segunda Vinda de Cristo, de qualquer maneira. Ela olhou ao longo do gramado prateado que Leon tinha aparado com o cortador de grama cuja estrutura de ferro era mantida inteira por um monte de arames, até onde as sombras da lua repousavam, além das sebes baixas e do chafariz de pássaros de concreto que eles fingiam que era um castelo de dragão, enquanto Wilf contava a ela que a coisa matou 80% das pessoas vivas ao longo de cerca de quarenta anos.

E ouvindo isso, ela se perguntou se isso poderia significar alguma coisa, na verdade, quando alguém lhe contava algo desse tipo. Quando era o passado dele e o seu futuro.

O que eles tinham feito, ela perguntou, sua primeira pergunta desde que ele começou, com todos os corpos?

As coisas de sempre, ele disse, porque não foi tudo de uma vez. Então, mais tarde, por algum tempo, nada, e então os montadores. Os montadores, nanobots, foram mais tarde. Os montadores também tinham feito coisas como escavações e limpeza dos rios subterrâneos de Londres, depois de terem terminado de arrumar os mortos. Tinham feito tudo o que ela tinha visto no caminho até Cheapside. Tinham construído a torre onde ela tinha visto a mulher se arrumar para a festa e então ser morta, construído todo o resto na área que ele chamava de cacos, e cuidado de tudo, constantemente, em sua época após a Sorte Grande.

Doía-lhe falar sobre isso, ela percebeu, mas ela achava que ele não sabia o quanto, ou como. Ela podia ver que ele não tinha falado sobre isso, muito, ou talvez nunca. Ele disse que pessoas como Ash criaram todo um estilo de vida baseado na coisa toda. Vestindo-se de preto e marcando a si mesmos, mas para eles tinha mais a ver com as outras espécies, as outras grandes mortes, do que com os oitenta por cento.

Nada de choque de cometas, nada do que você poderia realmente chamar de guerra nuclear. Apenas todo o resto, emaranhado nas mudanças climáticas: secas, escassez de água, perdas de colheitas, abelhas extintas como quase estão agora, colapso de outras espécies-chave, todos os últimos predadores alfa extintos, antibióticos fazendo ainda menos do que já faziam, doenças que nunca chegavam a ser realmente a grande pandemia, mas extensas o suficiente para virarem eventos históricos. E tudo isso envolvendo pessoas: como as pessoas eram, quantas delas havia, como elas tinham mudado as coisas apenas por estarem ali.

As sombras sobre o gramado eram buracos negros, sem fundo, ou como se veludo tivesse sido espalhado, perfeitamente plano.

Mas a ciência, disse ele, tinha sido a carta na manga, o coringa. Com tudo caindo cada vez mais fundo em uma vala de merda, com a própria história virando um matadouro, a ciência começou a ganhar destaque. Não tudo de uma vez, não houve uma grande coisa heroica isolada, mas havia fontes de energia mais limpas, mais baratas, formas mais eficazes de obter carbono do próprio ar, novas drogas que faziam o que os antibióticos tinham feito antes, nanotecnologia que era mais do que mera pintura de carro que se autorregenerava ou camuflagem rastejando em um boné. Maneiras de imprimir comida que exigia muito menos em termos de comida real para começar. Então tudo, por mais profundamente fodido em geral que estivesse, foi iluminado cada vez mais pelo novo, por coisas que faziam as pessoas piscarem e sentarem atordoadas, mas o resto apenas continuava, mais fundo na vala. Um progresso acompanhado de violência constante, disse ele, de sofrimentos inimagináveis. Ela sentiu que ele passou rápido por essa parte, até o futuro onde ele vivia, e então se recolheu por lá, rápido, sem vontade de descrever o pior do que tinha acontecido, do que aconteceria.

Ela olhou para a lua. Teria a mesma aparência, ela presumiu, através das décadas que se esboçavam diante dela.

Nada disso, disse ele, tinha sido necessariamente tão ruim para pessoas muito ricas. Os mais ricos tinham ficado ainda mais ricos, havendo menos gente para possuir o que quer que houvesse. Crise constante tinha fornecido oportunidade constante. Foi daí que o mundo dele tinha vindo, continuou ele. No ponto mais profundo de tudo indo à merda, com a população radicalmente reduzida, os sobreviventes viram menos carbono sendo despejado no sistema, com o que ainda estava sendo produzido comido por essas torres que eles tinham construído, que era a outra coisa para a qual servia a que ela tinha patrulhado, não apenas para abrigar gente rica. E ver isso, para eles, os sobreviventes, era como ver a bala da qual se esquivaram.

– A bala foi os oitenta por cento que morreram?

E ele apenas assentiu, na tela do Wheelie, e continuou, sobre como Londres, por muito tempo o lar natural de todo mundo que controlava o mundo mas não vivia na China, subiu primeiro, sem nunca ter caído inteiramente.

– E quanto à China?

O tablet do Wheelie Boy rangeu de leve, elevando o ângulo de sua câmera.

– Eles tiveram uma vantagem – disse ele.

– Em quê?

– Em como o mundo funcionaria após a Sorte Grande. Isso – e o tablet rangeu de novo, examinando o gramado de sua mãe – ainda é ostensivamente uma democracia. Uma maioria de sobreviventes poderosos, refletindo sobre a Sorte Grande, e sem dúvida sobre suas próprias posições, não queria nada disso. Culparam isso, na verdade.

– Quem governa então?

– Oligarcas, corporações, neomonarquistas. Monarquias hereditárias forneceram armaduras convenientemente familiares. Essencialmente feudal, de acordo com os mais críticos. Assim são eles.

– O rei da Inglaterra?

– A Cidade de Londres – disse ele. – As Guildas da Cidade. Em aliança com pessoas como o pai de Lev. Protegidos por pessoas como Lowbeer.

– O mundo inteiro é fajuto? – Ela lembrou de Lowbeer dizendo isso.

– A clepto – disse ele, entendendo-a errado – não é nem um pouco fajuta.

O LIMITE DE CLOVIS

Clovis Fearing, apresentada por Lowbeer como uma velha amiga, o que espetacular e evidentemente era: tão ou mais velha do que a própria Lowbeer e fazendo questão de não disfarçar isso. Com a cabeça provavelmente calva debaixo de um cloche de malha preta, sobre uma demonstração de luto vitoriano tão arcaicamente correta que faria as roupas de Ash parecerem burlescas, ela lembrava uma relíquia religiosa em ruínas, com olhos negros aguçados e altamente móveis, com a parte branca amarelada e injetada de sangue. O Limite de Clovis, sua loja em Portobello Road, vendia exclusivamente coisas no estilo *Americana*.

Ele estava aqui, Lowbeer tinha explicado durante sua curta viagem, porque Daedra o havia convidado para a festa dela na terça à noite, embora Lowbeer ainda não tivesse permitido que ele abrisse a mensagem. Isso, assim como o RSVP, deveria ser feito em algum local que não envolvesse Lev. Um que não sujeitasse a arquitetura de segurança da família Zubov a sabe-se lá quais arquiteturas a própria Daedra poderia estar ligada, algo que Lowbeer considerava uma bagunça e que deveria ser evitado.

– Este jovem, Clovis, é Wilf Netherton – disse ela, olhando em volta para a desordem bárbara da loja lotada. – Ele é relações-públicas.

A sra. Fearing, pois assim era referida na fachada da loja, olhou para ele, como um lagarto, a partir da matriz mais densa de rugas e manchas que ele já tinha encontrado. Seu crânio era preocupantemente visível, aparentemente meros microns atrás do que o tempo havia deixado de seu rosto.

– Não creio que devemos culpá-lo – disse ela, com a voz surpreendentemente firme, sotaque americano mais pronunciado que o de

Flynne. – Não acho que seja preciso. – Suas mãos, pousadas sobre o vidro do balcão, eram como as garras de um pássaro, a parte de trás de uma delas marcada com uma mancha totalmente ilegível de tinta subcutânea, antiga e totalmente imóvel.

– Os amigos dele são entusiastas dos contínuos – disse Lowbeer. – Você está familiarizada com isso?

– Já esbarrei com eles nestes últimos anos. Eles compram qualquer coisa dos anos 2030, 2040. Parecem tentar ir o mais longe que puderem da Sorte Grande. Cerca de 2028, o último. Mas o que posso fazer por você, querida?

– Wilf – disse Lowbeer –, se não se importa, preciso conversar com Clovis. Você poderia abrir seu e-mail e fazer aquela ligação lá da calçada, se quiser. Fique perto do carro. Caso você se perca, ele pode trazê-lo de volta.

– Claro – respondeu Netherton. – Um prazer, sra. Fearing.

Ignorando-o, Clovis Fearing olhava fixamente para Lowbeer.

– Preciso que refresque a minha memória, querida – ele ouviu Lowbeer dizer enquanto saía.

A multidão de sábado tinha diminuído consideravelmente, pois já era tarde da noite; os camelôs tinham guardado suas coisas e ido embora, mas lojas como as de Fearing permaneciam abertas. O carro de Lowbeer estava estacionado ali, camuflado, mas emitindo um pouco de fumaça, um efeito estranho, embora os transeuntes o ignorassem. Um par de italianos teatralmente professorais, envolvidos numa conversa, estavam passando quando ele emergiu. Atravessaram a rua até a loja de um relojoeiro, diagonalmente oposta. O carro estava emitindo sons aleatórios por causa do resfriamento do metal que se contraía. Ele lembrou do rosto de Flynne, luminoso sob o luar, arrasado. Ele não gostou de ter que contar a ela sobre a Sorte Grande. Ele não gostava dos aspectos narrativos da história, particularmente daquela parte. As pessoas ficavam tão tediosamente deformadas por aquilo, como Ash, ou então, como Lev, e mal tinham consciência da coisa toda.

Ele se virou para a vitrine da sra. Fearing, fingindo examinar uma bandeja rasa com tampo de vidro e setas feitas de pedra, símbolos enigmáticos de uma ordem passada. No jardim enluarado de Flynne, ele sentiu ter vislumbrado alguma outra ordem. Tentou recordar o que Lowbeer disse que Ash pensava dele, a esse respeito, mas não conseguiu. Ele tateou o céu da boca, selecionou o convite de Daedra, estudou suas particularidades. O evento seria realizado em Farringdon, Edenmere Mansions, 56º andar, o que seria a residência de Aelita, o lugar que Burton tinha sido designado a observar, onde Flynne aparentemente a tinha visto ser assassinada. Ele fora convidado, assim como a dra. Annie Courrèges, embora ela fosse esperada perifericamente. A noite fora descrita apenas como "uma reunião", sem indícios quanto à finalidade ou ao tom.

Língua de volta para o palato. Giro no selo dela. Nada de imponentes salões de granito desta vez. Um espaço indeterminado, crepuscular, íntimo, de impressão meio boudoir.

– Sr. Netherton! – Seu módulo de menina fina, assustada mas feliz.

– Respondendo ao convite muito gentil de Daedra, obrigado – disse ele. – A dra. Courrèges vai me acompanhar perifericamente.

– Daedra ficará triste por não tê-lo atendido, sr. Netherton. Devo pedir a ela que tente lhe telefonar?

– Isso não será necessário, obrigado. Até logo.

– Até logo, sr. Netherton! Tenha uma noite agradável!

– Obrigado. Até logo.

O selo de Daedra desapareceu, substituído por Lowbeer.

– Você parece estar em muito bom conceito – disse ela.

– Você estava ouvindo.

– E o papa é católico. Por favor, volte aqui para dentro por um momento.

Ele reentrou na loja, desviando de um jacaré, ou talvez crocodilo, empalhado e de cartola, de pé e da altura da sua cintura, usando um par de coldres combinando e contendo o que ele achou que eram pistolas infantis de brinquedo, com seus cabos de metal decorados com cabeças de boi. Lowbeer e Fearing ainda estavam no balcão. Entre elas, agora, uma bandeja retangular de plástico branco.

– Reconhece isso? – perguntou Lowbeer, indicando a bandeja.

– Não – disse ele. Viu as palavras "BICENTENÁRIO DE CLANTON" em uma fonte desajeitada, um par de anos com dois séculos de distância, pequenos desenhos ou vinhetas, a impressão desbotada, gasta.

– Seu periférico por acaso gravou uma destas na casa dela – disse Lowbeer. – Nós comparamos os vários objetos de lá com os catálogos da cooperativa de vendedores de Clovis. Esta aqui estava debaixo de Ladbroke Grove. Os montadores a trouxeram para cá.

– Isso foi agora?

– Enquanto você estava lá fora.

– Eu não reconheço isso. – Ele sabia vagamente que os antigos túneis de metrô das proximidades estavam cheios de artefatos, o estoque combinado de vários comerciantes, minuciosamente catalogado e imediatamente acessível aos montadores. Pareceu-lhe um pouco triste, de certa forma, que aquela coisa estivesse lá embaixo, meros momentos antes. Esperou que não fosse literalmente a que estava na casa de Flynne.

– A dela estava em uma prateleira de enfeites – lembrou Lowbeer –, um lugar de destaque.

– Estive em Clanton – disse a sra. Fearing. – Atirei num homem lá. No lounge do Ramada Inn. No tornozelo. Eu sempre fui uma atiradora decente no campo de treino, mas o que importa é como você atira quando não está lá.

– Por quê? – perguntou Netherton.

– Ele estava tentando ir embora – disse a sra. Fearing.

– Você era uma figura, Clovis – disse Lowbeer.

– Você era uma espiã britânica – disse a sra. Fearing.

– E você também – disse Lowbeer. Embora freelancer.

A extraordinária topografia de rugas da sra. Fearing reajustou-se de leve. Um sorriso, possivelmente.

– Por que você disse que ela era uma espiã britânica? – perguntou ele a Lowbeer, alguns minutos depois, no carro dela. Duas crianças pequenas, sob os cuidados de uma babá Michikoide, estavam passando quando a porta foi decamuflada e aplaudiram, encantadas. Lowbeer gesticulou com os dedos de uma mão para elas enquanto subia, depois de Netherton.

– Ela era – respondeu Lowbeer. – Na época. – Ela olhou para a chama de sua vela na mesa entre eles. – Eu fui chefe dela na embaixada em Washington. Esse trabalho a levou a se casar com Clement Fearing, um dos últimos primeiros-ministros do Partido Conservador. – Ela fez uma careta. – Eu nunca compartilhei do entusiasmo dela por Clement, nem um pouco, mas não havia como negar a conveniência de um marido influente. Não que ela não fosse inexplicavelmente apegada a ele. Tempos terríveis.

– Eu contei a Flynne sobre a Sorte Grande.

– Eu escutei, temo em dizer – disse Lowbeer, obviamente nem temerosa nem com o mínimo remorso. – Você fez um bom trabalho, considerando tudo.

– Ela exigiu que eu contasse. Agora me preocupo se a deixei triste, se a assustei. – E ele realmente se preocupava, pôde perceber.

– As coisas são – disse Lowbeer –, como se costumava dizer, para meu infinito aborrecimento, o que são. Vou pedir a Ash para sedá-lo quando voltarmos.

– Vai?

– É como a amnésia alcoólica, mas sem o incômodo das pequenas lembranças ou a ressaca subsequente. Preciso de você descansado. Preciso que você e Flynne estejam prontos para a festa de Daedra terça à noite.

– Você passou tão pouco tempo com ela, lá dentro – disse Netherton. – Pensei que você precisasse de informações.

– E preciso – disse ela. – Mas ela vai precisar de tempo para recuperá-las e decriptá-las. Não é nada de que ela literalmente se lembre.

– Eu ia telefonar para Flynne – comentou Netherton.

– Ela está dormindo – disse Lowbeer. – Ela teve um dia brutalmente longo. Raptada, mantida como prisioneira, resgatada, e então você deu a ela toda essa coisa da Sorte Grande para absorver.

– Como você sabe que ela está dormindo?

– Fizemos Macon adicionar um recurso ao novo telefone dela. Não apenas sei que ela está dormindo, agora mesmo, mas também que ela está sonhando.

Netherton olhou para ela.

– Você sabe o que ela está sonhando?

Lowbeer olhou para a vela. Voltou a olhar para ele.

– Não. Não que isso não possa ser feito, é claro, embora nossa ligação no toco seja ligeiramente improvisada, talvez não inteiramente capaz de fazer isso. Eu mesma raramente acho os resultados particularmente úteis, por mais tematicamente interessantes que oníricos primários possam ser. Mas principalmente porque em geral são visualmente banais, ao contrário do glamour considerável que todos nós parecemos imaginar que eles possuíam quando nos lembramos deles.

ALAMO

– Vaca? – perguntou Flynne, surpresa, com a boca cheia de banana, enquanto o veículo alugado percorria o ponto mais alto da Porter, não muito alto, mas ela sabia que era o mais alto por ter pedalado ali. Um dia perfeito, bom de se olhar. Ensolarado, onze e meia, indo para a cidade com Janice dirigindo um papelão alugado. Com exceção de Netherton, na noite anterior, dizendo que o mundo estava acabando. Ou que sempre tinha estado, ou algo assim.

– Não – disse Janice. – Burton colocou isso lá em cima ontem.

Flynne olhou de volta para aquilo, apertando os olhos, para um ponto acima do que tinha sido um monte de feno, antes de os investidores comprarem e então não construírem nada. Ela pensou ter visto a cabeça se mover. – Não brinca? Um drone?

– Tá mais pra satélite – disse Janice. – Capacidades de detecção muito fodas. Mas drones podem vir e carregar suas baterias nele também.

Flynne terminou o que restava da banana.

– Imagino que ele não conseguiu isso no Hefty – disse ela, depois de ter engolido.

– Conseguiu com Griff, talvez. Ou um de seus muitos advogados.

– Quantos são?

– O suficiente para comprar todos os chili dogs do Jimmy's, dia e noite. Eles pré-compram e enviam drones para pegar. Danny foi até o Depósito de Cozinha Industrial em busca de novos potes de chili. – Danny era o homem que dirigia o Jimmy's, um sobrinho-neto do Jimmy original, de quem sua mãe se lembrava de quando era pequena. – Ele queria aumentar o preço, mas Burton mandou Tommy dizer a ele para não fazer isso. Então acho que você está subsidiando os chili dogs, mais ou menos.

– Por quê?

– Para que a cidade não fique de fora da Coldiron. Eles já acham que se trata de Leon. A teoria da conspiração diz que ele ganhou muito mais naquela loteria do que o estado permite.

– Não há sentido nisso.

– Teoria da conspiração tem que ser simples. Sentido não é a questão. As pessoas têm mais medo de como essas merdas todas na verdade são complicadas do que sejá lá o que estiver por trás da conspiração.

– Qual é a teoria?

– Não se firmou ainda. Mentes inquisidoras, agora, nas escadas em frente ao Jimmy's, dizem que Pickett estava na folha de pagamento do Homes o tempo todo.

– Eles acham que o Homes estava construindo drogas?

– De que outra forma você financia as Nações Unidas assumindo o controle?

– Não sobrou quase nada das Nações Unidas, Janice. Rotary ou Kiwanis seriam mais adequados.

– A ONU tem raízes profundas na demonologia. – Janice desacelerou para deixar um gato malhado feral alaranjado escapulir, abaixado, para o outro lado da estrada, olhando para elas de cara feia. – Madison diz que isso de não deixar Danny aumentar os preços é coisa de seus amigos do futuro.

– Microgerenciamento. – Flynne estava observando o início da cidade entrar em seu campo de visão.

– Se eles conseguissem retardar as mudanças, não me importaria com um pouco de microgerenciamento. A cidade não está do jeito que você deixou.

– Eu substituí Burton na terça passada pela primeira vez. Domingo de manhã, agora.

– E não estamos na igreja. Pouca coisa, grande diferença. Eu estive observando, assistindo às notícias também. Parece a mesma coisa, mas não é.

Elas estavam indo na direção do shopping. Flynne viu torres de celulares e antenas em cima do Sushi Barn que não estavam lá antes, e carros alemães brilhantes em todas as vagas, com dobras para ganho de velocidade e placas da Flórida.

– Uau – disse ela.

– Ou não parece a mesma coisa, dependendo do caso. – Janice estacionou em uma vaga em frente ao Sushi Barn. – Hong está indo bem. Sushi Barn é outro favorito dos advogados, além de ficar aberto a noite toda. Eles estão até mesmo comprando camisetas. E ele obtém alguma compensação por você enfiar todas aquelas antenas lá em cima.

– Não de mim.

– No que diz respeito a Hong, de você. Você é a CCO, sua assinatura está em toda aquela correspondência.

– Isso é legal?

– Fale com o futuro. Burton está bem ocupado com o lado paramilitar. – Janice saiu, então Flynne também o fez, com o Wheelie Boy enfiado debaixo do braço como uma garrafa de vinho.

Macon e Carlos estavam chegando ao longo da calçada diante do shopping em direção a elas, Macon em seus jeans velhos e uma camiseta do Sushi Barn, vermelho sobre fundo branco, com uma fonte japonesa falsa e um desenho péssimo de um celeiro com uma enorme fatia de sushi maki enrolada na frente. Carlos, de camuflagem e aquela proteção corporal leve, tinha seu bullpup debaixo do braço. Ela sabia que isso era legal, constitucionalmente e tudo, mas ainda parecia errado aqui. Na semana anterior, nenhum deles teria ido camuflado até a cidade, e muito menos carregando um fuzil. E agora Carlos estava com armadura corporal, mesmo que fosse do tipo que parecia roupa de skatista. Cada um tinha um Viz na cabeça. Macon deu a ela um grande sorriso, Carlos um menor, mas Carlos estava olhando em volta. Ocorreu-lhe que ele estava totalmente pronto, ali mesmo, para atirar em alguém.

– Você colocou toda essa merda em cima do restaurante do Hong? – perguntou ela a Macon.

– Klein Cruz Vermette – disse ele.

– Janice diz que tem mais deles aqui agora.

– Advogados e papelada é do que mais consiste a Coldiron ainda. Isso e equidade.

– Eles não estão todos naquela fachada escrota, estão?

– Quase nenhum. Alugaram espaços menores por toda a cidade. Melhor pra nós que eles estejam distribuídos, e quase todos longe do que fazemos aqui.

– Que seria o quê, exatamente?

– Tenho Conner na linha, agora, treinando em alguma coisa.

– No periférico dele?

– Algo menos intuitivo para operar, parece, mas você pergunta a ele. Está nisso há umas seis horas seguidas. Eles só disseram pra gente que ele estará de volta em breve. E aí ele vai encontrar a enfermeira gostosa dele.

– Que enfermeira gostosa?

– Uma que Griff mandou – respondeu Janice.

– Enfermeira o cacete – disse Carlos.

– Carlos acha que ela é um operativo – disse Macon. – Ela diz que é uma paramédica. Nenhuma razão para que ela não seja as duas coisas.

– Assassina fria – disse Carlos, como se isso fosse seu sabor favorito de torta.

– Griff – disse Flynne. – Esse nome sempre aparece.

– Vamos conversar lá dentro – disse Macon, e liderou o caminho até o prédio. Não parecia muito diferente, com exceção do exterior das janelas e portas, que tinha sido lavado.

Dentro, estava diferente. As barricadas interiores de telhas revestidas de Tyvek, para começar, que ela lembrou de Janice ter lhe falado. E ela viu que Madison tinha pulverizado cerca de 3 polegadas de polímero Hefty de Burton sobre o interior das janelas, o que não seguraria uma bala, mas impediria o vidro de sair voando, e então aquelas telhas Alamo internas, os sacos empilhados como tijolos gigantes, em paredes de cerca de 1 metro de espessura, talvez 2 metros de altura. Ela presumiu que aquilo seguia por todo o interior, com uma abertura para a porta da frente, provavelmente uma para o buraco que passava no meio da Fab, e talvez uma nos fundos. A porta da frente tinha sido colada, por dentro, com camadas do material que compunha o colete de Carlos, como finas folhas de algodão-doce roxo-esverdeado. Ela nunca tinha conseguido entender a física daquilo, só que de alguma forma a coisa traduzia a energia cinética de uma bala em uma rigidez de aço momentânea, e às vezes podia quebrar seu braço ao fazer isso, dependendo de várias coisas. Havia um monte de tiras azuis do Homes do tipo que eles tinham usado para prendê-la à mesa na casa de Pickett, em sua maioria pendendo das vigas do teto, que antes eram recobertas pelas telhas acústicas. Ela viu um ninho de vespas lá em cima, de sabe-se lá quantos verões atrás. Mas aquele cheiro de encanamento podre que ela tinha percebido antes tinha sumido também, e estava contente com isso.

– Departamentos – disse Macon. – Aquele é o nosso jurídico, ali. – Ele apontou para um espaço onde ela podia ver Brent Vermette, que viera para a reunião no Hefty, de calças cáqui justas e uma camiseta Sushi Barn como a de Macon, conversando com uma menina de cabelo vermelho curto. – Você gosta do seu Wheelie? – perguntou Macon. – Vejo que trouxe com você.

– Conversei com Netherton nele ontem à noite.

– Como foi isso?

– Ou deprimente e assustador pra caralho, ou meio que como eu sempre imaginei que as coisas fossem.

Ele olhou para ela.

– É complicado – disse ela. – Conner tá lá atrás? – Ela começou a seguir naquela direção, Janice atrás dela.

Ele se encontrou com elas.

– Lowbeer quer você lá em cima em cerca de uma hora. Você pode fazer isso daqui.

– Burton tá aqui?

– Na casa do Pickett.

Ela parou.

– Por quê?

– Tommy o comissionou. Homes encontrou Jackman.

– Você não me contou – disse ela a Janice.

– Tá ficando mais difícil estabelecer prioridades – disse Janice. – Homes encontrou o suficiente dele lá no Pickett pra fazer a identificação. Teriam sido registros dentários e uma fivela de cinto, antes de inventarem o DNA.

– Como ele está lidando com isso, Tommy?

– Ele está bancando o xerife sem o Jackman – disse Macon. – Xerife Tommy. Homem ocupado.

– E quanto a você?

– Rebite – disse ele. – Não tenho dormido.

– Essa merda me deixa louca demais, Macon. Não faz isso.

– Não é rebite dos montadores – disse ele. – Rebite do governo. De Griff. – Ele levantou a camisa da Sushi Barn, mostrando a ela um adesivo triangular amarelo de 1 polegada em seu estômago, com uma linha vertical verde correndo da base até o topo.

– Quem é esse Griff?

– Da Inglaterra. Diplomata ou algo assim. D.C. Tem acesso às coisas.

– Que tipo de coisas?

– As coisas mais engraçadas que eu já encontrei.

– O que eles te falam sobre ele?

– Nada. Eles enviaram ele de D.C. Reece agarrou você, Lowbeer assumiu as coisas de Ash. Parecia que ela já o tinha no lugar certo caso qualquer outra coisa rolasse. Se você não tivesse aquela pílula com você, acho que Griff teria chamado todo tipo de gracinha do governo para encontrar você. Ele chamou Clovis para tomar conta de Conner enquanto ele fica debaixo da coroa. – Ele olhou para trás, onde Carlos tinha ficado de pé perto da porta. – Carlos acha que ela é uma ninja.

– Clovis é nome de menino – disse Flynne. – De algum rei, na França.

– De Austin. Ela diz que foi batizada assim por causa de uma cidade no Novo México.

– Como ela é?

– Mais fácil apresentar vocês. – Ele puxou uma lona de lado. Havia três camas de hospital, em fileira, com Conner em uma delas, em seu Polartec, mas sob um lençol branco, de olhos fechados, usando uma coroa de Branca de Neve.

– Clovis – chamou Macon –, Flynne Fisher. Flynne, Clovis Raeburn.

A mulher ao lado da cama era um pouco mais velha do que Flynne, mais alta, e parecia que se sairia bem sobre um skate. Magra, de olhos negros, cabelo preto cortado curto dos lados e subindo até uma pequena barbatana no topo.

– Wheelie Boy – disse Clovis. – Tive um na escola. Você coleciona?

– Macon me deu. Você nasceu em Clovis?

– Fui concebida lá. Minha mãe achava que tinha sido na verdade em Portales, mas ela não queria que meu pai me desse esse nome.

– Se dando bem com Conner?

– Não abriu os olhos desde que cheguei aqui. – Clovis usava camuflagem justa e elástica e uma daquelas camisas que se usavam por debaixo da antiga armadura peitoral rígida, com mangas como uma jaqueta de combate, mas com o torso como o de uma blusa jersey agarrada. Tinha uma grande bolsa de primeiros socorros pendurada na frente da virilha, a cruz vermelha suprimida, dois tons de marrom coiote. Ela se aproximou, e apertaram-se as mãos.

– Minha amiga Janice – disse Flynne e observou-as se cumprimentarem.

– Vermette tem uns trezentos documentos que ele precisa que sejam assinados e autenticados – disse Macon. – Vamos colocar uma mesa aqui, e vocês podem conversar enquanto fazem isso.

– Senhoritas – disse Conner, da cama –, qual de vocês quer me ajudar com esse cateter?

Clovis olhou para Flynne.

– Quem é o babacão?

– Não faço ideia – disse Flynne.

– Nem eu – disse Janice.

Flynne foi até a cama.

– O que você estava fazendo lá em cima? Macon diz que você está treinando.

– Como uma espécie de máquina de lavar roupa, propulsão inercial. Volantes enormes lá dentro.

– Máquina de lavar?

– Uns 140 quilos. Cubo vermelho enorme. Mal aprendi a equilibrá-lo em um canto e então girar e aí me fizeram voltar.

– Pra que isso?

– Porra, sei lá. Não gostaria de encontrar um em um beco escuro. – Ele baixou a voz. – Macon tá doidão com um estimulante do governo. Como as melhores coisas dos construtores, mas sem o nervosismo. Nada daquela paranoia disfuncional de merda.

– Diferente do seu tipo superfuncional?

Ele olhou para ela e depois para Macon.

– Ele não quer me dar nada – disse ele.

– Ordens do médico – disse Macon. – E, de qualquer maneira, eles projetaram isso pra não ter nada das coisas pelas quais as pessoas tomam drogas. Exceto ficar acordado.

– Você deixe de ser esse tipo bundão que se acha especial – Clovis aconselhou Conner, tendo se aproximado de sua cama –, como qualquer outro merdinha dodói da Haptic Recon que eu tive a infelicidade de encontrar, e talvez eu te traga uma boa xícara de café.

Conner olhou para ela como se tivesse descoberto uma outra versão sua.

A SORDIDEZ

O gramado no jardim de Flynne estendia-se até os limites do mundo. A lua era um holofote, muito brilhante. Mares negros como carvão, planos como papel. Ele não conseguia encontrá-la. Ele rolou para a frente, sobre rodas ridículas, a cabeça balançando. Lowbeer estava monitorando este sonho, ele sabia, e perguntou-se como ele sabia. As crateras da lua virando o diadema...

O selo dela.

– Sim? – Esperava o domo da Gobiwagen quando ele abriu os olhos, mas um domo diferente, em movimento, chuva, raios de luz solar através da nuvem, alvenaria cinza molhada, painéis pintados de preto, os ramos de plátano. Ele estava afundado em uma cadeira, alguma coisa ninando seu pescoço e cabeça, algo que agora parou.

– Desculpe acordá-lo – disse Lowbeer. – Ou não acordá-lo, na verdade. Isso foi a dosagem do Medici, programada para acordá-lo agora.

Ele estava no carro dela de novo, sentado à mesa, diante do periférico de Flynne, que, embora agora sorrisse para ele em um reflexo de IA, não era Flynne. A parte superior do veículo, previamente sem janelas, agora era completamente transparente, pingos de chuva parecendo rolar ao longo de alguma invisível bolha de força.

– Qualquer um pode ver aqui dentro? – perguntou ele.

– Claro que não. Você estava dormindo. Parecia uma viagem desnecessariamente chata para o periférico. Difícil não antropomorfizar algo que parece tão completamente humano.

Netherton esfregou o pescoço no ponto onde uma extrusão temporária do encosto da cadeira tinha apoiado sua cabeça em um ângulo que o carro tinha considerado confortável.

– Quem me colocou aqui? – perguntou ele.

– Ossian e Ash, depois de você ter um bom e longo período de sono na Mercedes. Ash operou o exoesqueleto por meio de um homúnculo a fim de não deixar o sr. Murphy com todo o trabalho pesado.

Netherton deu uma espiada lá fora através da chuva, tentando reconhecer a rua.

– Aonde estou indo?

– Soho Square. Flynne vai juntar-se a você lá. Antes que ela encontre Daedra, quero que você explique o papel que ela estará interpretando, sua curadora neoprimitivista. A teoria dela sobre a evolução artística de Daedra.

– Eu ainda não bolei tudo isso, não inteiramente.

– Você precisa fazer isso e compartilhar com Flynne. Ela deve ser capaz de manter uma conversa sobre isso, de forma convincente. Café.

Uma abertura circular expandiu-se sobre a mesa, com uma xícara esfumaçada emergindo, como em um diminuto elevador de palco. Ele viu o periférico olhando para a xícara, conteve um desejo de oferecer uma xícara a ela. Àquilo. A ela.

– Eu não canso de ficar impressionado com os remédios de Ash – disse ele.

– Isso por si só provavelmente não é um bom sinal – disse Lowbeer. – Mas, fora isso, folgo em sabê-lo.

– Onde você está?

– Com Clovis – disse ela. – Virtualmente. Ela está refrescando minha memória. A dela também, é claro. Aquele realmente foi um período bastante vil, a época de Flynne. Nós tendemos a esquecer porque tudo o que veio depois ofuscou tanto aquele tempo. Eu mal compreendia a sua sordidez, então, mesmo com meus recursos na época.

O carro virou uma esquina. Ele ainda não tinha ideia de onde estavam. Levantando a xícara fumegante, ele admirou a firmeza da sua mão. O periférico estava observando. Ele piscou. A coisa sorriu. Ele sorriu de volta, sentindo-se obscuramente culpado, e tomou um gole de café.

83

NUM INSTANTE TODOS OS REINOS DA TERRA

Macon estava brincando quanto às trezentas assinaturas, mas ela parou de contar depois de umas trinta. Estava quase no fim da pilha agora, a menina de cabelos vermelhos autenticando cada uma, com um carimbo e sua própria assinatura e um selo ativado por uma mola, depois que Flynne assinava.

Eles tinham montado uma mesa de jogar cartas para ela no espaço entre as camas. Janice e Clovis estavam apoiadas na beirada da cama mais perto da de Conner, de frente para ele, de pernas esticadas, e Macon estava sentado ao lado de Flynne em uma cadeira dobrável.

– Eu deveria estar lendo isso – disse Flynne –, mas não entenderia mesmo.

– Do jeito que as coisas vão – disse Macon –, você não tem muita escolha.

– E como elas vão?

– Bem – recostando-se um pouco para consultar algo em seu Viz –, não houve desequilíbrios catastróficos no mercado ainda, mas ainda é cedo. É uma corrida até o topo, e da forma como estamos fazendo, a forma como nosso concorrente está fazendo, está desgastando seriamente o sistema.

– Qual é o topo?

– Só vamos saber quando chegarmos lá; e se não estivermos nele, provavelmente estaremos mortos.

– Quem é o concorrente?

– Eles não têm nome. São mais daquele tipo esquisito cheio de contas numeradas. Conchas dentro de conchas. Somos assim também, na maior parte, mas, se você passar por todas as nossas conchas, há a Milagros Coldiron. Apenas um nome, e ninguém sabe o que isso significa, mas pelo menos nós temos um. Sem Pickett, perdemos nosso governador por algum tempo, mas depois Griff voltou para D.C. e resolveu isso por lá, portanto, de certa forma, já somos até federais.

Flynne pensou em punhos acumulando-se em volta do cabo de um bastão de softbol. A menina passou-lhe mais um contrato, deslizando o já assinado para fora do caminho, carimbando e assinando ela mesma, imprimindo seu selo.

– Acho que estamos muito perto de alguém vir atrás de nós aqui – disse Macon. – Se forem veteranos desempregados, como aqueles dois últimos lá na sua casa, Burton pode ser capaz de lidar com eles. Se for a polícia estadual, ou o Homes, alguma outra agência federal, ou por falar nisso os Fuzileiros Navais, nem adiantaria lutar. Por isso que nós temos advogados até sair pela bunda. – Ele olhou para a notária de cabelos vermelhos. – Desculpe a expressão – disse ele, mas ela apenas continuou assinando e selando. – Homes tem seu lado engraçado – disse ele a Flynne. – Olha onde eles estão agora.

– Na casa do Pickett?

– Pela primeira vez. Pickett construía desde quando éramos crianças. Aquele lugar não parecia nem um pouco com uma casa já há vinte anos. Parecia exatamente o que era. Foi preciso uma explosão daquela escala pro Homes bater ali.

– Não me diga que o Homes está por trás de todo o negócio de drogas. Isso é uma teoria da conspiração.

– Não por trás, mas pode haver facilitações. Espere e veja quem tem uma palavrinha com Tommy, agora que Jackman se foi.

Flynne assinou mais três contratos enquanto ele falava.

– Minha mão está começando a doer – disse ela para a moça.

– Só mais quatro – disse a moça. – Você pode pensar em simplificar a sua assinatura. Você vai fazer muito isso.

Flynne olhou para Conner. Clovis tinha colocado uma garrafa térmica em um dos suportes para equipamentos articulados da cama. Conner estava sugando café preto através de um tubo transparente. Flynne assinou os últimos quatro contratos e passou-os para a menina. Levantou-se.

– Volto em poucos minutos – disse ela. – Macon. – Ela se abaixou para passar sob uma lona azul, ouvindo o barulho do selo da notária, com Macon atrás dela. – Onde podemos ter uma conversa privada? – perguntou ela.

– Fab – disse ele, apontando para outra lona.

A sala dos fundos da Fab parecia a mesma de sempre, exceto mais algumas impressoras e o buraco serrado na parede. Ela olhou para a frente da loja, viu uma menina que não conhecia atrás do balcão, olhando para o telefone.

– Onde está Shaylene?

– Clanton – disse Macon.

– Fazendo o quê?

– Mais advogados. Ela está abrindo duas novas Fabs lá.

– Eu só fico sabendo de uma parte aqui, outra ali. O que está acontecendo aqui?

– É o mesmo que todo mundo fica sabendo. – Ele tirou o Viz, colocou-o no bolso, esfregou o olho. Ela viu seu cansaço, sustentado pelo rebite do governo.

– Por que há uma fortaleza feita com materiais de construção logo ao lado?

– O valor global da Coldiron é de bilhões agora.

– Bilhões?

– Muitos deles, mas não quero lhe dar uma hemorragia nasal. Eu meio que tento ignorar isso. Vai ser mais amanhã. Essa merda é exponencial. Não é tão óbvio porque temos de evitar isso pelo máximo de tempo que pudermos. Burton tem recebido aconselhamento constante lá de cima, e fazer Madison construir essas muralhas foi ideia deles.

– Por que não aqui?

– Eles não querem que você fique deste lado. A muralha está lá para proteger você de algum tipo de ataque rápido com armas de fogo. Não que qualquer fortificação faça diferença se alguém grande o suficiente decidir nos atacar. Munições inteligentes transformam a espessura de qualquer coisa em uma piada, e o telhado aqui é como se fosse feito de papelão. Mas eles devem ter percebido que isso precisava ser feito para o caso de alguém enxergar uma oportunidade de fazer a coisa nas coxas e simplesmente enviar mais idiotas de Memphis.

– Tem uma vaca robô lá no pasto, gerando energia. Janice disse que Burton colocou aquilo lá.

– Parte da nossa atualização de sistema. Eu votei para que tivesse a aparência de uma zebra, mas não me ouviram.

– Tommy ainda está lá no Pickett?

– Burton também. Melhor eles do que eu.

– O que você acha que vai acontecer?

– Você, Conner e Burton vão fazer alguma coisa em breve, certo? Lá em cima.

– Eu preciso ir a uma festa com Wilf. Ver se reconheço alguém. Conner vai como nosso guarda-costas. Não sei quanto ao Burton.

– Deve ser isso, então.

– Ser o quê?

– Algum tipo de ação. Uma aposta. Que isso vai mudar as coisas, seja lá o que for. Caso contrário, o que está acontecendo aqui é insustentável. Algo vai ter que ceder, explodir. Pode ser local, pode ser a economia nacional, pode ser a mundial.

– Se o que Wilf me disse for verdade, essa pode ser a menor das nossas preocupações.

– O que ele disse?

– Que todo mundo vai se foder aqui, muito em breve. Vai ficar na pior durante décadas. Quase todo mundo morre.

Ele olhou para ela.

– Por que quase não tem gente lá em cima?

– Eles já te levaram lá?

– Não, mas Edward e eu lemos nas entrelinhas. Nas coisas de tecnologia que eles mostram pra gente. Uma espécie de história inerente, se você ler da forma certa. Mas eles conseguiram uma tecnologia meganova, mesmo com tudo o que estava acontecendo.

– Não conseguiram rápido o suficiente de acordo com Wilf.

– Eles querem que você volte. Meio que agora. Você e Conner. Clovis vai cuidar de você.

– Qual é a dela, afinal?

– Carlos pode estar certo. Aquela bolsa de paramédica dela é majoritariamente de armas. Depois que você conhece Griff, ela passa a fazer mais sentido. Acho que ele é a mesma coisa que ela, mas na gerência.

Ela olhou ao redor da sala. Lembrou-se de quando costumava tirar os enfeites de Natal, os brinquedos, arrumando e ajeitando tudo, comendo pratos para viagem do Sushi Barn e falando merda com Shaylene. De repente, aquilo tudo parecia ter sido tão fácil. Quando o sol surgia, você simplesmente subia na sua bicicleta e voltava para casa, sem passar por um lugar onde Conner tinha colocado balas nas cabeças de quatro homens, que teriam matado você, sua mãe e Burton, provavelmente Leon também, pelo dinheiro que alguém tinha prometido a eles para que fizessem isso.

– Leon viu dois meninos de Lucas 4:5 à Main Street ontem à noite, na frente do velho Banco do Fazendeiro – disse ele.

– Como é que ele sabe? Eles têm cartazes?

– Sem cartazes. Disse que sabe porque ele por acaso deu uma boa olhada nos dois, em Davisville, enquanto Homes estava com Burton. Eles estavam segurando uma placa em frente ao hospital dos veteranos e ele estava sentado em um banco lá, bem do outro lado da fita da polícia.

– Eles o reconheceram?

– Parece que não.

– Por que eles estariam aqui?

– Leon deduz que eles estejam procurando Burton. Que causou um sério desconforto ao menino deles em Davisville. Por isso o Homes mandou ele dar um tempo no meio da pista de corrida da escola. Por que eles chamam assim, afinal, Lucas 4:5?

– Porque é um versículo da Bíblia pra lá de assustador, provavelmente.

– É alguma coisa de gente branca, Lucas 4:5? Nunca prestei atenção.

– "O Diabo, levando-o para mais alto, mostrou-lhe num instante todos os reinos da terra."

– Conhece a escritura?

– Conheço essa. Burton costuma recitar quando fica sabendo que eles planejam um protesto. Ele tem algum problema esquisito com isso. Ou talvez seja só uma desculpa pra ir enfiar a porrada em alguém.

– Nós temos algumas pessoas de olho pela cidade – disse Macon, puxando seu Viz do bolso da frente da calça jeans. Ele deu uma soprada e colocou-o sobre o olho. Ela o viu piscar, por trás do negócio. – Eles estão prontos para você lá em cima agora.

SOHO SQUARE

Na Soho Square, o carro de Lowbeer seguia invisível para longe. A chuva tinha parado. Enquanto subiam as escadas largas até a aleia, o selo de Lowbeer apareceu.

– Sim? – perguntou Netherton.

– Eles estão prontos – disse Lowbeer. – Encontre um assento para ela.

Netherton deu a mão ao periférico, guiou-o até o banco mais próximo, um voltado para a floresta que ia, ao longo do que tinha sido um trecho da Oxford Street até o Hyde Park. Fez um gesto para que a coisa se sentasse. O banco vibrou brevemente em antecipação, derramando gotas de chuva. O periférico sentou. Olhou para ele. Ele estava, percebeu, esperando que a coisa abandonasse esse elaborado pretexto de ser um autômato, guiado pela IA. Não que ela então fosse virar Flynne, mas talvez a mulher de quem esse rosto deveria ser.

– Você descobriu a partir de quem isso foi modelado? – perguntou ele a Lowbeer.

– Hermès tem uma política de privacidade sobre periféricos sob medida. Eu poderia contornar isso, mas neste caso acho melhor não. Pode revelar nossa mão.

O periférico usava meia-calça preta, botas de caminhada pretas com grandes fivelas prateadas e uma capa cor de grafite estreita até os joelhos.

– O que exatamente eu devo fazer aqui? – perguntou Netherton.

– Dê uma volta. Dê um passeio até o Hyde Park. Então veremos. Responda às perguntas dela da melhor forma que puder. Não espero que ela seja terrivelmente convincente como uma curadora neoprimitivista, mas faça o que puder. Ela vai estar lá para fazer uma identificação. Supondo que ela não faça isso ao adentrar o recinto, quero que a farsa permaneça viável pelo máximo de tempo possível.

– Eu disse a Daedra que Annie é muito tímida na presença dela, graças a um excesso de admiração. Isso pode ajudar.

– Pode. Por favor, peça ao periférico para fechar os olhos.

– Feche os olhos – disse ele.

O periférico assim o fez. Observando o rosto da coisa, ele pensou ter realmente visto Flynne chegar, um segundo de confusão na micro-musculatura facial e então os olhos se abriram.

– Puta merda – disse ela –, aquilo é uma casa ou são árvores?

Ele olhou por cima do ombro, na direção da aleia.

– Uma casa criada a partir de árvores. Uma espécie de casinha de playground, na verdade. Pública.

– Essas árvores parecem velhas.

– Elas não são. Seu crescimento foi aumentado pelos montadores. Acelerado, e então estabilizado. Elas eram desse tamanho quando eu era criança.

– Portas, janelas...

– Elas cresceram dessa forma, dirigidas por montadores.

Ela se levantou, parecendo testar o pavimento.

– Onde estamos?

– Soho. Soho Square. Lowbeer sugere que a gente caminhe por essa aleia até o Hyde Park.

– Aleia?

– Uma floresta, mas linear. A Oxford Street foi destruída aqui, de formas variadas, na Sorte Grande. Basicamente lojas de departamento. O arquiteto fez montadores comerem de volta suas ruínas. Esculpiram tudo no que seria um canteiro bem longo para as árvores, com uma via central elevada acima do nível original da rua...

– Lojas de departamento? Como o Hefty Mart?

– Não sei.

– Por que quiseram uma floresta em vez delas?

– Não era uma rua muito bonita para começar e não se saiu bem na Sorte Grande. Os edifícios não se prestavam bem à redefinição de objetivos. A Selfridges chegou a ser uma única residência privada, brevemente...

– Selfridges?

– Uma loja de departamentos. Mas a moda das residências daquele tamanho foi breve, limitada a uma onda final desesperada de capital estrangeiro. Acho que nós não temos lojas de departamento, na verdade.

– Galerias?

– O que tem elas? – perguntou ele, intrigado, mas depois se lembrou da diferença no uso da palavra. – Você viu Cheapside. Lá é uma, de certa forma. Um destino, uma cooperativa de revendas selecionadas. Portobello, Burlington Arcade...

Ela olhou em volta. Continuou girando.

– Estamos na maior cidade da Europa. Além de você, não vi uma alma viva.

– Há um homem logo ali. – apontou Netherton. – Sentado em um banco. Acho que ele trouxe seu cão.

– Nenhum tráfego. Tudo em silêncio.

– Antes do reverdejar, a maioria dos transportes públicos eram trens, em túneis.

– O metrô.

– Sim. E isso tudo ainda está lá, e mais, embora geralmente não seja usado para o transporte público. Dá pra configurar um trem, se você quiser um. As pessoas geralmente vão para Cheapside de trem regular. – Foi assim que ele e a mãe haviam ido.

– Vi alguns poucos caminhões grandes.

– Movendo mercadorias do subterrâneo para onde elas são necessárias. Temos menos veículos particulares. Táxis. Fora isso, é a pé ou de bicicleta.

– Essas são as árvores mais altas que eu já vi.

– Venha ver. É mais impressionante vendo da aleia. – Ele abriu o caminho, tentando lembrar quando havia estado ali pela última vez. Quando chegaram à aleia, entre as árvores, indicou a direção do Hyde Park.

– Você diz que elas não são reais, as árvores?

– Elas são reais, mas seu crescimento foi aumentado, projetado. Algumas são coletores em megavolume de carbono, quase biológicos, que se parecem com árvores. – Algo apitou atrás deles. Um homem de óculos de corrida passou por eles, pedalando com força em uma bicicleta preta, um sobretudo bege salpicado de lama esvoaçando atrás.

– Como é que eles fizeram isso?

As árvores, muitas delas mais altas do que os edifícios que haviam substituído, ainda gotejavam; gotas maiores, mais bem distribuídas. Uma desceu pelas costas da jaqueta de Netherton. Na direção do Hyde Park, sobre a alta copa de galhos, havia a sugestão de uma nuvem.

– Eu posso abrir um feed para você e mostrar-lhe, se quiser.

– WN? – perguntou ela, evidentemente vendo o selo dele quando seus telefones se conectaram. – Esse é você?

– É. Vamos até o Hyde Park, e vou mostrar-lhe alguns feeds sobre como eles fizeram isso. – Sem pensar, por ter guiado o periférico para dentro e para fora do carro de Lowbeer, ele pegou a mão dela, instantaneamente consciente de seu erro.

Os olhos dela encontraram os dele, talvez alarmados. Ele sentiu a mão dela tensa, como se estivesse prestes a retirá-la, ou talvez cumprimentar a dele.

– Ok – disse ela. – Me mostra.

E então estavam caminhando, de mãos dadas.

– Você parecia ridículo – disse ela – no Wheelie Boy.

– Eu achei que sim.

PESSOAS DO FUTURO

Ele disse que construíram tudo isso com o que chamou de montadores, que ela imaginou serem aquilo que ela tinha visto matar a irmã da sua ex.

O que ele chamava de feed era uma janela na visão dela, não tão grande a ponto de ela não poder ver por onde andava, mas assistir àquilo e olhar para onde estava indo era meio complicado. Como um Viz seria, ela imaginou, mas sem ter de colocá-lo na cabeça.

Os arquitetos tinham dito aos montadores para cortar uma seção transversal, por toda a extensão da rua original, na forma de um grande círculo, um longo vazio tubular central. Os edifícios estavam em ruínas, apenas parcialmente de pé, de modo que o perfil que os montadores cortaram fora menos do que a metade inferior daquele círculo. Onde o corte tinha sido feito, independentemente do material encontrado, a superfície resultante era lisa como vidro. O que seria de se esperar com mármore ou metal, mas esquisito com tijolo vermelho ou madeira. Tijolos cortados por montadores pareciam fígado recém-fatiado, madeira cortada por montadores era lisa como os painéis no trailer de Lev. Não que você visse muito dela agora, porque o passo seguinte foi cobrir a extensão do corte com estas árvores de contos de fadas, troncos largos demais para serem reais, raízes correndo por toda parte, descendo pelas ruínas abaixo da superfície cortada, com uma copa tão alta que você não conseguia ver os galhos mais altos.

Híbridos, disse Wilf. Parte amazônicos, parte indianos, e os montadores para moldá-los. A casca era como o couro de elefantes, de textura mais fina nas raízes retorcidas.

Ele usava as mãos quando falava. Teve que soltar a dela para explicar o feed de como eles construíram isso, mas ela tinha achado reconfortante ficar de mãos dadas, só para tocar algo vivo aqui, mesmo que não fosse usando a sua própria mão. Ela tinha um sentimento diferente sobre ele desde que ele contara a ela sobre a Sorte Grande. Ela achou que era porque tinha visto como aquela história o deixava desolado, como ele nem sabia que era. Ele se esforçava muito em convencer as pessoas, e esse era o seu trabalho, ou porque ele tinha esse trabalho, mas na verdade ele estava sempre convencendo a si mesmo, do que quer que fosse que estivesse tentando convencer os outros.

– Essa mulher da festa para onde estamos indo, ela é sua ex? – perguntou ela. O feed tinha terminado, a janela tinha fechado, o distintivo dele tinha piscado e sumido.

– Eu não penso nela dessa forma – disse ele. – Foi bastante breve, extremamente desaconselhável.

– Quem aconselhou você?

– Ninguém.

– Ela é algum tipo de artista?

– Sim.

– Que tipo?

– Ela se tatua – disse ele. – Mas é mais complicado do que isso.

– Tipo com anéis e coisas?

– Não. As tatuagens não são o produto. Ela própria é o produto. A vida dela.

– O que eles costumavam chamar de reality shows?

– Eu não sei. Por que pararam de chamá-los assim?

– Porque viraram tudo o que existe, com exceção de *Ciencia Loca* e anime, e aquelas séries brasileiras. Antiquadas, por assim dizer.

Ele parou, lendo algo que ela não podia ver.

– Sim. Ela descende disso, de certa forma. Reality shows. Fundiu-se com a política. E depois, com arte performática.

Continuaram caminhando.

– Eu acho que isso já aconteceu lá na minha época – disse ela. Tinha um cheiro incrível, aqui. As árvores molhadas, presumiu. – Ela não fica sem pele?

– Cada uma de suas peças é uma epiderme completa, dos dedos dos pés até a base do pescoço. Refletindo sua experiência de vida durante o período da obra. Ela então faz com que isso seja removido, preservado, e fabrica fac-símiles, miniaturas, que as pessoas assinam para receber. Annie Courrèges, que você fingirá ser, tem um conjunto completo, embora ela não pudesse comprá-lo com seu salário.

– Por que ela tem?

– Ela não tem – disse ele. – Eu inventei isso para dizer a Daedra.

– Por quê?

– Para fazer com que ela colocasse suas roupas de novo.

Ela o olhou de lado.

– Ela arranca a própria pele?

– Enquanto uma nova epiderme é cultivada. Remoção e substituição são coincidentes, praticamente uma única operação.

– Ela fica dolorida depois?

– Eu não estive perto dela quando ela fez isso. Ela fez isso recentemente, porém, antes da minha contratação. Epiderme nova. Ela concordou, após se encontrar com você, ou melhor, com Annie Courrèges e dois outros curadores neoprimitivistas, em não ser tatuada até a conclusão do nosso projeto.

– O que são eles?

– Quem?

– Neoprimitivistas.

– Curadores neoprimitivistas. Neoprimitivos ou sobreviveram à Sorte Grande por conta própria ou optaram por sair do sistema global. Os de que nosso projeto dependia eram voluntários. Um culto ecológico. Curadores estudam neoprimitivos, experimentam e coletam sua cultura.

Três ciclistas estavam se aproximando pela direção oposta, vestidos brilhantemente. Crianças, ela supôs, quando passaram bem rápido, no que ela pensou serem uniformes de super-heróis.

– Você não parece gostar daqui de cima – disse ela.

– Da aleia?

– Do futuro. Ash também não.

– Ash fez do fato de não gostar daqui um hobby – disse ele.

– Você a conheceu antes de ela fazer aquilo com os olhos?

– Eu conheço Lev desde antes de ele contratar os dois. Ela já veio desse jeito. Você pega o que conseguir em termos de técnicos.

– O que ele faz, Lev? – Ela não tinha certeza se pessoas ricas necessariamente faziam alguma coisa.

– A família é poderosa. Clepto antiga. Russos. Os dois irmãos mais velhos parecem sustentar isso. Ele é uma espécie de olheiro para a família. Procura coisas em que eles possam investir. Não se trata tanto de lucro, mas de se manterem relevantes. Fontes de novidade.

Ela olhou para os galhos lá no alto, que pareciam pingar menos agora. Algo com asas vermelhas passou voando por lá, do tamanho de um grande pássaro, mas as asas eram de borboleta.

– Isso não é novidade para você, é?

– Não – disse ele. – Não é. É por isso que existem curadores neo-primitivistas. Para recolher quaisquer pedaços aleatórios de novidade que os neoprimitivos possam produzir, por mais vis que sejam. Foi por isso que estávamos trabalhando com Daedra. Novidade tecnológica, nesse caso, mais facilmente mercantilizada do que o habitual. Três milhões de toneladas de polímero reciclado, sob a forma de uma única peça de flutuação imobiliária. Aquele é o Hyde Park ali, mais à frente.

E ela viu que eles estavam se aproximando do fim da aleia, as árvores menos altas, mais esparsas. Podia ouvir um grasnar, como um alto-falante.

– O que é isso?

– Recanto do Orador – disse ele. – São todos loucos. É permitido.

– O que é aquela coisa branca, como parte de um edifício?

– Arco de Mármore.

– Tem uns arcos. Como se tivessem tirado de outra coisa e meio que largado ali.

– Foi o que fizeram – respondeu ele. – Mas na época devia fazer mais sentido, visualmente, com o tráfego passando através deles.

Estavam fora da aleia agora, descendo escadas que se alargavam até o nível do parque.

– A pessoa que está falando – disse ela –, ela tem que estar sobre pernas de pau, mas não parece. – A figura parecida com uma aranha, ela calculou, devia ter quase 3 metros de altura.

– Um periférico – disse ele. A cabeça redonda e cor-de-rosa daquela coisa alta tinha na frente uma espécie de trombeta quadrada, do mesmo tom de rosa, através da qual berrava, incompreensivelmente, para a pequena multidão de figuras que a rodeava, pelo menos uma delas parecia ser um pinguim, embora da mesma altura que ela. O mais alto usava um terno preto apertado, com braços e pernas muito finos. Ela não conseguia entender o que ele estava dizendo, mas pensou ter discernido a palavra "nomenclatura". – Eles são todos loucos – repetiu ele. – Eles podem ser todos periféricos. Inofensivos, contudo. Por aqui.

– Aonde estamos indo?

– Pensei que poderíamos caminhar até a Serpentine. Ver os navios. Pequenas réplicas. Eles às vezes encenam batalhas históricas. O *Graf Spee* é particularmente bom.

– Aquela figura falando está fazendo algum sentido?

– É uma tradição – disse ele e levou-a por um caminho de cascalho liso, bege. E havia pessoas ali, caminhando pelo parque, sentadas nos bancos, empurrando carrinhos. Elas não tinham uma aparência específica de pessoas do futuro para ela. Ela achou que Ash parecia, mais do que qualquer um que tinha visto ali, sem contar a figura de 3 metros e cabeça de trompete que Wilf disse que era um periférico. Ela ainda podia ouvi-la discursar, mais atrás.

– Como vai ser quando formos para a festa da sua ex?

– Eu gostaria que você não a chamasse assim. Daedra West. Não sei, exatamente. Pessoas poderosas vão estar lá, de acordo com Lev e Lowbeer. O próprio Remembrancer, possivelmente.

– Quem é esse?

– Um oficial da cidade. Acho que eu não saberia explicar a você qual era sua função tradicional. Originalmente, acho, era lembrar a realeza de uma dívida antiga. Mais tarde, inteiramente simbólico. Depois da Sorte Grande, melhor não falar a respeito.

– Ele conhece Daedra?

– Não faço ideia. Nunca fui a esse tipo de ocasião e fico feliz por isso.

– Você tá assustado?

Ele parou no meio do caminho, olhou para ela.

– Acho que estou ansioso, sim. Essa coisa toda está bem fora da minha experiência.

– Da minha também – disse ela. Ela tomou a mão dele. Apertou.

– Sinto muito termos invadido a sua vida – disse ele. – Era adorável onde você estava.

– Era? Quero dizer, é?

– O jardim da sua mãe, sob o luar...

– Comparado com isso?

– Sim. Eu sempre sonhei com isso, de certa forma, o passado. Eu não compreendia isso plenamente, de alguma forma. Agora nem posso acreditar que realmente o vi.

– Você pode ver mais – disse ela. – Eu estou com o Wheelie Boy, na Fab.

– Na o quê?

– Forever Fab. Eu trabalho lá. Trabalhava. Antes de isso tudo começar.

– É isso que quero dizer – disse ele, tensionando a mão. – Estamos mudando tudo.

– Nós somos todos pobres, exceto Pickett, que talvez esteja morto agora, e um ou dois outros. Não é como aqui. Não há muito o que fazer. Eu teria me juntado ao Exército quando Burton entrou para os Fuzileiros Navais, mas nossa mãe precisava de cuidados. Ainda precisa. – Ela olhou em volta para o vasto parque, os gramados, trilhas que pareciam algo de uma aula de geometria. – Este é o maior parque que eu já vi. Maior do que aquele perto do rio em Clanton, com o forte da Guerra Civil. E aquela aleia é provavelmente a coisa mais maluca que eu já vi, que as pessoas construíram. Ela é a única?

– Daqui, poderíamos caminhar por aleias até Richmond Park, Hampstead Heath, e daí por diante. Catorze ao todo. E os cem rios, todos recuperados...

– Com vidro por cima, iluminados?

– Alguns dos maiores, sim. – Ele sorriu, mas parou quando isso pareceu surpreendê-lo. Ela não o tinha visto sorrir muito, não dessa forma. Ele soltou a mão dela, mas não de uma só vez.

Ele começou a andar novamente. Ela caminhou ao lado dele.

O emblema do caroço vermelho de Macon.

– Eu estou vendo o emblema de Macon – disse ela.

– Diga olá – disse ele.

– Alô? Macon?

– Ei – respondeu Macon –, tem uma situação rolando aqui. Clovis quer que você volte.

– O quê?

– Lucas 4:5 tá do lado de fora com as placas e a merda toda, aqui. Você, seu irmão e sua mãe, vocês tão nas placas. O primo Leon também.

– Que porra é essa?

– Parece que a Coldiron é a nova coisa que eles decidiram que Deus odeia.

– Onde está Burton?

– A caminho, voltando do Pickett. Acabou de começar.

– Merda – disse Flynne.

CHATELAINE

Desviando os olhos da batalha que ocorria na Serpentine, ele viu Ash se aproximando, em vários tons de preto e sépia mais escuro, por entre a trilha de cascalho bege, como se andasse sobre rodinhas escondidas.

Ele lamentava que Flynne estivesse perdendo as miniaturas, embora ele pessoalmente gostasse mais de vapor do que de vela, e preferisse o drama das armas de longo alcance às explosões desses pequenos canhões. Mas a água na região da batalha tinha ondas em proporção realista e nuvens em miniatura, e isso sempre o encantou. O periférico, sentado no banco ao seu lado, parecia estar acompanhando tudo também, mas ele sabia que a atenção a objetos em movimento era apenas uma forma de emular consciência.

– Lowbeer quer você de volta no Lev – disse Ash, parando na beirada do banco. A saia e a jaqueta justa dela eram uma colcha de retalhos barrocamente complicada de fragmentos mal cortados, alguns dos quais, ainda sem dúvida flexíveis, lembravam estanho escurecido. Ela usava uma bolsa mais ornamentada do que de costume, coberta de contas pretas e pendurada com um arranjo de prata que ele sabia ser uma chatelaine, o organizador para conjuntos de acessórios domésticos das damas vitorianas. Ou não tão vitoriana, ele viu, quando uma aranha de prata com um abdômen facetado em um dos finos elos da corrente do chatelaine subiu de forma ágil pela cintura da jaqueta, com múltiplos olhos minúsculos de contas de strass.

– Flynne parecia preocupada por ser chamada de volta – disse ele, olhando para ela. – O momento foi infeliz. Eu estava prestes a explicar o enquadramento narrativo para Annie.

– Eu expliquei para ela que você é um relações-públicas – disse ela. – Ela parecia compreender isso nos termos de alguns paradigmas já bastante degradados de celebridade, então foi relativamente fácil.

– Relações públicas não é uma das suas áreas de especialização – disse ele. – Espero que você não a tenha deixado com impressões erradas.

Ash estendeu a mão, pondo de lado a franja do periférico. Ele olhou para ela com olhos calmos e luminosos.

– Ela acrescenta alguma coisa ao periférico, não é? – disse ela. – Eu vi que você percebeu.

– Ela está em perigo de novo agora, lá?

– Acho que sim, mas é difícil quantificar. Alguma entidade aparentemente poderosa, baseada aqui, a quer morta lá, e emprega recursos cada vez maiores a essa tarefa, lá. Nós estamos lá para contrabalancear isso, mas nossa concorrência com eles tem perturbado a economia do mundo dela. Essa perturbação é problemática, uma vez que pode e provavelmente em breve deverá produzir uma mudança mais caótica.

Um estalo súbito emergiu da batalha na Serpentine. As crianças aplaudiram nas proximidades. Ele viu que um dos navios tinha perdido seu mastro central para uma bala de canhão, como tinha acontecido muito tempo atrás, ele não tinha a menor ideia de onde, de acordo com qualquer que fosse o relato que estivesse sendo reencenado. Ele se levantou, estendeu a mão para o periférico, que a aceitou. Ajudou-o a se levantar, o que a coisa fez graciosamente.

– Eu não gosto disso, que ela o esteja enviando para Daedra – disse Ash, fixando-o com o seu olhar verticalmente bifurcado. Ocorreu-lhe que ele já tinha passado tanto tempo perto dela que agora mal reparava em seus olhos. – É quase certo que Daedra, ou um dos seus associados, seja nosso concorrente no toco. Eles podem ser incapazes de fazer qualquer coisa com Flynne, aqui, além de destruir seu periférico, e nesse caso ela voltaria para o toco, por mais dolorosa que a experiência fosse. O mesmo vale para Conner no mestre de dança do irmão Anton. Mas você vai comparecer em pessoa. Fisicamente presente, totalmente vulnerável.

– Taticamente – disse ele –, não vejo que outra escolha ela teria. – Olhou para ela, impressionado com a ideia de que ela poderia estar realmente preocupada com ele.

– Você não considerou o perigo no qual estará se colocando?

– Acho que tenho tentado não pensar muito nisso. Mas o que aconteceria com Flynne se eu me recusasse? Com seu irmão, sua mãe? Seu mundo inteiro?

As quatro pupilas dela penetraram as dele, o rosto pálido perfeitamente imóvel.

– Altruísmo? O que está acontecendo com você?

– Eu não sei – disse ele.

O ANTÍDOTO PARA A HORA DA FESTA

Clovis Raeburn tinha a pele bonita. Quando Flynne abriu os olhos, Clovis estava bem ali, bem perto, como se estivesse olhando para o recorte autônomo de Flynne ou para o cabo. A transição mais fácil até agora, sentada num banco ao lado de uma trilha no Hyde Park, depois apoiada em travesseiros em uma cama nova de hospital. Como dar cambalhotas para trás, mas no bom sentido.

– Oi – disse Clovis, endireitando-se quando viu que os olhos de Flynne estavam abertos.

– O que está acontecendo?

Clovis estava puxando as duas metades de alguma coisa, abrindo alguma embalagem.

– Griff diz que a competição contratou Lucas para queimar nossa imagem. Eu digo que qualquer um contra quem eles protestem acaba ficando com uma imagem melhor.

– Macon disse que Burton estava voltando do Pickett.

– Em um carro emprestado – confirmou Clovis. – Tem sido uma orgia de carros emprestados por lá. Os empregados de Pickett, aqueles que ainda estão sendo retirados a pá dos escombros, estavam com seus carros estacionados por lá. – Ela extraiu algo pequeno da embalagem: circular, plano, rosa-choque. Ela descascou alguma coisa do verso, levantou a bainha da camiseta de Flynne, e apertou o adesivo ali, à esquerda do umbigo.

– O que é isso? – perguntou Flynne, levantando a cabeça do travesseiro, contra o peso da coroa, tentando vê-lo. Clovis levantou a parte de baixo de sua própria camisa de combate. Num abdômen no qual você poderia lavar roupa, o ponto cor-de-rosa, com duas linhas verme-lhas finas cruzadas no centro.

– O antídoto para a hora da festa – disse Clovis. – Mas vou deixar que Griff explique isso. Deixe o seu no lugar. – Ela levantou a coroa da cabeça de Flynne e colocou-a com cuidado sobre o que parecia uma fralda descartável aberta, em cima da mesa à esquerda da cama.

Flynne olhou da coroa para Conner, na cama ao lado, sob sua própria coroa.

– É melhor que ele ainda esteja lá em cima – disse Clovis –, considerando a situação. Ele tem um potencial comprovado de tornar as coisas mais malucas.

Flynne sentou-se. Uma cama de hospital fazia você sentir como se precisasse da permissão de alguém para fazer isso. Então Hong entrou no campo de visão dela, um saco plástico de comida para viagem pendurado em cada mão. Ele usava um Viz e uma camiseta verde-escura com "COLDIRON USA" escrito em branco, o logo que ela tinha visto no envelope no trailer de Burton, naquela primeira noite. Ela percebeu que ele tinha entrado através de uma abertura vertical estreita, na parede de telhas, à esquerda da cama.

– Ei – disse ele.

– Tem uma passagem secreta do Sushi Barn, agora? – perguntou ela.

– Parte do acordo para as antenas. Aqueles e-mails não eram seus?

– Acho que eu tenho secretários e essas merdas.

– É preciso ter como conseguir comida por aqui – disse Clovis. – Sempre tem alguns dos rapazes de Burton sentados lá dentro, de olho.

– Engordando – disse Hong, sorrindo, e saiu, passando por uma lona azul.

– A comida é para Burton e quem quiser – disse Clovis. – Tá com fome?

– Devo estar – disse Flynne, pegando o Wheelie Boy da cadeira onde ela o tinha deixado.

– Tô aqui com a bela adormecida, se precisar de mim – disse Clovis. – Verdade que você tem seu outro corpo completo lá em cima?

– Mais ou menos. Alguém construiu, mas não dá pra perceber.

– Parece com você?

– Não – disse Flynne. – Mais bonita e com mais peito.

– Vá em frente – disse Clovis –, fique com o outro.

Flynne seguiu o cheiro do Sushi Barn. Os sacos estavam na mesa de jogos, onde ela tinha assinado os contratos, que agora estava de volta na área atrás da lona azul que Macon tinha dito que era o seu departamento jurídico, mas Hong não estava lá.

– Você é Flynne – disse o homem. Cabelo castanho, olhos cinzentos, pálido, bochechas coradas. Outro inglês, pelo sotaque, mas aqui no momento sobre o qual ela estava começando a tentar não pensar como "o passado". – Eu sou Griff. – Colocou a mão sobre os recipientes de isopor e três garrafas de água Hefty – Holdsworth. – Ela a apertou. Ombros largos mas de compleição leve, talvez um pouco mais novo do que ela, ele usava uma jaqueta bem gasta de aparência lustrosa, da cor de cocô de cavalo fresco.

– Soa americano – disse ela, mas na verdade soava mais como um personagem de um anime infantil.

– É Gryffyd, na verdade – respondeu ele, em seguida soletrando para ela, observando como se quisesse ver exatamente quando ela iria rir.

– Você é do Homes, Griff?

– Nem de longe.

– Madison achou que você veio em um helicóptero do Homes naquela primeira vez.

– Eu vim. Eu tive acesso a um.

– Ouvi que você tem muito disso. Acesso.

– Ele tem – disse Burton, movendo a lona para o lado com o dedo indicador. Ele parecia cansado, como se precisasse de uma ducha. Suas peças camufladas e camiseta preta estavam empoeiradas. – Útil para consertar coisas. – Deu um passo à frente.

– O xerife Tommy tem cansado você? – perguntou ela.

Ele pousou seu tomahawk sobre a mesa de jogar cartas, com as bordas presas em Kydex ortopédico.

– Missão punitiva, mas ele nunca vai admitir isso. Não gosta do que fizemos por lá. É uma forma de ele esfregar meu nariz naquilo tudo. Não que aquilo não tenha sido mais do que a gente pretendia, Jackman à parte. Claro, não me importaria de encontrar um pouco de

Pickett por ali. Mas então ouvi que Lucas estava nos trazendo sua linda versão do julgamento divino por aqui. – Ele olhou para ela. – Pensei que você estivesse em Londres.

– Lowbeer me mandou de volta – disse ela. – Quem quer que seja que nos queira mortos fez Lucas aparecer aqui para tirar você do sério. Levar você a fazer merda, como você tende a fazer quando eles protestam e essas porras.

– Você viu as animações naquelas placas?

– Parece delicioso – disse Griff, que tinha aberto as caixas de isopor. – De onde é o Hong?

– Filadélfia – respondeu Flynne.

– Eu vou me lavar – disse Burton, pegando seu tomahawk.

– Agora você me deixou com vontade de segui-lo – disse ela para Griff, quando Burton estava fora do alcance da voz.

– Carlos está na entrada da frente, para desencorajá-lo de sair – disse ele, abrindo as tampas das três garrafas de água. – Clovis na parte de trás e na rota interna para o Hong. – Ele começou a transferir a comida para os três pratos recicláveis que Hong tinha trazido, usando dois pares de hashi de plástico como um garfo. Em seguida, usou um único par para rapidamente reposicionar tudo, de forma que, de repente, a comida de Hong tinha um aspecto melhor do que ela teria imaginado ser possível. Se ela tivesse feito isso, bem sabia, teria acabado com três maçarocas mais ou menos iguais de macarrão e rolinhos. Observando-o usar os hashi para redistribuir aqueles ovinhos falsos de peixe, ela lembrou das meninas robôs preparando os lanches para a festa da mulher morta.

– Considere ignorar os cartazes que nossos fanáticos de aluguel estão exibindo – disse ele. – Foram concebidos por uma agência especializada em anúncios de ataque políticos, e são especificamente desenhados para incomodá-la pessoalmente, e ao mesmo tempo voltar a comunidade contra vocês.

– Os outros caras contrataram eles?

– Lucas 4:5 é tão negócio quanto culto. Como tende a ser nesses casos.

– Você é do Chef Channel ou algo assim?

– Só com a autêntica cozinha da Filadélfia – disse ele. Inclinou a cabeça. – Me dê a melhor cozinha do norte da Itália e farei com que fique com uma aparência de lixo.

– Vamos comer – disse Burton, voltando e colocando seu tomahawk sobre a mesa de novo, ao lado de um dos pratos. Ao vê-lo, desta vez, Flynne lembrou quando tropeçou no homem da guia de cachorro no porão de Pickett.

Ela colocou o Wheelie Boy no meio da mesa, como se fossem flores ou algo assim, e depois se sentou em uma das cadeiras dobráveis.

– O que é isso? – perguntou Burton, olhando para o Wheelie Boy.

– Wheelie Boy – disse ela.

Griff colocou as caixas vazias em um dos sacos plásticos, e em seguida colocou tudo em outro saco plástico, pôs no chão, pareceu examinar a forma como a mesa estava montada, e então se sentou. Ela quase achou que ele estava prestes a dizer uma prece de graças pela comida, mas ele pegou seus hashis de plástico e gesticulou.

– Por favor – disse ele.

O vaivém entre o corpo dela e o periférico era confuso. Ela estava com fome ou não? Ela tinha comido uma banana e um café, mas sentia como se a caminhada pela aleia tivesse sido real. E foi, mas seu corpo não tinha feito aquilo. O cheiro da comida fez com que ela sentisse saudades da semana anterior, quando nada daquilo tinha acontecido, e além disso havia a aparência que Griff tinha dado aos pratos.

– O que é a hora da festa? – perguntou ela.

– Onde você ouviu isso? – perguntou Burton.

– Clovis me deu o antídoto – disse ela.

– Hora da festa por aqui? – Burton estava olhando para Griff com força.

– Vamos discutir isso depois que comermos – disse Griff.

– O que é isso, Burton?

– Em uma escala de crimes de guerra de um a dez? Quase doze. – Burton pôs uma fatia de sushi na boca e mastigou, olhando para Griff.

PARLAMENTO DOS PÁSSAROS

A tenda de Ash cheirava a poeira, embora nada nela parecesse estar realmente empoeirado. Talvez houvesse uma vela para isso, pensou ele, sentando-se. O periférico olhou para ele fixamente, em meio à intricada ostentação das falsas antiguidades de Ash, depois baixou os olhos, como se traçasse os padrões esculpidos no tampo da mesa. Ash estava à sua esquerda, mais perto do periférico. Ela havia tirado seu chapeuzinho ameaçador, que parecia um sapo de couro preto, e colocado sobre a mesa à sua frente.

– Você está ganhando um bilhete para o parlamento dos pássaros – disse ela para ele, e, quando ele ia perguntar o que isso significava, ela pousou um dedo sobre seus lábios pretos, silenciando-o.

Agora ele viu a aranha de prata e azeviche da chatelaine dela, livre de correntes, sair rastejando e descendo a manga esquerda da jaqueta dela, para seguir seu caminho rápido, com patas de agulha sobre as ranhuras, em sua direção, com os olhos de strass brilhando.

O animal subiu nas costas de sua mão esquerda. Totalmente indolor. Na verdade, ele não podia senti-la. Pensou no Medici, gavinhas caindo imperceptivelmente entre as células de sua pele.

Ash falou longamente, em seguida, no canto de pássaros, e ele entendeu.

– Não faça isso – disse ele, horrorizado, quando ela parou, mas o que ele realmente emitiu foi canto de pássaros, agudo e urgente. Mas então percebeu que o que ela tinha lhe dito era que o "bilhete", que eles só poderiam usar aqui, e dessa única vez, permitia que ele acessasse sua criptografia mutável, dela e de Ossian, que era tão impenetrável quanto qualquer outra coisa no mundo, de modo que até mesmo Lowbeer e suas tias onipotentes não deveriam entender o que era dito. E então ela começou a lhe contar mais.

Que Lowbeer (e ele fez o que pôde para ignorar o canto de pássaros que gradualmente virava algo caracterizado por fortes estalos da glote) tinha ficado muito interessada nos contínuos e seus entusiastas. Havia, por exemplo, disse Ash, entusiastas de contínuos que estavam fazendo isso há muito mais tempo do que Lev, e alguns deles haviam realizado experimentos deliberados em múltiplos contínuos, testando-os, por vezes, até a destruição, no que concernia às suas populações humanas. Um desses primeiros entusiastas, em Berlim, conhecido pela comunidade apenas como "Vespasiano", era um fetichista de armas, notoriamente sádico em seu tratamento dos habitantes de seus contínuos, os quais ele jogava uns contra os outros em combates brutais, intermináveis e essencialmente inúteis, colhendo as armas criadas, embora algumas fossem especializadas demais para seu uso fora do cenário barroco que as havia produzido.

Netherton olhou para o periférico, que não teria entendido nada daquilo em língua alguma, mas estava observando Ash enquanto ela dizia que Lowbeer tinha obtido desse tal Vespasiano planos e especificações para algo que Conner Penske estava sendo treinado para operar.

– O quê? – perguntou Netherton, ouvindo a pergunta emergir como duas sílabas vogais longas e choramingantes.

Ela não tinha ideia, disse Ash, com suas vogais também se alongando, mas, dado o fetichismo de Vespasiano e o evidente prazer de Conner em sua primeira aula, era certamente uma arma de algum tipo. Lowbeer, ela ressaltou, teria recursos para fazer as coisas serem fabricadas de forma rápida e secreta.

Mas por que, perguntou Netherton, com sua língua compartilhada ficando mais germânica, Ash estava lhe dizendo isso agora? Não disse a ela que aquilo aumentava a sua ansiedade, ou que aquela bijuteria empoleirada nas costas de sua mão o fazia querer gritar, mas desejou que tais sentimentos de alguma forma pudessem inadvertidamente ser transmitidos por alguma versão mutante do holandês que pudesse estar momentaneamente vocalizando.

Porque, disse Ash (disparando para algo que não o fazia lembrar de língua alguma, nem do canto dos pássaros), a própria Lowbeer tinha, praticamente de um dia para o outro, virado uma entusiasta dos contínuos. E porque ela, Ash, tinha vindo a perceber, enquanto facilitava as estratégias de Lowbeer no toco de Lev, que Lowbeer estava planejando a um prazo mais longo do que fazia sentido planejar. E porque, e aqui os olhos dela se estreitaram até virarem pouco mais que uma pupila, depois de ter entregue os planos do tal sistema ou dispositivo para Lowbeer, Vespasiano tinha estranhamente partido para Roterdã e morrido ali, na sexta-feira, de forma súbita e inesperada, mas de causas aparentemente naturais, uma circunstância na qual Lowbeer, na opinião de Ash, parecera notavelmente desinteressada.

E tudo isso tinha ocorrido depois de conhecerem Lowbeer, continuou ela, portanto fora realmente uma semana movimentada. Mas agora, disse ela, o período do bilhete de Netherton, por necessidade, bastante breve, estava chegando ao fim. Uma vez que terminasse, ela esperava que Netherton não mais mencionasse essas coisas. Ela tinha sido motivada a compartilhar, disse ela, por certo grau de interesse pessoal, mas também por preocupação com ele, e com Lev, e com Flynne e sua família também, que ela via como relativos inocentes, inadvertidamente distantes.

Mas o que, perguntou Netherton, somente agora conseguindo ignorar a constante falta de familiaridade de sua própria produção verbal, ela esperava almejar com isso?

Ela não sabia, compreendeu ele entre os sons que ela emitia, mas sentiu que precisava fazer alguma coisa. E os meios que Lowbeer tinha de saber quem disse o quê, por intermédio das tias da clepto, eram inestimáveis. E nesse ponto terminou, com a aranha saltando de sua mão e voltando para ela.

Então os três ficaram sentados ali por um longo momento, Netherton tomando a mão do periférico sob a mesa e se perguntando como um entusiasta dos contínuos sádico poderia morrer de forma inesperada, mas aparentemente natural em Roterdã, e como era melhor que ele se lembrasse de não perguntar isso a Lowbeer ele mesmo, já que ele não deveria saber. Mas então, pensou, e se ela os tivesse ouvido conversando em canto de pássaros e glossolalia? O que ela pensaria disso?

ESTROBO

Griff a fizera colocar a armadura para o passeio, uma jaqueta de algo-dão-doce de magia negra. Burton também usava uma, e de certa forma foi isso que quase o matou, como o tecido endurecia com a energia da bala. Disparada contra o concreto entre os pés de Burton por um homem que provavelmente já estava morto quando seu dedo puxou o gatilho, a bala ricocheteou para cima e bateu na manga do casaco em torno do pulso esquerdo de Burton. A bala se desintegrou, algo na físi-ca do algodão-doce tendia a causar isso, e um fragmento voltou para baixo, para a coxa direita de Burton, rasgando a artéria femoral.

Tudo pareceu acontecer ao mesmo tempo, com a mesma falta de sentido que Tommy disse que permeava todo tiroteio, quando você esta-va no meio de um. Ela estava andando um pouco atrás de Burton, à es-querda dele, Clovis à sua direita, e mais tarde lembrou que Clovis ficou mais agitada quando eles entraram na viela. Estavam indo para o carro de Tommy, para ir ver sua mãe e tentar convencê-la a ir para outro lugar. Griff não tinha mencionado a hora da festa ainda, seja isso o que fosse, mas, se ele não o fizesse, ela tocaria nesse assunto durante a viagem. Ele falou principalmente sobre a mãe dela, que se recusava a escutar e a se mudar. Ele queria levá-la para o norte da Virgínia, onde ele disse que ti-nha um esconderijo. Lithonia tinha concordado em ir com ela. Por mais gentil que sua mãe fosse com Lithonia, ainda se recusava a partir. Então Tommy tinha chegado para levá-los, e ela estava ansiosa para ver a mãe, ainda que não tivesse muita esperança de que ela aceitasse a ideia de um esconderijo, e para sentar ao lado de Tommy, se o jeito que as coisas eram não obrigasse Carlos a sentar nesse lugar com seu fuzil entre os joelhos.

Tinha estado muito quieto lá fora, apesar dos 47 manifestantes que os drones tinham conseguido contar do lado oposto do prédio, do outro lado da rua em frente ao estacionamento. Mas Burton devia estar com seu tomahawk na mão direita, com o braço em repouso ao lado do corpo, o cabo para cima, contra a parte de dentro do braço, e quando reparou no que quer que tenha denunciado o sujeito de traje-lula mais ao longe, ele tirou a bainha de Kydex para fora e deixou cair o tomahawk, porque ela ouviu claramente a bainha bater no concreto, bem onde tantas vezes ela havia prendido sua bicicleta. Ele pegou o cabo pela ponta, sabe-se lá como ele conseguiu, antes de o tomahawk bater no concreto, e, de alguma forma, o virou, batendo na cabeça ainda invisível do homem, fazendo um som como descascando uma abóbora ainda verde, e essa foi a última coisa que ela ouviu por algum tempo, porque então as armas ficaram altas demais para que fossem compreendidas como som.

Pareciam gifs isolados para ela agora. A frente da bolsa paramédica na virilha de Clovis abriu-se como uma ostra. A enorme pistola de plástico surgiu, da mesma cor que a bolsa. Clovis, que a tinha empurrado para o lado com tanta força que chegou a doer, a pistola em ambas as mãos, braços esticados para a frente na altura dos ombros, inclinada, o lampejo contínuo, até que o pente esvaziasse, e o rosto dela sem expressão, como se estivesse apenas dirigindo, prestando muita atenção na estrada. Outra imagem era o bronze expulso do fuzil de Carlos, cartuchos sem peso, flutuando, como se estivessem congelados por um estrobo, mas um ricocheteou nas costas da mão dela, queimando-a. Outra era a coisa que os trajes-lula faziam quando as balas os atingiam, como as cores e texturas roubadas ardiam, brancas, e morriam, enquanto quem as usava caía. E Burton no chão, de olhos abertos, sem expressão, nada se movendo exceto o sangue bombeando de sua coxa a cada batimento cardíaco.

Os ouvidos dela tinindo, tão alto que ela achou que nunca mais ia parar. Tommy protegendo-a, enquanto Clovis, a pistola recarregada na sua concha aberta agora, puxava coisas dos bolsos atrás dela. Luvas azuis de látex do Homes. Um gancho achatado de cerâmica branca. Agachou-se ao lado de Burton, usou o gancho para cortar as roupas camufladas em retalhos encharcados de sangue, expondo sua coxa direita. Empurrou por completo seu dedo indicador direito azul-brilhante pelo buraco jorrando sangue, franziu a testa, mudou um pouco de posição. O jorro parou. Ela olhou para cima.

– Walter Reed, porra – exigiu –, a postos.

MÉTRICA DO CUIDADO

Ele estava no chuveiro, ao lado do quarto master do Gobiwagen, quando o selo de Rainey apareceu.

– Alô – disse ele, olhos fechados por causa do xampu.

– Ainda é verdade – perguntou ela – que você não sabe para quem você realmente trabalha?

– Eu estou desempregado.

– Eu sei – disse ela. – Mais ou menos.

– Sabe o quê?

– Sei pra quem você trabalha.

– O que você quer dizer?

– Nosso último encontro, por assim dizer.

– Sim?

– Sua amiga.

– Quem?

– A que eu conheci.

– Eu não trabalho pra ela.

– Mas você faz o que ela manda.

– Acho que sim – disse ele. – Por razões óbvias.

– Eu faria isso se estivesse na sua situação.

– Que é qual?

– Eu não quero saber. Fiz algumas perguntas discretas. Agora todas as pessoas para quem eu perguntei sobre ela, por mais em particular que o tenha feito, não me conhecem mais. Retroativamente. Nunca conheceram. Alguns têm se dado ao trabalho de me apagar de imagens de grupos. Na métrica do cuidado, isso diz bastante.

– Não é algo que eu possa discutir agora. Não dessa forma.

– Não precisa. Estou ligando para dizer que ofereci minha exoneração.

– De uma nova versão do projeto?

– Do Ministério. Vou tentar o setor privado.

– Sério?

– O que quer que esteja fazendo, Wilf, não é algo bom de se saber. Mas eu não sei, então vou continuar assim.

– Então por que me ligar?

– Porque apesar de tudo eu ainda não cago totalmente para você. Preciso ir agora. Seja o que for, pense em cair fora. Adeus. – Seu selo desapareceu.

Ele fez um gesto com a mão, parando o chuveiro, saiu, procurou uma das finas toalhas de linho preto do avô de Lev, secou os olhos e o rosto.

Olhou para o quarto, onde Penske tinha deixado o mestre de dança deitado perfeitamente em linha reta sobre a enorme cama, como a tampa esculpida do sarcófago de um cavaleiro, mãos cruzadas sobre o peito.

– Seja o que for – disse ele, citando Rainey. Surpreso ao descobrir que sentia falta dela, e que agora achava que teria motivos para continuar sentindo.

91

ISÓPODE

Com Burton na cama do meio, sangue nos lençóis, debaixo de um drone de unidade cirúrgica que parecia a carapaça de um tatuzinho gigante, feito do mesmo plástico colorido da pistola de Clovis, o quarto dos fundos da Coldiron parecia um hospital de campo. O drone, controlado por uma equipe do Centro Médico Militar Nacional Walter Reed, estava enrolado com força nele, do umbigo até um pouco acima dos joelhos, e fazendo uma quantidade surpreendente de ruídos enquanto fazia o que quer que o estivessem mandando fazer. Estalos e cliques enquanto trabalhava nele. Extraindo o fragmento disforme da bala, que foi extrudida em uma pequena bandeja, depois remendando a artéria, e fechando o buraco na perna. Esse era o plano, pelo menos. O choque hidrostático não tinha sido tão ruim, Griff dissera a ela, o ricochete no concreto tinha gasto boa parte da energia. Caso contrário, daquela distância, o próprio impacto poderia tê-lo matado, apesar de a armadura parar a bala.

O drone era de onde vinham os periféricos, pensou ela, lembrando que estava com o Wheelie Boy no colo, na beira da cama mais distante de Conner. Quando não conseguia mais olhar para Burton, porque ele estava inconsciente, com um tubo transparente no nariz, adesivos de pontos monitores presos na testa e no peito nu e dois diferentes tubos no braço, ela olhava para Conner, o rosto suave e tranquilo, fazendo alguma coisa setenta anos no futuro, ou para Griff, telefone no ouvido, balançando a cabeça, falando baixo demais para que ela ouvisse. Então, quando conseguia de novo, olhava mais uma vez para Burton.

O drone continuava estalando. O tatuzinho era um isópode, não um inseto. Os maiores viviam no oceano. Isso foi no ensino médio ou na *National Geographic*? Ela não conseguia se lembrar.

Clovis tinha ido tomar um banho. Frio para começar, ela dissera, e completamente vestida, porque isso deveria tirar a maior parte do sangue de Burton de suas roupas. Flynne nem sabia que havia uma ducha. Clovis disse que ficava em uma mangueira, em um armário de limpeza, com uma drenagem no chão, e, naquele momento, isso não pareceu particularmente estranho, Clovis explicando aquilo, de pé ali com o sangue de Burton sobre ela. Ele precisava de uma transfusão, mas eles tinham bastante sangue, o tipo dele. O que significava que tinham o tipo de Flynne também, porque era o mesmo. E tinham esse drone, que Clovis disse que era o que o serviço secreto mantinha à mão caso a presidenta fosse baleada, e talvez fosse controlado pelos mesmos cirurgiões.

Se Conner não estivesse sob a coroa, ela teria de explicar tudo para ele. Não que ela soubesse algo sobre isso, além do que tinha visto. Tommy tinha telefonado para alguns agentes para limpar as coisas na viela, depois, levar de lá quem quer que estivesse esperando naqueles trajes-lula, e não houvera uma sirene sequer. Os atacantes não eram locais ou os agentes já teriam deixado Tommy saber quem eram a essa altura. E era como se ninguém na cidade tivesse ouvido o tiro.

Havia algo de errado com ela agora, concluiu, olhando para o rosto de seu irmão enquanto o drone clicava e zumbia, todas aquelas perninhas de tatuzinho fazendo sabe-se lá o que estavam fazendo. Ela chegou a vê-las brilhando quando Carlos e Griff levantaram aquela coisa e colocaram sobre ele, com Clovis ajoelhada ao lado da cama com aquele dedo azul-brilhante ensanguentado ainda preso na coxa dele, pressionando a artéria, e então ela puxou o dedo para fora quando o drone ganhou vida, fazendo seus ruídos.

A coisa que estava errada era que ela tinha ido para onde ela foi durante a Operação Vento do Norte, mas agora ela não podia gritar no sofá, ou sair pela varanda de Janice para vomitar na grama. Apenas ficar sentada ali, na beira da cama que ela presumiu que era a dela, com o tilintar nos ouvidos, e para além dele os contornos do sotaque de

Griff, falando suavemente ao telefone. Achava que Burton ficaria bem, mas estava preocupada por não poder ter certeza disso.

– Você não parece muito bem – disse Tommy, sentando ao lado dela e pegando sua mão, como se aquilo fosse natural.

E ela se lembrou da mão de Wilf, na aleia da Oxford Street, e da coisa com asas vermelhas batendo bem no alto dos galhos molhados e cinzentos.

– Meus ouvidos estão zunindo – disse ela.

– Fique feliz se não tiver alguma perda permanente – disse ele. – Parte do que você está sentindo agora é apenas o nível dos decibéis. Afeta o sistema nervoso.

– Eles eram como os quatro primeiros naquele carro – disse ela. – E depois aqueles dois embaixo do trailer. Uma dúzia de pessoas mortas por causa de nós.

– Você não os está obrigando a virem atrás de você.

– Não dá mais pra saber.

– Não é um bom momento pra tentar descobrir. Mas eu tenho uma coisa que preciso passar por você, enquanto nosso homem aqui está no telefone. Não é um bom momento para isso também, mas tenho que fazer isso. – Ele estava olhando para Griff.

– O quê?

– Eu não quero que eles usem essa merda no Lucas 4:5. Nem em ninguém.

– Hora da festa?

– Você não chamaria assim se tivesse alguma ideia do que isso faz.

– Burton disse que é um crime de guerra.

– E é – disse ele. – E por um bom motivo. É um aerossol. Eles vão mandar um único pássaro descer, pintado de preto, nesta noite, jogar spray em todos eles.

– O que é que isso faz?

– Estimulante, afrodisíaco e, tenho dificuldade em pronunciar isso, psicotomimético.

– O que isso significa?

– Isso reproduz a condição de ser um assassino serial de merda totalmente sádico.

– Porra...

– Você não iria querer isso na sua consciência. Eu não quero na minha. – Ele olhou para Burton. – Agora eu me sinto um merda por reclamar com ele pelo que eles fizeram na casa do Pickett.

– Ele me disse que você estava infeliz. Não parece ter guardado mágoa contra você.

– Eles não sabiam que tinham ativado aqueles tanques de precursor. O que eles colocaram no go-bot de Conner poderia ter sido ok se fosse apenas para Pickett e alguns do grupo dele, o que francamente é algo do qual eu não poderia culpar ninguém. Mas eles explodiram alguns coitados idiotas sem maneira melhor de ganhar a vida, sob meu comando, alguns dos quais eu conhecia de dizer "oi". – Ele apertou a mão dela e então soltou.

Ela se perguntou quem, lá em cima, tinha dado a Ash aqueles olhos loucos e se poderiam fazer o mesmo com alguém aqui, com o drone isopodal. Ou se saberiam como consertar a coisa da háptica de Burton que o deixava bichado. Coisas malucas para se pensar, mas sentia-se um pouco melhor agora. Pegou na mão de Tommy novamente, porque segurá-la e ouvir sua voz estava fazendo a Operação Vento do Norte ir embora.

A SUA TURMA

Ele estava no poço embaixo da mesa do avô de Lev, procurando a faixa de cabeça do Wheelie Boy. O selo em branco de Flynne parecia estar onde quer que ele olhasse.

– Certeza que está aqui – disse ele, notando algumas poucas massas pálidas de chiclete amassadas na parte inferior da mesa de mármore, perto da cadeira. Imaginou Lev pressionando-as ali quando criança. Seus dedos tocaram algo no chão acarpetado do poço. Algo que se moveu. Tateou em busca da coisa. – Aqui está. – Arrastou-se por baixo da mesa, prêmio na mão.

– Mexe na câmera – disse ela. – Você deixou muito perto do nariz da última vez.

Ele sentou na cadeira, colocou a faixa, tentou centralizar a câmera e lambeu o céu da boca. O selo do aplicativo de emulação do Wheelie Boy apareceu, o feed foi aberto, o selo em branco dela sumiu. Ela estava sentada a uma mesa, contra um cenário de azul entediante. A unidade parecia estar sobre a mesa diante dela, mas ele não tentou movê-la, ou alterar o ângulo ou a direção de sua câmera.

– Alô?

– Sobe mais um pouco, alinha mais com os seus olhos.

Ele tentou fazer isso.

– Melhor – disse ela. – Seu nariz está menor. – Ela parecia cansada, pensou ele.

– Como você está?

– Aqueles merdas atiraram no meu irmão.

– Quem?

– Os caras nos trajes-lula. Clovis e Carlos mataram eles.

– E o seu irmão?

– Ele está dormindo. Deram alguma coisa pra ele. O drone do governo fez nele uma cirurgia de longa distância. Tirou a bala, fechou um buraco em sua artéria, limpou tudo, costurou.

– Você se feriu?

– Não. Me sinto uma merda, mas esse não é o problema.

– Que problema?

– O cara inglês de Lowbeer. Aqui. Griff. Gryffyd. Holdsworth. Tommy acha que Griff é o que ele chama de uma ligação com a inteligência. Tem cobertura diplomática ou alguma merda dessa da embaixada deles em Washington. Um monte de conexões, coisa do governo. O nosso governo, quero dizer. Ele deu trajes-lula e um microdrone pro Burton para me tirar lá do Pickett. Conseguiu o tatuzinho que usaram no Burton.

– Tatuzinho?

– Não dá tempo. Apenas ouça.

– Griff é o problema?

– Lowbeer. Griff tá planejando fazer alguma coisa aqui, com Lucas 4:5...

– Quem?

– São só uns cuzões. Me escuta, tá?

Ele assentiu, e em seguida imaginou como teria ficado isso no tablet do Wheelie Boy.

– A competição está usando esse pessoal para nos envergonhar, e, provavelmente, na esperança de fazer Burton ir lá fora para que alguém possa atirar nele. Ele não gosta desses caras, pra começar, por isso eles são uma boa isca. Mas Griff tem essa arma química, chamada "hora da festa". Como se fosse todas as drogas ruins dos construtores em uma só, mas pior. Se o que ela induz você a fazer não te matar no processo, você fica sujeito a cometer suicídio por lembrar do que você fez. Tommy diz que os construtores não conseguem encontrar uma dose recreativa que permita a sobrevivência. Se for homeopático com ela, ela te transforma em monstro da mesma forma. Clovis já me aplicou o antídoto. Griff tá planejando usar isso no Lucas 4:5, e eu aposto que será esta noite.

– Então por que Lowbeer é o seu problema?

– Ela dá as cartas. Ou é ideia dela ou dele, mas, se é dele, ela deu a permissão. Usar essa merda em qualquer pessoa que seja é maluquice demais. Maldade demais. É o seu mundo.

– Meu mundo?

– Jeito diferente de fazer as coisas. Frio como pedra. Mas eu não vou deixar isso acontecer, nem o Tommy, e se o Burton estivesse consciente, nem ele também.

– Como você impediria isso?

– Deixando ela saber que eu não vou para a festa com você se eles fizerem isso. Eles usam isso, a gente esmaga as coroas, imprime novos telefones com números diferentes e finge que vocês não existem. Qualquer merda que acontecer a gente encara. E fodam-se vocês. Não você pessoalmente. A sua turma.

– Sério?

– Porra, sim.

Ele olhou para ela.

– Então? – perguntou ela.

– Então o quê?

– Você tá dentro?

– Dentro?

– Você diz a ela. Se ela quiser falar comigo, estou bem aqui. Mas, se eles colocarem qualquer hora da festa naqueles pobres cuzões do outro lado da rua, você terá de ir pra aquela festa sozinho. Eu e minha família, nós estaremos fora do negócio de futuro.

Ele abriu a boca. Fechou-a.

– Liga pra ela – disse ela. – Eu vou falar com Griff.

– Por que você faria isso? Sem ela, vocês estarão em uma posição desesperadora. E nós também, por falar nisso. E você está fazendo isso pelo bem de... cuzões?

– Eles são babacas. Nós não somos. Mas nós só não somos cuzões se não fizermos nada desse tipo. Você vai ligar pra ela?

– Sim. Mas não sei por quê.

– Porque você não é um cu de pessoa.

– Eu gostaria de acreditar nisso.

– Cu todo mundo tem. E uma opinião pra acompanhar, diz minha mãe. É como você se comporta que faz a diferença. Agora eu vou desligar e falar com Griff. – E fez isso.

PROGRAMA DA MISSÃO

Ela havia dado três passos para os fundos quando percebeu que estava levando o Wheelie Boy feito um urso de pelúcia. Não abraçando, mas meio que no colo. Foda-se.

Eles se viraram e olharam para ela. A escrivã ruiva do Klein Cruz Vermette, de camuflado, agora, e com uma pochete estilo Clovis. Luvas cirúrgicas azuis. Parecia que acabara de pôr lençóis limpos na cama de Burton. Alguém deve ter tido que ajudá-la, porque ele ainda estava com o tatuzinho. Ela estendera um lençol um pouco manchado no chão, entre as camas de Burton e Conner, que estava vazia, e pusera uma grande bola de lençóis manchados de sangue em cima. Clovis estava ao lado da cama de Conner, de roupas limpas, fazendo algo com a coroa branca na mesa. Griff estava ao pé da cama de Burton, telefone no ouvido, e, quando ela entrou, só os olhos dele se mexeram.

– Onde está Conner? – ela perguntou.

– Chuveiro – disse Clovis. – Macon levou.

– Como está Burton?

– Sinais vitais estão bons, Walter Reed falou. Querem que ele durma mais, então ainda está sedado.

– Sim – disse Griff, ao telefone –, obrigado. – Baixou-o.

– Precisamos conversar – disse ela, arrependida de ter levado o Wheelie.

– Sim, mas não sobre o que você supõe que a gente faça.

– O caralho que a gente não faz.

– Ela mesma. – Erguendo o telefone. – Remover a hora da festa do programa da missão.

– Você não vai fazer?

– De jeito nenhum.

– Hã. – Puta da vida, ela pensou, e sem ter pra onde ir? – Aquela merda foi ideia dela?

– Foi – disse ele. – Não achei que fosse apropriado ou aconselhável. Ela me disse que eu não estava acostumado a operar numa posição de força. – Com isso, ele fez um olhar que ela não conseguiu interpretar.

– Clovis, posso falar com Griff um minuto, por favor? – A garota do KCV, bola de lençol ensanguentado dentro do lençol mais limpo, estava de saída. Clovis virou-se e foi atrás dela.

– Agora ela diz que não vai fazer? – Ela viu as costas de Clovis desaparecerem em torno da lona azul. – Por quê?

– Sua conversa com o relações-públicas.

– Ela ouviu?

– Presuma que ela pode acessar qualquer coisa, qualquer plataforma, sempre.

– Então ela senta e fica escutando?

– Ela tem feeds de inteligência global, ferramentas analíticas de uma funcionalidade tremenda. Os sistemas com os quais trabalho aqui te deixariam surpresa, imagino, mas tenho que confiar na palavra dela quanto ao que os dela são capazes de fazer. Ela duvida que qualquer pessoa tenha uma compreensão total deles, ela inclusive, à medida que se tornaram em grande parte auto-organizados. Evoluíram a partir do tipo que eu uso hoje, suponho. O que significa que, se você mencionar qualquer coisa que tenha a ver com ela, ao alcance de qualquer plataforma que seja, ela fica sabendo imediatamente. E a esta altura, suponho que qualquer coisa que você fale tenha a ver com ela.

– Nada de hora da festa?

– Cancelada.

– Mas você não podia ter convencido ela de que era uma bosta?

– É uma ideia literalmente atroz. Usá-la constituiria, moral e legalmente, uma atrocidade. A marca da Coldiron seria associada a algo horroroso, não importa com que eficácia fôssemos capazes de direcionar a culpa. A Coldiron está preocupada que o povo da cidade sofra com a inflação de chili dogs, mas está disposta a tolerar a intoxicação de manifestantes religiosos, por mais repugnantes que sejam, com algo que os transforma em erotomaníacos homicidas?

– A Coldiron sabia? Quem?

– Não. Eu sabia. E Clovis.

– Ela me contou. Mas não o que era. Tommy me contou o que faz.

– Tive que envolvê-lo. Ele precisava estar preparado para estar pronto para arrumar as coisas. Estou muito feliz que você tenha dado um basta.

Ela olhou para ele.

– Ainda não entendo por que você não poderia convencê-la a sair dessa.

– Porque há um caminho no qual pode me faltar poder de decisão em tudo isso. Em razão de preocupações mais urgentes.

– O que isso significa?

– Lowbeer conhece a história do mundo dela e a história secreta do nosso. A história que produziu o mundo de Lowbeer inclui o assassinato da presidenta.

– Gonzales? Tá de sacanagem comigo?

– Ela não terminou o segundo mandato.

– Ela vai ser reeleita?

– Exato. E na visão de Lowbeer, o assassinato de Gonzales foi central, um divisor de águas nos níveis mais profundos da Sorte Grande.

– Merda...

– Podemos ser capazes de mudar isso.

– Lowbeer sabe como consertar a história?

– Não é história ainda aqui. Ela sabe, em grande parte, o que realmente aconteceu aqui. Mas agora as duas divergiram, vão continuar divergindo. A divergência pode ser direcionada, em alguma medida, mas apenas de forma muito geral. Nenhuma garantia do que vamos produzir no fim.

– Ela está tentando impedir a Sorte Grande?

– Melhorar, na melhor das hipóteses. Nós já estamos muito dentro dela aqui. Ela espera, como eu, que o sistema no qual ela opera possa ser evitado neste contínuo. Ela acredita, e eu concordo, que um passo necessário para isso é evitar o assassinato de Felicia Gonzales.

Ela ficou olhando para ele. Seria essa a bobagem mais tortuosa que já lhe foi dita, mesmo depois da semana que passou? Os olhos verde-claros dele estavam arregalados, sérios.

– Quem mata a presidenta?

– O vice-presidente, para ser bem direto.

– Ambrose? A porra do Wally Ambrose? Ele mata Gonzales?

– O que a Coldiron e o seu concorrente estão fazendo poderia afetar esse resultado, mas o fariam ao quebrar a economia global, o que em si é um perigo. Mas não posso saber tudo o que ela sabe. Ela não pode me passar tudo isso, claro, e, seja como for, é muito mais experiente do que eu. Se ela me dissesse que o uso da festa era necessário para impedir o assassinato, eu usaria.

– Por quê?

– Porque ela explicou o mundo dela para mim. Compartilhou o curso de sua carreira, sua vida. Eu não quero que a coisa vá nessa direção aqui.

– Irmã bonitinha – Conner grunhiu alto –, cadê a enfermeira gostosa? – Seu braço sobrevivente, tatuado de cima a baixo com as palavras "PRIMEIRO A ENTRAR, ÚLTIMO A SAIR", em letras de estilo gangue de rua, estava pálido em torno do pescoço de Macon. O próprio Macon estava de peito nu, short molhado, cabelo emaranhado de carregar Conner debaixo do chuveiro. Ele conseguira pôr Conner quase todo de volta no Polartec. Agora o levava para a cama, onde o apoiara para pôr o braço na única manga.

– Vou voltar pra pegar minhas roupas – disse Macon, depois olhou para Flynne e Griff. – Tudo bem com vocês?

– Tudo – disse Flynne.

– Burton tá bem? – perguntou Conner, olhando com olhos apertados para o irmão dela, inconsciente.

– Segundo o hospital – ela respondeu.

– O escritório central cancelou a distribuição – Griff disse a Macon.

– Ok – disse Macon. – Você vai me dizer o que teria sido?

– Outra hora – disse Griff.

Macon ergueu as sobrancelhas.

– Vou pegar minhas roupas. – Saiu.

WILLIAM GIBSON

– Enfermeira gostosa disse que canalhas com roupa de lula enfiaram chumbo na bunda dele – disse Conner. – A garota arrasa. Macon disse que ela derrubou metade deles. A porra do Carlos só pegou dois.

– Por que você não está lá no futuro – perguntou Flynne – pilotando a sua lava-louça?

– Um homem precisa comer.

– Tigela de camarão?

– É minha – disse Conner.

Hong viu Burton, ergueu as sobrancelhas.

– Ele tá bem?

– Não foi sua comida que fez isso – disse Conner. – Foi a do Jimmy's. Quase morreu de piriri.

Flynne olhou para Griff, que arregalou de leve os olhos, como se dissesse que a conversa de verdade deles tinha acabado; por ora, pelo menos.

Gonzales? Ele estava de sacanagem com ela? Lowbeer estava de sacanagem com ele?

ÁGUA APOLLINARIS

O bar ainda estava trancado, como estava alguns minutos antes. Ele olhou para o seu polegar no oval de aço escovado, inserido na cobertura de papel cristal. Ele estava, com a exceção de um drinque, mais pronto do que nunca para confrontar Lowbeer com a notícia da indisposição de Flynne a comparecer ao evento de Daedra. Não era, afinal de contas, decisão nem ideia dele. Embora ele tivesse de alguma forma se tornado parte delas.

Ele indicara a Flynne que entraria em contato com Lowbeer imediatamente, e logo entraria, decerto, mas não estava feliz com isso. Ele achava que entendia o motivo de Flynne para escolher essa opção, mas não era o jeito dele. Embora talvez tivesse nascido daquela camada de determinação arcaica que ele achava tão empolgante nela. Empolgante e problemática. Por que os dois pareciam estar com tanta frequência ligados de forma inextricável?, ele se perguntou. E se perguntou, lembrando-se do parlamento de pássaros de Ash, se Lowbeer teria de qualquer forma tomado conhecimento da conversa dele com Flynne. Foi até a janela, nervoso, e espiou o escuro da garagem.

Viu a luz de pesca pulsar à medida que Lowbeer andava sob um arco, indo na direção dele. Afastou-se da janela. Definitivamente, os ombros largos dela, cabelo branco, a interpretação elegante do terno urbano. Ele suspirou. Encontrou o painel que fazia as poltronas subirem, selecionou duas e ergueu. Olhou para o bar fechado. Suspirou de novo. Foi à porta, abriu, saiu. Ela estava no início da rampa, com um sorriso rosado.

– Eu estava por perto – disse ela. – Para um papo com Clovis. Minha visita não incomoda?

– Está sabendo?

– Do quê?

– Da decisão de Flynne.

– Estou. Depois de todos esses anos, ainda sinto um vago constrangimento. Ainda que eu não tenha pedido para ouvir, especificamente. As tias colheram pra mim.

Ele se perguntou se era verdade, que ela ainda podia ficar constrangida com seus próprios atos de vigilância. Talvez fosse semelhante ao desconforto dele em saber que ela ouvira, quando era claro que se presumia que a clepto era completamente capaz de fazer isso. Assim como se presumia, em qualquer alcance que fosse, que isso sempre era feito.

– Então me ouviu concordar em transmitir os termos de Flynne.

– Ouvi – disse ela, começando a subir. – E a sua perplexidade ao fazê-lo.

– Então sabe que ela não vai, a menos que a suposta festa seja retirada da equação.

Ela parou no meio do caminho.

– E como se sente em relação a isso, Wilf?

– É embaraçoso. Estou preparado para comparecer, como sabe. Mas você propôs que algo seja feito, no toco, que ela considera muito ofensivo.

– Ela não considera ofensivo – disse ela, voltando a subir. – Ela acha maléfico. Como teria sido caso eu tivesse ido até o fim.

– Tinha a intenção?

Ela chegara ao topo. Netherton recuou.

– Testo agentes em campo. Parte do meu conjunto de habilidades básicas.

– Não teria feito?

– Eu os teria infectado com uma variedade mais branda do vírus de Norwalk, caso ela não tivesse protestado, deixando antes ela e os outros imunes. E teria ficado decepcionada, suponho. Embora eu nunca tenha sentido que havia muita chance de isso ocorrer, na verdade. – Entrou na cabine.

– Foi um truque?

PERIFÉRICOS

– Teste. Você passou. Tomou a decisão certa ainda que sem saber bem por quê. Porém, presumo que foi porque gosta dela, e isso conta para alguma coisa. Acho que talvez eu queira um drinque.

– Quer?

– Sim, obrigada.

– Não consigo abrir. Mas talvez você consiga. Ali. Toque o oval com o polegar.

Ela foi até o bar, fez conforme sugerido. A porta deslizou para cima, para dentro do teto.

– Um gim-tônica, por favor. – Ele viu o drinque subir, vistoso em sua aparente perfeição socrática, saindo da bancada de mármore. – E você?

– Perrier – disse ele, com o que parecia a voz de um estranho, uma enunciação tão exótica quanto qualquer congresso de aves de Ash.

– Sinto muito, senhor – disse o bar, jovem, masculino, alemão –, mas não temos Perrier. Posso sugerir água Apollinaris?

– Está bem – disse Netherton, sua própria voz agora.

– Gelo? – perguntou o bar.

– Por favor. – A água emergiu. – Não entendo por que você a testaria. Se é que era ela quem você estava testando.

– Era – disse ela, gesticulando na direção das poltronas. Ele pegou sua água sem aroma e seguiu-a. – Tenho mais um papel em mente para ela – continuou, quando os dois estavam sentados –, caso sejamos bem-sucedidos na cerimônia de Daedra. E talvez um para você também. Imagino que você seja mesmo muito bom no que faz, apesar de certas desvantagens. Desvantagem e competência peculiar podem andar de mãos dadas, penso eu.

Netherton tomou um gole da água mineral alemã, sentindo um leve gosto que ele achou que poderia ser calcário.

– O que exatamente você vai propôr, se é que posso perguntar?

– Não posso lhe contar, infelizmente. Ao lhe enviar para Daedra, estou lhe enviando além do alcance da minha proteção, e da de Lev. É melhor que você não saiba nada além do que sabe agora.

– Você sabe literalmente tudo sobre todo mundo?

– Com toda a certeza, não. Sinto-me prejudicada pelo excesso de informação, oceânico a ponto de perder o sentido. As falhas do sistema são mais bem compreendidas como o resultado de receber esse oceano de dados, e os pontos de decisão produzidos por nossos algoritmos, como um substituto próximo o suficiente da certeza perfeita. Meus melhores resultados mesmo, em geral, se devem ao fato de fingir que sei relativamente pouco, e agir de acordo, embora falar seja mais fácil do que fazer. Muito mais fácil.

– Você sabe quem era o homem que Flynne viu quando mataram Aelita?

– Imagino que sim, mas isso não basta. O Estado exige prova, paradoxalmente, por mais que seja construído a partir de segredos e mentiras. Caso não houvesse o ônus da prova, tudo isso seria desestruturado, mero protoplasma. – Ela tomou um gole do gim. – Como tudo pode parecer, com muita frequência. Ao acordar, vejo que tenho de me lembrar de como este mundo está agora, de como ele ficou assim, do papel que tive no que ele se tornou e do papel que tenho hoje. Que segui vivendo, por um período absurdamente longo, no reconhecimento sempre crescente dos meus erros.

– Erros?

– Suponho que não devesse chamar assim, para ser realista. Em termos táticos, estratégicos, de resultados disponíveis, fiz o melhor que pude. Muito melhor, às vezes, pode parecer, até mesmo hoje em dia. A civilização estava morrendo dos seus próprios desgostos. Vivemos hoje no resultado do que eu e tantos outros fizemos para evitar isso. Você mesmo não conheceu mais nada.

– Opa – disse o periférico do irmão de Lev, o mestre de dança, da entrada do quarto principal –, não esperava encontrar você.

– Sr. Penske – disse Lowbeer –, encantada. Como vão as coisas com o cubo?

– Quem inventou aquela coisa? – perguntou o periférico, agora muito claramente o amigo do irmão de Flynne, Conner, apoiado no batente de um jeito que Pável nunca teria feito.

– Uma nação atormentada – disse Lowbeer. – A serviço exclusivo de um pervertido.

– Parece que é isso mesmo – disse Conner.

– E como está o sr. Fisher? – perguntou Lowbeer.

– Parece até que explodiram a bunda dele – disse Conner, um sorrisinho torto deslocado em meio aos ossos da face do mestre de dança – do jeito que todo mundo anda falando.

MUNDOS INTEIROS CAINDO

– Você trabalha para a Klein Cruz Vermette? – ela perguntou à garota ruiva, que fazia uma cama para si numa divisão menor entre lonas, atrás da divisão em que haviam comido. Havia uma placa de espuma bege sem lençol no chão, mais nada. A garota tirou um saco de dormir novo de um saco com fecho de corda, estava abrindo o zíper.

– Trabalho. – Desenrolou o saco de dormir e estendeu sobre a espuma. – Os travesseiros não vieram, desculpa.

– Há quanto tempo?

A garota olhou para ela.

– Os travesseiros?

– Quando você começou na KCV?

– Quatro dias atrás.

– Tem uma arma nessa sacola?

A garota olhou para ela.

– Você trabalha pra Griff? Como Clovis? – disse Flynne.

– Trabalho na KCV.

– Vigiando eles?

Mesmo olhar, sem resposta.

– Então o que você faz normalmente?

– Não estou só tentando fazer o tipo durona – disse a garota –, mas não posso te dizer. Estou sob restrições, e isso além do básico de segurança operacional. Pergunte a Griff. – Ela sorriu para eliminar a tensão.

– Ok – disse Flynne.

– Quer um sedativo de ação rápida com uma meia-vida curta?

– Não, obrigada.

PERIFÉRICOS

– Durma bem, então. – Quando ela saiu, Flynne se deu conta de que ela trocara a roupa de tecido camuflado por uma calça jeans de mãe muito feia e uma regata de homem azul com o mascote do Clanton Wildcats na frente. Ao entrar ali, ela passara por Brent Vermette, que estava com um chapéu de selva que Leon não teria achado ruim e um relógio preto e barato de plástico.

Ela colocou o Wheelie Boy de pé sobre o saco de dormir aberto, tirou a jaqueta de blindagem leve, enrolou, colocou ao lado da parede de telhas em sacos de Tyvek na ponta da espuma. Sentou-se na espuma e desamarrou os cadarços. Precisava de sapatos novos. Tirou, ficou de meia, levantou-se, tirou a calça jeans, sentou de novo, pegou o Wheelie, puxou a parte de cima do saco de dormir para cobrir as pernas. Não estava escuro ali dentro, nem claro. Só meio azul. Como estar no meio de um bloco claro de plástico azul do Homes. Havia uma luz em cima, perto das vigas, vazando de trechos sem lona onde as pessoas estavam trabalhando. Eles talvez estivessem todos tomando cuidado para não fazer barulho para que ela e Burton pudessem dormir. Vozes baixas. Ela estava ali dentro porque Clovis precisou da outra cama, agora que tinham tirado o tatuzinho de Burton. Clovis pusera um capacete e examinara o buraco suturado na coxa dele, fazendo o que um cirurgião de D.C. dissera para ela fazer, enquanto via o que ela viu. Como Edward trabalhando a distância com um Viz em cada olho, mas o capacete era mais velho, do jeito que as coisas do governo podiam ser, às vezes muito adiante, às vezes muito atrás. Burton estivera consciente, mas zonzo, e Flynne beijara sua bochecha arranhada e dissera que o veria de manhã.

– Olá?

Ela olhou para o Wheelie Boy. Netherton, olhos e nariz grandes.

– Você tá com a câmera perto demais de novo – disse a ele. Ele ajustou. Não melhorou tanto.

– Por que está sussurrando?

– Silencioso, aqui dentro.

– Falei com Lowbeer – disse ele. – Pessoalmente. Ela não vai fazer.

– Eu sei. Griff me contou.

Ele pareceu desapontado.

– Eu devia ter te ligado quando soube – ela disse. – Mas estavam fazendo coisas com a perna de Burton. Ela tá com você agora?

– Está no andar de cima com Conner.

– Escutando agora?

– Os módulos dela – disse ele –, mas eles sempre estão. Ela diz que nunca teve a intenção de usar aquela arma.

– Macon estava pronto para usar. Não sabia o que era, mas estava preparado.

– Ela teria ficado decepcionada, ela disse, caso você não tivesse se recusado. Depois teria dado uma virose intestinal em todos eles, deixando você imune.

– Talvez ela devesse fazer isso de qualquer jeito. Por que ela teria ficado decepcionada?

– Com você.

– Comigo?

– Foi um teste.

– De quê?

– Obviamente, ela queria determinar se você era, como você diria, uma cuzona.

– Sou só a única pessoa que calhou de ver o que aconteceu. Eu poderia ser uma escrota e ainda identificar o cara que eu vi. Por que isso importaria?

– Não sei. Como está seu irmão?

– Não está mal, considerando... Estão preocupados mais com infecção.

– Por quê?

– Porque os antibióticos não funcionam por nada desse mundo. Ele fez um olhar para ela.

– O quê? – ela perguntou.

– Vocês ainda confiam em antibióticos.

– Nem tanto. Só funcionam um terço do tempo, mais ou menos.

– Vocês resfriam?

– Quando?

– Resfriar. Pegar resfriado?

Ela olhou para ele.

– Vocês não?

– Não.

– Por que não?

– Imunidade induzida. Só os neoprimitivos abrem mão dela.

– Não querem ficar imunes ao resfriado?

– Ostensivamente perverso.

– Não entendo isso em você.

– O quê?

– Que não parece gostar do próprio nível tecnológico, mas também não gosta das pessoas que optam por ficar fora dele.

– Elas não optam por ficar fora. Elas se voluntariam para viver outra manifestação dele, mas com doenças hereditárias. As quais depois acreditam torná-los mais autênticos.

– Nostalgia de pegar resfriado?

– Se eles pudessem escolher, iam parecer resfriados, mas evitar qualquer desconforto. Mas outros, insistindo na coisa original, zombariam deles pela falta de autenticidade.

O tablet do Wheelie girou, rangendo um pouco.

– Está tudo azul.

– Penduraram lonas pra dividir o espaço. Esse azul é excedente do Homes. Material mais barato no Hefty é sempre azul-Homes.

– Homes?

– Departamento de Segurança Interna. Pergunta pra você, outro assunto: as pessoas trazidas pra trabalhar aqui estão tentando parecer que são do local? Acabei de ver uma garota usando uma calça jeans que eu acho que arrancaria as próprias pernas pra tirar.

– Ash chamou estilistas de vestuário. E veículos menos chamativos.

– O estacionamento aqui na frente parece uma concessionária da BMW.

– Provavelmente não parece, agora.

– Lucas ainda está do outro lado da rua?

– Acho que sim, mas Ossian está sondando como comprá-los.

– Comprar uma igreja?

– Vocês já devem ser donos de algumas. A estratégia de aquisições da Coldiron é totalmente situacional. Se comprar uma igreja facilitar a aquisição seguinte, eles compram a igreja.

– Por que tem esse nome? Coldiron?

– Corretor ortográfico. Ash escolheu "milagros" porque gosta deles. Não milagres, mas sim pequenos amuletos de metal, oferendas aos santos, representando diversas partes do corpo com problemas. Calderón é um sócio num escritório de advocacia na Cidade do Panamá que Lev quase contratou. Ash gostou da sonoridade, depois gostou da aparência do resultado acidental.

– Você não anda muito com artistas?

– Eu não.

– Eu andaria se pudesse. De que tipo de música você gosta?

– Clássica, acho. De que tipo você gosta?

– Kissing Cranes.

– Cranes?

– Grous. São tipo cegonhas.

– Kissing? Se beijando?

– Kissing Cranes é uma marca alemã antiga de facas e navalhas. Vocês têm Mapa de Crachá?

– Música?

– Um site. Localiza amigos e outras coisas.

– "Rede social"?

– Acho que sim.

– Era um artefato de conectividade relativamente baixa. Se não me falha a memória, vocês já têm menos delas do que havia anteriormente.

– Agora basicamente tem o Mapa. E fóruns de darknet pra quem gosta. Eu não curto. O Hefty é dono do Mapa. Meu periférico tá aí?

– Cabine dos fundos.

– Posso vê-la?

Ele estendeu a mão, dedos gigantes mexendo, e fez algo na câmera. Ela viu a sala com a mesa de mármore cafona, as poltroninhas redondas de couro. Na tela do Wheelie, parecia um banco de estelionato, só que para fantoches. Ele se levantou, foi para a parte traseira, pelo corredor estreito de madeira lisa, até onde o periférico dela, com um moletom preto de aparência acetinada e legging preta, estava deitado na cama que parecia uma prateleira, olhos fechados.

– Parece muito alguém – Parecia mesmo. Era o oposto de algo que construiriam para satisfazer uma ideia geral de beleza. E se ela entendeu certo, ninguém sabia com quem se parecia. Era como as fotos em caixas de bazar de garagem, ninguém lembrava quem eram aquelas pessoas, nem que família era aquela, muito menos como foram parar ali. Dava nela uma sensação de coisas caindo, para dentro de algum buraco sem fundo. Mundos inteiros caindo, e talvez o dela também, e deu vontade de ligar para Janice, que estava lá na casa, para ver como sua mãe estava.

DESANTROPOMORFIZADO

Quando ele saiu da cabine traseira, a janela do Wheelie desapareceu, levando com ela o selo do software de emulação. Ela tinha ido telefonar para a mãe, e talvez dormir. Ele tinha escutado na voz dela que ela precisava disso. O ataque, a ferida de seu irmão, a coisa da hora da festa. Mas ela tinha esse jeito, de simplesmente seguir em frente.

Ele imaginou o rosto do periférico virado para cima de olhos fechados. Não estava dormindo, mas onde estaria, dentro de si mesmo? Mas aquilo não possuía, até onde ele sabia, um ego dentro do qual poderia ficar. Não era consciente, mas, como Lowbeer apontara, era facilmente antropomorfizado. Um antropomorfo, na verdade, para ser desantropomorfizado. Mas, quando ela estava presente nele, ou talvez através dele, não virava uma espécie de versão dela?

Viu os dois copos sobre a mesa antes de perceber que o bar ainda estava aberto. Subitamente revestido de um lento desinteresse, ele aproximou-se para recolhê-los, voltando de forma ainda casual até o bar aberto, um copo em cada mão. Quando ia guardá-los, a porta do bar deslizou para baixo. O selo de Lev apareceu. Ele lutou contra a vontade de bloquear a porta com os braços com mãos espalmadas sobre o mármore raiado de ouro e os dedos abertos. Com certeza não esmagaria suas mãos.

– O que você está fazendo? – perguntou Lev, enquanto Netherton ouvia o clique da tranca da porta.

– Eu estava com Flynne – disse ele. – Naquele periférico de brinquedo. Mas ela tinha que telefonar para a mãe dela. – Ele pressionou as mãos contra a madeira clara brilhosa, sentindo a solidez alemã, a completa falta de movimento.

– Estou grelhando uns sanduíches – disse Lev. – Sardinhas no pão italiano, jalapeño em conserva. Tá parecendo gostoso.

– Lowbeer está aí?

– Ela sugeriu as sardinhas.

– Já vou subir.

Ao sair pela porta, lembrou que ainda estava usando a faixa de cabeça, com sua câmera vagamente egípcia, que lembrava um espermatozoide gigante leitosamente translúcido. Tirou-a e guardou-a no bolso da jaqueta.

Quando ele cruzou a garagem, pegou o elevador de bronze e fez o caminho até a cozinha, viu através das portas gradeadas que Conner estava no jardim, de quatro, rosnando para Gordon e Tyenna. As características do periférico prestavam-se terrivelmente a isso, parecendo exibir mais dentes do que as duas criaturas juntas possuíam, apesar das mandíbulas peculiarmente longas dos tilacinos. Eles estavam de frente para ele, lado a lado, como se prontos para o bote, com a musculatura parecendo ainda menos canina do que o habitual, especialmente os rabos, rígidos. Cangurus carnívoros, em pele de lobo com listras cubistas. Netherton sentiu uma gratidão estranhamente intensa, por um instante, por eles não terem mãos como um *dropbear*.

A cozinha tinha um aroma defumado de sardinhas grelhadas.

– O que ele está fazendo lá fora? – perguntou Netherton.

– Eu não sei – disse Lev, ao fogão –, mas eles adoram.

Agora as duas criaturas se lançaram contra Conner simultaneamente. Ele caiu entre elas, debatendo-se, lutando com elas. Estavam fazendo um som agudo de tosse repetitiva.

– Dominika foi para Richmond Hill com as crianças – disse Lev, verificando um panini achatado numa sanduicheira.

– Como ela está? – perguntou Netherton, como sempre incapaz de interpretar o ambiente doméstico da casa de Lev.

– Meio irritada com o tempo que eu venho dedicando a tudo isso, mas foi ideia minha que ela levasse as crianças para lá. E de Lowbeer. – Ele gesticulou com a cabeça na direção dela.

– A casa do pai de Lev – disse Lowbeer, sentada à mesa de pinho – é literalmente intocável. Se ganharmos a inimizade de alguém que ofereça consequências genuínas nas próximas 48 horas ou algo assim, a família de Lev estará segura.

– Quem você espera irritar? – perguntou Netherton.

– Os americanos, principalmente, embora eu não esteja tão preocupada com eles. Mas é provável que atualmente tenham aliados na Cidade. Está começando a parecer que minha suposição era correta, que o motivo da morte de Aelita provará ter sido tristemente mundano.

– Por que isso?

– As tias, ponderando sobre isso sem parar. Um processo semelhante ao do sonho repetitivo, ou da enrolação prolongada de uma obra de ficção. Não que elas estejam invariavelmente corretas, mas ao longo de um período de tempo suficiente elas tendem a encontrar os prováveis suspeitos.

Conner estava de pé agora, caminhando na direção deles, Gordon e Tyenna pulando em uníssono atrás dele sobre as patas traseiras. Ele entrou, fechando a porta às suas costas. Lá fora, ainda de pé, eles o seguiam com os olhos.

– Apaixonados por você – disse Lev, tirando o primeiro dos sanduíches da grelha.

– É como se você tivesse cruzado gambás com coiotes – disse Conner. – Eles cheiram um pouco como gambás. Eles são tísicos?

– O quê? – perguntou Lev.

– Eles têm tuberculose? – perguntou Lowbeer.

– Não – disse Lev, levantando os olhos da grelha. – Por que teriam?

– Gambás costumam ter – disse Conner. – Não sobraram muitos. As pessoas gostam ainda menos deles, agora que têm a doença. O sanduíche tá com um cheiro bom. Por que vocês não constroem essas coisas de um jeito que possam comer?

– Dá pra fazer isso – disse Lev –, mas é muito mais caro. Desnecessário para um instrutor de artes marciais.

– Sente-se com a gente – disse Lowbeer. – Você é meio grande.

Conner puxou a cadeira à frente dela, inverteu-a e sentou-se, antebraços cruzados sobre o encosto.

– Flynne está dormindo agora? – perguntou Netherton, tomando a cadeira ao lado de Conner. Sentar-se com Lowbeer e não ficar de frente para ela, pensou, não lhe teria ocorrido.

– Está – disse Lowbeer. – Depois de ter falado com a cuidadora da mãe dela. Ela vai visitar, amanhã. Há um risco crescente envolvido, mas nós a queremos capaz de dar total atenção ao evento com você e Daedra. E quem mais estiver presente. – Lev colocou diante dela um prato branco com um sanduíche. – Isso parece absolutamente delicioso, Lev. Obrigada.

97

COMBOIO

O interior do caminhão em que a levaram para casa parecia a limusine Hummer para a qual toda a sua turma do ensino médio fizera uma vaquinha para usar no baile de formatura, mas sem o cheiro ruim de odorizador de ar e com bancos melhores. Fizeram um trabalho para deixar o exterior horrível, mas ela achou que não ficou tão bem feito, porque, se qualquer pessoa da cidade tivesse um carro americano tão novo, o carro estaria lavado. E a sujeira parecia ter sido aplicada com spray. Era um caminhão que parecia ser americano, mas de nenhum fabricante ou modelo específico. Carlos adorou isso, disse que era um "cinzento", como ele chamava as coisas que, em outros casos, teria chamado de táticas, com a diferença de que esse fora modificado para não chamar atenção. Mas ele não teria gostado, ela imaginou, se não fosse um caminhão sem marca, se não tivesse um perfil bruto, e não tivesse sido todo blindado. A garota ruiva estava dirigindo com a mesma calça jeans feia e a regata do Wildcats, mas agora estava com uma das jaquetas de blindagem leve. Seu nome era Tacoma.

Griff e Tommy não quiseram deixar que Flynne simplesmente pegasse um carro para ir até a casa. Tinha que ter toda essa procissão. Primeiro, um SUV pequeno de controle remoto em escala de três quartos, equipado para detonar minas e bombas de beira de estrada e que Leon, para o espanto dela, estava pilotando, do banco dianteiro do próprio SUV, na frente do caminhão cinzento. Adorando, parecia. Não dava para entender Leon às vezes, do que ele ia gostar. Eles até o convenceram a pôr uma das jaquetas pretas sobre a jaqueta jeans dele, um visual que nele ficava estranhamente profissional, a não ser pelo lenço de cabeça que ele também estava usando, com estampa antiquada de camuflagem de caçador de veado, uma que lembrava uma fotografia em tamanho natural de casca de árvore, e ele era uma pessoa que jamais deveria usar isso, se é que alguém deveria. Ele estava no SUV com cinco dos garotos de Burton, todos com bullpups e blindagem leve. Mais quatro num segundo SUV atrás, além de um número indeterminado de drones, recarregando-se num conjunto que estava no alto do segundo SUV. Ela supôs que os drones tivessem todos um pedaço de fita adesiva água-marinha, porque ela podia ver um pedaço de meio metro da fita no para-choque traseiro do SUV da frente. O exército água-marinha de Burton, e ele fora de combate, nos fundos do labirinto de lona da Coldiron. Se ele estivesse consciente agora, devia achar isso uma droga.

Mas ele provavelmente não teria visto ainda o quanto as coisas estavam sendo mascaradas para parecerem mais do que eram, ou talvez menos. Enquanto ela dormira, parecia que todo o pessoal da Klein Cruz Vermette começara a competir para se parecer com a visão que um estilista tinha do que era um condado, alguns até exibindo tatuagens que ela esperava serem falsas, ou pelo menos do tipo que ia se apagando depois de meses. Excesso de empolgação. Tommy, pela manhã, dissera que isso era não apenas porque estavam recebendo uma porrada de dinheiro, mas ações em potencial da Coldiron também. Disse que até quem não era muito qualificado estava recebendo um dos maiores salários no estado, ponto, naquele exato momento, e isso os deixava tontos, determinados e paranoicos ao mesmo tempo, sem dizer simpáticos demais com ela. Tacoma, porém, não estava, porque ela não era só KCV. Griff dissera que ela estava com ele quando Flynne perguntara, mas só disse isso. Parecia a Tommy, porém, que Clovis e Tacoma eram ambas "acrônimos", mas não dava para saber de que agência. Inteligentes demais para serem do Homes, disse ele, e não babacas o suficiente para os grandes de verdade. Onde se encaixava o fato de Griff ser inglês, Flynne não sabia.

Tommy e Griff foram chamados na cidade hoje. Só a estavam deixando ir sem eles porque Griff ainda queria que ela convencesse a mãe a ir para uma casa segura na Virgínia. Clovis ficaria com Burton e faria a coisa do capacete para os cirurgiões de D.C. Macon e Edward estavam dormindo depois de tanto usarem o rebite do governo. Ela os vira abraçados num colchonete, dentro de um saco de dormir, Macon roncando, Edward nos seus braços. Ela achou que não ter batizado Lucas 4:5 com hora da festa ou com o que Griff teria pensado que era hora da festa dera uma folga muito necessária aos dois.

Então lá estava ela, só ela e o Wheelie Boy, na parte de trás desse caminhão-limusine furtivo, duas fileiras de bancos atrás dos bancos da frente, a janela de trás depois, e depois a caçamba de picape com uma tampa sólida. Pelo que ela sabia, podia muito bem haver um lançador de foguetes ali embaixo.

– Ar-condicionado tá bom? – perguntou Tacoma.

– Ótimo. – Tacoma lhe dissera que o caminhão podia andar debaixo d'água se precisasse, fazendo sair um tubo de respiração para o motor. Não havia nenhum corpo de água por perto para fazer isso de verdade, que Flynne soubesse, e melhor que fosse assim. Ela olhou para cima e viu o drone-vaca, mais ou menos onde ela o vira da última vez, mas fingindo pastar. Ela vira marcas de bala no muro de concreto atrás da Coldiron e da Fab, pensando na sorte que tiveram de Burton ter sido o único a ser atingido por um ricochete. O modo como saíram para o caminhão naquela manhã os deixara fora da visão de Lucas 4:5, pelo menos até chegarem à Porter, e a essa altura estavam longe o suficiente para que não fizesse diferença. E de qualquer modo, a maior parte de Lucas ainda dormia em tendas pretas idênticas que montaram no terreno do outro lado do centro comercial, em fileiras compactas, feito ovos de insetos, Leon dissera, ou bolor gelatinoso. Agora que ela sabia que eles não tinham sido alvos de uma droga que transformava as pessoas em maníacos sexuais homicidas, ela se sentiu com uma disposição menos generosa em relação a eles. Tipo, como Griff e Tommy não poderiam pensar, os dois juntos, em alguma forma de impacto relativamente baixo e sem configurar uma atrocidade legal para que eles caíssem fora da porra da cidade? Fez uma anotação mental para perguntar depois.

– Alguma chance de pegarmos o burrito de café da manhã e um café no Jimmy's? – ela perguntou a Tacoma.

– Um tremendo espetáculo com essa segurança toda aqui – disse Tacoma –, mas e se eu ligar pra eles e eles trazerem pra você?

– Por mim, tudo bem.

– Bom, não direto pra você. O carro lá da frente. Aí fazemos vir pelos drones, não precisa parar.

– Complicado.

– Protocolo. Se o Jimmy's trouxer direto pra gente, eu tenho que parar, desselar, mesmo que só a janela.

– Desselar?

– O veículo é hermético, a não ser por entradas de ar com filtro.

– Muito trabalho pra um burrito.

– Estão gastando todo o dinheiro que podem pra te manter intacta e presente. Você já foi sequestrada uma vez. Aqueles atiradores ontem à noite podiam estar mais interessados em você do que no seu irmão.

Flynne não havia pensado nisso.

– Você é tão boa com armas quanto Clovis?

– Não – disse Tacoma. – Melhor.

– Estou sozinha aqui pra reduzir as chances de um dos garotos de Burton tentar fazer o que Reece fez?

– Ou pior. Que tipo de burrito? Quer açúcar e leite no café?

– Eles só têm um burrito. Leite e açúcar. – Ela olhou para o Wheelie Boy no banco ao lado e se perguntou onde estava Wilf. Ela adormecera no colchonete depois de ligar para Janice na casa.

Tacoma falava com alguém no fone. Reduziu, o estacionamento do Jimmy's adiante, e Flynne viu um garoto de camiseta branca vindo correndo pelos cascalhos, algo nas mãos. Passou a coisa, por uma janela aberta, para alguém no SUV, que quase parara, mas não totalmente. O SUV saiu. Tacoma acelerou, alcançando a velocidade dele, mantendo uma distância fixa.

Quando o Jimmy's não podia mais ser visto, Flynne viu algo subir do SUV, dirigindo-se a elas. Transformou-se num quadricóptero pequeno, transportando uma bandeja de viagem fabricada com amido de milho portando um pacote de embrulho prateado, mais um copo de papel preso.

– Fica olhando pela caçamba – disse Tacoma, sem olhar para trás.

Flynne virou-se a tempo de ver uma escotilha retangular na tampa da caçamba deslizar. O drone manteve-se na velocidade delas, depois baixou, passando pela abertura. Em seguida, subiu de volta, sem a bandeja com o burrito e o café, sumindo quando a escotilha se fechou abaixo dele.

– Como pegamos?

– Fazendo uma coisa de selamento atmosférico agora – disse Tacoma.

Uma escotilha deslizou para cima, atrás da cabine de passageiro. Flynne tirou o cinto de segurança, ficou de quatro e engatinhou até a traseira. Com a cabeça na abertura, viu a bandeja e puxou. O papel-alumínio estava morno. Eles deixavam os burritos de café da manhã prontos para saírem, no Jimmy's, sob uma lâmpada de aquecimento.

Ela conseguiu voltar ao banco com a bandeja no colo, escutando a escotilha se fechar atrás dela; pôs o cinto de segurança e abriu o papel-alumínio numa ponta do burrito.

– Obrigada.

– Nosso objetivo é servir bem.

Os burritos de café da manhã do Jimmy's eram nojentos. Ovos mexidos e bacon picado, cebolinha. Exatamente o que ela queria nesse momento.

– Bom dia – disse Netherton, do Wheelie.

Ela estava com a boca cheia de burrito. Acenou com a cabeça.

– Espero que você tenha tido uma boa noite de sono – disse ele com o tablet do Wheelie zumbindo, virando, depois inclinando para trás para que ele pudesse ver pela janela. Nada além de céu a não ser que os drones estivessem ali.

Ela engoliu, bebeu café.

– Dormiu bem? Você?

– Dormi na jacuzzi do Gobiwagen – disse ele.

– Molhado?

– Quando não é uma banheira, é uma cúpula de observação. O periférico de Conner está com o quarto principal. Ele esteve aqui perifericamente mais cedo. Brincou com os análogos de Lev no jardim.

Ficou nos vendo comer sanduíches na cozinha de Lev. Depois desci de novo com ele. Ele pôs o peri dele para se deitar, ficando fora para continuar o que quer que seja o treinamento que ela vem fazendo com ele. Para onde estamos indo?

– Minha casa.

O tablet ficou reto, deu uma panorâmica da esquerda para a direita e voltou.

– Isso aqui é tipo uma limusine, disfarçada de caminhão – disse Flynne. – À prova de bombas. – Aquela é Tacoma.

– Opa – disse Tacoma, mantendo os olhos na estrada.

– Olá – disse Netherton.

– Tacoma trabalha pra Griff – continuou Flynne. – Ou com ele.

– Ou pra você se em algum momento chegar a isso – disse Tacoma.

– Eu ainda não entendo isso.

– Veja desse jeito – explicou Tacoma. – Tudo que você pode ver fora deste veículo, a não ser o céu e a estrada, pertence a você. Comprou tudo nesse meio-tempo. Tudo, uns bons 30 quilômetros pra trás, dos dois lados da estrada.

– Tá de sacanagem comigo – disse Flynne.

– A Coldiron é dona da maior parte do condado agora – disse Tacoma –, por mais difícil que seja provar em tribunal. A KCV foi totalmente matrioshka nisso.

– O que é isso? – perguntou Flynne.

– Sabe aquelas bonecas russas, encaixadas umas dentro das outras? Matryoshka. Cascas dentro de cascas. Então não é tão óbvio que você é dona de toda essa área.

– Eu, não. A Coldiron.

– Você e seu irmão – disse Tacoma – são donos da maior parte da Coldiron, os dois juntos.

– Por que eles são donos? – perguntou Netherton.

– E quem exatamente é essa cabeça falante no brinquedo? – perguntou Tacoma, e Flynne se deu conta de que ela os observava, enquanto dirigia, em câmeras que antes Flynne não sabia que estavam lá.

– Wilf Netherton – disse Flynne. – É da Coldiron de Londres.

– Você está na lista, então, sr. Netherton – disse Tacoma. – Desculpe. Tinha que perguntar. Tacoma Raeburn.

– Raeburn? – perguntou Flynne. – É irmã dela?

– Sou.

– E se chama Tacoma porque...

– Não queriam me chamar de Snoqualmie. O senhor é do futuro, sr. Netherton?

– Não exatamente – respondeu ele. – Estou no futuro que resultaria do fato de eu não estar aí. Mas, como estou, não é o seu futuro. Aqui.

– O que o senhor faz, no futuro, sr. Netherton, se não se importa que eu pergunte? O que as pessoas fazem, em geral?

– Wilf – disse ele. – Relações públicas.

– É o que as pessoas fazem?

– Seria um modo de ver – disse ele, após uma pausa, o que pareceu satisfazer Tacoma, ou talvez ela apenas não quisesse ser inquisitiva demais.

Flynne terminou o burrito. Quando passaram pelo local onde Conner matara os homens que estavam no carro de papelão roubado, parecia ter sido mais uma história inventada do que algo que acontecera naquele lugar específico, e ela estava bem com isso.

BICENTENÁRIO

À luz do dia, a casa dela era diferente. Ele lembrou a si mesmo que nada disso tinha a ver com os montadores. Processos naturais apenas. Ele associava desarrumação a privilégio clepto. A casa de Lev, por exemplo: a ausência de pessoal de limpeza, ao contrário do corredor abaixo do Síndrome de Impostor, com sua mesmice impecável na limpeza, uniforme por cada cômodo desabitado de Londres.

O veículo à frente deles prosseguira depois de passar pela casa, depois parou. Na frente dele, uma versão menor já havia parado. Flynne dissera que o menor era farejador de bombas, controlado pelo primo dela, que devia estar entre os seis que saíam agora do veículo maior, todos com jaquetas pretas idênticas. Quatro estavam com fuzis curtos. O quinto, que não estava de fuzil em punho, poderia ser o primo dela, que também usava algo estranho na cabeça. Tacoma, a motorista, estacionara perto da árvore mais alta, sob a qual ele e Flynne haviam se sentado ao luar. Ele reconheceu o banco deles, que agora via ser feito de pedaços serrados de madeira cinzenta, o revestimento de proteção que um dia fora branco já gasto.

Fora do carro, preso debaixo do braço dela, ele não conseguia ajustar a câmera de Wheelie Boy rápido o suficiente para compensar o movimento dela. Ele viu de relance o veículo que os seguia, idêntico ao da frente, e mais quatro homens de casaco preto, cada um com um fuzil preto.

Em seguida, Flynne caminhava a passos largos na direção da casa, Tacoma evidentemente ao seu lado.

– Tira eles de vista – disse Flynne a Tacoma, que ele não podia ver.
– Bullpups e jaquetas vão deixar minha mãe preocupada.

– Certo – ele ouviu Tacoma dizer, e se perguntou o que seriam bullpups. – Seu primo diz que vai entrar.

– Você fica aqui – disse Flynne, subindo na varanda de tábuas. – Segura Leon aqui. Não deixa ele entrar enquanto eu estiver com a minha mãe. Não dá pra ter conversa séria com ele por perto.

– Certo – disse Tacoma, entrando no enquadre da câmera de Wheelie. – Estaremos bem aqui. – Apontou para uma espécie de canapé, no mesmo estilo do banco abaixo da árvore, mas com almofadas puídas.

Ainda carregando-o, Flynne abriu uma porta curiosamente esquelética, sua moldura delgada tinha um tipo de malha escura, fina, muito esticada, e entrou na penumbra da casa.

– Tenho que falar com a minha mãe – disse ela, e o pôs sobre algo, uma mesa ou aparador, na altura da cintura.

– Aqui, não – disse ele. – No chão.

– Ok, mas fica por perto. – Ela pôs o Wheelie no chão, depois se virou e sumiu.

Ele ativou os pneus da coisa, em direções opostas, devagar, a câmera girando com o chassi esférico. A sala parecia muito alta, mas não era. A câmera estava muito perto do chão de madeira.

Lá estava a prateleira de enfeites com a bandeja de plástico comemorativa, cuja cópia ele vira na loja de Clovis Fearing na Portobello Road, um retângulo claro apoiado na parede. Ele rolou para a frente, a câmera balançando de forma irritante, até conseguir ler "Bicentenário de Clanton" e as datas. E setenta e poucos anos após o ano da comemoração, ele estava diante da mesa do avô de Lev, no Gobiwagen, a faixa do emulador do Wheelie na testa, vendo o passado, através desse brinquedo desengonçado, num mundo estranho em que as coisas usadas não eram meticulosamente envelhecidas, mas gastas de fato, sofrendo o atrito da passagem pelo tempo. Uma mosca passou zumbindo forte, acima do Wheelie Boy. Ele tentou segui-la, ansioso, depois lembrou que ali era mais provável que fosse uma mosca, não um drone, e que a malha na porta auxiliar com sua fragilidade esquisita tinha a função de não deixá-la entrar. Ele virou a câmera, examinando o quadro vivo de calma doméstica perdida, sombria e gasta. No fim do arco, ele descobriu um gato encarando-o sobre as patas traseiras.

Quando ele o viu, o gato atacou o Wheelie, sibilando, batendo nele, feroz, de modo que o jogou para trás, a parte de trás do tablet batendo no piso de madeira. Quando o giroscópio gemeu, endireitando o Wheelie, ele ouviu o gato empurrando a porta de rede o suficiente para escapar e o som da porta se fechando.

A mosca, se era a mesma, podia ser escutada zumbindo em algum lugar mais para dentro da casa.

ANTIGUIDADES AMERICANAS

– Eu não vou a lugar nenhum – disse sua mãe, apoiada sobre travesseiros contra o verniz descascado da cabeceira da cama, os bicos dos tubos de oxigênio dentro do nariz.

– Onde Janice está?

– Colhendo ervilha. Eu não vou.

– Escuro aqui dentro. – A cortina de painel estava fechada com as de pano por cima.

– Janice queria que eu dormisse.

– Não dormiu ontem à noite?

– Eu não vou.

– Quem quer que você vá?

– Leon. Lithonia. Janice também, mas não quer admitir.

– Ir pra onde?

– Pra porra do norte de Virgínia, como você sabe perfeitamente.

– Eu só ouvi falar dessa ideia há pouco tempo – disse Flynne, sentando-se sobre a colcha branca de chenile.

– Corbell está morto?

– Desaparecido.

– Você matou ele?

– Não.

– Tentou?

– Não.

– Não que eu fosse te culpar. Só sei o que vejo no noticiário, e ultimamente o pouco que consigo arrancar de Janice e Lithonia. Isso tudo está acontecendo por causa do que você e Burton estão fazendo, que fez Corbell Pickett vir parar na minha sala?

– Acho que sim, mãe.

– Então que raio é isso?

– Nem eu tenho certeza. Burton achou que ele estivesse fazendo um bico pra uma empresa na Colômbia. Acontece que fica em Londres. De certa forma. Eles têm muito dinheiro. De certa forma. Pra investir. Entre uma coisa e outra, eles montaram um escritório aqui e contrataram Burton e eu pra dirigi-lo, ou pelo menos dar essa impressão. – Olhou para a mãe. – Sei que não faz muito sentido.

– Que tipo de sentido que o mundo faz – disse a mãe, puxando a colcha de chenile até debaixo do queixo –, tem morte, impostos e guerras estrangeiras. Tem homens como Corbell Pickett fazendo merdas cruéis por um dólar, o único dinheiro de verdade que qualquer morador e civil está ganhando agora, e tem gente bem decente tendo que trabalhar pra ganhar a sua pequena parte dele. O que quer que você e Burton estejam fazendo, não vão mudar nada disso. Só mais do mesmo. Fiquei aqui a vida toda. Vocês também. Seu pai nasceu onde a Porter encontra a Main, quando ainda tinham um hospital. Eu não vou a lugar nenhum. Principalmente não a um lugar que Leon diz que vou gostar.

– O homem da nossa empresa que sugeriu. Ele é de Londres.

– Estou cagando e andando pro lugar de onde ele vem.

– Lembra o quanto você se esforçou pra que eu não falasse assim?

– Ninguém estava tentando te obrigar a se mudar pro norte de Virgínia. E eu também não deixaria.

– Você não vai a lugar nenhum. Vai ficar aqui. Achei Virgínia inviável assim que ouvi.

A mãe a espiou acima da colcha retesada.

– Você e Burton não estão fazendo a economia quebrar, estão?

– Quem disse isso?

– Lithonia. Garota esperta. Tirou isso daquela coisa que usam no olho.

– Lithonia disse que estamos fazendo a economia quebrar?

– Não vocês. Só que pode acontecer. Ou pelo menos que o mercado de ações está mais esquisito do que nunca.

– Espero que não. – Ela se levantou e beijou a mãe. – Tenho que ligar pra eles agora. Dizer que você não vai pra lugar nenhum. Vão precisar arrumar mais ajuda pra você na casa. Amigos de Burton.

– Brincando de soldado?

– Eles estiveram todos no serviço militar antes.

– É de achar que já tivessem ficado satisfeitos.

Flynne saiu e encontrou Janice na sala, de calça de pijama xadrez flanelado e camiseta preta da Magpul, cabelo preso em quatro marias-chiquinhas curtas. Segurava uma tigela de cerâmica velha com a maior parte da borda lascada, cheia de ervilhas recém-colhidas.

– Ella não vai a lugar nenhum – disse Flynne. – Eles vão ter que garantir a segurança dela aqui.

– Imaginei – disse Janice. – Por isso não tentei forçar.

– Onde está Netherton?

– O cara no Wheelie Boy?

– Aqui – respondeu Netherton, rolando para fora da cozinha.

– Na cozinha, se precisar de mim – disse Janice, passando pelo Wheelie.

– Falou com a sua mãe? – perguntou Netherton.

– Ela não vai a lugar nenhum e ponto-final. Tenho que ligar e acertar isso com Griff, Burton e Tommy. Vão ter que proteger ela aqui, o que quer que aconteça.

O Wheelie não parara. Estava do outro lado da sala agora, na frente da lareira. Ela viu o tablet se inclinar para trás.

– Essa bandeja – disse ele, voz curta de longe, nos pequenos alto-falantes.

– O quê?

– No console. Onde vocês compraram?

– Clanton. Minha mãe levou todo mundo no bicentenário quando a gente era criança.

– Lowbeer encontrou uma igual, recentemente, em Londres. Os módulos dela registraram este na noite em que estive aqui. A amiga dela buscou. Ela lida com antiguidades americanas. É americana, aliás. Clovis Fearing.

– Clovis?

– Fearing – disse ele.

– Não é Raeburn? – Não fazia nenhum sentido. – Quantos anos ela tem?

– Não é mais velha que Lowbeer, suponho, embora opte por deixar mais evidente. Ah. Fiz uma busca aqui. Raeburn. Era o nome de solteira da sra. Clovis Fearing.

– É uma senhora de idade? Em Londres?

– Elas se conheciam quando eram mais jovens. Lowbeer disse que ia visitá-la para refrescar a própria memória. A sra. Fearing disse algo a respeito de Lowbeer ter sido uma espiã britânica, e Lowbeer disse que isso fazia de Fearing uma espiã também.

– Mas ela era Raeburn antes. Agora. – Flynne olhava para a bandeja branca, sem vê-la. Via a mão de Lowbeer, segurando o chapéu contra o vento do quadricóptero na rua de Cheapside, e as mãos de Griff, arrumando a comida no Sushi Barn. – Merda – disse ela. Depois repetiu num tom mais suave.

DE VOLTA AQUI

Algo na menção de Clovis Fearing fizera Flynne mudar de assunto bruscamente. Ela o levara à varanda, colocara-o no banco do amor entre Tacoma Raeburn e o homem que Flynne apresentara como sendo seu primo Leon, depois saíra e ficara sob a árvore maior, falando ao telefone. Netherton moveu a câmera de Tacoma, que ele achara atraente de uma forma obliquamente ameaçadora, para Leon, que usava uma faixa elástica estranha, de tecido estampado com padrões abstratos e cores que Netherton associava a cocô de passarinho, antes do tempo em que os limpadores os retiravam. Tinha sobrancelhas claras e cheias, e um princípio de barba igualmente claro.

– O sr. Netherton está no futuro – Tacoma disse a Leon, cuja boca estava semiaberta.

– Wilf – disse Netherton.

Leon inclinou a cabeça para o lado.

– Você tá no futuro, Wilf?

– Em certo sentido.

– Como está o tempo?

– Menos ensolarado, da última vez em que olhei.

– Você devia fazer previsão do tempo – disse Leon –, você está no futuro e sabe como está o tempo.

– Você é alguém que apenas finge não ser inteligente – disse Netherton. – Funciona como coloração protetora e um meio para comportamento passivo-agressivo. Não vai funcionar comigo.

– O futuro é insolente pra cacete – disse Leon para Tacoma. – Eu

PERIFÉRICOS

não vim aqui pra ser maltratado por um produto retrô do departamento de brinquedos do Hefty.

– Acho que você vai ter que engolir isso – disse Tacoma. – Wilf está pagando seu salário ou quase isso.

– Que merda – disse Leon –, acho que eu devo tirar o chapéu.

– Acho que ele não liga pra isso, mas você poderia tirar, porque seu chapéu é feio que dói – disse Tacoma.

Leon suspirou e puxou o lenço. O cabelo, o que restava dele, foi somente uma ligeira melhora.

– É a você que tenho que agradecer por ter ganhado na loteria, Wilf?

– Na verdade, não – respondeu Netherton.

– O futuro será uma enorme chateação – disse Leon, mas então Flynne chegou e pegou o Wheelie.

– Hora de você visitar minha mãe, Leon – disse ela. – Você está aqui pra animá-la, fazê-la relaxar. O jeito de fazer isso é começar contando que eu fiz eles me prometerem que ela podia ficar aqui.

– Estão com medo de que alguém a pegue – disse Leon. – E use isso pra chantagear você.

– Então, agora eles têm a chance de jogar dinheiro no problema – disse Flynne. – São bons nisso. Vai, fica lá dentro com a sua tia Ella. Faz ela se sentir bem. Se deixar ela um pouco mais preocupada, te encho de porrada.

– Estou indo – concordou Leon. – Estou indo. – Mas Netherton viu que ele não estava nem com medo nem com raiva. Leon levantou-se, fazendo a namoradeira ranger.

– Vou levar Wilf pro trailer – Flynne disse a Tacoma.

– Fica na propriedade? – perguntou Tacoma.

– Pé da colina atrás da casa. Perto do riacho. Burton mora lá.

– Vou só te acompanhar até lá – disse Tacoma, levantando-se, sem fazer a namoradeira ranger nem um pouco.

– Wilf e eu precisamos ter uma conversa. O trailer é pequeno.

– Não vou entrar – disse Tacoma. – Desculpa, mas, se você sai da casa ou deste quintal, tenho que mexer os meninos e os drones.

– Tudo bem – disse Flynne. – Agradeço.

Então saíram da varanda, Flynne seguindo a passos largos pelo gramado que ele havia visto prateado com o luar. Estava muito diferente agora. Um verde fraco, irregular, começando a ficar marrom em alguns pontos. Ela contornou a casa. Tacoma murmurava no ponto de ouvido, ele supôs que dizia aos meninos e drones o que ela precisava que fizessem.

– Amanhã à noite é a festa – Flynne disse a ele. – Preciso que você me conte de Daedra, explique quem é essa mulher que eu devo ser, o que ela faz.

– Não consigo ver. – O lado da câmera do tablet estava preso debaixo do braço dela. Quando ela o liberou e virou, ele viu árvores, menores, e uma trilha de terra pisada, em descida.

– Aonde estamos indo?

– Trailer de Burton. Lá embaixo, perto do riacho. Ele mora lá desde que saiu dos Fuzileiros.

– Ele está lá?

– Voltou para a Coldiron. Ou para alguma cidade em algum lugar. Ele não se incomoda.

– Onde está Tacoma?

Ela virou o Wheelie. Ele viu Tacoma na trilha atrás dele. Virou-o de volta, começou a descer.

– Daedra. Como você a conheceu mesmo?

– Fui contratado para ser relações-públicas num projeto em que ela era fundamental. A celebridade residente. Rainey me chamou. Ela também é relações-públicas. Ou era. Acabou de pedir demissão. – Árvores dos dois lados, a trilha entortou.

– Invejo ela por isso, por ter a opção.

– Mas você tem. Você a usou quando achou que o agente de Lowbeer usaria o tempo da festa com aqueles fanáticos.

– Aquilo não valeu. Bom, não é que não valeu, porque eu teria feito o que disse. Mas depois, muito em breve, estaríamos todos mortos. Nós daqui de baixo, pelo menos.

– O que é aquilo?

– O trailer de Burton. É um Airstream. 1977.

O ano, de um século anterior até mesmo a esse pelo qual ela o carregava, soou impossível para ele.

– Todos tinham essa aparência?

– Que aparência?

– De falha dos montadores.

– É a espuma. O tio que rebocou até aqui pôs pra parar o vazamento e para o isolamento térmico. Uma beleza aerodinâmica, debaixo disso.

– Estarei aqui fora se precisar de mim – disse Tacoma, atrás deles.

– Obrigada – agradeceu Flynne, estendendo a mão para a maçaneta numa porta de metal surrada, posicionada no fundo da saliência larval gasta de o que quer que fosse o material que a cobria.

Ela abriu a porta, subiu, entrou no espaço que ele reconheceu da primeira entrevista que fizera com ela. Luzes pequeninas se acenderam, em barbantes, encrustadas num material transparente levemente amarelado. Um espaço pequeno, tão pequeno quanto a cabine nos fundos do Gobiwagen, e mais baixo. Uma cama estreita com estrutura de metal, mesa, uma cadeira.

– A cadeira se mexeu – disse ele.

– Quer que eu me sente nela. Nossa, esqueço que esse troço fica tão quente...

– Troço?

– Trailer. Aqui. – Ela o pôs na mesa. – Preciso abrir uma janela. – A janela foi aberta com um rangido. Então ela abriu um armário de cozinha branco e baixo que ficava no chão, tirou um recipiente azul e prata de aparência metálica e fechou. – Minha vez de não poder te oferecer uma bebida. – Ela puxou um aro de cima do recipiente. Bebeu da abertura resultante. A cadeira se mexeu de novo. Ela se sentou de frente para ele. A cadeira zumbiu, rangeu, ficou em silêncio, imóvel. – Ok. Ela é sua namorada?

– Quem?

– Daedra.

– Não.

Ela olhou para ele.

– Vocês transavam?

– Sim.

– Namorada. A não ser que você seja um cuzão.

Ele parou para pensar a respeito.

– Eu estava muito envolvido com ela – ele disse e parou.

– Envolvido?

– Ela é muito chamativa. Fisicamente. Mas...

– Mas?

– É quase certo que eu seja um cuzão.

Ela olhou para ele. Ou melhor, ele lembrou, para parte do rosto dele no tablet do Wheelie Boy.

– Bom, se você realmente sabe disso, está na frente da maioria do rebanho pra relacionamento por aqui.

– Rebanho pra relacionamento?

– Homens. Ella, minha mãe, diz que as chances são boas por aqui, chances de encontrar homens esquisitos. Só que eles estão mais para comuns demais do que esquisitos, em geral.

– Eu talvez seja esquisito. Gosto de imaginar que sou. Aqui, quer dizer, lá. Em Londres.

– Mas você não deveria se envolver com ela desse jeito, porque era trabalho.

– Correto.

– Me conta.

– Te contar...?

– O que aconteceu. E quando chegar numa parte que não entendo, ou não sei do que está falando, te interrompo e faço perguntas até entender.

Ela parecia muito séria, mas não hostil.

– Contarei, então.

LADO HUMANO COMUM E TRISTE

Ficar no trailer com Wilf distraiu a mente dela do que não estava conseguindo acreditar sobre Lowbeer e Griff. O lado humano comum e patético da história dele com Daedra, apesar das grandes confusões com coisas do futuro, tinha sido estranhamente reconfortante.

Ela ainda não tinha certeza do que Daedra fazia nem qual a sua relação com o governo dos Estados Unidos. Parecia um cruzamento entre estrela da mídia levemente pornô e o que o segundo ano de história da arte chamava de artista performático, além de talvez uma espécie de diplomata. Mas ela também não entendia o que os Estados Unidos faziam no mundo de Wilf. Ele fazia parecer um equivalente a Conner em forma de cidade-Estado, menos o senso de humor, mas ela imaginou que isso não seria muito fora da realidade, mesmo hoje.

Depois do trailer, os três haviam subido até a casa e comeram as ervilhas que Janice refogara com bacon e cebola, sentados à mesa com Leon e a mãe deles. Ela perguntara a Tacoma a respeito do seu nome e do trabalho, e Tacoma fora boa em não dar a impressão de não estar explicando o que ela fazia, e Flynne vira a mãe percebendo, mas não dando importância. A mãe estava com um humor melhor, e Flynne entendeu que isso queria dizer que ela aceitara que não seria enviada para o norte de Virgínia com Lithonia.

Na volta de carro, foi o mesmo comboio e mais nenhum trânsito na estrada.

– Devia ter mais gente por aqui a essa hora do dia – ela disse a Tacoma.

– É porque é mais fácil fazer uma lista do que não pertence à Coldiron neste condado. Vocês são donos dos dois lados desta estrada. No resto do condado, o Hefty ainda é dono da maior parte do que não é de vocês. O que restou pertence a indivíduos ou Matrioshka.

– As bonecas?

– A concorrência. É como a gente chama na KCV. Perto de Nassau, então é provavelmente por onde eles vieram do futuro, como a Coldiron fez na Colômbia.

Estavam no limite da cidade agora, e Tacoma começou a falar ao fone de ouvido, fazendo o comboio virar esquinas inesperadas, ou inesperadas dentro do possível num lugar daquele tamanho. Flynne entendeu que estavam tentando se aproximar de modo a entrarem pelos fundos sem atrair a atenção de Lucas 4:5 do outro lado da fita amarela da delegacia de Tommy. Eles sabiam como respeitar fita de polícia, porque isso poderia ajudá-los no tribunal quando finalmente processassem a municipalidade, como sempre faziam, tendo a maioria se formado em Direito com esse propósito explícito. Sempre protestavam em silêncio, e isso era calculado também, uma estratégia jurídica que ela nunca entendera. Erguiam seus cartazes e olhavam feio para todo mundo, sem nunca dizer uma palavra. Dava para ver a alegria cruel que sentiam com isso, e ela só achou que era lamentável que as pessoas pudessem ser assim.

Pelo menos havia algum movimento de trânsito na cidade, a maior parte de funcionários da KCV tentando parecer com a população local. Nem um único carro alemão. Qualquer um que ganhasse a vida vendendo jipes de segunda mão deveria estar fazendo uma grande celebração nesse momento para os trabalhadores da fábrica no México.

– Sempre foi ruiva? – Flynne perguntou a Tacoma para tirar Lucas 4:5 da cabeça.

– Um dia a mais do que o tempo em que estou na KCV. Tem quase que descolorir totalmente antes de tingir.

– Gostei.

– Acho que meu cabelo não gosta.

– Comprou lente de contato na mesma época?

– Comprei.

– Senão ia ficar parecendo a sua irmã o suficiente pra que as pessoas juntassem as coisas.

– Tiramos no palitinho – disse Tacoma. – Ela ia ficar loira, mas eu perdi. Era loira quando mais nova. Desperta suas tendências a correr riscos, então assim deve ser melhor.

Flynne olhou para a tela vazia do tablet do Wheelie, perguntando-se onde ele estaria agora.

– Você é tabeliã mesmo?

– Pode ter certeza. E revisora oficial de contas. Tenho documentos para você assinar quando voltarmos, transformando a pequena milícia do seu irmão de culto à personalidade em firma de segurança com registro oficial.

– Tenho que falar com Griff urgente. Tem que ser uma conversa privada. Me ajuda com isso?

– Claro. A melhor opção é no restaurante do Hong. Aquela única mesa, isolada no nicho? Vou pedir pra ele segurar pra você. Senão não dá pra saber quem vai estar do outro lado da lona mais próxima.

– Obrigada.

Então o caminhão estava no beco atrás da Fab, entre os dois SUVs que expeliam garotos de jaqueta preta de Burton, todos com uma bullpup, exceto Leon.

– Prontos? – perguntou Tacoma, desligando o motor.

Flynne não estivera preparada para nada daquilo, pensou, desde a noite em que fora ao trailer para substituí-lo. Não era coisa para a qual dava para se preparar. Como a vida, talvez, nesse sentido.

TRANSPLANTE

Netherton encontrou Ossian aguardando, com uma caixa estreita de jacarandá debaixo do braço, ao lado da tenda de Ash, o perfil desagradável do Bentley de seis rodas fora do campo de visão.

– Ash está aí dentro? – perguntou Netherton ao lado do periférico de Flynne, vendo-o falar. Ele o despertara, se era esse o termo, depois que Ash ligara pedindo que levasse o periférico à tenda para uma reunião.

– Ela se atrasou. Estará aqui em breve.

– O que é isso? – Netherton olhava para a caixa retangular de madeira.

– Estojo para pistolas de duelo Regency, originalmente. Entre.

A tenda tinha o cheiro, agora familiar, da poeira que não estava lá. Os monitores de Ash, as esferas agate, eram as únicas fontes de luz. Netherton puxou uma cadeira para o periférico, que se sentou, olhando para Ossian. Ossian pôs a caixa de jacarandá na mesa. Como um vendedor, lançando mão de um certo drama contido, abriu os dois trincos pequenos de latão, fez uma breve pausa de efeito, depois abriu a tampa com dobradiças.

– Desativadas temporariamente – disse ele –, e pela primeira vez desde que saíram da fábrica de carrinhos. – A caixa era forrada com feltro verde. Encaixadas em reentrâncias idênticas, estavam o que Netherton concluiu serem armas. Pareciam brinquedos, na verdade, dado o reluzente listrado creme e escarlate em torno dos canos curtos.

– Como é que elas se ajustam tão perfeitamente na caixa?

– Recalibrei o interior. Queria algo pra carregar. Não queria andar com uma arma enfiada no bolso, por mais que eu tenha certeza de que estão desabilitadas. Deu trabalho, desligar, mas conseguimos soltar montadores uma única vez, quando você estava lá. Zubov está com o Bentley num especialista agora, clonando 5 metros de couro para consertar o estofado.

– Lowbeer valoriza essas coisas porque são difíceis de rastrear?

– Porque são armas de terror, é mais provável – disse Ossian. – Não são armas de fogo, não em nenhum sentido balístico. Não têm nada a ver com a força de um projétil. São armas de enxame dirigido. Comedoras de carne, no ramo.

– Que ramo seria esse?

– Elas projetam montadores autolimitantes, de propósito único. Alcance de um pouco menos de 10 metros. Não fazem nada além de desintegrar tecido mole, incluindo, aparentemente, couro italiano dos mais finos. Mas de modo mais ou menos instantâneo, e depois desmontam a si mesmos. Dessa forma, não apresentam mais perigo ao usuário, ou melhor, ao bebê, uma vez que a intenção era que o único usuário fosse o carrinho.

– Mas elas têm cabos – observou Netherton. Os cabos tinham o formato de algo como o perfil de uma cabeça de papagaio. Tinham o mesmo tom creme dos canos, sem o escarlate, só que fosco, lembrando osso.

– Cabos e gatilhos manuais são de Edward, de acordo com as especificações de Lowbeer. Ele não é nada mau.

– Não entendo por que um carrinho de bebê seria equipado com isso, para início de conversa.

– Você não é russo, então, certo? O efeito de uma coisa dessas num corpo humano chama a atenção de qualquer um, para começar. Uma saída das mais espetaculares. É só ver um colega sequestrador se acabar desse jeito que você pensa rápido e foge na hora. Ou tenta, a coisa cria alvos próprios. Uma vez que o sistema adquire um alvo, envia os montadores aonde forem necessários.

– Mas você desmontou completamente?

– Não de forma permanente. Lowbeer tem a chave para isso.

– Por que ela as quer?

– Discuta isso com ela – disse Ash, curvando-se, com algo fugindo desajeitadamente, sobre quatro patas, do rosto, passando pelo pescoço, quando ela entrou.

– Quando Flynne deve chegar? – perguntou Netherton, olhando de relance para o periférico.

– Presumi que ela já estaria aqui a essa hora – disse Ash –, mas acabamos de saber que ela não está disponível. E que vamos esperar. – Soltou um breve grasnido para Ossian, numa espécie de canto de ave mais rouco. Ele baixou a tampa sobre as pistolas de pirulito. – Nesse meio-tempo, achamos que resolvemos o problema de Flynne não conseguir bater papo sobre curadoria neoprimitivista.

– Como? – perguntou Netherton.

– Suponho que se pode chamar de terapia de transplante fecal.

– Sério? – Netherton olhou para ela.

– Um implante para se falar merda sintética – disse Ash, e sorriu. – Procedimento do qual imagino que você nunca vá precisar.

103

SUSHI BARN

O túnel do Sushi Barn parecia mais uma pista de hamster gigante do que um túnel. Madison construíra duas paredes de sacos de telhas de 2 metros de altura, com uma passagem no meio, começando num buraco nos fundos da Coldiron, atravessando a próxima loja vazia, passando por outro buraco nos fundos, atravessando a outra loja vazia, e finalmente passando por outro buraco, para dentro da cozinha de Hong.

Entrando pelo beco, Flynne viu Burton, pálido, sob uma das coroas brancas. Conner estava sob outra.

– Quer trocar de emprego comigo? – Clovis perguntara a Tacoma ao vê-la. – Nenhum desses dois fica muito em casa.

– Estão fazendo Burton trabalhar? – perguntou Flynne.

– Ninguém está dando chave de braço nele – disse Clovis. – Fica contente em sair do corpo. Conner só volta pra ser alimentado e dormir.

Griff parecia não fazer ideia do que Flynne poderia ter em mente. Ela não tinha certeza do que Lowbeer poderia ter escutado, nem do que Griff poderia estar sabendo. Ela queria olhar para as mãos dele agora, mas estavam no bolso da jaqueta.

A cozinha de Hong estava úmida de arroz cozinhando. Ele os levou até a sala da frente, onde os assentos eram com mesas de piquenique de segunda mão pintadas de vermelho, e foram até um nicho, onde uma folha de compensado pintada de vermelho formava uma das paredes. O nicho tinha sua mesa de piquenique e um pôster emoldurado dos Highbinders na parte de dentro da parede vermelha, uma banda de São Francisco da qual ela gostara no ensino médio. Ela pôs o Wheelie Boy no chão de concreto arranhado e pintado de vermelho, debaixo do assento, e se sentou de frente para o pôster dos Highbinders. Griff ficou com o assento em frente. Um garoto que ela reconheceu como um primo de Madison trouxe copos de chá.

– Se precisarem de comida, é só avisar alguém – disse Hong.

– Obrigada, Hong – disse ela, quando ele se virou para voltar à cozinha. Ela olhou para Griff. Ele sorriu, ergueu um tablet, consultou, depois encontrou o olhar dela.

– Agora que sabemos que uma casa segura em outro lugar não é uma opção para a sua mãe, estamos buscando formas de maximizar a segurança da sua casa. Com a intenção de manter tudo o mais discreto, mais transparente, na verdade, possível. Não queremos perturbar a sua mãe. Achamos que seria o caso de um forte.

– Pickett tinha um forte– disse ela. – Não quero isso.

– O extremo oposto. Arquitetura dissimulada. Tudo permanece aparentemente o mesmo. Qualquer nova estrutura vai parecer que sempre esteve lá. Estamos falando com arquitetos especializados. Precisamos disso para ontem, principalmente à noite, em silêncio, invisíveis. – Ele rolou alguma coisa com a ponta do dedo no tablet.

– Você pode fazer isso?

– Com dinheiro suficiente, com certeza. Dinheiro que a sua firma certamente tem.

– Não é minha firma.

– Em parte, sua. – Ele sorriu.

– No papel.

– Este prédio não é papel.

Ela olhou para a sala da frente do Sushi Barn. Notou quatro membros da gangue de Burton, homens cujos nomes ela não sabia, sentados dois a dois em mesas diferentes, porta-fuzis pretos de Cordura enfiados debaixo dos assentos. O restante dos clientes estava com trajes de condado da KCV.

– Não me parece real – disse ela. Olhou para ele. – Tem muita coisa ultimamente que não parece. – Olhou para as mãos dele.

– O que não parece?

– Você é ela. – O olhar dela encontrou os olhos claros dele. Não daquele azul louco de desenho animado. Nem um pouco azuis, e arregalando-se agora. Uma mulher riu em uma mesa distante. Ele baixou a mão com o tablet e a repousou na mesa, e, pela primeira vez desde o fim do trajeto que começara na casa de Pickett, ela achou que poderia estar prestes a chorar.

Ele engoliu em seco. Pestanejou.

– Na verdade, serei outra pessoa.

– Você não se transforma nela?

– Nossas vidas eram idênticas até a primeira comunicação de Lev ser recebida aqui. Mas isto não é mais o passado deles, então ela não é quem me tornarei. Divergimos, por mais imperceptível que tenha sido a princípio, quando aquela mensagem foi recebida. Na primeira vez que ela entrou em contato comigo, já havia partes da minha vida que ela não conhecia.

– Ela te mandou um e-mail?

– Ligou – disse ele. – Eu estava numa recepção em Washington.

– Ela te disse que ela era você?

– Não. Ela me disse que a mulher com quem eu acabara de falar era uma espiã importante, uma agente infiltrada da Federação Russa. Ela, a mulher, era meu equivalente americano de muitas formas. Então ela, Ainsley, a estranha ao telefone, me disse algo que comprovou isso. Ou provaria, depois que eu usei mecanismos de busca de acesso restrito. Portanto, foi uma revelação bastante gradual, em mais de 48 horas. Cheguei a levantar a suposição. Durante nossa terceira ligação. Ela me disse, então, que ela fizera uma aposta de que eu adivinharia. E ganhou. – Ele deu um leve sorriso. – Vi que ela tinha um conhecimento não só do mundo, mas de minha situação exata e extremamente secreta nele. Conhecimento que ninguém mais poderia ter, nem mesmo meus superiores. E ela continuava identificando outros agentes, internacionais e domésticos, da minha própria agência, e da agência americana com a qual eu tinha ligação. No tempo dela, eles haviam permanecido indetectáveis por anos, um deles por mais de uma década, e a um custo estratégico muito sério. Não posso tomar nenhuma medida em relação à maioria deles para não atrair atenção demais e acabar me tornando suspeito. Mas a posse dessas informações já teve um efeito muito benéfico na minha carreira.

– Quando foi isso?

– Quinta.

– Não faz muito tempo.

– Mal dormi. Mas não foi nada profissional que me convenceu. Foi o fato de que ela me conhecia como ninguém mais poderia. Pensamentos e sentimentos que eu tivera constantemente, a vida toda, mas jamais expressara a ninguém. – Ele olhou para o outro lado, depois voltou a olhar para ela, tímido.

– Posso vê-la agora, mas não me dei conta até Wilf me contar da bandeja hoje de manhã.

– Bandeja?

– Igual à da minha casa. Clovis tem uma em Londres. É uma senhora de idade que mora lá. Tem uma loja que vende antiguidades americanas. Amiga de Lowbeer. Levou Wilf lá quando precisava de Clovis para refrescar a memória sobre alguma coisa. Quando ele me contou, eu me lembrei das suas mãos, das mãos dela. Aí eu vi.

– Que profundamente peculiar, tudo isso. – Ele olhou para as próprias mãos.

– Você não se chama Lowbeer?

– Ainsley James Gryffyd Lowbeer Holdsworth. Nome de solteira da minha mãe. Ela era alérgica a hífenes. – Ele tirou um lenço azul do bolso da jaqueta. Não azul-Homes, mas mais escuro, quase preto. Passou de leve nos olhos. – Me desculpe. Um pouco emotivo. – Olhou para ela. – Você é a primeira pessoa com quem discuto isso, além de Ainsley.

– Tudo bem – disse ela, sem nem ter certeza do que isso significava agora. – Ela pode nos escutar? Neste exato momento?

– Somente se estivermos dentro do alcance de algum tipo de aparelho.

– Você vai contar pra ela? Que eu sei?

– O que você prefere? – Ele inclinou a cabeça, fazendo-a lembrar-se mais do que nunca de Lowbeer.

– Eu gostaria de contar eu mesma.

– Então, você vai. Ash acabou de me mandar uma mensagem dizendo que estão precisando que você volte o mais rápido possível.

O MEDICI VERMELHO

Netherton, olhando para o periférico naquele momento, viu Flynne chegar. Foi como ver alguém ser chacoalhado para sair de um devaneio, o periférico ganhou vida, presente. Ela observou os rostos ao redor da mesa.

– Onde está Lowbeer? – ela perguntou.

– Você vai se encontrar com ela – disse Ash. – Mas agora você está aqui para o equipamento do evento de amanhã.

– Que tipo de equipamento?

– Dois tipos – explicou Ash.

Ossian abriu o estojo de jacarandá.

– São armas – disse Ash.

– Por que são assim? – Flynne ergueu uma sobrancelha para Netherton.

– Foram embutidas num carrinho de bebê de alta segurança – disse Netherton. – Como medida antissequestro.

– São armas?

– Melhor pensar nelas assim – continuou Ash. – Nunca aponte para ninguém que você não queira matar. Existe uma relação entre o que acontece quando você pressiona esta tacha – ela indicou um ponto na curva interna do cabo de cabeça de papagaio – e a posição do cano. Embora não exclusiva, portanto não completamente igual a uma arma de fogo nesse sentido. Uma vez que o sistema adquire um alvo biológico, ao ser disparado, despacha montadores, que buscam e encontram o alvo de qualquer maneira. Pegue uma.

O periférico se inclinou para a frente, bateu na arma mais próxima com a unha do indicador.

– Parece uma Derringer antiga, só que feita de pirulito.

Usou as duas mãos para tirá-la do encaixe, conseguindo com destreza, Netherton notou, não apontar para nenhum deles. Ficou na palma da sua mão.

– Está desativada, no momento – disse Ossian. – Após esforços consideráveis. Pode experimentar segurar.

Ela fechou a mão em torno da cabeça de papagaio, estendeu a coisa, o cano festivo apontando para um palmo de área vazia na tenda de veludo de Ash.

– Vou levar isso pra festa da ex de Wilf?

– Com certeza, não – disse Ash. – Armas de qualquer tipo são proibidas, e você será inteiramente escaneada antes da entrada. Seja como for, essas, por acaso, são tão ilegais como qualquer coisa em Londres hoje.

– Então por que está me mostrando? – Ela devolveu a coisa ao encaixe ajustado, reclinou-se.

– Sob certas condições – disse Ash –, pelo que entendo, uma delas pode ser entregue a você. Estamos lhe mostrando agora para que você reconheça, caso necessário, e saiba como usar.

– Aponte e aperte – disse Ossian. – Não tem absolutamente nenhum efeito sobre material inorgânico. Tecido mole apenas. – Baixou a tampa.

– Segunda ordem do dia – disse Ash, abrindo a mão, palma para cima, revelando o que Netherton supôs ser um Medici, mas vermelho. – Isto instalará um pacote cognitivo que lhe permitirá falar como uma curadora neoprimitivista. A não ser que converse com outra curadora neoprimitivista, se bem que eu imagine que isso seja questionável.

– Vou falar como uma curadora neoprimitivista? – Flynne encarava a coisa. – Como?

– Pense nisto como um disfarce. Você não precisa operá-lo mais do que precisaria operar uma máscara. Certos tipos específicos de indagações vão acioná-lo.

– E?

– Você vai soltar um grau razoavelmente alto de abobrinha prolixa.

– Eu vou saber o que significa?

PERIFÉRICOS

– Não vai significar nada – disse Ash. – Caso você continue por muito tempo, logo começaria a se repetir.

– Abobrinha desorienta o cérebro?

– É o que se espera. Preciso instalá-lo no seu periférico agora.

– Onde conseguiu isso? – perguntou Flynne.

– Lowbeer – disse Ossian.

– As costas da mão, por favor – pediu Ash.

Flynne pôs a palma da mão do periférico sobre a mesa, ao lado da base corroída do monitor de Ash, e abriu os dedos. Ash pressionou suavemente o Medici contra as costas da mão do periférico, onde ele permaneceu, sem parecer estar fazendo absolutamente nada.

– E? – perguntou Flynne, olhando para Ash.

– Está carregando – respondeu Ash.

Flynne olhou para Netherton.

– O que você tem feito? – ela perguntou.

– Esperado você. Admirado suas armas. E você?

– Falado com Griff. – Ele não conseguiu interpretar a expressão dela. – Eles estão falando sobre defesas para a nossa casa. Coisas que não devem incomodar a minha mãe.

– O homem do mistério – disse Ossian. – Então você o conheceu mesmo.

Flynne olhou para ele.

– Claro.

– Alguma ideia de como ela o recrutou?

– Não – disse Flynne. – Mas não é o esperado que ela seja boa nisso?

– Sem dúvida – concordou Ossian. – Mas parecemos estar cada vez mais seguindo as ordens dele, com quase nenhuma ideia de quem ele possa ser.

– Nenhuma ideia de quem ela é também – disse Flynne. – Talvez ele seja assim.

Ash inclinou-se para retirar o Medici, depois inseriu-o na sua retícula.

– Faremos apenas um teste – disse a Flynne. – Diga-nos, por favor, por que você acha que a arte de Daedra West é importante hoje.

Flynne olhou para ela.

– A obra de West impulsiona o espectador de forma oblíqua através de um elaborado conjunto finito de iterações, novelos de memória carnal manifestando uma ternura primorosa, mas delimitada por nossas mitologias do real, de corpo. Não se trata de quem somos agora, mas de quem seríamos, o outro. – Ela pestanejou. – Caralho. – Arregalou os olhos do periférico.

– Eu havia esperado algo num registro um pouco mais coloquial – disse Ash –, mas suponho que isso seria uma contradição interna. Tente não deixá-lo prosseguir sem parar. A superficialidade ficará aparente.

– Posso interpretar para Daedra – sugeriu Netherton.

– Com certeza – disse Ash.

ESTÁTICA NOS OSSOS

No elevador, ela tentou pensar no que Wilf lhe dissera sobre a arte de Daedra, perguntando-se se ouviria aquela voz de bobagens na cabeça, mas não ouviu.

– O que é aquela coisa que fala? – perguntou a ele.

– Pacote cognitivo – ele disse ao passo que as portas se abriram. Ela sentiu o cheiro de Lev cozinhando. – Constrói afirmações basicamente sem base a partir de um dado jargão em torno de qualquer tema escolhido. Não a acompanharei. Você já veio aqui antes. – Ele parou ao pé da escada.

– Eu disse aquelas coisas, mas não pensei nelas.

– Exato. Mas isso não fica evidente para mais ninguém. E não foi ruim para uma colagem de repetições.

– Me dá arrepio.

– Acho que, na verdade, é uma boa ideia na nossa situação. Melhor você subir.

– Tente usar o Wheelie quando eu voltar.

– Onde está?

– Numa cadeira, nos fundos da Coldiron. Perto das camas.

– Boa sorte.

Ela virou as costas e subiu a escada com a passadeira estampada, virou no patamar e continuou subindo. No alto, móveis brilhavam com suavidade, vidros cintilavam. Queria poder ter parado para olhar as coisas, mas lá estava Lowbeer, à porta dupla, apenas uma metade parcialmente aberta, mão na maçaneta.

– Olá. Por favor, entre. – Para dentro daquele verde de novo, detalhes dourados. Uma única luminária, elemento incandescente por trás de vidro lapidado feito diamante. – Griff está arrumando a proteção para a sua mãe, pelo que sei.

Flynne olhou para a mesa longa, o tampo escuro perfeitamente liso, mas não muito brilhante. Ali não parecia mais a ela ser a sede do Papai Noel. Ela queria que parecesse. Uma sala muito corporativa, quase um escritório. Olhou para Lowbeer, que usava outro de seus ternos. Viu Griff com mais força do que ela esperara.

– Ele é você – disse ela. – Você quando era mais jovem.

Lowbeer inclinou a cabeça.

– Você adivinhou ou ele confiou em você?

– Vocês têm as mesmas mãos. Netherton viu a bandeja na nossa prateleira. Disse que vira uma na loja de Clovis aqui. Que ela é uma mulher de idade. Acho que quando pensei nela estando lá e aqui ao mesmo tempo... – Ela parou. – Mas não é ao mesmo tempo. Achei que você pudesse estar lá também.

– Exatamente – concordou Lowbeer, fechando a porta.

– Eu estou aqui desse jeito? – disse Flynne.

– Não que tenhamos sido capazes de determinar. Seu registro de nascimento sobrevive. Nenhum registro de morte. Mas as coisas ficaram bagunçadas, conforme Netherton lhe explicou, pelo que sei. Registros feitos durante a Sorte Grande mais profunda são incompletos ou inexistentes, ainda mais nos Estados Unidos. Havia um governo militar lá, breve, que apagou faixas enormes de dados, de modo aparentemente aleatório, ninguém parece saber por quê. Se você estivesse viva hoje, teria mais ou menos a minha idade, e isso significaria que você era rica ou tinha conexões muito boas, que tendem a ser as mesmas coisas aqui. O que deveria significar que eu teria como encontrá-la aqui.

– Você não se importa que eu saiba?

– De modo algum. Por que acha que eu me incomodaria?

– Porque é segredo?

– Não para você. Venha, sente-se aqui. – Ela foi às poltronas altas verde-musgo à cabeceira da mesa. Esperou até Flynne acomodar-se numa delas e sentou-se na outra. – Eu soube que Netherton está satisfeito com o pacote cognitivo.

– Que bom que alguém está.

– E mostraram as armas a você.

– Por que preciso delas?

– Só de uma – disse ela. – A outra é para Conner ou para o seu irmão, depende. Espero que nenhum de você precise delas, mas há uma mentalidade grosseira por trás desse negócio. Melhor termos nossa opção própria de grosseria.

As janelas altas estavam escondidas por cortinas verdes. Flynne imaginou um labirinto atrás delas, mais janelas verdes, como as lonas azuis da Coldiron.

– E a presidenta Gonzales? Griff disse que eles a mataram.

– Mataram. Foi o que deu o tom.

– Você vai mudar isso?

– Depende. É menos uma conspiração do que um clima a esta altura.

– Depende de quê?

– Da festa de Daedra, parece.

– Como?

– Coldiron e Matrioshka, como seu pessoal está chamando, estão concorrendo pela posse do seu mundo. Marés concorrentes de eventos financeiros de subsegundos. Não estamos ganhando. Não estamos perdendo por uma diferença tão grande, mas não estamos ganhando. Lev está fazendo uso de um aparato brilhante, mas provisório, em nome da Coldiron. Matrioshka, que existe para matar vocês, e por nenhuma outra razão, parece estar fazendo uso de algum aparato financeiro estatal mais poderoso aqui. Preciso impedir isso para permitir o domínio da Coldiron, o que por sua vez pode permitir que o assassinato de Gonzales seja evitado. Mas a política aqui é tal que sou incapaz de fazer isso sem ter uma prova antes, ou um fac-símile razoável de uma prova, de quem assassinou Aelita. Não dá nem para começar a explicar como o poder funciona aqui, mas alguém poderoso deve ter um interesse em Matrioshka. É inevitável que pisem em calos alheios, ou que estejam prestes a fazê-lo. Consigo usar isso ao nosso favor, oferecer a essa outra parte um suporte com o qual esmagá-los. Mas, para que qualquer dessas coisas aconteça, você e Netherton precisam ter êxito no evento de Daedra.

Flynne olhou para o cristal e a prata no aparador. Olhou para Lowbeer.

– Tudo depende de eu identificar o cuzão que estava naquela sacada?

– Sim.

– Isso é foda.

– Isso é, sim. Mas aqui estamos. Caso você o reconheça, você me alertará, e as coisas serão desencadeadas.

– E se eu não reconhecer? Não conseguir?

– Melhor não pensar muito nisso. Mas, se você tiver êxito, enfrentaremos outro nível de dificuldade, uma vez que a reunião de Daedra opera por meio de um protocolo que proíbe de forma rigorosa o uso de aparelhos de comunicação pessoais. Enquanto periféricos, aparelhos telepresentes, você e o sr. Penske tornam-se uma espécie de exceção, mas serão monitorados com muito rigor. Portanto, a questão passa a ser como, caso você identifique nosso assassino, poderá me comunicar isso.

– Então, como faço isso?

– O recém-instalado pacote cognitivo do seu periférico é, literalmente, um pacote. Dentro dele está uma plataforma de comunicações que a bolha de segurança de Daedra será incapaz de detectar. Você me escutará, e quando acontecer, será como "estática nos ossos", e estou sendo literal. Pelo que sei, é estranhamente perturbador, mas é nossa opção mais segura.

– E se ele estiver lá?

– De longe, o desdobramento mais interessante a ser considerado. E motivo pelo qual me agradou a sua completa falta de disposição para permitir o uso daquela arma química de vileza peculiar.

– Por que você fez aquilo?

– Porque posso precisar de você, mais adiante, para ser exatamente a pessoa que não fará isso.

– Você sempre quer saber muito, mas não me diz muita coisa, no fim das contas.

– Nós precisamos de você focada no momento.

– "Nós" quem?

– Você e eu, minha querida – disse Lowbeer e estendeu a mão para afagar a mão dela.

CUSÓPOLIS

– Olá? – disse ele, acomodado na cúpula do Gobiwagen, enquanto a janela do Wheelie se abria. – Flynne?

– Ela ainda não voltou – disse uma voz de mulher, com sotaque familiar. Os conteúdos da janela pareciam abstratos, verticais brancos sobre aquele mesmo azul.

– Tacoma?

– Clovis – disse ela. – Você é Netherton. – E ela pegou o Wheelie e virou.

Ângulo desfavorável, de baixo, do que ele ainda assim considerou ser um rosto muito atraente. Cabelo preto curto. Ele tentou ver ali o rosto da proprietária do Limite de Clovis, mas viu apenas seu crânio antigo, em espera. Aterrorizante. A visão de Deus da humanidade, talvez, se existisse tal coisa.

– Wilf – disse ele. – Olá.

– Aí está ela – disse Clovis, virando-se, e ele estava olhando para Flynne de cima para baixo, a cabeça dela numa espécie de constructo estranho, desajeitado, de um branco reluzente, apoiado em travesseiros brancos. Os olhos dela estavam fechados. Era como olhar para o periférico na cabine dos fundos, a não ser pelo fato de que essa era a própria Flynne. Ausente.

– Ela pode nos escutar? – perguntou ele.

– Não. A coroa é um recorte autônomo. É o que me disseram. Achei que vocês tivessem toda essa tecnologia aí em cima.

– Temos. Eu é que não sou técnico. Mas a nossa versão disso parece uma faixa de cabelo de plástico transparente.

– Elas foram feitas de acordo com as suas especificações, mas tivemos que improvisar. – Ela o virou novamente. O irmão de Flynne estava na cama ao lado, sob uma coroa idêntica. Na terceira cama, um rosto que ele não reconheceu. Os dois sob cobertores azuis. O que ele vira primeiro foram as grades brancas no pé da cama de Burton, sobre o cobertor. O volume do corpo do segundo homem parecia o de uma criança.

– Quem é aquele?

– Conner.

– Penske. Eu só o vi no mestre de dança.

– No quê?

– No instrutor de artes maciais do irmão de Lev. Periférico. Excelente dançarino, parece.

– Eu daria minha bola esquerda para ir aí em cima – disse ela, virando-o para ela novamente. – O que posso fazer por você, Wilf?

– Tem uma janela?

– Na verdade, não. Do outro lado dessa parede idiota – e ela o virou para que visse uma superfície improvisada que parecia ser feita de envelopes brancos empilhados, talvez contendo arquivos de papel. – Mas eles pulverizaram com polímero para não ser possível ver o lado de fora. Mesmo se visse, é só o beco atrás de uma galeria de Cusópolis.

– É o nome da cidade?

– Apelido. Meu. Da minha irmã também, suponho. Somos horríveis.

– Eu a conheci. Não é horrível.

– Me contou que te conheceu.

– Você sabe quando Flynne vai voltar?

– Não. Quer esperar? Ver o noticiário? Tenho um tablet aqui.

– Noticiário?

– O local está interessante hoje. Temos Lucas 4:5 se retirando, ninguém sabe ao certo por quê. Mas Griff não gostou. Contratou duas firmas de relações públicas para evitar que tivessem cobertura da mídia e tem funcionado. Agora que estão indo embora, sem nenhum motivo aparente, há algum interesse nacional. Basicamente porque não é o que eles costumam fazer. Você não vai conseguir mudar de canal.

– Vou experimentar, então. Me fascina, aqui.

– Cada um com seus gostos.

CAMARADINHA

Flynne abriu os olhos.

– Seu camaradinha chegou – disse Clovis.

– Wilf?

– Tem outro?

– Onde ele está?

– Vendo as notícias. – Ela retirou a coroa da cabeça de Flynne, pôs na mesa de cabeceira.

Flynne virou de lado, sentou-se devagar, baixou as pernas para o lado. Estivera com Lowbeer na cozinha de Lev, olhando para o jardim. Sentia como se ainda pudesse vê-lo se fechasse os olhos. Fechou. Não viu. Abriu.

– Tudo bem? – perguntou Clovis, encarando-a com olhos semicerrados.

– Jet lag, talvez. – Flynne levantou-se. Clovis estava claramente pronta para segurá-la, caso ela caísse. – Estou bem. Burton está bem?

– Ótimo. Voltou pra fazer xixi, depois pra jantar e se hidratar. O Walter Reed está feliz com ele.

Flynne foi até a cadeira onde deixara o Wheelie. Clovis dobrara a vara retrátil sobre a qual o tablet estava montado e apoiara seu próprio tablet nas costas da cadeira, sobre um moletom enrolado. O Wheelie assistia a um episódio de *Ciencia Loca* sobre combustão humana espontânea.

– Ei – disse ela –, oi.

– Ah! – disse Netherton, levando um susto. O corpo esférico do Wheelie girou para trás sobre rodas fixas, inclinando o tablet e a câmera para cima, para ela. – Estava ficando assustado. Fiquei imaginando meu corpo incendiando na cúpula de observação do Gobiwagen. Começou a passar depois do noticiário, e eu não tinha como mudar de canal.

– Quer ver o resto? A outra metade é coisa de mergulho, a antiga ponta da baixa Manhattan.

– Não! Vim para falar com você.

– Tenho que comer. Vou te levar ao Sushi Barn.

– O que é isso?

– O restaurante do Hong. Fica na outra ponta da galeria. Madison fez buracos e construiu uma pista de hamster com sacos de telhas. – Ela checou sua imagem num espelho de moldura de plástico que alguém, provavelmente Clovis, prendera numa lona azul com fita adesiva água-marinha. – Aquela coroa é um inferno pro meu cabelo. – Ela se sentou na cadeira, pôs o Wheelie no chão e calçou os tênis. O Wheelie estendeu o tablet, zuniu e circulou pelo chão, com o tablet girando.

– Pare aí – disse ela, levantando-se. Foi até ele, pegou-o e abaixou-se para passar pela abertura da lona.

– Isso é bizarro – disse ele do outro lado. – Parece um jogo primitivo.

– Um jogo chato.

– Todos são. Para que serve?

– Se estivermos sendo atacados, podemos passar por aqui e ir até o Sushi Barn pedir o camarão especial.

– Isso faz algum sentido?

– É coisa de homem. Mas acho que foi ideia de Lowbeer, interpretada por Burton e meu amigo Madison.

– Quem é Madison?

Ela passou pelo buraco na parede central.

– Marido da minha amiga, cara legal. Joga Sukhoi Flankers.

– O que é isso?

– Jogo de simulação de voo. Aviões russos antigos. Lowbeer é Griff.

Ele não disse nada. Ela parou, entre as paredes de sacos de telha, ergueu o Wheelie Boy.

– "É Griff"? – perguntou ele.

– Griff. Se torna ela. Mas não exatamente. Porque aqui não é mais o passado dela, então ele não terá a vida dela, porque nada disso aconteceu com ela quando ela era ele. – Ela começou a andar.

– De algum jeito, você parece simplesmente aceitar todas essas coisas.

– É você quem está vivendo no futuro, com nanobots comendo gente, governo de reis e gângsteres e essa merda toda. Você aceita tudo isso, certo?

– Não – disse ele, pouco antes de Flynne se abaixar para entrar na cozinha de Hong. – Não aceito. Odeio.

MANHÃ COLDIRON

Tommy entrou e se agachou ao pé da espuma dela, chapéu na mão. Ela estava grogue da pílula que deixara Tacoma lhe dar, mas tivera o melhor sono desde a semana anterior.

– Senta na espuma, Tommy, vai acabar com os joelhos.

– O melhor que conseguiram pra você aqui? – ele perguntou, girando sobre os calcanhares e deixando a bunda no canto da maca.

– Cama de hospital lembra hospital. E Burton e Conner peidam muito. Que história é essa de Lucas 4:5 caindo fora? Temos certeza de que não compramos eles?

– O caralho que compramos. Por isso tô te acordando antes que alguém queira que eu te acorde. Pra te falar disso.

– O quê? – Ela se apoiou nos cotovelos.

– Acho que os outros caras tiraram eles porque são um ímã pra mídia. Não tanto por conta própria, mais. Mas bota mais alguma coisa na mistura, a mídia já está em cima. Ou mesmo se fizerem algo fora do script, como sair daqui agora, são mais interessantes, talvez só pra um ciclo de notícias. Como se a operação de um RP estivesse diminuindo a atenção deles, mantendo a sua cara fora disso, mas ainda assim teve um sinal deles saindo do alcance do radar.

– Então por que alguém ia querer que eles fossem embora?

– Pra que eles não sejam um chamariz a mais quando alguma outra coisa aparecer na cidade. Algo que eles não querem que receba nenhuma atenção mesmo, se puderem evitar.

– Como o quê?

– Homes. Uma porrada estratégica de Homes. Veículos, pessoal.

As conexões de Griff mostram dois comboios grandes vindo pra cá. Quantidade sinistra de caminhões brancos. Enquanto isso, lá no que restou da casa de Pickett, o primo do Ben Carter está naquele destacamento enorme do Homes, lá mesmo. E ele está falando pro Ben que o rumor é que estão vindo pra cá, hoje, pra varrer os restos armados do narcoimpério multicondados do mau de Corbell Pickett. E por acaso eles agora agem como se fossem eles que o derrubaram, em vez do seu irmão vigilante, o melhor amigo dele e uma prótese do VA.

– Estão vindo pra cá?

– Não tenha dúvida.

– E nós somos os restos malignos?

– Pode crer.

– São tão corruptos assim?

– No mundo moderno de hoje, sim, pelo menos talvez desde 24 horas atrás. Com certeza, são. Mas você provavelmente tem uma participação grande demais num dos principais corruptores pra querer ter um problema quanto a isso.

– E quando chegam aqui?

– Vamos resistir à prisão. Independentemente do que possamos fazer de fato, vamos ter resistido à prisão. Essas pilhas de telhas não vão segurar munição inteligente. Esse é exatamente o tipo de fortaleza urbana improvisada contra a qual eles foram projetados para agir. O telhado desse prédio podia não estar aí, e o Homes tem drones de ataque de qualquer modo. Não faria diferença se estivéssemos em bunkers. Além disso, os meninos do seu irmão têm uma propensão constitutiva a não agirem de forma pacífica, independentemente das chances de vitória.

– Por que isso está acontecendo agora?

– A melhor aposta de Griff é que ambas as mãos estão no alto do cabo do taco, e sem espaço pra uma outra. Acabou acontecendo desse jeito. Eles compraram o que foi preciso pra pôr o Homes no bolso, e não sobrou nada pra comprar pra pôr eles no nosso bolso.

– E se Griff ficasse íntimo de Gonzales?

– Acho que já é, embora provavelmente ainda dê pra coisa avançar entre eles. Mas há questões políticas, e o Homes não está do lado dela, seja ela presidenta ou não.

– Quando chegam aqui?

– Hoje à noite. Mas tendem a agir depois da meia-noite.

– Você poderia encontrar com eles quando entrarem e ajudar a manter a ordem, Tommy. Não vejo por que você tenha que comprar essa briga.

– Foda-se isso – disse ele, com total satisfação. – Quer um burrito de café da manhã? Trouxe um pra você.

– Por que não estou sentindo o cheiro?

– Pedi embalagem dupla, pra não acabar com meu uniforme. – Ele pôs a mão num dos grandes bolsos laterais do casaco.

RÃS DE SEDA PRETA

Ele tentava dormir num banco de granito no salão alto e frio do correio de voz de Daedra, enquanto trens, ou talvez mobies, partiam, anunciados de modo indistinto por vozes solenes e incompreensíveis. Uma luz pulsou.

Abriu os olhos. Estava deitado sobre almofadas de couro na cúpula. Lá fora, no escuro da garagem, outra pulsação. Ele se sentou, esfregou os olhos, espiou a garagem.

Luz de pesca novamente, sobre Ossian, levando, numa das mãos, roupas escuras num cabide. Ao lado dele, Ash, de cara fechada, embora não mais que de costume, vestindo o que parecia ser um uniforme de chofer, preto, com rãs de fios de seda preta atravessando o peito da túnica rígida. Estava com um chapéu grande, parecendo um comodoro soviético, os olhos obscurecidos pelo bico de vinil reluzente.

Ele lembrou agora o que Flynne dissera sobre Lowbeer e Griff. A mente dá voltas, ele pensou, impressionado com a própria frase, e com quão raramente, se é que alguma vez, a sua mente parecia dar voltas. E com o fato de não estar dando voltas agora diante da ideia de Lowbeer e Griff serem, em algum sentido, a mesma pessoa. Estava contente, no entanto, por ser jovem demais para ter uma outra versão de si em outro país, no tempo de Flynne.

Pulsação.

NADA MUITO GLAMOROSO

Eles deram um banho no periférico antes da chegada dela, arrumaram o cabelo e passaram maquiagem. O vestido que Ash escolhera caíra melhor do que qualquer coisa que Flynne usara na vida. Nada muito glamoroso, Ash explicara, porque Annie Courrèges não era rica. Mas a noção que Ash tinha de algo nada glamoroso era um pretinho básico, feito de algo que dava a sensação de veludo, mas tinha a aparência de lixa de carbureto, maleável como seda. Os acessórios eram uma pulseira redonda e pesada, feita de dentaduras de plástico antigas e algo que parecia bala de alcaçuz preta, e um colar que era uma volta de fio de titânio preto rígida com muitos puxadores de zíper diferentes, como se tivessem ficado um tempo enterrados, a tinta ou revestimento corroído. Ash disse que ambos eram neoprimitivos autênticos; a pulseira, da Irlanda, o colar, de Detroit. Os sapatos pretos eram feitos do mesmo material do vestido, tinham salto anabela e eram mais confortáveis que os tênis que estavam lá na sua terra. Ela queria que tivessem esperado até que ela chegasse, para que ela mesma tivesse vestido tudo. Mas aquela pontada familiar, quando se olhou no espelho comprido: quem era aquela? Ela começava a sentir como se o periférico se parecesse com alguém que ela conhecera, mas ela sabia que não era o caso.

O distintivo com a coroa de ouro apareceu no espelho, e por um segundo ela pensou no touro no espelho do Jimmy's, mas era Lowbeer chamando.

– Tommy acha que o Homes está vindo atrás de nós – disse Flynne.

– Bem provável.

– Griff não pode fazer nada?

PERIFÉRICOS

– Ainda não. Apesar de ser capaz de provar, caso a oportunidade surja, que o chefe do Gabinete de Setor Privado deles é pago pelos chineses. Mas de fato parecemos ter chegado a um impasse. Basicamente, precisamos ser capazes de dar o comando para pararem. Rescindir a ordem.

– E se ele disser à presidenta que ela será assassinada, mas que vocês podem impedir, se ela mandar eles irem embora?

– Não é assim tão simples. Ainda não estabelecemos uma confiança suficiente. O gabinete dela está tomado por pessoas alinhadas com gente que logo estará tramando a morte dela. E o resto é simplesmente política.

– Sério? Não tem nada que a gente possa fazer?

– Clovis, a minha Clovis, aqui, está permitindo às tias revirarem os documentos dela. Ela conseguiu extrair um arquipélago de dados antes de vir para o Reino Unido. Eu não fazia ideia de quanto, na época. Mais colecionadora do que espiã, Clovis. Se houver algo de útil ali, para a nossa situação atual, ela vai encontrar. Enquanto isso, se você tiver êxito hoje à noite, o jogo irá mudar. Embora como, exatamente, seja impossível prever.

Ela mordeu o lábio e parou para não estragar a maquiagem do periférico.

– Você está maravilhosa – disse Lowbeer, fazendo-a lembrar que ela podia ver o que o periférico estava vendo. – Já deu um oi para Burton?

– Não.

– Deveria. Ele está no lounge com Conner. Você não poderá vê-lo quando estiver a caminho de Farringdon. Ele estará no porta-malas. Estou encantada porque ele vai conseguir participar depois do ferimento.

– No porta-malas?

–Bem achatado depois de dobrar. Como numa máquina de drenagem sueca, dobrado. Dê um oi para o seu irmão por mim.

A coroa não estava mais lá. Ela foi à porta, abriu.

Eles estavam lutando, os dois. Ela se lembrava disso de antes do ferimento de Conner, antes mesmo do alistamento. Tinham regras próprias. Quase não se mexiam, mudando o peso do corpo de um pé para o outro, observando um ao outro, e quando se moviam, principalmente as mãos, era rápido demais para acompanhar, e depois volta-

471

vam, do jeito que estavam antes, trocando o peso, mas um dos dois ganhara. Ela viu que era a mesma coisa, agora, só que Conner estava no periférico do irmão de Lev e Burton na coisa de treinamento do exoesqueleto, com uma redoma de vidro colada onde ficaria a cabeça se a coisa tivesse cabeça, e um par de mãos humanas de aparência assustadoramente real onde ela lembrava haver mãos de robô de desenho animado antes. Havia um robozinho na redoma de vidro que fazia tudo que o exoesqueleto fazia, mas, na verdade, no sentido contrário, porque Burton estava nele. Homúnculo era como o chamavam. As novas mãos do exoesqueleto de Burton tinham um bronzeado de um tom que a fez se lembrar de Pickett. Então as mãos se moveram, virando borrões, mas Conner foi mais rápido, ela pensou.

– Se eu quebro um dedo do seu Homem de Lata, você tá ferrado – disse Conner. Seu periférico estava com um terno preto skinny que parecia tão incômodo quanto um pijama de caratê.

A pequena figura na redoma se virou, com o exoesqueleto virando junto.

– Flynne – disse um estranho, como a voz de um infomercial –, oi.

– Porra, Burton – disse ela. – Achei que a gente tivesse perdido você naquele beco. – Ela meio que sentiu vontade de abraçar o exoesqueleto, mas pareceu loucura. Além disso, o troço tinha aquelas mãos sinistras.

– Acho que perderam por um tempo – disse a voz. – Não me lembro de ter picotado aquele cliente, nem de nada mais, até acordar e ver a versão do mundo real do bonitão aqui.

– Se você tivesse ficado com um ferimento ridículo daquele no serviço militar – disse Conner, seu periférico guardando as mãos grandes nos bolsos da calça preta –, acho que ainda poderia contar como guerreiro ferido.

O exoesqueleto fez uma finta, feito gato, mas Conner de alguma forma não estava aonde as mãos bronzeadas foram, por mais rápidas que fossem.

– Lowbeer mandou dar um oi – ela disse a Burton. – Está feliz por você poder vir com a gente. Também estou.

– Cruzamento de chimpanzé de porta-malas e macaco de trocar pneu com estilo – disse a voz de infomercial. – Pra isso que entrei pros Fuzileiros.

ZIL

Netherton contornou a limusine preta, o transporte deles para Farrington e o motivo pelo qual Ash estava vestida daquele jeito. Fabricada em 2029, ela informou, a ZIL, a última a sair da linha de montagem, nunca fizera parte da coleção do pai de Lev, tendo sido o veículo pessoal do avô desde quando ele morara na casa. Lowbeer aparentemente optara para que ela fosse usada agora.

Ele achou que a lataria lembrava o vestido novo de Flynne, ao mesmo tempo opaca e muito sutilmente lustrosa. As poucas partes que não eram desse preto peculiar eram de aço inoxidável, jateado com esferas para não refletir luz; as rodas enormes, a grade do radiador larga e extremamente minimalista, que parecia ter sido cortado a laser a partir de um pedaço de material para grades de ZIL. O capô era apenas minimamente mais longo do que a plataforma traseira e era fácil imaginar os dois como quadras de tênis para homúnculos um tanto grandes. Não tinha nenhuma janela na parte de trás, o que dava a ele a sensação de que ela estava com a gola virada para cima. A solenidade da aparência de criminalidade iminente era notável, pensou ele. Talvez fora esse o motivo da escolha de Lowbeer, ainda que ele não conseguisse entender o sentido específico disso. Curioso em relação ao interior, ele se inclinou para olhar.

– Não toque – disse Ash, atrás dele. – Seria eletrocutado.

Ele se virou. Encontrou o olhar duplo dela sob o pico de vinil.

– Sério?

– É como o carrinho de bebê. Eles tinham problema com confiança. Ainda têm.

Ele deu um passo para trás.

– Por que ela quis esta? Não se pode dizer que combina comigo, muito menos com Annie. Se eu fosse comparecer, de verdade, hoje à noite, chegaria de táxi.

– Você vai comparecer esta noite. Senão eu não teria me vestido assim.

– Digo, sem um propósito oculto.

– Quando foi a última vez que você esteve sem um?

Netherton suspirou.

– Imagino que ela decidiu fazer uma afirmação. Isso será reconhecido, sem dúvida, como pertencente ao avô de Lev. A segurança de Daedra, do que quer que possa ser feita, saberá com certeza que isso saiu deste endereço. Qualquer pretexto de que você não esteja associado aos Zubov deixará de existir a partir da nossa chegada. É possível que ela veja vantagem nisso. Geralmente há algum grau de vantagem em destacar a própria associação com a clepto. Desvantagens também, é claro. – Ela o examinou. – Nada mau o terno.

Netherton olhou para baixo, para o terno preto que ela mandara fazer para ele. Ergueu a cabeça.

– É preto porque a ocasião exige ou porque você encomendou?

– Os dois – disse Ash, uma manada distante de alguma coisa escolhendo esse instante para transitar pela testa dela, do que estava visível, abaixo do bico, dando a impressão de que havia uma nuvem de presságios irrequietos alojados debaixo do chapéu.

– Você vai nos aguardar lá?

– Não temos permissão para estacionar num raio de 2 quilômetros. Quando vocês estiverem prontos para sair, eles vão nos ligar. Embora Lowbeer já terá ligado, tenho certeza.

– Quando partimos? – Ele olhou de relance para o Gobiwagen.

– Dez minutos. Preciso pôr Burton no porta-malas.

– Vou usar o banheiro. – Ele foi andando na direção da rampa. E checar se o bar ainda está trancado, pensou, por mais que tivesse certeza de que estaria.

PARA FARRINGTON

Não era longe, Ash disse.

O interior deste carro parecia maior do que o lounge da Mercedes. Não era, mas dava a sensação. Como a sensação que a mobília dos adultos dava quando se era criança. E tudo ali dentro era daquele preto que fazia com que ela gostasse menos do vestido. Devia ter alguma coisa especial, esse preto.

E a luz lá fora era chuvosa, prateada, rosa, do jeito que estava quando ela estivera ali pela primeira vez, subindo a partir da plataforma de decolagem da van branca.

Netherton, sentado ao seu lado, estava quase longe demais para o seu alcance, e se estivessem mais perto, teria dado muito a impressão de serem um casal. Conner estava na frente com Ash, com espaço suficiente para mais duas pessoas entre os dois.

Ela queria que tivesse uma cafeteira, mas isso a fez pensar em Tommy e Carlos, e em todos de lá, com Homes chegando em comboio por três lados diferentes.

– Ainda dá pra ligar pra casa? – ela perguntou a Ash, presumindo que poderia ser ouvida do outro lado da divisória.

– Sim, mas ligue agora. Vamos chegar logo.

Ash a ajudara a configurar o telefone do periférico para fazer chamadas enquanto esperavam Burton entrar no porta-malas e se encaixar e transferira os números do telefone dela. Agora ela fez os distintivos subirem, desceu a barra até o distintivo amarelo de Macon com o único mamilo vermelho e tocou no céu da boca.

– Oi – disse Macon.

– O que está acontecendo?

– Acho que ainda estão a caminho.

– Merda...

– Pra falar de modo suave.

– Quem está com a minha mãe?

– Janice. E Carlos e os amigos dele, alguns.

Flynne se viu na cama branca, sob a coroa branca, Burton e Conner ao seu lado, na cama deles. O que aconteceria aqui se ela morresse lá?, ela se perguntou pela primeira vez. Nada, exceto que o seu periférico entraria em piloto automático, aquela coisa da nuvem. Ele ainda falaria bobagens se perguntassem sobre a arte de Daedra? Essa seria a única evidência que restaria de que ela estivera ali?

– Melhor concluir – disse Ash. – Estamos chegando ao protocolo.

Num volume muito baixo, de início, ela escutou os sussurros daqueles atendentes da polícia das fadas, perto da base do prédio de Aelita.

CASTELO PULA-PULA

Uma Michikoide com uma varinha luminosa acenou para que a ZIL fosse para o meio-fio atrás de alguma coisa mais na linha do ferro a vapor Bentley prata de seis rodas, só que da cor do carro de Lowbeer quando desocultado. Um casal de cabeça raspada e tatuagens faciais maori estava vagamente visível, entre as elegantes dobras grafite do veículo e um solene castelo pula-pula que obviamente não fazia parte da arquitetura de costume da Edenmere Mansions ou de nenhum outro caco. Os diversos escâneres deviam estar ali dentro, ele supôs. A entrada parecia toda ocupada por Michikoides de uniforme cinza de estilo vagamente militar. Ele se lembrou da Michikoide na moby de Daedra, pouco antes de se jogar por cima do parapeito, carregada de armas, e que Rainey dissera tê-las visto se movendo feito aranhas, na ilha dos remendadores.

Ash e Conner abriram suas portas como se tivessem recebido uma deixa. As portas da ZIL eram tão enormes que deviam ser movidas a servo, ainda que em silêncio. De modo simultâneo – Ash, do lado de Netherton, e Conner, do lado de Flynne –, eles abriram as portas de trás.

Sem pensar, Netherton inclinou-se para Flynne, apertou a mão dela.

– Vamos mentir feito campeões – disse ele, sem saber de onde aquilo havia saído. Ela lhe deu um sorriso estranho, surpreso, e saíram, cada um de um lado, o ar úmido, mais frio do que ele esperava, mas fresco. Uma Michikoide escaneou Conner com uma varinha não luminosa, outra fez o mesmo com Ash, e em seguida ele e Flynne foram encaminhados para dentro do inflável cinza e volumoso, como se passassem entre as coxas de um elefante gigante de brinquedo.

Um tipo de campo induziu um estado moderado de dissociação à medida que eram escaneados e cutucados por uma variedade de portais desagradavelmente robóticos durante cerca de quinze minutos, e depois estavam sendo saudados por uma Michikoide elaboradamente envelhecida vestindo um quimono antigo.

– Obrigada por honrarem nossa celebração da vida de Aelita West. Seu companheiro de segurança pessoal foi recebido de forma separada. Ele os aguardará. O elevador é o terceiro à esquerda.

– Obrigado – disse Netherton, segurando a mão do periférico. O casal tatuado não estava mais à vista. Assim como ninguém mais, o saguão tão acolhedor quanto o correio de voz de Daedra, ainda que isso fosse o esperado.

– Celebração da vida? – perguntou Flynne enquanto ele a guiava na direção do elevador.

– Segundo ela.

– Os pais de Byron Burchardt fizeram isso.

– Quem?

– Byron Burchardt. Gerente do Coffee Jones. Foi atropelado por uma carreta robô com semirreboque no Dia dos Namorados. Senti culpa porque estava puta com ele, por ter me demitido. Mas fui mesmo assim.

– Parecem ter aceitado que ela se foi.

– Não vejo como poderiam ter certeza disso. Mas queria que nós soubéssemos. Podíamos ter trazido flores.

– Daedra nunca sugeriu isso. Parece ser uma surpresa.

– Funeral-surpresa? Vocês fazem isso aqui?

– Primeira vez, para mim.

– Quinquagésimo sexto andar – disse ela, apontando para o banco de botões.

As portas se abriram quando ele apertou o botão. Entraram. As portas se fecharam. A subida foi rápida, perfeitamente silenciosa, levemente estonteante. Ele tinha certeza de que serviriam bebidas.

CELEBRAÇÃO DA VIDA

Quando saíram do elevador, ela pôde ver, entre dois grupos de pessoas de preto, a mesma vista de sua primeira vez ali, aquela curva no rio. Todas as janelas estavam despolarizadas, e as paredes internas tinham sido removidas. Não exatamente removidas, mas era como se nunca tivessem estado ali. Um único espaço grande, como a galeria do pai de Lev. Conner ficou perto do elevador, observando tudo. Parecia estar no domínio completo do papel, e ela supôs que ele finalmente voltara a ser alguma versão do que ela imaginava que ele fora antes de ter sido explodido por alguma coisa. Ele não chegava a sorrir, porque estava no modo guarda-costas total, mas estava quase.

– Não tem como subir ou descer a não ser por este elevador – disse ele quando se aproximaram. – Escada para o piso acima e abaixo. Tem uns malucos feios pra caramba aqui dentro. Devem ser como eu, seguranças. Malucas também. Parece uma convenção de gente fodona espalhada numa população de cidade pequena, só de gente rica.

– Mais gente do que jamais vi num mesmo lugar aqui – disse ela, e então algo uivou no fundo de cada osso do corpo do periférico.

– Testando o enredamento – disse a voz mais repugnante que ela já ouvira, uma espécie de dor modulada, mas ela sabia que era Lowbeer. – Por favor, confirme o recebimento.

Duas batidas no ímã minúsculo da língua, no quarto anterior da esquerda do palato. – Ótimo – disseram os ossos, daquela forma horrorosa. – Circule. Diga a Wilf.

– Vamos circular – ela disse a Wilf, enquanto uma multidão de neozelandeses tatuados passava por eles. Tã moko, ela se lembrou, do *Ciencia*

Loca. Tecnicamente, não eram tatuagens. Gravadas. Entalhadas. A pele levemente esculpida. O chefe, ela supôs, era a loira com um perfil que parecia algo saído de uma canoa de guerra. Eles definitivamente não pareciam estar ali para festejar ou, a propósito, para celebrar a vida. Algo acontecera no rosto da loira quando ela passou por eles, um soluço de captação de imagem que mal podia ser visto. Ela se lembrou do que Lowbeer dissera a respeito de artefatos no seu campo de visão.

– Mantenha um mínimo de 2 metros de distância – disse Wilf a Conner.

– Quando estivermos conversando, o dobro.

– Sou adestrado – disse Conner. – Ela me botou pra aprender isso num baile de coroação virtual, rei da Espanha, essa porra toda. Isso aí é tipo casual na beira da piscina.

Uma Michikoide com uma bandeja de taças, vinho amarelo-claro, ofereceu um a ela.

– Não, obrigada – ela disse.

Ela viu Wilf indo pegar um, sorrindo, depois parar. Foi como ver a háptica bichando Burton. Então a mão dele mudou de trajetória, para pegar um copo de água com gás, perto da beira da bandeja. Ele se contraiu e pegou.

– Me siga – disse ele.

– Para onde?

– Por aqui, Annie. – Ele pegou a mão dela, levou-a na direção do centro, para longe das janelas, segurando o copo de água perto do peito.

Ela se lembrou de quanto tempo levara para completar um circuito voando em torno desse espaço. Perguntou-se se os insetos estariam lá fora agora. E o que eram de fato. Havia uma tela quadrada, toda preta, do chão ao teto, perto do meio do espaço, com pessoas em volta, conversando, segurando drinques. Parecia uma versão gigante de um dos monitores planos antigos que estavam na mesa de Wilf quando ela o vira pela primeira vez. Wilf continuou andando como se soubesse aonde estava indo, mas ela achou que não sabia. De um ângulo um pouco diferente agora, ela viu que a tela preta não estava completamente vazia, mas mostrava, muito vagamente, o rosto de uma mulher.

– O que é isso? – ela perguntou a Wilf, acenando com a cabeça na direção da tela.

– Aelita – disse ele.

– Isso é algo que vocês fazem aqui?

– Nada que eu tenha visto antes. E eu... – ele parou de repente. – E eis aqui Daedra.

Daedra era menor do que ela esperava, do tamanho de Tacoma. Parecia alguém num vídeo ou num comercial. Na sua terra chamava muita atenção alguém assim. Pickett tinha um pouco disso, meio que por osmose, mas não era como se ele tivesse feito algum esforço. Ele era local. Brent Vermette tinha muito da versão masculina por ser de Miami e sabe-se lá de mais onde, e se tivesse esposa, ela teria muito disso também. Mas Daedra tinha tudo, com tatuagens, ainda por cima, espirais pretas quadradas, subindo pelas clavículas, saindo da parte de cima do vestido preto. Flynne notou que estava esperando as tatuagens se mexerem, sem nenhum motivo para presumir que não o fariam, exceto pelo fato de achar que Wilf teria mencionado caso se mexessem.

– Annie – disse Wilf –, você já conheceu Daedra pessoalmente, no Connaught. Sei que não esperava por isso, mas contei a ela sobre a sua percepção da arte, da carreira dela. Ela está muito interessada.

Daedra ficou olhando para ela, inexpressiva.

– Neoprimitivos – disse ela, como se não gostasse muito da palavra. – O que você faz com eles?

Tinham que perguntar algo com relação direta com a arte de Daedra para que o implante de baboseiras fosse ativado? Achou que sim.

– Eu os estudo. – Uma parte dela tentando acessar a parede com as lombadas amarelas e desgastadas das *National Geographic*, a *Ciencia Loca*, qualquer coisa. – Estudo as coisas que eles fazem.

– O que eles fazem?

A única coisa em que ela conseguiu pensar foi em Carlos e os outros fazendo coisas com Kydex.

– Bainhas, coldres. Joias. – Joias não era verdade, mas não importava.

– O que isso tem a ver com a minha arte?

– Tentativas de abarcar o real, fora da hegemonia – disse o implante. – O outro. De forma heroica. Uma curiosidade sem fronteiras, levando em conta sua humanidade essencial. Seu calor. – Flynne sentiu como se seus olhos estivessem se arregalando. Forçou um sorriso.

Daedra olhou para Wilf.

– Meu calor?

– Exatamente – disse Wilf. – Annie vê a sua humanidade essencial como o aspecto menos apreciado da sua obra. A análise dela busca remediar esse fato. Considero os argumentos dela extraordinariamente reveladores.

– Mesmo? – disse Daedra, olhar fixo nele.

– Annie fica bastante tímida na sua presença. Seu trabalho significa tudo para ela.

– Mesmo?

– Estou muito grata por poder encontrá-la – disse Flynne. – Mais uma vez.

– Esse periférico não se parece nada com você – falou Daedra. – Você está numa moby, rumo ao Brasil?

– Ela deveria estar meditando – disse Wilf. – Mas está trapaceando para poder estar aqui. O grupo com o qual ela fará a imersão insiste que os visitantes retirem todos os implantes. Uma dedicação notável da parte dela.

– Esse periférico deveria ser quem? – Ainda olhando para Flynne.

– Não sei – disse Flynne.

– É um alugado – respondeu Wilf. – Eu o encontrei pelo Síndrome de Impostor.

– Sinto muito por sua irmã – disse Flynne. – Eu não sabia que isto era para ela até chegarmos aqui. Deve ser muito triste.

– Meu pai estava em cima do muro até ontem à tarde – explicou Daedra, sem parecer nem um pouco triste.

– Ele está aqui? – perguntou Flynne.

– Baltimore – disse Daedra. – Não viaja. – E atrás dela, passando no meio da multidão, vinha o homem da sacada, agora sem o roupão marrom-escuro, mas com um terno preto, a barba escura um pouco crescida, aparada. Sorrindo.

– Caralho – disse Flynne, baixinho.

Daedra apertou os olhos.

– O quê?

Língua no palato. Aquele tremor de molduras em torno dele.

– Desculpe – disse Flynne. – Sou tão atrapalhada. Você é a minha artista favorita do mundo todo. Fica me dando vontade de hiperventilar ou algo assim. E perguntar sobre o seu pai quando você acabou de perder a irmã...

Daedra ficou olhando para ela.

– Achei que ela fosse inglesa – Daedra disse a Wilf.

– Os neoprims com os quais ela está fazendo imersão no Brasil são americanos – disse Wilf. – Está se esforçando para se enturmar.

O homem da sacada passou direto, não olhou nem de relance para eles, mas Flynne se perguntou quem não daria uma segunda olhada em Daedra.

– Mas viemos na hora errada – disse Wilf, que, pelo que Flynne sabia, não fazia nenhuma ideia de que ela acabara de reconhecer o homem. Eles deveriam ter combinado um sinal. Ele estava blefando agora. Ela percebeu. – Pelo menos vocês duas foram reapresentadas...

– Lá embaixo – disse Daedra. – Mais fácil para conversar.

– Vá com ela – disse a voz nos ossos, que fazia a sensação de raspar as unhas num quadro-negro parecer um afago num gatinho.

– Por aqui – pediu Daedra, que os levou na direção das janelas que davam para o rio, passou por uma parede baixa e desceu um lance de escada de pedra branca. Flynne olhou para trás, viu que Conner os seguia, com uma robô branca de porcelana de cada lado, com seus rostos idênticos, indistintos, de túnicas pretas, soltas, e calças de zíperes fechados e justos nos tornozelos, os pés brancos e sem dedos. Antes estavam no alto da escada, guardando-a, Flynne imaginou. Wilf foi andando ao lado dela, ainda segurando o copo de água, do qual não parecia estar bebendo.

O piso de baixo era mais parecido com o que ela vira do quadricóptero. Como uma versão mais moderna do piso térreo da casa de Lev, com salas em todas as direções. Daedra os levou até uma sala com janelas para o rio, mas Flynne as viu polarizar assim que entraram. Uma outra Daedra, com o mesmo vestido, estava ali. Pareceu vê-los, mas não reagiu. Uma morena com roupas de ginástica estava sentada numa poltrona que parecia desconfortável, mas que provavelmente não era, com alguns papéis brancos na mão. Olhou para cima.

– Você entra em dez minutos – disse Daedra a ela, Flynne entendendo com isso que a mulher não era uma convidada da festa.

– É um periférico de você mesma? – perguntou Flynne, olhando para a outra Daedra.

– O que ele parece ser? – perguntou Daedra. – Ele vai fazer o meu discurso. Ou melhor, Mary fará, com ele. É uma dubladora.

Mary se levantara, papéis brancos em mãos.

– Leve-o para algum lugar – disse Daedra. – Vamos ter uma conversa.

Mary pegou a Daedra-periférica pela mão e levou-a dali, passando por um canto. Flynne a viu sair, sentindo-se constrangida.

– Você acha que está segura aqui – disse Daedra.

– Sim – disse Flynne, tudo o que conseguiu pensar em dizer.

– Não está, nem um pouco. Quem quer que você seja, deixou esse idiota trazer você aqui. – Ela olhava para Wilf, que pôs o copo de água no móvel mais perto dele, com um ar sofrido. – Acabem com esse – disse Daedra, aparentemente para as duas garotas robôs, apontando para Conner. E uma delas, de imediato, rápido demais para acompanhar, estava se agachando, de cabeça para baixo no teto, braços de louva-a-deus brancos esticando.

Flynne viu Conner sorrir, mas depois ele sumiu, quando uma parede curva cercou Flynne, Wilf, Daedra. Simplesmente estava lá, ou parecia estar. Flynne estendeu o braço e bateu na parede com os nós dos dedos do periférico. Doeu.

– É real – disse Daedra. – E quem quer que estivesse operando o seu guarda-costas está agora no lugar do qual vocês saíram, qualquer seja o tempo, contando para quem quer que esteja lá que você está encrencada. – Ela estava certa quanto a Conner. Se os robôs quebraram o peri do irmão de Lev, Conner acordou nos fundos da Coldiron, ao lado de Burton. – Mas sem entender o tamanho da encrenca.

O homem da sacada atravessou a parede então. Simplesmente entrou num passo, como se a parede não estivesse lá, ou como se ela e ele pudessem ocupar temporariamente o mesmo espaço e tempo.

– Como você fez isso? – perguntou ela, porque era impossível ver aquilo e não perguntar.

– Montadores – disse ele. – É o que fazemos aqui. Somos mutáveis. – Ele sorriu.

– Mutáveis?

– Sem forma fixa. – Ele passou a mão pela parede, uma demonstração. Foi até o lado em que ela pensava que Conner estaria, enfiou a cara no outro lado e retirou de imediato. – Pede ajuda pra elas – ele disse a Daedra.

– Não consigo me mexer – disse Netherton.

– É claro que não – disse o homem. Olhou para Flynne. – Nem ela.

E estava certo.

Duas outras garotas robôs saíram correndo da parede de onde ele viera e voltaram para dentro dela, para onde ele enfiara a cabeça, e então não estavam mais lá.

ESTADO DISSOCIATIVO

Eles provavelmente estavam usando algo semelhante ao que haviam usado durante os escaneamentos de segurança, pensou Netherton enquanto o elevador descia. Algo que induzia um estado dissociativo. Era difícil reclamar de um estado desses. Parecia até mesmo substituir um drinque.

Alguma outra coisa, no entanto, também estava fazendo efeito, algo que reduzia a sua liberdade de movimento. Ele conseguia mexer os olhos e andar quando Daedra ou o amigo dela lhe mandavam andar, parar quando eles indicavam que deveria parar, mas não conseguia, por exemplo, erguer as mãos nem – ele tentara – cerrar o punho. Não que ele estivesse com uma vontade específica de cerrar o punho.

As portas do elevador haviam aparecido na parede circular. Eram precisos muitos montadores para conseguir isso. Ele se lembrava vagamente de haver restrições ao uso de montadores em quantidade elevada demais, mas elas pareciam não se aplicar ali, ou talvez estivessem sendo ignoradas.

Flynne, ao lado dele, parecia ser a mesma, seu periférico lembrando-o de quando ela não o estava usando.

– Pra fora – disse Daedra e o empurrou quando chegaram ao térreo.

No lobby agora. O amigo de Daedra foi na frente, e quando olhou para a esquerda, Netherton viu que ele também olhou, sem ter tido a intenção. Em seguida, estavam os dois olhando para a frente de novo, para o outro lado do vidro, para onde o castelo inflável cinza estivera, mas não estava mais. Havia um carro preto esperando, não tão longo quanto a ZIL. As Michikoides vestidas de cinza do castelo inflável estavam dispostas em duas fileiras, uma de frente para a outra, duas a duas, e quando as portas de vidro abriram num suspiro e ele passou entre elas, sentiu uma leve elação celebratória diante da formalidade de tudo aquilo.

No meio do caminho entre as portas e o carro, ele ouviu, ou talvez sentiu, uma única nota alongada e desconfortável de tão grave, parecendo ter vindo de cima deles. O amigo de Daedra, evidentemente ouvindo também, começou a correr na direção do carro, cuja porta de trás estava aberta agora. Netherton correu com ele, claro. No meio de uma tempestade de confetes que Netherton supôs terem sido uma janela, embora as partículas levemente douradas parecessem moles feito humo e tão inofensivas quanto.

Algo branco, redondo e macio, veio em arcos pela rua, do outro lado do carro à espera. Ricocheteou para cima, bem acima do teto do carro.

A cabeça de uma Michikoide.

Depois um braço branco, curvado no cotovelo, dedos em forma de garra, acertou o teto do carro, fazendo-o lembrar da silhueta paralisada de uma mão decepada que ele e Rainey haviam visto no feed da ilha dos remendadores.

Alguém, ele imaginou que fosse o amigo de Daedra, deu um empurrão, dolorido, jogando-o no interior cinza perolado do carro. E gritou, muito perto do ouvido dele, em meio a uma explosão do que ele achou que devia ser sangue.

BALA DE CANHÃO

No verão eles todos iam para a piscina pública que ficava ao lado da delegacia e da prisão da cidade, e Burton e Conner brincavam de bala de canhão, pulando do trampolim alto, encolhidos, com a cabeça nos joelhos dobrados, segurando os tornozelos junto das coxas, e voltavam rindo, seguido de comemorações, ou de Leon, que executava uma barrigada escandalosa, pulando do mesmo trampolim, para tirar sarro do esforço que eles faziam.

E foi nisso que ela pensou quando Daedra olhou para cima ao ouvir o barulho estranho. O que a fez olhar também, através daquela coisa de copiar o outro, que havia entre elas. Artefatos de captação de imagem brilhavam em flashes, numa linha descendente, ao redor do periférico de Conner, de terno preto, que caía de bala de canhão em cima do homem da sacada e da Michikoide que estava atrás, tentando empurrá-lo para dentro do carro. Desse modo, ele acertou mais a Michikoide. Um sangue que lembrava um anime de dar nojo, a Michikoide e o periférico de Conner explodindo a meio metro dela, feito insetos num para-brisa.

Alguém, Daedra, agarrou-a por trás, pela parte de cima do vestido, e a arrastou para dentro, dando um chute forte no seu tornozelo, provavelmente só por estar tão emputecida. E o homem da sacada gritando, apertando o braço direito coberto de sangue – Flynne não sabia ao certo de quem –, enquanto outra Michikoide o fez caber dentro do carro, a porta se fechando em seguida.

– Newgate – disse Daedra, por cima dos gemidos de dor do homem, e o carro saiu.

A FACE DE GRANITO, ENCRESPADA DE FERRO

Uma das duas Michikoides estava tratando o braço direito do homem barbado com um Medici. Ela o colocara no ombro direito dele, onde ele agora estufava e caía flácido sobre o colo do homem, tendo já engolido o braço. O sangue girava pelo fluido amarelado que preenchia a coisa. Os olhos do homem estavam fechados, o rosto relaxado, e Netherton o invejou, qualquer que fosse o estado dissociativo que ele usufruía.

Netherton, por sua vez, estava num estado associativo demais para o seu gosto, uma vez que o que fora usado para induzir seu estado anterior se interrompera de forma abrupta, possivelmente pelo impacto do periférico de Penske. Ou isso ou o campo dissociativo fazia parte da Edenmere Mansions, já a alguma distância deles. Qualquer que fosse o caso, ele também estava livre da compulsão ao movimento imitativo, pelo menos era o que supunha; caso contrário, seus olhos também não estarIam fechados?

Virou a cabeça para olhar para Flynne ao seu lado no amplo assento traseiro. Ela estava presente no periférico, sem dúvida. Havia uma mancha do sangue de Penske no rosto dela, ou melhor, do sangue do periférico destruído. O vestido também estava com sangue, mas quase não aparecia no tecido preto. Ela olhou para ele com uma expressão que ele não conseguiu interpretar, se é que havia alguma coisa a ser interpretada.

A Michikoide, agachada diante do homem de barba, retirou o Medici. Ele encolheu, murchou, o fluido interno foi escurecendo. Limpadores trabalhavam no carpete cinza do compartimento, hexópodes bege totalmente comuns, removendo o sangue. Daedra e o homem de barba estavam sentados em cantos opostos de uma banqueta voltada para trás, uma segunda Michikoide entre eles, observando Netherton e Flynne, depois de ter criado diversos pares de olhos de aranha pretos e brilhantes. Seus braços haviam se esticado, tanto antes como depois dos cotovelos, e as mãos eram agora barbatanas de porcelana em forma de faca, como as lâminas de duas espátulas elegantes e ameaçadoras.

Daedra olhava para o homem de barba e passou a olhar para Netherton.

– Se eu soubesse que você ia ferrar com tudo, eu mesma teria te matado no dia em que te conheci.

Ele nunca tivera de responder a isso antes. Manteve a expressão, que esperava estar neutra.

– Queria ter feito isso – continuou Daedra. – Se eu soubesse do seu talento idiota e o que era um toco, eu nunca teria aceitado. Mas você conhecia os Zubov, ou o filho inútil deles, e achei que seria bom conhecê-los. E Aelita ainda não havia se tornado um problema.

– Fica quieta – disse o homem barbado, abrindo os olhos. – Não é seguro. Vamos chegar logo, aí você vai poder dizer o que quiser.

Daedra fechou a cara, nunca gostava de receber ordens. Ajustou a parte de cima do vestido.

– Se sente melhor? – perguntou a ele.

– Consideravelmente. Foi uma clavícula quebrada, mais três costelas quebradas e uma concussão leve. – Ele olhou para Netherton. – Vamos começar assim com você, que tal? Ao chegarmos.

As janelas despolarizaram, e Netherton supôs que o homem fizera isso. Ele viu que estavam entrando em Cheapside, e seu impulso imediato era de alertá-los por estarem violando uma zona de cosplay. Mas então ele viu que a rua estava completamente vazia. Nenhuma carroça, nenhum cabriolé, nem charrete, nem cavalos para puxar. Eles estavam indo para o oeste, para depois das lojas que vendiam xales e plumas, fragrâncias e prata, todos os produtos finos pelos quais ele passava ao passear com a mãe, capturando de modo furtivo a magia das placas pintadas. Ele se perguntou onde aquelas imagens estariam hoje. Ele não fazia ideia. As calçadas estavam quase vazias, porém não deveriam estar. Deveriam estar agitadas ainda, o dia apenas começando a acabar. No entanto, os poucos pedestres isolados pareciam perdidos, confusos, ansiosos. Eram pessoas, ele se deu conta, portanto incapazes de terem seguido qualquer que fosse o sinal que tinham disparado para todos aqueles periféricos movidos por nuvem, encenando a vida de charreteiros, alfaiates de linha de montagem, cavalheiros de lazer, garotos de rua. Quando o carro passava, eles viravam para o outro lado, como ele vira as pessoas fazerem em Covent Garden ao primeiro vislumbre do cajado de Lowbeer.

– Está vazio – disse Flynne, parecendo simplesmente decepcionada.

Netherton inclinou-se para o lado, desviando do encosto alto do banco cinza para espiar, e viu, através do para-brisa, o vulto iluminado de Newgate. Ele só andara até ali com a mãe uma vez, e ela dera meia-volta rapidamente, repelida pelos flancos esburacados de granito da estrutura, com espetos de ferro.

No portão oeste da cidade, ela lhe dissera, por mais de mil anos, existira uma prisão, sendo essa sua expressão derradeira. Ou havia sido, melhor dizendo, uma vez que fora demolida em 1902, no início da era de estranho otimismo que precedeu a Sorte Grande. Para ser reconstruída, em seguida, pelos montadores, alguns anos antes do nascimento dele. A clepto (ela nunca a teria chamado assim na frente dele) havia considerado seu retorno algo sábio e necessário.

Diante deles agora, o próprio portão de aros de ferro, de carvalho cravejado de pregos, para o qual ele olhara quando criança. O portão que, segundo sua mãe, assustara Dickens, embora ele tivesse entendido que isso fosse uma expressão.

Ele sentiu medo na época. E estava com medo agora.

HOMEM DA SACADA

Não era Conner. Não Conner. Era o periférico. Do irmão de Lev. Pável. Wilf o chamava de Pável. Chamava de mestre da dança. E Conner tivera a intenção de fazer aquilo. Tentara matar aquele cuzão com ele. Estava bem. Estava de volta à sua cama branca, ao lado de Burton, puto da vida por ter errado o golpe. Mesmo assim, descendo 55 andares, ele chegara muito perto. Não era possível que ele estivesse mirando a garota robô.

Ela sabia que vira, poderia contar o que aconteceu, mas não conseguia se lembrar de ter visto. Podia ser por causa do que quer que as garotas robôs usavam para fazer as buscas e escaneamentos, naquela tenda de segurança inflável, na entrada da festa. Como a coisa que davam para as pessoas antes de uma cirurgia. A pessoa não chegava a dormir, mas não se lembrava.

Agora parecia que tinham fechado aquela Cheapside.

E então ela viu o que Wilf estava esticando o pescoço para ver. Era como um abacaxi enorme de pedra esmagada, com espinhos de ferro preto. Construído para deixar as pessoas morrendo de medo. Tão esquisito que ela se perguntou por que nunca o vira na *National Geographic*. Dava para imaginar que seria uma grande atração turística.

Em seguida, a porta do carro estava aberta e as garotas robôs os estavam retirando, cuidando para que não tentassem fugir.

Ninguém para recebê-los. Somente ela, Wilf, Daedra, o homem da sacada e as duas garotas robôs, os rostos brancos salpicados com o sangue do periférico, como uma doença de pele de robô. Ela estava com a mão branca de uma garota robô em torno do braço, guiando-a por trás. A outra estava com Wilf.

Entraram por um portão que lembrava um anime batista do inferno que ela vira. Burton e Leon tinham achado que as mulheres decaídas eram gostosas.

Entraram na sombra dessa coisa, no frio. Portas com grades de ferro, pintadas de branco, mas com a ferrugem ainda visível. Pisos de caco de pedra, feito caminhos num jardim muito errado. Lâmpadas opacas, como os olhos de animais grandes e doentes. Janelinhas que pareciam não ir a lugar nenhum. Uma escada estreita de pedra, por onde tiveram de subir um de cada vez. Era como o segmento de abertura de um episódio de *Ciencia Loca*, investigadores paranormais, indo a algum lugar onde muita gente tinha sofrido e morrido, ou talvez apenas um lugar onde o *feng shui* era tão errado que atraía vibrações negativas feito um buraco negro. Mas ela provavelmente ia ter que ficar com sofrimento e morte, pelo jeito.

Quando chegaram ao topo da escada, ela olhou para a sua garota robô, viu que ela produzira olhos extras de um lado do rosto, só para vigiá-la melhor. Nem Daedra nem o homem da sacada falavam uma palavra. Daedra olhava ao redor como se estivesse entediada. Agora atravessavam um pátio, aberto para o brilho nebuloso do céu, e entraram em algo como um átrio estreito de uma pousada Hefty pré-histórica, quatro andares do que pareciam ser celas, até um teto de vidro, pequenas lâminas transparentes em molduras de metal escuro. Luzes tremulavam, faixas finas de brilho sob os corrimãos nos pisos das celas. Ela imaginou que aquilo não teria sido original. As garotas robôs os levaram até duas cadeiras de pedra caiadas; muito simples, como uma criança construiria com blocos de madeira, só que muito maiores; e sentaram os dois, lado a lado e a cerca de 2 metros de distância. Algo áspero se moveu contra os pulsos dela, e ela olhou para baixo e viu que estava presa nas partes da laje que formavam os braços da cadeira, os pulsos em algemas grossas de ferro enferrujado, com o polimento marrom do uso, como se tivessem estado ali havia cem anos. Fez com que ela esperasse a entrada de Pickett, e pelo que ela sabia, dado o modo como as coisas estavam acontecendo, ela sentiu que ele poderia aparecer.

O assento de pedra estava frio através do tecido do vestido.

– Estamos esperando alguém. – O homem da sacada falava com ela. Ele parecia ter superado o que Conner tentara fazer com ele, pelo menos fisicamente.

– Por quê? – ela perguntou como se ele fosse contar.

– Ele quer estar aqui quando você morrer – disse ele, observando-a. – Não o seu periférico. Você. E você vai, onde está de verdade, no seu próprio corpo, num ataque de drone. A sua base está cercada por forças de segurança do governo. Está prestes a ser destruída.

– Então quem é? – Só o que ela conseguiu pensar em dizer.

– O Remembrancer da Cidade – revelou Daedra. – Ele teve de ficar para ouvir a minha apreciação.

– Do quê?

– De Aelita – disse Daedra. Flynne lembrou-se do periférico, da atriz constrangida. – Vocês não conseguiram acabar com a nossa celebração, se é o que tinham em mente.

– Só queríamos encontrar você.

– É mesmo? – Daedra deu um passo para a frente.

Flynne olhou para o homem. Ele olhou para trás, de repente, e então foi como se ela estivesse no alto do 57º andar, vendo-o beijar a orelha da mulher. Surpresa, ele dissera. Ela sabia que foi isso que ele disse. E ela viu a cabeça do oficial da SS aparecer, o borrifo vermelho soprado com a neve horizontal. Mas isso tinham sido píxeis, e não era a França de verdade. O homem da sacada estava olhando para ela como se não houvesse mais nada no mundo todo naquele momento, e ele não fosse um contador na Flórida.

– Fique calma – disse a coisa estridente. Não chegavam a ser palavras, era mais vento atravessando uma serra fria e seca, fazendo-a encolher-se.

Ele sorriu, pensando que ele causara isso.

Ela olhou para Wilf, sem saber o que dizer, mas voltou a olhar para o homem da sacada.

– Você não tem que matar todo mundo – disse ela.

– Sério? Não? – Ele achou engraçado.

– O problema sou eu. Porque eu vi você trancar ela na sacada.

– Você viu – disse ele.

– Ninguém mais viu.

Ele ergueu as sobrancelhas.

– Digamos que eu volte. Digamos que eu vá lá fora. No estacionamento. Aí você não precisa matar todo mundo.

Ele pareceu surpreso. Franziu a testa. Depois, como se estivesse pensando a respeito.

– Não – disse ele.

– Por que não?

– Porque temos você. Aqui e lá. Logo você estará morta lá, e esse brinquedo muito caro que você está usando vai se tornar a minha lembrança desse episódio ridículo.

– Você é um merda horroroso – disse Wilf, sem soar nervoso, mas como se tivesse acabado de chegar à conclusão, e ainda estivesse um pouco surpreso.

– Você – disse o homem a Wilf, animado – está esquecendo que não está presente virtualmente. Então você, diferente da sua amiga, pode morrer aqui mesmo. E vai. Eu o deixarei com essas unidades, instruindo-as a bater em você até quase a morte, recuperá-lo com os Medicis delas, depois bater de novo. Reiniciar. Repetir. Enquanto durar.

E ela viu que Wilf não conseguiu não olhar para as garotas robôs então e viu surgirem mais dois conjuntos de olhos de aranha, olhando para ele também.

SIR HENRY

Netherton mexeu de leve os pulsos nas algemas de metal, tendo decidido que olhar para as Michikoides não era uma boa ideia. As amarras pareciam ter sido embutidas no braço de granito das cadeiras havia séculos, mas ele supôs que tinham sido feitas por montadores, e que os pulsos estavam nelas agora porque montadores as fizeram temporariamente flexíveis, e lhes deram vida por um momento. Mas estavam, naquele instante, sólidas.

O homem barbado acabara de prometer mandar as Michikoides baterem nele até quase a morte repetidas vezes, constatou, e ele estava pensando em montadores e falsas antiguidades. Talvez estivesse encontrando o seu próprio estado dissociativo. Ou talvez estivesse prestes a começar a gritar. Ele olhou para Daedra. Ela olhou de volta sem parecer vê-lo, depois para cima, aparentemente para o teto de vidro, quatro andares acima. E bocejou. Ele achou que o bocejo não foi em seu favor. Olhou para o teto também. Lembrou-lhe de um vestido que Ash usara, parecia que anos atrás. Ash parecia tão absolutamente normal, deste ângulo, neste momento. Uma garota comum.

– Espero mesmo que você tenha acertado tudo isso direito, Hamed – disse uma voz suave, mas um tanto cansada.

Netherton, baixando o olhar, viu um homem mais velho, alto, muito robusto, num cosplay de Cheapside perfeito, casaca longa, cartola nas mãos.

– A Nova Zelândia pareceu levemente mandona, achei – disse o homem barbado, quando o outro veio do alto da escada.

– Boa noite, Daedra – disse o estranho. – Você deu um testemunho deveras comovente das muitas qualidades excelentes de sua irmã, achei.

– Obrigada, sir Henry – respondeu Daedra.

– Sir Henry Fishbourne – disse Netherton, lembrando-se do nome do Remembrancer da Cidade, e imediatamente se arrependeu.

O Remembrancer olhou para ele.

– Não vou apresentar vocês – disse o homem barbado.

– Concordo – disse o Remembrancer e virou-se para olhar para Flynne.

– E essa é a jovem dama em questão, ainda que virtualmente física?

– É – confirmou o homem.

– Ela parece um tanto abatida, Hamed – disse o Remembrancer. – Está sendo um dia longo para todos nós. Eu devo ir andando. Preciso ser capaz de confirmar o resultado bem-sucedido para os nossos investidores.

– Você é al-Habib – disse Netherton para o homem barbado, sem acreditar de fato. – Você é o chefe dos remendadores.

O Remembrancer olhou para ele.

– Não gosto nem um pouco desse aí. Não posso dizer que você parece muito organizador hoje, Hamed.

– Vou matar esse também.

O Remembrancer suspirou.

– Perdoe minha impaciência. Estou bastante cansado. – Virou-se para Daedra. – Uma conversa muito boa com seu pai hoje. Sempre um prazer.

– Se você pode ter a aparência do chefe dos remendadores e depois ficar com essa aparência – perguntou Netherton ao homem barbado –, por que não mudou a aparência de novo simplesmente depois de perceber que fora visto?

– Administração da marca – respondeu o homem barbado. – Investimento na imagem pública. Eu represento o produto. Sou conhecido pelos investidores. – Sorriu.

– Que produto?

– A monetização, em várias formas, da ilha que eu criei.

– Ela não pertence aos remendadores também?

– Eles têm problemas de saúde endêmicos – disse Hamed al-Habib, olhos brilhantes, sorrindo –, dos quais ainda não estão cientes.

CUBO DO VESPASIANO

– O envolvimento de sir Henry me surpreende – disse a estática de ossos de Lowbeer, como uma enxaqueca de corpo inteiro que podia falar. – Ele deve ter sofrido contratempos bem ocultados nos negócios. Geralmente é esse o caminho.

– Que caminho? – ela perguntou, esquecendo que não estavam sozinhas e que, mesmo quando ela estivesse, nesta noite, não deveria falar com Lowbeer.

– Caminho? – perguntou al-Habib, incisivo.

Leve calor nos pulsos dela. Ela olhou para baixo e viu as algemas de ferro se desintegrarem como se tivessem sido feitas de talco cor de ferrugem comprimido. Abaixo de sua mão direita, o granito virava talco também, esguichando entre seus dedos, subindo feito fumaça. E de dentro do que havia sido a superfície do braço da cadeira, saiu algo duro e liso. A arma de pirulito, o cabo de cabeça de papagaio pressionando a base do seu polegar, como se estivesse viva, ávida.

– Termine – disse o homem da sacada para o homem de chapéu, como se tivesse pressentido algo, e ela sabia que ele se referia aos drones do Homes atingindo a Coldiron. – Diga para o seu pessoal. Já.

– Surpresa – disse Flynne e se viu de volta ao sofá de Janice, cheia do rebite que Burton lhe dera, mas agora ela estava se levantando, erguendo a arma, e a protuberância branca que era o gatilho nem pareceu se mover. Nem um som. Nada aconteceu.

Então a cabeça do homem da sacada caiu, depois de se transformar, de alguma forma, num crânio, perfeitamente seco e marrom, como se via em quase qualquer número da *National Geographic*, e em seguida a parte de cima do corpo dele desmoronou, dentro das roupas, ruiu com um barulho seco de ossos, sem restar nenhum pedaço de tecido mole, enquanto seus joelhos cediam, de modo que as últimas partes dele no campo de visão dela, apenas por um segundo, foram as mãos, intocadas pelo que quer que tivesse acontecido. Ela olhou para a arma, o cano liso como uma bala que uma criança tinha acabado de lamber, depois para o crânio marrom, no piso de pedra, em frente ao que restara dele, as pernas e a parte de baixo do tronco. Deve segurar o sangue dentro, pensou ela, lembrando-se do brilho de tijolo vermelho cortado, como um fígado cru fatiado, nas sombras do parque na Oxford Street. Um osso marrom saía da frente do paletó preto dele, como um graveto seco.

– Ainda bem – disse a estática – que você não existe em termos legais aqui. Morte por desventura.

As garotas robôs foram na direção dela, então, mas a parede de pedra caiada à sua direita estava fumegando, e um grande quadrado dela caiu, poeira, e do buraco negro saiu um grande bloco vermelho. Cubo, coisa, cuboide. Um vermelho infantil. Alegre. Ela ouviu as cascas de cerâmica das garotas robôs estilhaçarem entre o cubo e a parede. Simplesmente pairava, tremendo, a cerca de 1 metro do chão, como se estivesse colado ali, fazendo um leve som de aceleração, como de motocicletas com combustão interna, mas muito longe. Então ele girou, para cima da parede, voltou, as robôs caindo no chão de pedra aos pedaços, e parou numa de suas oito quinas sem fazer som. E ficou ali, equilibrado, vermelho, impossível.

– Segurança – disse o homem de chapéu preto, suave. – Vermelho. Vermelho.

Ele estava alertando alguém quanto à coisa vermelha?

Do canto do campo de visão, ela viu Wilf, que devia ter descoberto que suas algemas também desmoronaram, começando a se levantar também.

– Senta a porra da bunda, Wilf – mandou ela. Ele se sentou.

– Ei, Henry – disse uma voz masculina suavemente animada, da frente da escada. – Desculpe por ter quebrado seu carro. – O exoesqueleto atravessou o arco, o homúnculo sobre seus ombros enormes, sob a redoma. Ele parou, pareceu olhar para o homem de chapéu, a não ser pelo fato de não ter olhos visíveis.

– Vermelho – disse o homem num tom suave.

– Me desculpe por matar seu motorista e seu detalhe de seguran-ça – continuou a voz de infomercial, como se estivesse se desculpando por não ter leite semidesnatado.

O cubo girou de leve sobre a quina em que se equilibrava. Lowbeer apareceu num painel quadrado que cobria a maior parte da face mais próxima.

– O senhor ficará descontente em saber, sir Henry – disse Lowbeer, mas não com aquela voz de estática de ossos –, que seu sucessor é seu rival antigo e principal pedra no seu sapato, Marchmont-Sememov. É uma posição intrinsecamente desajeitada, Remembrancer da Cidade, mas eu pensava, antes disso, que o senhor se saíra muito bem, conside-rando isso.

O homem alto não disse nada.

– Um esquema imobiliário e de desenvolvimento com extração de recursos? – disse Lowbeer. – E para isso o senhor consideraria oportu-no lidar com alguém como al-Habib?

O homem alto ficou em silêncio.

Lowbeer suspirou.

– Burton – disse ela, e acenou com a cabeça.

O exoesqueleto ergueu os braços. As mãos com o bronzeado sinis-tro não estavam mais lá, ou então estavam nas luvas pretas robóticas, ambas cerradas em punhos agora. Uma pequena portinhola se abriu, acima do pulso direito, e a outra arma de doce pulou. De uma segunda portinhola, levemente maior, no pulso esquerdo, surgiu o bastão de Lowbeer, dourado e marfim canelado. Burton teve uma ideia melhor de como mirar, porque o homem alto virou osso num piscar de olhos, por completo, e suas roupas vazias caíram reto no chão, como um cho-calho, e a cartola rolando em círculo no chão.

– Então quem eu tenho que matar – disse Flynne, mostrando que ainda estava com sua arma de doce – pra forçar alguém a fazer alguma porra lá no toco pra impedir a porra do Homes de matar todos nós com drones tipo agora, já? Por favor?

– A morte de sir Henry privou o seu concorrente do tipo de vanta-gem que Lev e eu concedemos a você agora. Tomei a liberdade de efetivar isso imediatamente, diante da chegada de sir Henry aqui, no começo da noite, pressupondo que ele se revelaria culpado. O que resultou numa mudança de influência, permitindo a retirada do Departamento de Segurança Interna, as ordens deles tendo sido rescindidas.

– Puta merda – disse Flynne, baixando a arma. – O que a gente teve que comprar pra conseguir isso?

– Ações suficientes da empresa matriz do Hefty Mart, imagino – disse Lowbeer. – Embora eu não tenha recebido os detalhes ainda.

– Nós compramos o Hefty?

– Uma parte considerável das ações, sim.

– Como é possível comprar o Hefty? – Era como comprar a Lua.

– Posso me levantar? – perguntou Wilf.

– Quero ir pra casa agora – disse Daedra.

– Imagino que sim – disse Lowbeer.

– Meu pai vai ficar furioso com você.

– Seu pai e eu – ressaltou Lowbeer – nos conhecemos há muito tempo, sinto tristeza em dizer.

Agora Ash estava à porta, com o uniforme de chofer, Ossian atrás dela de casaco de couro preto, a caixa de madeira das pistolas debaixo do braço. Ele foi até Flynne, olhos no cano de pirulito, mantendo-se fora da sua mira. Pôs a caixa no braço da cadeira, onde a algema de ferro estivera, ergueu a tampa, pegou com cuidado a arma da mão dela, colocou no recesso de feltro e fechou a caixa.

– Boa noite, srta. West disse Lowbeer, e a tela ficou vazia.

– Nós vamos indo agora – disse Ash. Olhou para Daedra. – Você, não.
Daedra deu um sorriso de desdém.

– Nem aquilo – disse Ash, apontando com o polegar para o cubo vermelho. Que se lançou, de alguma forma, para cima, depois para o lado, batendo com um clangor nas portas de barras brancas das celas do segundo piso, algumas luzes se apagando. Em seguida, ele se jogou para o lado oposto com o mesmo barulho. Depois deu uma cambalhota, caiu e aterrissou novamente numa única ponta. E começou a girar, as pontas virando borrões, a centímetros do queixo de Daedra. Ela permaneceu totalmente imóvel.

– Para fora – disse Ash. – Já.

E então eles desceram a escada em fila indiana, Ossian atrás dela.

– O que Conner está fazendo com ela? – ela perguntou, olhando para trás, por cima do ombro.

– Lembrando-a das consequências em potencial, pelo menos – disse Ossian. – Ou tentando. Não vai tocar num fio de cabelo dela, é claro. Nem fazer nada de mais. O pai é um americano importante.

Acima deles, o som de ferro espatifando.

NOTTING HILL

Havia um parque onde os montadores juntaram havia muito tempo, abaixo das passagens oligárquicas mais profundas de Notting Hill, as várias máquinas escavadoras que a riqueza pré-Sorte Grande sepultara no local, quando retirá-las de pontos subterrâneos teria custado mais do que abandoná-las sob o concreto. Sacrifícios mecânicos, feito gatos encurralados pelas paredes dos alicerces das pontes. Os montadores, indo para todos os lugares, as encontraram e levaram a um certo parque, seu método tendo sido exatamente aquele pelo qual Lowbeer introduzira a arma russa do carrinho de bebê no braço da cadeira de interrogatório do periférico, ou o qual levara o cubo terrível de Conner a atravessar as fundações de granito de Newgate, números astronômicos de unidades microscópicas empregadas na mudança de partículas de qualquer matéria interferente da frente para trás, ou de cima para baixo, do objeto a ser movido, fazendo assim com que sólidos parecessem migrar através de outros sólidos, da mesma forma como al-Habib atravessara a parede curva, em Edenmere Mansions.

As escavadoras resgatadas, perfeitamente recuperadas, foram dispostas em círculo, as lâminas e pás erguidas, tinta e para-brisas cintilando, tornando-se a atração favorita das crianças da região, entre elas as de Lev.

Ao passar por isso agora, dentro da ZIL, no caminho de volta para a casa de Lev, as ruas vazias, ele viu a lua tocar a extremidade da pá erguida de uma escavadora.

Olhou para o periférico de Flynne. Ela havia partido, de volta à Coldiron, para ver como estavam todos, e ele estava ansioso para chegar ao Gobiwagen, para acessar o Wheelie, para vê-la, para ver o que estava acontecendo.

O selo de Lowbeer apareceu.

– O senhor se saiu muito bem, sr. Netherton – disse ela.

– Eu quase não fiz nada.

– As oportunidades para se sair muito mal foram múltiplas. O senhor as evitou. A parte mais importante de qualquer sucesso.

– Você estava certa quanto a al-Habib. E à questão imobiliária. Por que ele a matou?

– Ainda não está claro. Ela estivera envolvida com ele por algum tempo, havendo indícios de que ela era fundamental para a aproximação da irmã. Ela pode ter ficado com ciúme da relação dele com Daedra, que, em grande parte, era simultânea à sua. As últimas iterações das tias sugerem que ela podia estar considerando vendê-lo para os sauditas ou talvez estivesse apenas brincando com a ideia. É uma família fantasticamente desagradável. Conheço o pai dela desde que eu tinha a idade de Griff. Um dos conspiradores no assassinato de Gonzales, então espero que Griff logo estará lidando com ele, com isso em mente. No nosso contínuo, no entanto, ele é bem relacionado demais para chegar a ser incomodado por qualquer coisa dessa. Ela precisará de um bom relações-públicas agora.

Eles entravam na rua de Lev.

– Daedra?

– Flynne – disse Lowbeer. – Essa aquisição do Hefty Mart atraiu outra magnitude de atenção da mídia no toco. Conversamos amanhã, sim?

– Certamente – respondeu Netherton, e então o diadema sumiu.

MILAGROS COLDIRON

Conner estava sob a coroa dele quando ela abriu os olhos, sem ninguém esperando para ajudá-la a tirar a sua, e a cama de Burton estava vazia. Havia um som de fundo que não fazia nenhum sentido, mas então ela ouviu a risada idiota de Leon, muito alta, e achou que era uma festa. Deixou a coroa no travesseiro, sentou-se, calçou os sapatos e foi espiar pelo canto de uma lona azul.

As outras lonas azuis, exceto as que isolavam o espaço da enfermaria, não estavam mais lá, fazendo a antiga franquia de minipaintball voltar a ser o recinto único que era antes, ou pelo menos a parte de dentro da parede de telhas. Todas as luzes estavam acesas, fortes, e as pessoas estavam sentadas às mesas, de pé, tomando cerveja, conversando. Carlos estava com o braço em torno de Tacoma, que parecia estar prestes a dar uma risada. A maioria dos veteranos de Burton de que ela se lembrava estava lá, alguns ainda usando a jaqueta preta blindada, mas ninguém com bullpup, só cervejas abertas. E Brent Vermette, de calça jeans e camiseta do Sushi Barn com as palavras "ENTÃO ME MATA, PORRA" sobre a arte de Hong, escritas com aquela caneta que escorria feito tinta de spray (porque, depois ela soube, ele gravara um vídeo de protesto antes mesmo de o Homes chegar às fronteiras da cidade, e fazer isso viria a contar como um fator para que ele fosse admitido no conselho municipal uma semana depois). Madison falava com ele, com um sorriso de Teddy Roosevelt, colete cheio de canetas e lanternas, Janice ao lado dele. Janice viu Flynne e foi até ela na mesma hora, deu-lhe um grande abraço.

– Não sei o que você fez, mas você salvou a pele de todo mundo.

– Não salvei – disse Flynne. – Foi Lowbeer e eles. Onde está Griff?

– D.C. Fazendo negócio com o Homes. Ou para eles, melhor dizendo. Arrumando um diretor novo para eles, Tommy contou a Madison.

– Onde está Tommy?

– Aqui, em algum lugar. Acabei de vê-lo com Macon e Edward. – Janice olhou em volta, não viu nenhum deles, voltou a olhar para Flynne. – Encontraram Pickett.

– O corpo?

– O rabo de construtor dele, infelizmente.

– Onde?

– Nassau.

– Ele está em Nassau?

– Está na lista mais suja do Homes de pessoas proibidas de embarcar em voo comercial, é onde ele está, desde que Griff fez o telefonema. – Janice tomou um gole de cerveja. – Enquanto isso, parece que seu irmão finalmente está caidinho por Shaylene.

Flynne acompanhou a direção do olhar dela e viu Burton num desses carrinhos para pessoas com dificuldade de locomoção, uma cerveja na mão, dizendo algo a Shaylene, que estava sentada na beira de uma mesa, inclinada na direção dele.

– Ainda não consumaram a união – disse Janice –, porque ela não ia querer que ele estourasse algum ponto. Questão de tempo, porém, me parece.

– Irmã bonitinha do Burton – disse Conner atrás dela, e ela se virou e o viu apoiado numa cadeira de rodas, Clovis segurando os cabos.

– Como está Daedra? – ela perguntou a ele.

– Fazendo tatuagens novas pra comemorar tudo isso? Mandei ela pra casa de táxi.

– O que você fez com ela?

– Dei um esporro nela. Fiz barulhos altos. Não acho que ela ficou muito impressionada. – Ele olhou para Janice. – Cerveja pro guerreiro ferido?

– É pra já – disse Janice, e saiu.

– Mas foi duro pro Pável – lembrou Flynne.

– Lowbeer me disse pra mandar ver se eu tivesse a chance. Aquele terno tinha algumas funções de traje planador embutidas, eu não estava simplesmente me jogando às cegas. A ideia era eliminar Hamed antes que ele tivesse a chance de puxar o gatilho dos drones do Homes aqui. Só que não aconteceu. Motivo pelo qual eu não fui pra Força Aérea, acho. Lowbeer encomendou um novinho pra substituir. Além de um pra mim.

– Easy Ice – Macon cumprimentou-a. Estava de mãos dadas com Edward, uma cerveja na outra mão.

– Me dá um trago dessa cerveja, Macon – disse Conner, então Macon estendeu a cerveja, inclinando-a para que Conner pudesse beber. Conner limpou a boca com as costas do que restava da mão.

E então ela viu Tommy entrando, pela frente do prédio, bem onde antes ficava a grande caixa de areia para os tanques de paintball, sorrindo para ela, como se ela fosse uma espécie de milagre.

FORTE

De volta do seu passeio das tardes de quarta com Ainsley pela Barragem, ela pôs a camisa do Departamento do Xerife mais velha de Tommy, que ainda tinha o aplique de subxerife. Era a coisa mais confortável para usar com a barriga, e lembrava ele. Talvez eles estivessem ficando como Janice e Madison, mas ele usava basicamente a mesma coisa todos os dias, com ou sem uniforme, e ela tinha os estilistas da Coldiron para qualquer coisa pública. Ela só tinha que evitar que eles a ficassem fazendo usar umas coisas novas de estilista, o que às vezes parecia um trabalho em si.

Ela entrou na cozinha para pegar um copo de suco na geladeira e ficou bebendo de pé, perguntando-se, como ainda fazia, como eles podiam ter construído algo assim sem montadores. Eles haviam construído a cerca de 100 metros da casa antiga, no que antes fora uma pastagem sem uso, e não havia como dizer que não havia sido construído nos anos 1980, depois mantido, e depois reformado aos poucos, por alguém que podia pagar por isso, mas não muito mais do que isso. E fizeram tudo sem jamais fazer barulho, e muito rápido. Tommy disse que usaram muitos adesivos diferentes, nenhum deles tóxico. Então, se vissem uma cabeça de prego, não se tratava de um prego, mas só estava lá para parecer que era um. Mas ter tanto dinheiro para um projeto a ponto de isso não importar, ela entendera, era muito próximo de ter montadores.

Eles haviam construído o celeiro assim também, mas para parecer tão velho quanto a casa velha, pelo menos por fora. Macon e Edward moravam ali, e faziam ali todas as suas impressões mais especiais, coisas que a Coldiron precisava garantir que não saíssem rápido demais. A espionagem industrial havia sido identificada como uma preocupação importante desde o início, porque a essência da Coldiron era saber fazer coisas que ninguém mais ali sabia como fazer. E eles estavam só no começo, na verdade, da exploração daquela onda de tecnologia da Sorte Grande. Se fizessem muito de uma vez só, Ainsley disse, tudo ficaria caótico para eles, então uma grande parte do programa era tentar dosar isso. Às vezes, especialmente depois que ela engravidou, ela queria poder saber para onde aquilo tudo estava indo. Ainsley disse que não tinha como eles saberem, mas pelo menos eles sabiam de um lugar para onde a coisa não estava indo, se pudessem evitar; então, que focassem nisso.

Morar ali a mantinha centrada. Ela achava que mantinha a todos centrados. Eles tinham um acordo tácito de nunca se referir ao lugar como um forte, provavelmente porque não queriam que ninguém pensasse que era um, mas, na verdade, era. A casa de Conner e Clovis ficava a cerca de 100 metros dali também. Burton e Shaylene moravam na cidade, na ala residencial do prédio da Coldiron USA, que ficava, o seu bloco inteiro, onde antes era o centro comercial com a Fab e o Sushi Barn. Hong tinha um novo Sushi Barn conceitual, do outro lado da rua, na esquina, meio parecido com o original, só que mais reluzente, e havia uma filial da Hefty Fab ao lado. Flynne não quisera que o nome fosse esse, mas Shaylene argumentou que Forever Fab não era um nome com boa sustentação global. Além disso, ela acabara de absorver a Fabbit na fusão, então também precisava de um nome para todas as outras lojas que antes eram Fabbit. E agora havia um Sushi Barn em todos os Hefty Marts, mesmo que fosse só o outro canto do balcão de retalhos.

Ela não gostava da parte dos negócios. Achava que a desagradava quase tanto quanto agradava Shaylene. A Coldiron na verdade tinha menos dinheiro agora, muito menos, porque assim que a Matrioshka ficara mal das pernas e falira, eliminada dos módulos financeiros de sir Henry, a Coldiron começara a se desfazer de investimentos para fazer a economia voltar a algo mais normal, o que quer que isso signifcasse agora. Mas eles ainda tinham mais dinheiro do que qualquer um podia entender ou acompanhar de fato. E Griff disse que isso era bom, porque eles tinham muito que precisava ser feito com esse dinheiro, mais do que podiam saber.

Ela levou o copo vazio à pia, lavou, pôs no escorredor e olhou pela janela, para a colina onde eles haviam construído a plataforma onde o Fuzileiro Um aterrissava, quando Felicia vinha vê-la. Não dava para ver que havia algo ali mesmo se você estivesse parada em cima. Satélites não podiam dizer que ela estava lá, porque ela fora construída com ciência da Coldiron, emulando tecnologia lá de cima.

Elas conversavam na cozinha, geralmente, quando Felicia vinha, enquanto Tommy ficava sentado na sala e jogava conversa fora com o Serviço Secreto, ou com os de que ele gostava. Às vezes Brent vinha da cidade, geralmente com Griff, quando Felicia estava lá, e aí era mais estruturado, sobre armazenar vacinas contra doenças que eles nem teriam sabido que existiam, ou sobre quais os melhores países para pôr as fábricas de fagos, ou coisas climáticas. Ela conhecera Felicia um pouco depois que o vice-presidente Ambrose tivera a embolia, e isso fora constrangedor, tanto porque Felicia só falava de Wally, como se referia a ele, com o que parecia ser um afeto real e doloroso, e porque Flynne sabia que ele morrera depois que Griff mostrara a Felicia uma filmagem do seu próprio funeral de Estado e explicara a ela exatamente o que levara àquilo.

Havia um pote de geleia ao lado do escorredor, cheio de alguns dos antigos dedos de Conner: do pé, da mão, um polegar. Ele os dera a Flora, filha de Lithonia. Eram algumas das primeiras iterações que Macon imprimira na antiga Fab, com uma máquina que ele mandara imprimir em outro lugar, antes de construírem o celeiro. Flora os esquecera, nessa manhã, quando fora visitá-los. Ela pintara as unhas de rosa com descuido, e Flynne viu que o polegar estava se mexendo um pouco, o que havia sido o problema com os primeiros lotes que ele imprimira. Ao ver Conner jogar squash, às vezes, ela se lembrava de como Macon, Ash e Ossian conseguiram ajudá-lo rápido a ganhar ritmo e velocidade. Agora ele nunca tirava a prótese multifuncional, as diversas partes dela, apenas a usava de forma constante, mas lá em cima ele ainda tinha sua versão de Pável. Ela não conseguia imaginar usar ela mesma um periférico diferente.

"De jeito nenhum", Leon dissera no jantar uma vez, quando ela mencionara isso. "Isso seria como ter todo um outro corpo." E em seguida ele fizera Flora gritar ao dizer a ela que, se Flynne tivesse um menino, ela o chamaria de Fauna.

Agora estava na hora de descer para almoçar com eles. Sua mãe, Lithonia, Flora, e Leon, que agora morava no antigo quarto dela. Lithonia, no fim das contas, era uma cozinheira incrível, então agora Madison estava dando um acabamento de jato de areia no interior do antigo Banco do Agricultor para um restaurante que Lithonia e sua prima iam abrir, nada muito especial, mas uma folga do Sushi Barn e do Jimmy's. O Jimmy's não devia se transformar numa rede, e se acontecesse, Leon disse que seria um sinal de que a Sorte Grande estava vindo mesmo, apesar de tudo o que eles estavam fazendo.

A mãe dela, agora que toda a medicação estava sendo feita pela Coldiron, e feita sob medida, não precisava mais do oxigênio. Enquanto isso, se mais alguém precisasse de alguma coisa, eles haviam comprado a Pharma Jon, cuja margem de lucro, por sugestão de Flynne, havia sido cortada pela metade, transformando-a de imediato na rede de drogarias mais amada do país, senão do mundo.

Ela pegou o pote de geleia e saiu, sem se preocupar em trancar a porta, e desceu a trilha que eles vinham usando entre as duas casas, que começava a ganhar uma aparência de que sempre estivera ali.

Ela contara a Ainsley, mais cedo, andando pela Represa, que ela às vezes se preocupava se eles na verdade não estavam fazendo mais do que construir sua própria versão da clepto, ao que Ainsley respondera não apenas ser algo bom, mas essencial, para que todos eles tivessem em mente. Porque as pessoas que não conseguiam se imaginar capazes de fazer o mal estavam em grande desvantagem ao lidar com pessoas que não precisavam imaginar, porque já eram más. Ela dissera que era sempre um engano acreditar que essas pessoas eram diferentes, especiais, infectadas com algo que fosse inumano, sub-humano, fundamentalmente outro. O que a fez lembrar o que sua mãe dissera sobre Corbell Picket. Que o mal não era glamoroso, mas somente o resultado de ruindade meia-boca, ruindade de colegial, que ganhou espaço, independentemente de como possa acontecer, para se tornar uma versão ampliada. Ampliada, com resultados mais horríveis, mas nunca mais do que o peso cumulativo de baixeza humana comum. E era verdade, Ainsley dissera, a respeito dos piores monstros, entre os quais ela mesma transitara por tanto tempo. Seu emprego em Londres, ela dissera, poderia parecer a Flynne como o de uma cuidadora paciente entre animais grandes e especialmente peçonhentos, mas não era o caso.

"Tudo humano demais, querida", Ainsley dissera, os velhos olhos azuis voltados para o Tâmisa. "E no momento em que esquecermos disso, estamos perdidos."

PUTNEY

Morar com Rainey era um pouco como ter um implante cognitivo, ele pensou, levantando-se da cama e olhando para ela, mas mais agradável sob tantos aspectos. Ele mal havia percebido que ela tinha sardas, por exemplo, ou que elas eram tão amplamente distribuídas, ou até que ele gostava de sardas. Agora ele cobria algumas de suas favoritas com a ponta do edredom, depois foi limpar os dentes.

O selo dela apareceu, antes que ele pudesse começar.

– Sim?

– Café – disse ela, e ele podia ouvi-la do quarto, assim como pelo telefone.

– Vou usar a cafeteira assim que escovar os dentes.

– Não, tem um italiano de verdade lá embaixo, no daquele agente de notícias falsas. Eu quero o expresso dele. – Ela fez a coisa soar pornográfica. – Quero a espuma cremosa dele.

– Liga pra ele.

– Você acabou com a minha carreira, me pôs numa posição que me forçou a pedir demissão de um cargo invejável no governo, o que acabou me fazendo receber ameaças de assassinos pagos pelo Estado secreto neozelandês, e você não quer me trazer um café decente feito por um humano? E um croissant daquela loja do outro lado da rua.

– Está bem – disse Netherton. – Deixa eu escovar os dentes. Lembre que eu te salvei daqueles kiwis da darknet, que não chegavam perto de serem assassinos do Estado, e trouxe você aqui, sob a proteção do Estado secreto britânico. Por assim dizer.

– Expresso com espuma – repetiu ela, sonolenta.

Ele escovou os dentes, lembrando-se de que Lowbeer tivera de tirá-la do Canadá e depois levá-la para a Inglaterra, e como acabaram juntos na cama, não pela primeira vez, mas definitivamente a primeira vez em que ele não estava bêbado. E de que ele confessara, no momento "manhã seguinte" mais embaraçoso do que parecia ser uma longa carreira de momentos assim, os sentimentos dele por Flynne, ou possivelmente pelo periférico dela, ou por ambos, com Rainey observando que ela, Flynne, havia se tornado cliente dele havia pouco tempo. E perguntando se ele já não tinha provas mais do que suficientes do que poderia resultar de transar com clientes? Mas Flynne não era Daedra, ele protestara. Mas o que ele era, definitivamente, Rainey dissera, era alguém tão imaturo a ponto de acreditar que suas próprias projeções eróticas teriam algum peso no mundo. E então ela o puxou de volta para a cama e usou um argumento diferente, ainda que da mesma posição, e ele começou, ele achou, a ver a coisa do jeito dela. E logo ficara claro que Flynne e o xerife Tommy eram um casal, e lá estava ele se vestindo, no apartamento que eles passaram a dividir, para sair numa tarde ensolarada no Soho, grato como sempre pelo fato de que os planos para a implementação ali de uma zona de cosplay ao estilo de Cheapside nunca se concretizaram.

Ele estava saindo da padaria quando o selo de Macon apareceu.

– Sim?

– Se mandarmos o seu boy pra Frankfurt, você consegue orientar a equipe de relações públicas alemã amanhã de manhã, às dez do seu fuso?

– Onde ele está agora?

– Embarcando num avião no Cairo, decolagem liberada. Estamos com o peri de Flynne, o deste hemisfério, em Paris, então, se ela estiver disponível, você poderia orientá-los juntos.

– Está bem assim. Mais alguma coisa?

– Não. Você vem pro churrasco domingo?

– Wheelie, sim.

– Você é estranho, Wilf. Ouvi dizer que comprou um pra sua namorada.

– Estaremos lá os dois.

– Se você quer fetichizar uma experiência de banda extremamente estreita – disse Macon –, não é da minha conta.

– Se você passasse mais tempo aqui em cima, podia ser que começasse a apreciar esse tipo de coisa. É relaxante.

– Rico demais pro meu sangue – disse Macon, animado, e seu selo sumiu.

Putney amanhã, Netherton lembrou a si mesmo, depois de pedir dois expressos duplos para viagem. Duas da tarde. Sua segunda reunião de acompanhamento. Se fizer sol, vão andar de bicicleta. Ele duvidava que o compromisso com os relações-públicas alemães demoraria muito.

Sempre bom ver Flynne.

AGRADECIMENTOS E CRÉDITOS

A ideia do passado de contínuos alternativos como um "terceiro mundo" deve tudo a "Mozart in Mirrorshades" (1985), de Bruce Sterling e Lewis Shiner, embora lá a viagem seja física, com extração de recursos naturais como o foco da exploração. Filtrada por jogos de simulação, telepresença e drones, a ideia se tornou algo que comentei com James Gleick na primeira vez que o encontrei, bem quando o que acabou virando este livro estava começando. (Depois, ele chamou a minha atenção para aquela citação de Wells.)

As descrições de Cheapside e Newgate devem muito a *Mr. Briggs' Hat* (2011), de Kate Colquhoun, um relato de uma vivacidade maravilhosa do primeiro assassinato numa ferrovia britânica.

Diversas características da Londres de Wilf são da entrevista de John Foxx, feita por Etienne Gilfillan, na edição de março de 2011 da *Fortean Times*.

Nick Harkaway, no seu jardim em Hampstead, contou-me coisas assustadoras sobre os mecanismos internos dos sindicatos da cidade de Londres, dos quais tive o escrúpulo de evitar bisbilhotar qualquer verdade meramente literal.

"Buttholeville" é o título de uma música com letra (e suponho, título) de autoria de Patterson Hood.

Quanto mais escrevo romances, mais aprecio leitores beta. Este teve vários, além, é claro, da minha esposa Deborah e minha filha Claire. Paul McAuley e Jack Womack aguentaram incontáveis iterações quase idênticas das primeiras cento e poucas páginas. Ned Baumann e Chris Nakashima-Brown fizeram o esforço de passar por leituras repetidas do livro no meio do caminho, trabalho sempre valioso, mas complicado. James Gleick e Michael St. John Smith fizeram o mesmo, mas perto da conclusão. Sean Crawford, Louis Lapprend e o enigmático V. Harnell conduziram uma espécie de equipe de revezamento. Meredith Yayanos manteve um olhar cuidadoso na inspetora Lowbeer durante todo o processo, um detector de perigos sensível e articulado sobre algumas questões das quais pouco conheço. Sophia Al-Maria leu a primeira versão completa, dando uma ajuda poderosa com Hamed em termos de Futurismo do Golfo.

Martin Simmons sugeriu o uso de telhas ensacadas para fortificação improvisada.

O sr. Robert Graham foi muito generoso em fornecer ferramentas de escrita essenciais.

Meu editor e agente literário foram maravilhosos, como sempre.

Obrigado a todos.

– Vancouver, 23 de julho de 2014

TIPOGRAFIA:
Tiempos [texto]
Mr Eaves [títulos]

PAPEL:
Pólen soft 80 g/m² [miolo]
Cartão supremo 250 g/m² [capa]

IMPRESSÃO:
Paym Gráfica [novembro de 2020]